文成天縱

日本所編
明人詩文選集綜録

陳廣宏　侯榮川 ⊙ 編著

广西师范大学出版社
·桂林·

RIBEN SUO BIAN MINGREN SHIWEN XUANJI ZONGLU

圖書在版編目（CIP）數據

日本所編明人詩文選集綜録／陳廣宏，侯榮川編著．—桂林：廣西師範大學出版社，2018.6
　ISBN 978-7-5598-0982-7

Ⅰ．①日…　Ⅱ．①陳…②侯…　Ⅲ．①古典詩歌－詩集－中國－明代②古典散文－散文集－中國－明代　Ⅳ．①I214.81

中國版本圖書館 CIP 數據核字（2018）第 126529 號

廣西師範大學出版社出版發行
（廣西桂林市五里店路 9 號　郵政編碼：541004）
（網址：http://www.bbtpress.com）
出版人：張藝兵
全國新華書店經銷
廣西廣大印務有限責任公司印刷
（桂林市臨桂區秧塘工業園西城大道北側廣西師範大學出版社集團有限公司創意產業園內　郵政編碼：541199）
開本：787 mm × 1 092 mm　1/16
印張：25.75　　字數：163 千字
2018 年 6 月第 1 版　2018 年 6 月第 1 次印刷
定價：150.00 元

如發現印裝質量問題，影響閱讀，請與出版社發行部門聯繫調換．

前　言

陳廣宏　侯榮川

以現代歷史學的觀點，自十五世紀末至十七世紀，人類足迹得以跨越大洋而進入不同的文明大陸，世界也由此進入早期全球化時代，這導致包括東亞在内的世界原存的秩序被打破，在新的國際環境中開始近代化進程。不過，相對於物的交流，文化跨越大洋而構建起洲際的穩定聯繫則要困難得多。因此，我們可以看到，近世以來全球化大趨勢下，更爲複雜的域際交流，仍然是以幾個大的區域的形式存在。與經濟貿易相扭結的漢籍文獻（包括中國本、和刻本、朝鮮本、越南本等）"環流"傳播，使得在長期歷史過程中形成的東亞漢字文化圈成爲一種更爲穩固的區域文化存在。在當今試圖建立多種模型去認識的時代，我們應該持何種態度、立場去構建歷史及現時的自我存在，這是首先要解決的問題。

東亞作爲歷史上擁有諸多共同經驗的整體，在美學價值、文學形態上皆有其共享的一面。如漢詩文寫作，在朝鮮、日本、越南等國均曾作爲精英文學的主流形式存在；諸國使節來華及中國官員出使，也有與當地文人酬和交流乃至競技爭勝的歷史傳統。文學如何習得、如何競演？諸多文本如何被改造、如何傳播？東亞漢詩文是從中國這個根系衍生而出，此後所展現出的差異形態則印證了其在不同方向上進行拓展的可能性。因此，十五世紀末以來近世化過程中東亞漢詩文相關文獻的整理與研究,無疑成爲今天"在多面鏡中認識自我"①,重構中國古典文學歷史鏡像的重要環節。

一、漢籍的傳入與日本漢詩文接受

據《古事記》《日本書紀》《隋書·東夷·倭國傳》《宋史·外國·日本國傳》等的記載,漢籍傳入日本最早是應神天皇(270—312)時:"十五年秋八月壬戌朔,丁卯,百濟王遣阿直伎貢良馬二匹……十六年春二月,王仁來之。則太子菟道稚郎子師之,習諸典籍於王仁,莫不通達。所謂王仁者,是書首之始祖也。"(《日本書紀》卷十)《古事記》則記:"和邇吉師,即《論語》十卷、《千字文》一卷並十一卷付是人即貢進。"《千字文》爲梁武帝時期(502—549)周興嗣奉敕編纂成文,故此説多爲學者所懷疑②。

早期傳入日本的漢籍主要是經史、佛典與類書等文獻,文學作品的傳入稍晚於此。718年,元正天皇設立大學寮,主要學習儒家經典。728年,大學寮增設"文學道",置文學博士,以《文選》《爾雅》爲教科書,其制度與唐代進士科相似。嵯峨天皇更將文章博士置於其他博士之上,提高了漢詩文的地位。中國詩文傳入日本雖晚,但其傳播的數量、規模却頗爲可觀。《日本國見在書目録》爲藤原佐世於寬平三年(891)奉敕編纂的漢籍分類目録,分易家、尚書家等四十類,著録當時日本所藏漢籍1579部,17106卷(一説17345卷)。其中除第卅雜家計2617卷外,以卅九别集家1568卷、卅惣集家1568卷爲最多,合第卅八楚辭家32卷,詩文著作計3000多卷,占

---

① 參見葛兆光《預流、立場與方法——追尋文史研究的新視野》,黃頌傑主編《光華文存:復旦學報(社會科學版)復刊30周年論文精選》"史學卷",復旦大學出版社,2008年版,第510頁。
② 如大庭修云:"相傳,和邇吉師(王仁)自百濟攜來《論語》十卷、《千字文》一卷。時至今日,也許不會再有人將此傳說誤解爲歷史事實,例如認爲日本在此之前尚無書籍,或此時傳來之書祇有《論語》和《千字文》兩書。"大庭修《江户時代中國典籍流播日本之研究》,杭州大學出版社,1998年版,第4頁。邵毅平引日本學者豬口篤志《日本漢文學史》"一般認爲雄略以前的'記紀紀年'約有六百年左右的水分"的觀點,認爲:"王仁赴日應該遠晚於285年,而是遲至五世紀以後的事情。"(《日本文獻裹的中國》,《域外文獻裹的中國》,上海文藝出版社,2014年版,第117頁)

全部漢籍的近兩成。

江戶時代是中國詩文傳入日本最重要的時期,這主要體現在漢籍傳入方式的改變。奈良、平安時代,漢籍傳入主要依靠遣唐使、留學生、留學僧和渡來人攜帶而來;其後則由少量商人作爲貨物輸入,然直至室町幕府,其數量與規模均極有限①。德川幕府(1603—1867)時,雖然實行鎖國政策,但以長崎爲口岸的中日海上貿易,使得作爲大宗商品的漢籍輸入取得前所未有的突破,清康熙二十三年(1684)頒布"展海令"後,渡日貿易的唐船數更是急劇增加②,因而包括明代歷朝刊行的各類書籍,以相當迅疾的速度流入日本市場。此時期所輸入的漢籍中,詩文著作占據了相當大的比例。以宮内廳書陵部藏《舶載書目》第九册五十一番船所載書目爲例,該船共載書籍85種,其中詩文類有29種:《唐詩正[聲]》二十六卷六册、《譚友夏合集》二十三卷六册、《詩觀初集》十二卷十二册、《韓文起》十二卷六册、《李杜詩通》六十一卷八册、《三蘇文範》十八卷十册、《唐宋八家文鈔選》十二卷十册、《歷朝賦楷》九卷六册、《伊川擊壤集》二十卷四册、《臨川王介甫先生集》百卷十六册、《寸碧堂詩集》三卷一册、《鈍翁類稿》百十八卷二十二册、《汪泊子善庵遺稿》一卷一册、《增定歷朝古文必讀》八卷四册、《黄葉村莊詩集》八卷四册、《蘇子美全集》十六卷四册、《詞學全書》十五卷十册、《詩飯》五十卷十册、《震川先生文集》二十卷六册、《文選六臣註》六十卷三十二册、《古今書牘大全》八卷四册、《四六全書》四十五卷十二册、《古文彙鈔》十卷十六册、《萬首唐人絶句》二十四册、《王文公文抄》十六卷六册、《寓林集》三十八卷十六册、《兼濟堂文集》二十四卷二十册、《今體臺閣集》十卷四册。又有《左傳文定》十二卷八册、《周忠毅公奏議》五卷四册、《皇明奏疏》六卷十册、《韻府群玉》二十卷十册、《篇海類編》二十卷十册等5種屬於廣義文學類著作或者文學類工具書③,在全部輸日書籍中占到四成的數量,可見文學作品在中日文化交流中所起的作用。

---

① 參見大庭修《江户時代中國典籍流播日本之研究》,《序章》第9頁。
② 有關這方面的詳情,可參看大庭修《江户時代中國典籍流播日本之研究》,第一章《江户時代漢籍輸入概況》,第19—28頁。
③ 數據據大庭修《江户時代中國典籍流播日本之研究》第34—36頁統計。

正是以漢籍的貿易爲基礎,日本漢詩文創作在更爲廣大的人群中獲得快速的發展,而本土漢詩文創作的發展又刺激了漢籍輸入的需求。在此過程中,産生了大量不同類型的漢籍文獻。

　　一是以各種方式轉輸進入日本的中國文獻,現今仍有相當數量的漢籍收藏於日本各藏書機構,其中部分是在中國已經亡佚的珍稀之本,如静嘉堂文庫、宫内廳書陵部所藏宋元版古籍、尊經閣文庫所藏稀見明集等。而大量關於中國文獻輸入的各類藏書目録、舶載書志、賬册等,反映了漢籍傳入日本的種類、過程、方式等信息,受到研究者的重視,如大庭脩《江户時代中國典籍流播日本之研究》有相當深入細緻的考察。

　　二是日本所轉抄、重刻的中國文獻,其中多數加入了訓點以便閲讀,如日本正中二年(1325)禪尼宗澤的刊本《寒山詩》是日本現存最古的和刻本,有假名訓點;也有完全照漢籍原本翻刻的,如日本延文四年(1359)春屋妙葩的刊本《詩法源流》①。這些文獻中也有一定數量是中國本土已經亡佚的稀見典籍,有著重要的研究價值。

　　三是以日本學者的眼光和立場所編選的中國文學作品或對中國文學作品的註釋、疏解、評論等。長澤規矩也《和刻本漢詩集成》《和刻本漢籍文集》所收很多漢詩文是此類作品。卞東波編《寒山詩日本古註本叢刊》(鳳凰出版社,2017),共收《首書寒山詩》(寬文十一年版,1671)、連山交易《寒山子詩集管解》(寬文十二年版,1672)、白隱慧鶴《寒山詩闡提記聞》(延享三年版,1746)、大鼎和尚《寒山詩索賾》(文化十一年版,1814)等 4 種日本註解本寒山詩集,又附録隱元隆琦《擬寒山詩百詠》(寬文六年序刊,1666)一種,是有關這一專類文獻的彙集整理。

　　四是日本學者所創撰的主要以漢字爲載體的詩文作品。《懷風藻》爲日本第一種漢詩總集,成書於天平勝寶三年(751),共收録 64 人 120 首漢詩,作者均爲當時皇族顯貴,如文武天皇、大友皇子等,其詩從内容到技術風格都深受六朝文學之影響。

---

① 參見大庭脩《江户時代中國典籍流播日本之研究》,第 14 頁。

《本朝文粹》十四卷,藤原明衡編纂於寬永六年(1629),堀杏庵《新刊本朝文粹序》(内閣文庫藏寬永六年刊本卷首)云:"載詩賦者,有《懷風藻》,有《經國集》,有《秀麗集》。自此已來,學校之設隆而生員芟書田之莠,試科之場開而英才攀臺閣之桂,况乎延、天之至和也,長、寬之累洽也,文章盛行而王公將相論於廟堂,博士秀才議于朝野,家餘累牘,架插萬軸,詞賦之綺雕,誥敕之謹嚴,敘事之體制,議論之精確,于是大備。"是書收錄日本平安時代所創作漢詩文,分爲賦、雜詩、詔、敕書、對册、論奏、序等45類,計427篇,反映出日本漢詩文創作在參與人員及撰著數量上都有了大幅發展。又如野呂隆訓《誠意伯詩抄序》總結日本漢詩發展,認爲平安爲盛,然"時所趨向,在彼中唐以下,限以元、白,爭巧於一聯片句,其盛竟不及倭歌遠矣";其後則"斯道日陵遲",而保平亂後"縉紳之作,絶響于此";直至慶、元以還,"世覃右文之教,化洽宇内,豪傑接踵而起,俊髦駢肩而出,正德、享保之際,於是爲盛","抱經者私執翰墨之權,其所以潤色鴻業,鼓吹盛世,出于《懷風》《文粹》之上,與海西文萃自夸者,駸駸爭馳,幾將駸過之。斯文之盛,開闢以來所未曾有也"。這裏所稱揚的慶[長]、元[和]、正德、享保,爲江户前中期,日本學者所創撰的漢詩文數量與水準均達到鼎盛。

以上日本漢籍,前兩種的價值主要是在於了解中國詩文傳入日本的時間、規模及方式等;後兩種常被稱爲"準漢籍",主要反映日本漢詩文接受、發展的過程及所形成的自身特點,其所具有的研究價值和使用的研究方法都有所不同。不論中國還是日本學者,對"漢籍""準漢籍"都予以了較爲清晰的辨別,其標準亦並無太多的分歧。當然,學者多依據自身的理解和需要來擇取文獻加以整理及研究,其中長澤規矩也先生的和刻本漢籍文獻整理,是最爲值得關注的實踐之一。

二、長澤規矩也與日本和刻本漢籍整理

長澤規矩也(1902—1980),字士倫,號静庵,日本神奈川人。1925年東京帝國大學文學部中國哲學文學科畢業,1961年以《和漢書的印刷及其歷史》獲文學博士學位。1930年起任職法政大學,1970年退休,獲"名譽教授"稱號。長澤氏爲日本中國學會、東方學會會員。所著有《書目學論考》(1937)、《中國版本目錄學書籍解題》(1940)、《支那文學概論》(1951)、《漢文學概論》(1952)、《周易註疏》(1973)、《漢籍整理法》(1974)、《古書目錄法解説》(1976)等。作爲日本著名文獻學家,他曾先後爲静嘉堂文庫等30多家藏書單位搜集整理中國古籍,尤其在和刻本漢籍的整理出版方面成就卓著,先後編輯出版了《和刻本正史》《和刻本漢籍隨筆集》《和刻本書畫集成》《和刻本類書集成》《和刻本經書集成》等十餘種大型文獻,基本反映了日本漢籍輸入與本土化的面貌。

《和刻本漢詩集成》於1974年至1979年間編輯出版,分爲唐詩篇10輯,收《王勃集》二卷等38種唐人詩集,其中杜甫詩集如《杜律五言集解四卷七言集解二卷》等6種爲最多。宋詩篇6輯,收《和靖先生詩集》二卷等31種宋人詩集,其中范成大詩集如《石湖先生詩鈔六卷》等4種爲最多。補篇4輯,收45種詩集,除《陶靖節集》十卷一種外,餘皆爲金元明清人詩集。其中金人5種、明人23種、清人16種,以作家而言,其中所收高啓詩集如《高季迪先生大全集(殘)》三卷等4種爲最多。總集篇10輯,收《詩紀》等68種詩歌總集,其中古詩6種,唐人詩20種,宋人詩9種,金元人詩7種,明人詩15種,清人詩7種,通代詩4種。

《和刻本漢籍文集》於1977年至1979年編輯出版,共20輯,附别卷《歷代名臣奏議初編》三十一卷。《和刻本漢籍文集》基本以作者時代爲序編排,共收79種文集,除諸葛亮《諸葛丞相集》二卷外,唐人文集5種(含總集1種,《李孫文集》,即李習之、孫可之文集),宋人文集26種(含總集3種,《文謝二公文鈔》《歐蘇手簡》《五老集》),金元人3種,明人24種(含總集1種,《盛明七子尺牘註解》七卷),清人15種,通代5種。

長澤規矩也《和刻本經書集成》總題云:"汲古書院開業之初(汲古書院設立於1969年),我就有影印出版《和刻本正史》的規劃。《隨筆》《唐詩》《宋詩》《諸子》《藝術》依次刊行後,很榮幸地受到社會的歡迎。"①可見整個和刻本漢籍的編輯出版是有計劃的開展。長澤規矩也自二戰後開始搜集和刻本漢籍,於集部文獻尤加關注,加之作爲文獻學專家,長澤氏曾經爲日本各大學圖書館及靜嘉堂文庫、内閣文庫等藏書機構編訂漢籍文獻目録,其所能够利用的資源自然較一般學者遠爲便利。

長澤氏窮三十年之力撰成《和刻本漢籍分類目録》,初於1976年由汲古書院出版,1980年補正重版,《和刻本漢詩集成》等文獻整理出版工作大致是以此著爲基礎。《和刻本漢籍分類目録》以經史子集四部分類著録和刻本漢籍,其中集部又分爲楚辭、别集、總集、尺牘、詩文評5個小類。别集類著録330種(不含複本,下同),總集類著録207種,尺牘類著録34種,共計571種。《和刻本漢詩集成》與《和刻本漢籍文集》所收中國詩文集共261種,相對於數量龐大的和刻本漢籍文獻來説,並非窮盡性的整理,應該是經過了編者的選擇。選擇的標準,一是對作者文學價值的判斷,如别集類漢魏六朝共著録賈誼《賈長沙集》、諸葛亮《諸葛丞相集》、王羲之《集古梅花詩》、陶淵明《陶淵明文集》《陶靖節集》《陶淵明集》《彭澤詩鈔》等7種,《和刻本漢詩集成》補篇第一輯收《陶靖節集》十卷首一卷,《和刻本漢籍文集》第一輯收《諸葛丞相集》,賈誼、王羲之詩文集均不收。又,如前所列,杜甫、高啓等收有詩文集數種,《和刻本漢籍分類目録》所著録陶淵明集計4種,而最終僅收録《陶靖節集》1種,編者選擇的意圖是非常明顯的。

二是編者對"和刻本漢籍"範圍的認知,這是《和刻本漢詩集成》《和刻本漢籍文集》取捨最爲重要的一個標準。對於"漢籍"概念,長澤規矩也在《漢籍整理法》中有這樣的看法:"漢籍與和書的區别指向是内容的不同,唐本與和本的區别指向是刊刻地點的不同。"②所謂"内容的不同",是指文本的作者爲中國人還是日本人;所謂"刊刻地點的不同",是就内容相同而言。在和刻本漢籍内容的確認上,《和刻本漢籍分類目録序》中,長澤規矩也將和刻本漢籍分爲4種情况:A 漢籍白文,純粹的翻刻本;

---

① 長澤規矩也《漢籍解題》二,《長澤規矩也著作集》第十卷,第62頁。
② 長澤規矩也《漢籍整理法》,汲古書院1974年版,第6頁。

B 加入句讀、返點、送假名等；C 包含 AB 兩種情況且增加了頭註（首書）；D 在本文旁加入註釋、批評，在卷首等處附有新的特殊的書名。其中在談到第二點時，長澤氏特別指出："邦人加入註釋批評等的作品，原則上不能算是漢籍。"就此而言，《和刻本漢詩集成》與《和刻本漢籍文集》是以收錄"和本"而非"和書"爲職志的。《和刻本漢詩集成》《和刻本漢籍文集》所收各詩文集，多數爲中國典籍的重刻本，由日本學者校正並施以日式訓點句讀；而很多帶有日本學者創作性質的"準漢籍"就被排除在外，這是符合長澤氏編輯《和刻本漢詩集成》《和刻本漢籍文集》初衷的。甚至爲體現這一觀念，長澤氏採用了"割裂"文獻的方法。《明賢詠落花詩》一卷，中島規編，有日本文化十五年（1818）序刊本。是書包括《沈石田詠落花詩三十首》、《唐六如和沈石田落花詩三十首》、《文衡山和答沈石田落花詩十首》、《徐禎卿和答沈石田落花詩四首》及"附錄追和卅律"、《註證》六部分。《和刻本漢詩集成》總集篇第七輯收此書，僅沈周、唐寅、文徵明、徐禎卿《落花詩》四部分，中島規和詩及註證均未收。是書卷首解題云："本書附錄七葉邦人所作和詩，今本《和刻本漢詩集成》予以割愛。"則並非所用之本原缺，而是長澤氏依據自己的理解割除了附錄部分。

然而我們也看到，有些"和本"，如題爲李攀龍所編《唐詩選》，長澤規矩也《和刻本漢籍分類目錄》所著錄日本刊本達 61 種（含複本），其中固然有服元喬《唐詩選國字解》七卷（寬政三年刊本，1791）、千葉玄之《唐詩選掌故》七卷（明和五年刊本，1768）之類日本學者加入翻譯、註釋的"準漢籍"；但亦有僅僅施以訓點校正的刊本，如題"南郭先生考訂"的《李于鱗唐詩選》（有寶曆三年［1753］、安永六年［1777］、寬政五年［1793］、文化十年［1813］等多種刊本），這都符合長澤氏關於"和本"的定義，而《和刻本漢詩集成》却並未收錄。此外，《和刻本漢詩集成》《和刻本漢籍文集》所收由日本學者獨力編選或對中國詩文加入註釋疏解的著作有七十五種，其中多數可以視作"準漢籍"，如大窪行、山本謹同輯《宋三大家絕句》，大窪行、菊池桐孫同輯《廣三大家絕句》等，這些亦見諸《和刻本漢籍分類目錄》。而同爲日本學者所輯選《唐後詩》《絕句解》《明文矩》《明文選》等,《和刻本漢詩集成》《和刻本漢籍文集》則未收錄,亦不見於《和刻本漢籍分類目錄》。其原因,部分或是版本難得;然如《唐後詩》《絕句解》等不僅靜嘉堂文庫有藏,《荻生徂徠全集》亦有收錄(1973 年東京河出書房新社版),長澤氏未能見到的可能性不大,或是在編輯時有其具體的考慮。

最後,和刻本漢籍諸集編輯於長澤氏晚年,開始編《和刻本漢詩集成》時已 71 歲;《和刻本漢籍文集》第二十輯出版於 1979 年 3 月,翌年 11 月長澤規矩也即去世,那麼年齡和精力的限制也是《和刻本漢詩集成》《和刻本漢籍文集》不能更廣泛擇取的原因之一。畢竟,大型文獻的整理,需要研究者長時間、多階段的努力方能做到相對完備精善。

從編輯體例看,《和刻本漢詩集成》與《和刻本漢籍文集》都是採用按時代和體裁兩種標準編排的方式。所不同者,《和刻本漢詩集成》明確以唐宋元明清及總集分爲 4 篇,而《和刻本漢籍文集》雖亦大致以作者生平時代爲序編排,但並未標明。就傳統詩文集的編排而言,以作者時代爲序,能夠較爲清楚地顯示出文學史發展的脈絡軌迹;但對於和刻本漢籍而言,若以展示日本漢詩文接受樣態爲追求,那麼採用以書籍成書或刊刻時間爲序的編排方式可能更爲適當。

從長澤氏選用和刻本漢籍版本的情況看,總體而言,《和刻本漢詩集成》《和刻本漢籍文集》在底本選擇上頗爲精審。《和刻本漢詩集成》總題稱同版本漢籍一般採用初印本,如果有增訂本,則採用後者;其中部分使用了內閣文庫及其他圖書機構的藏書,保證了文獻整理的品質。當然,由於條件所限,部分文獻的版本並非最佳,《和刻本漢詩集成》總題又稱某些版本本以爲是初印本,其後又發現了更早的印本,可能已來不及替換。

還有一個問題是,《和刻本漢詩集成》《和刻本漢籍文集》所收各書,雖均介紹其版本信息,但於其所藏之地則未能註明。長澤氏自言有使用內閣文庫等機構藏書,然《和刻本漢詩集成》《和刻本漢籍文集》未見有各本館藏地之印章,或是在影印時技術性修去,今天學者很難再對其做復核工作。

總之,《和刻本漢詩集成》《和刻本漢籍文集》無疑是和刻本漢籍第一次大規模的文獻整理,且直到目前仍最爲詳備,對於中國詩文在東亞的流播與日本漢詩文接受及發展都有著重要的意義。

三、關於日本所編明人詩文選集

現存海量之日本漢籍與準漢籍,對於中日兩國學者而言都是重要的文獻資源,如何有效加以整理,以便於研究者使用,是當前兩國學者所面臨的急迫課題。就中國方面看,學界更爲關注也著力最多的是日藏稀見中國典籍的發掘整理。如安平秋先生主持的《日本宫内廳書陵部藏宋元版漢籍選刊》(上海古籍出版社,2013),楊忠先生等編《日本國立公文書館藏宋元本漢籍選刊》(鳳凰出版社,2013),劉玉才、稻畑耕一郎教授編《日本國會圖書館藏宋元本漢籍選刊》(鳳凰出版社,2013),收錄宫内廳、公文書館、國會圖書館等機構所藏宋元版漢籍,均是珍稀之本。專類文獻方面,黄仕忠教授關於日藏稀見中國戲曲文獻的整理頗爲顯著,自2006年迄今已有《日本所藏稀見中國戲曲文獻叢刊》(與日本金文京教授、喬秀巖博士合作,廣西師範大學出版社,第一輯2006,第二輯2016)、《日本東京大學東洋文化研究所雙紅堂文庫藏稀見中國鈔本曲本彙刊》(與日本大木康教授合作,廣西師範大學出版社,2013)等出版。和刻本漢籍,尤其是"準漢籍"的文獻整理,最爲重要的當屬金程宇教授《和刻本中國古逸書叢刊》(鳳凰出版社,2012),共收和刻本凡經部12種、史部5種、子部34種、集部59種,共110種,又附錄相關文本與研究著作22種。專類和刻本漢籍方面,除前舉卞東波教授《寒山詩日本古註本叢刊》外,即將刊行的張伯偉教授編《日本〈世說新語〉著述彙刊》收日本學者關於《世說新語》的研究著作20餘種。[1]

---

[1] 以上詳參徐平、孫曉《近三十年來域外漢籍整理概況述略》,《形象史學研究(2011)》人民出版社,2012年版;劉泰廷《中國近五年域外漢籍研究述評》,《圖書館理論與實踐》,2017年第1期。

日本漢籍文獻目録的編輯，如沈津、卞東波教授編《日本漢籍圖録》（廣西師範大學出版社，2014）收録日本漢籍書影約1800種，"彙集了日本各個時代翻刻的中國典籍的書影，而且還酌量收録日本學者用漢字完成的註釋、研究中國古典著作的書影，對我們了解中國典籍在日本的流傳與影響有很大的幫助。"[1]杜澤遜教授所承擔《日本藏中國古籍總目》，其收録範圍是"日本收藏的中國人撰寫的古籍，作者非中國人者不予著録"，對於"準漢籍"則不收録，認爲"日本人編'漢籍目録'時經常另編'國書目録'以著録之，日本學者稱之爲'準漢籍'。這類日本人的著作，日本人編的'漢籍目録'是不收的，今編《日本藏中國古籍總目》也不予著録"[2]。

從日本方面看，大規模的漢籍文獻整理，在長澤規矩也系列和刻本漢籍出版之後，主要是在漢籍目録的編訂方面，較爲重要的如《靜嘉堂文庫宋元版圖録》（雄松堂書店，2015），杏雨書屋所編《新修恭仁山莊善本書影》（武田科學振興財團，1985）等。日本各圖書機構多已編輯漢籍目録，但在甄別具體書籍性質時，對漢籍、準漢籍的認定則頗有參差，在使用時頗爲不便。

對照已有和刻本漢籍整理的實績，以當前所具備之條件及新的研究形勢所提出之要求看，在可能範圍内作專類文獻的窮盡性彙集整理，或是最爲科學有效的方式之一。除繼續加強日藏珍稀中國文獻的整理與研究外，尤其應對和刻本漢籍及包括日本學者所編撰之準漢籍的整理與研究作進一步的拓展。有鑒於此，我們計劃彙集日本學者所編中國詩文選集，分爲明代、清代及通代三卷依次出版。本次將要刊出的"日本所編中國詩文選集彙刊·明代卷"即是以此爲追求的一種嘗試。

選集，是中國傳統詩文集的一種形式，具有存人存詩、衡文取範的作用，甚至承擔著"備一代故實"[3]之史家職志。作家作品是最基本的文學史單位，選刊者無論是基於精英典範的確認抑或蒙學實用的教習，都能顯示其意圖與評斷，因此，在文學經

---

[1] 沈津《日本漢籍圖録序》，《日本漢籍圖録》卷首，廣西師範大學出版社，2014年。
[2] 杜澤遜《關於編纂〈日本藏中國古籍總目〉的幾點思考》，《古籍整理出版情況簡報》，2018年第1期，第3—7頁。
[3] 俞憲《盛明百家詩選》，《四庫全書存目叢書》集部第304册，第399頁下。

典化的過程中,選集的編定及流傳起了重要的作用。從形式上看,選集有一家之選,有衆家之選,其意旨不同。芥川丹丘《明文選序》云:"文之尚選,其久矣哉! 有選一代之文者,將觀人文之盛、鑑治亂之要焉;有選一家之文者,將探論説藴奥、採辭藻雋麗焉;有選諸家之文者,將覽體制异同、較才思雄劣焉。"和刻本漢籍,單是翻刻之本已然能够體現出中國文學在日本的接受情形;而經日本學者所編輯、評定、註釋、疏證的文本,則體現了日本學者對於中國詩文的價值判斷與甄選眼光,反映出中國文學更爲複雜、深入的接受樣態,有必要對其作全面的梳理。

長澤規矩也《漢詩集成》《漢籍文集》中也包括衆多的詩文選集,其中明代部分計38種。一人之選集,有《王陽明先生文録鈔》十卷、《滄溟先生尺牘》三卷、《謀野集删》一卷、《弇園詠物詩》一卷、《弇園摘芳》三卷、《弇州先生尺牘選》二卷、《李空同尺牘》二卷、《弇園詩集》八卷、《謝茂秦山人詩集》五卷首一卷、《袁中郎先生尺牘》二卷、《明徐天目先生尺牘》不分卷、《唐伯虎集》不分卷、《文衡山先生詩鈔》二卷、《方正學文粹》六卷、《王陽明文粹》四卷、《歸震川文粹》五卷、《王遵巖文粹》五卷、《唐荆川先生文集序記部》四卷、《高太史詩鈔》二卷、《青邱高季迪先生絶句集》三卷《青邱高季迪先生律詩集》五卷(此2種當爲1種)、《誠意伯詩鈔》四卷、《劉誠意文鈔》三卷,朱之蕃《詠物詩》一卷、《宋學士文粹》三卷、《劉戢山文抄》二卷、《陳白沙文抄》三卷、《王陽明奏議選》四卷、《王陽明先生詩鈔》二卷、《五友詩》一卷,共30種。衆家之選集(總集),有《明詩大觀》四卷、《明七才子詩集》七卷、《明九大家詩選》五卷、《盛明七子尺牘註解》七卷、《明七才女詩集》七卷、《明賢詠落花詩》一卷、《列朝詩鈔》二卷、《明詩節義集》三卷,共8種。

"日本所編中國詩文選集·明代卷"共收録明人詩文選集70種,相較《漢詩集成》《漢籍文集》增加了32種:《大明京師八景詩》不分卷、《唐後詩》三集六卷、《明詩俚評》一卷、《絶句解》不分卷、《絶句解拾遺》不分卷、《明四大家文選》二卷、《龍淵先生選明朝尺牘過雁裁》二卷、《明李王七言律解》二卷、《明文選》四卷、《李滄溟尺牘便覽》三卷、《明文批評》不分卷、《弇州先生尺牘解》二卷、《弇州尺牘紀要》二卷、《明七子詩解》七卷、《四家雋》六卷、《嘉靖七子近體集》二卷、《滄溟尺牘國字解》三卷、《絶句解拾遺考證》四卷、《絶句解辨書》三卷、《七才子詩掌故》七卷、《三家絶句》二卷、《丘瓊山忠孝箴勉學詩》一卷、《唐明詩類函》三集十卷、《唐荆川文粹》四卷補一卷、《鼇峰絶句鈔》一卷、《明詩手抄》不分卷、《高青邱詩醇》七卷、《絶句解典故》三卷、《孫忠靖公文抄》三卷、《明詩絶奇》一卷、《高青邱詩鈔》不分卷、《明十家詩選》六卷。這些選集之中，如《四家雋》《唐明詩類函》等編選唐明兩代之詩文者，此次所以收入，是因爲江户時代人們將唐明看作一體，如原直《詩學新論》曰："爰洎明祖膺籙，斯道復興。或曰：明猶唐也，唐猶明也，而其間雖綿世浸遠，治亂不同乎，方其調相契，幾如魯衛之政兄弟也。"這也是承襲明代復古派的自我評定，直接追配唐人。特別是古文辭派，認爲明代最直接繼承了唐詩遺産，而非如一般通代選集，首先是作爲朝代的概念，故我們作爲特例在此編中予以收録。又如《明文批評》，雖從性質上看屬於"詩文評類"，然其中所舉李攀龍之文，亦是文選的形式，而其評文之論，真正體現日本學者眼光，故一併收入。當然，這七十種詩文選集，尚非此類文獻的全部，如《李西涯文粹》《明文矩解》《續滄溟先生尺牘》《弇州尺牘國字解》《明詩五絶百首諺註》《滄溟尺牘兒訓》《滄溟先生尺牘諺解》《謀野集便覽》《謀野集拾遺》《明七才子詩集譯説》《前明七子近體詩集》等，因條件所限或其他原因，本次未能收入，俟他日條件許可時再行編入補輯。

綜觀這些詩文選集，大致具有如下特點與價值。

1.此編依據各選集成書的時間爲序編次，成書時間不詳者依刊刻時間，刊年亦不詳者則以編撰者生平而定，從而反映日本學者對中國文學接受在歷時維度上的情形與特點。從各選集的長時段分布上，我們可以看到，自江户早期的承應二年（1653）直到明治三十一年（1899）共240多年間，日本所編中國詩文選集整體上呈現出較爲平滑的分佈樣態，并未出現急劇波動的情況，這表明雖然日本學者在文學思想的接受方面總體上是隨著中國文學思潮的變化而波動,但清代文學觀念的傳入並未在根本上改變日本學者對明代文學的認知與評價。

如果我們以 20 年爲一個時段,這七十種選集的分布情況可以圖示如下:

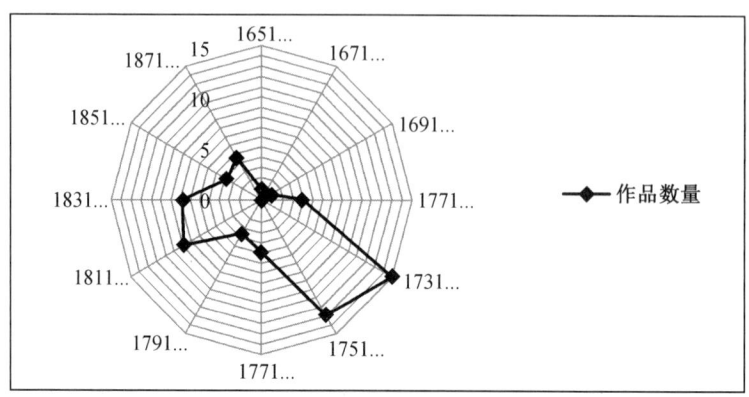

由此圖我們可以看到,明人詩文選集的編刊數量,在 1731—1750、1751—1770 兩個時間段上達到最高,這是江户初期以來荻生徂徠等古文辭派學者推揚的結果;而此後至 1810 年的兩個 20 年時間段上,則出現了大幅衰減,這與復古文學思想退潮而性靈文學受到推崇有著直接的關係。如此時期《袁中郎先生尺牘》二卷(1781)、《三家絶句》二卷(即徐渭、袁宏道、鍾惺,1784)、《唐伯虎集》(1801)、《文衡山先生詩鈔》二卷(1807)等的流行,在一定程度上抑制了復古派詩文集的出版,而性靈派詩文集等的刊行規模有限,並不能填補相應的空缺。

2.日本學者編選明代詩文,其宗旨目的各有不同。有供作初學者指導的讀本,亦有軒輊諸家、表彰先進者,也有作爲個人閲讀筆記性質的摘録之作。如祇園南海《明詩俚評敘》云:"漢、唐之詩難學難解,明人之詩易學易解。……學詩者初讀漢、唐之詩,猶夢中聽鈞天樂,非不知其音之靈妙,但其茫然不能識靈妙之所在,不如先讀明詩之易成功耳。予評釋明詩以便初學,爲此故也。"尤其在明人詩文集中施以訓讀、註解,更是便於初學者閲讀。義龍之淵《題尺牘紀要尾》:"《王弇州尺牘》已行于世,然其辭簡邃,不可輒曉焉。……因應書賈之求,旁註以與之,庶幾初學照無因至前之暗云爾。"又山縣周南《刻弇州尺牘敘》云:"人有欲刻《弇州尺牘》媲美者,千里飛書,請校吾友越子泉。子泉爲校,且旁發國字,爲初學通讀以授。"《唐明詩類函》二集三集《例言》云:"之數者,皆予嘗所編輯論著也,雖不足公於大方,以若所爲導若所爲,則庶幾小補于初學。"

也有以軒輊諸家、衡文取範爲宗旨的。如荻生徂徠編《唐後詩》,以明詩接續唐詩,視明人爲學習漢魏盛唐的階梯,服元喬《唐後詩序》云:"此集也,範而出之,有漢魏,有唐,其它不取也。……此徂徠先生之所以有選也,此先生之教也。"《四家雋》以唐之韓愈、柳宗元與明之李攀龍、王世貞作爲文章典範,認爲"文章左氏、司馬、揚雄、班固而後,與左氏、司馬、揚雄、班固千歲而接踵以起,可以爲準則者,唯有韓柳、李王耳"。又如田邊新之助《明十家詩選》集劉基等10人詩,依田百川所撰序中認爲"此十子,皆超群絕倫,欲嗣響於有唐焉","因就十家全集,選其精華,釐爲十卷,又採諸家評論,載之各卷首,商榷揚扢,無復餘蘊。"其他如《明七才子詩集》七卷、《盛明七子尺牘註解》七卷、《明七子詩解》七卷、《嘉靖七子近體集》二卷、《七才子詩掌故》、《明四大家文選》、《三家絕句》等,在塑造明代詩文典範方面均起到了重要的作用。

3.從各選集所構成的作家群落看,顯示出較高的集中度。一家之選是作爲個體作家被接受的情況,共24家(39種),其中2種選集以上的有:王世貞6種、高啓4種、王守仁4種、李攀龍3種、劉基2種、唐順之2種。這與在總集中表現的情況大致相似。如荻生徂徠《唐後詩》,共選55家,編者於明詩諸家,所見還是很廣博的。其中選詩較多者列表如下:

李攀龍	425	謝榛	51	王廷相	8	王廷陳	5
王世貞	269	徐禎卿	40	許邦才	8	薛蕙	4
何景明	157	王世懋	40	宗臣	7	林鴻	4
李夢陽	155	邊貢	17	楊慎	7	高岱	4
徐中行	79	高叔嗣	14	劉基	6		
吳國倫	71	高啓	12	喬世寧	6		

由表可見,選詩數十首以上者,基本爲復古諸子的代表;而李攀龍、王世貞所選詩多達數百首,則是在相對廣泛的選取範圍内,極力凸顯李、王的典範意義。

從所選文體看,詩歌方面更多的是絶句、律詩,專門的律詩、絶句集就有11種。另如《明七才子詩集》所選均爲七言律詩;《九大家詩選》十二卷原爲清人陳英、李昂枝編,前五卷爲古樂府、五言古詩、七言古詩,以下爲律詩、絶句;和刻本《九大家詩選》五卷則全爲律詩、絶句,顯示有規矩可尋的近體詩相對更易習得,因而有較爲廣泛的需求。文的方面,以明人尺牘的編選最爲顯著,共12種。尺牘本是交際性很強的一種實用文體,作者多"無意於致之遠,備一不朽之具","故自晋帖已下,偶爾所存,亦唯以人以筆,雖其言之雅馴,稱草草不遑,而未之收藝苑也"。服元喬認爲"明人始多用巧於此,作者維競,片玉必取諸崑岡,一枝必取諸桂林,斯可稱創體矣"。尤其李攀龍、王世貞等復古諸子的尺牘,凝結了新創文體的技巧,被視作摹習古文辭的路徑之一,山縣周南《刻弇州尺牘敘》云:"尺牘,李、王餘緒,餘緒可以導古文辭,則尺牘何不可刻?"對明人尺牘的喜愛,亦因此擴展至晚明諸家。如《謀野集删》即田中蘭陵將王穉登《謀野集》前兩卷編定爲《謀野集删》,江忠囿撰序云"滄溟高矣遠矣,不可企及。百穀亦一名家,其言正而葩,雅而韻,可俯而就之,可企而及之"。

4.明代詩文傳入日本後,因古文辭派荻生徂徠、服部南郭、太宰春臺等的介紹和推揚獲得了廣泛接受。一方面,荻生氏首先是將習學古文辭作爲進入經學的途徑,如其所編《四家雋》,余承裕撰序稱得李、王之作,"不啻因是以知古文辭,又因是以得窺六經之旨";山縣周南《刻弇州尺牘敘》亦稱:"我徂徠先生徵《論語》、著二辨,拯斯文於既墜,而先王孔子之道炳如。其始來也,假道於李、王古文辭。"另一方面,就詩學本身而言,以對唐詩的喜好爲基礎,明人"詩必盛唐"的觀念更易於爲日本人所認可,因此,在日本漢詩文作者眼裏,明人基本是作爲唐代文學的繼承者形象存在的,其所描述的詩文典範與達成之途也成爲這個時期多數日本學者的共識。如《明詩大觀序》共選明人453家482首,是全部詩文選集中涵蓋作家最廣的一種。卷首香川修德《明詩大觀》云:"詩至乎唐而極焉,不必言矣,唯明而後可以庶幾也。"認爲:"明亦末也,唯唐可學。李、杜、王、孟,仍撮其片章半簡讀之,已知其言之不掩也。且夷考之,咸不期於明而固不得不明矣。"又如荻生徂徠《唐後詩總論》後識語云:"右諸公論,大抵盡明詩矣。只人心不同如面,即二美友于,未免微有軒輊,是天生才未盡,而明之不能盡唐詩也。要而言之,二李、二王、仲默、明卿、昌穀、子業,斯其至者已。獨余則謂于鱗於盛唐諸家外,別構高華一色,而終不離盛唐。"明和元年(1764),南總宇惠將荻生徂徠《古文矩》與《文變》合刻,作《序》推崇徂徠之功云:"于鱗刻意修古文辭,實明三百年一人。然明季以來,訕謗而棄擲之者比比皆然。先生獨襃揚,洗之冤,可謂卓識。"又稱:"若作于鱗於九原,則必將曰:'四海而一人焉,萬里而比肩焉,今而在焉? 何不在此而在异域邪?'"都是將明代詩文作爲一種習學的典範。

至寬政(1789—1801)前後,以山本北山爲代表的日本學者接納袁宏道"性靈"之説,全面排擊古文辭派爲"李、王之奴"。山本北山《作詩志彀·詩變總論》云:"公安袁中郎有見於此,矯以清新之詩,其志欲一洗剽襲模擬之陋。"宮川德、鳥居吉人編《袁中郎先生尺牘》二卷,由山本北山奚疑塾所刊行,卷首宮川德《袁中郎尺牘序》云:"明季李、王,竊竊乎剽襲陳語,斷前歇後,謂之古文辭。耳食之徒,眩其聲牙戟口,弗可讀,弗可解,而以爲真古文辭也,得無近似互鄉人耶? 袁石公有見于斯,矯以性靈,海内靡然草偃。如王元美爲古文辭文宗,且猶爲所化,晚年文漸造平淡,悔被于鱗譸也。吾北山先生每談及文章,未嘗不及石公,抑有故哉?"又如浦池潛等編《三家絶句》二卷,卷首《三家絶句校説》云:"蓋天醜李、王剽竊之黷久矣,故生中郎一洗清之,其所以大振一代,草偃後學,非無因也。"其實對明詩更早提出批評的,就有平信美。龍公美編《謝茂秦山人詩集》(寶曆十年[1763]序刊本),卷尾平信美跋云:"吾伏水先生於詩也,才識淵淵不可測焉。私思其志,在於淵明、太白之神境邪? 明詩素所不屑也,然姑從時好,有取李、何七子,而特愛大復、四溟二公焉。信美薄劣,胡知先生所以特愛之故乎?"

然而此種聲音,在整個日本漢詩文接受史上,無論就時間跨度還是影響的廣度而言,恐怕都不能和李、王爲代表的復古思想相比。如天明七年(1787)東皐年爲村瀨櫟園校註《徐天目尺牘》作序,批評袁中郎等云:"夫五子者,雖以詩頡頏,於文章皆瞠若乎後。矧復明末歸震川、袁中郎輩,膩粉纖豔,競新趨時好,遂讓天目雅古,弗啻避三舍矣。"即使在經歷了清人對明代文學的全面否定後,日本學者對明人的評價亦能保持自己的判斷。如明治三十一年(1899),田邊新之助編《明十家詩選》六卷,依田百川《序》"松坡學兼漢洋,識貫東西,喜作詩,最好明人。嘗曰:'詩學三唐,遠溯漢魏,是其矩矱也。'然以明人爲門戶,然後陞堂奧矣。因就十家全集,選其精華,釐爲十卷,又採諸家評論,載之各卷首,商榷揚扢,無復餘蘊。"龜谷行《序》則辨析李、王及徐、袁、鍾、譚等詩之風格,以爲"夫明詩稱昌明高亮,然亦有純駁。如徐袁纖詭,鍾譚幽冷,么弦側調,衰世之音也",而劉基、高啓等十人"皆超群絕倫,欲嗣響於有唐",雖"其爲詩,高山大壑,長流深林,並自異趣,而其爲黃鐘大呂者,未嘗不同也",以爲"方今治化休明,光被海外,非振黃鐘大呂之音,安能鳴中興之盛哉",軒輊之意甚明。就此而言,明代文學尤其是復古派詩文在日本的接受,更多的乃是與文學經典這一命題相連接,而不僅僅是作爲被動接受的文學"時尚"。

如所周知,前後七子等爲代表的復古文學與三袁、鍾譚爲代表的性靈文學,使得明代文學思想呈現出激烈對立的特點。而在易代之際,基於對王朝興亡原因的探究,包括文學在内的明代學術被整體否定,明人空疏不學、明人詩文唯知剽竊模擬的看法,藉由清人的判斷而幾乎成爲今天學界的"常識"。學者常將"异域人觀察中國之眼"稱爲反觀自身的"第三隻眼","現存於朝鮮、韓國、日本、越南等地的漢籍,展現的便是'异域之眼'中的中華世界"①。我們自然不能將此編所彙集日本學者關於明代文學之評價,徑以爲真理或定論,但對於今天重新思考明清文學立場、價值之异同,應該是有所裨益的。

---

① 張伯偉《作爲方法的漢文化圈》,中華書局,2011 年,第 2 頁。

編輯説明

一、本編收録江户至明治時期日本學者所編或註釋考證評論之明人詩文選集，包括一人之選與衆家之選，以全面反映中國詩文在日本的傳播、接受樣態。凡看似據中國已有別集或總集再刻、實已經過日本學者的增删或重新編排者，亦在收録之列。如朱之蕃《詠物詩》，在明刻本基礎上增補了28首，次序亦不同；清人陳萊所編《明九大家詩選》12卷，瀬尾維賢取其絶句、律詩部分再編爲5卷。而如《唐明詩類函》《四家雋》等編選唐明兩代之詩文者，其立場在於將唐明視作一體，並非如一般通代選集首先是作爲朝代的概念，故作爲特例在此編中予以收録。

二、本編以各選集成書時間爲序編次，成書時間不詳者依刊刻時間，刊年亦不詳者則據作者生平揣定，以反映日本學者對中國文學接受在歷時維度上的情形與特點。

三、詩文選集的版本，在條件許可的範圍内，儘量選擇初印本作爲底本；如後刻本或後印本有序跋或文字方面的增訂，則選用後印本作爲底本。即使同一版本，亦盡可能選用卷次完備或品相較好的藏本，以便於研究者使用。

四、本編所收録70種明人詩文選集，每種均介紹底本之藏地、版式特徵、内容及編撰者、被選者之信息，並著録各書序跋。每書除底本書影外，亦提供其他有價值之藏本的扉頁、首卷首頁、牌記等書影。

五、本編所用各書底本，除19種爲個人藏本外，其餘來自日本京都大學文學研究科圖書館、日本大阪府立中之島圖書館、日本關西大學圖書館、日本早稻田大學圖書館、日本京都產業大學圖書館、日本九州大學圖書館、日本國立國會圖書館、日本内閣文庫、日本慶應義塾大學圖書館、日本藩校養老館圖書館、日本靜嘉堂文庫及中國復旦大學圖書館等 13 家大學圖書館或藏書機構,均已獲得出版許可。

目　錄

001　王陽明先生文錄鈔　十卷 ………………… 2
002　大明京師八景詩　不分卷 ………………… 6
003　明詩大觀　四卷 …………………………… 10
004　唐後詩　三集六卷 ………………………… 18
005　明詩俚評　一卷 …………………………… 26
006　滄溟先生尺牘　三卷 ……………………… 32
007　絕句解　不分卷 …………………………… 42
008　絕句解拾遺　不分卷 ……………………… 48
009　明四大家文選　二卷 ……………………… 52
010　謀野集刪　一卷 …………………………… 58
011　明七才子詩集　七卷 ……………………… 68
012　弇園詠物詩　一卷 ………………………… 74
013　明九大家詩選　五卷 ……………………… 78
014　弇園摘芳　三卷 …………………………… 84
015　弇州先生尺牘選　二卷 …………………… 88
016　過雁栽　二卷 ……………………………… 96
017　明文矩　不分卷 …………………………… 104
018　盛明七子尺牘註解　七卷 ………………… 108
019　李空同尺牘　二卷 ………………………… 114

020	弇園詩集　八卷	118
021	明李王七言律解　二卷	124
022	明文選　四卷	128
023	李滄溟尺牘便覽　三卷	134
024	明文批評　不分卷	138
025	弇州先生尺牘解　二卷	146
026	弇州尺牘紀要　二卷	150
027	明七子詩解　七卷	154
028	四家雋　六卷	158
029	嘉靖七子近體集　二卷	168
030	謝茂秦山人詩集　五卷首一卷	174
031	李滄溟尺牘國字解　三卷	180
032	絕句解拾遺考證　四卷	184
033	絕句解辨書　三卷	188
034	明七才女詩集　七卷	192
035	七才子詩掌故　七卷	198
036	袁中郎先生尺牘　二卷	204
037	三家絕句　二卷	210
038	丘瓊山忠孝箴勉學詩　一卷	216
039	明徐天目先生尺牘　不分卷	220
040	唐伯虎集　不分卷	226
041	唐明詩類函　三集十卷	230
042	文衡山先生詩鈔　二卷	244
043	明賢詠落花詩　一卷	248
044	方正學文粹　六卷	254
045	唐荊川文粹　四卷　補刻一卷	258
046	王陽明文粹　四卷	264
047	歸震川文粹　五卷	268

048	鼇峰絕句鈔　一卷	272
049	王遵巖文粹　五卷	278
050	列朝詩鈔　二卷	282
051	唐荊川先生文集序記部　四卷	286
052	高太史詩鈔　二卷	290
053	青邱高季迪先生絕句集　三卷　律詩集　五卷	294
054	明詩手抄　不分卷	300
055	誠意伯詩鈔　四卷	304
056	劉誠意文鈔　三卷	310
057	朱之蕃詠物詩　一卷	314
058	高青邱詩醇　七卷	318
059	絕句解典故　三卷	322
060	宋學士文粹　三卷	328
061	劉蕺山文抄　二卷	332
062	陳白沙文抄　三卷	340
063	明詩節義集　三卷	344
064	王陽明奏議選　四卷	350
065	孫忠靖公文抄　三卷	354
066	明詩絕奇　一卷	360
067	高青邱詩鈔　不分卷	364
068	王陽明先生詩鈔　二卷	370
069	明十家詩選　六卷	374
070	五友詩　一卷	378

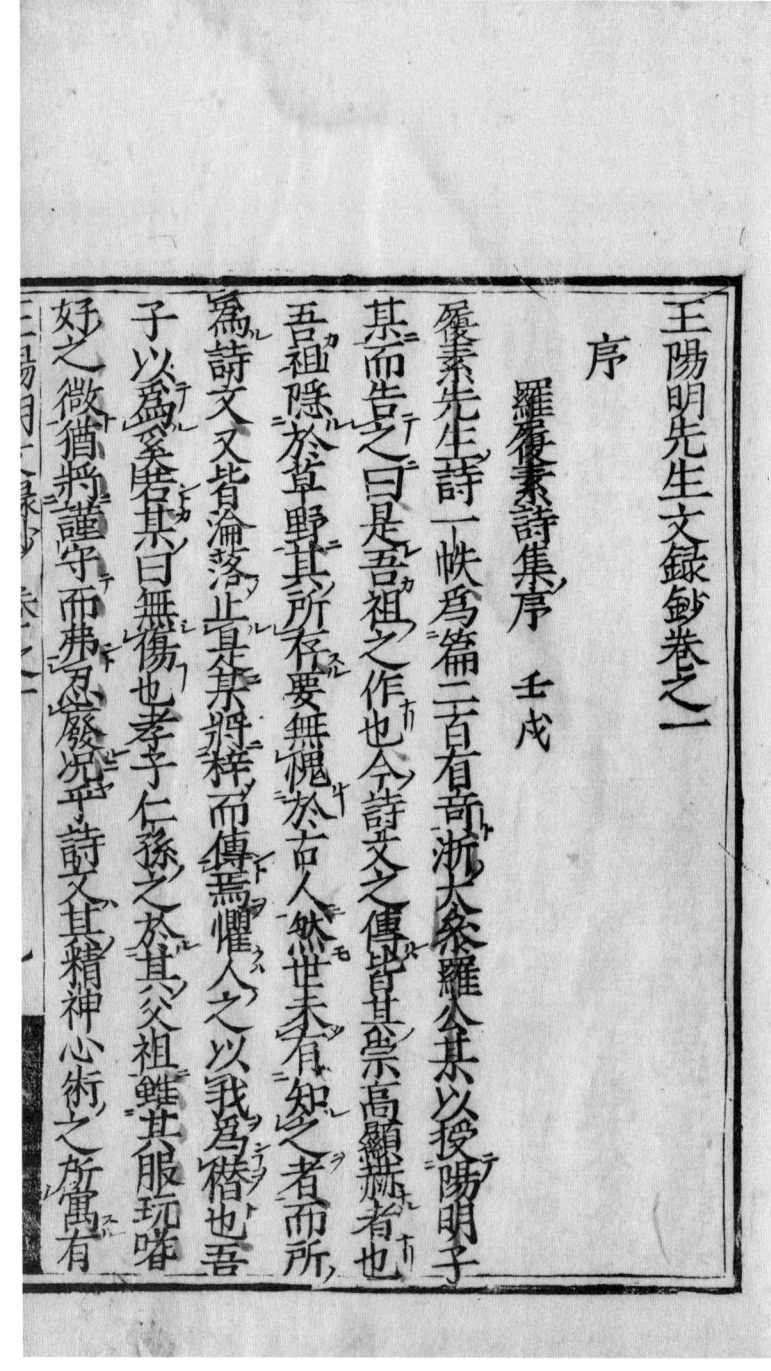

王陽明先生文錄鈔卷之一

序

羅復素詩集序　壬戌

矇素先生詩一帙爲篇二百有奇浙人余羅公其以授陽明子其而告之曰是吾祖之作也今詩文之傳世者其宗高顯赫者也吾祖隱於草野其所存要無愧於古人然世未有知之者而所爲詩文又皆淪落止頁是集將梓而傳焉懼人之以我爲褡也吾子以爲奚若其曰無傷也孝子仁孫之於其父祖雖其服玩嗜好之微猶將謹守而弗忍廢况乎詩文其精神心術之所寓有

001　王陽明先生文録鈔　十卷

明王守仁撰。承應二年(1653)五月伊吹權兵衛刊本。京都大學文學研究科圖書館藏。10册。開本高廣25.9釐米×16.8釐米,内框19.3釐米×14釐米,四周雙邊,黑口,半葉9行,行24字。版心鐫"王陽明文録鈔"及卷數、頁數。

封面題"王陽明先生文録鈔"。卷末有刊記"承應貳癸巳歷仲夏日/伊吹權兵衛開板"。長澤規矩也《和刻本漢籍文集》解題云:"初印本卷末有'承應貳癸巳曆仲夏日/謹梓行五倫書屋'之刊記。後印本(神宫文庫藏本)中,此刊記左一行改作'伊吹權兵衛開板'。再後印者無刊記。"今知名古屋大學圖書館藏本有"五倫書屋"刊記。

卷首嘉靖乙未(1535)春三月黄綰《王陽明先生文録序》、嘉靖丙申(1536)春三月鄒守益《王陽明先生文録序》。

又《王陽明先生文録鈔總目》:卷一序16篇,卷二序20篇,卷三書43篇,卷四書33篇,卷五書30篇、補遺4篇,卷六書33篇,卷七記24篇,卷八説、賦、騷、文、箴27篇,卷九雜著39篇,卷十墓志銘、墓表、墓碑、傳、贊、祭文27篇。

第一册卷端大題"王陽明先生文録鈔卷之一",下無題署。

王守仁(1472—1529),幼名雲,字伯安,號陽明子,紹興府餘姚人。弘治十二年(1499)進士,正德初以論救言官戴銑等忤劉瑾,杖闕下,謫龍場驛丞。瑾誅,移廬陵知縣,累擢右僉都御史,巡撫南贛,平大帽山諸賊,定宸濠之亂。嘉靖時陞南兵部尚書,封新建伯,以都察院左都御史總督兩廣,破斷藤峽賊。病卒。隆慶時追贈新建侯,諡文成。其學以良知良能爲主,世稱爲姚江派。所著先有嘉靖十四年(1535)聞人邦正刊《文録》5卷、《外集》9卷、《别録》10卷,以隆慶六年(1572)謝廷傑編刻《王文成公全書》三十八卷最爲通行,其中語録3卷、文録5卷、别録10卷、外集7卷、續編6卷、附録7卷。

聞人邦正刊本卷首爲黄綰《陽明先生文録序》、鄒守益《陽明先生文録序》,無目録。卷一至三書,卷四序、記、説,卷五雜著。其中篇目數及次第與此本皆有不同。長澤規矩也編《和刻本漢籍文集》第十四輯《王陽明先生文録鈔》"解題"敘記本書之底本爲嘉靖二十六年(1547)刊張良才重校本。該本卷一至四書,卷五序,卷六序、記、説,卷七記,卷八説、雜著,卷九雜著,卷十墓志銘、墓表、墓碑、傳、贊、祭文,卷十一至十四賦騷、詩,卷十五至十七奏疏,則《王陽明先生文録鈔》之文類次第,乃至卷中篇目次第及歸屬,亦有與之不同者,且個别篇目有增删。

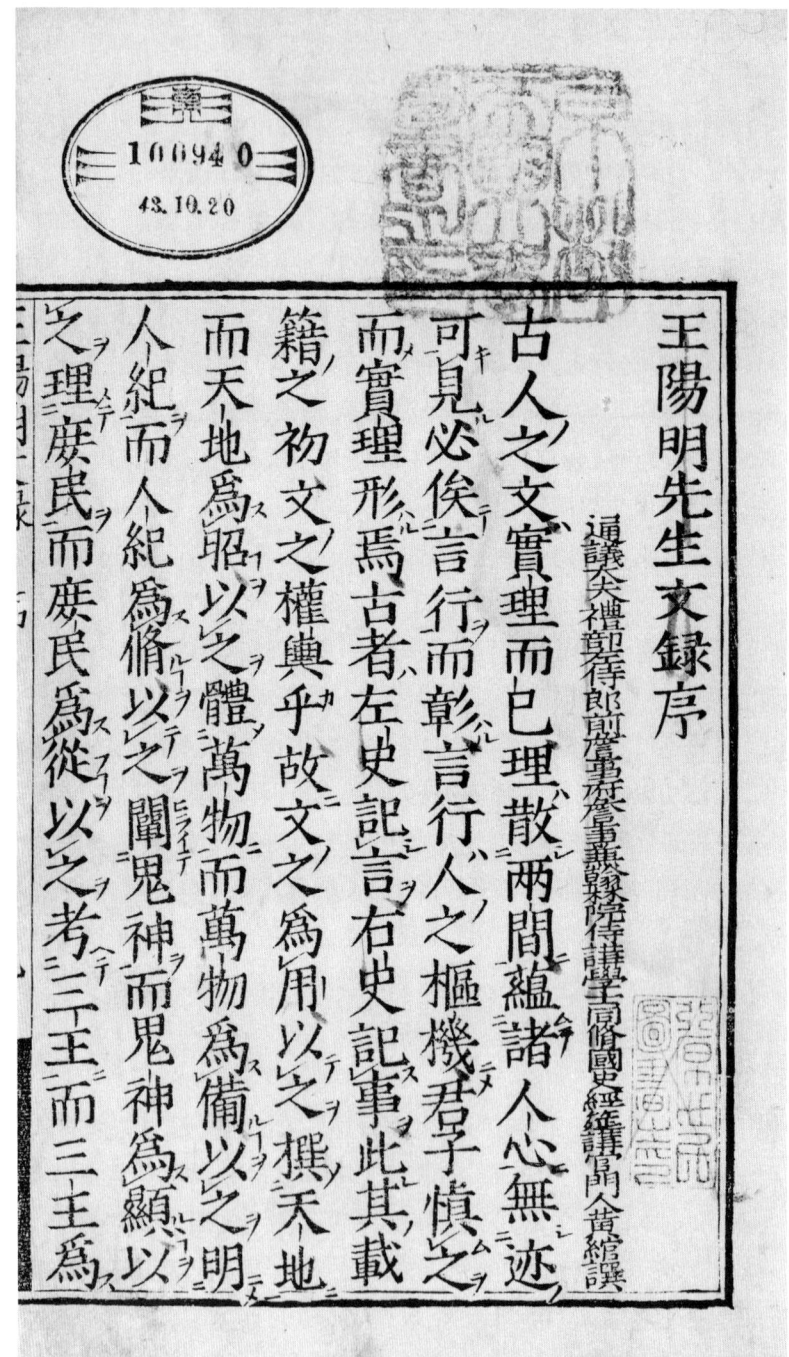

001-02

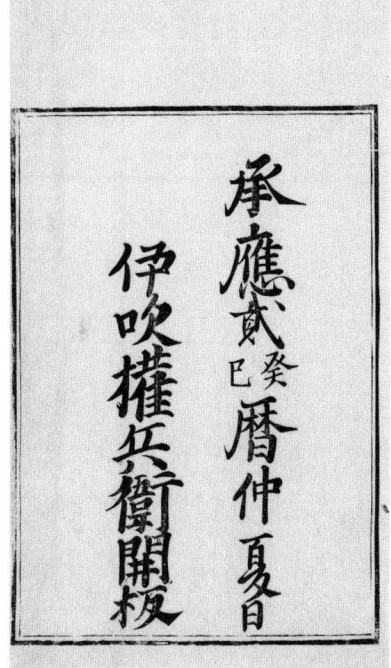

001-03

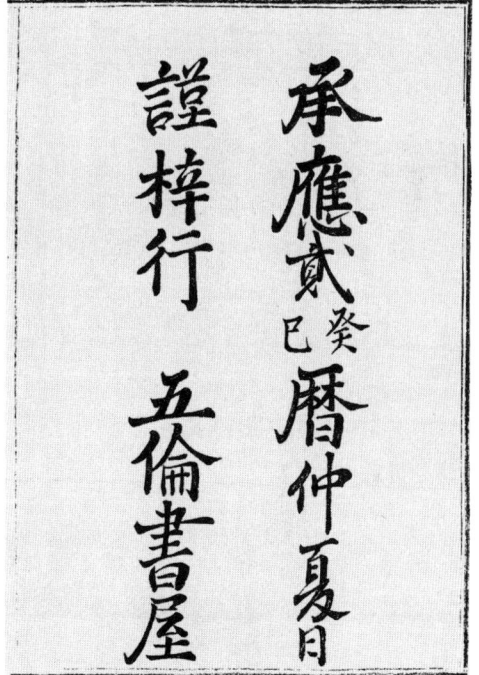

001-04　長澤規矩也《和刻本漢籍文集》本

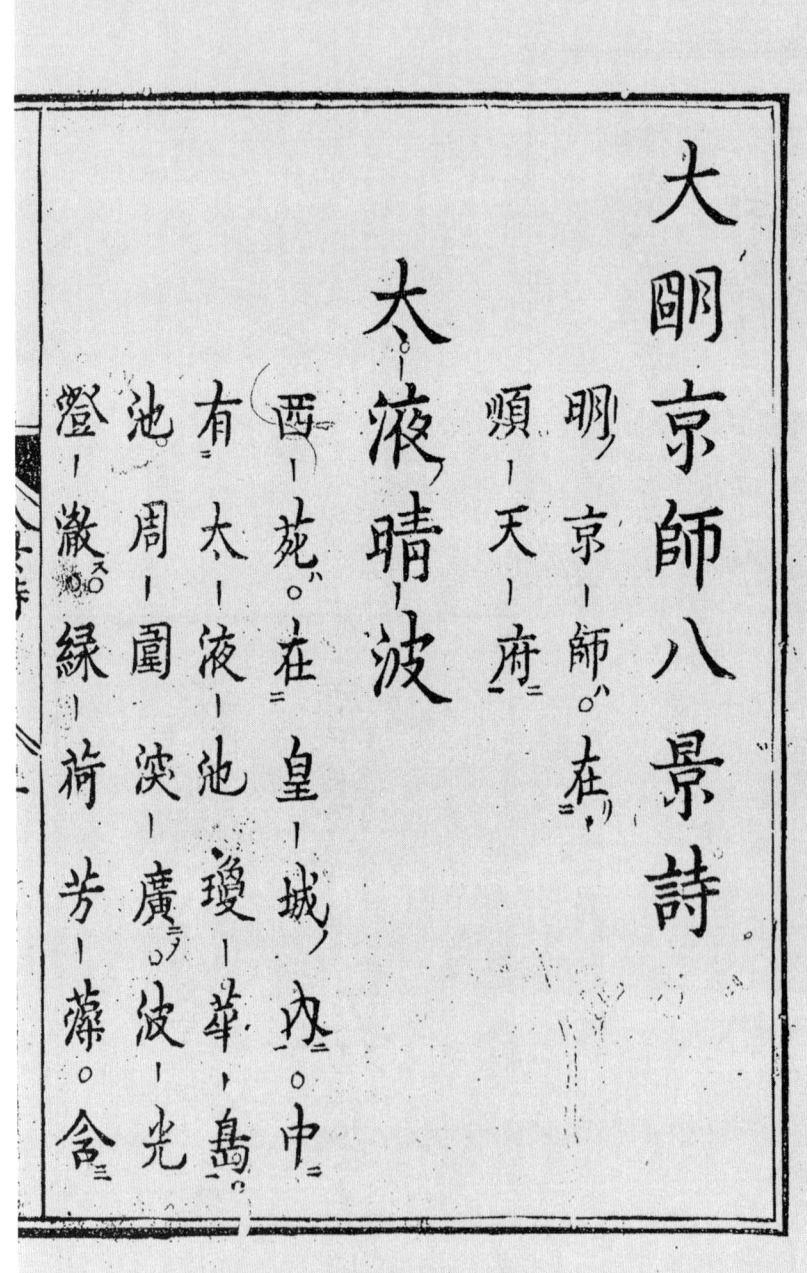

大明京師八景詩

明京師。在順天府。

太液晴波

西苑。在皇城內。中有太液池。瓊華島。池周圍泬廣。波光瀲灩。綠荷芳藻。含

002　大明京師八景詩　不分卷

編者不詳。元禄七年(1694)刊本,大阪府立中之島圖書館藏。1册。開本高廣23毫米×16.6毫米,內框19毫米×13.7毫米,四周雙邊,無欄線,單魚尾,半葉5行,行12字,小字雙行同。

封面題"大明八景詩",內封題:"校正無訛/大明八詩/文會堂藏板。"卷端題"大明京師八景詩",下無題署。卷末跋云:"右明朝京師八景詩,散出于《大明一統志》,今爲末學後進未得考本書者攟錄登梨云。元禄甲戌暮春之日。"其後又刻"元禄七年甲戌四月之吉,京東洞院通夷川上町,林九兵衛壽梓"。

是書八景依次爲太液晴波(胡廣詩)、瓊島春雲(楊榮詩)、西山霽雪(王洪詩)、玉泉垂虹(王英詩)、金臺夕照(鄒緝詩)、居庸疊翠(曾棨詩)、盧溝曉月(王英詩)、薊門煙樹(金幼孜詩)。每

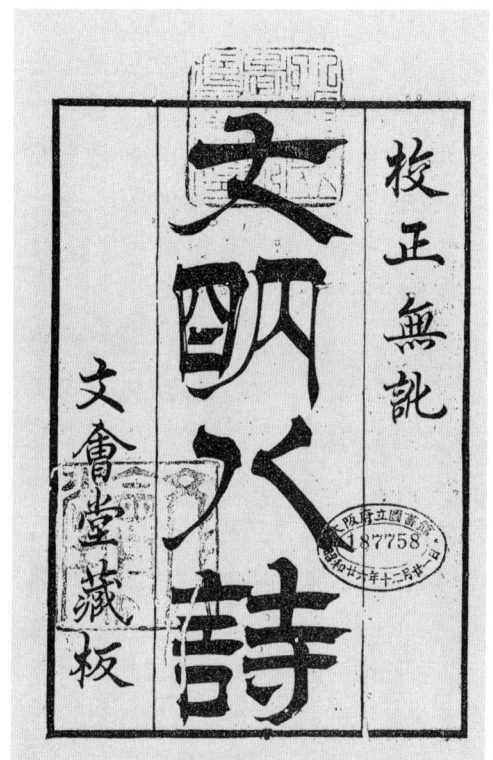

002-02

景各有說明,如《太液晴波》云:"西苑在皇城內,中有太液池、瓊華島。池周圍深廣,波光澄澈,綠荷芳藻,含香吐秀,游魚浮鳥,競戲群集。島皆奇石,巉巖磊砢,下瞰池水。上有廣寒殿,棟宇翬飛,金碧交映,復閣危榭,左右拱向,喬松古檜,烟雲繚繞,隱然蓬萊仙府也。京師八景,名曰太液晴波,曰瓊島春雲。又苑之東北有萬歲山,高聳明秀,蜿蜒磅礴,上插霄漢,隱映宮闕,皆禁中勝景也。"皆出自《大明一統志》。

中國歷史博物館藏王紱《北京八景圖》,卷前引胡廣《北京八景圖詩序》,云:"地志載明昌遺事,有燕山八景,前代士大夫間嘗賦詠,往往見於簡策。聖天子龍飛於兹,肇建北京,爲萬方會同之都。車駕凡再巡狩,文學之臣多列扈從。翰林侍講兼左春坊左中允鄒緝仲熙獨曰:'昔之八景,偏居一隅,猶且見於歌詠。吾輩幸生太平之世,當大一統文明之運,爲聖天子侍從之臣,以所業從遊於此。縱觀神京,鬱葱佳麗,

山川草木,衣被雲漢昭回之光,昔之與今,又豈可同觀哉?烏可無賦以播於歌頌?'衆咸曰:'然。'遂命曰'北京八景'。"末署"永樂十三年歲次甲午十一月日長至,翰林學士兼左春坊大學士奉政大夫廬陵胡廣撰"(又見清乾隆十五年[1750]刻本《胡文穆公文集》卷十二,文字稍不同)。序云參與唱和者計13人:胡儼、楊榮、金幼孜、曾棨、林環、梁潛、林修、王洪、王英、王直、王紱、許翰及胡廣,得詩112首。晁瑮《晁氏寶文堂書目》(明鈔本):"《東郭草亭宴集詩》,《北京八景詩》附。"范邦甸《天一閣書目》(清嘉慶文選樓刻本)卷二之二著錄《北京八景圖詩》一卷,當即此圖詩,今皆未見。

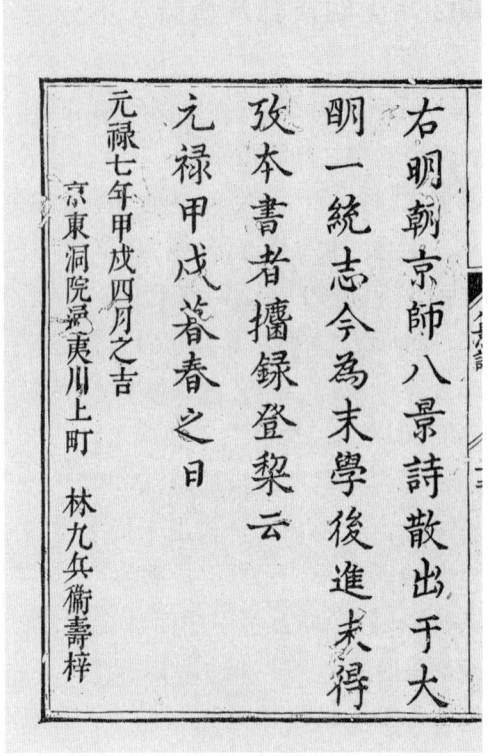

002-03

韓國中央圖書館、韓國成均館大學尊經閣藏朝鮮刻本《北京八景詩集》,首爾大學奎章閣藏《北京八景圖詩》。衣若芬教授認爲:"三個版本的刊行時間和刊行地不詳,雖然書名不盡一致,除了奎章閣本無朝鮮重印者任從善跋文,內文完全一樣,因此,當爲同一中國原本。"①據韓國中央圖書館藏本,八景依次爲金臺夕照、太液晴波、瓊島春雲、玉泉垂虹、居庸疊翠、薊門煙樹、盧溝曉月、西山霽雪,次序與此和刻本不同。朝鮮刻本亦每景有說明,如《太液晴波》云:"太液池在皇城之右,東瞰瓊華島,而西北南三向極深廣,芰荷菱荇,舒紅卷翠,魚躍鳥浮,上下天光,真勝景也。東南有儀天殿,中架長橋以通往來。又有土臺松檜蒼然。天氣清明,日光滉漾,而波瀾漣漪,清澈可愛,故曰太液晴波。"與和刻本不同。

---

① 衣若芬《帝都勝遊:朝鮮本〈北京八景詩集〉對〈石渠寶笈續編〉的補充與修正》,《紫禁城》2015年第9期。

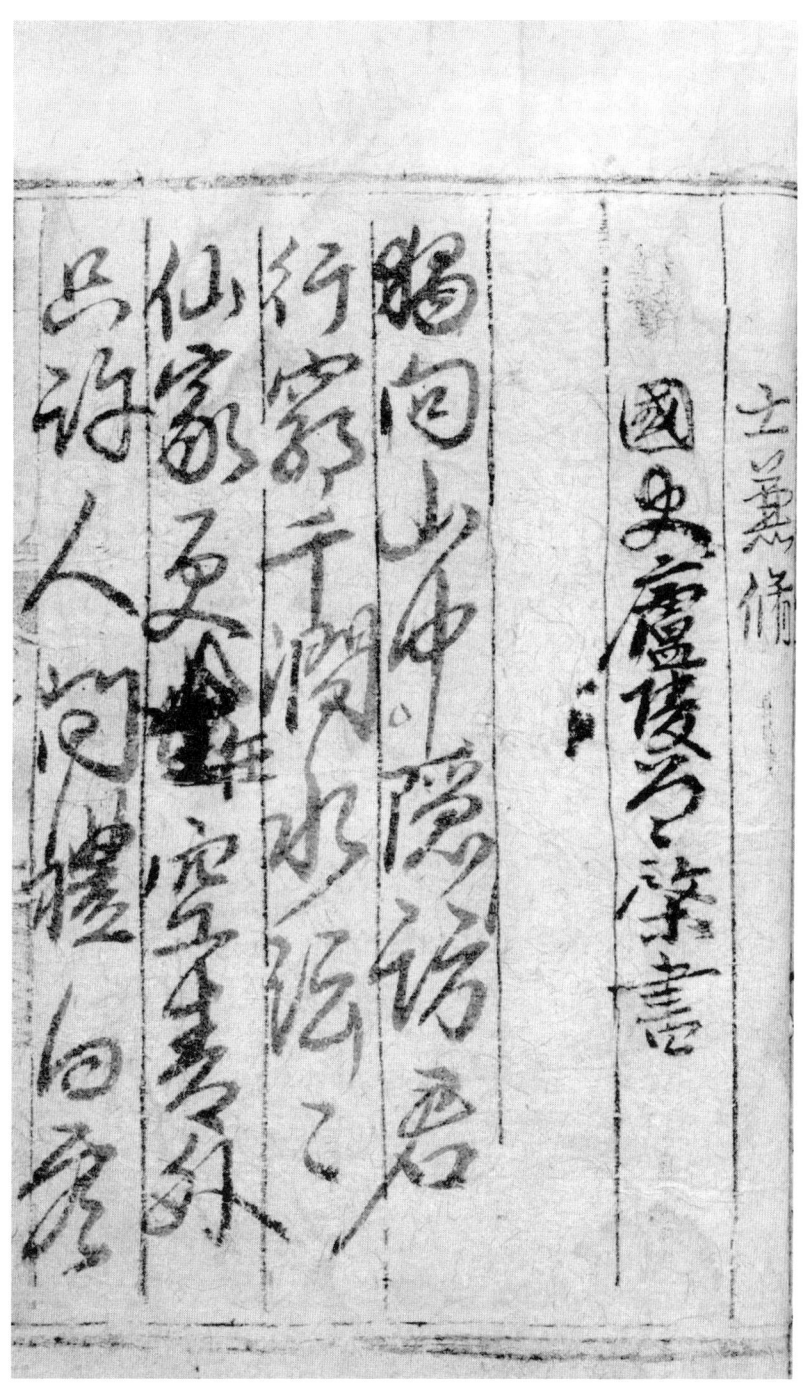

002-04　韓國中央圖書館藏《北京八景詩集》

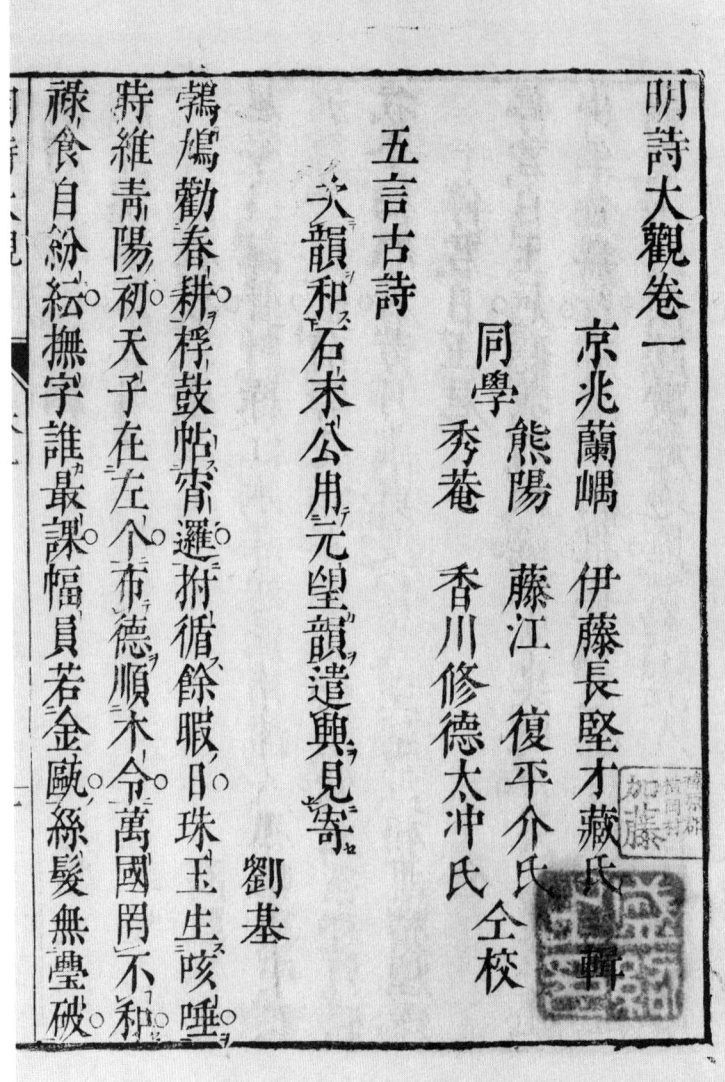

明詩大觀卷一

京兆蘭嵎　伊藤長堅才藏氏輯

　　　　　熊陽　藤江　復平介氏

同學

　　　　　秀菴　香川修德太沖氏全校

五言古詩

次韻和石末公用元望韻遣興見寄　　劉基

鴛鴦勸春耕枹鼓宵邏拊循餘暇日珠玉生咳唾
特維青陽初天子在个布德順木令萬國罔不和
祿食自紛紜撫字誰最課幅員若金甌絲髮無壒破

003　明詩大觀　四卷

伊藤長堅編。正德四年（1714）序刊本，關西大學圖書館藏。5冊。開本高廣27.5釐米×17.9釐米，內框18.7釐米×13.6釐米，四周單邊，無欄線，單魚尾，半葉10行，行20字。

封面題"明詩大觀前編"，內封題："享保丁酉新刊、翻刻必究/明詩大觀/後編嗣出，平安玉樹堂梓。"第一冊爲序、凡例、明詩大觀名家姓氏、總目等。

序一《明詩大觀序》云："弟長堅與一二友生輯明人諸詩，名曰明詩大觀。梓成請序，因謂曰：作詩難，選詩亦不易。譬猶吏也，內而百司諸府，分曹釐務；外而州縣監司，奉職牧民。而績有能否，課有殿最者，吏也。而別其淑慝，考其上下，舉刺之，彰癉之，黜其幽而陟其明者，三事大夫之責也。然不有祁奚之公而有德操之明，則舉措失當，而賢不肖易所。選其清乎？甚矣，

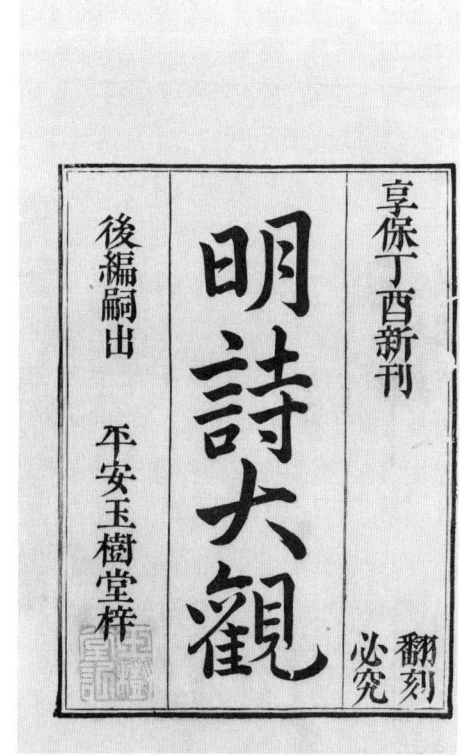

003-02

詩道之有似也。自漢魏而唐而宋而元明，世有升降者，古今之盛衰也。唐三百年，自初而盛而中而晚，風格時異者，一代之升降也。初之沈、宋，盛之李、杜，翹楚當時，萬人辟易者，一時之優劣也。長短古今，體制不一；台閣山林，氣象或殊。歡忻愉樂，憂愁無聊，各會其境，而互有巧拙者，一人之得失也。人各用心而不能皆造其極，非作之難乎？而選焉者，漢魏尚矣。其於唐也，自《河岳英靈》而至儀卿、廷禮、伯弼、于鱗之選，指不遑屈也。然皆不能免於後人之議，則選亦不易矣。苟欲選耶，其宜就其盛，取其升，拔其優，收其得，而何於明耶？唐之選多矣，亦不易選也。宋文優，而詩不若。爾後中州風雅，餘分閏位，固不必選也。故於明乎是選，其就一代之升乎？其拔一時之優乎？其取一人之得乎？識者必辨之矣。於是乎書。享保紀元臘月日，伊藤長胤書。"後有"長胤""原藏父"二印。

序二《明詩大觀序》云："詩至乎唐而極焉,不必言矣,唯明而後可以庶幾也。曾與社友熊陽、蘭嵎二子譚及此事,臭味相投。今復論曰:吁!宋不足議矣,而非無詩人也。蘇子瞻之擬于李也,放蕩變成輕淺;黃魯直之倣于杜也,佶屈翻增吃嗟;二陳失諸枯索而隘狹,范、陸坐於平淡以柔脆,況其他諸子,奚足以解嘲哉!漸入胡元,雖纔脱南宋委靡之習,稍稍一變,努力勁挺,強致情態,而尚其粉脂澆漓之跡,自不能遁也。元季篇什,間有可悦者,要其佚宕真率,竟歸于弱,憶亦末世之口氣耳。及乎初明,劉伯溫、高季迪數子輩出,標格已高,雄壓前輩。中間濟濟作者,空同最其翹楚。乃至嘉靖、萬曆,而後駸駸焉洋洋焉,而復就其中意氣高古,體裁整栗,響亮傑然,優入唐域者,莫滄溟如也。蓋明一代大宗工,二人而已矣。大凡明人之作詩也,以謂學唐,則既輸一著矣,況爲其牛馬走乎?學漢魏

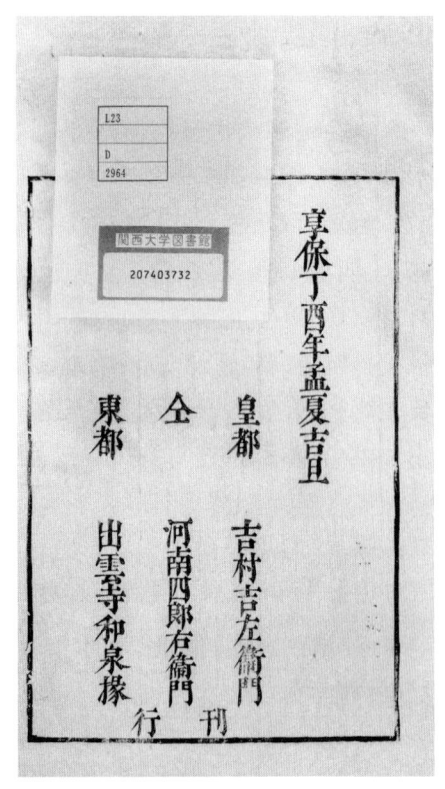

003-03

六朝,則僅進半步矣,寧爲雞口焉耳!遂乃駢轡漢魏,爭鋒六朝,極力盡膽,參前倚衡,寢處于此,以故詞氣渾淪,幾薄乎唐而復出宋元之右,時乎熙哉!皇和闢開東方,上自神皇聖帝,自公卿大夫以下,至于市井草臣、村野黎氓,皆無不作和歌。逮比延、天之際,始作詩賦,多尚元白,寸繡尺綺,非不秀麗,而巧則鑿空,平則嚼蠟,簡冗二手,雅俗異吻,惜未睹全幅之美錦也。雖然,氣自高古矣,蓋詩機在王公之間也。降及五山之浮屠,記誦之俗儒,樸邀慘淡,非土苴則餲飣矣,詩機殆委地焉,可勝嘆哉!近來兩都諸豪,卓爾奮起,挽回邪轍,志趣韻調,度越嚮時,亦不懈而及於古者耶。予每聞諸豪,沾沾動輒喜曰:宋元奚足?明亦末也,唯唐可學。李杜王孟,仍撮其片章半簡讀之,已知其言之不掩也。且夷考之,咸不期於明而固不得不明矣。雖欲不庶幾而得乎,抑亦延、天之一變耶?將時勢好趨,人物氣概,自然符合而然也,豈非大奇乎?蘭嵎頃有茲選,原夫《大觀》之意,不在于多,不在于博,好讀者得一章,以爲貨珍焉,九鼎大呂焉;善學者得一句,鑠斯豹變焉,換骨奪胎焉,此蘭嵎之所以取。而蘭嵎之於學唐也,亦不期於然而自不得不然矣,宜乎有拳拳之意于此。予亦於大官之寸

釁,同其嗜好,則不得不爲茲選展一臂之力,相與扶下鹽梅,猶打號和號頭也。嘗之者知真味,餘不欲盡言矣。正德四年甲午孟夏之吉,平安逸民秀庵香川修德太沖甫書。"後有"香川氏""修德""秀庵"三印。

序三《序》云:"余猶憶十五六歲之時,酷嗜詩,常謂青蓮、工部亦人耳,吾將效其矩度,續其光焰,畢志抽詞,雄峙百代之上矣。喜誦《明詩歸》《彙選》等書,蓋意趣津津不知倦,以爲猶唐也。時餐與餐,時櫛與櫛,未嘗一時去吾手也。既而稍有知識,乃曰:'嗟乎! 殆將誤一生矣。'蓋言仙禽不以雕籠拘,大鯤不以曲池囿,丈夫六尺,要當有爲於斯世,豈以雕蟲篆刻顯乎? 櫛字釘句,協比聲律,假令其詞可玩,音可諷,亦事之微者也。竭其生平之勤,爭工拙於片言隻字之間,壯夫不爲也。故態留存,技癢不已,遭逢驩虞愁病之境,或誦或作,因念

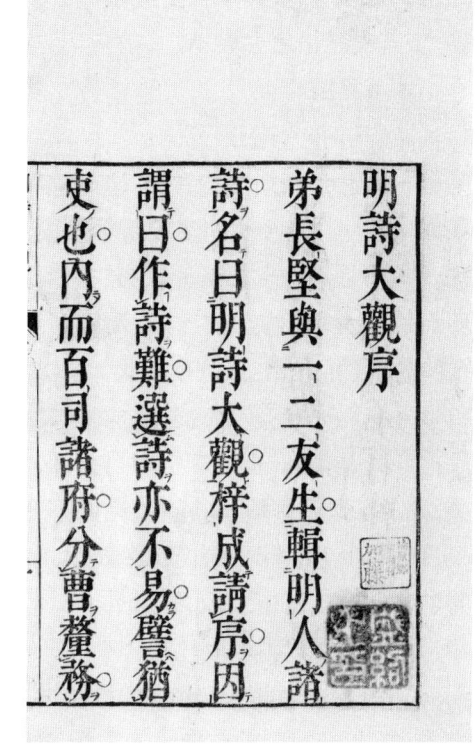

人情各有寄,然後能樂。自古之人,或寄于弈,或寄于酒,彼比於此,則爲稍優耳。故不以詩爲詩,信口而言,隨手而取,何必乎古,何必乎後世邪? 故其論詩異于時軌,獨謬謂古人之詩,各抒己性靈,不肯從人軌轍,故一代自有一代之風,蓋亦氣運之所異,代有升降,而法不相沿,各極其變,各盡其趣,所以可貴,本不可以優劣論也。唐自有詩也,不必《選》;初盛中晚自有詩也,不必初盛;初盛中晚之作者,各自有詩,不必李,不必杜,豈復有一字相襲者乎? 至其不能爲一,猶唐之不能爲《選》,《選》之不能爲《三百》也。後之作詩者,則必崇盛唐,黜中晚,其始一二鉅公倡之,而尋聲逐影,群趨附化,而畢志摹擬,病乎其不唐。體矩爲方,準規畫圓,終爲唐人之臣僕。其上焉者襲其格,其下焉者剽其辭,嘵嘵然自以爲登沈宋之堂而入李杜之室,不知其所掇者,特其皮膚,而求其性情之所寓,固未嘗近也,烏得謂之詩乎? 若徒取其形似以爲唐,是今之形如斷笛者皆周公,而色如削瓜者皆皋陶也。蘇東坡氏有謂:'錦繡綺縠,服之美者也。尺寸而割之,錯而鈕之以爲服,則綈繒之不若。'後之學唐者,其似之乎? 余嘗抄明詩,名曰《明詩大觀》。頃因坊人請,將付木。其選鹵莽,固不免夫遺長錄短

之誚。仝社秀庵、熊陽二子就補刪之,既董其役;近日棗梨工訖,因書平日所蘊者以告之,若夫體格之古與不古,前敘固已言之矣,不竢余之贅也。享保丁酉季春,伊藤長堅才藏父撰。"

又《凡例》六則云:

"一、此邦翻刻明詩者,不過《明詩選》《千家詩》《七才子詩集》三二部耳,各家全集亦未刊傳。故今就諸集中新彙成編,以惠世之好明詩者。

"一、是集本于朱篁風《明詩彙選》,自《李空同集》《何大復集》《李滄溟集》《弇州四部稿》《青蘿館集》《四溟山人集》《甌甀洞藁》及《郁離》《缶鳴》各家全集,以至張士瀹《文纂》,錢謙益《列朝詩集》,鍾、譚《明詩歸》,顧、趙《近體臺閣集》,蔣仲舒《堯山堂外紀》,亦皆旁及廣搜,隨檢采錄。

"一、是集弘、正則李空同爲首,何、徐亞之;嘉、萬則李滄溟居魁,鳳洲、龍灣、宗、吳、謝、梁,次乃登載。其餘傾注歷下,多系甄收。若夫青丘、眉庵、《覆瓿》、海叟、華泉、東橋、少谷、蘇門,前後特在異選,由人存詩,間亦有之。如白沙、陽明、南陳、北李之類,直拔平穩,以不多取也。

"一、詩分八卷,五言古、七言古各一卷,五言律、七言律各二卷,五言絕、七言絕各一卷,合八卷。今以五古、七古、五律爲前編,七律、五絕、七絕爲後編。

"一、詩人姓名以世代爲序次,表號著作,略舉卷首。無考者闕。或臭味於同調,或結歐於一鄉,皆就壇盟,以從其列,所以年次早晚,不敢強也。

"一、選意,與沈惡枯,寧遠勿弱,是故僧道閨秀,共屬割愛,渾附後來之錄補云。"

末署"秀庵誌"。

又《明詩大觀名家姓氏》9葉,始於劉基,終於陳子龍,合計453家。又《明詩大觀總目錄》9葉。

第一册卷端大題"明詩大觀卷一",下署"京兆蘭嶼伊藤長堅才藏氏輯,同學熊陽

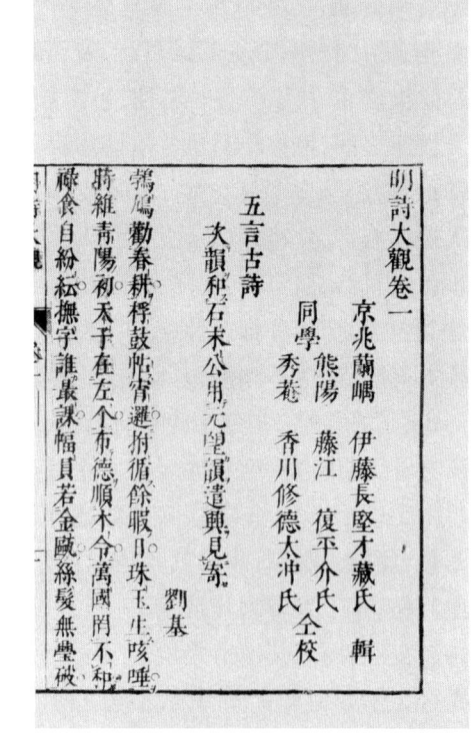

003-05 新潟大學附屬圖書館佐野文庫藏本

藤江復平介氏、秀菴香川修德太冲氏全校"。

第二册卷一,五言古詩,自劉基《次韻和石末公用元望韻遣興見寄》至屠隆《伍員廟》,計79首。

第三册卷二,七言古詩,自劉基《爲本大師題唐臨晉帖》至屠隆《閨情》,計55首。

第四册卷三,五言律詩,自劉基《題太公釣渭圖》至楊循吉《殘雪》,計111首。

第五册卷四,五言律詩,自李夢陽《清風河上寓樓獨酌》至陳子龍《越署春雨》,計237首。

卷末題"享保丁酉年孟夏吉旦,皇都吉村左衛門、全河南四郎右衛門、東都出雲寺和泉掾刊行"。

《明詩大觀》又有新潟大學附屬圖書館佐野文庫藏本,3册,第一册序目、卷一,

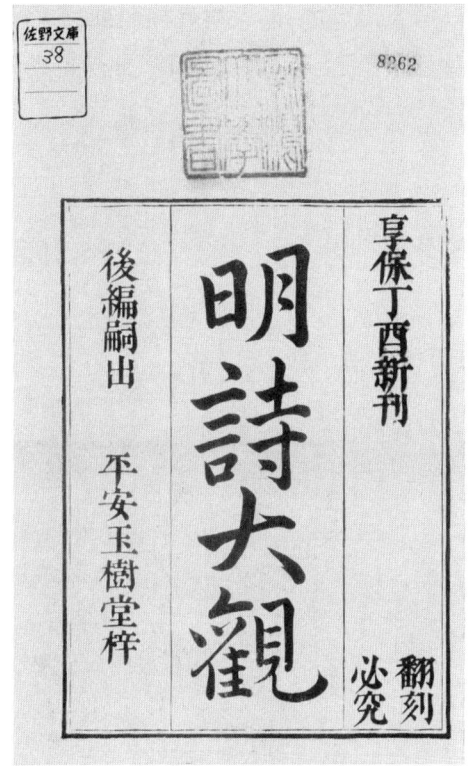

003-06　新潟大學附屬圖書館佐野文庫藏本

第二册卷二、卷三,第三册卷四,版式、内容同關西大學圖書館藏本。惟第一册各序依次爲香川修德《明詩大觀序》、伊藤長堅《序》、伊藤長胤《明詩大觀序》,與關西大學本不同,或是重裝所致。日本國立國會圖書館、京都大學文學研究科圖書館、東京都立圖書館等亦有藏本。

伊藤長堅(1694—1778),字才藏,號蘭嵎,別号六有軒,謚号紹明先生。京都人,江户時代中儒學者。伊藤氏生於元禄七年(1694)五月一日,爲江户前期著名儒學者、思想家伊藤仁齋(1627—1705)第五子,伊藤長堅12歲時父親去世,爲長兄伊藤東涯所養育,5年後東涯死去,長堅與東涯之子東所都依靠家塾古義堂支撑生計與教育。長堅與父親仁齋均重視對《論語》《孟子》等經書的新解釋,所著有《書反正》《詩經古言》,與其兄東涯(原藏)、梅宇(重藏)、介亭(正藏)、竹里(平藏)并稱"伊藤の五藏"。

藤江熊陽(1683—1751),名忠廉,字平介,播磨(兵庫縣)人。江户中期儒者,師事伊藤仁齋、東涯父子。播磨龍野藩儒官。

香川秀庵,即香川修德(1683—1755),字太冲,號修庵、秀庵,播磨姬路(兵庫縣姬路市)人。江户中期醫師、儒學者,師事伊藤仁齋。

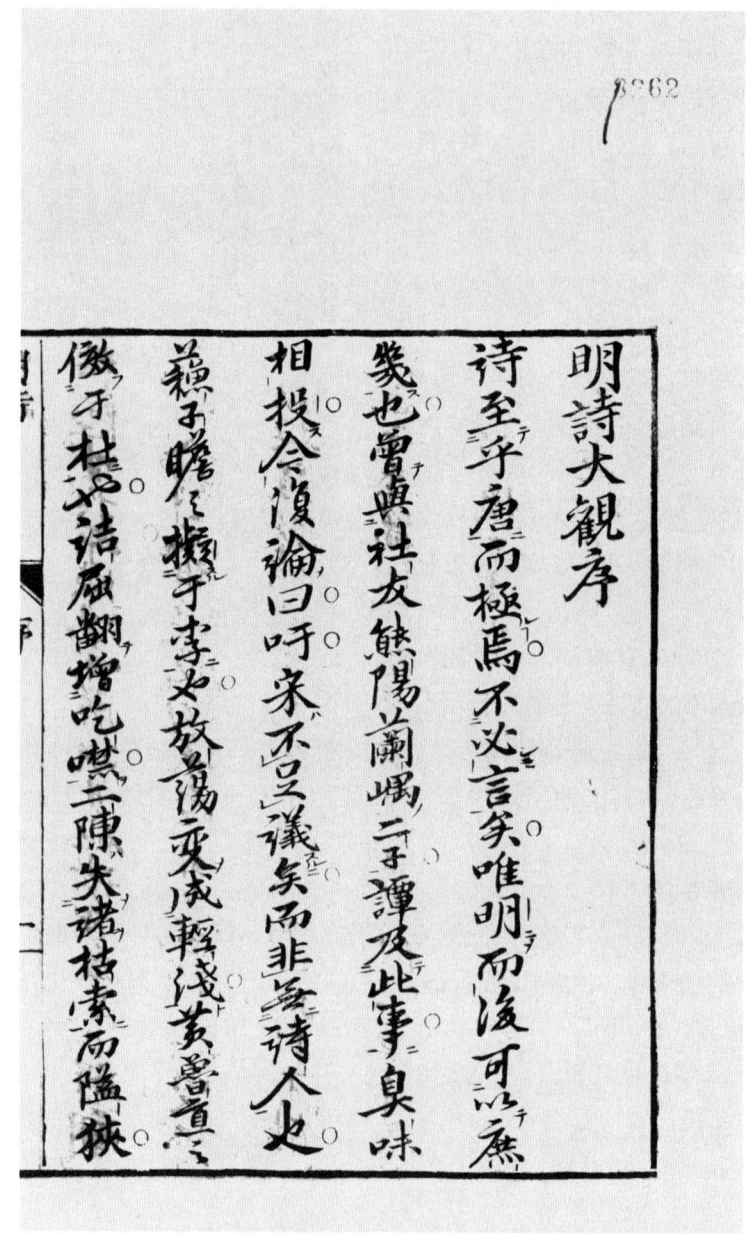

003-07　新潟大學附屬圖書館佐野文庫藏本

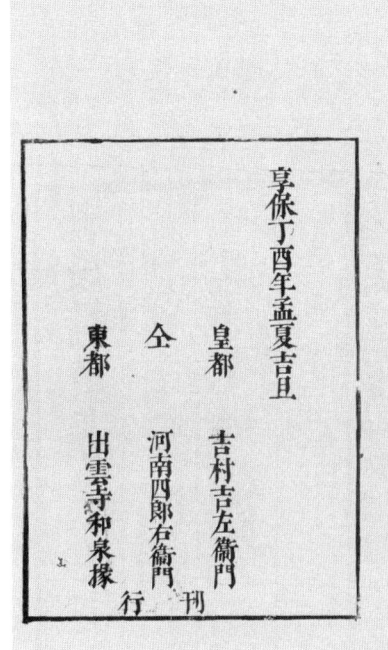

003-08　新潟大學附屬圖書館佐野
　　　　文庫藏本

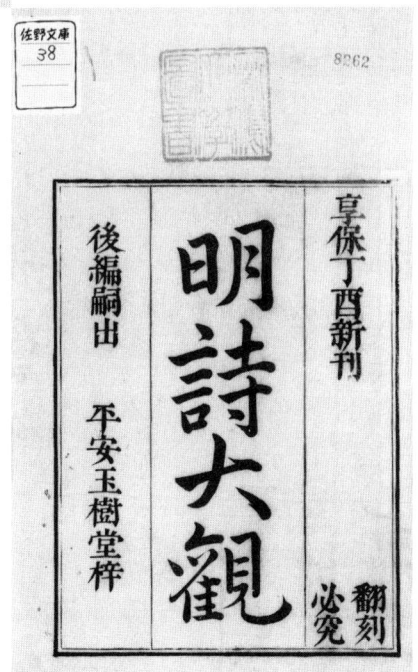

003-09　新潟大學附屬圖書館佐野
　　　　文庫藏本

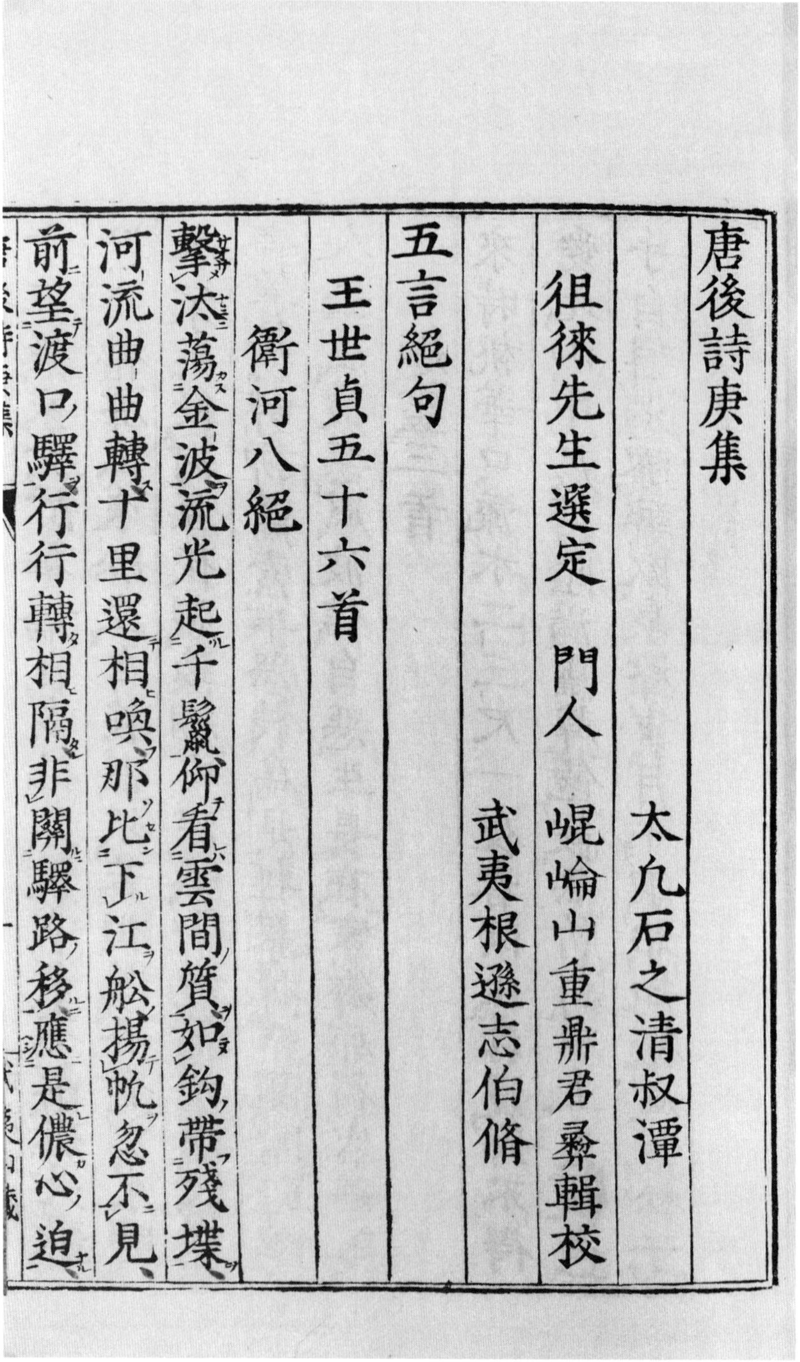

唐後詩庚集

徂徠先生選定　　太凢石之清叔譚
門人　崑崙山重鼎君彝輯校
　　　武夷根遜志伯脩

五言絕句

王世貞五十六首

衛河八絕

擊汰蕩金波流光起千鷺仰看雲間質如鉤帶殘蘗

河流曲曲轉十里還相喚那比下江船揚帆忽不見

前望渡口驛行行轉相隔非開驛路移應是儂心迫

004　唐後詩　三集六卷

荻生徂徠編。享保庚子(1720)序刊本,關西大學圖書館藏。3 冊。開本高廣 27.5 釐米×18.7 釐米,內框 21 釐米×15.6 釐米,四周雙邊,有欄線,半葉 10 行,行 20 字,白口,單魚尾,版心魚尾上刻書名,下刻頁數,最下刻"武夷山藏"。

此本丁集卷上首缺 4 葉,卷末有"東都書林松本新六"牌記。

第一冊序目總論,卷首序一《唐後詩序》云:"詩其可知也,何謂吟詠性情也? 何謂主文也? 言君子之志也。里巷之謠,何以哉? 及太史采焉,陳而爲風者,非君子乎? 而孔子垂教萬世,猶折中什一,可以興,可以怨,而刪其可知也。金輿錯衡,不足乘體;黼黻文章,不足禦寒。冕旒爲纏繳於首,裳幅佩珩支盈其步,必曰:禮不足爲也,性

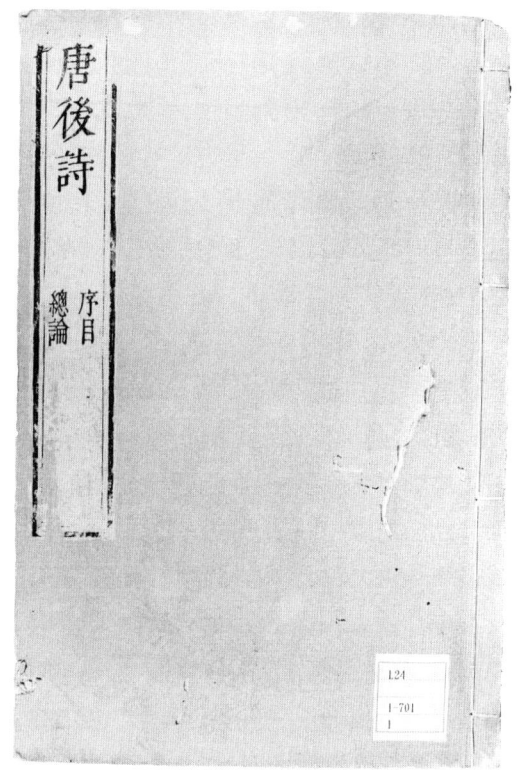

004-02

情而已。則先王之制,徒爲令人械其支體乎? 豈不得已? 其毋以施乎則病者乎? 而有雕結文身,錢其王面,人死相賀,妻後母之俗,不可謂無情也。胡兒射雕,中則加雙,假令貍首采蘋爲節,進退周還爲禮,彼將眩視驚汗之不遑,安能有審固而不失諸正鵠邪? 故射可以觀德矣。事之盡禮樂而可數爲,四正具舉,則燕則譽,蓋君子然後可以言中也,君子然後可以言禮也,而可以言詩也。夫漢魏已前無漢魏,則漢魏無唐。然君子言詩,則四始《風》《雅》之旨,舉此而措之,何世亡詩,何世亡君子? 夫詩,不必相因,不必不相因也。而後世詩,至唐極矣。故知者不創物,述之守之,參之《風》《雅》,故古詩曰漢魏,律絕曰唐,天工人其代之,造化之蘊,其盡於斯乎? 過此以往,公輸不能加方員,加則邪;師曠不能加五音,加則亂。陳隋如婦人好女,晚季雕蟲自小,是罔襃矣。今且嘗試論唐後。夫宋無詩,非無詩也,其心蓋謂詩豈匏瓜也哉?

且詩,性情而已,爲之者是也,何必華山之騄耳而後千里乎?即一二所法,畫狗刻鶩既已且不得,則亦惟索隱行怪,好自專用,其竟不能不以規而爲方也。後生或乃不古處,苟爲佔儜,内無情之所近,安其易窺,卒然以爲宋無以尚矣夫!然後意鳥猝嗟亦爲詩,鴂舌啁哳亦爲詩,而情文具盡。凡自口者爲皆可以傳,即宋之鄙倍,不若是俚,亦以創者之過也。夫在昔開、天諸子既竭吾才,及其至也,當時亦有所不自知焉。季年而錢、劉出,猶未自量,爭以寸,既已不能尺,欲益反損,倒行逆施,漸以魔矣。至晚季至宋,所謂渾厚之道的然而日亡。夫大曆以後,知其不可而爲之者哉。彼爲善之,雖衰運使然也,蓋論未有所歸也。故曰:其貌誠大矣,褊陋之説入焉而嗛;其貌誠高矣,暴慢恣睢之屬入焉而墜。君子猶稽信乎六藝,當世得失之林

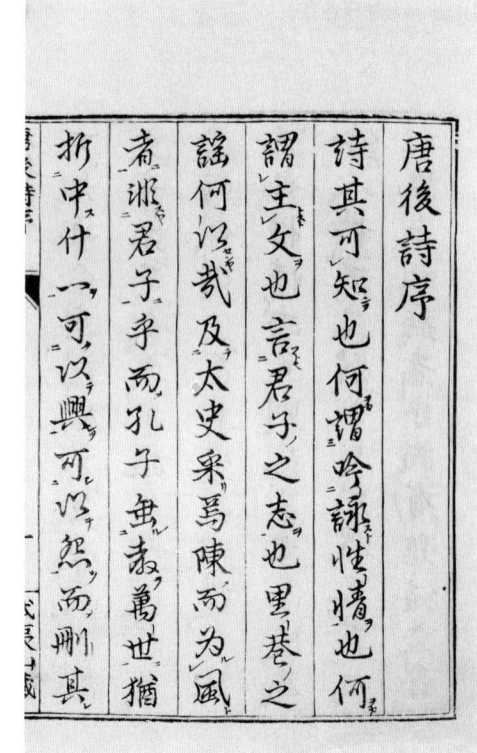

004-03

可觀也。明人蓋彬彬如,作者是富,不乃欲創哉?然其監不遠,才子猶懲戒。其設心若是,率由舊章,合符古人,遂乃深造以逢其原,蓋有不爲也,而後可以有爲;唯其有之,是以似之,所以唐後而有詩也。唯是當局者迷,旁觀則悟;爛漫奪目,當時亦眩焉。蓋漢魏與唐,自然而已,明人衡以其才,乃奮臂窺其奧,則千鈞之重,移於銖兩,即滄溟之精刻,其《刪》也,於明亦唯以人取,以時取,謂之明可也,謂之唐不可也。非德不純,勢然也。漢魏自盡漢魏,不知後有唐;唐自盡唐,未能前盡漢魏。明人並兼之,乃不能自然。即不自然,其才之盡也。其才之盡也,令人知階而及之。此集也,範而出之,有漢魏,有唐,其它不取也。後君子有知明而不必明者,乃得焉。是亦所以知明乎?是亦所以知漢魏與唐乎?此徂徠先生之所以有選也。此先生之教也,諸君校焉,伯修刊焉,元喬謹序以述云。享保庚子冬十一月,南郭服元喬。"後有"南郭""字余曰子遷"二印。

《唐後詩總目録》,編以天干,計10集:甲,古樂府;乙,五言古詩;丙,七言歌行;丁,五言律;戊,七言律;己,排律;庚,五言絕句;辛,七言絕句;壬,雜體;癸,本邦。然

今見各本均非 10 集,關西大學圖書館藏本存總論 1 卷,庚集 1 卷,辛集 3 卷,丁集 3 卷。

又《唐後詩總論》47 則,前摘引胡應麟、王世貞、何景明、徐泰、王世懋、范士楫、戴明説所論明詩,其中以胡應麟所論最多,計 22 則。其後有識語云:"右諸公論,大抵盡明詩矣。祇人心不同如面,即二美友于,未免微有軒輊,是天生才未盡,而明之不能盡唐詩也。要而言之,二李、二王、仲默、明卿、昌穀、子業,斯其至者已。獨余則謂于鱗於盛唐諸家外,別構高華一色,而終不離盛唐。細眂其集中,一篇一什,亦皆粹然,不外斯色,所以爲不可及也。元美一身具四唐,隨年紀以相升降,可謂奇事矣。敬美、子業,介乎盛中之交,此諸公所不言也。有湯顯祖、程孟陽者,年輩稍後,衆論未之及。夷考其業,湯韶令秀蒨,君采、用修之

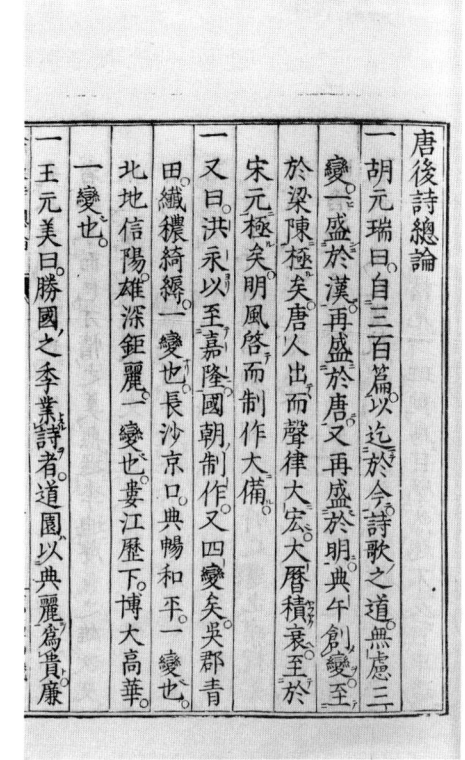

004-04

流亞,時時奇僻,因墮晚唐,比諸昌穀則有間焉。程乃宗祖劉、白,卑卑下矣。至於袁、鍾二子,極口詆毀王、李爲膚爲熟爲狹爲模擬,顧其自爲説者,則鍾曰精神,袁曰無法。又曰:人心自有唐。弇州不云乎:有物有則,無聲無臭,豈俟二子之言?則安得執一而廢一乎?假使其緘默不言詩,而曰:詩在是,唐在是,則足以欺人耳。纔一啓唇,斯有聲詞,有聲詞,斯有格調,非古則唐,非唐則宋元,非盛則晚季,非雅則俚,所不免矣。又使其漢魏六朝四唐宋元互出並行,如弇州博大具備,則猶之可耳。今披其什,袁宋鍾元,絶無它調,故其言亦曰:'韓柳元白歐,詩之聖也;蘇,詩之神也。'其徒之言亦曰:'味石公詩,而賀奇仝僻,郊寒島瘦,元輕白俗,殆無不有。'是其借口唐者,唯爲點計;不能自諱爲晚季宋元者,乃爲揚醜,豈不昭昭然明乎?嗚呼!二子生宋元後,而自謂不膚不狹不熟不模擬也,安足以欺知者哉!萬古神奇,悉在陳腐中。天不能舍鶯花而别爲春,離婁、公輸子非規矩則不能爲方圓,即其自詫神奇,亦元瑞所謂'古人棄去,拾以自珍'者,豈不憫哉!古聖人之言曰:'温柔敦厚,詩之教也。'是千萬世言詩者之刀尺準繩。詩自《三百》以至李、杜,雖其調隨世移,體每人

殊,而一種色相,譬諸春風吹物,燁然可觀者,乃爲不異也。此色一壞,秋冬蕭索之氣至焉,豈翅爲詩道言哉？祇其爲人拗不師古,專而自用,喜快心,惡醞藉,喜放縱,惡拘束。儒者有李斯、象山、陽明、卓吾,詩有東坡、文長、中郎、伯敬,天生此一種人物,以轉盛趨衰,破醇就漓,可畏之甚也。故予於諸論後,特收戴氏二則,以立之防已。"

其後又論本邦之詩云:"本邦之盛,其在寧平之際乎？如晁衡、藤萬里、常嗣、野篁,廁諸唐人,難可辨識。暨乎皇華不航,而人不識華音,讀書作詩,一唯和訓是憑,遂致弱海萬里。其弊也,視麗若華,則裴頠倡陋,長慶之風蔓延朝著;誦偈俘雅,則元僧流毒,蘇、黄之派,氾濫江湖,七百年來,謂之無詩可矣。"

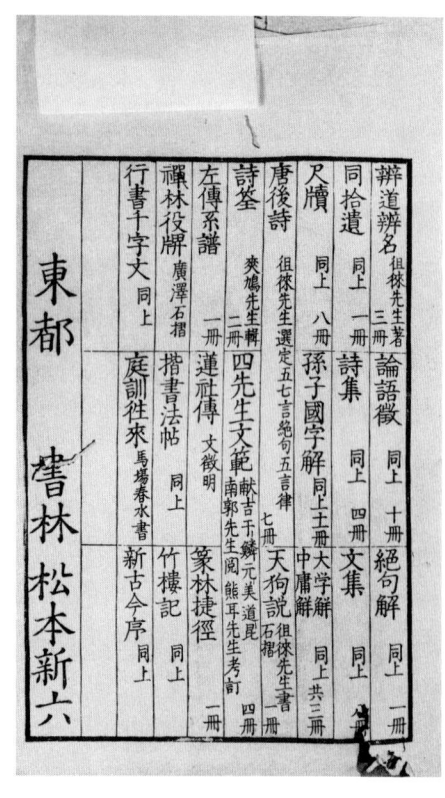

004-05

又云:"昭代御運,文教鬱興,而人稍稍識操唐音。然和訓讀字,其弊自若,唯識意義,而不諳格調體勢爲何物,是以但認晚季緩慢者,以當乎温柔和平之音。又或經生作詩,先入者爲主,則宋風淪髓,汗下不能祛。其最惑人者,崎人之詩,曰與華客相酬和,則見以爲師承淵源莫真於是也,殊不知王、李後明風屢變,其存於今者,非公安、竟陵,則箕生所謂尨中佻外者已。文章之道,與氣運盛衰,方今明亡而胡興,推之前古,草昧間文氣尚闊,其踵習晚明,亦猶洪、永襲元餘也。盛唐之道,至弘、嘉始闡,極盛之運,亦宇宙所稀見,則王、李、袁、鍾,彼未有定論者,吾雖不涉渤溟,踐華域,猶指諸掌爾。故世之眩今中華詩者,其與菅公以白傅自喜,皆不得不惜其陋也。要之,海内之大,豈乏英才？獨詩之行世者,唯周伯弼、方虛谷、蔡蒙齋及僧天隱之所輯者,僅有一二杜律;滄溟《詩選》,亦皆視若天壤,不及企及焉。故今抄明詩,傳之寒鄉學者,使藉是以識百年内外,亦有能游泳夫開元、天寶之盛者已！日本物茂卿識。"

第二册封面題"庚集辛集五言絶七言絶",庚集不分卷,五言絶句目録6葉,凡王世貞56首、李攀龍25首、李夢陽45首、徐禎卿18首、何景明10首、吴國倫5首、劉基2首、高啓5首、劉崧1首、袁凱1首、王誼1首、許廷慎1首、劉球1首、高壁1首、張寧1首、錢百川1首、邊貢2首、薛蕙2首、孫一元1首、王廷相8首、唐順之1首、徐中行3首、宗臣3首、謝榛11首。卷端大題"唐後詩庚集",下署"徂徠先生選定,門人太凡石之清叔潭、崑崙山重鼎君彝、武夷根遜志伯脩輯校"。辛集二卷,卷上目錄5葉,七言絕句凡李攀龍300首;卷下目錄10葉,七言絕句凡王世貞113首、徐中行29首、吳國倫32首、李夢陽42首、何景明17首、徐禎卿14首、邊貢13首、劉基2首、高啓7首、林鴻1首、袁凱1首、趙孤1首、郭登1首、周在1首、王雲鳳1首、薛蕙1首、楊慎5首、唐順之1首、靳學顔1首、宗臣4首、謝榛4首、許邦才8首、李先芳2首、魏裳1首、張佳胤1首、王世懋16首。

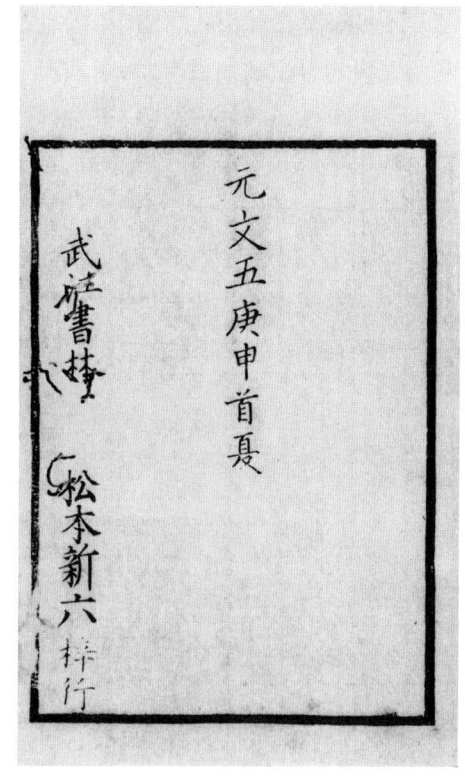

004-06

第三册封面題"丁集上中下五言律",首"唐後詩丁集卷之上目錄"。卷上五言律詩凡何景明130首、李夢陽68首、徐禎卿8首;卷中目錄6葉,五言律詩凡李攀龍100首、王世貞100首;卷下目錄10葉,五言律詩凡徐中行47首、吳國倫34首、王世懋24首、謝榛36首、劉基2首、楊基1首、林鴻3首、周玄1首、楊士奇1首、王洪1首、張寧1首、于謙1首、薛蕙1首、高叔嗣14首、王廷陳5首、邊貢2首、楊慎2首、鄭善夫1首、常倫1首、敖英1首、孫一元1首、皇甫汸2首、喬世寧6首、高岱4首、汪時元2首、張佳胤1首、李化龍1首、盧柟2首、徐渭2首、胡應麟1首。

《唐後詩》有日本國立國會圖書館藏本,3册,與關西大學圖書館藏本爲同板,然裝訂次序不同。第一册序論、總目錄、庚集不分卷、丁集卷之上,序下書"湯巖山房玄功";第二册丁集卷之中、卷之下,末有"東都書林松本新六"刊記;第三册辛集卷之上、卷之下。

有新潟大學佐野文庫藏本,5册。第一册序論目錄、庚集;第二册丁集卷之上;第三册丁集卷中;第四册丁集卷之下,卷末刊"元文五庚申(1736)首夏,武江書林　松本新六梓行";第五册辛集卷之上、卷之下。

是書又有早稻田大學圖書館、龍谷大學圖書館、大阪女子大學圖書館等藏本,與關西大學圖書館藏本爲同板。

荻生徂徠(1666—1728),本姓物部,名雙松,字茂卿,號徂徠、萱園。荻生爲日本德川時代中期的哲學家和儒學家,古學派之一的萱園學派創始人,江户時代最有影響力的學者之一。荻生徂徠師承木下順庵,詩學盛唐:"錦里先生出而扶桑之詩皆唐。"爲廓清朱子學影響和蕩滌五山餘風,荻生徂徠深服明前後七子"文必秦漢,詩必盛唐"之説,尤奉李攀龍之論爲圭臬。徂徠著述甚富,涉及經史子集各部,如《辨道》一卷、《辨名》一卷、《論語徵》十卷、《論語弁書》四卷、《明律國字解》等。

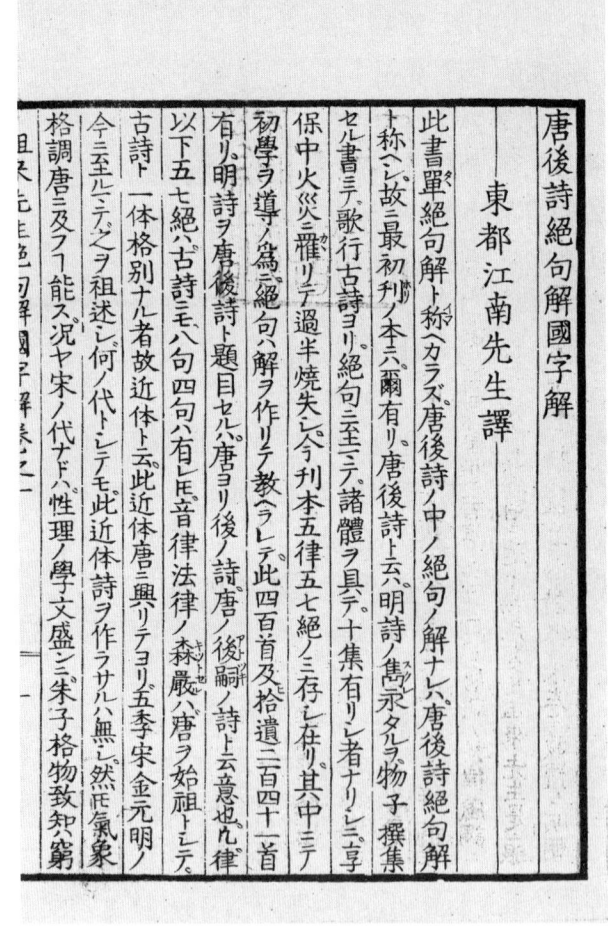

004-07　日本國立國會圖書館藏本

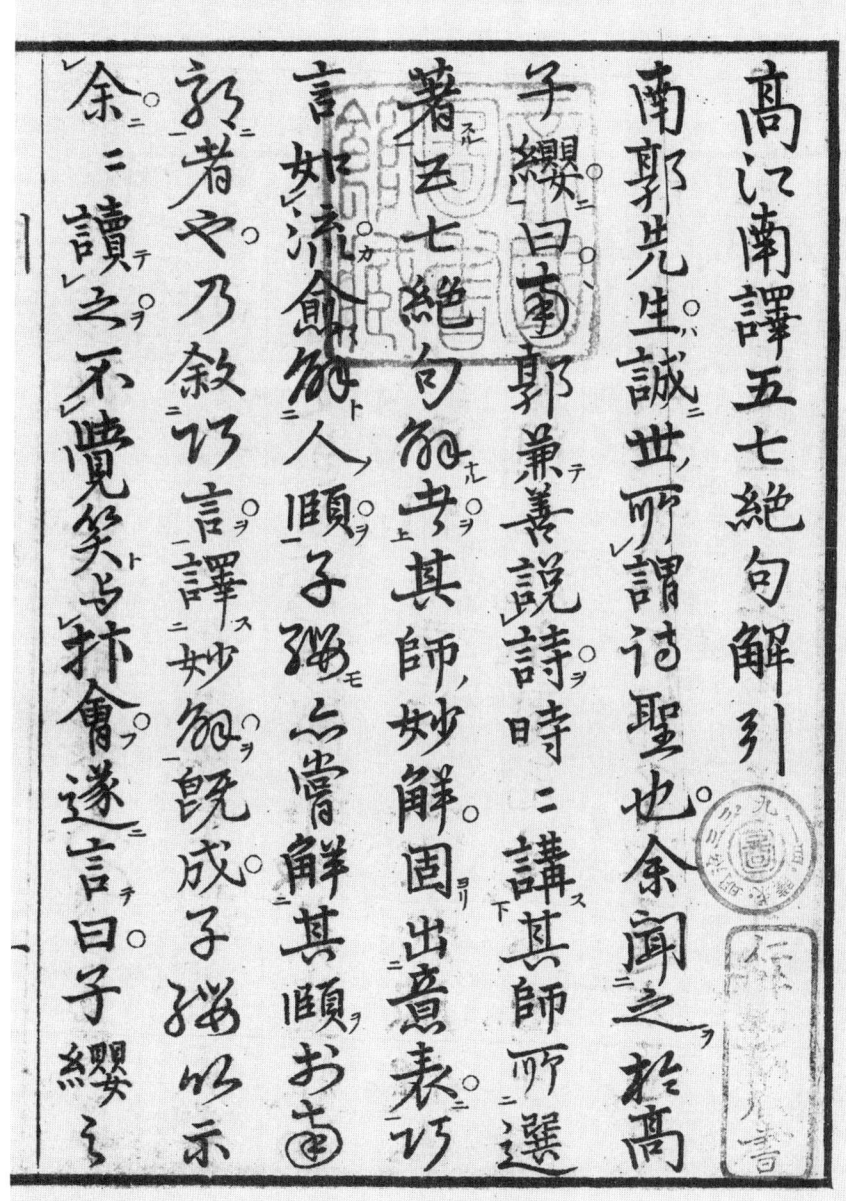

004-08　日本國立國會圖書館藏本

明詩俚評

紀州　祇園南海瑜汝斌父評釋

春景

典麗　春日應制

　　　　　吳伯宗

鍾阜嵯峨曉日紅 萬年佳氣鬱葱葱 蒼松翠竹知
多少盡在祥雲五色中

舊註ニ云鍾阜ハ即鍾山在南京皇城之北崖巖ハ高
峻ノ貌ナリ曉ノ曉景ヲアリノマヽニ叙ッ山ニ朝日ノ出ルヨリ作
目出度キ氣ノ立ワタル体草木マテ盡ノ五色ノ雲ノ中ニ見ユ風
情実ニ太平ノ氣色ナリ入組タルコヲ不言全篇ヲノツシリト作
ル是應制体ナリ祥雲ノ五色ハ常ニシモ立ツ物ニアラ子氏春ノ景ナレハ
金殿玉樓ニ花モ開キ緑モ榮ル時節雲霞ノ朝日ニカヽヤク氣

005　明詩俚評　一卷

祇園南海撰。享保六年（1721）序刊本，早稻田大學圖書館藏。1冊。開本高廣 27 釐米×18.5 釐米，內框 21 釐米×17 釐米，四周單邊，白口，單魚尾，有欄線，半葉 9 行，行 19 字，小字雙行同。封面題"明詩俚評"，卷端大題"明詩俚評"，下署"紀州祇園南海瑜汝斌父評釋"，魚尾上刻"明詩俚評"，下刻頁數。卷末有"寶曆六年丙子六月，大阪書林心齋橋北誥泉屋卯兵衛梓"。

卷首序一《明詩俚評敘》云："漢唐之詩難學難解，明人之詩易學易解。漢唐之詩不可不學，而不可不解；明人之詩未必不學，而未必可解。然學詩者初讀漢唐之詩，猶夢中聽鈞天樂，非不知其音之靈妙，但其茫然不能識靈妙之所在，不如先讀明詩之

005-02

易成功耳。予評釋明詩以便初學，爲此故也。蓋《千家詩》，明詩中之最平易者也。其詩大率清爽澹雅，近而易見，淺而易識，所謂奇奇怪怪、深奧雄傑者，不載一篇焉。若使學者常效此體，恐其流於柔媚也。嘗聞子瞻曰：'凡學文必先可學絢爛，絢爛之極，平淡可致。'予以爲學詩須先學平淡，平淡之極，進而入奇怪於深奧於雄傑，千態萬貌，唯其所欲爲。譬諸行步未能正倚側，便欲學楚舞；言語未能辨侏離，便欲廣郢歌，難矣哉！若夫周旋中規，應對合宜者，可不煩讀此篇。《白苧》《陽春》，當自師焉爾。時享保辛丑季冬之日，南海祇園源瑜汝斌甫題。"

序二《明詩俚評序》云："《詩》《騷》徂以屢變，唯開元、大曆之間彬彬者。唐而降，法度嚴密雖一，然氣象風骨漸遠寖變，近論入窟。明興，模寫唐人，始履其正步，似望其面目。而譬之冰與水精，非不光，自有不可偶抗者，故蒙學引其象胥，而後可

會通焉。南海君爲之啓發,學詩之路廓如也。蓋君之學出於新井白石先生之門,白石先生者,當時文宗,名滿天下,身入政,砥礪風靡,抑我皇和自往古雖多有詩名者,皆不得其粹矣。自先生出,而後詩實始明於世也。繼南海君其詩大震於世,人稱曰藍謝青,自是以來,國朝之詩,洋洋乎起於海內,諸家左右之,以日分派、月立流,桃李靡然成其面。雖然,皆不過首鼠盤桓二先生之跡已矣,可謂先生之功偉矣。於戲!今聖代教化及宇內,寒村鄙夫思解字,幽谷頑夫知挾書。緜是又老魅巧僞之師,繽紛雜遝於此時,論道釋經,碎義喋喋,爲陸居仁夢尼父之談,則白面後進,好事晚學,擲鳳質以隨老鴉,可憐邯鄲之步,爲書癡迷,左轍習而成性,有不知口堯舜而心盜蹠者,如斯不如棄學乎?不佞雖固不就師於正承,

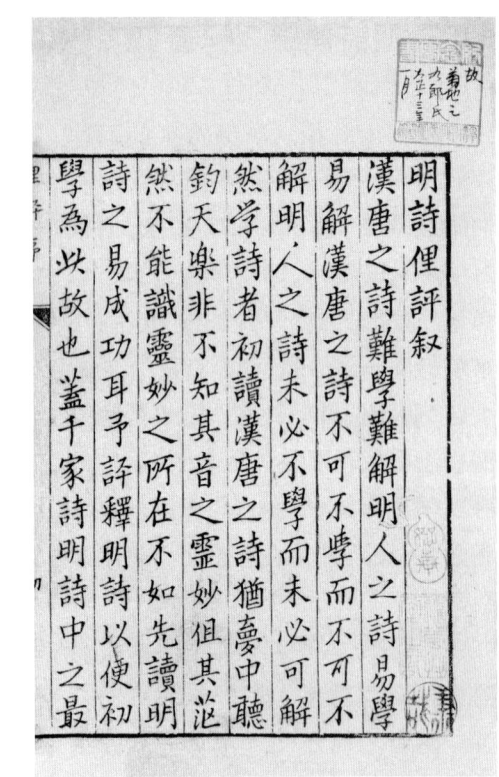

005-03

故不聽聖學淵源之據所傳,察諸儒言行之跡,而可知焉爾。且又不知詩,嘗適得見此篇,不圖論詩之至於斯也,宜傳,憾難得。屬日,梧桐館主人攜來,請爲之考訂,且題一語於卷冠。予曰:'此書也,甚希而不易見焉,子安得之耶?'答曰:'閱市得沽,故鋟梓以垂不朽。'予曰:'善矣哉!'由是宿之,猶投薰以復於浪華也。蓋明詩大意盡於此。非明詩大意盡於此而已,唐詩大意亦盡於此,學者不可不讀。竊謂本朝之人,詩不可能得作,能得解是可,而後始可與言詩已矣。寶曆五年暮春中二日,新井白蛾祐登題。"

卷末《明詩俚評後序》云:"《詩》三百已還,《楚辭》《選》詩,至漢魏樂府與古詩,其觀其調各不同,而皆上世之口氣,真情流出,造化之妙,固非後世之所髣髴也。乃若唐近體,則法度緊嚴,風格高邁,雖非古調,而興象逼真,情思優長,亦有末造之難企及者矣。若夫後進或易模仿者,其唯明而後可以庶幾耳。然明人競勝于字句之間,雕琢矯飾、佶屈鉤棘之流,亦不爲不多。吁,詩豈易識耶!世趨浮靡,人厭漸修,輓近初學之士,未窺門牆,輒爲入室。白面生腹而欲咳唾之爲珠璣,口尚乳臭而漫議

老成之金玉,自負樸檄之才,獨謂造詣之熟,擅列詞場,扼腕言詩,傍觀其所作,非剿經道之套語,則吐小兒之戲言,信口而誦,隨手而錄,醜態滿紙,而自以爲得,適不揣其量,反供識者之哄堂者,非亦可羞之甚也耶?南海祇園氏哀其如此,就明詩撮鈔其絕句,解之以國字,爲迷徒指其方。予閱之愜鄙懷,乃謂可傳之書也。此間之髦士登詩壇之階梯,舍此而他求哉?頃梧桐館主人將上梓,遂請予跋,因敘平素所蘊,爲題於卷尾云。寶曆甲戌年三月,穗積以貫伊助父跋。"卷末題"寶曆六年丙子六月,大坂書林心齋橋北詰、泉屋卯兵衛梓。"

是書基本評釋《皇明千家詩》卷一、卷二,唯《夏日閣宴》後《藕花居》《西湖采蓮曲》2首,《千家詩》此2卷無。

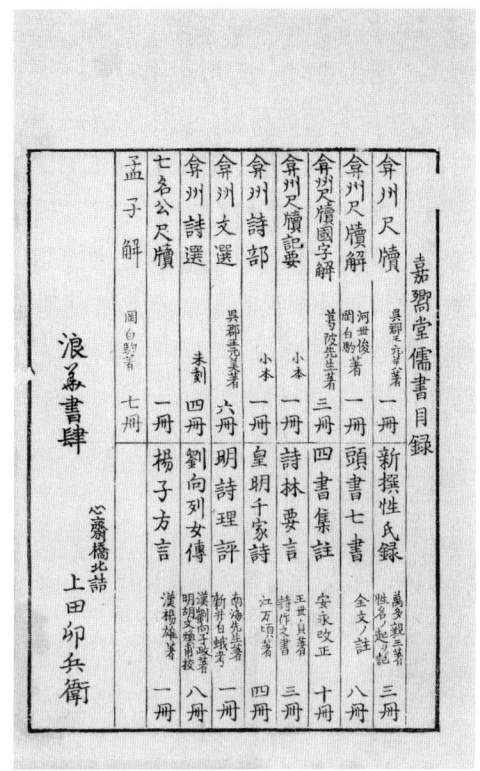

005-04

祇園南海(1676—1751,一説生於寶永五年,1677年),字伯玉,號南海、蓬萊、鐵冠道人、箕踞人、湘雲、信天翁等,通稱余一。江戶中期儒學者、漢詩人、文人畫家。元禄二年(1689),進入木下順庵門下學習程朱學,與新井白石、室鳩巢、雨森芳洲、榊原篁洲等稱"木門十哲",又以才能出衆,與同年浦霞沼並稱"木門二妙"。南海善漢詩,第一次見面,木下順庵即爲南海七言律詩所驚歎。18歲(一説17歲)時曾一晚作五言律詩百篇,受到年長19歲之新井白石的讚賞。元禄十年(1697),父親去世,南海繼任紀州幕府儒官。元禄十三年(1700),因行爲不端、放荡不羈,南海被開除,謫居長原村(今日本和歌山縣紀之川市貴志川町長原),一種説法是因爲笔禍。之後,得到新藩主德川吉宗的赦免。正德元年(1711),南海受任接待來日的朝鮮通信使,展露詩才,受到朝鮮李東郭的讚賞,結下深厚的友誼。正德三年(1713),藩主吉宗創設紀州藩藩校講解所(湊講館),任命南海爲督學(校長)。任上,南海與許多文人墨客往來,研討詩歌與繪畫,與野呂介石、桑山玉州並稱"紀州三大南畫家"。宝曆元年(1751)去世,享年76,葬於吹上妙法寺(今日本和歌山市吹上二丁目)。

新井白蛾(1725—1792),名祐登,字謙吉,號白蛾、黄洲、古易館。出身加賀藩,師事三宅尚齋門人菅野兼山,學朱子之學。22歲時在江户教書,時荻生徂徠一派流行,乃至京都研究易學,主張"古易中興"。寬政三年(1791)受加賀藩主前田治脩之招,創設藩校明倫堂。新井白蛾爲江户中期重要儒學者,主要研究易學,開創"易占派",所著有《古周易經斷》十卷、《易學類編》、《古易一家言》、《易學小筌》、《周易本義考》、《周易啓蒙考》、《滄溟尺牘兒訓》、《唐詩兒訓》、《唐詩絶句解》等。

是書有日本國立國會圖書館藏本1册,内容與早大本同。唯内封有題記云"祇園南海先生述,新井白蛾先生考/明詩俚評全/浪華書肆抱玉軒繡梓";卷首二序,首新井白蛾序,次祇園南海序,與早大本不同。

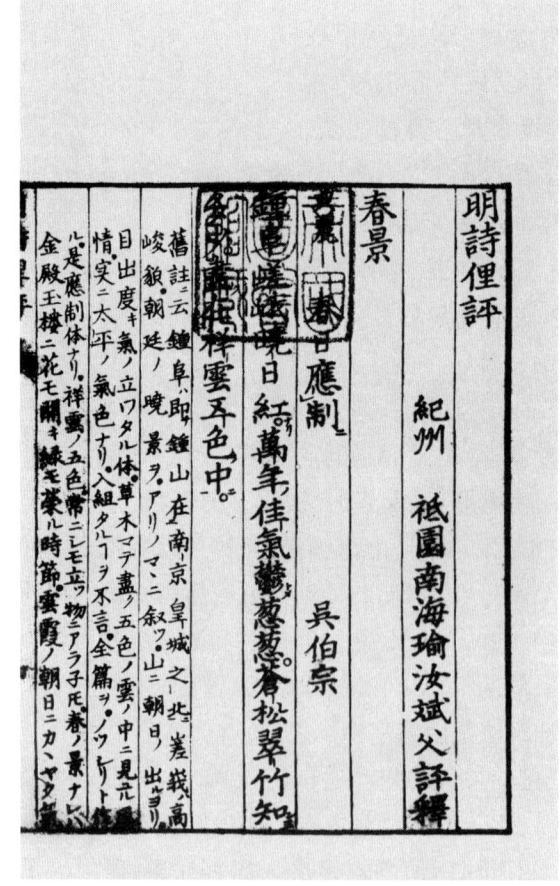

005-05　日本國立國會圖書館藏本

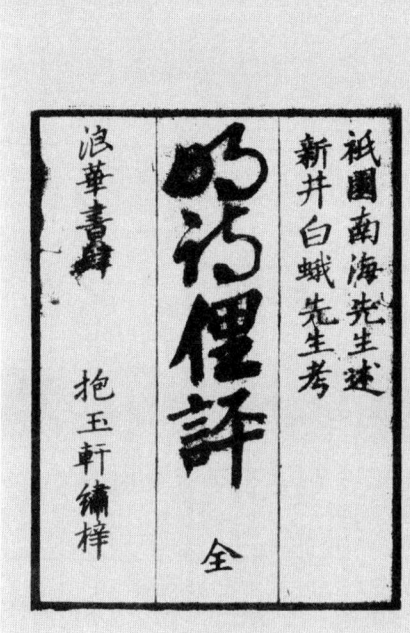

005-06　日本國立國會圖書館藏本

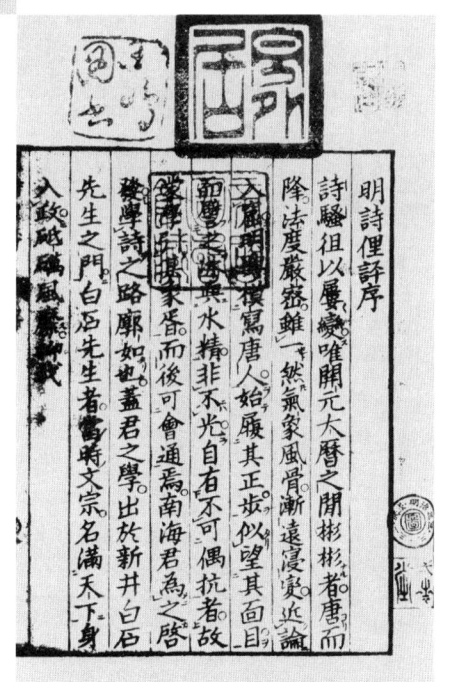

005-07　日本國立國會圖書館藏本

滄溟先生尺牘卷上

吳淞張所敬長輿　輯
後學潘煥宸翊之　校

答王寧波崇義

其不倭纍與執事分符而出者今且四載矣栖栖風塵中為五斗米磬折道傍與執事浩然而歸高卧淄湄之上也當按屬山東省

與王中丞廷

某不佞再辱使者下存有致曆焉唯天道既變

（寧——在浙江者
　分——後漢昏
　執——五氏
　高——晉謝安、東山
　栖語何房是栖者
　五——陶僭業曰吾不能
　為五斗米折腰奉愛
　鄉里小人邪
　磬——也礼云則磬折
　垂佩

006　滄溟先生尺牘　三卷

明李攀龍撰,張所敬輯,潘煥宸校,田中良暢(蘭陵)點。享保十五年(1730)九月江都書肆嵩山房刊本。自藏。1冊。開本高廣27.4釐米×17.8釐米,版框19.1釐米×13.9釐米。白口,左右雙邊,上黑魚尾,半葉9行,行18字,版心鎸"滄溟尺牘"。

封面題簽"李滄溟尺牘"。内封:"蘭陵先生考訂,不許翻刻、千里必究/滄溟尺牘/江都書肆嵩山房梓。"長澤規矩也《和刻本漢籍文集》本欄上有"新刻"二字。另有日本光藤益子氏藏本、日本善通寺藏本。

卷首《重刻滄溟尺牘序》云:"折簡,古人有之,而於書具體而微耳。凡有事,必書疏以陳之,長版大章,以代懸河之雄,則莫不皆爲藻繢黼黻,飾其近心。若乃投以桃,報以李,旦削十牘,暮

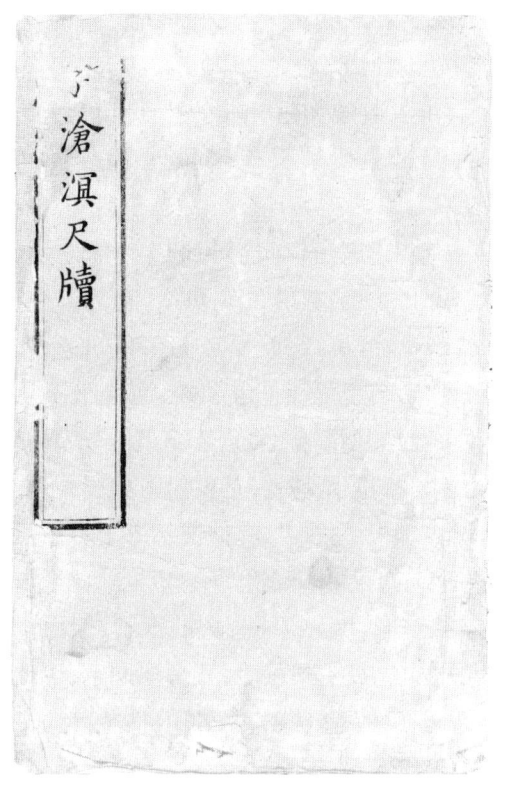

006-02

發十函,若日懸石之一,尚且厭堆積,固無意於致之遠,備一不朽之具。是故晋帖已下,偶爾所存,亦唯以人以筆,雖其言之雅馴,稱草草不違,而未之收藝苑也。明人始多用巧於此,作者維競,片玉必取諸崑岡,一枝必取諸桂林,斯可稱創體矣。創體則滄溟其選也。夫敬於幣之未將,寓其實於赫蹏之間,非辭命以爲潤色,何以嚴如端章甫見大賓,蓋取諸左氏。親交不薄,言期斷金。蔚矣其文,概略其人,則鄴中之八斗,或助之才。蓋取諸曹劉。知己其聽,何必繁音?小言詹詹,若有若亡,則二王之唯墨是存,適足以效其真率。正始之旨,莫逆於彼此,雋永於短詞,俾人一唱而三嘆,則二劉之富清言,亦可以假之尺一之伎。我思古人,實獲我心,滄溟氏作牘,其有所取乎?他未易論云。滄溟尺牘有舊刊,田子舒得而喜之,乃考訂而重鎸之,徵序於余。余既序滄溟集,然京刊未行。且此舉也,子舒亦獨爲尺牘者,故余又序,以道尺牘之小,猶

當有所視古爾。享保己酉之秋服元喬。"有"元喬印""子遷"二印。

是書無目錄,卷上凡33篇,卷中凡29篇,卷下凡28篇,通計90篇。

正文卷端大題"滄溟先生尺牘卷上",下署"吳淞張所敬長興輯/後學潘煥宸翊之校"。

卷末《題滄溟尺牘尾》云:"辟之劍,簡牘者,匕首也,雖置之炙魚中,利鈍不分,可矣哉?滄溟集行,而操觚家稍稍知龍泉、大阿,然尚猶望之斗間紫氣,不可企及矣。屬者又有抄其尺牘,余獲而藏焉。夫挈瓶之徒,往往謂簡牘易就,是以鉛刀相屬,不能揚其龍文。今刻茲書,尚欲使寒鄉士目未見彼集者,亦知巧冶鑄鎞鍛鍊不苟也。此余所考訂之志也。其字異同,一沿舊刊,但原本脫落失義者,就本集補之,且旁注國字,以便蒙士云。庚戌仲夏望,東都田良暢。"有"蘭陵""子舒氏"二印。

006-03

卷末刊記:"田中武助校定/享保十五年庚戌九月日/江都書肆嵩山房/須原屋新兵衛梓行。"有"須延年印""歲中"二印。

李攀龍(1514—1570),字于鱗,號滄溟,山東歷城人。嘉靖二十三年(1544)進士,歷陝西提學副使。家居十年復出,累遷河南按察使。母喪,以毀卒。與謝榛、吳維嶽、梁有譽、王世貞稱"五子"。又與王世貞、謝榛、宗臣、梁有譽、徐中行、吳國倫稱"後七子"。有《滄溟集》《古今詩刪》等。

張所敬,字長興,上海之龍華里人。少即有文章之譽,王世貞與交,頗相推重。著有《潛玉齋稿》《潛玉齋續稿》,編纂《明詩藻》等。傳見《雲間志略》卷二一。

潘煥宸,字翊之,上海人。萬曆間在世。爲莫是龍外孫,刊莫氏《石秀齋集》十卷。

蘭陵先生,即田中蘭陵(1699—1734),名良暢,字子舒,江戶人。江戶中期儒者,嘗編著《謀野集刪》,有《蘭陵先生遺稿》。

服元喬,即服部南郭(1683—1759),名元喬,字子遷,號南郭、芙蕖館等,京都人。江户中期儒者,荻生徂徠高弟,與太宰春臺并爲蘐園學派之双璧。著有《唐詩選國字解》《南郭先生文集》等。

張所敬輯、潘焕宸校明刊本未見。和刻本尚有寶曆元年(1751)十一月重刊本等。延享三年(1746),有大神景貫校《續滄溟先生尺牘》。注釋書有篠蘭籬先生(武田梅龍)著《李滄溟尺牘便覽》,寶曆二年(1752)刊;村井中漸閲、馬玄藏著《李滄溟尺牘國字解》,明和二年(1765)刊;高橋道齋著《滄溟先生尺牘考》,明和五年刊;新井白蛾著《滄溟尺牘兒訓》,明和六年刊等。

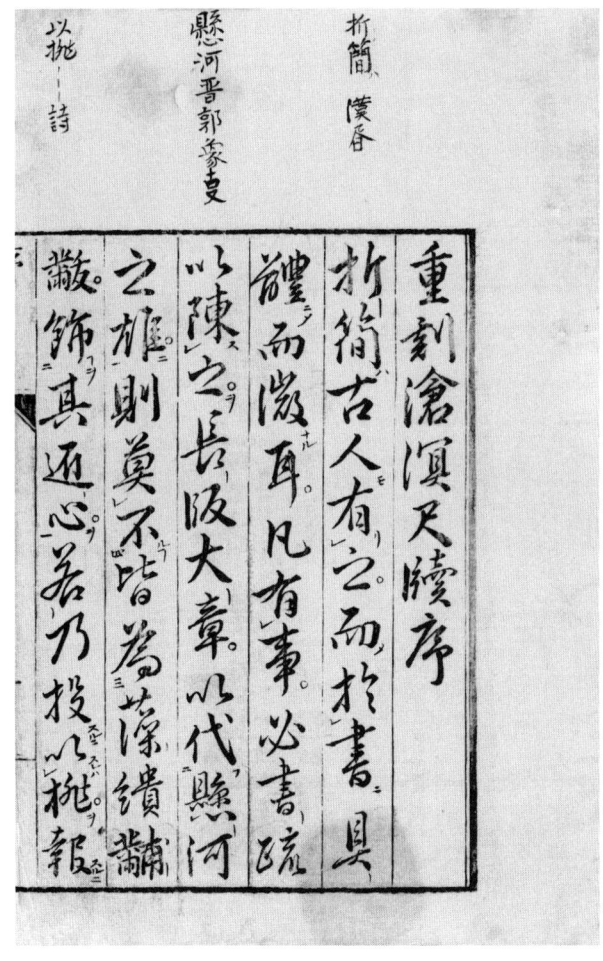

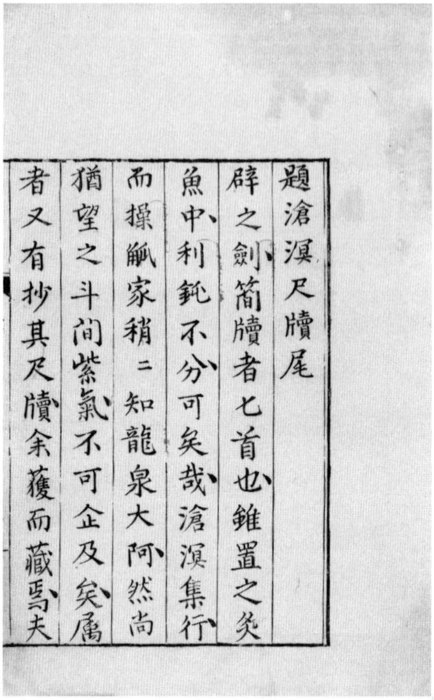

題滄溟尺牘尾
辟之劍簡牘者匕首也錐置之炙
魚中利鈍不分可矣哉滄溟集行
而操觚家稍二知龍泉大阿然尚
猶望之斗間紫氣不可企及矣屬
者又有抄其尺牘余獲而藏焉夫

006-05

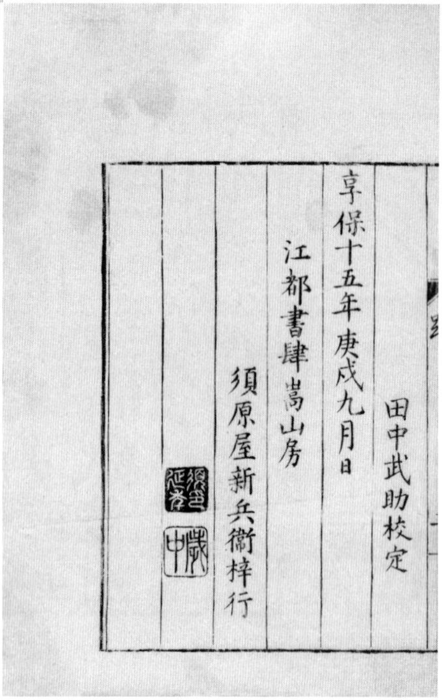

享保十五年庚戌九月日　田中武助校定
江都書肆嵩山房
須原屋新兵衛梓行

006-06

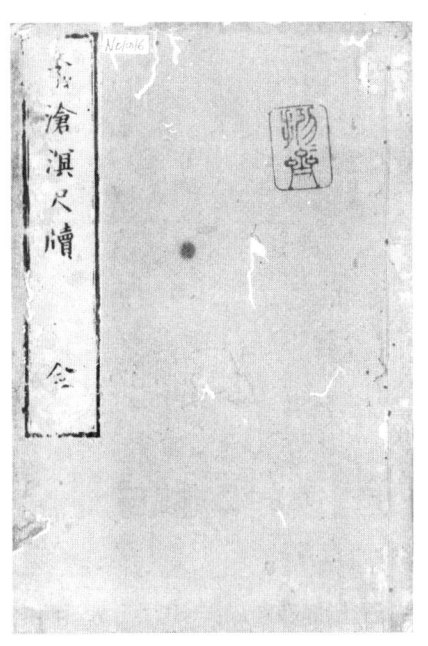
006-07　日本光藤益子氏藏本

006-08　日本光藤益子氏藏本

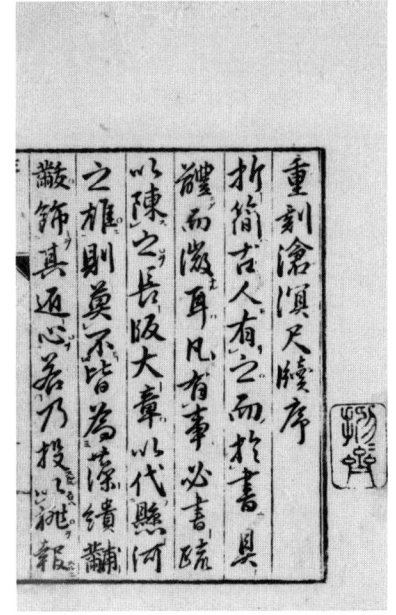
006-09　日本光藤益子氏藏本

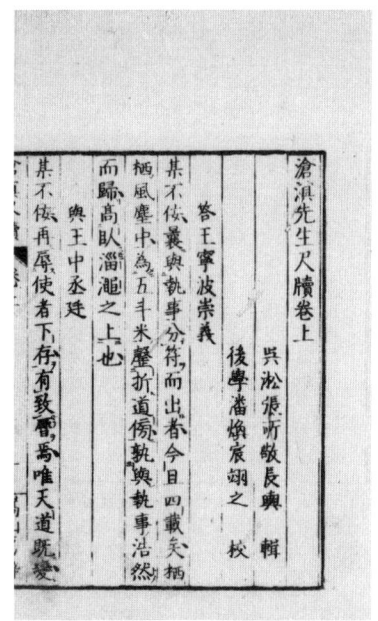
006-10　日本光藤益子氏藏本

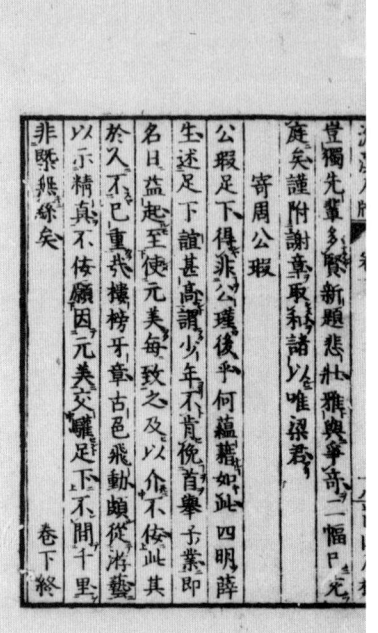

006-11　日本光藤益子氏藏本

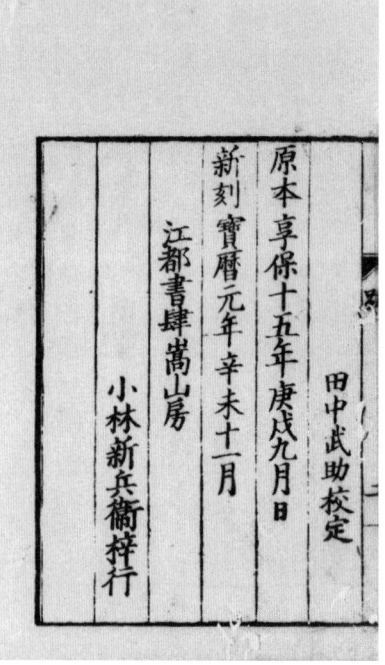

006-12　日本光藤益子氏藏本

滄溟先生尺牘

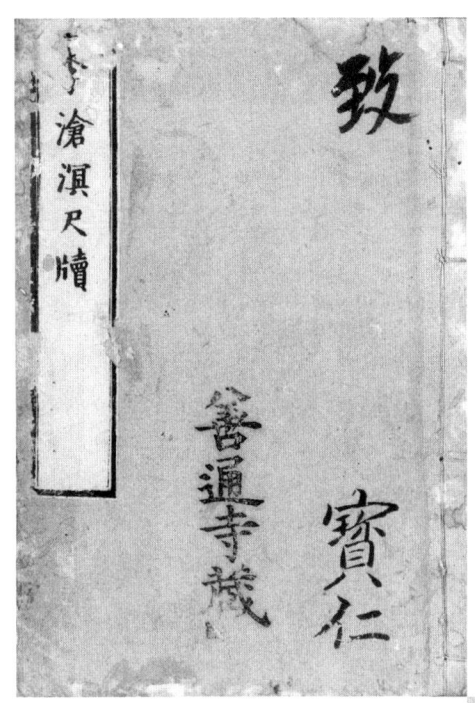

006-13　日本善通寺藏本

006-14　日本善通寺藏本

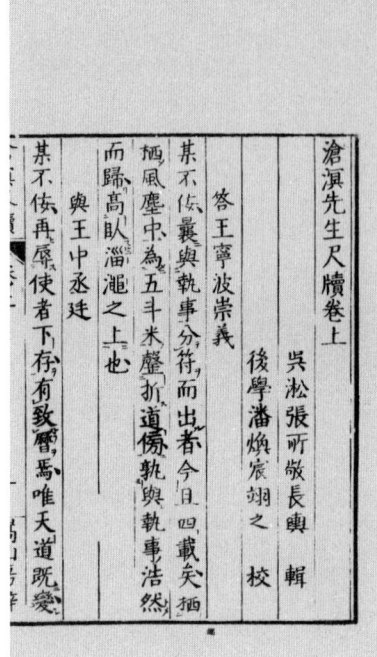

006-15　日本善通寺藏本

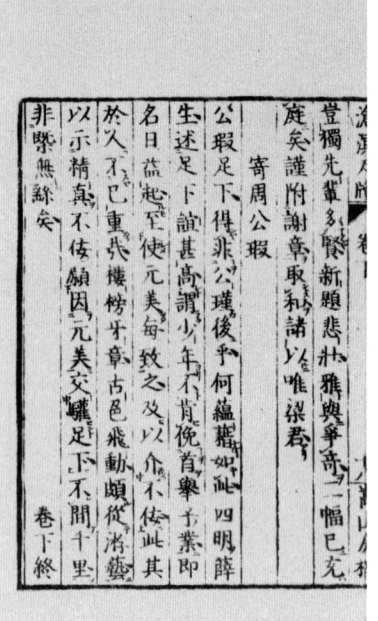

006-16　日本善通寺藏本

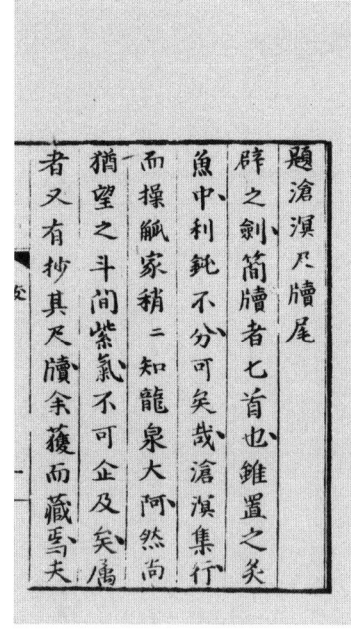

006-17　日本善通寺藏本

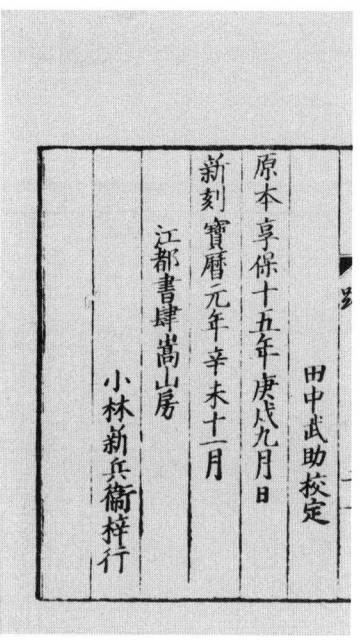

006-18　日本善通寺藏本

006-19　日本善通寺藏本

五言絕句百首解

東都　物茂卿　著
男　道濟　校

李攀龍

寄殿卿　硯公幼共筆
所友善

山中客逢嵩自然滿廬　此則舊游友誰獨往
一作山中客蓬嵩自然滿廬可知
是隱者事。三字新著復何書此二事未
言獨往誰家審故問之

別意

朝來送歸客復此長河湄立馬折楊柳已無前日枝

007　絶句解　不分卷

荻生徂徠著。享保壬子（1732）序刊本，關西大學圖書館藏。1册。開本高廣23釐米×16釐米，内框18.6釐米×12.3釐米，四周雙邊，有欄線，半葉9行，行20字，小字雙行同，白口，單黑魚尾，版心魚尾上刻書名，下刻頁數，最下刻"群玉堂"。

卷首序一《重刻絶句解序》云："自有《絶句解》，人稍稍知解詩之方，而謂莫以尚焉。嗟夫！起予者，解也，始可以言詩已矣。夫解，成于易簡。簡，約也；易，俚也。不俚則喻之不邇，不約則厭于讀。厭與不邇，非所以益于學者也，可謂簡易，解之良方也。蓋詩者，志之見于外者，而先王之風教亡尚焉。故士大夫學詩，而後可使四方，不辱君命，故曰：'不學《詩》，無以言。'後世之詩亦然。然口徒誦之而已，不躬自作，則不

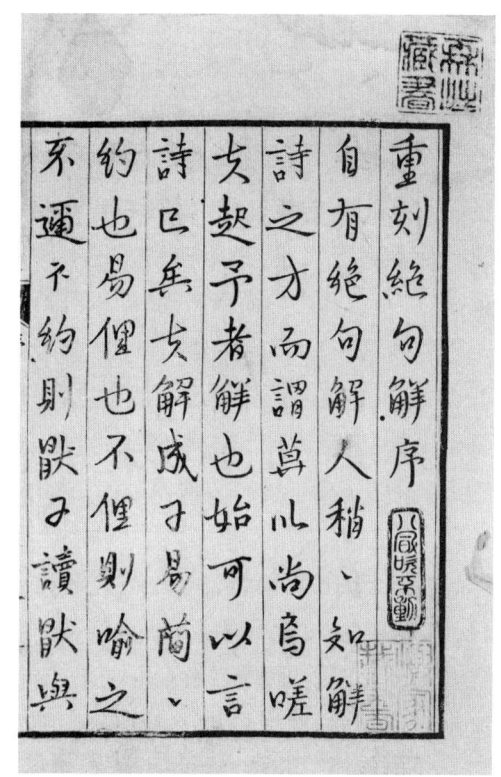

007-02

知其可也。辟諸武事，步伐不愆六七，非躬履其地，安得止齊之宜？則學者無爲焉，服君之子可矣。徂徠子倡古文辭，發揮唐詩，蓋亦私淑夫李、王也。故今解絶句，首解李、王，其他一二相附，亦皆率繇唐調，則欲使學者於近體唯唐是效已。此其爲簡易，顧不亦諄諄乎？子遷輩既序之悉矣，予奚敢言？舊刻已就摩滅，於是道濟再新之。予喜其事，所以重言也。源伊信識。"後有"伊言""信卿"二印。

序二《絶句解敘》云："先人嘗撰《唐後詩》十集，每與二三子談詩，乃謂在昔吾寧、平諸子伯仲唐人，奈何輓近世污而文受其污，此非李獻吉輩勃然崛起之日耶？其五言絶句一百首、七言絶句三百首等爲之訓詁，將循循二三子也。後罹災，七絶亡，則復撰補之，其黽勉不倦，若是乎！顧近古之文盛乎漢，近體之詩盛乎唐。至宋則亦共蔑如。若夫明人逸乎輓近，以作者命世，文比諸西京以上，詩比諸天寶以上。乃今駸

駸乎其所由,則屈宋唐景鵲起於前,曹劉陸謝蟬連於後,亦未遑乎稅駕也。故曰:其古樂府、五言《選》不以爲曹、枚,七言歌行不以爲高、岑,五七言律體不以爲少陵、右丞,絶句不以爲青蓮、江陵,排律不以爲沈、宋,誌傳不以爲左氏、司馬,序記書牘不以爲先秦、西京,此其金鍼度處,安容一言?前人無行而不與後人者,是籍在焉。先人所以循循之,乃窮日之力而尚未遑,即以其所撰若干卷屬之不佞。奈何先人已没,又且泯泯,亦不可知矣。不佞不忍恝然亡之,兹以襄事上梓,庶乎致之遠,其在斯?其在斯?物道濟識。"後題"竹岡滕信書",有"滕信"一印。

序三《五七絶句解序》云:"夫詩之道汎兮,其可左右,比興相移,情文唯微。言之者寓意匠於妙用,聞之者合心契於象外,必也吾逢其原,然後可以説詩也。李滄溟

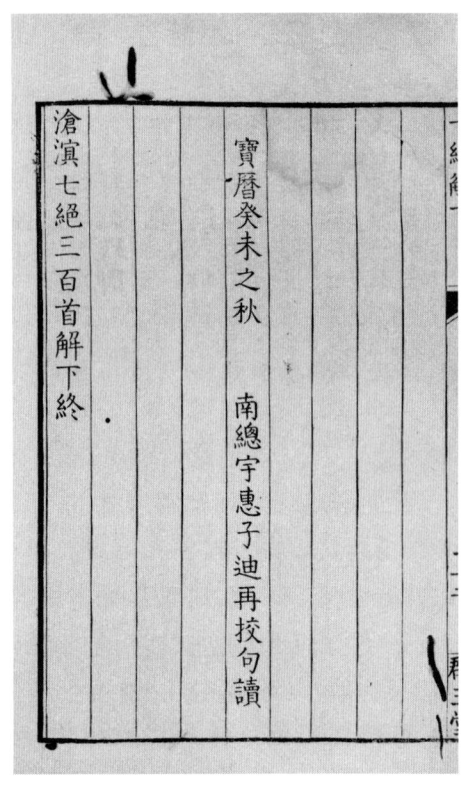

曰:'不言而信,是委喻於同心,其有不反三隅,則屏息辟之耳。'既竭吾才,窮日之力而得之,與其以不吾知者嘗吾技,則豈不得已?既不欲强聒於不知者而信之,而知者蓋鮮矣,則詩其不可傳邪?必曰詩之有解,使先知覺後知,庶可以傳焉。然有説。今夫簡髮而櫛,數米而炊,竊竊乎其義之索,亦惟欲依多言以觀其妙乎?愈多愈惑,心勞日拙,雖多奚以爲?即逆其志,鑿空窺之,不知其高山流水所致於不言之符。吾志不至,詩亦不至,終乎墻面已。然已謂予先覺,傲然稱解頤,則遂使塗説者吠聲傳聲而後止矣。諸謬説古今詩,不其然乎?末敗,蓋解之罪也。既不欲使不知者聞之,豈復欲使不知者傳之邪?夫當其世,親見其容貌行事而言論,猶將其心術之微所以相感者,朱絃遺音,俗耳是褒,況乎其人與骨皆已朽矣。吾何以得之其言,乃若嗟歎永歌乎一堂之上,見稱同心乎?徂徠先生爲詩也,夢寐於李、王有年矣,纂修其業以立之則,擬議其由以視之化,乃嘗竭才窮力,同其心術之所至,即朱絃之遺,遂爲知音於身後,則擊節之餘,發其所已知一二緒言以覺後知。然則此解也,惟夫其身有之,乃若嗟歎永歌乎一堂之上,相稱同心,不啻當其世,親見其容貌行事而言論也。滄溟所

謂立乎百世之上，使百世之下聞風而興起者，先生其且莫遇之乎？死者如可作也，豈不謂比肩而至也？何患乎其詩不可傳也？若是而後可以有解也。李、王詩有解，乃從此始。即後知者有依焉，有依焉而後得與聞其志，解之不可已也。所惡於解者，亦爲其不能而言之，不知而傳之也。依解而知，不以三隅反之，亦不可行也。享保壬子秋九月，平安服元喬序。"有"元喬""子遷氏"二印。

又《五言絕句百首解目錄》《滄溟七絕三百首解上下目錄》6葉。

是書不分卷，然實含《五言絕句百首解》《滄溟七絕三百首解》兩部分（《滄溟七絕三百首解》復分上下）。卷端大題下署"東都物茂卿著，男道濟校"，《五言絕句百首解》《滄溟七絕三百首解》末均題"寶曆癸未之秋，南總宇惠子迪再校句

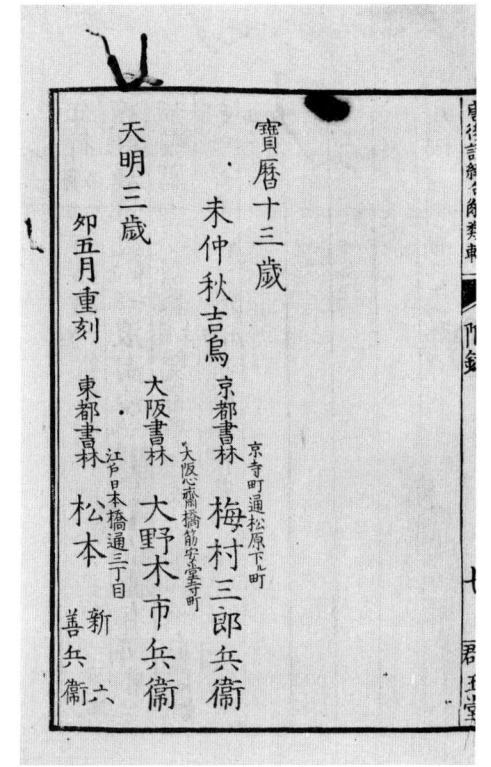

007-04

讀"。卷末附《唐後詩絕句解類輯》，署"伊勢宮田勝虎文炳父輯，東都岡源豹文蔚父校"。其末題"寶曆十三歲，未仲秋吉鳥，（京寺町通松原下町）京都書林梅村三郎兵衛。天明三歲（1783）卯五月重刻，（大阪心齋橋筋安堂寺町）大阪書林大野木市兵衛，（江户日本橋通三丁目）東都書林松本新六、善兵衛"。

是書原刻爲享保十七年（1732）家塾刻本，今未見。

又有延享三年（1746）刻本，新潟大學佐野文庫、盛岡圖書館等藏。新潟大學佐野文庫本卷首序一《重刻絕句解序》，末署"延享丙寅四月源伊信識，臣鞍元昌謹書"（寶曆本作"源伊信識"）；序二《絕句解敍》，末署"享保壬子秋八月望，物道濟識"（寶曆本作"物道濟識，竹岡滕信書"）；序三《五七絕句解序》，末署"享保壬子秋九月，平安服元喬序"。是本亦分五言絕句與七言絕句（上下）二部分，五絕卷端大題"五言絕句百首解"，下署"東都物茂卿著，男道濟校"。左右雙邊，9行20字，小字雙行同，白口單魚尾，版心魚尾上刻"五絕解"，下刻卷次、頁數，最下刻"護塾藏"。七絕卷下末題"享保壬子夏刻于家塾"（寶曆本刻"寶曆癸未之秋，南總宇惠子迪再校句讀"）。

卷尾頁題"延享三丙寅秋京都書林谷村豐左衛門、江户日本橋南三丁目、書林松本新六、善兵衛板行"。延享本無寶曆本卷後所附《唐後詩絕句解類輯》。

按是書實爲《唐後詩》之再精選。就所選詩人來看，《絕句解》僅選李攀龍等9人，較《唐後詩》庚集五言絕句少選15人；其次序，《唐後詩》以王世貞爲首，《絕句解》則變爲李攀龍。就作品數量看，李攀龍計21首，較《唐後詩》僅少4首；其餘減少最多者爲李夢陽，自45首減至17首；就比例而言，減少最多者爲謝榛，自11首減至2首。尤其《七言絕句》三百首僅選李攀龍一人，《唐後詩》辛集所選李攀龍之外26人概未有注解，由此可以看出荻生徂徠在詩學上欽服滄溟之態度。

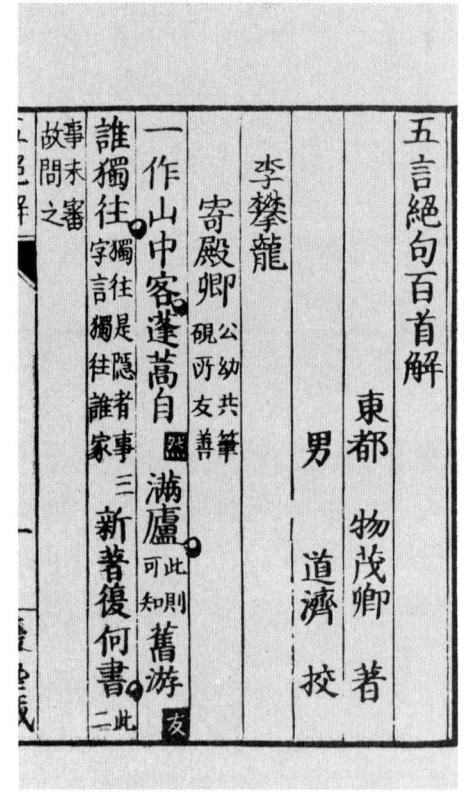 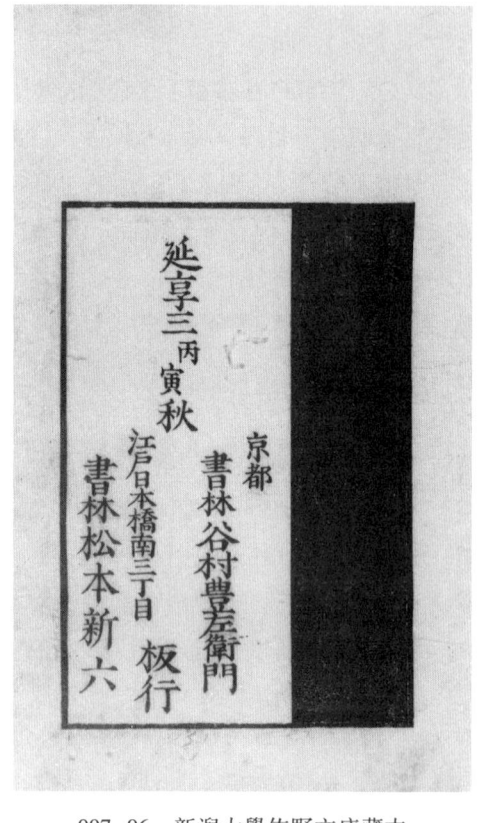

007-05　新潟大學佐野文庫藏本　　　　007-06　新潟大學佐野文庫藏本

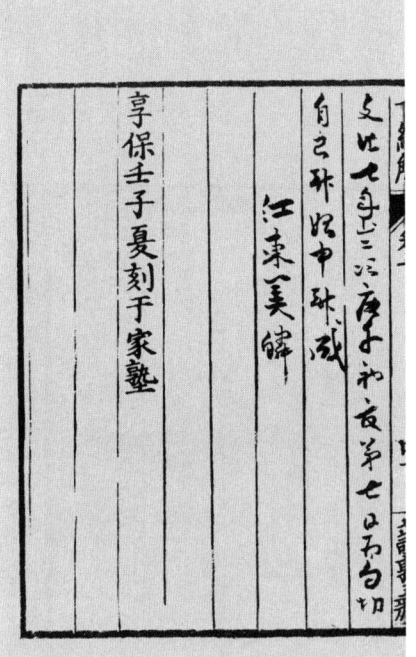

007-07　盛岡圖書館藏本

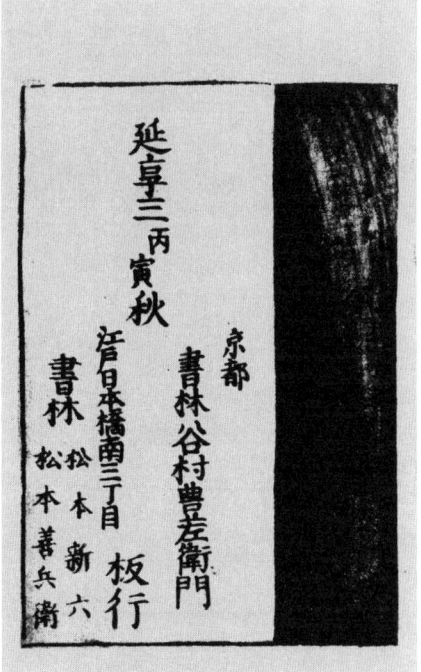

007-08　盛岡圖書館藏本

五絕解拾遺

東都　物茂卿　著
男　道濟　校

李攀龍

寄題宗秀才茇登池亭

笑此杯中物　對酒
解顏從他世上名　前
濟南生　濟南生ハ自謂也黄金結客ハ是結得到盡那得識真龍
窻中池亭　明是采蓮舟落日菱歌起坐見亦見池亭浣紗人施西
紅顏照秋水

008　絶句解拾遺　不分卷

荻生徂徠編。享保甲寅(1734)序刊本，關西大學圖書館藏。1册。開本高廣23釐米×16釐米，內框17.8釐米×11.2釐米，左右雙邊，有欄線，白口，單魚尾，半葉9行，行20字，版心上刻"五絶解拾遺"，魚尾下刻頁數，"群玉堂"。

卷末題"明和三丙戌之春，南總宇惠子迪再校句讀"，爲南總宇惠校刻本。

卷首《絶句解拾遺序》云："《唐後詩目錄》云：古樂府、五言古詩、七言歌行、五言律、七言律、排律、五言絶句、七言絶句、雜體、本邦，其五言絶句一百首、七言絶句三百首，先人嘗爲之訓詁，以發其旨，不佞以襄事，業已上梓。蓋其意在釋十集而未終圖，今尚以爲憾。近閱先人之

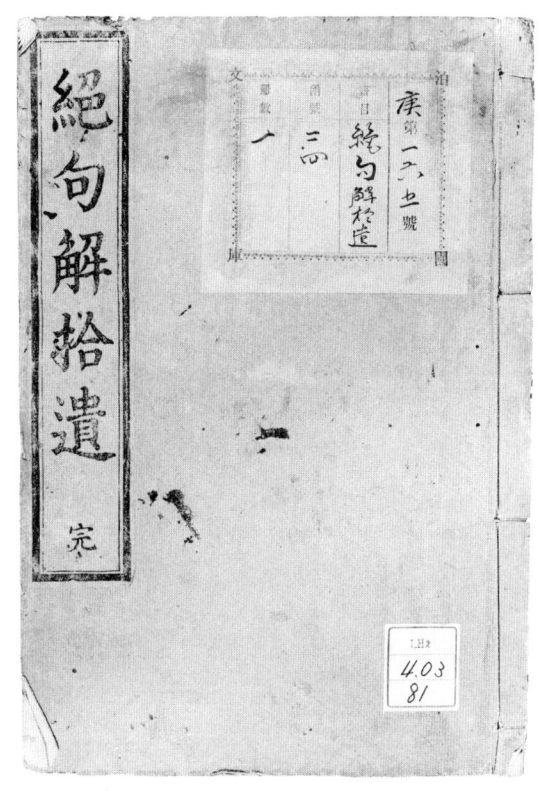

008-02

遺編，所獲《弇州七絶解》一百五十首、《滄溟七絶解》三十七首、諸子《五絶解》九十五首，既梓，庶乎尚能莫墜先人供世之意。夫詩之奧富貌哉！《三百篇》而後樂府，樂府而後古詩，古詩而後近體，斯近體之所由，而世所變焉。唐之爲盛也氣格，不亦其所由者開、天矣乎？下開、天則氣格不關其所由，故不入詩人之撰。迨孝世之際，北地、信陽輩敘古昉自建安，淡華止於三謝。長歌最裁李、杜，近體定執開元，一揭叔季之風，遂窺正始之塗，校其士，拔其尤，中興之功，濟南爲大矣。其言曰'擬議成變''日新富有'。能爲獻吉輩者，乃能不爲獻吉輩。夫所以擬議，若是乎？從此以往者，深造之力，自得之趣，無動聲色。詩云'有物有則'，又云'無聲無臭'。先人所撰之目十集，將以樂府、古詩爲近體之所由，而孝世諸子之所撰擬，其云本邦者，微吾寧、平諸子，庶乎開、天以勸於今者。蓋所撰之意具于此。又其所解奧蒙，繫諸微言，而尚

鄙夫中士以下有思而得之。若上士，安俟其言？於斯莫憾掛漏富乎爾。享保甲寅孟既望，物道濟識。"後有"金谷""道濟"二印。

又《五絕解拾遺目錄》著錄李攀龍《寄題宗秀才茂登池亭》二首等 16 首、王世貞《人日偶題》二首等 22 首、李夢陽《東華門偶述》等 28 首、何景明《白雪曲》等 11 首、徐禎卿《送范靜之遷威州》二首等 4 首、薛蕙《落花》1 首、謝榛《都下別張志虞》等 11 首、皇甫汸《有所思》1 首、徐渭《桃葉渡》1 首、湯顯祖《信陵君飲酒近婦人》1 首；《滄溟七絕解拾遺目錄》著錄《訪劉山人不值》等 37 首；《弇州七絕解目錄》著錄《古意》等 154 首。由目錄可知，《絕句解拾遺》主要補充了王世貞七言絕句。

是書又有享保十八年（1733）刊本，早稻田大學圖書館藏。

008-03

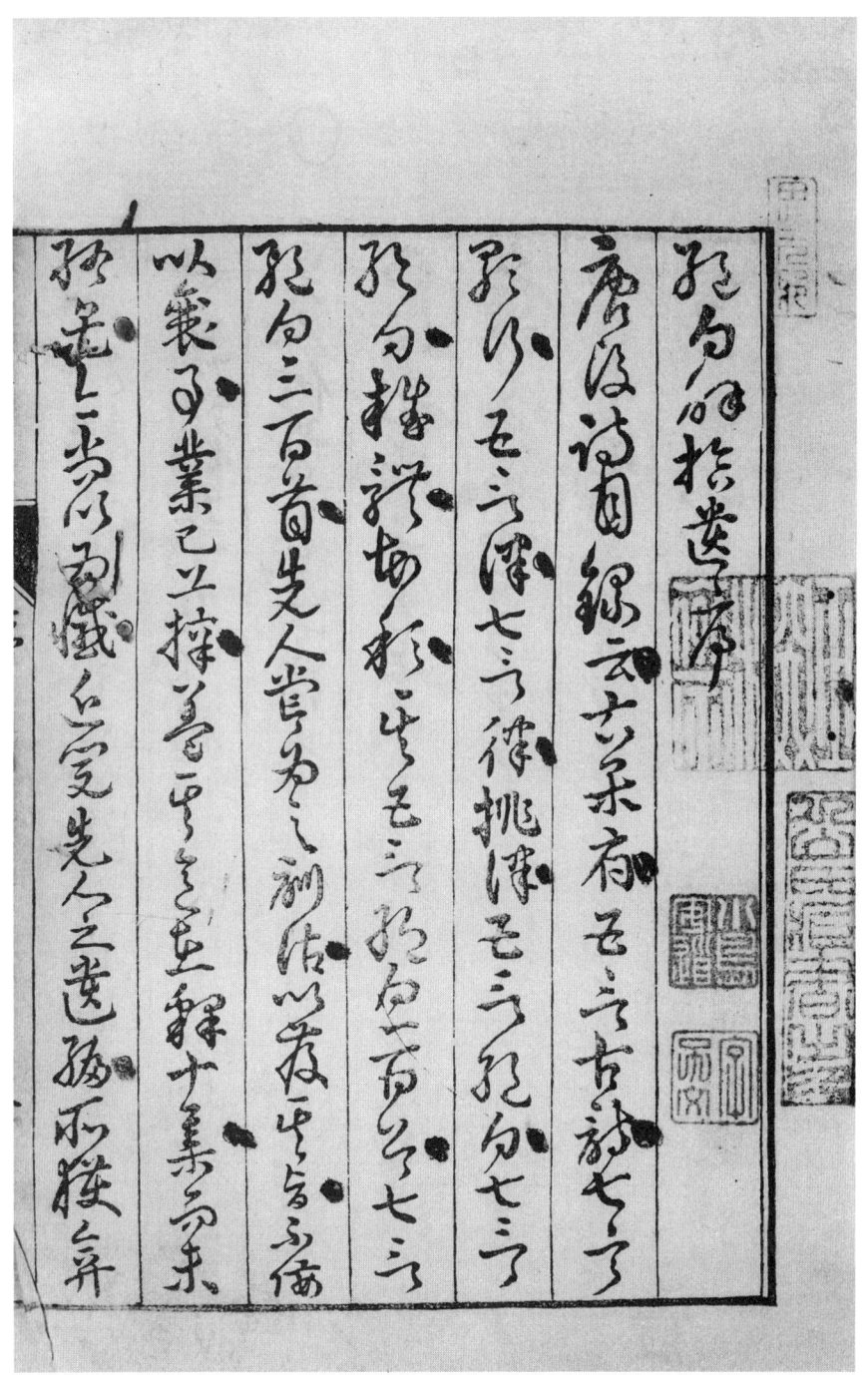

明四大家文選卷上

序

刻戰國策序

李獻吉

嘉靖二年秋七月、河南省刻戰國策成、或問戰國策、經離道之書也、然而天下傳爲後世述爲何也、李子曰、策有四尚、尚一足傳、斯述矣況四乎、四者何也、錄徙者述其事、考世者證其變、攻文者模其辭、好謀者襲其智、襲智者譎模辭者巧證變者會迹事者該、是故述者尚之、君子斥焉、斥者何也、以比之經則畔、揆之道則離也、自秦籍之焚也、三代之迹蕪矣、是策

009　明四大家文選　二卷

明李夢陽、李攀龍、王世貞、汪道昆撰,魯寮釋元皓抄選。元文三年(1738)戊午仲夏京師書林刻本,京都産業大學圖書館藏。2冊。開本高廣24釐米×17.5釐米,版框16釐米×13釐米,四周單邊,半葉10行,行20字,版心鎸"四大家文選"。

封面題簽"四大家文抄",並以"乾""坤"標分卷。

卷首《刻明四大家文抄序》云:"自左氏、司馬而後,無左氏、司馬,其氣漓而爲後漢、爲曹魏,蓋垂五百年而爲唐,而氣益漓矣。方是時,有韓、柳二子者出,奮然大振之。然二子各雄視千古,而猶存乎六季之偉麗焉。爾後百五十餘年而爲宋。宋雖屑弱不大振,然以色澤而能發其鬱積之氣,則爲歐陽氏得焉,其次蘇子瞻。而二子各自負以復古,而尚不能以韓、柳朝夕矣。以至胡元,乃竟蔑如矣。蓋惟明興,海内作者毋論數十百家,往往又以復古自舉,而其所爲,能得與左氏、司馬千載而比肩者,則獻吉、于鱗、元美、伯玉其人也。之四君子,視古修辭,超乘而上,則明又大振之矣。以今觀於四君子之時,其意則蓋謂君子不得志於時,則欲信之後。夫四君子既不得志於時,而又欲信之後,所謂其人與骨皆已朽矣。而能爲不朽者,則獨其言在耳,豈不韙哉!顧余釋之人,宜廢文字,乃竟不廢,冀以緣飾乎吾道,蓋三十年一日也。而又竊喜誦四君子之言,嘗自其集中,各得什之一二,乃稍抄出以成編,爲文僅八十又九篇。而有序,有記,有傳,有碑,有墓誌,有論,有辯,有解,有説,有祭文,有行狀,有書牘,共二卷。題曰'明四大家文抄',仍加句讀,藏之櫝中。夫余不欲以此示人而易其視聽,況以其非選者,亦將無難余哉?蓋亦有年矣。然而洛邑書林,偶見之於余群籍中,遂請

009-02

而授剞劂,首尾凡二載。噫,亦不易哉!今而後樂四君子之集有抄,而又知抄之有功,則自剞劂始矣。如其有寒鄉士之欲得四君子集以讀而未能得者,冀讀之而得其萬之一二,寧不愉也,寧不愉也!是故不辭其請而爲之序。元文三年戊午春正月魯寮釋元皓撰。"有"釋元皓印""月枝氏"二印。

次爲《明四大家文抄目次》。序:李獻吉10篇,李于鱗7篇,王元美20篇,汪伯玉3篇(以上爲卷上);記:李獻吉4篇,李于鱗4篇,王元美4篇,汪伯玉2篇;傳:李獻吉3篇,李于鱗1篇,王元美1篇,汪伯玉1篇;碑:李獻吉4篇;墓誌:李獻吉3篇;論:李獻吉1篇,王元美4篇,汪伯玉3篇;辯:王元美2篇;解:李獻吉1篇;説:王元美2篇;祭文:汪伯玉2篇;行狀:汪伯玉2篇;書:李獻吉4篇(以上爲卷下)。

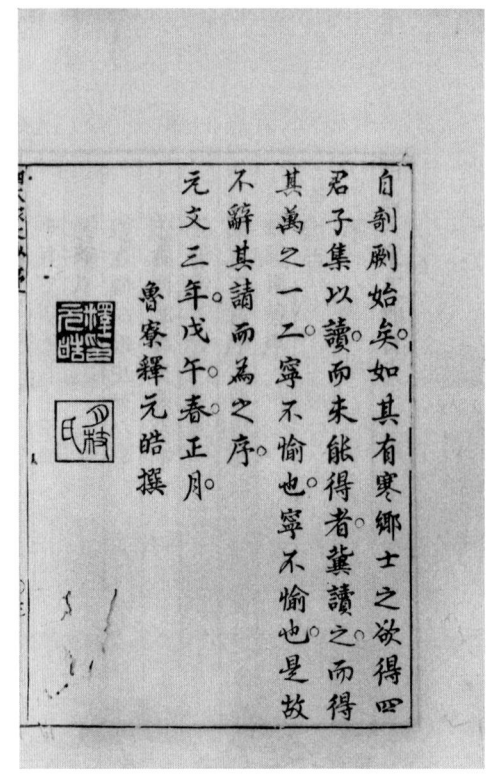

009-03

第一册卷端大題"明四大家文選卷上",下無題署。

卷末刊記:"元文三年戊午仲夏吉旦/京師書林/富小路五條上ル町/田原勘兵衛/三條通高倉東ヘ入町/出雲寺和泉掾/江户日本橋壹町目/同出店/梓行。"

是書又有日本龍谷大學圖書館、龍野歷史文化資料館藏本,與京都產業大學藏本爲同版。

李夢陽(1472—1529),字獻吉,號空同子。今甘肅慶陽人,徙居開封。弘治六年(1493)進士,授户部主事。武宗時代尚書韓文屬草,劾劉瑾,下獄免歸。瑾誅,起江西提學副使,以事奪職。與何景明、徐禎卿等號"十才子"。有《空同子集》。

李攀龍,前已見。

王世貞(1526—1590),字元美,號鳳洲,又號弇州山人,太倉人。嘉靖二十六年(1547)進士,官刑部主事。後累官刑部尚書,移疾歸,卒。世貞好爲詩古文,始與李攀龍狎主文盟,攀龍没,獨主壇坫者二十年。其持論文必西漢,詩必盛唐,晚年始漸造平淡。著有《弇州山人四部稿》《續稿》《弇山堂别集》《嘉靖以來首輔傳》等。

汪道昆(1525—1593),字伯玉,號南明,歙縣人。嘉靖廿六年進士,授義烏知縣。後備兵閩海,與戚繼光募義烏兵破倭寇。擢司馬郎,累陞兵部侍郎,乞養歸,卒。嘗與李攀龍、王世貞輩切劘爲古文辭,世貞稱道昆文簡而有法,由是名大起。有《太函集》及《副墨》《玄扈樓集》等。

魯寮釋元皓,即大潮元皓(1676—1768),俗姓諫早,別號月枝、魯寮、西溟等。肥前松浦(佐賀縣)人。江户前中期黄檗僧。肥前蓮池(佐賀縣)龍津寺住持,與荻生徂徠、服部南郭等以詩文交。著有《魯寮詩偈》《松浦詩集》等。

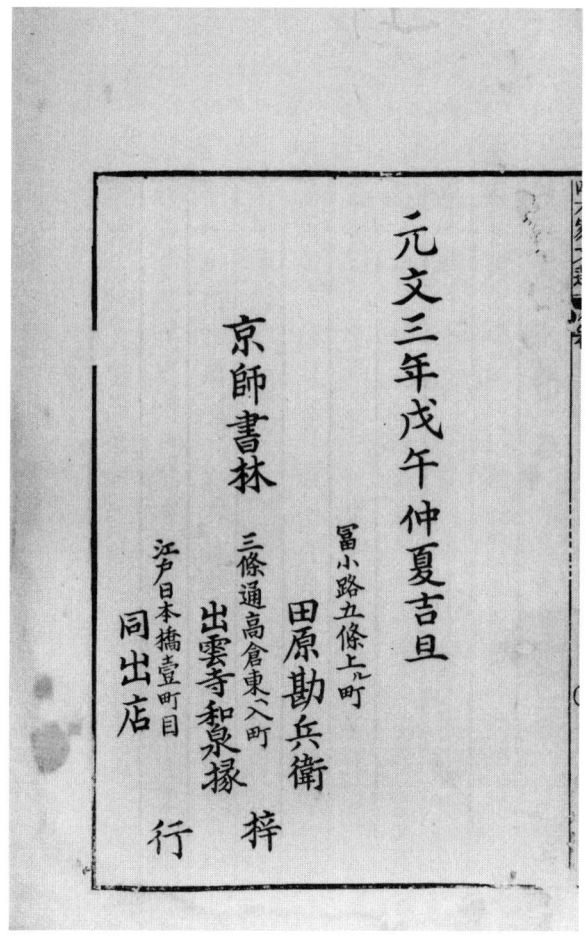

009-05　國學院大學藏本

009-06　國學院大學藏本

刻明四大家文抄序

自左氏司馬而後無以尚
矣。司馬而後為唐
而為後漢為曹魏蓋垂五百年而為唐
而氣益漓矣方是時有韓柳二子者出
奮然大振之。然二子各雄視千古而猶
存乎六季之偉麗焉爾後百五十餘年
而為宋宋雖屢弱不大振然以色澤而
能發其鬱積之氣則為歐陽氏得其

009-07　國學院大學藏本

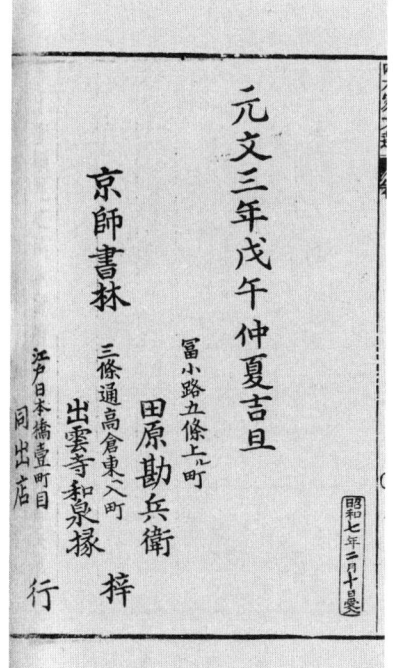

元文三年戊午仲夏吉旦

京師書林

冨小路五條上ル町
田原勘兵衛
三條通高倉東入町
出雲寺和泉掾　梓
江戶日本橋壹町目
同出店　　　行

009-08　國學院大學藏本

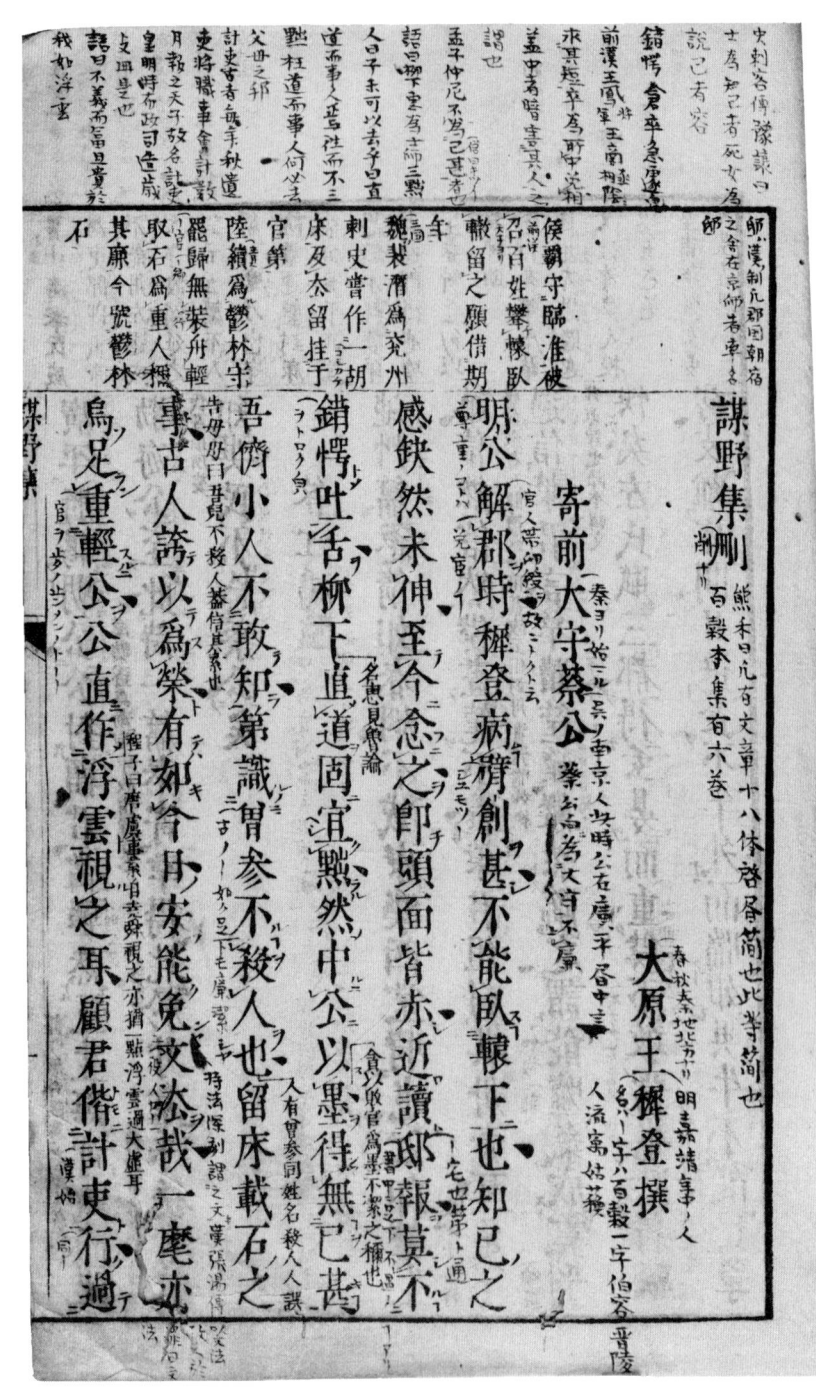

010　謀野集删　一卷

明王穉登撰,田中良暢點,菊池忠充(桐江)校。享保二十年(1735)書林大和屋孫兵衛、富士屋彌三右衛門刊本。自藏。1册。開本高廣18.3釐米×27.1釐米,内框連眉欄15.6釐米×22.3釐米。雙節版,白口,四周單邊,上黑魚尾,下版半葉9行,行20字,行間有小字夾註,版心鎸"謀野集"。

卷首序一《謀野集删序》(有"嵩高維岳"印)云:"柬牘,一不朽已。使之不朽乎?達者其猶病諸;與骨朽乎?寧不如速朽之愈也。雖則其人之傑焉,其文之焕焉,好尚如面,不能望之後死者。時或以爲不如速朽之愈也,蓋爲無來者也矣。況小言行於杯杓之間,好蒡押至,夸毗爲蠱,奚在不朽之例?至屬辭雅馴,言中繩墨,

010-02

一赫(虩)[蹴]之際,使兩喜兩怒之言解紛也,不在不朽之例。纔止其世之所存録而已,寧使之不朽乎?達者其猶病諸,乃爲木災而廢焉,安知非速朽之愈也。明王穉登立言於牘,名曰《謀野》,亦在不朽之例。而僻書不行,奚在不朽?滕子信以示焉,曰:'田子舒有所删,是物也,有所删而不有所删,有所校而不有所校,以成其志。敢請。'余與子舒同業相善,今也則亡矣。此集階子舒而行,其有務於不朽也哉!子舒首唱古學於駒郊,自子舒亡矣,其徒寥寥。教講就余謀,乃使子信氈坐其廬,以子舒之靈也,屨滿户外云。子信之舉實爲是,閲之,删不下十(虩)[蹴]。余繼而成其志,卒業,起曰:子舒日刊《滄溟尺牘》,又及百穀。夫滄溟高矣遠矣,不可企及。百穀亦一名家,其言正而葩,雅而韻,可俯而就之,可企而及之。子舒嘗自謂牘在是,此其治時言,而及病亟不易。《詩》不云乎:'他人有心,我忖度之。'余其代尸祝之乎?不然,安

在於爲友也。今公之海内矣,所謂伊人,不渝溟之腹心,則百穀之干城。百穀之不朽,子舒之不朽,而子信之務也。田子舒,名良暢,號蘭陵,余社友也。滕子信,名忠充,氏菊池,受學於余者也。享保乙卯夏六月南溟江忠囿。"有"南溟""江忠囿印"二印。

序二《題謀野集删後》云:"古人有言:才冠鴻筆,多疏尺牘,譬九方堙之識駿馬,而不知毛色牝牡也。雖然,不知毛色牝牡可乎?太原百穀氏,蓋有見乎兹焉。夫知音難逢,千古一轍,覆甕之議,豈妄歟?今也文運鬱勃,詞鋒是競,若賈餘勇於文場之士,左袒於千載之下,則霞蔚而飚起,馭飛龍於天衢,駕騏驥於萬里,愉快也哉!日子舒氏删《謀野集》,鉛槧未成而就木焉。近有剞劂氏示余,余悲子舒氏之志,固請吾先生之校正句讀。校正既成,余歎曰:百穀氏創於百年前,先生成於今,乃百穀氏之倖也。豈百穀氏之倖己乎?實子舒氏之倖也。知音難,何所憂?夫繼人之志,亦難也矣。余故悦其有成也,因跋其後。享保乙卯冬十月東都滕忠充。"有"桐江""字曰子信"二印。

正文卷端大題"謀野集删",下署"太原王穉登撰"。

無目録。所收尺牘計102篇。

卷末刊記:"享保二十乙卯歲十一月日/江都駒込吉祥寺前/書林/大和屋孫兵衛/富士屋彌三右衛門/梓行。"

是書又有内閣文庫、國文學研究資料館藏本,亦享保二十年刊本。内閣文庫本卷末刊記爲"皇都書坊/崛川通高辻上町植村藤右衛門/寺町通四條下町植村藤次郎/江户書鋪/通石町三町目植村藤三郎",國文學研究資料館藏本卷末刊記爲"大阪書林/心齋橋南二丁目松村九兵衛"。

王穉登(1535—1612),字伯穀,一作百穀,號玉遮山人,蘇州府長洲人。嘗及文徵明門,遙接其風,擅詞翰之席者三十餘年。萬曆中徵修國史,未上而史局罷。

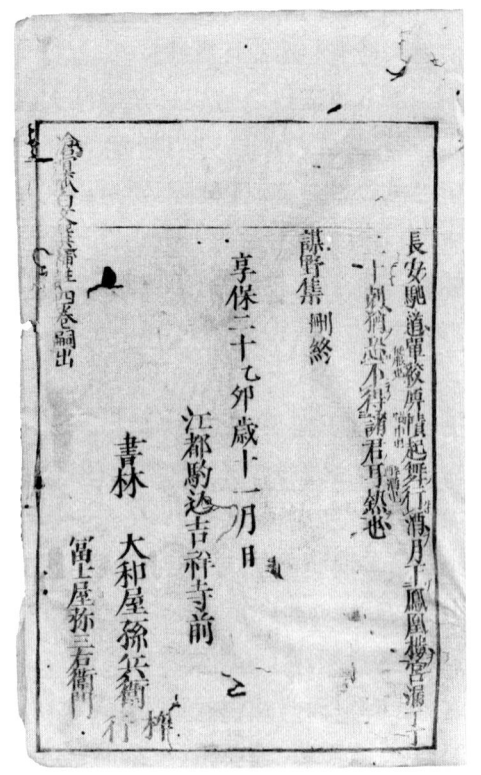

010-03

有《尊生齋》等集。

　田中良暢,即田中蘭陵。前已見。

　滕忠充,即菊池桐江,名忠充,字子信,桐江其號,江戶人。江戶中期儒者。從入江南溟學習。著有《桐江山人集》《文章雋語》等。

　大江忠囿,即入江南溟(1678—1765),名忠囿,字子園,南溟其號,武藏人。受業於荻生徂徠。著有《大學養老篇》《唐詩句解》《南溟詩集》等。

　《謀野集》系王氏尺牘集,有明萬曆十六年(1588)刻本;另有《謀野乙集》10卷、《謀野丙集》10卷。萬曆間屠隆編爲《屠先生評釋謀野集》4卷,分爲元亨利貞四集,共344篇。《謀野集刪》即田中蘭陵據此前兩卷刪定。康熙元年(1662),汪淇、查望編刊《王百穀先生謀野集》4卷,在屠隆評本基礎上增加注釋。《謀野集刪》上版亦有注釋,但與《王百穀先生謀野集》之注釋不同,或爲編者所加。清末沈宗畸編《晨風閣叢書》甲集收録《謀野集刪》兩卷,乃是將此書析爲兩卷,自《寄前太守蔡公》至《答朱在行》53篇爲上卷,《答余君房》至《寄馮開支》49篇爲下卷,並刪和刻本原序。蓬左文庫藏鈔本《謀野集拾遺》兩卷(磯谷正卿);另東北大學狩野文庫藏寫本《謀野集便覽》1册。

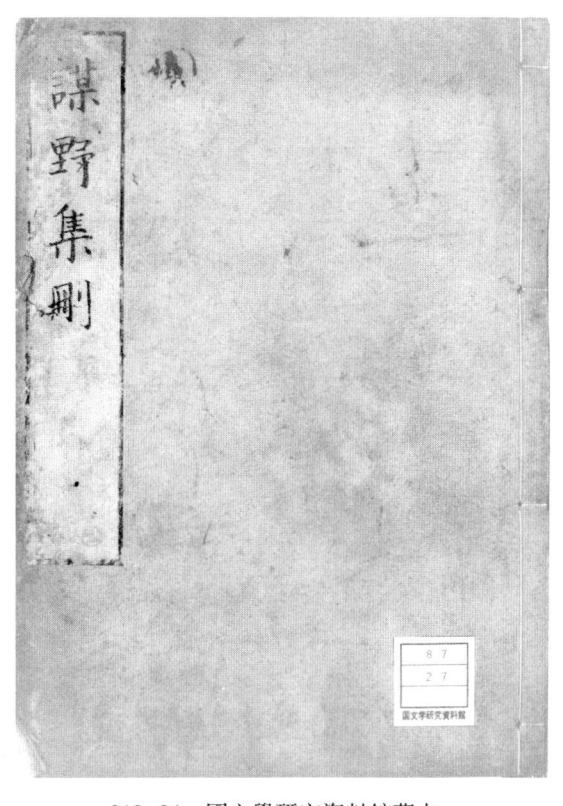

010-04　國文學研究資料館藏本

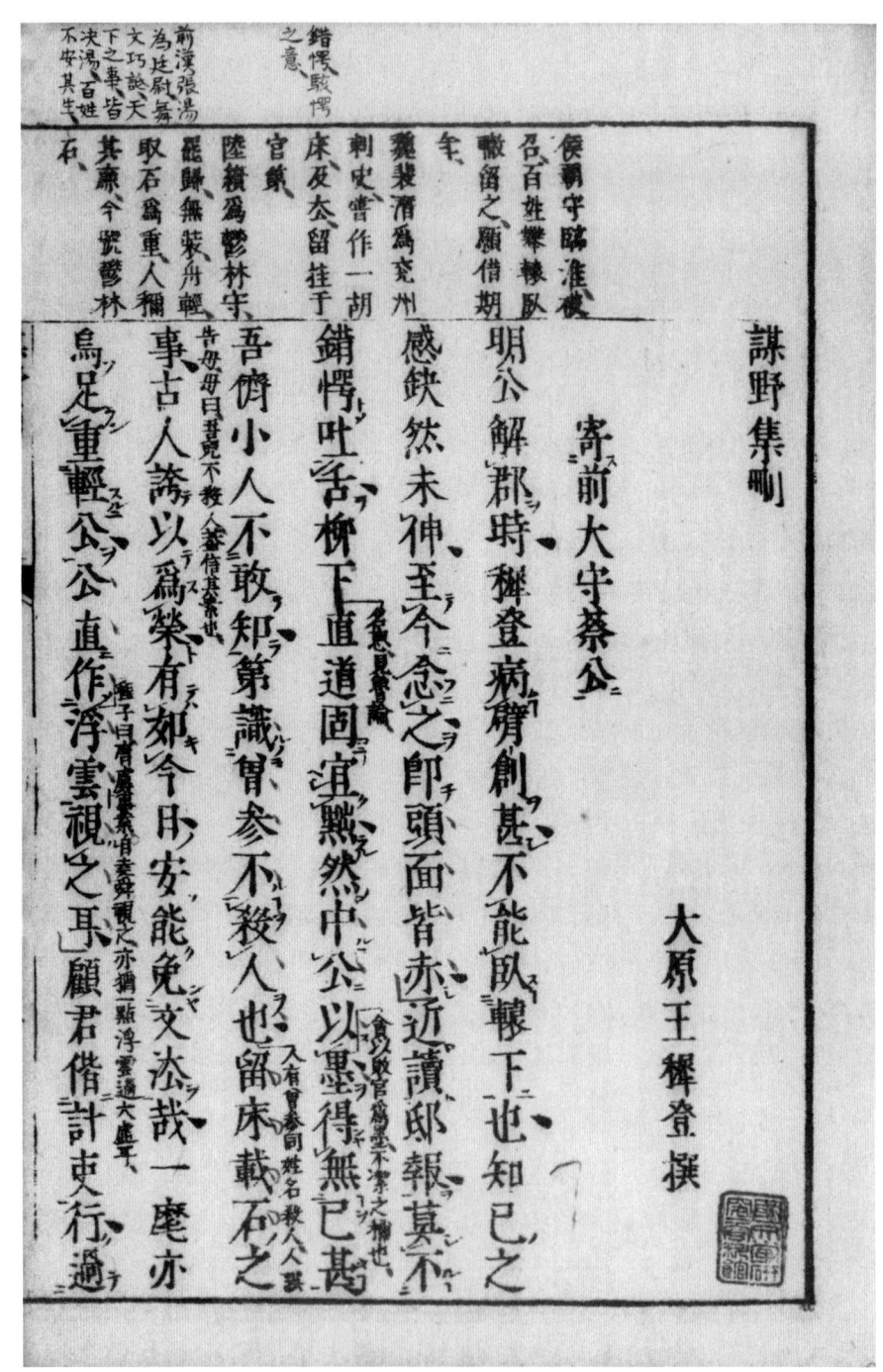

010-05 國文學研究資料館藏本

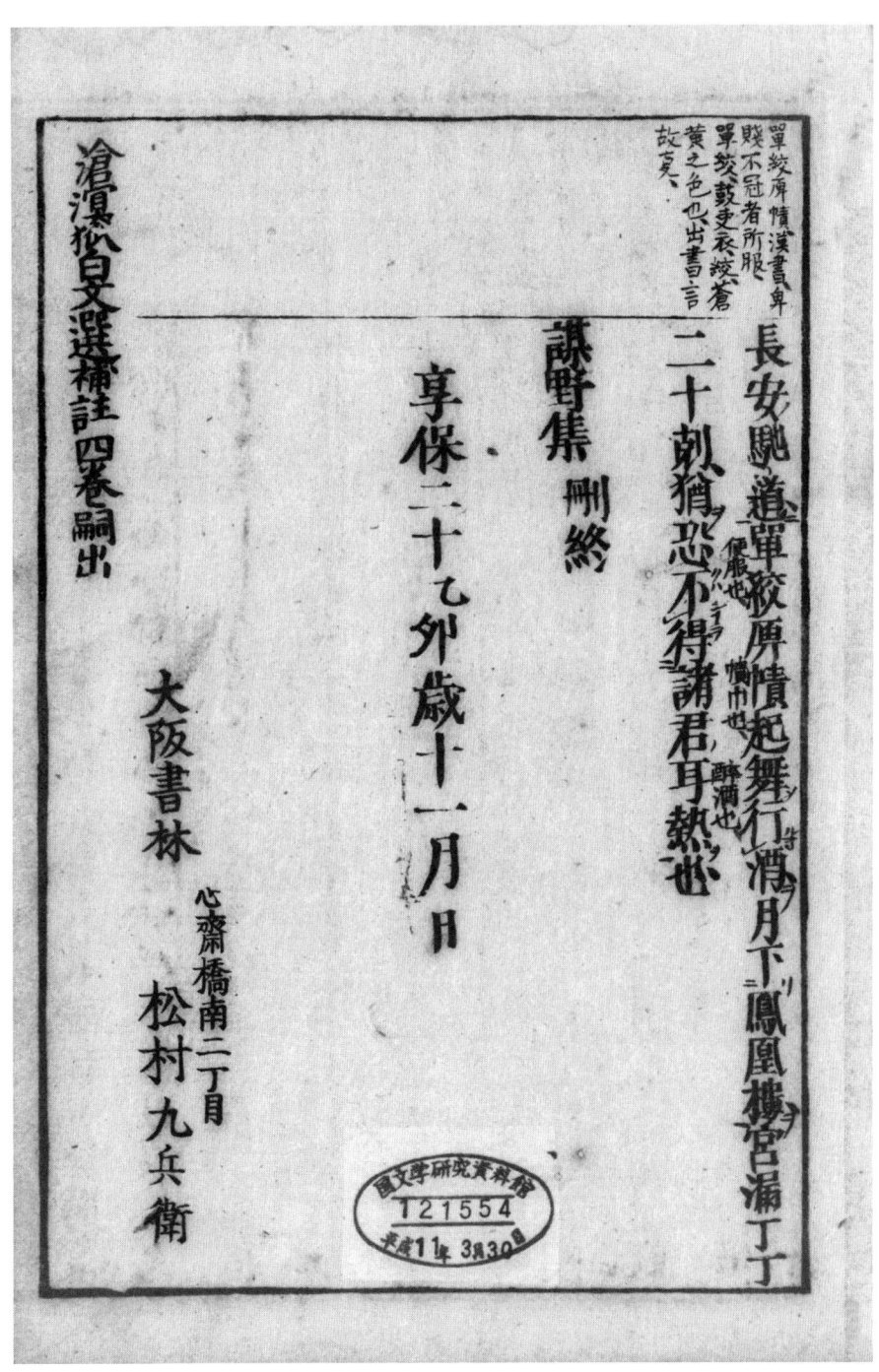

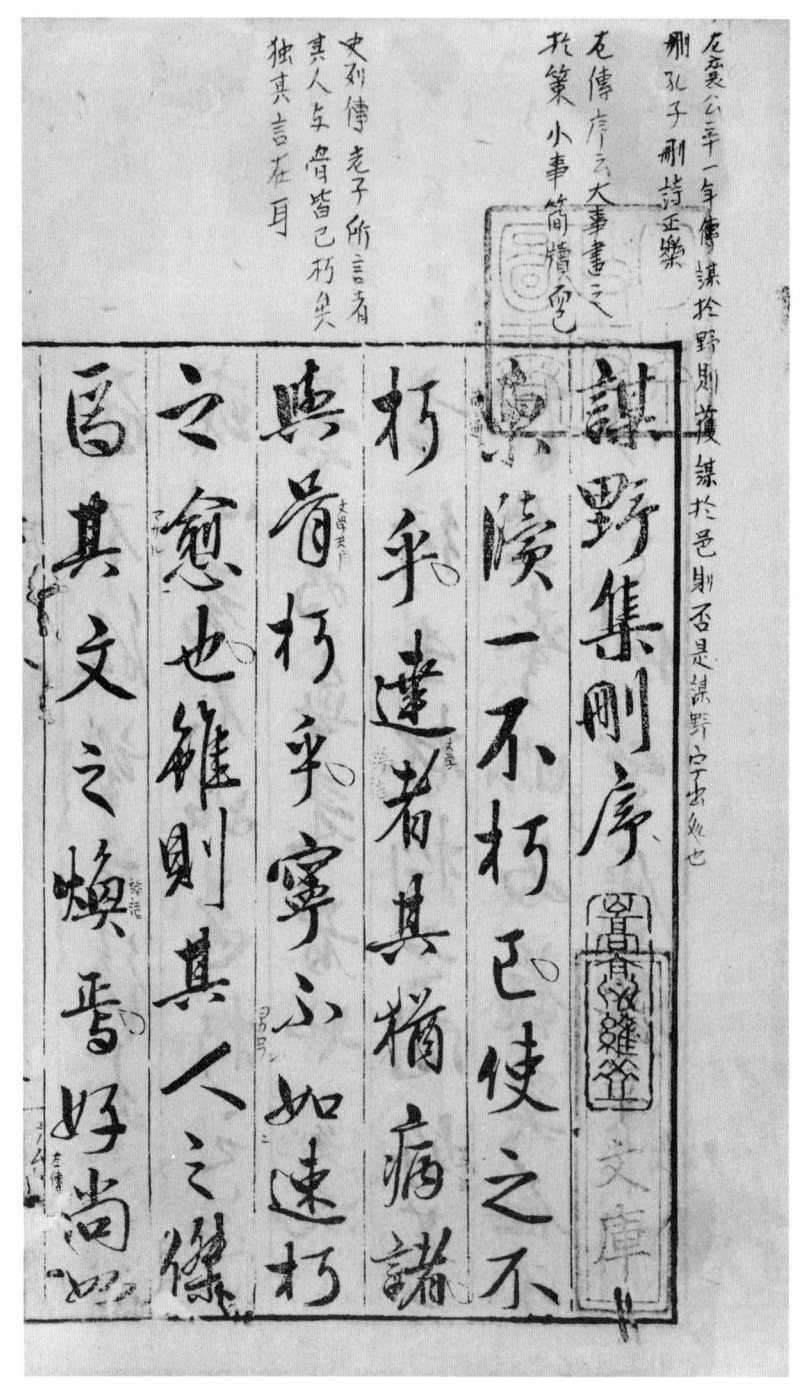

010-07　內閣文庫藏本

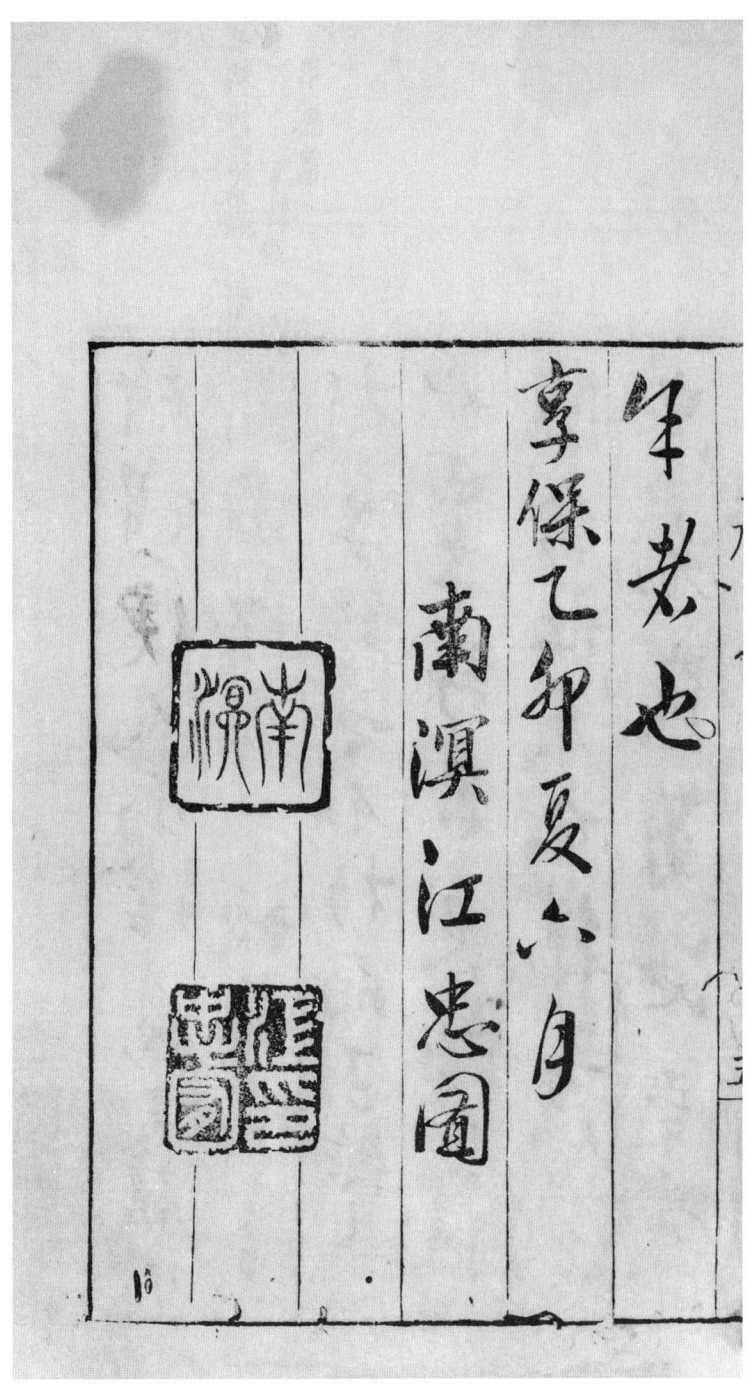

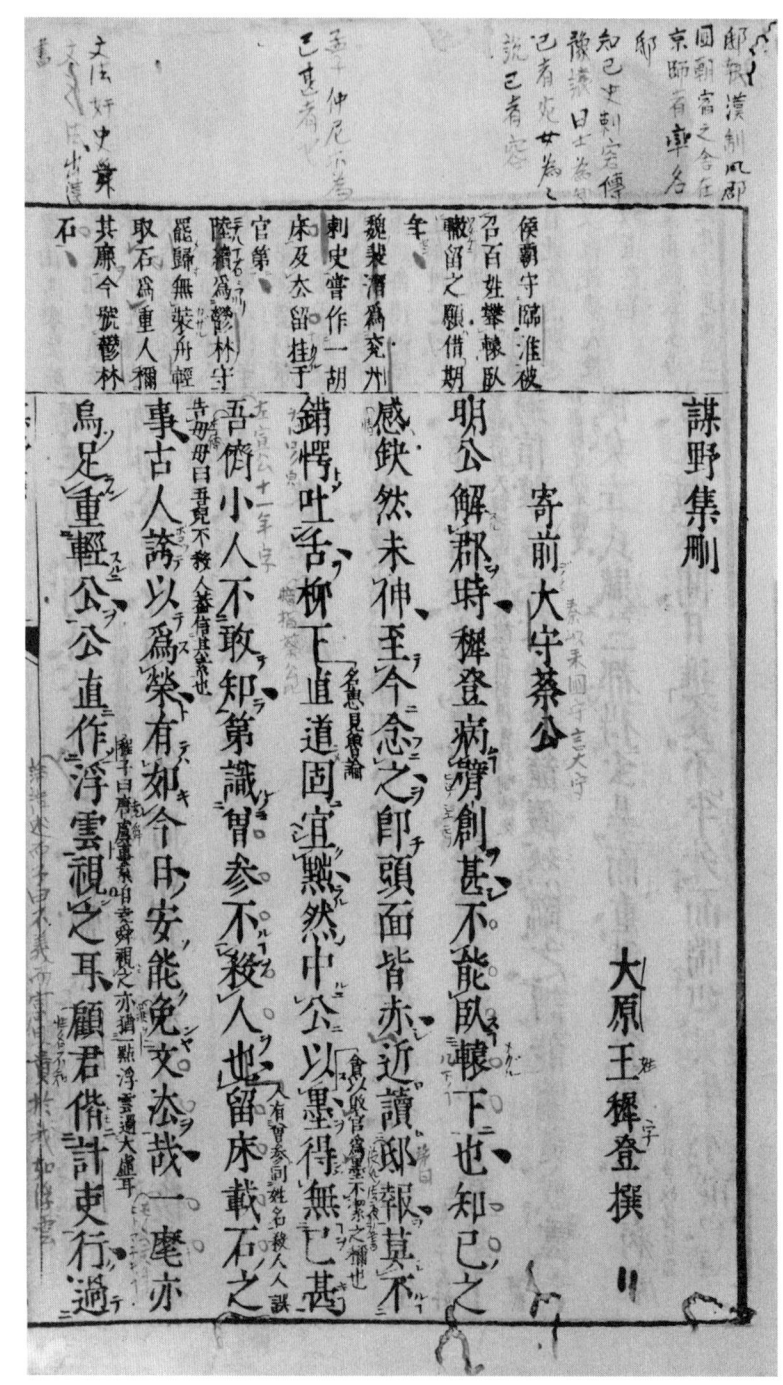

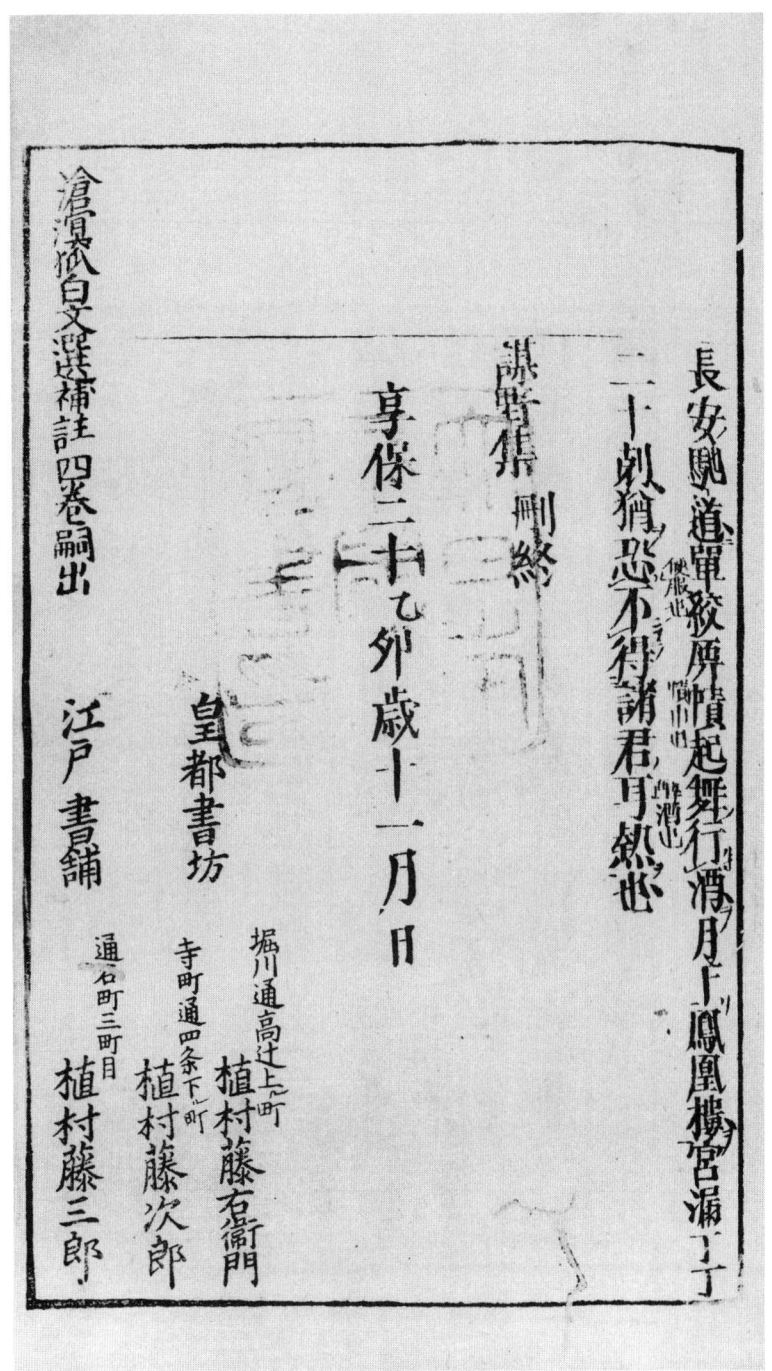

010-10　内閣文庫藏本

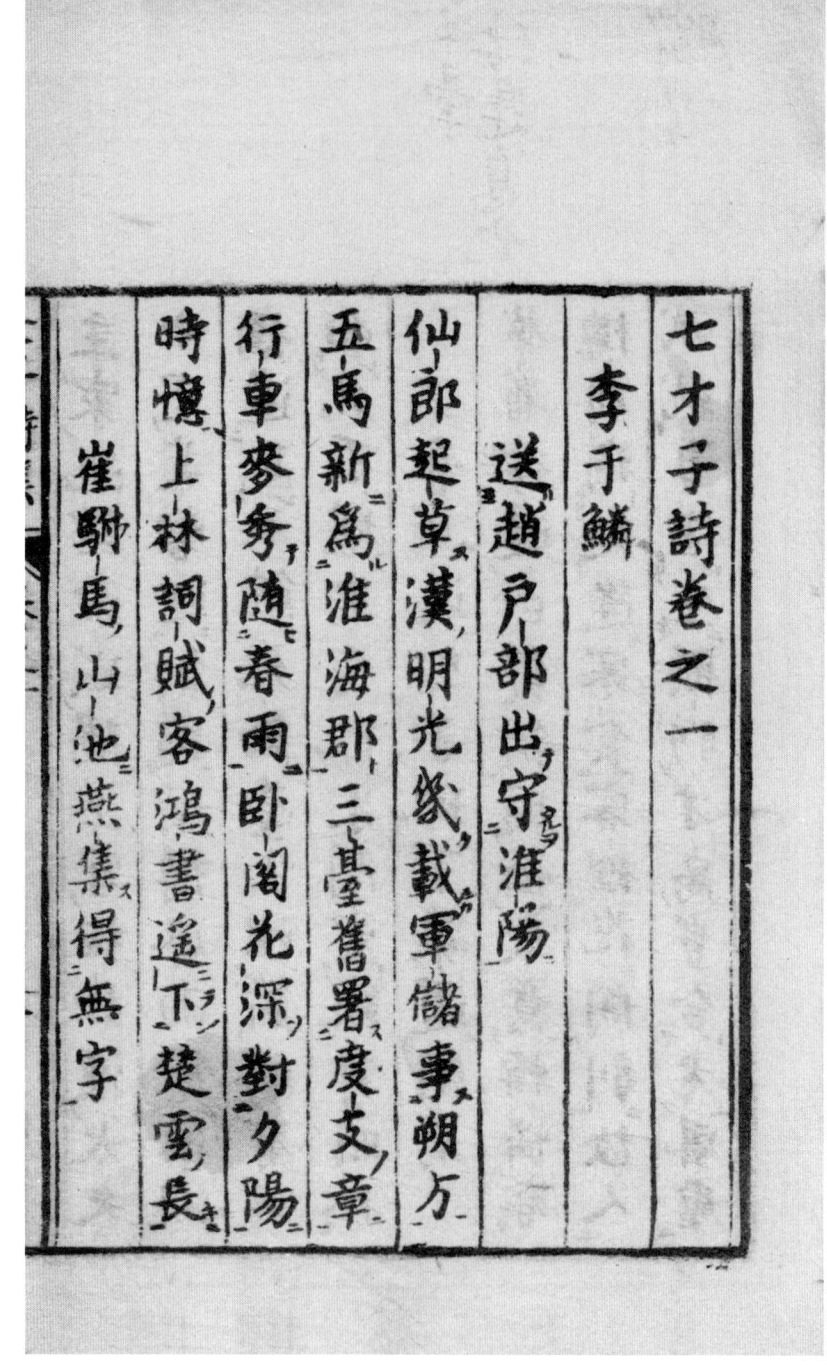

七才子詩卷之一

李于鱗

送趙戶部出守淮陽

仙郎起草漢明光 綵載軍儲事朔方
五馬新爲淮海郡 三臺舊署度支章
行車麥秀隨春雨 卧閣花深對夕陽
時憶上林詞賦客 鴻書遙下楚雲長

崔駙馬山池燕集得無字

011　明七才子詩集　七卷

葛烏石訂校。元文元年(1736)序刊本,自藏。1 冊。開本高廣 16 釐米×11 釐米,内框 11.5 釐米×8.6 釐米,左右雙邊,白口,單魚尾,版心上刻"七子詩集",魚尾下刻卷次、頁數。

内封題:"烏石先生訂校/不許翻刻,千里必究/明七才子詩集/平安書房、侗華軒、壽德堂、白玉堂合刻。"卷七末題"烏石源君嶽考訂"。卷尾刊記:元文二丁巳年五月吉日/京師書堂井上忠兵衛/山岡四郎兵衛/梅村三郎兵衛合刻。

卷首序一《題明七才子七律新刻》云:"此集也,世多有,亦未審何人所選。原本數刊,首簡相夸,書同人異,亦皆假託知名之士,無取也。余初且謂注攙疏謬,率屬市井蚩眩

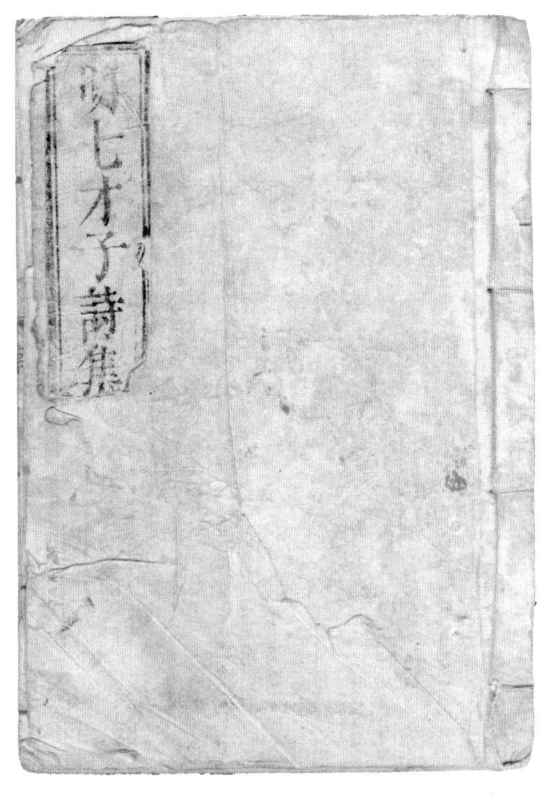

011-02

而已,然已疑其詩所采頗精焉。本集如林,不無蕪穢,及於比較視之,彼翹然者固非盡於此,然此所抄亦無害其萃焉。按嘉、隆七子七律,海内鑽仰,雖魏、張諸人,雁行一時哉,尸祝李、王之至,往往私録其選。今其所録,雖或未見,想必作者所自可,乃從而親受焉。精之又精,可知已。尸祝李、王,并及五子,當時所列,其有焉。大抵明詩之選不尠焉,以余寡見,此爲尤也。則此集也,疑亦同時之人所爲。若先有選者,未定,亦不授之人,後頗墮偽造家手,未可知也。不據其真,即託其假,必有以也。既經偽造,或妄意增減,蓋有之。夫詩,苟可誦乎,餘蓋不必論也。西子蒙不潔,吾幾失矣。物不可以貌取也如是。烏石生所校,濯濯哉可謂美人出浴矣。芙蓉萬公好詩,擬議李、王,既與之化,深愛七子,又愛烏石生。生乃請之序。公既序矣,猶且以非其所爲道,顧余,令有言。余不佞於萬公承斷金之交久矣,則余心所同,公序既盡矣,尚

何言哉？尚何言哉？亦唯悦烏石新之，又重述萬公之言既已盡矣，題以爲徵。丙辰之冬，服元喬題。"後有"子遷氏""元喬"二印。

序二《新刻七才子詩序》云："烏石山人造陵阜，謁曰：'朱明七才子詩，節其七言律夾注者，數本皆冒名家，詩字貿誤而解多謬矣。僕正字鉏解，棗已成，敢請師之序。'余曰：'七子鼓行且百歲矣，其詩逮今，家誦户詠。革鍥，隆事也，秉豪翰立于壇坫者可敘而行。余草野而墨墨，非職。敢辭。'曰：'文運融燼，雖草莽毁服，亦靡然乎？七子風蓬蓬乎起，師引斯編，庶幾哉喁吁山澤而橐籥於梵壤矣！'余曰：'是矣。但余湛於病，且害明，殆將垂瞑焉。姑紓我。'曰：'册多就，微師序，七子將不售於襌肆而蹛于賈，愿趣之。'余啞啞然，乃措辭曰：七言律難矣。唐作
者數人，姑舍是。以予論之，字不蠹乎語，語不恩乎篇，篇無異調，調不濫僻，濯濯然自新者，存乎七子爾。學者慎麗七子，莫善於是。于鱗氏猶龍邪？元美鳳躍焉。梁、徐、吳、宗，攀鱗附翼，可迭齒讓，雖各有不相若者，皆雄峙乎一代。謝榛差雌哉，猶且矯矯耽視大曆之上。蓋千百年而七律之凑盎然。竊嘗玩之，上者珪璋特達，次者明金綷羽，莫非輝映藝圃、榮澤觚簡者，故曰學者慎麗七子，莫善於是也。惟諸子七律富穰，而斯編什取一，不爲不多矣，匪翅崑岡隻玉已，則選之行，令家秘三棘、人懷六異也。頃世縉紳以復古發號，其教詩也，以七子錯於前，而祖洽於衆，於是簡明詩授之梓，而七子處多焉。諸體粗具，第七律未行，如闕典然，斯集可以彌縫也。山人研核石削之役，不曰考績藝場邪？度新刻一出，操槧之子懷賈集于肆，吾草澤之士亦將曹讀而爭購，則其於貨也，木刓弗給，何必乘韋余言也？有侍庭者蠯爾曰：鄙人聞山野之士樂於聆缶，鐘鼓竽瑟非其好也，恭鍊真而不耐無息焉者，時而呻謡，乃微言蕭瑟，可以諷道，可以達志，是既多矣。七子華莊，加之激烈慷慨，動輒憑陵，華莊畔乎草野，激烈慷慨憑陵者，非玄士所宜婉附於斯，奚可師事？竽唱殆乎不可。余曰：不必病也。辟則宮室與城闕陵寢,翬飛鳳舉,玉堂璧門若露之駮,是華乎國都者矣。若或桐柏之山,匡裕所廬,博林复谷而梵宇琳觀出焉,萬楹虹植,概天蔽日,丹綺離婁,雲雨禽忽,若軼壒氛而朝絳闕焉,抑亦華於蔽野哉。言辭之華,無以殊也。且汝憫傷蓋濁,抗志而修,真慷慨激烈其素也,蕲四蔽,滅三有,擱然相競,則憑陵庸何傷?故刑善七子,裁野就華,疏濯卑俗,已雕已琢,復反於樸而後諷道達志,斯可已矣。言行同其機,不識地者,視乎樹藝,辭可不修乎?彼寧為鄙倍者,非離奇則誕漫驕稀,而夫以行其道?甚而蘧篨戚施,反咉淑好者,予每暗嗚。是其節奏不直鄭衛、巴歈,如潦歲之電,何微言之謂哉?且汝不知邪?昔之玄流社稷,蘇、黃説以唐明,如會聾而鼓之;今之皁士,若蟄戶蠢於雷霆焉。且藿蠋自化,

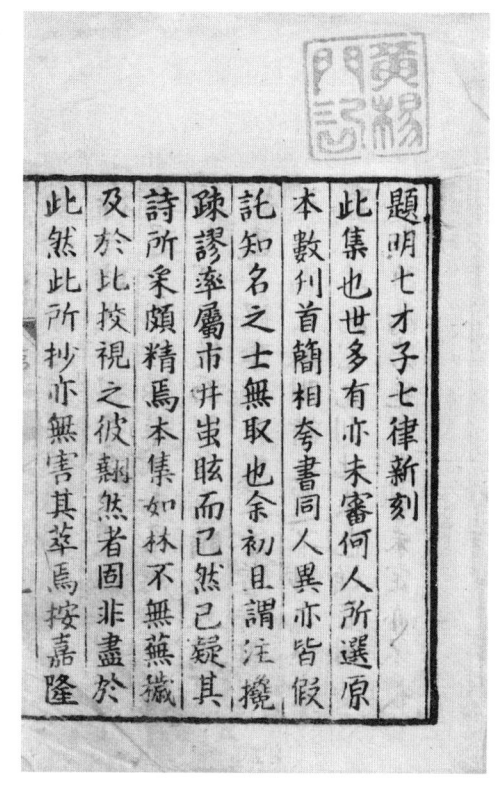

時丕變矣,遐不作人,侍者懼然。予曰:其然方外而學者豈無術乎?苟能不降格而逸其氣志,不華調而玄其音響,役事焉,殊其比聾辭焉。幻其章達,擬之為變,日自新,日益刻,謂之善學世而真者矣。若復中原郢國,優孟而拒掌,白雪責金,日中而穴阫,鼻栩栩焉以媚於藝文者,亦吾所不取也。抑斯論也,吾將坊固辭於方外,非宣於七律而已。若夫孤起重頌,率由梵製,機發而言姑同委巷者,非予所繩引也。山人曰:奧阼唐明,左右七賢,師恒言也,可以藉諸?曰:言不可若是其悉也。苟非其人,繆聞反唇,剗非吾道乎?余惟敘斯集,不可廢於舍筏之門也已。不則,目巧而操斧於盤倕之間,吾何敢?是為序。釋萬庵撰。"

　　序三《副言并贈烏石山人詩》云:"予業已敘新刻《七才子詩》室烏石子責,顧又謂世之緇流或有聽乎予言,而不深會其意,則曠廢玄學,耗神華藻,以幺麼不逮,爭技逸足,刻畫無鹽,步驟邯鄲,徒玩愒歲月,為不可名狀之人,竟受嗤於有識,則雖教者亦有罪焉。《雜華經》有雅思淵才之嘆,是超乘開士化物,能事也,豈可邀望於若余毛道不定聚之類乎?芬陀之典誠文筆讚詠,所以先乎修怤也,可弗思哉?予已以内省多

疢,秉所作古唐體千數百篇,舉畀炎火。曩者當作序述斯旨,屬百餘言,懼繁删之;覆思則利害非小矣,故重副緒言,或有才藻氾濫而洞達文字性空者,辱予以小乘陋見,固所不辭也。乃贈山人以詩曰:'君務千秋業,訂鐫七子詩。值吾深蓄念,毁滅舊編時。偕抱無窮感,蒼茫泣兩歧。修文將絶學,達者可冥知。'元文丙辰季秋日,芙蓉釋萬庵重識。"後有"原資"一印。

又《七子小傳》,介紹李攀龍、王世貞、梁有譽、謝榛、徐中行、吴國倫、宗臣等生平著述。

是書所選爲李攀龍等七子七言律詩,卷一李攀龍56首,卷二王世貞70首,卷三梁有譽45首,卷四謝榛43首,卷五徐中行64首,卷六吴國倫67首,卷七宗臣47首。

葛烏石(1699—1779),即松下烏石。姓葛山,亦作"葛",名辰,字君嶽、神力、龍仲,號烏石、菽寶處士、青蘿主人、東海陳人、白玉齋等。江户中期漢學家、書家。烏石爲幕臣松下庄助次男(母下村氏),從服部南郭學儒學。南郭是荻生徂徠門人,接受明七子復古詩學,烏石亦崇尚唐詩,以爲明詩近唐,是學習的階梯。又從佐佐木文山、細井廣澤學書法,著有《書學大概》《榷推字原》等。對當時及後世書壇影響甚大。烏石晚年移居京都西本愿寺隱居,卒年81歲,葬於京都西大谷墓地。

釋萬安(1666—1739),名原資,號萬庵、芙容軒,江户人。江户中期禪僧、漢詩人。著有《江陵集》《解脱集》等。

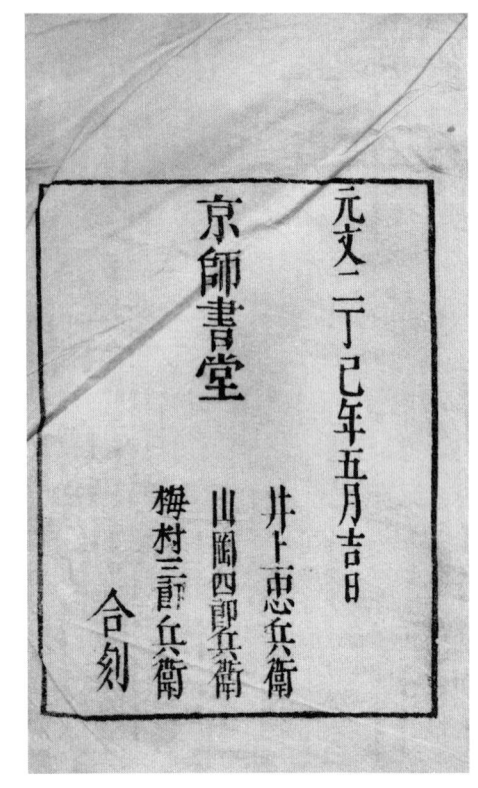

011-05 静嘉堂文庫藏本

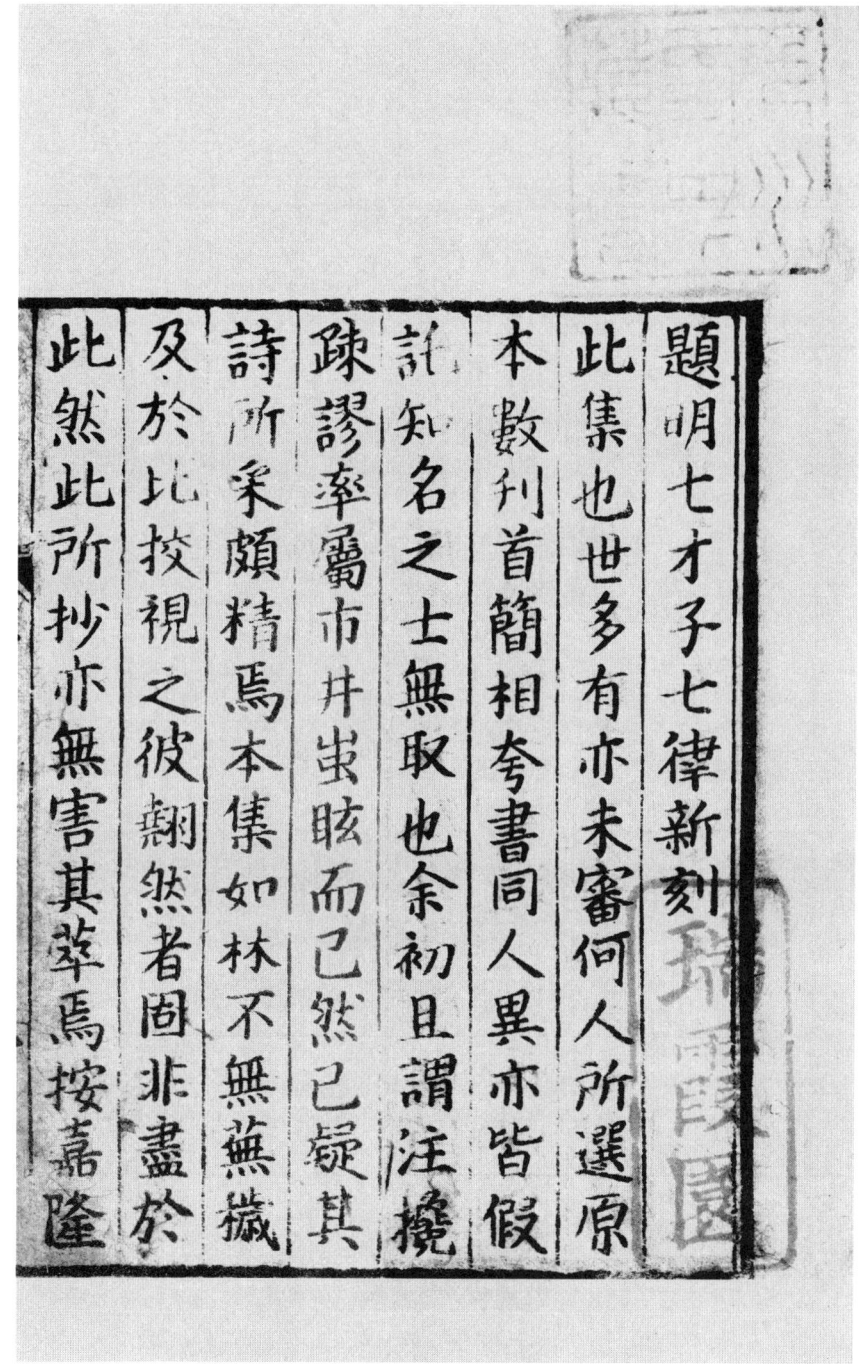

題明七才子七律新刻

此集也世多有亦未審何人所選原本數刊首簡相考書同人異亦皆假託知名之士無取也余初且謂注撰疎謬率屬市井蚩眩而已然已疑其詩所采頗精焉本集如林不無蕪穢及於此校視之彼翻然者固非盡於此然此所抄亦無害其萃焉按嘉隆

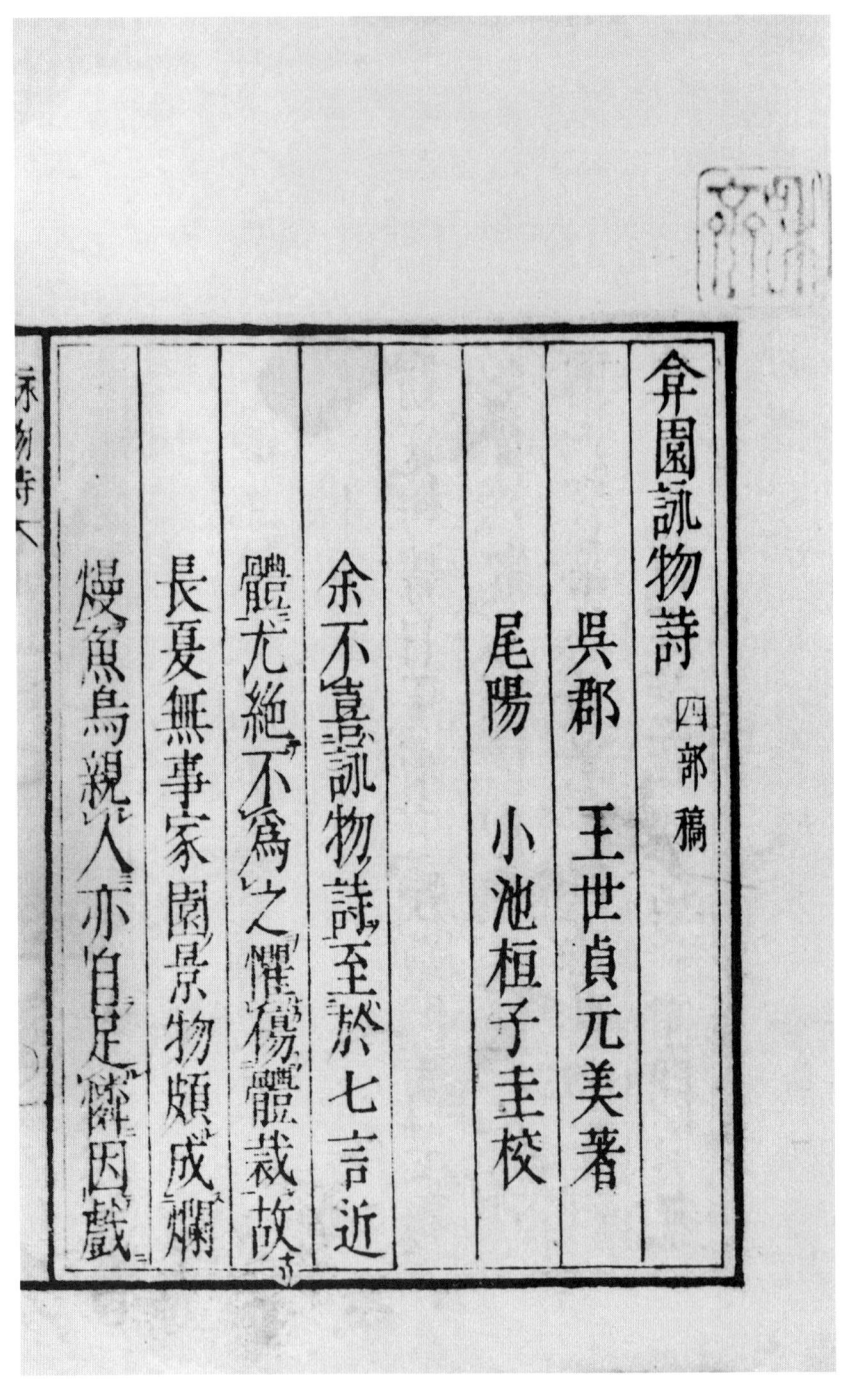

弇園詠物詩　四部稿

吳郡　王世貞元美著
尾陽　小池桓子圭校

余不喜詠物詩至於七言近
體尤絕不為之懼傷體裁故
長夏無事家園景物頗成爛
熳無鳥親人亦自足辭因戲

012　弇園詠物詩　一卷

王世貞撰,小池桓校。享保二十一年(1736)京都中川茂兵衛等刊本,關西大學圖書館藏。1册。開本高廣15.5釐米×10.8釐米,內框10.6釐米×7.7釐米,四周雙邊,白口,無魚尾,有欄線,半葉8行,行14字,版心上刻"詠物詩",下刻頁數。

卷端大題"弇園詠物詩四部稿",下署"吳郡王世貞元美著,尾陽小池桓子圭校"。

卷端首有小引云:"余不喜詠物詩,至於七言近體,尤絶不爲之,懼傷體裁故。長夏無事,家園景物,頗成爛熳,魚鳥親人,亦自足憐,因戲各賦一章,合之得六十首,并舊作六首,別成一卷。老翁塗抹作兒子態,終不似也。"此引見王世貞《弇州四部稿》卷四十三詩部(明萬曆刻本)。卷末題

012-02

識云:"不佞校此詩,元雖不滿元美之意,未嘗如宋元,蓋有清麗,有深情,謂莫爲侯的乎?是稿中一卷也。戊申冬十一月望後二日,小池桓識。"有"南齋""小池桓"二印。長澤規矩也《和刻本漢籍文集》中"解題"稱是書爲"《弇州山人四部稿》中一卷抽刻"。然所收《梅花》等66首詠物詩,見於王世貞《弇州四部稿》卷四十三、四十四,當爲小池桓輯出刊行。

又附《詩中爵里詳節》,對詩中所涉及人物如壽陽、安期等加以疏解,末云:"右所詳節,皆是詩家之所知也。向草上幀,不忍棄之,今移卷尾,爲初學翼。豈爲處莊嶽者乎?乙卯(享保二十年,1735)四月,桓識。"

又《書刻弇州詠物詩後》云:"管敬仲雖小,衣冠中周,後之所被,其大哉!降自而下,截炎漢,盡朱明,雖言語之科,爲世所器者,策其屈指,汰之無多。元美王氏,其遺

編如《四稿》正續,譬諸彝鼎宗器,列嚴廊之上,而儀章文飾,極刻鏤之工,色色斐然,事事爛燦。矩而墨之,儀而則之,其有用廟學,不可勝記,況其他乎?詠物亦一隅耳。子圭氏與余舊交,今也梓牘此書,遐陬其傳。予曰:'膠序之政,貴博洽而然風憲之化,慎施及無所本乎?苟無本,則《竹書》雖淵古,亦徒蠹簡。如剪綵,奪天工,終無根生,況下者乎?總是長物,豈世之器使乎?'予自知渺然,固辭。子圭氏請云:'雖則不許,豈敢。'享保丙辰正月之吉,海部宮文忠。"有"宮文忠印""舜弼"二印。

小池桓,即小池崑岡,字子圭,號南齋,生平不詳。所編校有《明史朝鮮傳》(寶曆十一年尾張木村理兵衛刊)、《弇州試筆》(安永初年刊本),著有《南齋燕談》四卷。

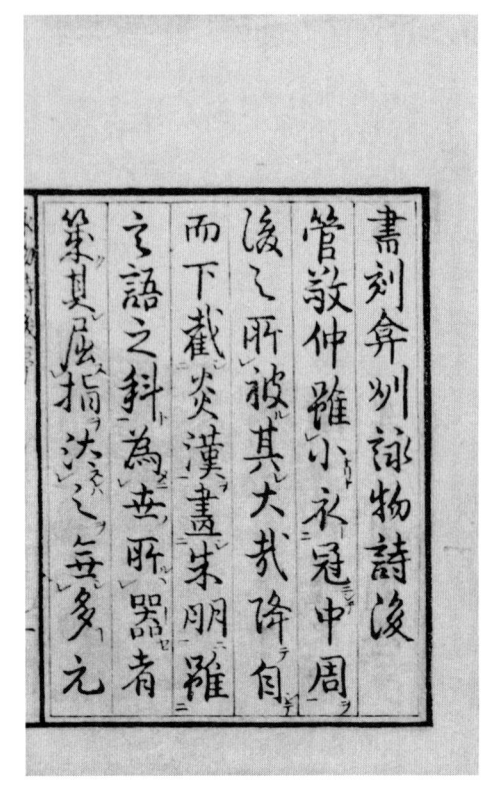

012-03

宮文忠,即宮崎古厓,名文忠,字舜弼,通稱春助。從伊藤東涯學古學。元文四年(1739)卒。

是書又有京都大學圖書館、京都產業大學圖書館、佛教大學圖書館藏藏本,與關西大學圖書館藏本爲同版。長澤規矩也《和刻本漢詩集成》補篇第十八輯收是書,内封題:千里必究/王弇州/皇都書肆 文林堂梓行/咏物詩。

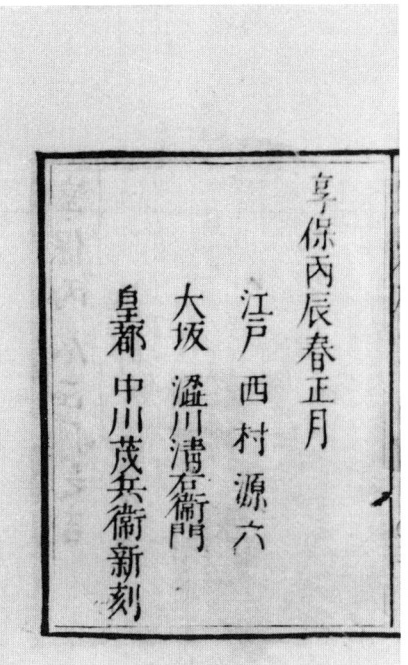

012-04

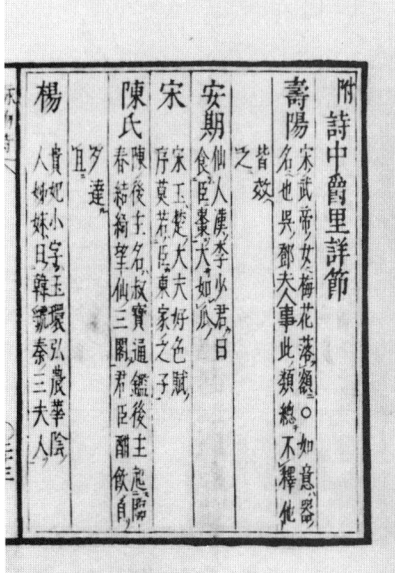

012-05

明九大家詩選卷一

陳萊堯夫
李昴枝霄樹 許選

五言律

李夢陽

驪山

繡嶺花仍繡 湯泉滿故宮 禁池人自浴 新月古應同
後青山滯淚中 千巖歌吹入 猶想翠華東

（按盧照鄰長安古意云：借問吹簫向紫煙 曾經學舞度芳年註 地經曾
篇簫吹 向紫煙曾經 照古人 玉殿與凶 獻吉約之日 新月古應同 簡而更遠 太白今人不見古時月 今月曾經照古人乃獻吉含）

013　明九大家詩選　五卷

陳荚、李昂枝評選，瀨尾維賢點。元文二年（1737）刻本，關西大學圖書館藏。5冊。開本高廣27.2釐米×18.5釐米，內框20釐米×14.5釐米，四周單邊，白口，單魚尾，無欄線，半葉10行，行20字，小字雙行同。版心上刻"明九大家選"，魚尾下刻卷次、頁數、"奎文館藏"。

內封題："陳荚堯夫先生評選/盛明九大家詩選/京華書坊奎文館發刊。"卷端大題"明九大家詩選卷一"，下署"鴛湖陳荚堯夫、李昂枝霄樹評選"。

卷首序一《明九大家詩選序》，末署"順治十有四年春正月，嘉興李昂枝撰"。序二《明九大家詩選序》，末署"浙秀水陳荚堯夫氏撰"。

又《明詩人姓氏爵里》。又《凡例》8則云："一、空同、大復闢弘、正之元音，鳳洲、于鱗振嘉、隆之巨響，一時同調更和迭奏，各有源流，務相羽翼。前七子之品題、姓氏，互爲出入；後七子之鼓吹、唱酬，已有定交。爰輯九家，裒成一集。"

013-02

卷末《明九大家詩選跋》云："余家鄉者鎸穆仲裕所選《明詩正聲》，傳播海內，其選寔精金粹玉，煥乎可觀，蓋《三百篇》遺響，當與唐詩并傳無愧也。所謂習唐詩者，必以明詩爲徑蹊，夫在茲選耶？今復刊陳堯夫《明九大家詩選》，將公諸世。夫近代作者，蓋稱明七君子雄傑，今此篇，李、何二君爲選首。李獻吉文詩，山斗一代，踵秦漢，接盛唐；何仲默質合神明，體符造化。如二君，實李、杜以來之作家，誰亦抗衡？因知朱明興，太平文物，不讓於唐，而文運之盛，可從知耳。今茲刻成，綴數言，以漫錄其末云。皇和元文丁巳中秋日，京華瀨尾維賢題於用拙齋中。"後有"瀨維賢印""用拙齋"二印。

《九大家詩選》十二卷,陳荚、李昂枝編,今存順治十七年(1660)刻本。選李夢陽、何景明、李攀龍、王世貞、謝榛、吳國倫、徐中行、宗臣、梁有譽九家詩,分體編排,卷一古樂府,卷二卷三五言古詩,卷四卷五七言古詩,卷六卷七五言律詩,卷八五言律詩、五言排律、五言絕句,卷九至卷十一七言律詩,卷十二七言絕句。

是本卷一五言律,選李夢陽《驪山》等25首、何景明《沉水驛》等59首、李攀龍《同皇甫繕部寒夜城南詠月》等18首;卷二五言律,選王世貞《梅花落》等28首、謝榛《武皇巡幸歌》等43首、吳國倫《燕京遊俠》等29首;卷三五言律,選徐中行《過顧汝和所遲黎惟敬不至得寒字》等7首、吳國倫《有寄》等15首、梁有譽《宋泰泉先生赴任留都》等7首;卷四五言排律,選李夢陽《鄱陽湖十六韻》1首、何景明

013-03

《寄邊太常》等5首、李攀龍《答謝莊盤山詩》等6首、王世貞《再游靈岩寺十二韻》等10首、謝榛《庚戌八月二十二日恭聞奉天殿視朝》等12首、吳國倫《寄儀隴劉明府景仁》等3首、徐中行《正月十六日同諸子過順甫宅得燈字》等6首、宗臣《送朱郎中使浙》等3首、梁有譽《送陸子韶使南》等5首;卷四(又)七言排律,選李夢陽《送胡主事犒廣西軍便道來陽迎母》1首、王世貞《壽李宮監》等2首、謝榛《送馮駕部伯祥出守羊城》1首、吳國倫《竹里館詩有序》1首、梁有譽《寄贈許解元殿卿》等2首;卷五五言絕句,選李夢陽《楊白花》等6首、何景明《獨立》等10首、李攀龍《寄題宗秀才茂登池亭》等4首、王世貞《江口》等3首、謝榛《長相思》等4首、吳國倫《閨怨》等6首、徐中行《活水池》等2首、宗臣《聞雁憶弟子培》等5首、梁有譽《秋日雨中過黎氏山房》1首;卷五(又)七言絕句,選李夢陽《聖節聞駕出塞》等13首、何景明《秋日雜興》等11首、李攀龍《送劉戶部督餉湖廣》等43首、王世貞《殿前曲》等34首、謝榛《冬雪聞笛》等18首、吳國倫《九日同于鱗子與賦》等10首、徐中行《停舟谿上懷子相》等4首、宗臣《送元美》等8首、梁有譽《北山訪梁思伯諸子不遇》1首。

陳萇,字堯夫,秀水(今屬浙江)人,諸生,康熙十八年(1679)薦舉博學宏詞,著有《秋雪集》。楊文蓀曰:"堯夫詩見賞於曹秋嶽司農,康熙戊午薦舉宏博,未與試而歸,藝林惜之。所著詩集,吾鄉沈耿巖編修爲之序。"(阮元《兩浙輶軒録補遺》卷二,清嘉慶刻本。)

李昂枝,字霄樹,生平不詳。

瀨尾維賢,即瀨尾用拙齋(1691—1728),名維賢。字俊夫,通稱源兵衛,别號奎文館。瀨尾爲京都書肆業者(丸尾源兵衛),曾於伊藤仁齋門下學儒學,出版有《太平記》(天合元年,1681)、《書籍目録大全》(寶永六年,1709)及伊藤仁齋所開設學塾古義堂相關著作。正德元年(1711)秋,六代將軍德川家宣爲將軍,朝鮮通信使與日本儒學者詩文唱和,瀨尾將之編輯爲《雞林唱和集》15卷。又編有《八居題詠》(享保六年,1721)。

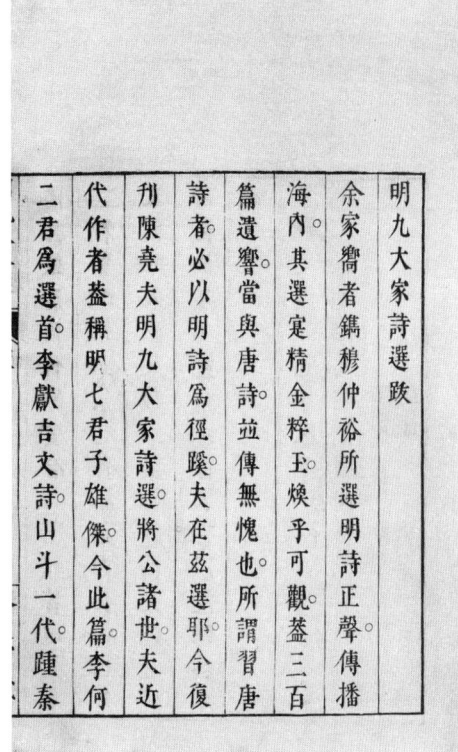

013-04

是書長澤規矩也收入《和刻本漢詩集成》總集篇第七輯,與關西大學藏本爲同版。内閣文庫亦有藏本,4册,内封無題記,無序、凡例,正文版式、内容同關西大學藏本,卷五末有"文化戊辰"收藏章,卷末有刊記"明《九大家詩選》七言律、《明十二家詩選》(明益王漢南道人選輯,全12册)嗣出"、"元文二年丁巳九月日,京兆書坊奎文館瀨尾源兵衛發行"(按:關西大學圖書館藏本無此刊記)。

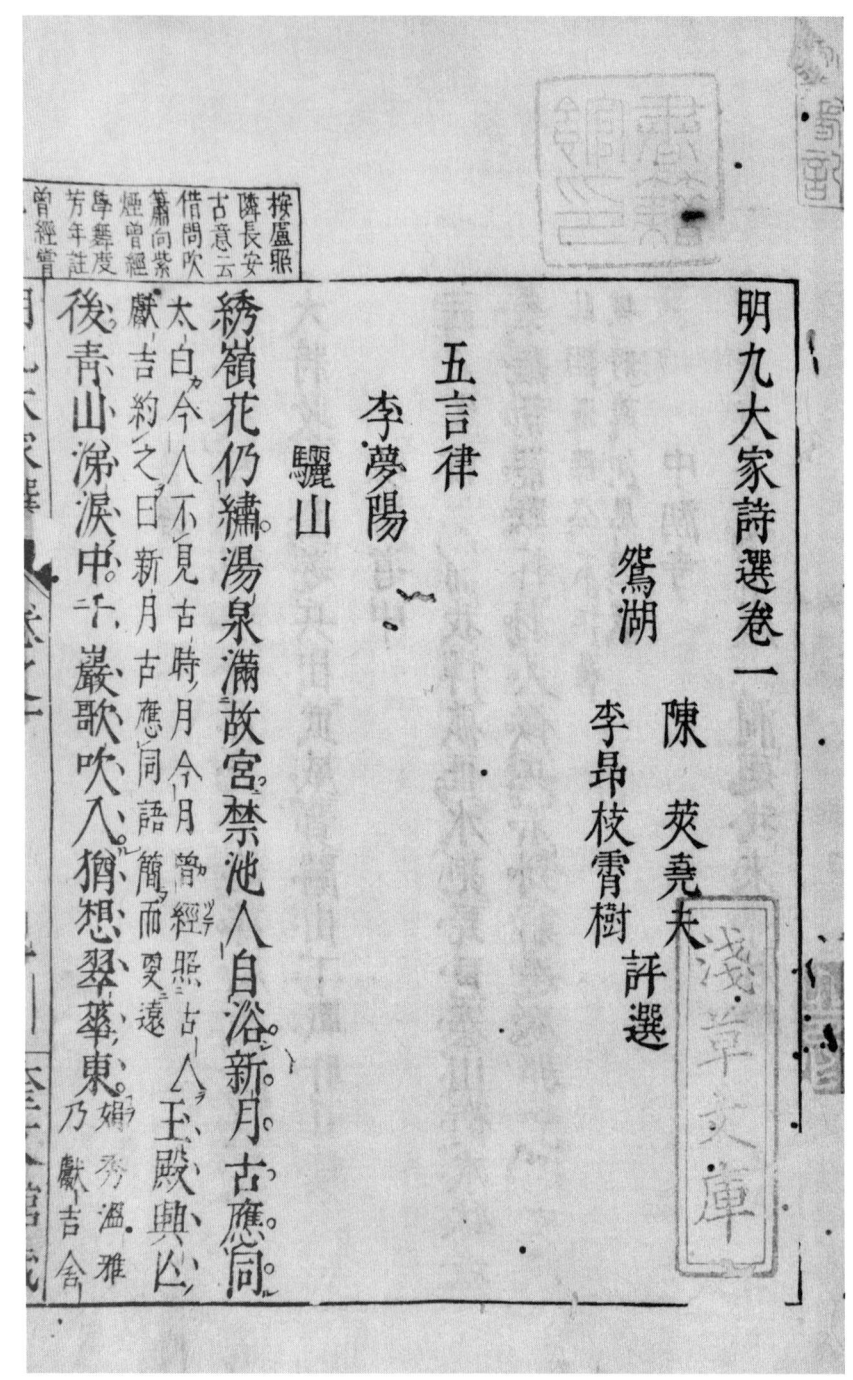

明九大家詩選卷一

陳　棽堯夫

駕湖　李昂枝霄樹　評選

五言律

李夢陽

驪山

綉嶺花仍繡，湯泉滿故宮。禁池人自浴，新月古應同。玉殿興凶後，青山涕淚中。巖歌吹入獮，想翠華東乃獻吉含

按盧照隣長安古意云：借問吹簫向紫煙，曾經學舞度芳年。註盧經曾照古時月，今月曾經照古人。玉殿與凶媛秀溢雅

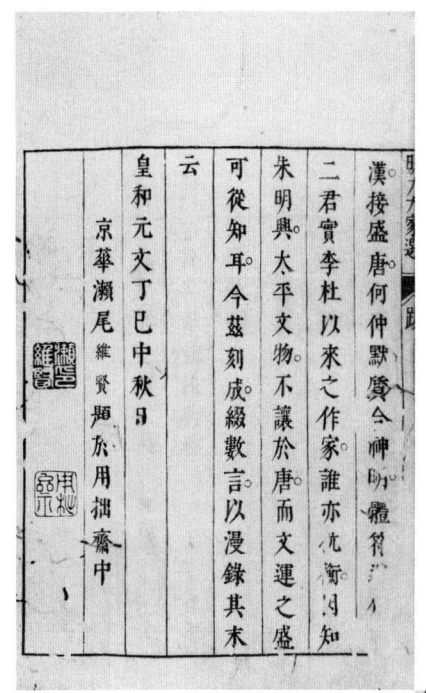

013-06　内閣文庫藏本

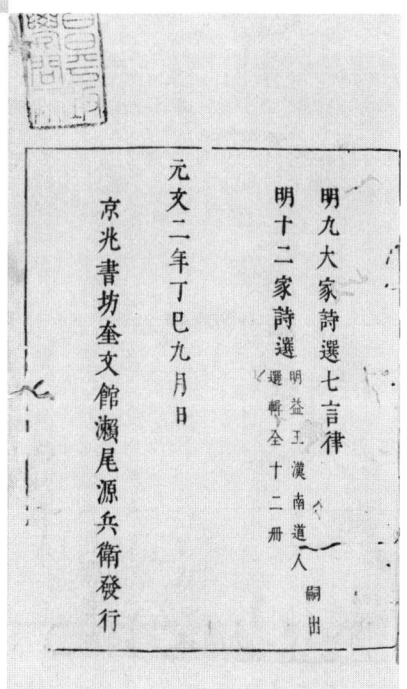

013-07　内閣文庫藏本

弇園擷芳卷之上

李于鱗

會陳生始得拜足下文也其辭瑰偉麗特亡論僕守之可遂終身矣文致自陳生生不識謂爲何等語此左怪也足下所譏彈晉江毘陵二公及其徒帥稱而人播此蓋逐影響尋名跡非能心觀其是也破之者亦非必輪攻而墨守乃甚易易耳吳下諸生則人人好襃揚其前輩爍爍所見此等便足衣食志滿矣亡與語漢以上者其

014　弇園摘芳　三卷

釋玉宣珠錬編。寬保二年(1742)序刊本，靜嘉堂文庫藏。1册。開本高廣26.8釐米×17.4釐米，内框18釐米×14釐米，左右雙邊，白口，單魚尾，無欄線，半葉9行，行18字，版心上刻"弇園摘芳"，魚尾下刻卷次、頁數。卷端大題"弇園摘芳卷之上"，下無題署。

封面題簽"元美尺牘弇園摘芳全"，卷尾刊記："釋玉宣珠錬選定／寬保二年壬戌夏六月刻于雪園／江都書肆江户日本橋南一町目、須原茂兵衛梓行"。

卷首《弇園摘芳序》云："斯文也，自有結繩之政也，簡牘日滋，各飾匠心而結撰是務，其至朋友情好之間，亦惟非此而何以爲乎？其以舌代筆，以辭繡口，曲指通暢，不啻通彼我之懷，凡人間之萬態千狀、憂喜醜麗，恍乎想見

014-02

其爲人也，實不斯文哉？自古在昔，文人不爲少，就中傑出於千古者，特李、王二大家耳。我本邦不識二大家者，特山斗於文人也。近世稍稍染指者輩出，於是乎於鱗氏之尺牘出矣，真彩彰彰，乃爲文房之重矣。而元美氏之牘不刻，其猶雙珠未合、兩明未麗，則寒鄉操觚之士以憾焉。故予不自揣，就元美氏之書牘抄録一二，梓而行于世矣。此雖小册子，縱稱雙璧聯照，亦可也乎？青衿之徒蘊藉二大家，珍於斯文，左右逢原也。然則於其價也，連城不啻，同志者或取焉。寬保壬戌夏六月，沙門崑崙。"末有"雲中鳥雀""釋玉宣珠錬之印章"二印。

釋玉宣珠錬，生平不詳。

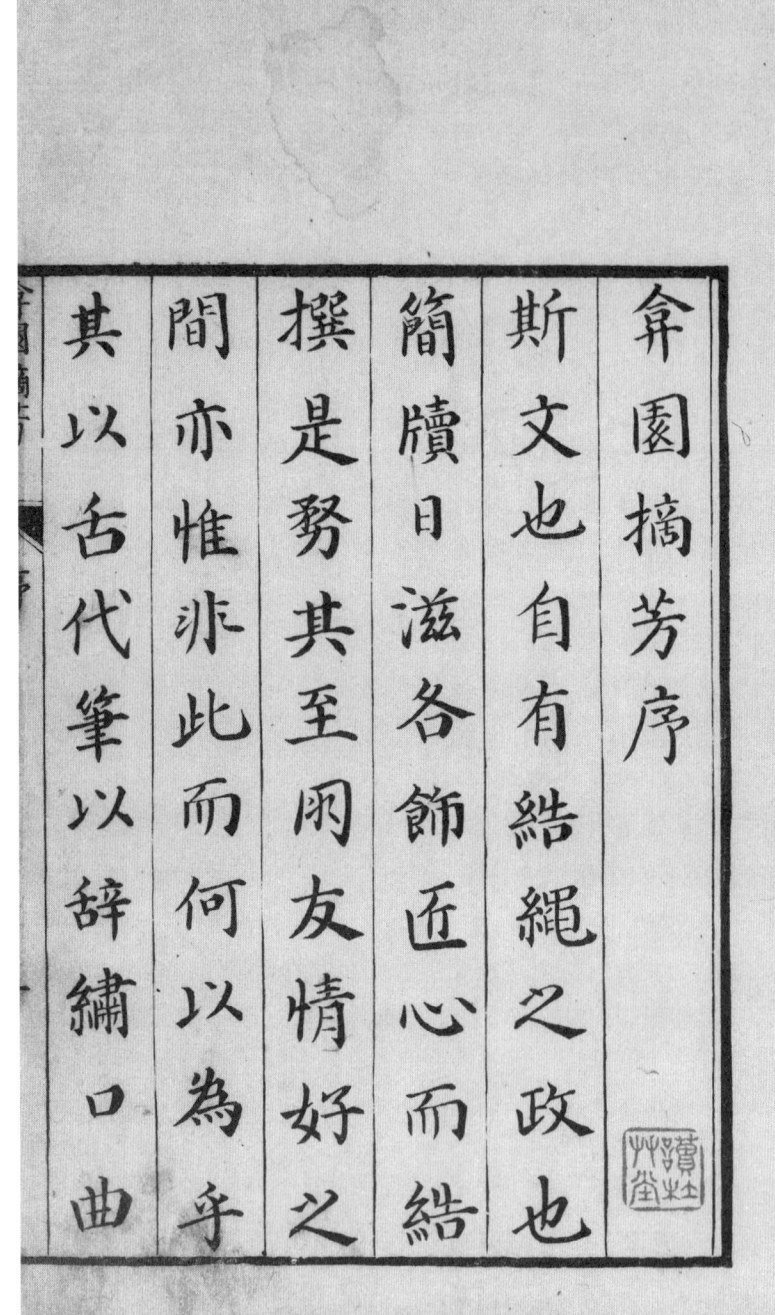

弇園摘芳序

斯文也自有結繩之政也
簡牘日滋各飾匠心而結
撰是務其至閑友情好之
間亦惟非此而何以為乎
其以舌代筆以辭繡口曲

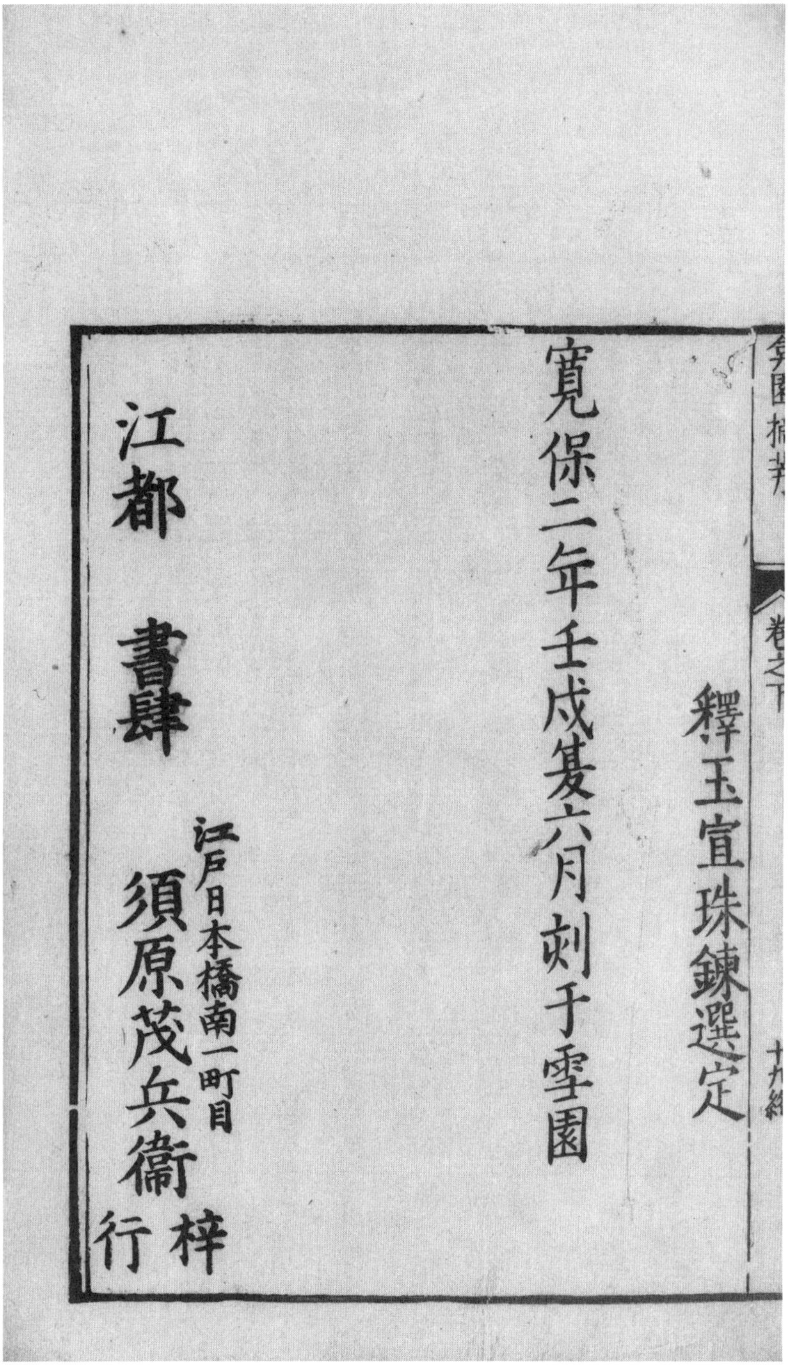

釋玉宣珠鍊選定

寛保二年壬戌夏六月刻于雩園

江都書肆

江戸日本橋南一町目

須原茂兵衛梓行

014-04

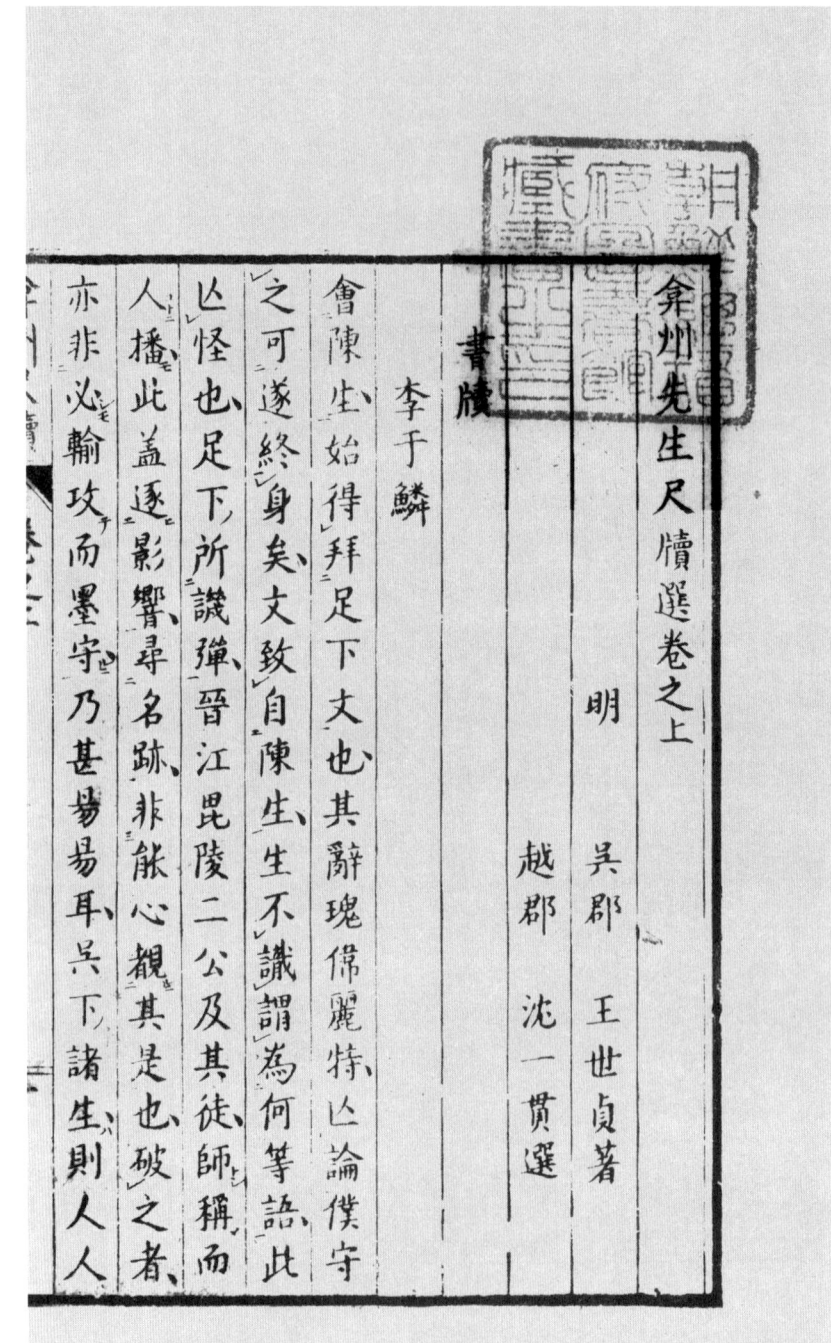

弇州先生尺牘選卷之上

明　吳郡　王世貞著

越郡　沈一貫選

書牘

李于鱗

會陳生始得拜足下文也其辭瑰偉麗特必論僕守之可遂終身矣文致自陳生生不識謂為何等語此匹怪也足下所識彈晉江毘陵二公及其徒師稱而人播此蓋逐影響尋名跡非能心觀其是也破之者亦非必翰攻而墨守乃甚易易耳吳下諸生則人人

015　弇州先生尺牘選　二卷

明王世貞撰，沈一貫選，曾有原點。寬保二年（1742）九月京都丸屋市兵衛刊本，日本國立國會圖書館藏1冊。開本高廣26釐米×17.5釐米，版框20釐米×13.8釐米，白口，左右雙邊，上黑魚尾，半葉10行，行20字，版心鐫"弇州尺牘"。

卷首序一《刻弇州尺牘敘》云："往年東都刻《滄溟尺牘》，頃在洛，人有欲刻《弇州尺牘》媲美者，千里飛書，請校吾友越子泉。子泉為校，且旁發國字，為初學通讀以授。既而謀敘於余，余曰：文章，小技也，尺牘之於文章也，亦其小焉者已，是何足述？雖然，我徂徠先生徵《論語》、著二辨，拯斯文於既墜，而先王孔子之道炳如。其始來也，假道於李、王古文辭。故不修古文辭，不能續先生書而達其旨，況於六經、《論語》

015-02

乎？文章之不可已也，其如是耶！李、王文士，其道無足述，在唯其文辭可以進于古文，則李、王何不可述？尺牘，李、王緒餘，緒餘可以導古文辭，則尺牘何不可刻？且二家全集，東方未刻，是其自隗始者，不亦可乎？夫尺牘書疏之屬，不具一體，子遷於敘于鱗之尺牘言之悉焉，莫以尚諸。寬保壬戌孟冬，長門山縣孝孺。"有"孝孺""少助"二印。

序二《題弇州尺牘首》："盲史腐令邈矣，人與骨皆朽。乃後世諸名家，不無特至，唯文與世汙隆，望之於二子，不啻鴻溝。滔滔者，天下皆是也，獨滄溟、弇州，以命世之才，睥睨千古，左提右挈，遞爲桓、文，他雖有翹楚乎，宋襄之霸，不能跂子。蓋世之相後千有餘歲，而爲盲史腐令之身後鍾期者也。今也鉛槧之士，苟欲旦莫千歲，比肩前契，自非假道王、李，不可得而庶幾已。雖然，二公以來，卷帙浩博，未之能刻。今經雕刻,應窮鄉寒士募者,特《滄溟尺牘》焉已。近有洛人圖刻《弇州尺牘》者,不遠千里,托余考訂。余曰:善矣哉,此舉也。貌諸尺牘,雖不盡弇州,亦足以窺一斑。且夫二公在嘉、隆,一則龍舉濟南,一則虎視吳門,萬乘兵賦,並驅一世。而今《滄溟尺牘》孤行,弇州則否,死者而有知,其謂之何?刻者無亦弇州忠臣乎?乃是編與《滄溟尺牘》并行海內,則鉛槧之士,於假道二公,思過半矣。由此以往,盲史腐令,庶幾可以染指也。且於二公以來,上木之舉,亦或爲嚆矢矣乎?乃據本集,考魯魚,旁注國字,爲譯師於蒙學乎爾。寬保紀元冬十二月長門曾有原子泉題。"有"有原""原泉混混不舍晝夜"二印。平安瀨維德士恭書,有"維德之印""士恭"二印。

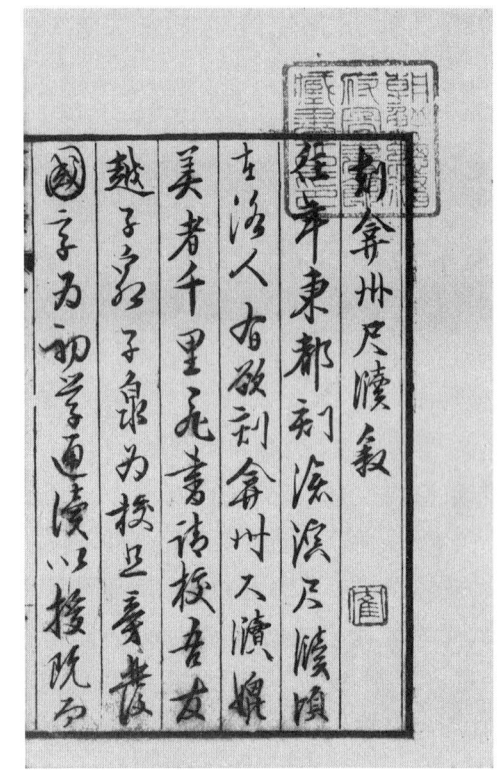

015-03

無目錄。卷上卷下書牘各34篇。

正文卷端題"弇州先生尺牘選卷之上",下署"明吳郡王世貞著,越郡沈一貫選"。卷末刊記:"寬保二年壬戌秋九月　二條通柳馬場西入町　皇都書鋪　丸屋市兵衛刊行。"

王世貞,前已見。

沈一貫(1531—1615),字肩吾,號龍江、蛟門,鄞人。隆慶二年(1568)進士,萬曆間累官戶部尚書、武英殿大學士。卒諡文恭。著有《易學》《莊子通》《敬事草》《經世宏辭》《吳越遊稿》《喙鳴文集》《喙鳴詩集》。編有《弇州稿選》等。

曾有原,字子泉。山縣周南友,其名又見《周南先生文集》。

山縣孝孺,即山縣周南(1687—1752),名孝孺,字次公、少介,周南其號。周防(山口縣)人。江戶中期儒學者、漢詩人。荻生徂徠高弟,長州藩藩校明倫館第二代學頭。著有《周南文集》《爲學初問》《作文初問》《講學日記》等。

王世貞撰、沈一貫選《弇州山人四部稿選》16卷,有明萬曆二十年克勤齋余碧泉刻本,是集即據該本卷十一"書牘"部分刊刻,次序皆同,唯分作上下兩卷。

弇州先生尺牘選

題弇州尺牘者

盲史腐令邈矣人與骨皆朽乃後世詬詈名家不世特至唯文之世污隆繫之於二子不齊鴻溝滴く苦天下皆是也獨滄溟弇州以命世之才睥睨千古左挹古

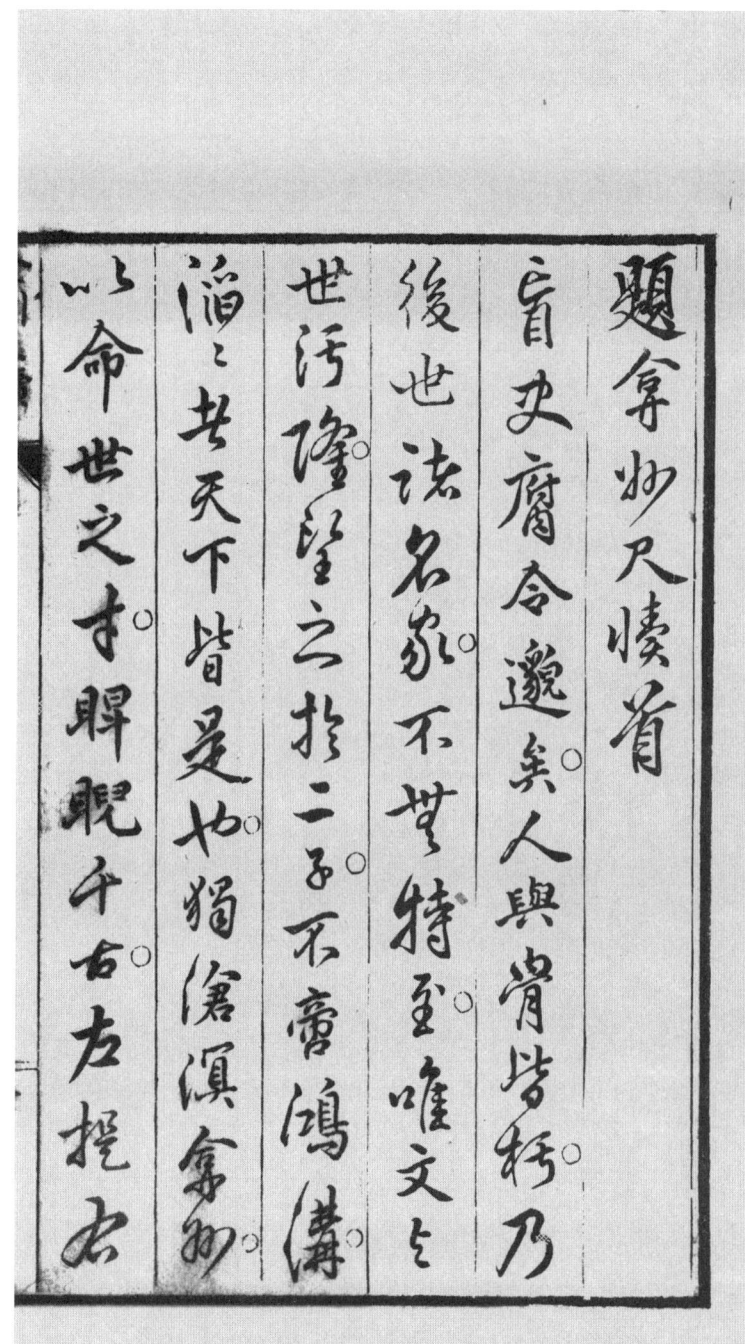

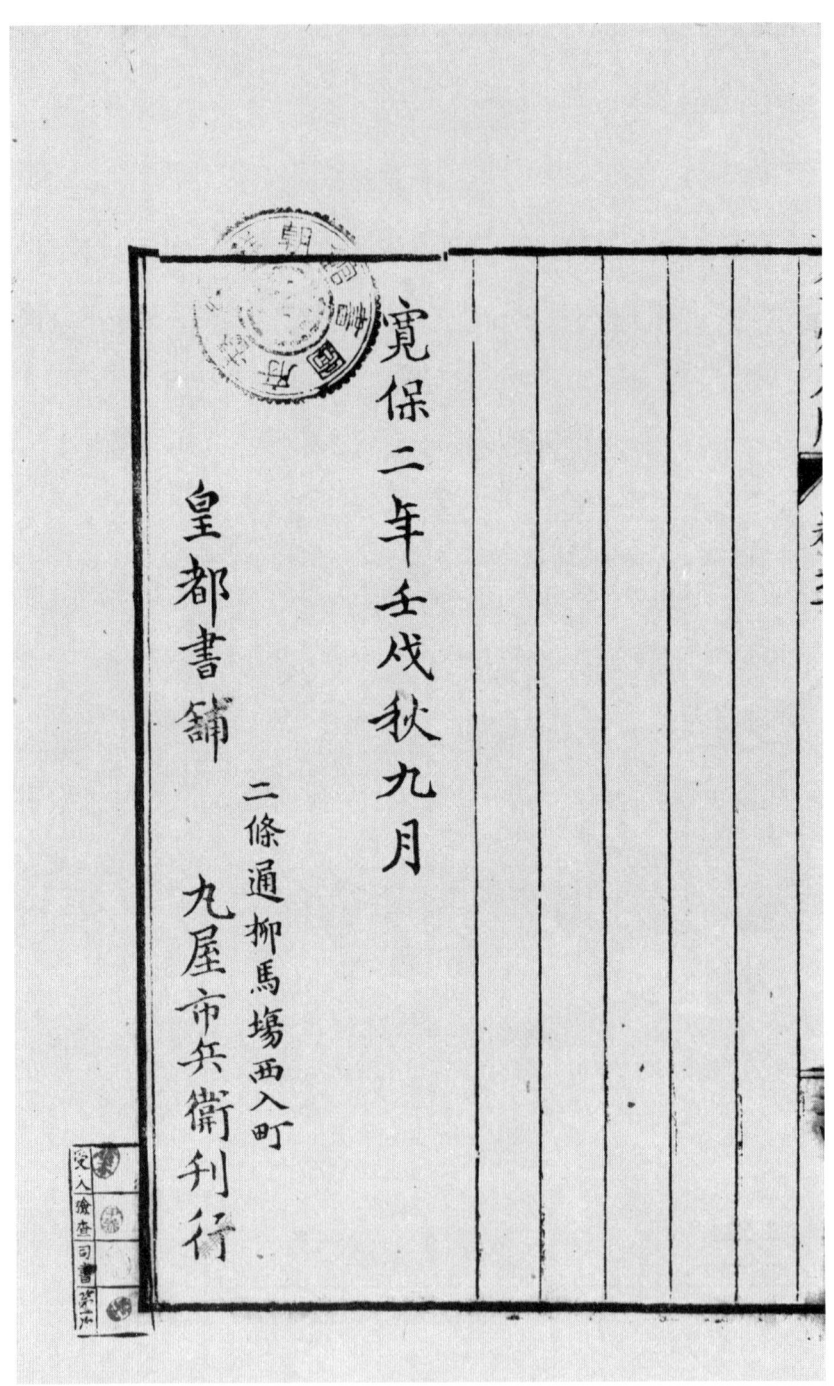

寬保二年壬戌秋九月

皇都書舖

二條通柳馬塲西入町

九屋市兵衛刊行

弇州先生尺牘選卷之上

明　吳郡　王世貞著

越郡　沈一貫選

書牘

李于鱗

會陳生始得拜足下丈也其辭瑰偉麗特凵論僕守之可遂終身矣文致自陳生生不識謂為何等語此凵怪也足下所識彈晉江毘陵二公及其徒師稱而人播此盖逐影響尋名跡非能心觀其是也破之者亦非必輸攻而墨守乃甚易易耳吳下諸生則人人

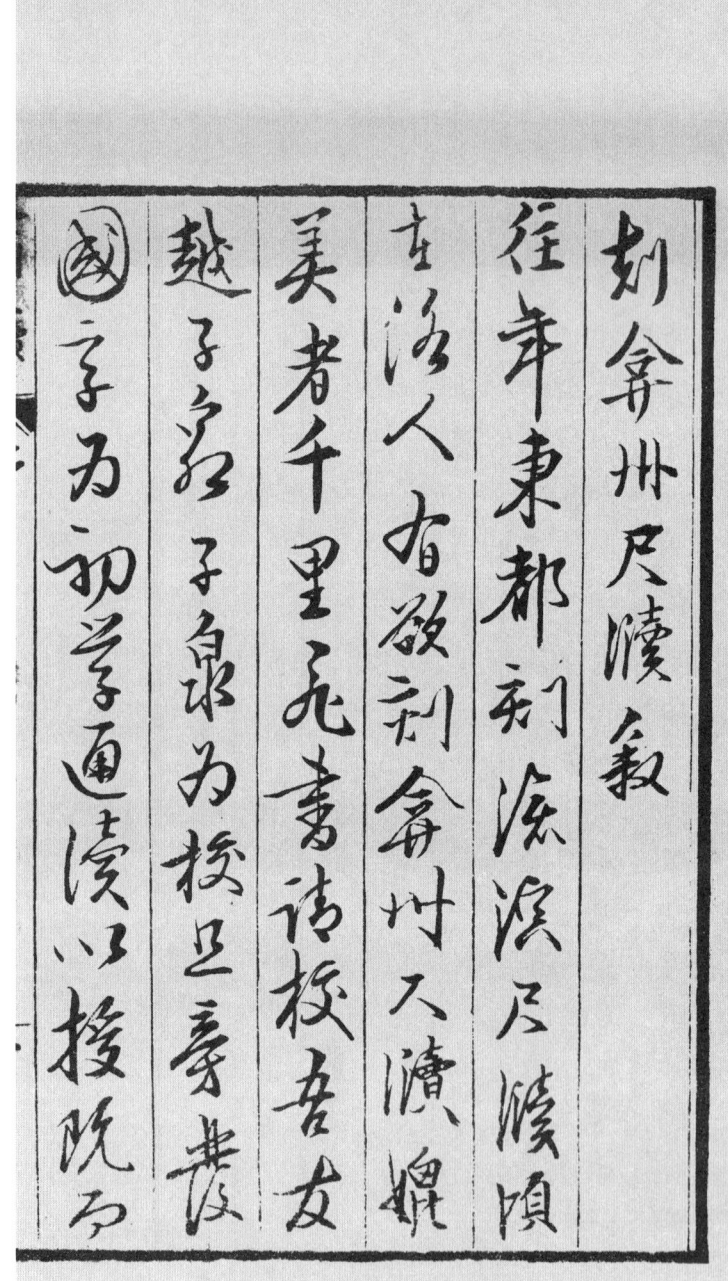

弇州先生尺牘選

題拿抄尺牘者

盲史瞽令邈矣人與骨皆朽乃
後世詁名家不甚特重唯文と
世污隆繫之於二子不啻鴻溝
溜と共天下皆是也獨滄溟拿抄
以命世之才睥睨千古左挈古

過雁裁卷上

讚岐　良芸伯耕　選

平安　宇澤其清　校

與李于鱗　　　　王世貞

足下口，劉都督不置而咲僕自沒於戲大將軍謂將僅能喉間喀喀作聲此自足下皮相耳。劉都督戰將非大將也。僕時謂足下文如韓淮陰連百萬衆多多益善。八門五花變化奇正莫測然覺伯王有蕭蕭馬鳴悠悠旆旌意。程正叔老儒也尚恨不見淮陰與項王各以十萬確鬬僕謂淮陰用蒯通策作鼎足視阿

016　過雁裁　二卷

良芸伯耕選,宇澪其清校。寛保三年(1743)京都文昌堂刻本關西大學圖書館藏。1冊。開本高廣24釐米×17釐米,版框15釐米×10.2釐米,四周單邊,白口,無魚尾,半葉10行,行20字,版心上鐫"過雁裁卷上",下鐫"文照閣"。

封面題籤:"明朝尺牘過雁裁龍淵先生選完。"

內封題:"龍淵先生選/明朝尺牘過雁裁/京都文昌堂。"

卷首《過雁裁序》云:"人有言曰,以筆爲面也,以筆爲口也。何則?以若覿若契也。余嘗集明人之書牘,題曰過雁裁,取諸明詩矣,欲爲面爲口也。文辭不朽之業者,人之所知也,至書牘也,則不可一日不知焉,後之可乎?若王、李者最也,其餘各家,多可見者矣。學者就此集而求焉,則若覿若契者豈不可得乎?自是以往走筆於他文者,大者數千,小者百言,又復不爲難之,豈非邪?語曰:無信不立。如余之言者,信也。信信,信;疑疑,亦信。人夫信之與,將不信之與?寬保癸亥春二月,讚岐良芸題。"

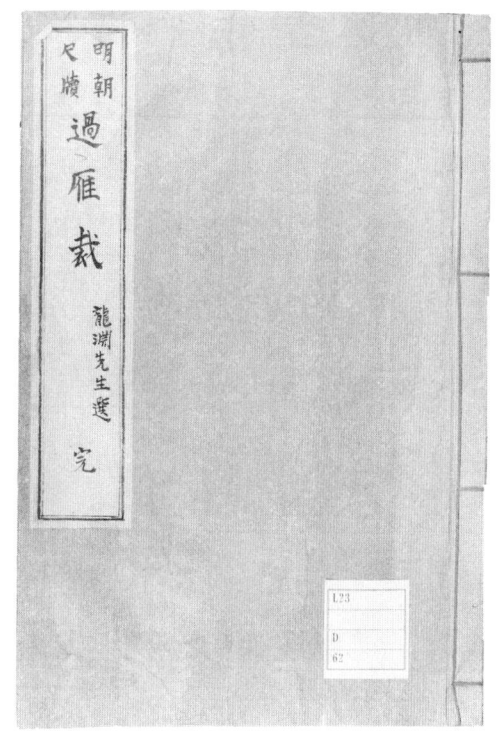

016-02

次爲《過雁裁卷上目錄》:王世貞至楊慎,凡18人85篇;《過雁裁卷下目錄》:馮夢禎至錢文薦,凡82人125篇。共100人210篇。

正文卷端題"過雁裁卷上",下署"讚岐良芸伯耕選　平安宇澪其清校"。

卷末刊記:"寬保三歲癸亥仲夏/錦小路通新町西江入町/皇都　永田調兵衛。"

良芸伯耕,即良野華陰(1699—1770),名芸之,字伯耕,華陰其號,讚岐(香川縣)人。江户中期儒者。入昌平黌,受業於林鳳岡。後往京師,爲勸修寺王府之賓師。其學以程朱之性理爲主,折衷漢唐宋明諸家而成。著有《良論》《華陰文集》等。

宇澪其清,未詳。

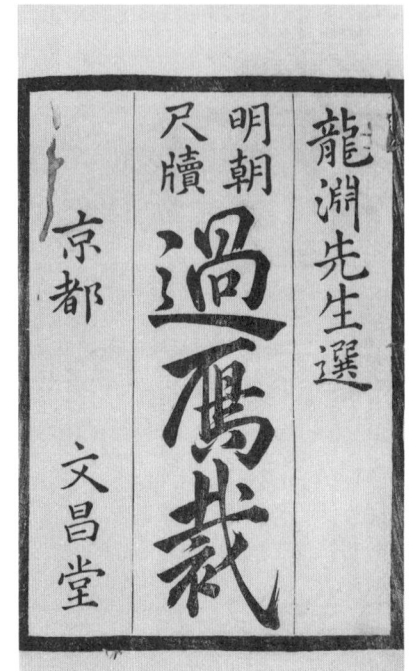

016-03

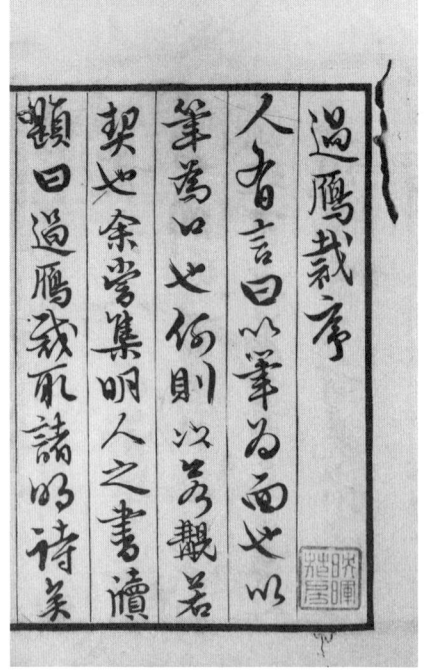

016-04

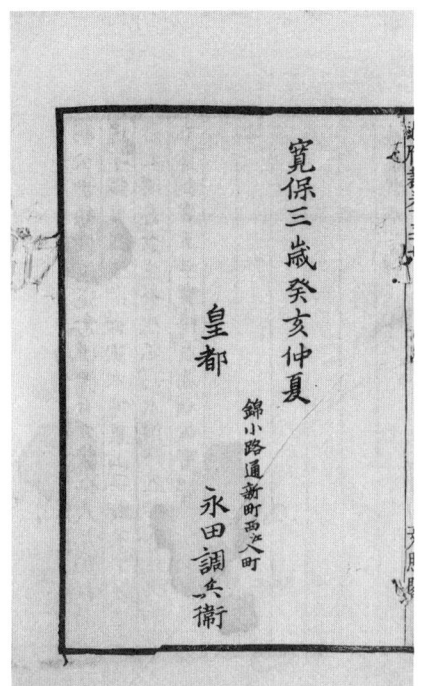

016-05

016-06　國文學研究資料館藏本

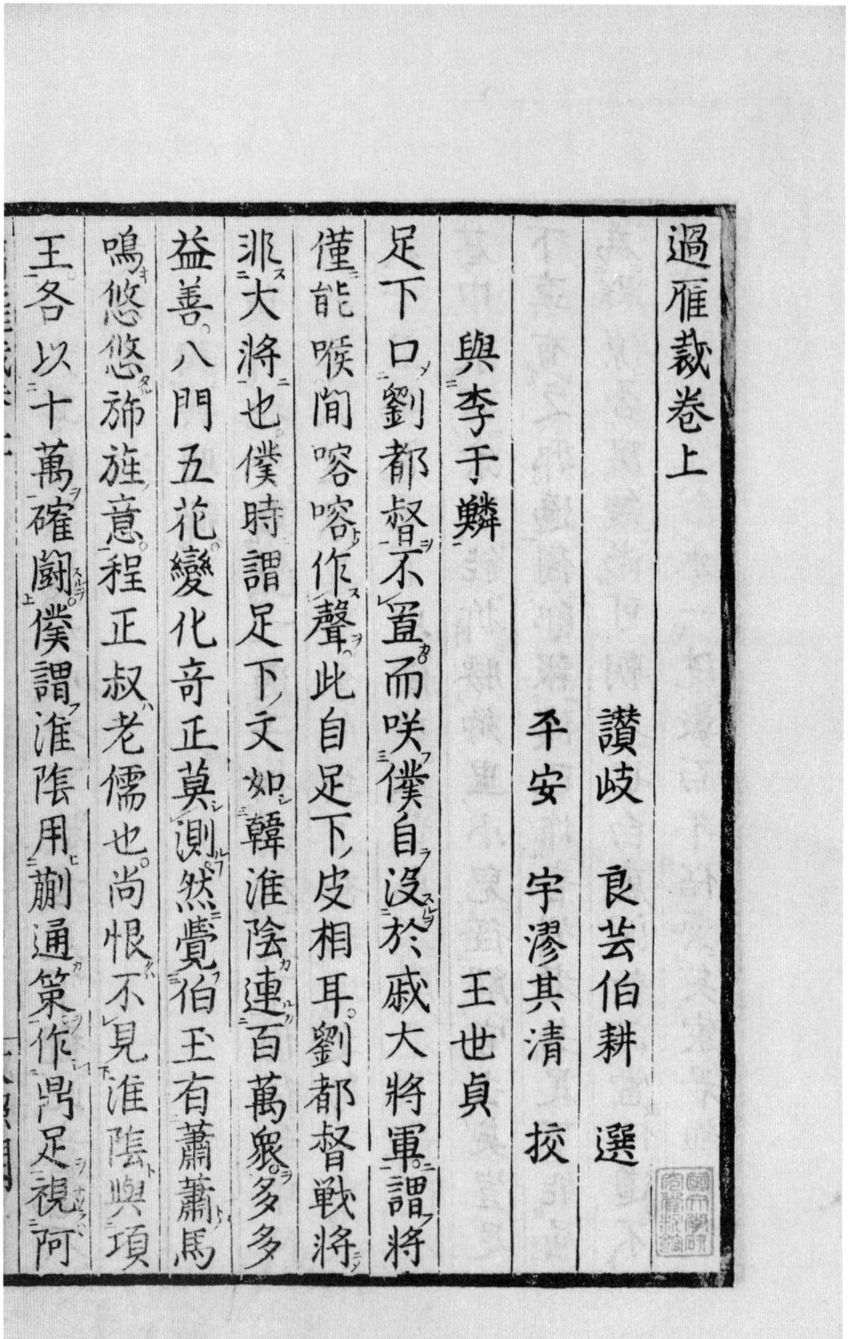

過雁裁卷上

讚岐　良芸伯耕　選
平安　宇澪其清　校

與李于鱗

王世貞

足下口劉都督不置而咲僕自沒於戚大將軍謂將
僅能喉間嗒嗒作聲此自足下皮相耳劉都督戰將
非大將也僕時謂足下文如韓淮陰連百萬眾多多
益善八門五花變化奇正莫測然覺伯王有蕭蕭馬
嗚悠悠旆旌意程正叔老儒也尚恨不見淮陰與項
王各以十萬確鬪僕謂淮陰用蒯通策作咢足視阿

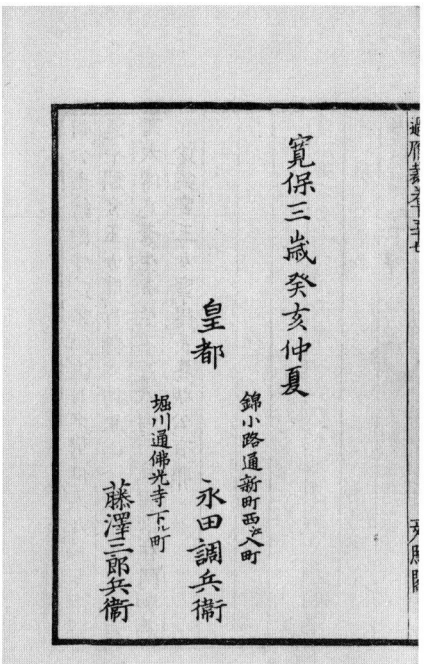

016-08　國文學研究資料館藏本

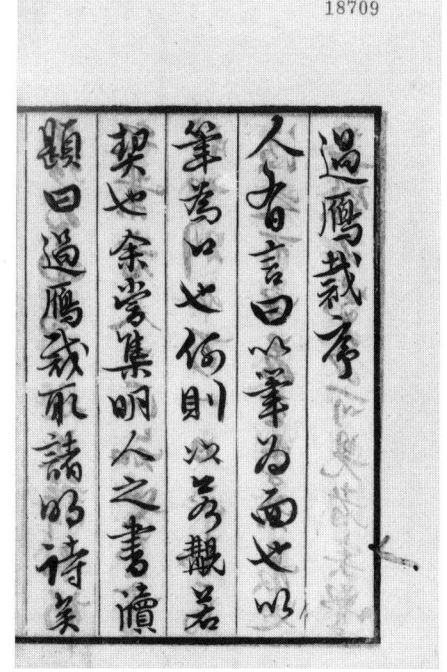

016-09　新潟大學佐野文庫藏本

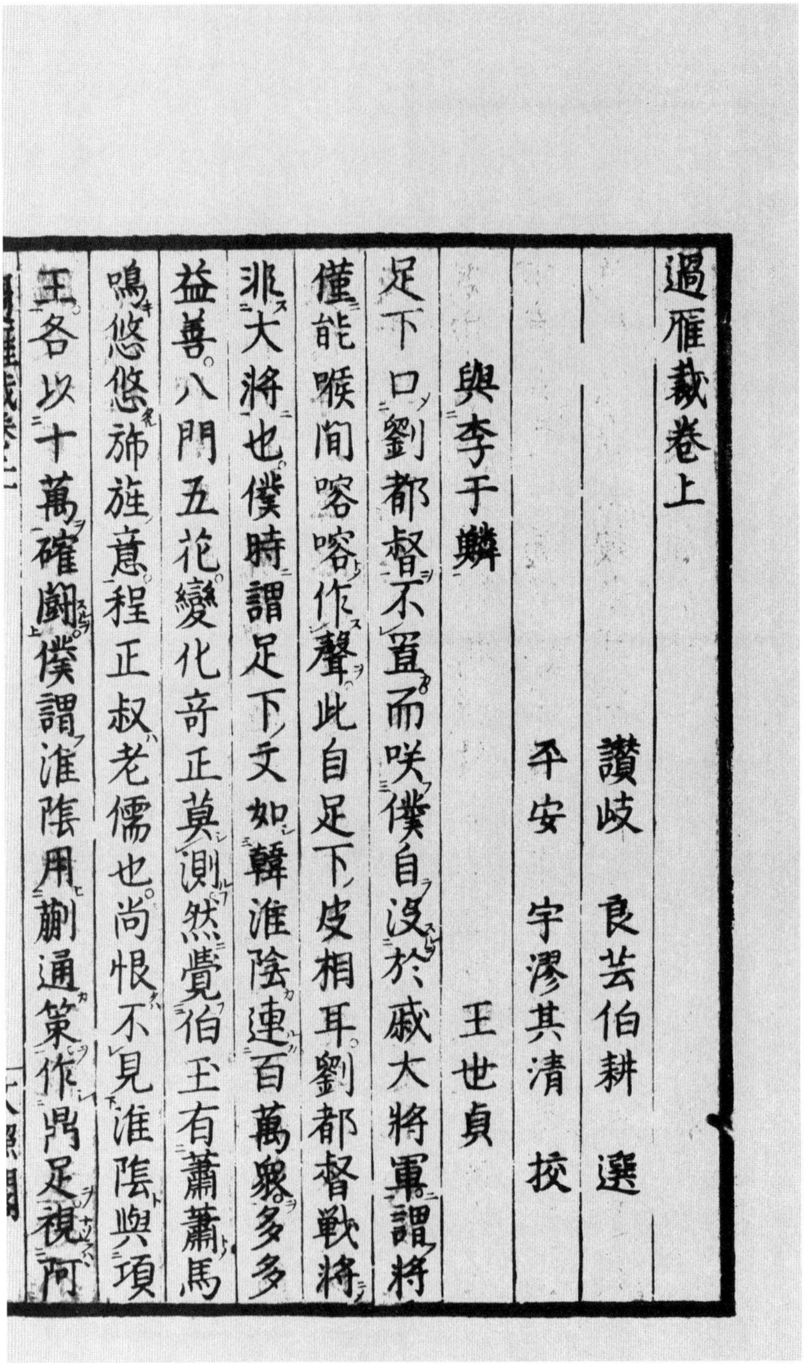

過雁戴卷上

讚岐　良芸伯耕　選
平安　宇澤其清　校

王世貞

與李于鱗

足下口劉都督不置、而咲僕自沒於藏大將軍謂將
僅能喉間嗒嗒作聲、此自足下皮相耳、劉都督戰將
耳、大將也、僕時謂足下文如韓淮陰、連百萬衆多多
益善。八門五花、變化奇正莫測、然覺伯王有蕭蕭馬
鳴悠悠旆旌意、程正叔老儒也、尚恨不見淮陰與項
王各以十萬確鬥僕謂淮陰用蒯通策作旴足視河

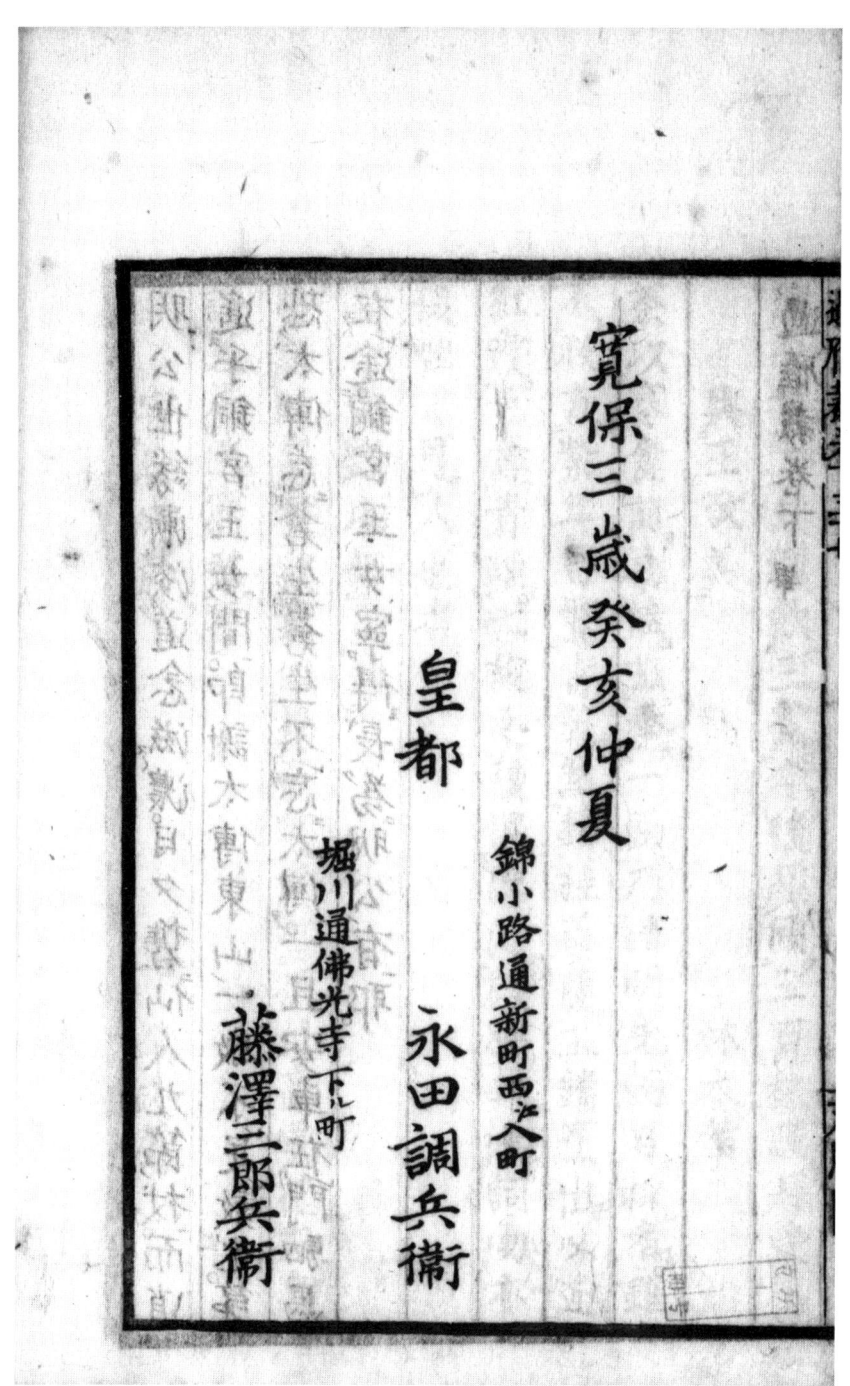

016-11　新潟大學佐野文庫藏本

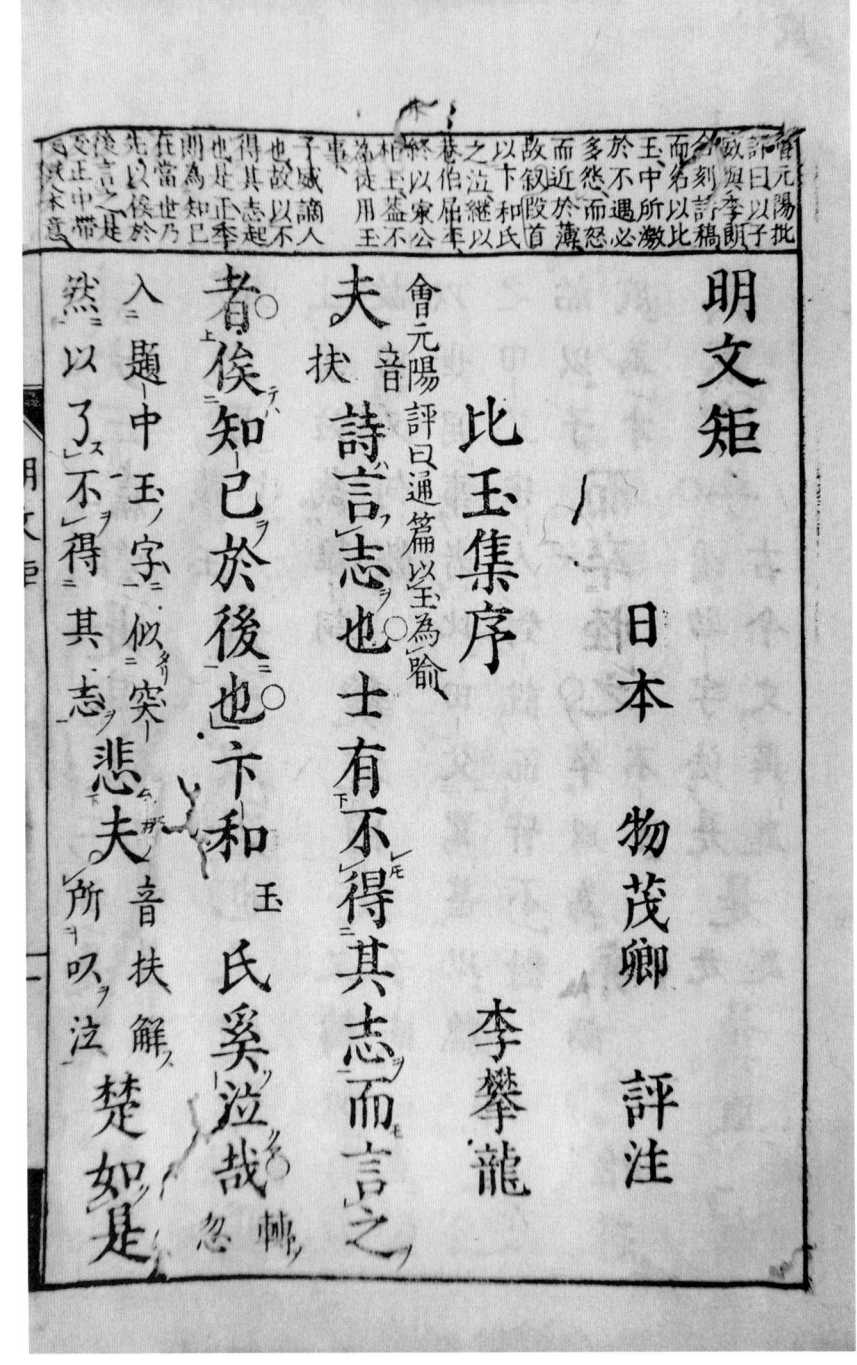

017　明文矩　不分卷

李攀龍撰，荻生雙松評註。延享二年（1745）攝陽書林支配毛利田莊太郎印本。關西大學圖書館藏，1 冊。開本高廣 24.5 釐米×16.8 釐米，版框 14.5 釐米×11 釐米，四周單邊，黑口，上黑魚尾，半葉 6 行，行 15 字，中夾雙行小字評註，版心鐫"明文矩"。

卷首序："古文爲漢以前，猶未自知體與法也。有法有體者，唐而下邪？造化寓法乎無法，全牛所成，大卻大窾不可得而窺，則于鱗耳。故（旅）［族］庖所見，無不全牛者，孰經肯綮之未嘗乎？唯我物先生，三年而不見其全，技蓋到此乎！手肩之所觸所倚，足之膝之所履踦，砉然嚮然，奏刀騞然，莫不中音者，其文矩之謂乎？散牛無牛，天下豈有不可進刀之文哉。自今而後，寥寥六序，俾學于鱗者從心不踰矩，所以名'文矩'也。延享改元之冬十月，林義卿書。"後有"林義卿印""周父別號東溟"二印。

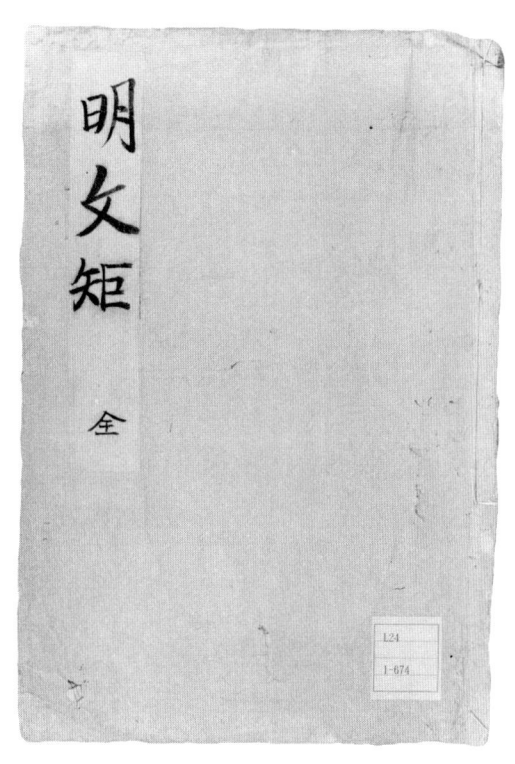

017-02

卷末刊記："播州弘廣堂藏版、延享二年乙丑正月吉日、北御堂前　攝陽書林支配毛利田莊太郎。"

另有《明文矩解》寫本，藏德島圖書館。

李攀龍，前已見。

荻生雙松，即荻生徂徠，前已見。

林義卿，字周父，號東溟、長門人。師從山縣周南，與瀧鶴台、和智東郊並稱周南門下三杰。著有《明官古名考》《諸體詩則》等。

文矩序

古文為漢以前。猶未自知體與法也。有法有體者唐而下耶。造化所妬。庸體法之謂哉。明人則片言一辭。必接粹於古。寄體乎無體

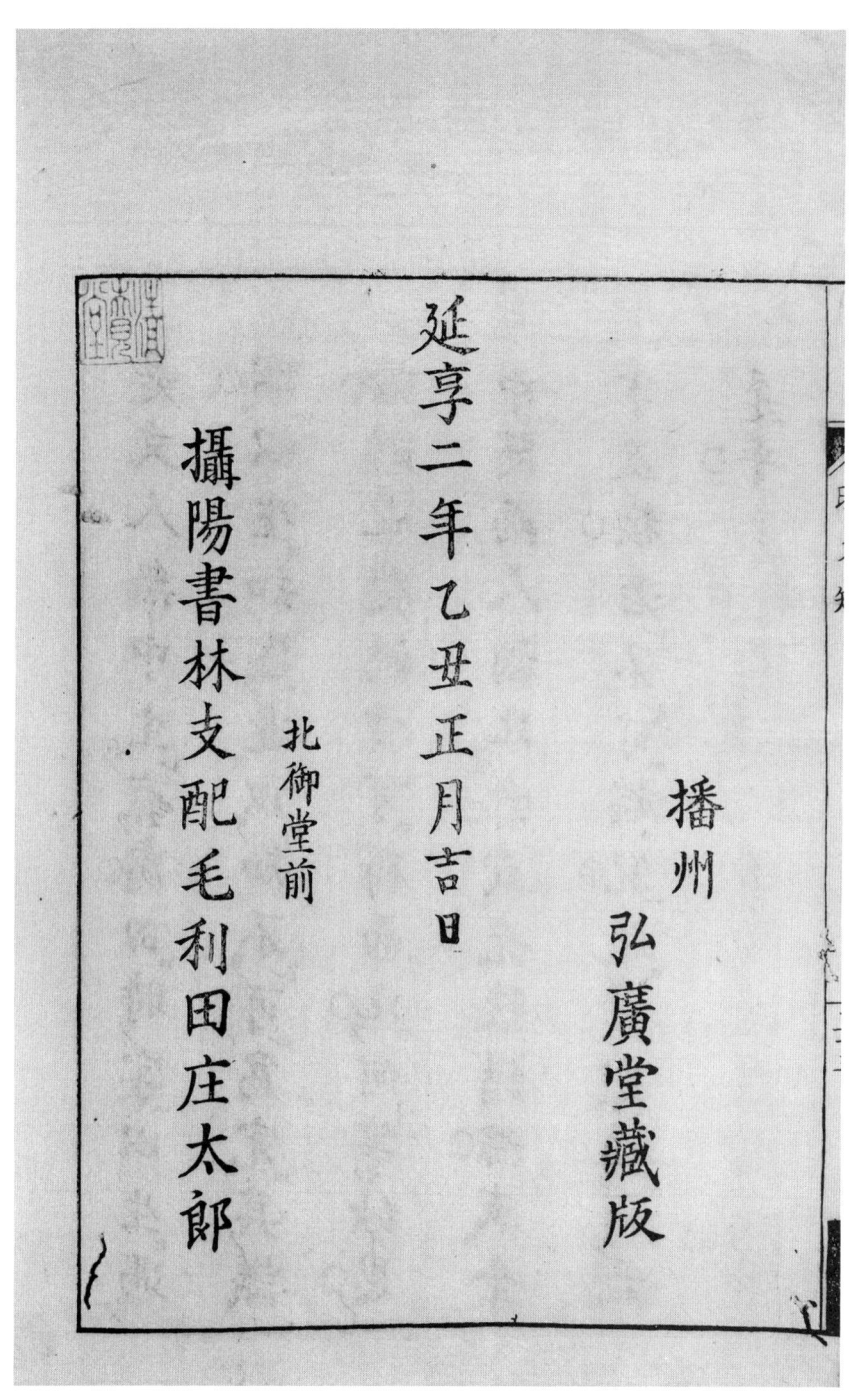

延享二年乙丑正月吉日

北御堂前

攝陽書林支配毛利田庄太郎

播州

弘廣堂藏版

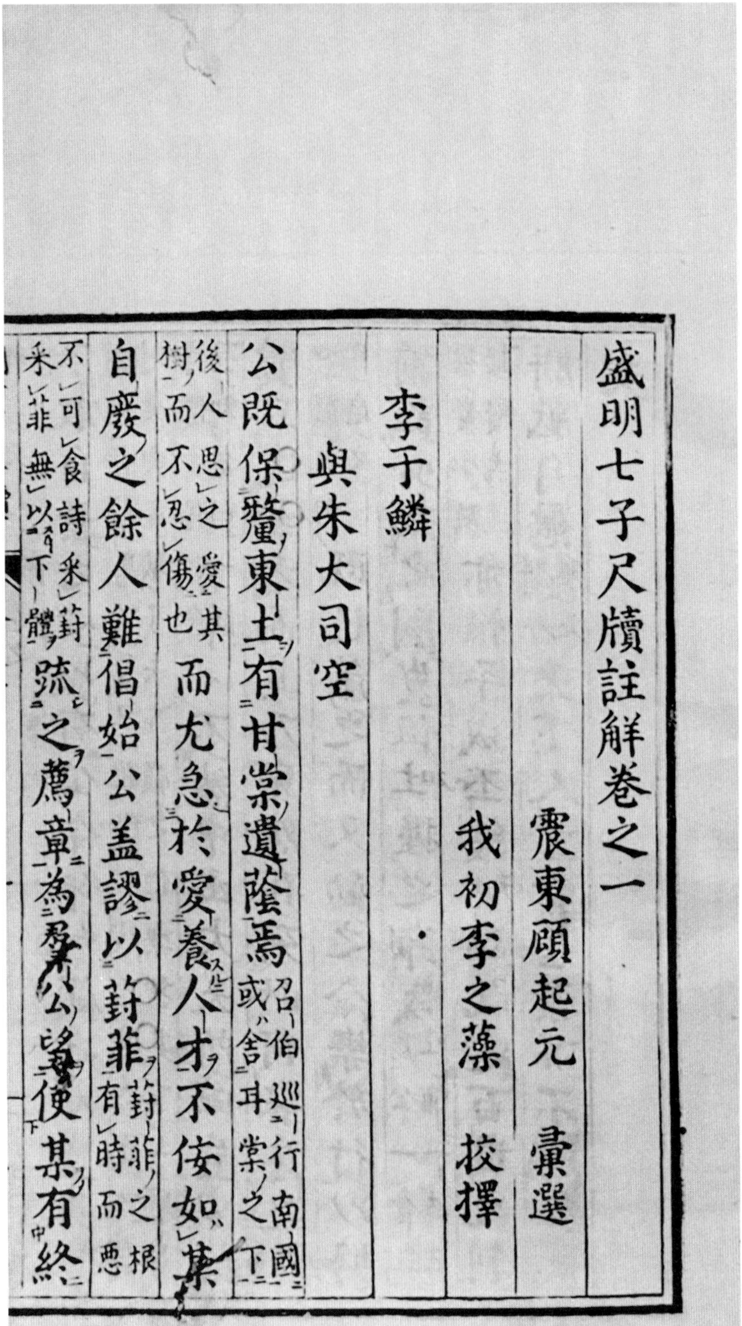

盛明七子尺牘註解卷之一

震東顧起元　彙選

我初李之藻　校擇

李于鱗

與朱大司空

公既保釐東土有甘棠遺蔭焉召伯巡行南國或舍甘棠之下後人思之愛其樹而不忍傷也而尤急於愛養人才不佞如某自廢之餘人難倡始公蓋謬以葑菲葑菲之根有時而惡不可食詩采葑采菲無以下體疏之薦章為某公冀使其有終

018-01

018　盛明七子尺牘註解　七卷

顧起元編,李之藻校,三浦衛興點。延享四年(1747)序刊本,九州大學圖書館藏。2冊。開本高廣24釐米×15釐米,版框18.8釐米×12.9釐米,四周雙邊,上黑魚尾,半葉9行,行18字,中夾雙行小字註解,版心鎸"明七才尺牘"。

封面題簽:"明七子尺牘。"内封:"瓶山先生考訂／不許翻刻、千里必究／明七子尺牘／皇都書林　翻刻。"

卷首《重刻七子尺牘序》云:"予自幼好修文,修則必擬議李、王,蓋十年一日云。而其以古修辭,以今期古,沾沾呴沫,不能以超乘上,於其日新富有之盛,未嘗易得也。當丁年之時,從家君始游洛。洛都人士,應門五尺之童亦稱我能爲李、我能爲王。於是乎余儻然自失,以爲上國之所出邪,睿宕之山有神

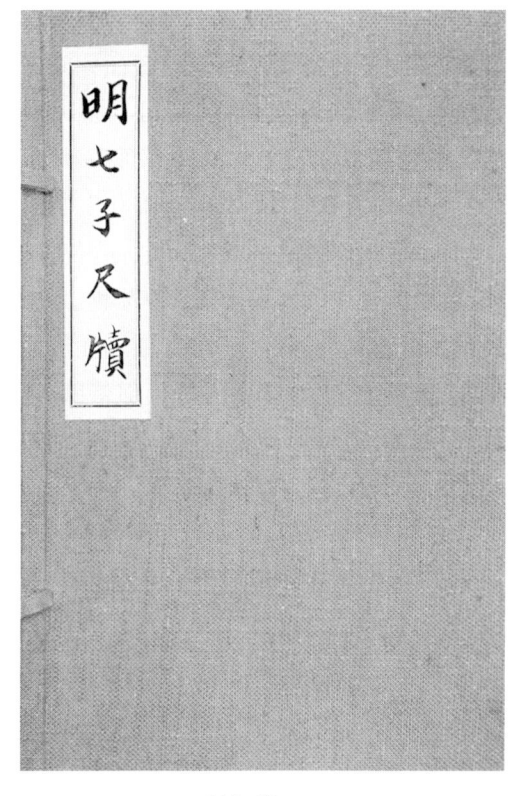

018-02

邪？深山大澤出龍蛇,不可證邪？亦何天之生才之如是盛邪！久之,私窺彼稱我能爲李、我能爲王者,則剽竊二子尺牘中,而於于以視古修辭,不啻不知李王之爲李、王,不知尺牘之爲尺牘,壽陵餘子之學行於邯鄲,不亦庶幾乎？其不得國能可知也。夫人各有好尚,或李或王,或歐或蘇,紛而封哉。固大聲之不入里耳,自適其適,不適人之適,則奚必李、王之是,而歐、蘇之非乎？奚必歐、蘇之是,而李、王之非乎？又惡取是非於其間乎,以從吾所好已？然苟謂我爲古文辭,尸祝李、王,則如是而可乎？夫李、王之業,以千載之下,復千載之上,自非擄意於宇宙之外,鋭思於毫芒之内,則可得哉？取其一二緒餘,而謂我能爲李、王,亦直匍匐而歸耳。明爲尺牘者多,而自李、王嚆矢於創體,諸子彬彬,皆能取鵠李、王焉。頃者有書肆某謀刻《明七子尺牘》者,請校且序於余,校而際之,李、王及一時盛名之士尺牘若干,而施之解,以便於蒙

士。當時市井之陋,爲利亦不可知也。雖然,尺牘七子,亦何庸傷?而彼稱我能爲李、我能爲王者,能讀尺牘,而知其尺牘之爲尺牘,則亦知李、王之不易得也。而後浸假而化,亦後生之可畏,則日新富有之盛,未可期也,豈不美乎!終校且序,以傳焉。延享丁卯季秋　石州三浦興淳夫撰。"有"衛興""瓶山"二印。

次爲《七子姓名》:"王世貞,字元美,號弇州,直隸太倉人。刑部侍郎。李攀龍,字于鱗,號滄溟,山東歷城人。任按察使。汪道昆,字伯玉,號南溟,直隸歙縣人。兵部侍郎。吳國倫,字明卿,號川樓,湖廣興國人。中書舍人。宗臣,字子相,號方城,直隸興化人。提學副使。王穉登,字百穀,號玉遮,直隸武進人。大學士。凌約言,字季默,號藻泉,浙江烏程人。刑部員外郎。"

無目録。卷一李于鱗尺牘 17 篇,卷二王鳳洲尺牘 16 篇,卷三汪道昆尺牘 16 篇,卷四

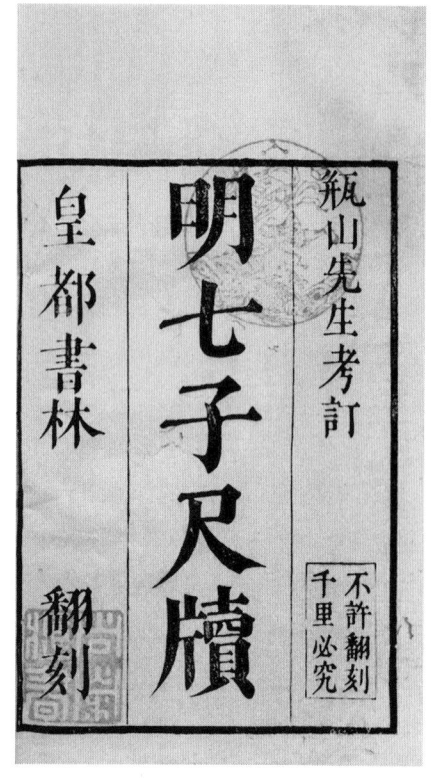

018-03

王穉登尺牘 44 篇,卷五凌約言尺牘 17 篇,卷六吴國倫尺牘 20 篇,卷七宗臣尺牘 18 篇。

第一册卷端大題"盛明七子尺牘註解卷之一",下署"震東顧起元彙選/我初李之藻校擇"。

卷七末有牌記:"丁卯秋成翻刻戊辰春加參訂。"

卷末《題七子尺牘後》云:"古人以書譬之玉,宜哉!夫玉者,王者執爲璽,聖人以比德,或欲善價而沽諸者,或獻王食上大夫(録)[禄]者。書亦然。修飾之,潤色之,則仲尼以稱之;謂大業,謂不朽,魏文之所美也。尺牘雖小技,具體而一也。今也操觚之士,不可一日欠矣。明諸名家之作若干,顧起元所解,剞劂氏使興校之,上梓,又請余跋,因題數字應之,明珠覺形穢耳。寬保(辛)[癸]亥秋石州浦興稽元卿。"有"浦興稽"印。

卷末刊記:"延享四年丁卯八月吉旦/京四條富小路角/山田參郎兵衛/同堀川佛光寺下町/河南四郎右門/江户日本橋南壹町目/須原屋茂兵衛/翻刻。"

顧起元(1565—1628),字太初,號鄰初,江寧人。萬曆二十六年(1598)進士,歷官國子監祭酒,擢吏部左侍郎。卒,諡文莊。著有《爾雅堂説詩》《金陵古金石攷目》《客座贅語》《説略》《蟄庵日録》《懶眞草堂集》等。

李之藻(1565—1630),字振之,一字我存,號涼庵居士、存園叟,仁和人。萬曆二十六年進士,官至太僕寺少卿。精於泰西之學,著譯有《頖宫禮樂疏》《圜容較義》《渾蓋通憲圖説》《同文算指前編·通編》等。

顧起元編、李之藻校明刊本未見。

三浦興淳夫,即三浦瓶山(1725—1795),名衛興,字淳夫,瓶山其號,周防(山口縣)人。江户中後期儒者,從山縣周南受徂徠學。著有《閑窗自適》《瓶山先生原學篇》《徂徠先生學則解》等。

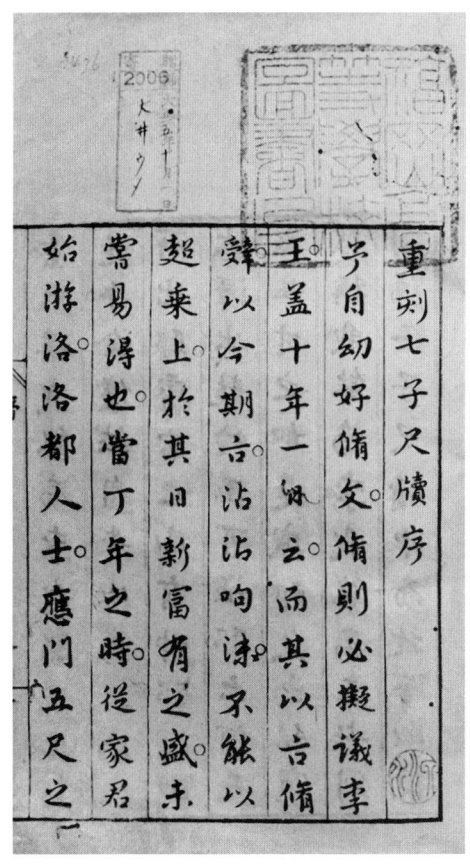

018-04

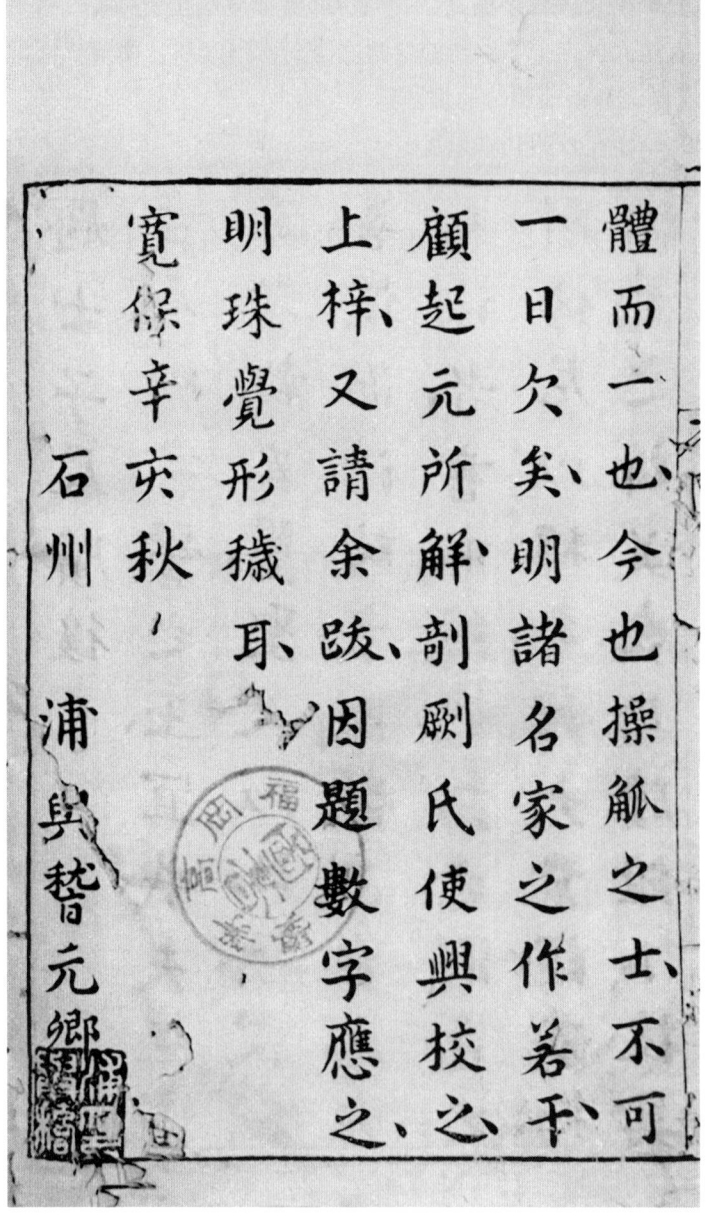

體而一也、今也操觚之士不可一日欠矣、明諸名家之作若干顧起元所解剖剛氏使與校之上梓、又請余跋、因題數字應之、明珠覺形穢耳、

寬傑辛亥秋、

石州 浦與哲元鄉

盛明七子尺牘註解

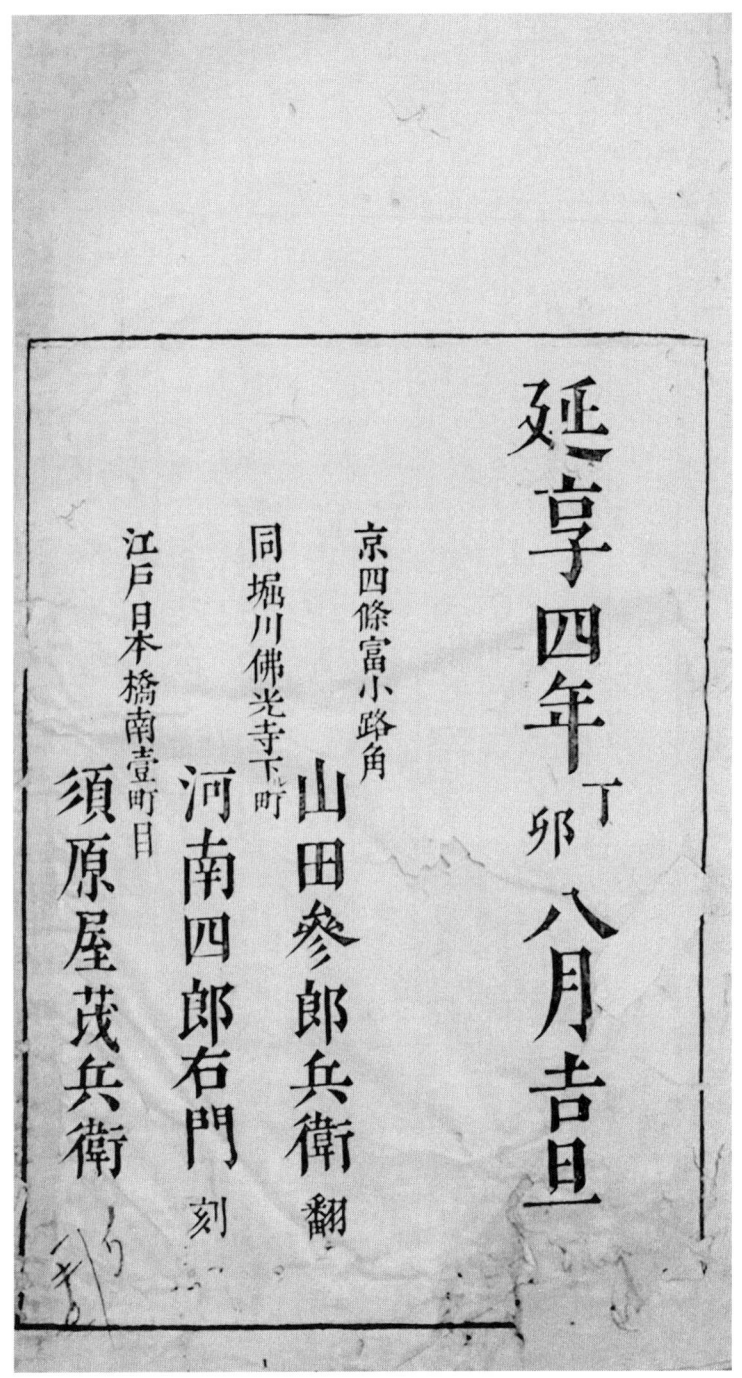

延享四年丁卯八月吉旦

京四條富小路角
山田參郎兵衛 翻

同堀川佛光寺下町
河南四郎右門 刻

江戸日本橋南壹町目
須原屋茂兵衛

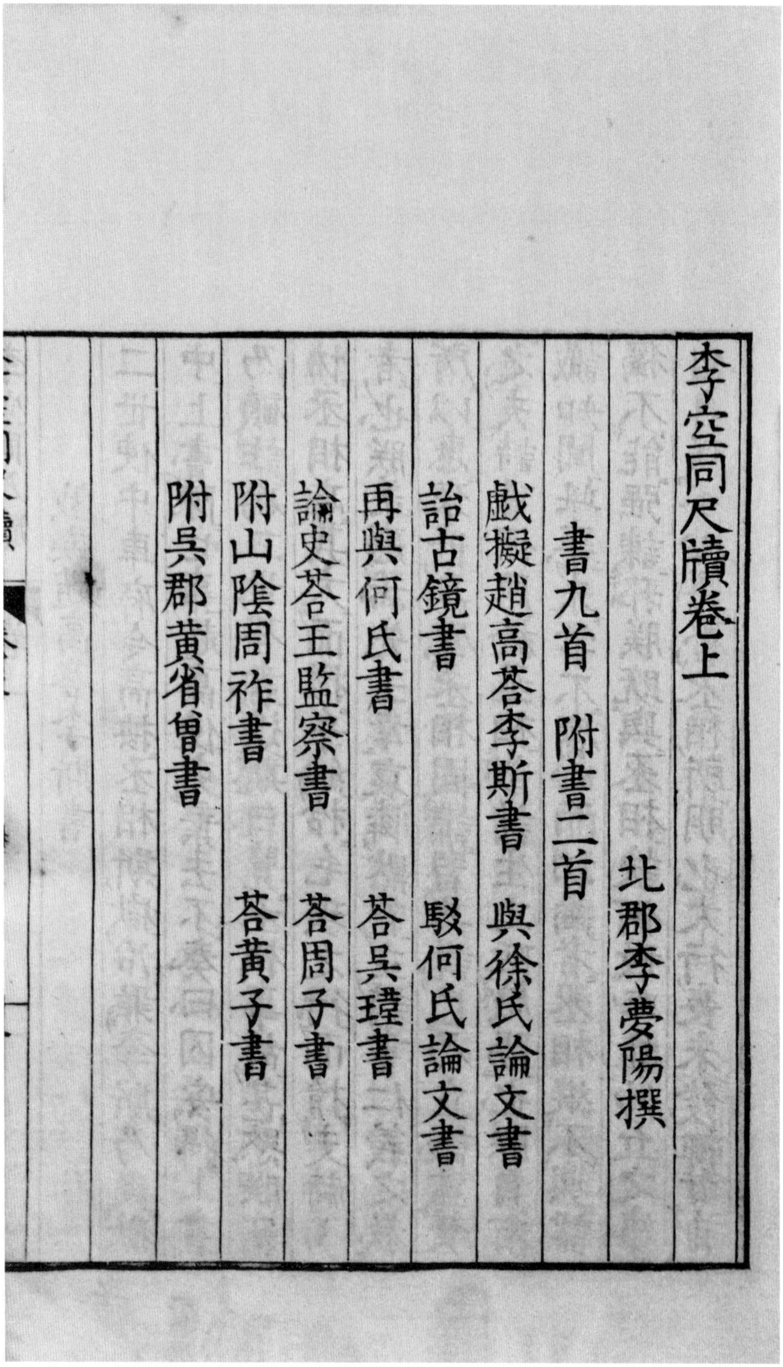

李空同尺牘卷上　　北郡李夢陽撰

書九首　附書二首

戲擬趙高荅李斯書　與徐氏論文書

詒古鏡書　　　　　駁何氏論文書

再與何氏書　　　　荅吳瑾書

論史荅王監察書　　荅周子書

附山陰周祚書　　　荅黃子書

附吳郡黃省曾書

019　李空同尺牘　二卷

明李夢陽撰，並士龍點。延享五年（1748）正月京都西村吉兵衛刊本，關西大學圖書館藏。1册。開本高廣27.5釐米×17.6釐米，版框18釐米×15釐米，左右雙邊，白口，上黑魚尾，半葉10行，行20字，版心鐫"李空同尺牘"。

內封題："李夢陽獻吉撰/李崆峒尺牘/平安書肆　青雲館梓"。

卷首《序》云："文與世汙隆，不其然乎？自漢下達，則緣世屢遷，至於五季之亂，蠻夷猾夏，羶羵之氣塞于華夏，於是乎斯文之道殆墜於地。譬如日沒虞淵，天地冥冥爲長夜。明興，驅左袵而反之正，有北地李子出，依憑出日之光，軼軼近而稱古人，文則襲西京，詩則鵠漢魏、盛唐，遂能使斯文昭昭於千載之下，若日月而行也。歷下、吳郡二子者繼興，潤色其業，能集大成，可謂前者金聲之、後者玉振之矣。是雖其才各所至，而精氣之所使然也。文與世汙隆，不其然乎！北地之文，猶有雜調，蓋以草昧獨造，用力之難，有所未盡也。若有韻之文，則漢魏、盛唐之遺音矣，誠與二子鴈行，何辟三舍焉。其病影子者，出自妬口耳，何傷北地乎？吾東方古昔先皇之世，禮樂陶鑄，文敎四洽，公卿侍從之臣，賡歌巖廊，風詠朝著，穆如清風，而猶觀禮文於中國，使臣實與開、天諸子周旋。以今觀其著作，與彼拾遺、供奉、中允之輩何辨焉，豈不謂盛矣乎！嗚呼，保、元以降，王化稍稍陵遲。至室町氏之霸也，干戈日尋，介胄縉紳，弁髦禮樂，一切武斷；操觚之役，委之復豆，或航於溟渤，幣於中國，以求禪理，而又傳閩洛之學，以爲洙泗之源流，斯文之阨，何至於此極也。今也治安百年，駸駸向化，作者奮起，獨觀昭曠之原，能滌輓近之汙，四方靡然顧化，家左、馬而人屈、宋，閭巷之人，巖穴之士，亦無不操染也，亦無不古處也。處士竝士龍，好古之士也，請余曰：'北地

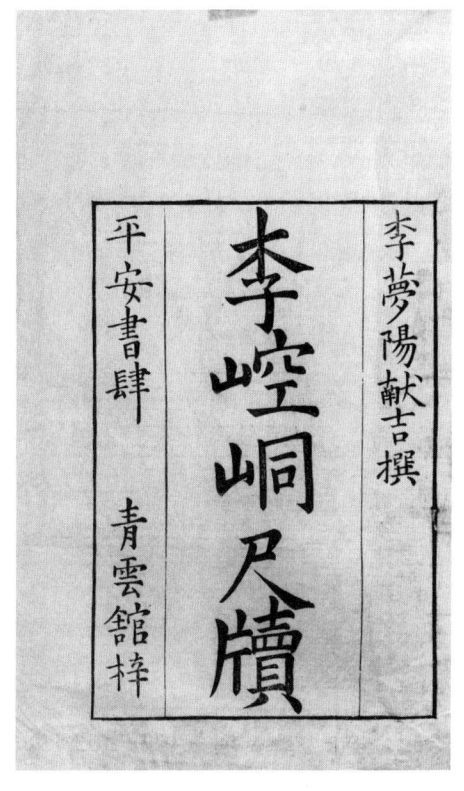

019-02

實首倡復古,固吾徒之所尸而祝,宜刊行焉。今有先刊其書疏者,吾爲之句讀,子一言於首簡,其餘文若詩,次上木矣。'余躍然起曰:'善哉,此舉也。顧彼土復爲胡有,彼見之,反以爲侏離之語,而委之如土耳。非吾東方而不朽之,則竟泯泯矣,遂令北地謂千載無知己哉。今也吾東方,斯文之盛,閭巷之人,巖穴之士,亦無不操染也,亦無不古處也,乃復繼興如二子者,其出斯乎,其出斯乎?'以爲序。延享丁卯夏六月既望太神景貫。"有"神景貫印""子一氏"二印。木惟胤書,有"木胤""字余曰士保"二印。

無目録。卷上書9首,附書2首;卷下書17首。

正文卷端大題:"李空同尺牘卷上",下署"北郡李夢陽撰"。

卷末刊記:"延享五戊辰正月／京都書林／西村吉兵衛梓行。"

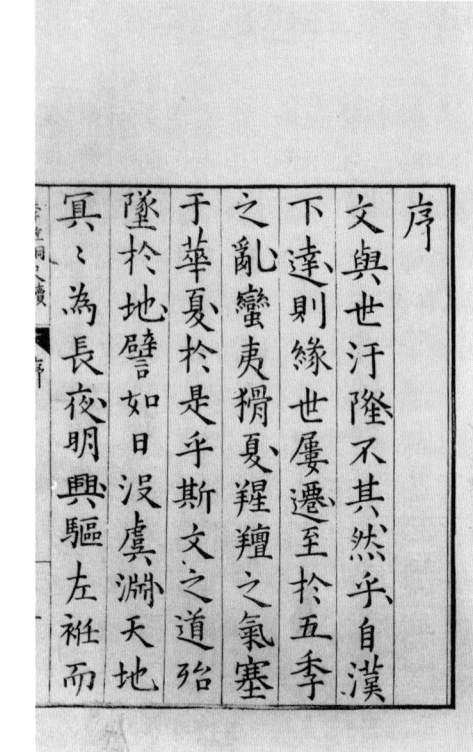

019-03

並士龍,姓並河,字士龍,餘未詳。

太神景貫,即山井青霞(1708—1795),江户中期雅樂家、儒者。字子一,一作子乙,青霞其號,京都出身。著有漢詩集《青霞稿》。

清刻本雲中馬睿卿選、江都史以甲定《名家尺牘選》有"李獻吉尺牘"一卷,計收14篇,其中《答黃子》1篇,本書卷上收入;《奉林公》《奉邃庵先生》9篇、《答左使王公》《報吳獻臣》《與王獻可》,本書卷下收入。疑和刻參考此選而有所增補。

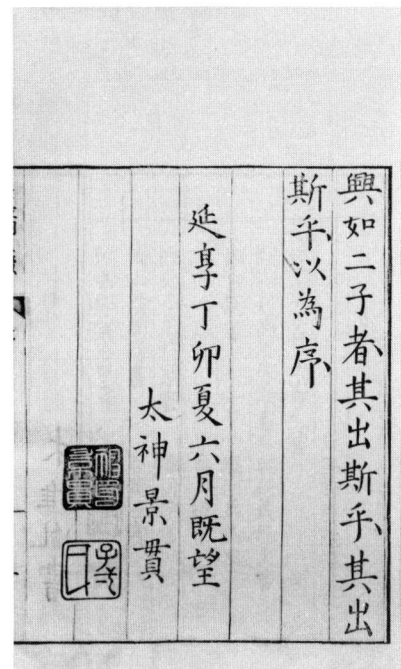

019-04

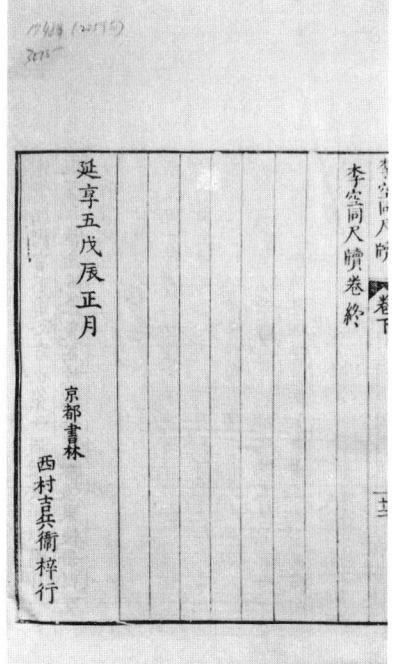

019-05

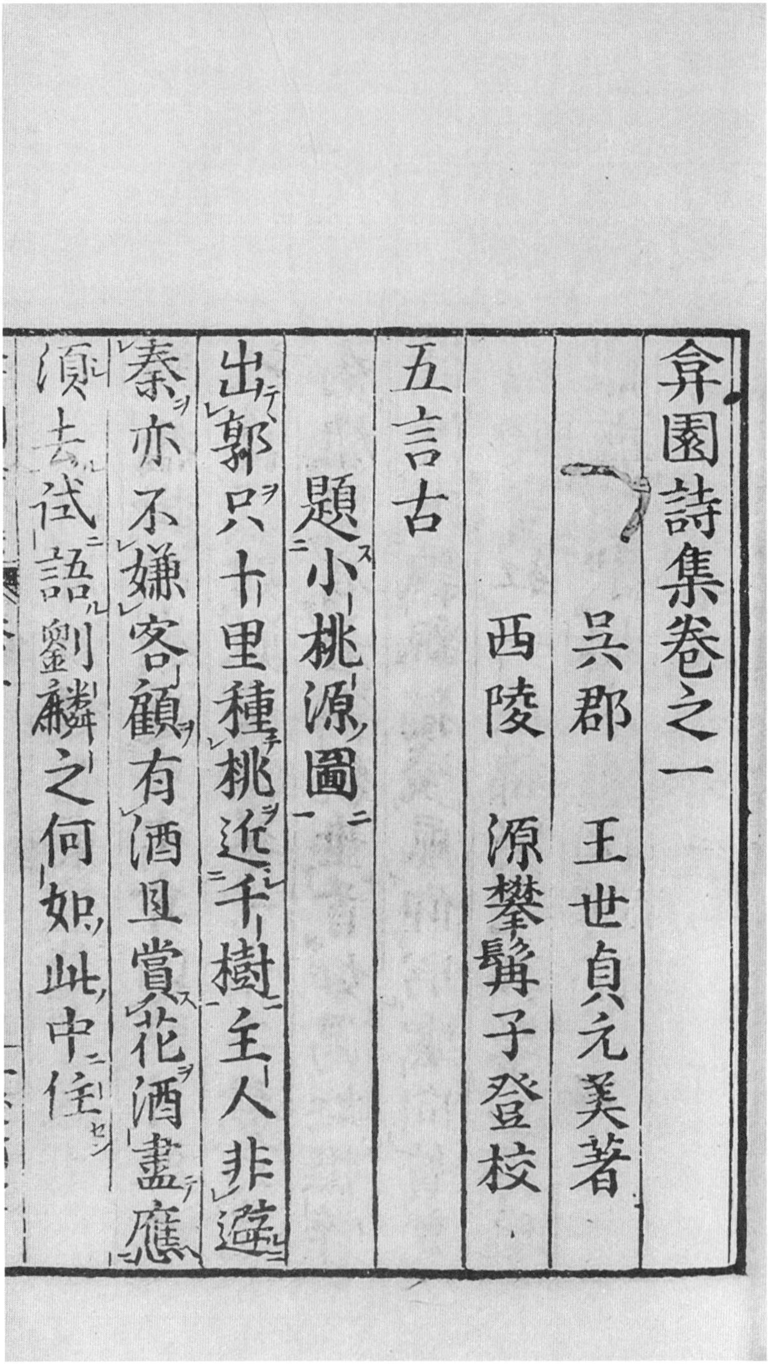

弇園詩集卷之一

吳郡　王世貞元美著
西陵　源攀驥子登校

五言古

題小桃源圖

出郭只十里　種桃近千樹　主人非遊
秦　亦不嫌客　顧有酒且賞　花酒盡應
須去　試語劉麟之　何如此中佳

020　弇園詩集　八卷

王世貞著，源攀髯校。延享五年（1748）序刊本，關西大學圖書館藏。1冊。開本高廣 16.5 釐米×11.5 釐米，內框 11.5 釐米×9.8 釐米，左右雙邊，白口，單魚尾，有欄線，半葉 8 行，行 14 字，版心上刻"弇園詩集"，魚尾下刻"卷之某"、頁數，首葉頁數下刻"玉笥堂"。

封面題："王弇州詩集（全）"，內封題："王屋先生考訂／王弇州詩部／浪華書肆玉笥堂梓。"卷端大題"弇園詩集卷之一"，下署"吳郡王世貞元美著、西陵源攀髯子登校"。

卷首序一《弇州詩集序》云："麟之出也，孔子而知其爲麟矣。濟南、婁東之才也，物子而後知其出群拔萃，不翅淵綜廣博，清通簡要，如顯處視月，牖中窺日矣。物子一唱，而後我大東之人靡然稱王、李。我生於東都，初厭飫于宋儒理窟之中十年

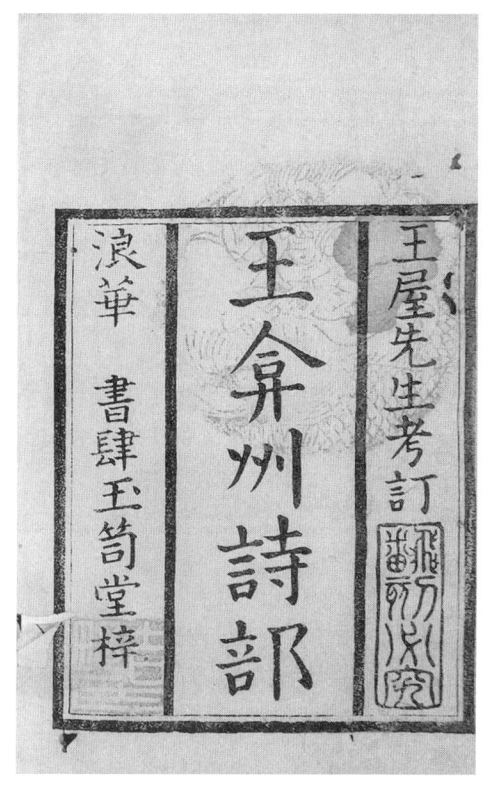

020-02

焉。而詩尚盛唐，文宗漢魏，一日幡然志古學，終成其學。夫物子之有功於天下後世，雖比之孔子，何讓哉！噫！微物子，後死者不得與斯文焉！而物子得之者，以其階梯王、李，知古文辭通於古經之故也。夫元美者，博而古矣，于鱗古之又古者也。顧元美似班固，于鱗似馬遷，能得于鱗，則又能得元美矣。能得元美，而又古之，則于鱗亦可得焉。剞劂家請梓王、李，而《滄溟集》京板將行，故欲梓《弇州稿》，然而簡帙疊疊，如丘如陵，仍纔採百一以梓之，更待日月之久，繼梓之，一簣遂以至成九仞。而吾老矣，乃命攀髯以舉之。蓋孔子没，先王之道寖陵夷，孟、荀禦其侮，馬、孔傳其詁，尚且多可疑者。漢儒失之於黷，宋儒失之理，兜昧斯文，名法吾道。而我物子闢千載之昏惑，先王之道明于大東。方今磐石之宗，犬牙之制，績熙之治降于上，變雍之化盛于下，河出圖哉，鳳鳥至哉，麟之出也，將有見孔子於我大東哉！延享戊辰春，東都

源大簡子行題。"後有"東郭""子行"二印。

序二《弇州詩集序》云："揚子雲有言曰：'無是父，無是子；無是子，無是父。'我東郭先生父子之謂與？先生自幼好學，壯而有志于復古之學，三河氏既唱之，先生一聞其説，如決江河。比其強，而生一男，名攀髯，字子登，號王屋，聰敏穎悟。髫亂而屬文善書，足以成一家焉，何啻謝家鳳毛哉！先生教人以文辭，以欲各成其才，而李、王二集幾希矣。我社盟之徒欲見之者不少矣，故欲爲刻之。李集將出，於是乎欲梓王。然卷册頗多，非一旦之力所能成也，仍命子登子録其未載他選者一二，名曰《弇州詩集》，庶幾使二三兄弟爲帳中之珍耳。竊顧興先生之宗者，非是子則誰能乎？《易》曰'子克家'，亦是子哉！有是父而有是子，可以觀積善之家有餘慶矣。金陵西吳旭。"後有"南溪""吳旭"二印。

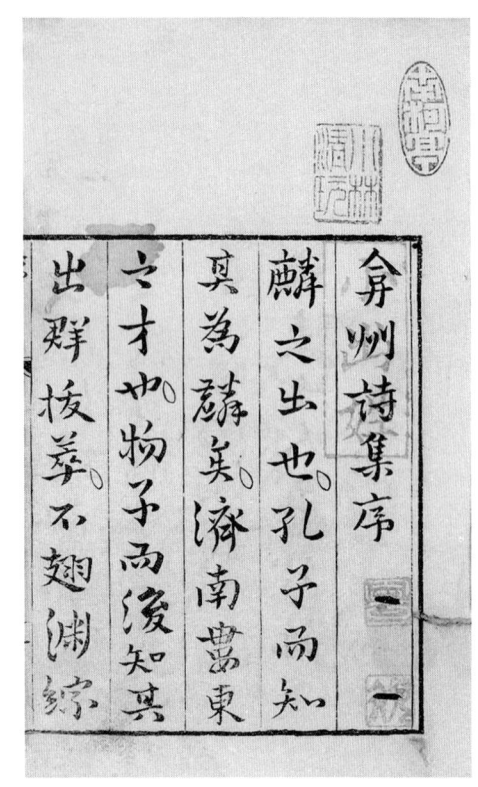

020-03

序三《題弇州詩集首》云："堯之文思也，舜、禹輔之，夔、龍鳴之，凡百臣庶，莫非斯文藩蔽也。西周盛時，列國陳詩，用之房中，用之邦國，玉燭煌煌，四時得其和，萬物得其育，天地運昌，君民風美。嗚呼，斯文之爲文也，大成至哉！及東周之衰，風教弛頽，而仲尼稱删《詩》《書》，筆削《春秋》，其於詩也，未嘗不與游、夏相咨矣。仲尼没後，孟軻徒出自其口，荀卿強舉乎其糟。至漢室，文運起也，兩司馬、董、揚之徒出，以錦繡之，金玉之，而贅旒於齊、梁、陳、隋之間焉，而李唐復起，終沙礫於宋元矣。明之興也，王、李之徒勃然出，一洗海内，以追游、夏之業，污穢惟新，鏗戛泉涌，金相玉振，莫出其右者。噫嘻，美哉！壯哉！我東郭先生深造斯文，左右逢原，欲丘明其徒，司馬斯民，於是乎命男子登秀才訂《弇州詩稿》。嗚呼！子登之舉也，千載不朽，豈慮文章之末技云哉？仰望斯文之成堯之思、輔舜之明，以偭夔、龍之拊擊矣。卓哉！大哉！延享戊辰之春，西都三浦文彪子麟甫撰。"後有"龍洞""子麟之印"二印。

又《弇州詩集目録》：卷之一，五言古凡 13 首；卷之二，七言古凡 16 首；卷之三，五言律凡 23 首；卷之四，五言排律凡 18 首；卷之五，七言律凡 56 首；卷之六，七言排律凡5首;卷之七,五言絶句凡76首;卷之八,七言絶句凡316首。

卷末《弇州詩集後敘》云:"以予觀之,明前無明,明後無明,蓋我東方文運之焕發也。使明有後哉,荀卿氏曰:'青出之於藍,而青於藍。'在所染之乎?漢魏染之古而漢魏,唐染之漢魏而唐,宋染之唐而不唐,元染之宋而不宋。無他,時勢之染然。明之爲明也,非漢魏以上不染,各在其所染。明之盛也,漢魏以下莫盛焉。元美、于鱗之徒,斌斌然于吳門、濟南之間大振,而上下互相染,則敢作漢魏之所當。嘻嘻!明微王、李,只使漢魏染于古焉。吳則王矣,齊則李矣,鳳舉麟馳,海内海外有目有口者,莫不稱二子也。苟使二子與班、馬同時,班、馬必避三舍於王、李哉!元美、于鱗之才也,上提游、夏,下挈班、馬,睢盱于左右,豈曰令漢魏染明哉?我東方大染之于明,則元美、于鱗復在於此

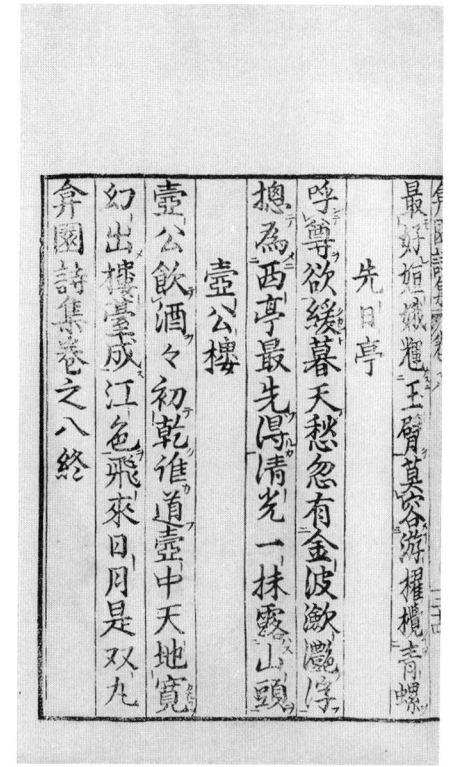

020-04

乎?荀卿氏之言大哉!戊辰之春,西陵源攀髯子登撰。"有"王屋""字曰子登"二印。卷尾又刻"《王弇州詩部》後編次出""《助聲解》,東郭先生著,近日出來""延享五戊辰春,京堀川仏光寺河南四郎右衛門、江户通本町三丁目西村源六、大阪心齋橋南詣角丹波屋半兵衛"。

長澤規矩也《和刻本漢詩文集》總集補篇第十八輯收是書,題作"弇州詩集"。

《弇園詩集》據《四部稿》《續稿》之詩部編刻,但順序稍不同,如卷二《金壇王叟六十壽之》至《爲林子騰茂才題桃花圖壽》6首出自《續稿》卷十、卷十一,而其後《寶刀歌》至《金吾行贈戴錦衣》9首出自《四部稿》卷十六至十九,其後《金蓮花草之賤者也產錢翁懸磬室前遂獲圖之而余戲題焉》《公瑕爲余書道德經戲謝》又出自《續稿》卷九,即"録其未載他選者"所致。

源攀髯,即菅沼西陵,大阪人,菅沼東郭之子。名攀髯,字子登,通稱文次郎,別號西陵山人、王屋山人。江户中期儒學者。文學受其父影響,所著有《王屋集》等。

菅沼東郭(1690—1764),大阪人,名大簡,字子行,通稱文藏,別號文庵,亦以阮

姓,江户中期儒學者。東郭傾心荻生徂徠之學,曾於大阪講學,所著有《論語徵疏義》《大學闡》《東郭文集》等。

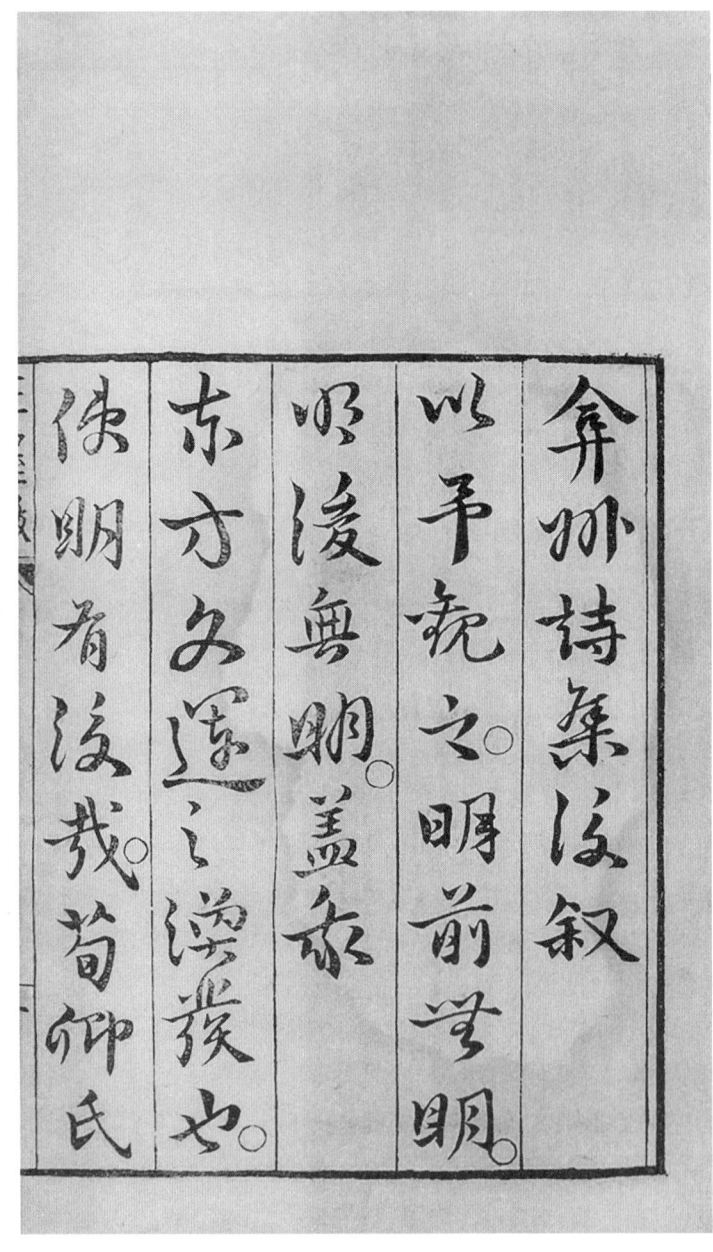

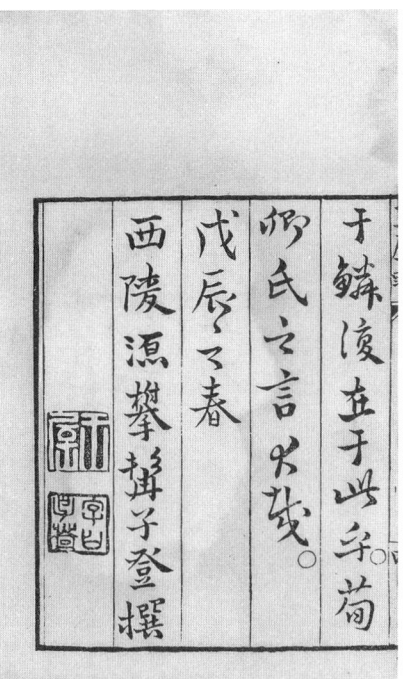

020-06

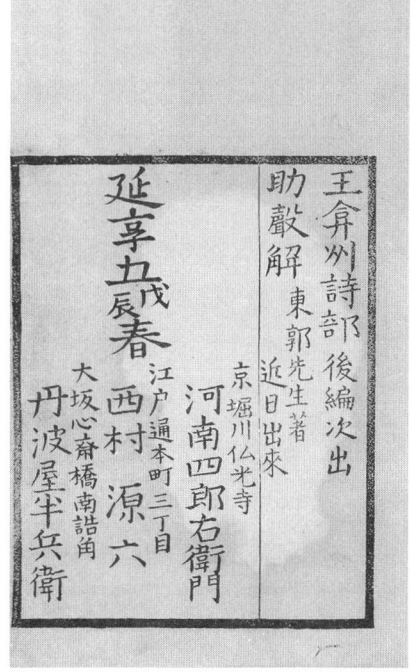

020-07

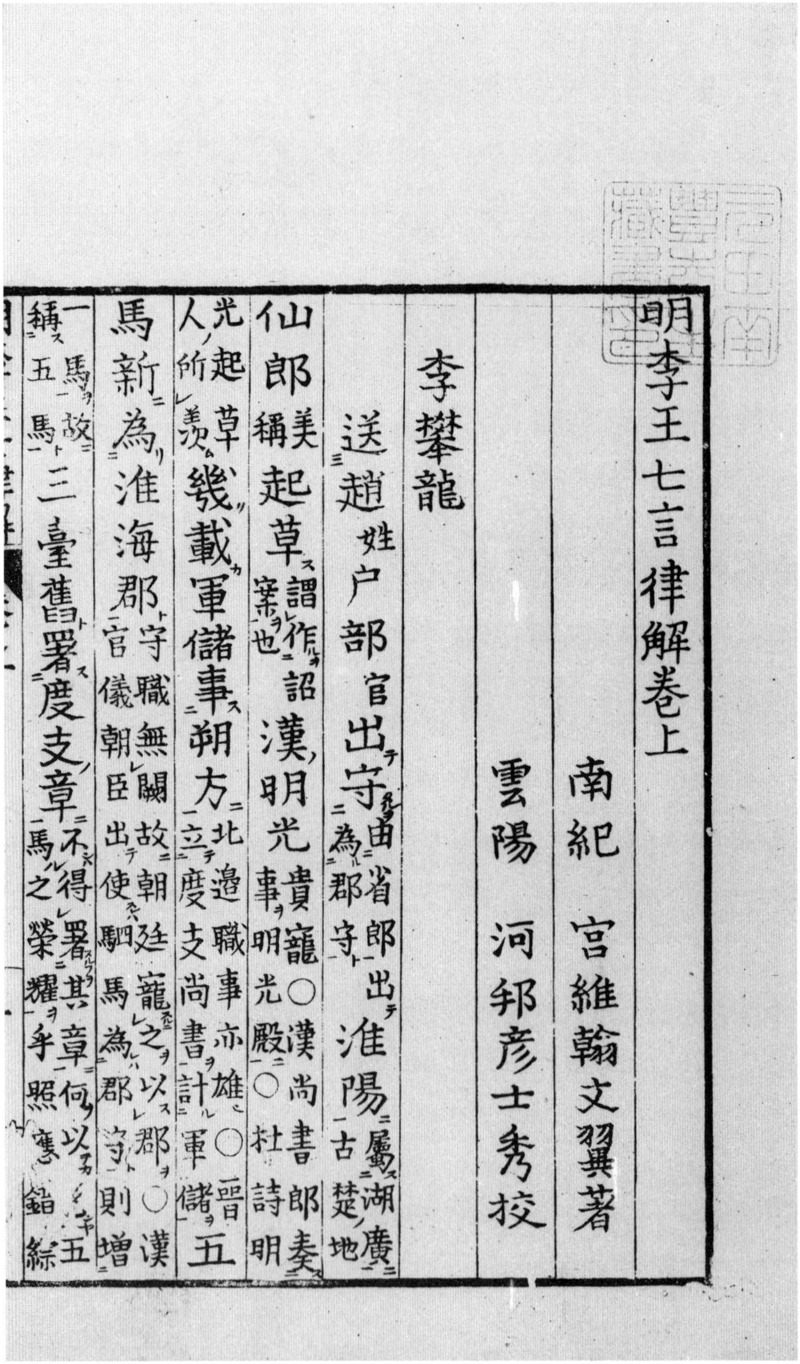

明李王七言律解卷上

南紀　宮維翰文翼著

雲陽　河邦彥士秀校

李攀龍

送趙姓戶部官出守淮陽＝屬湖廣ノ古楚ノ地

仙郎稱ス美起草ヲ謂ス作ヲ詔漢明光貴寵○漢尚書郎奏
郎稱美起草案也　　　　　事明光殿○杜詩明
人所羨幾載軍儲事朝方立度支軍儲計○晉五
光起草ノ職事亦雄○
馬新爲淮海郡守職無關故朝廷寵之以郡守則增
　　　　　　官儀朝臣出使駟馬為郡守
馬故三臺舊署度支章不ㇾ得署其章何以爲ㇾ榮耀手照寒錙綜
稱五馬之

021　明李王七言律解　二卷

宮維翰著。寬延二年(1749)序刊本，日本國立國會圖書館藏。2册。開本高廣28釐米×18.5釐米，内框19.5釐米×15釐米，四周單邊，白口，單魚尾，有欄線，半葉9行，行19字，小字雙行同，魚尾上刻"明李王七律解"，下刻卷數、頁數。

内封題："龍門先生著/不許翻刻，千里必究/明李王七言律解/皇都書肆壽德堂、江都書林文刻堂。"卷端大題"明李王七言律解卷上"，下署"南紀宮維翰文翼著，雲陽河邦彦士秀校"。卷末題："寬延三歲庚午正月吉祥日/皇都書林山岡四郎兵衛、梅村三郎兵衛、井上忠兵衛/江都書林西村源六合梓。"

卷首《李王七律解序》云"太史公曰：'詩發憤之所爲作也，故述往事，思來者。'旨哉，斯言！余友文翼受業於赤羽，窮力孜孜不已，傍解李、王七律，解成，屬序於

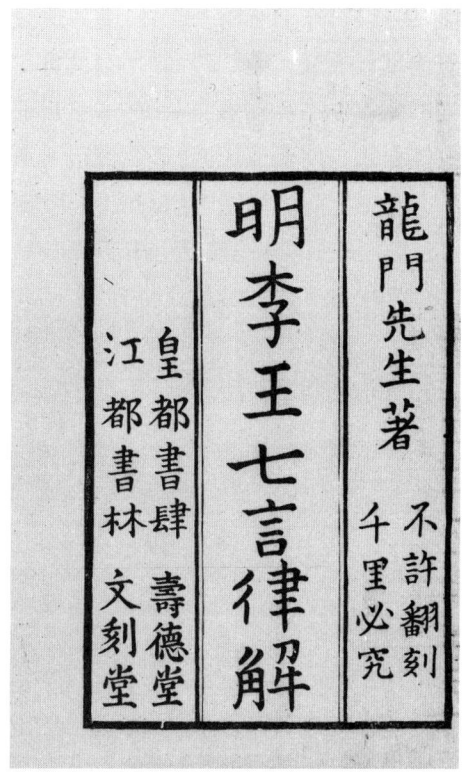

021-02

余，曰：善哉！兹報知己於千歲矣。然其解之，固以徂徠、南郭二夫子篳路藍縷以啓此道，而後李、王之學揄揚於吾大東，二夫子先後之也。以故遊於其門，儻亦有得，而試之先覺説觀采者，可以稱其善。特止李、王者，乃取諸其照乘用其明也。夫明興，弘、正間北地、信陽振之，嘉、隆風雲，又有于鱗、元美、謝、梁、吴、徐、宗之徒，雖時當皆紹明之爲，獨出李、王之右者無一焉。烏嘑！天更屬何人？乃二公值更張之運，一則鳳舉濟南，一則鴻軒吴下，聲聞九天，響振八荒，翱翔一世，頡頏中原，解急絶，鉤徽音，然後驗之善。飄風來游，歌以矢其音，海内風靡矣。自少陵氏没，纔千有餘年，詩始歸正焉。且夫謝、梁、吴、徐、宗之徒，五子亦風雲，雖以其類從扼腕之間，持欲奪之而不能便握手爾。肺肝遂附，如貫之誼，塤箎相和，陽春互唱，此豈非命耶？何遇盛乃文翼欲焉，而攻李、王者亦將在斯乎？故解之先自隗始者，所謂取諸其照乘用其

明,則以爲五子之詩,譬猶五城之都邪?人或得其照乘,則五城之都,僅可一觀也,此舉斯明加諸彼而已,苟畜之,豈爲弗利五子乎?是解之所由也。善哉!文翼不啻爲李、王成者,亦必非虩一簀者,則其知興斯可以徵也,遂應求而序。寬延二丁巳初冬,奧南部尺搥散人題。"後有"呐言之印""字曰其厷"二印。

是書卷上解李攀龍七律《送趙户部出守淮陽》等56首,卷下解王世貞《送李侍御遷江西憲自山西遷江西》等72首,所謂"解",多人名、地名及典故之註釋。

是書關西大學圖書館、九州大學圖書館亦有藏本,與國會圖書館本爲同版。

宮維翰,即宮瀨龍門(1720—1771),名維翰,字文翼,號龍門,通稱三右衛門,江户中期儒學者。宮維翰家世代爲紀伊和歌山藩医,至維翰除籍。學問上,維翰接受了荻生徂徠、服部南郭等的古文辭學派思想,但其趣尚與南郭一門不同,構築了此後反徂徠學的誘因。所著有《龍門老師文集》等。

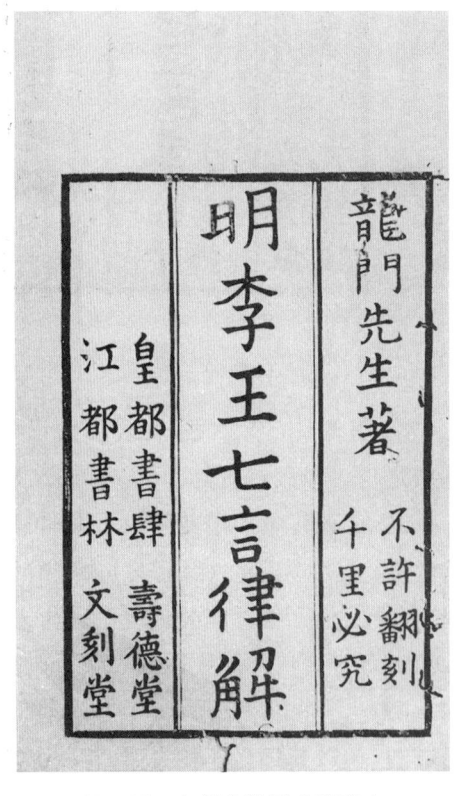

021-03　九州大學圖書館藏本

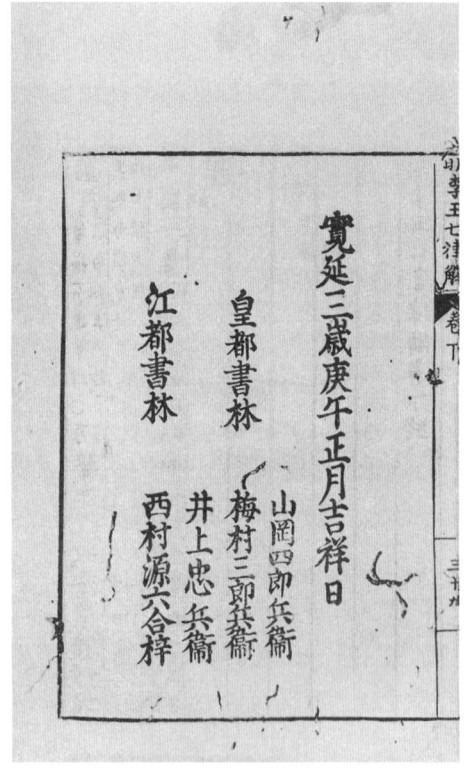

021-04　九州大學圖書館藏本

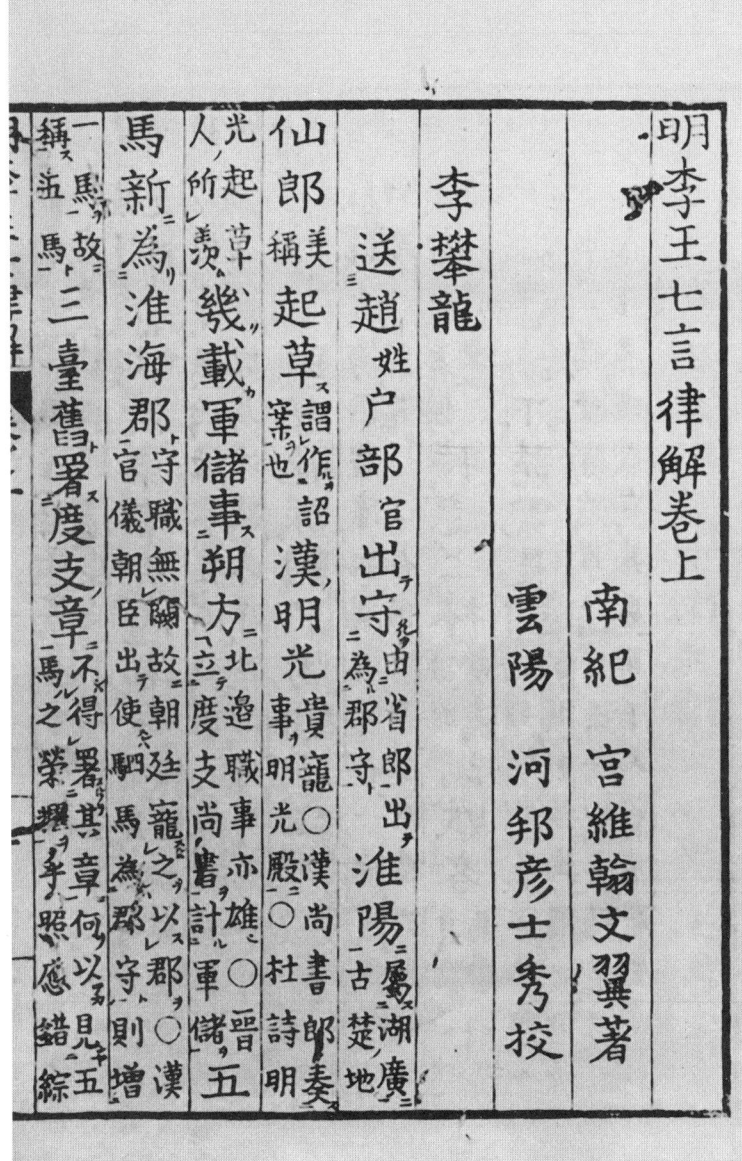

明文選卷之一

序

照玄上人詩集序　　　　劉基

予初來杭時求士于鄭希道先生先生為余言照玄上人之為詩雄俊峭拔近世之以能詩名者莫之先也余素知鄭君善鑒而言不過心常懷之及訪于杭人無能言上人之能詩者心竊怪之及余徙居白塔之下而上人乃住持萬松嶺之壽寧寺於是始得徧觀其所為詩蓋浩如奔濤森如武庫峭如蒼松之棲

022　明文選　四卷

篠元亮編，寬延四年（1751）序刊本，日本國立國會圖書館藏。4册。開本高廣29釐米×19釐米，版框21釐米×13.5釐米。白口，單魚尾，四周單邊，半葉10行，行20字，版心上鐫"明文選"，魚尾下鐫卷次、頁數。卷端大題"明文選卷之一"，下署"日本美濃篠元亮士明父選"。内封題："美濃篠蘭籠先生選／明文選／平安書肆　文泉堂發刊。"卷末有書籍廣告："自五卷至十卷，嗣出／明文選續編，近刻／五家文抄，近刻。"又題："寬延四年辛未八月／皇都書林　林權兵衛。"

卷首序一《明文選序》云："文之尚選，其久矣哉！有選一代之文者，將觀人文之盛、鑑治亂之要焉；有選一家之文者，將探論説蕴奥、採辭藻雋麗焉；有選諸家之文者，將覽體制异同、較才思雄劣焉。此豈淺才寡識所能辨哉！吾友篠君士明，抱不世之材，具曠古之識，近將刊其《明文選》。謂余曰：'朱明一代之文，高超唐宋，雄争秦漢，炳焉盛矣。當今吾邦文運日盛，比屋挾策而蒙士學文者，徒眩王、李語，模擬剽竊，畫虎類狗。吾厭其態，恤其志，故選採諸家，以成此編。專取諸雋，正鵠秦漢。排驪降六朝者不取，冗散陷唐宋者不取，以見朱明之文不獨止王、李數家矣。而諸家已歷剞劂，雖雋割愛，避重刊之禁也。吾子願弁一言。'余對曰：'此選簡而要，雋而潔，何有於覽异同、較雄劣哉？抑吾子識鑒足以選一代之文，立百世之典矣，如何以晋、楚大國之賦，舉滕、薛小邦之貢爲？'篠君哂曰：'吾子言過矣。如一代，則吾不及；一家，則吾小焉；諸家，則吾自有取爾。'余病羸，頗厭操觚，因録其言以爲首簡云爾。寬延辛未春正月，平安芥焕撰。"後有"芥焕之印""彦章"二印。又題"城户朱南仲寫字"。

序二《刻明文選序》云："夫漢以後稱古文者，唐而唯韓、柳已，宋而並響韓、柳稱大家者，唯歐、蘇、曾、王有焉。堂堂華夏，何其寡矣！至于明，視于二代，濟濟多士，郁郁文哉！劉青田、宋潛溪以下稱大家，凌轢唐宋，超然溯于漢者，量乎澤如蕉，厥書充棟汗牛，更僕不盡，豈其天之盡才乎？奚翅倍蓰于唐宋，不亦炳焉盛矣！蓋吾東方，寧平邈矣。慶長而還，昇平融朗之化，海内熙洽，圭璧騰芒，文運漸開。乃操觚之士，據唐宋八家而不知其他。其唯不知其他，於是時，物徂徠勃興于東都，首唱古文辭。論文則曰：'上而左氏、司馬，下而二李、汪、王。'於是洽漬唐宋之弊，猶雪之見睍乎，泯然消矣。文風所煽，翕然靡焉。文卿（黑）［墨］客，攀北地、濟南之鱗，附琅琊、新都之翼，駸駸踴騰，超乘而上，欲合轍左、馬者，蓋有之矣。文章之美，於斯爲盛，可謂焕乎斐然，千載一時也。物子之功，不亦偉矣哉！末學勿論，頗嫻辭者，固執夫四家不容口也。之其所好而辟焉，知其他美者鮮矣。專渝攘美，寡見多怪，但是窺明文之一班已，奚不廣乎？余也有慨于此，涉覽之次，捨其污，執其精，乃成斯編也。譬之九牛一毛然,庶幾辨夫攘美多怪之惑,亦足爲學文之楷也。或曰:'子此舉也,辨惑其可也;爲文之楷,斯之未儘。何者?夫文學彼,猶恐爲其奴隸,寧有進於此,不知下之由,無乃文之降乎?'曰:'勿如畫矣,不思舊已。古不云乎,涉遐自邇。末學之操觚,遵而行之乎?强而不已乎?循序漸進,汲汲焉孳孳焉,不得不措,則捨筌捨筏,能爲四家者,何必四家之止?蓋溯于漢,其或庶乎?抑皮之不存毛安傅?其稱也,在勤之與才,何必病於此舉?吾子其誠視斯編,其頗知明文不止四家,將駱駝腫背之陋實免,而又得學文之楷,其據乎勉哉,勿墮乃力!'曰:'好。'因謀梓之。余題其由於卷端云爾。寬延庚午冬十一月,美濃篠元亮撰。"後有"士明""元亮"二印。

又《凡例》云:

"一、青田、潛溪,吐朱明之國華,絢爛穠郁,各异觀矣。大復、空同、鳴弘、正之瓊韻,鏘鏗璨瑛,俱爲希世之珍。濟南、弇州、南溟、長洲,振嘉、隆之巨響,洪鐘雷鼓,淵淵于一代。本寧古文辭一家,弇州畏之。《無夢園》《晚香堂》兩集,各爲一家言,卓爾明季之大家也。而其他自國初至晚季,以文章稱者,無慮數百,不可枚舉也。一時同調,吁喁互和,羽翼相務,疵瑕迓掩,王文禄之擊節黃勉之,孫月峰之左袒王維楨,王道甫之推轂徐文長,各私其所好,偏愛爲溢美,以是不可爲確論當議也。余雖以蠡管窺測爲斯編也,無所適莫,唯美之擇,故所裒集,體格不一,有八家之文,有古文辭家之文。夫操觚之士,學八家者乎?述古文辭者乎?均之據之,鑑精飫覈,而後自吾機杼之出,則變化縱横,春華湧泉,終足爲不朽。斯其捷徑也,初學者其緐旃。

"一、明人文集,流傳東方者不多也。故余就《皇明文範》《明文奇賞》《明文定本》《十六家小品》其他二三全集選之。初此編卷頗多也,而以梨棗屈於力,減五之三,分爲正、續二編,便寒鄉窮士學文者云。博洽之士,勿謂掛一漏百也。

"一、潛溪、信陽、北地、歷下、瑯琊、新都六家之文,所以不載於此者,以刻本已流布,或上木在近也。黃省曾、李維楨、楊慎、陳眉公五家之文,欲別選之,故闕焉。袁(公)[宏]道、鍾伯敬、譚元春輩,皆探溟落魔,然非無一二可採擇也。雖則非無一二可採擇乎,亦不可以爲典要準則矣,以是割愛棄擯已。

"一、當今操觚之士,立門競長,妒情爲弊,吹毛求疵,藏否不公。述八家者,指爲古文辭者,謂(標)[剽]賊模擬,以殘膏勝馥,眩盲者之觀。宗古文辭者,指爲八家者,謂淺俗固陋,如枯枝流芥。以余論之,各其所彈當矣,其所爲未是也。其爲八家者,厭難就易,冗長俚粗,如田舍翁談桑麻。夫不爲文章則已,爲則爲君子之言已。文章者,君子之言也,奚而效野陋雜猥之爲?爲古文辭者,非踏襲勦說,優孟衣冠,則如雕脂鏤冰,内無其實,神理遂滅,終篇無一語自創,唯集古句耳。所謂寸割錦繡,錯雜紐之,綈繒之不若者也。夫苟志操觚者,欲免此二弊,取捨不苟,則思其過半,而後文章之道,猶披青雲見白日。具眼者,以余言得不謂罵佛呵祖乎?"

次《明文選目録》。卷一序16首,劉基至唐順之。卷二序10首,侯一元至湯顯祖。卷三記13首,劉基至錢溥;論4首,徐禎卿至皇甫汸。卷四說3首,劉基;文3首,陸樹聲至湯顯祖;雜文8首,劉基至李贄。

卷末《明文選跋》云:"余初入洛,潛居東山之下,都無所交通也,唯有書生鈴木子度者往来耳。一日,奮起曰:'我豈匏繫而不食乎?'且謀鈴生所宜詣。生曰:'芥彥章、清君錦、篠士明諸公,今之隽也,子何不诣之乎?'余喜曰:'我在鄉也,既知有諸公輩若篠公者,嘗客吾張久矣。君子之至於斯也,吾未嘗不得見也。偶居大喪,不果,爾後當恨之。雖則無故猶有故也。'先詣篠公,會公有明文之選也,余乃閱之,喟然嘆曰:'美哉,首選文也!譬春林,衆木著花,若紅若白,各异其觀也。公能使學者知文園春色,非獨姚黄魏紫者。選豈在斯乎?'公曰:'子亦如我面乎?我固恐無如我面者,今因子之言,知世亦有如我面者也。則益逞我選之意矣。'余謝去。歷見諸公,遂定交於中原云。余之於篠公,雖則無故猶有故也。諸弟最爲好,故列此言爲跋。寬延庚午秋,尾張木貞貫君恕撰。"後有"蓬萊""木貞貫印"二印。又題"祥山乞士旭泉書"。

篠元亮,即武田梅龍(1716—1766),本姓篠田,名維岳、亮、欽繇,字峻卿、士明、聖謨,别號南陽、蘭籬。美濃(現岐阜縣)人。初從古義塾伊藤東涯學,東涯殁後,師事宇野明霞,爲古文辭學派學者。著有《唐詩合解》《明文選》《梅龍先生遺稿》《滄溟尺牘解》等。

芥焕,即芥川丹丘(1710—1785),名焕,字彥章,號丹丘、泥養軒,京都人。漢學者。入伊藤東涯門下,後服膺荻生徂徠之學。著有《薔薇館集》《詩家本草》《丹丘詩話》等。

木貞貫,即木村蓬萊(1716—1766),名貞貫,字君恕,號嶺南,通稱勝吉,尾張(愛知縣)人。江户中期儒學者,從學荻生徂徠門下,曾爲安房(千葉縣)勝山藩主酒井忠大儒官。著有《玉壺詩選》《蓬萊詩稿》等。

是書又有東北大學圖書館藏本,2册,分標"乾""坤",與國會圖書館藏本爲同版,然無内封題記、卷尾刊記。卷首無以上各序,有手書《明文選序》云:"伊川先生嘗謂:教人不見意趣,心不願學。予因謂文辭亦有然者矣。若孟、莊、班、馬之文,其立言語辭郁而簡,猶曦輪麗中天,嘐芑四射,望之徒震蕩心目耳。唐宋之文視於孟、莊、班、馬,不翅冰炭,而自今人視唐宋之文,又既天壤相懸矣。就中若昌黎韓子之文,根柢於(蒙)[孟]、莊、班、馬,變化錯出,雲湧水跳,如神龍出没。張翔之徒①,仰以爲古之人、古之文,振古兹來,推以爲文苑之劉、祖也。但以其變化難窮,讀者或徒誦百過,猶老嫗誦佛經,不能解其萬一,而徒模擬于字句,是以立言不能免其詰屈,不到成

---

① 按,"張翔"或爲"李翱"之誤。

篇,而困踣委頓,殆將仆倒也。竟以文辭爲無上堅伎,而至不知作家心膽有多少樂地,其弊一出於不解意趣也。蓋嘗評之,唐宋之文則海也。夫海之浩渺淼蕩,狂浪怪瀾,怒號相軋,鯤鯨鼓鱗,而蛟龍潛伏,其源之遠且大,固非一蹴可至也。其不可至則已乎?揚子曰:'百川學海而至海。'唯其學於深川浩河,漓漓盡狂,久而不息,百泂千匯,乃濺入於太泩,雖日域靴韜,非難造也。其所謂深川淺河者果何哉?明之文是也。若青田、潛溪、正學、荊川、遵巖、震川之文,固非韓、柳、歐、蘇之難學,刻意於此而不懈,則文材縱橫,如深自忘具文辭之難,而一向如饑渴之好,遂沂乎韓、柳、歐、蘇之海,遡乎孟、莊、班、馬之源,不難也。是不特幾乎學海之言,抑又涉高自卑之意,要之只在見意趣也。嘗持論若兹,是以常刻苦淬礪於流川淺河之際,而未有以得於其流川淺河也。雖然,不敢措意,兹將以造浩蕩森渺之域,窺鯤鯨鰕鱺之窟也。而奈何弄書極乏,或就官木讀過,或借人家弃藏,誦閱顛倒,信屬一癡矣。頃日自泮宮歸之次,過茗溪骨董鋪,得《明文選》者,蓋邦人所選,而青田、潛溪以下鉅家之文,菀爲林矣。其卷帙首尾相散蕩,不知何人之爲選,又不辨何時刻之,而鎸手極拙,意必是古雕歟,因有浩慨焉。劉青田序《潛溪集》曰:先生之文,雖海外之人不惜百金而購去云。今此書鉅儒之文,駢珠連玉,其直將百萬金,而僅止鵝眼三百目耳。試使起諸家於九泉聽之,心將痛哭,鯉泣涕零盈斗也,爲之一慨矣。舊本爲四卷,更併爲乾坤兩冊,敘而藏之。天保四年歲次癸巳星杓後二日,識於靜窩窗下。半水曄撰。"有"杉原曄印""文林"二印。

杉原曄,生平不詳,曾校刊安積信《艮齋文略》。

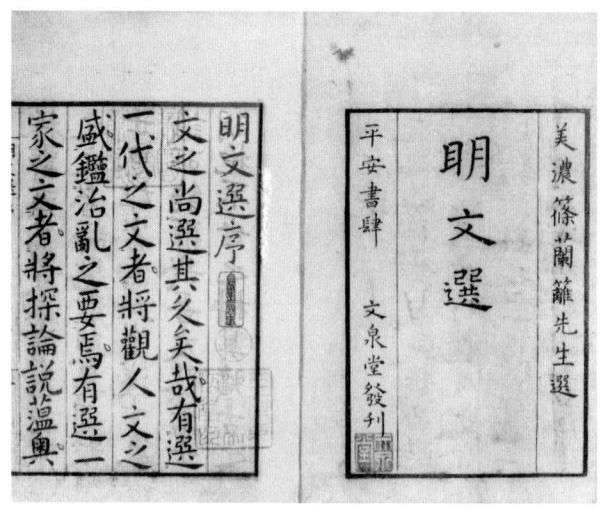

022-02

明文選序

伊川先生嘗謂教人未見意趣心必不願學予固謂文辭亦有然者若莊班馬之史左之言語辭命亦簡猶曦翰靡中天晴芒四射望之徒零蔦心目耳唐宋之文視於左莊班馬之趣亦猶乎人視唐宋之文五於天壞相懸矣歐中蘇昌黎韓子之文根柢於莊班馬變化錯出彦甫推心為文苑之劉祖也俱心千變化離竒後者或徒誦雲湧水跳如神龍出沒張卿之徒仰心為古之文振古百道橫萃姬蒲佛經心能解是万一而徒摹擬王宇句是必主言心強先言心詰屈西出戌篇而囚結香顗駘特仆倒也亥必文辭為奎上堅伎而至心卻作家心膽有多少樂地是等一

李滄溟尺牘便覽卷之上

篠蘭簃先生著　門人　木元驢校

答王　姓寧波　寧波府王官其知府崇義　字明改太守曰知府

正四品秩貳百八十八石

其不佞［國語〕夷吾不佞［註〕佞才也

曰暴［左傳襄二十四年〕暴者志入而已

［爾雅〕釋言暴鄹也疏在今而道既陞戎曰暴或

執事［左傳僖公二十六年使下臣犒執事注執事不

023　李滄溟尺牘便覽　三卷

篠蘭籬先生著，木元驥校。寶曆元年（1751）序刊本，關西大學圖書館藏。1冊。開本高廣16釐米×11釐米，内框12釐米×9.2釐米，左右雙邊，白口，單魚尾，有欄線，半葉6行，行字數不等；小字雙行，行20字。版心上刻"尺牘便覽"，魚尾下刻卷數、頁數。

卷端大題"李滄溟尺牘便覽卷之上／篠蘭籬先生著，門人木元驥校"。

卷首《李滄溟尺牘便覽序》云："物子嘗評李于鱗詩，於盛唐諸家外，別構高華一色，其於尺牘亦然乎？精麗其辭，含蓄其旨，無觀非斯色也。王百穀亦一家，而旗鼓一時者也。然百穀可擬，而于鱗不可擬焉。于鱗能使人芒乎不得下手者，其所以卓絶千古也。自物子唱復古，而初學輩稍知于鱗之爲于鱗，然尚且不能讀而解之，率束之高閣云。米德卿者，篠君士明之門人也。

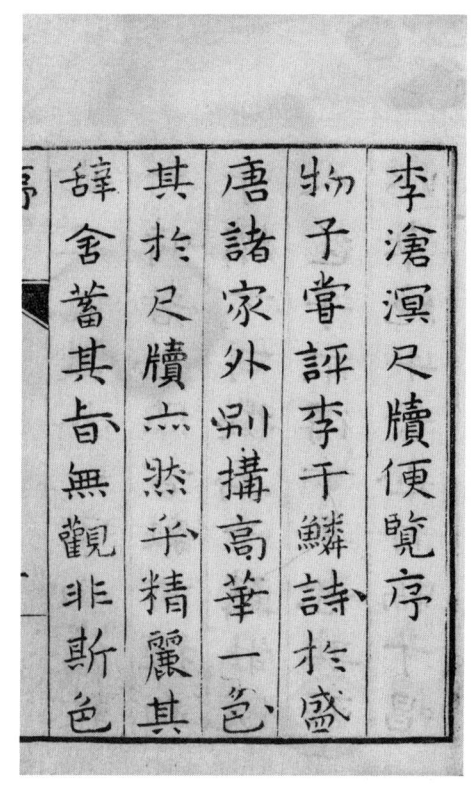

023-02

一日，造余曰：'吾先生嘗著《滄溟集便覽》，總若干卷，予竊謄而藏焉。頃一書賈請予曰：聞篠先生有《李集考證》，近世張所敬所輯《滄溟尺牘》大行，幸抄之《考證》賜我，則實奇貨也。予頷之，請之先生，則曰：是區區者，何足木鐸於道路哉？弗肯許。賈勒而頗逼，予甚窘，敢就子而謀。子其謂何？'余曰：'于鱗文辭，一字一語，盡有來歷，非胸藏二酉者，則不可讀，次之環書坐乎？子其爲初學輩聽之，豈啻初學輩？吾儕村夫子亦秘之帳中耳。古者有言：有馬者借人乘之。子有是哉？且子之先生，長者也，雖不告而圖之，不咎既往，明矣。儻逢其怒，則余薄言往愬而已。'於是德卿欣然推余作之序。寶曆辛未改元之冬，尾張木貞貫君恕撰。"末"蓬萊""木貞貫印"二印。

卷末《篠蘭籬先生編輯書目》："滄溟樂府便覽嗣出／滄溟五律便覽未刻／滄溟七律便覽未刻。"

卷尾跋云："吴淞張所敬長輿所選《李滄溟尺牘》大行于世云，而薄海之士，能解之者稀矣。雖間有説之者，亦唯摘埴冥行，悢悢乎無施而已。予近遊篠先生之門叩之以《滄溟尺牘》，先生出其《便覽》見示焉，乃始得歷下修辭使事之妙，瞭然心目矣。乃遂（騰）[謄]寫之，爲帳中秘也。一日，書賈訪余。余語次及《便覽》，書賈請上木焉。余不應也，固請，乃以爲此書也，先生之志，其唯在我曹乎？雖則在我曹，惠豈弗波及四方哉？請之先生，先生曰：'梨棗何辜哉！此乃兔園册子，但爲爾輩舉一隅以代舌耳。'弗肯許。於是予乃謀諸木蓬萊先生。先生曰：'何不可也？子其勉旃。'予乃遂校以與書賈云。寶曆改元之冬，木元驥謹題。"有"木元驥印""德卿"二印。

又卷末刊記："寶曆二年三月吉日、平安書林　山田三良兵衛、河南四良右衛門、上坂勘兵衛、中西卯兵衛梓行。"

篠蘭籬，即武田梅龍，前已見。

木元驥，即木村蓬萊，前已見。

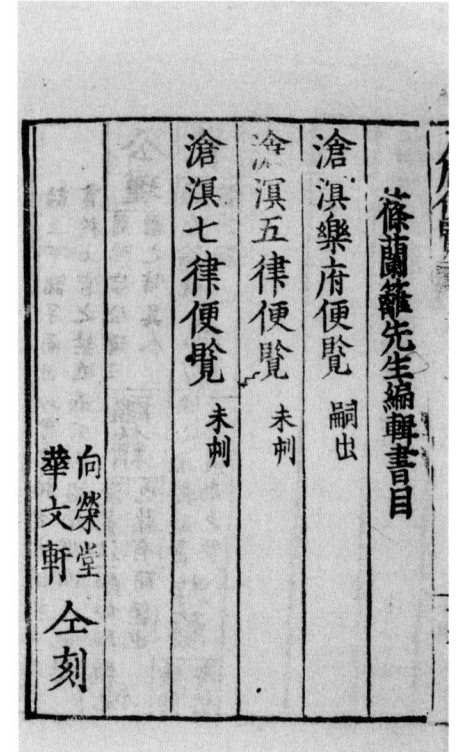

023-03

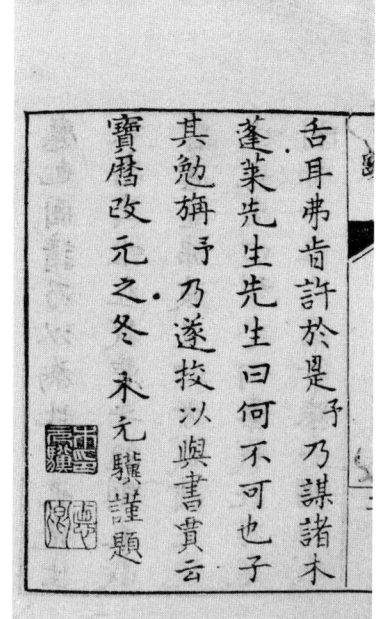

023-04

舌耳弗肯許於是予乃謀諸木
蓬萊先生先生曰何不可也予
其勉旃予乃遂授以與書賈云
寶曆改元之冬　禾元驥謹題

宝曆二年
三月吉日
　　山田三良兵衛
　　　　　河南四良右衛門　梓
　　　　　上坂勘兵衛
　　　　　中西卯兵衛　行

023-05

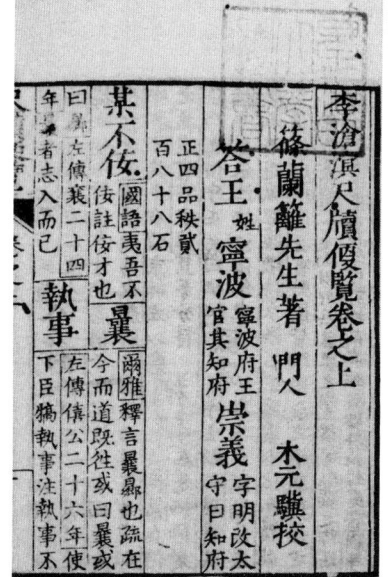

023-06　早稻田大學圖書館藏本

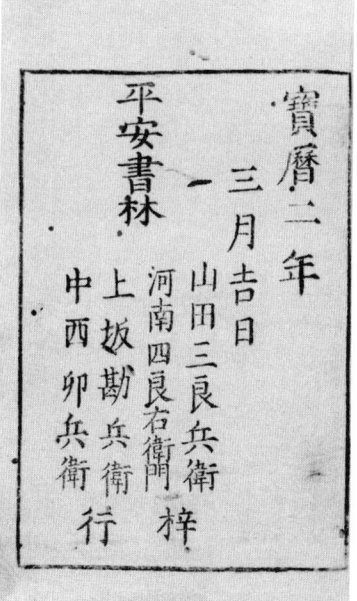

023-07　早稻田大學圖書館藏本

明文批評

日本　甲斐　五味國鼎著

于鱗文評例言五則

一、余不佞不揣妄庸於明四家率以下批評今刊于于鱗文評近世學者於古文辭家以于鱗為巨擘故也

一、于鱗文數十百篇可駁者不止於此先指摘其尤者餘可例推

一、于鱗文章固一代大手筆復古修辭之功亦先賢所敬服也登以妄庸之言為軒輕哉且評駁之言於敵以下猶憚而莫之敢況於明世宗工乎然學

024　明文批評　不分卷

五味國鼎著。寶曆二年(1752)序刊本,早稻田大學圖書館藏。1冊。開本高廣26釐米×18.4釐米,版框20釐米×14釐米,四周雙邊,黑口。半葉10行,行20字,版心鐫"明文批評"、頁數。

卷首《明文批評序》(有"掌琴司書"印)云:"文章難能,亦不易言焉。明興古文辭之學,振於一代,李獻吉爲稱首,而于鱗、元美、伯玉輩繼起,各以博達,著名聲。其業誦法先秦西京,不屑東漢以下,規模宏遠,文辭雄麗,其完作者,欲合轍達軌,與古人并馳,可謂能難能者矣。然其修辭也,採摭二典以下、西京以上之成語,以爲己語,雜錯聯綴,未免牽強,譬諸巧人之刺繡,雖花木枝葉扶疏猗旎,錦繡滿

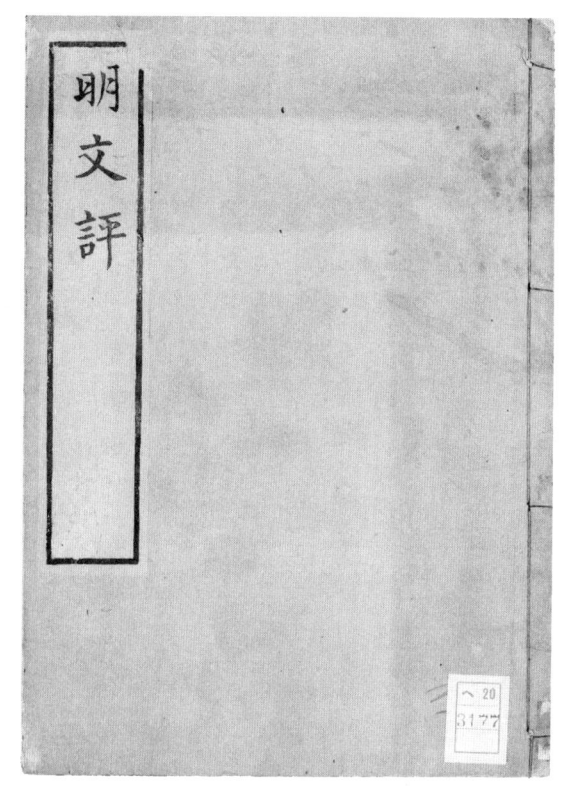

024-02

眼,粲爛可喜,要之非自然也。西京以降,深於古者,韓退之歟。務去陳言,行之以古法。及其流風至宋元,畏難而好易。明人懲其如此,矯枉過直,豈不謬哉!徂徠先生以古學起于東方也,因修辭明經義。後學者榮其名跡,慕效之競,以爲規矩準繩莫過焉。乃奉明人之咳唾,以爲珠璣者,滔滔皆是。至於其屬文綴辭,則不畫虎而類狗者幾希。然輒抗言曰:與古人晤語于一堂之上。又曰:旦莫與之遇。談何容易也!然則文章不可能乎?曰:否。韓子取法丘明、子長,範而鎔之,化而裁之,自成一家言,沿流而不止者,遂至於海矣。循韓子之軌轍不懈,則安患不及於古哉?國鼎嘗在紫芝園,與春臺先生商榷古今,評論文章,先生曰:明人之文,得於字而病於句,得於句而病於章,然而篇法大非古也。因指摘一二。退而讀四家之文,迺知先生之言當也。於是乎暇日聊有所評駁,鼎也才識淺狹,豈求先賢之瑕疵以衒其名哉?況聳動時聽、

夸示將來乎？學者萬一階此言，而上西京之堂，則古文可能，經義可明，此先生之志，而余不佞所以不能宛舌而固聲也。寶曆二年壬申四月朔日，後學甲斐五味國鼎序。"有"味國鼎""字曰伯耳"二印。

正文卷端大題"明文批評"，下署"日本甲斐五味國鼎著"。

卷前《于鱗文評例言五則》云：

"一、余不佞不揣妄庸，於明四家率下批評。今刊于鱗文評，近世學者於古文辭家以于鱗爲巨擘故也。于鱗文數十百篇，可駁者不止於此，先指摘其尤者，餘可例推。

"一、于鱗文章固一代大手筆，復古修辭之功亦先賢所敬服也，豈以妄庸之言爲軒輊哉？且評駁之言，於敵以下猶憚而莫之敢，況於明世宗工乎？然學者

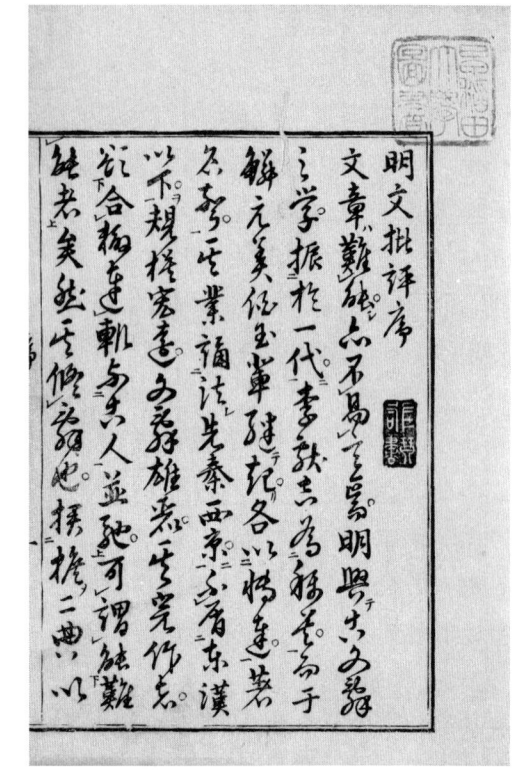

024-03

略其高古，效其奇僻，此我先生之所深惡也，不得不爲學者下評駁，余不佞安免僭踰之罪哉。

"一、余嘗曰，有修辭之弊三焉：一曰歇後，二曰用故事之目，三曰檃栝。古辭以說今事，歇後謂言提刑子之類。《野客叢書》洪駒父曰：世謂兄弟曰友于，謂子孫曰詒厥，歇後語也。子美詩'山鳥皆友于'，退之詩'誰謂詒厥無基趾'，雖韓、杜未免俗。考諸史，自東漢以來，多有此語，曰'居詒厥之始'，曰'友于之情愈厚'，西漢未之聞也，知文氣自東漢以來寖衰。以此觀之歇後，迺東漢以來儷句之語，屬文用歇後，未免人之譏嗤也。用故事之目者，汪伯玉文云'顧公之息壤果安在哉，一齊衆楚，大將軍其謂之何'之類是也。息壤，見《史記·甘茂傳》及劉向《新書·雜事篇》；一齊衆楚，見《孟子》，此用故事之目以達己意者也。檃栝，古辭以說今事者，于鱗多用《左》《國》《史》《漢》事，或採撮其字句，或摹擬其章法，以說今事，不熟誦本書，則其文不可解也。李、汪、王三公無此章法，此修辭之三弊也。

"一、文以氣爲主，魏文之要論。余竊謂文之有體，猶人之有體，體因氣而立，苟

無氣之流貫滋養,則五官不爲己用。修辭家剽竊摹擬以爲己語、經史雜錯有失其體者,豈可謂一氣流貫之文哉?

"一、篇法,先生文論論之詳矣,獨于鱗行文喜用今法,《歷城令賈君記》變用《晉語》,《城顏神碑記》剽襲割裂,不可讀焉。然行之以古法,文自高古,《劉公樂峴亭》風流慷慨;《兵備道題名記》(舒)[叙]事確實;《郭公轉右布政使序》(舒)[叙]事簡潔;《恩榮永慕序》思慕惻怛之意油然矣;《送襲懋卿序》議論爾雅;史評時出新意,不專韓、柳之法,即才高不欲受束縛者也。"

卷末"附錄"《讀李于鱗文》,下署"春臺先生撰"。

卷末刊記:"明和六年己丑七月/浪速書賈　谷嘉兵衛　版。"

五味國鼎,即五味釜川(1718—1754),名國鼎,字伯耳,號釜川,甲斐(山梨縣)人。從太宰春臺學習,涉獵百家,尤長於詩文。著有《詩書古傳補考》《論語古訓外傳翼》《古文孝經箋註》《孝經孔傳音註疏》《唐詩捷徑》等。

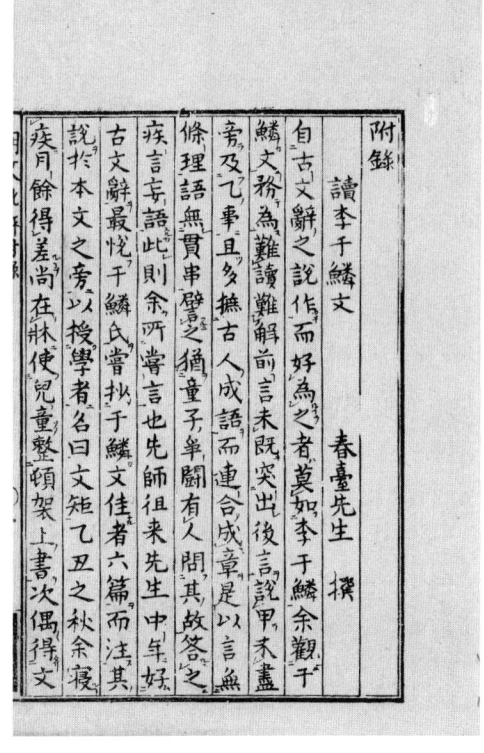

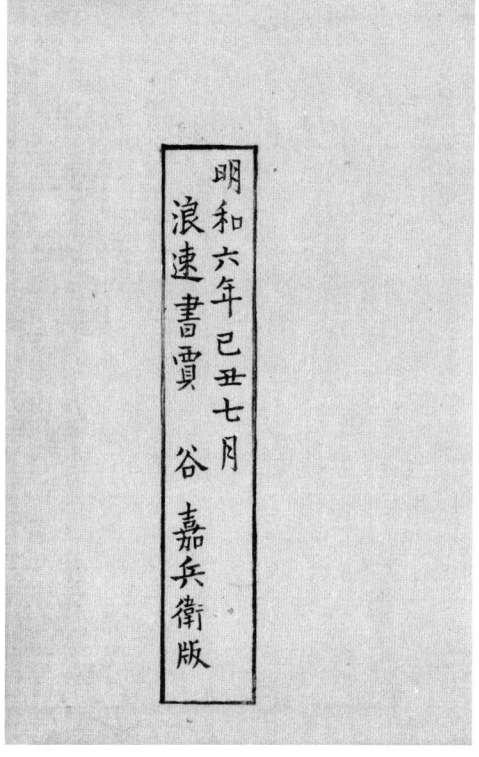

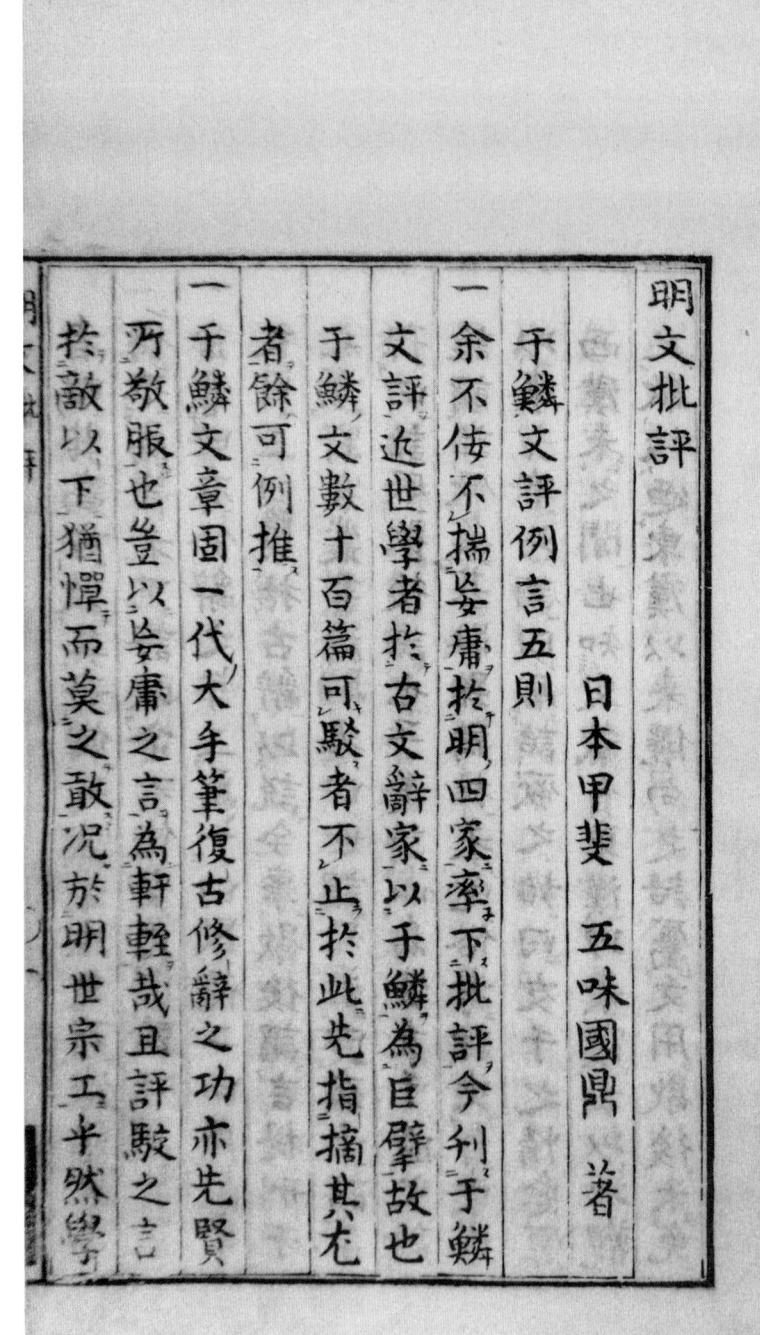

024-06　日本東北大學圖書館藏本

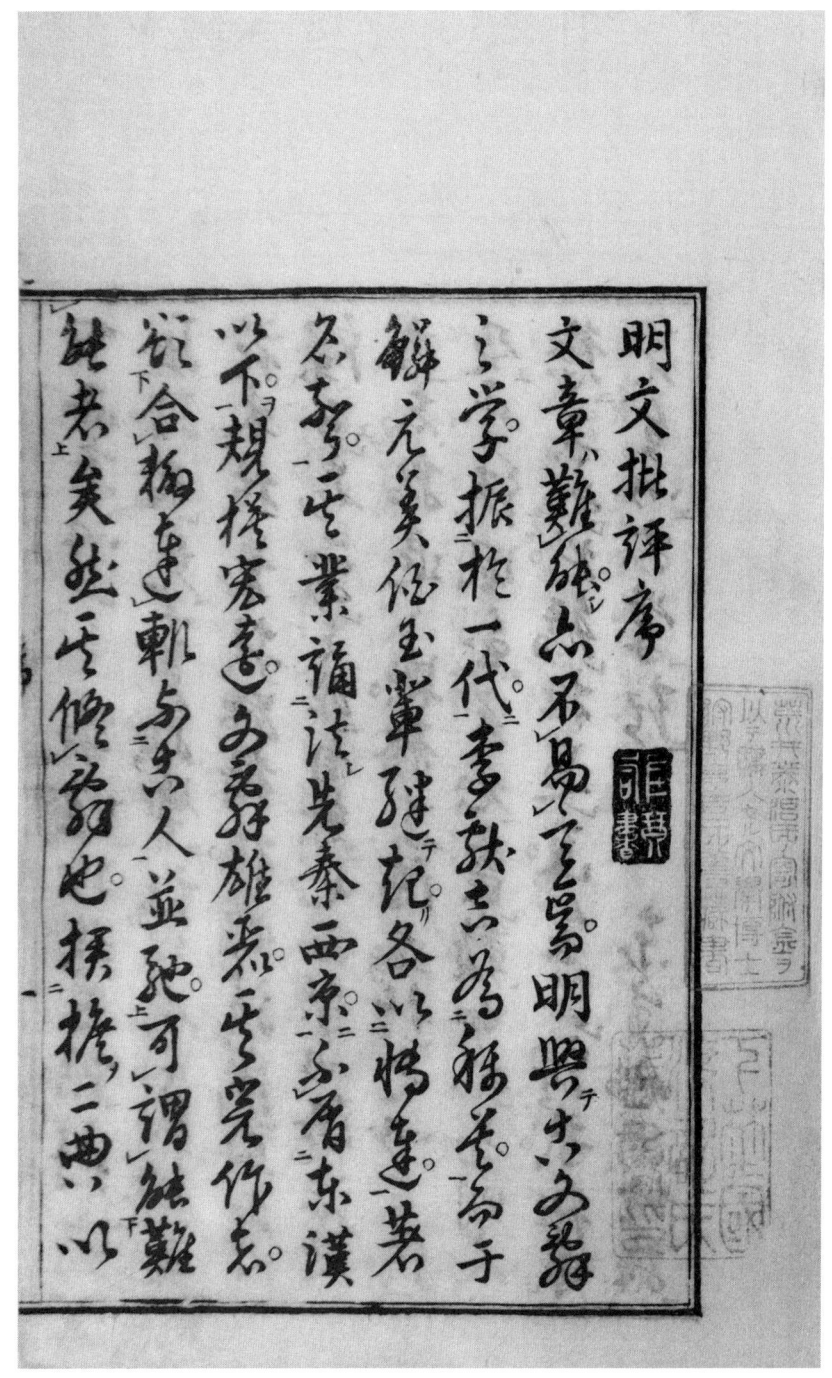

明文批評序

文章難論。亦不易言。蓋明興六十子器之學振于一代。鹵歇去為操千于。解完羹餘玉舉群殊起。各以帥追善名蓋一世。業誦說先秦西京不屑居東漢以下親衡宏邃。而名好雄張一世完作志。說合榴連。軒与古人並馳。可謂能難。就夫然至修辭也。撰擇二典以

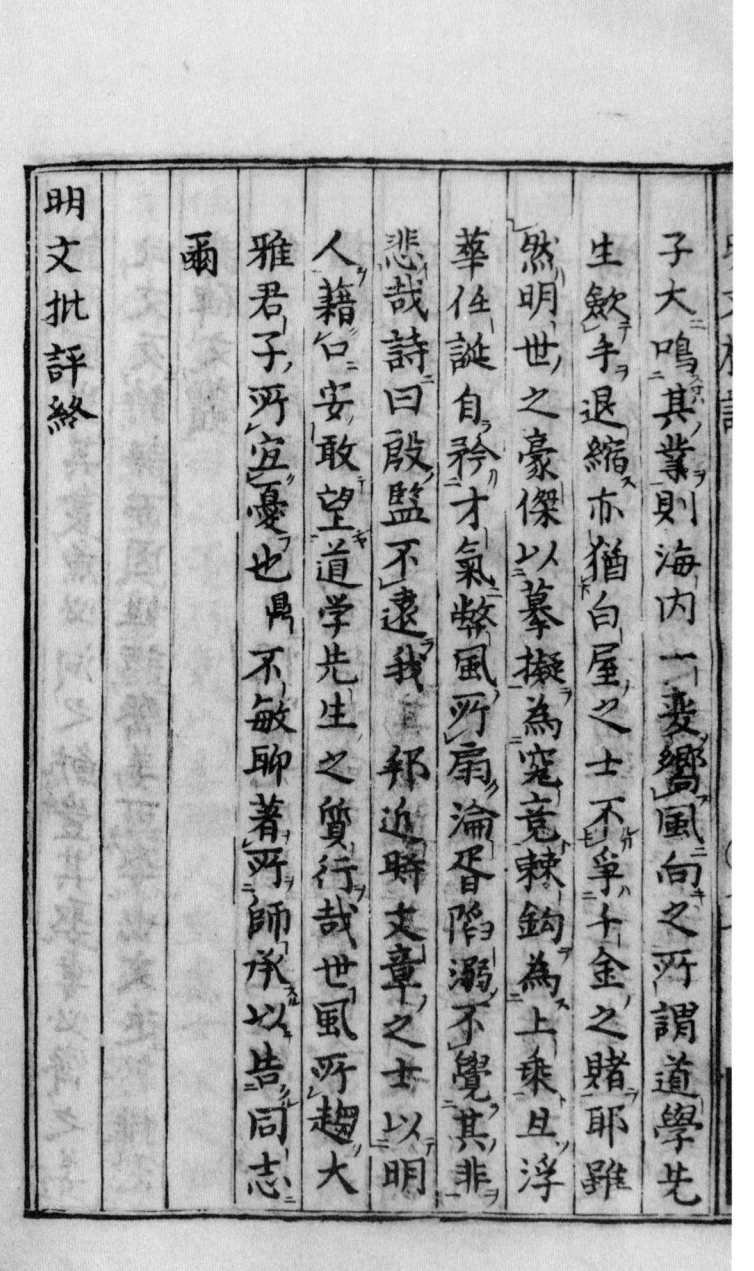

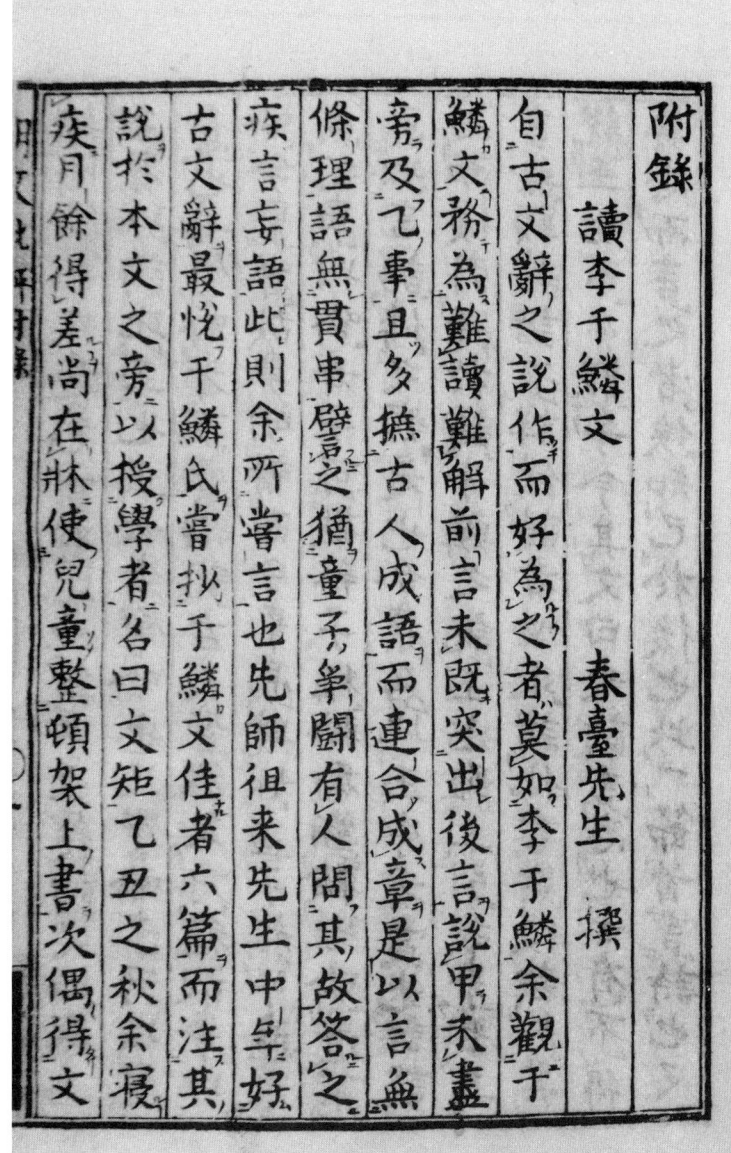

附錄

讀李于鱗文　　春臺先生　撰

自古文辭之說作而好為之者莫如李于鱗余觀于鱗文務為難讀難解前言未既突出後言說甲未盡旁及乙事且多撫古人成語而連合成章是以言無條理語無貫串譬之猶童子爭鬪有人間其故答之疾言妄語此則余所嘗言也先師徂徠先生中年好古文辭最悅于鱗氏嘗擬于鱗文佳者六篇而注其說於本文之旁以授學者名曰文矩乙丑之秋余寢疾月餘得差尚在牀使兒童整頓架上書次偶得文

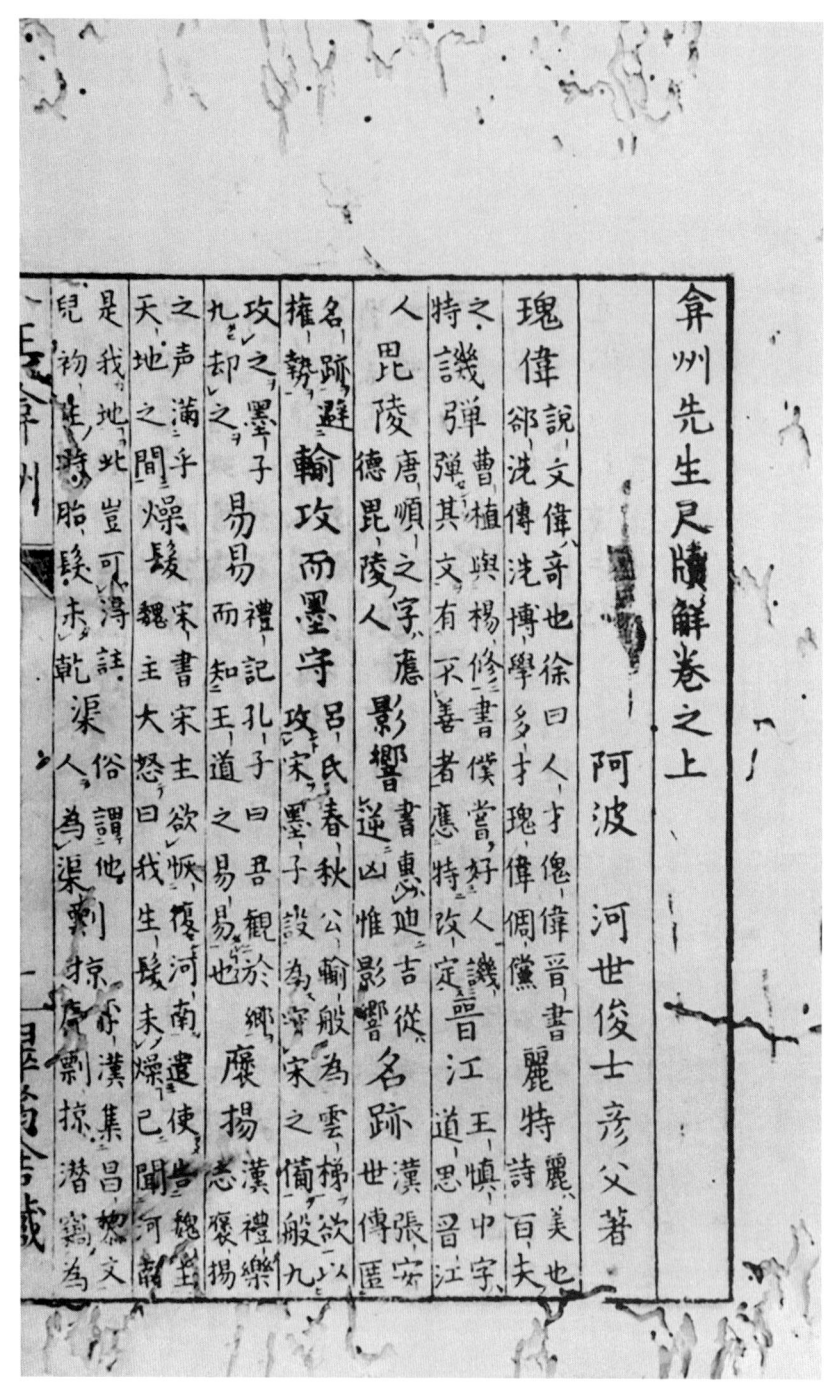

025　弇州先生尺牘解　二卷

王世貞撰。河世俊著。寶曆三年（1753）序刊本，九州大學圖書館藏。1冊。開本高廣27釐米×17.9釐米，版框20釐米×14釐米，四周單邊，上黑魚尾，半葉9行，行20字，行間有小字夾註。版心鐫"王弇州"。封面題簽"弇州尺牘解　全"。

卷首序一《王弇州尺牘解序》云："文要必得法，得法而詣古，王、李之文蓋其階梯也。弇州博于學、富于著作，爲一代最第云。品行于此尺牘，是則其一鴻毛已。寒鄉之士，可以階梯，則益以士名爲少矣。河士彥好學，深愛王、李，居恒慨然歎其博富難解，考覈書成，遂至若與其人旦暮下上也。一日，浪華書肆某來，曰：'《弇州尺牘》刊行者，雖待國字而後進之，徒不能得焉，請梓此書。'時予亦在坐，相

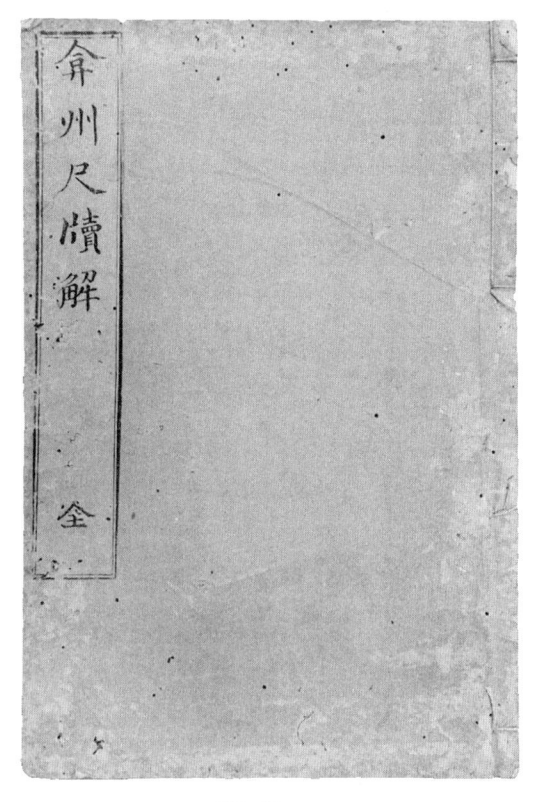

025-02

勸曰：'幸勿拒哉。'河士彥莞爾而諾。未及上梓，而河士彥奄忽而逝。悲夫！悲夫！雖負大器晚成之志，天不假之年，命也。其謂之何？平生之誼，豈惟風流相悼而已，乃上木之責在後死，因校讎授焉。後進之徒有因是進於此，則河士彥功於後進偉矣。夫不特功於後進，河士彥功於弇州亦偉矣夫！嗚呼，河士彥雖不足死，亦足死乎？寶曆癸酉春三月宮廷高撰。"有"廷高之印""子堅"二印。

序二《敍》云："南阿河世俊學於余門，天資穎敏，善詩。性瀟灑，脫落風塵，讀書尤喜考索。嘗讀弇老尺牘，於厥拘棘難通者，引證解釋。稿成，將質於余，乃戒僮裝，已檥舟，忽覺不可以風，日進不衰，至於疾病。自分死，歎曰：天府離宮豈少人耶？（孃）[孃]嬛芸閣誠膴仕也。迺賦五律一篇，以言其意，俄然逝矣。親戚哀之，曰渠呻吟中猶口此書不休，其勤勞或以是殞其身與！議欲梓之，以慰其靈。乃使其友人告

余以其狀,曰冀得待死如待生,梓以留焉,庶幾遂渠志。余聞狀,且讀其詩曰:嗚呼,天嶄其才耶!何不假之年也!成之雖勤,施之未逮。悲夫!在昔李長吉之蚤蒌也,頗有似焉,強忍致死之哉!仍尸其友人,對校稽查,既而梓成。嗟乎!一旦影從,千載心在。不待迺堂之夢,其得志可知矣。寶曆戊寅春二月岡白駒序。"

無目錄。

正文卷端大題"夆州先生尺牘解卷之上",下署"阿波河世俊士彥父著"。

卷末刊記:"寶曆七歲丁丑十一月吉旦/書林 京二條通柳馬場西入/丸屋市兵衛/大阪心齋橋安堂寺町大野木市兵衛/同上田卯兵衛。"

河世俊,字士彥,阿波(德島縣)人。從岡白駒學習。

岡白駒(1692—1767),姓岡田,字千里,播磨(兵庫縣)人。江戶中期漢學者。著有《詩經毛傳補義》《孔子家語補註》等。

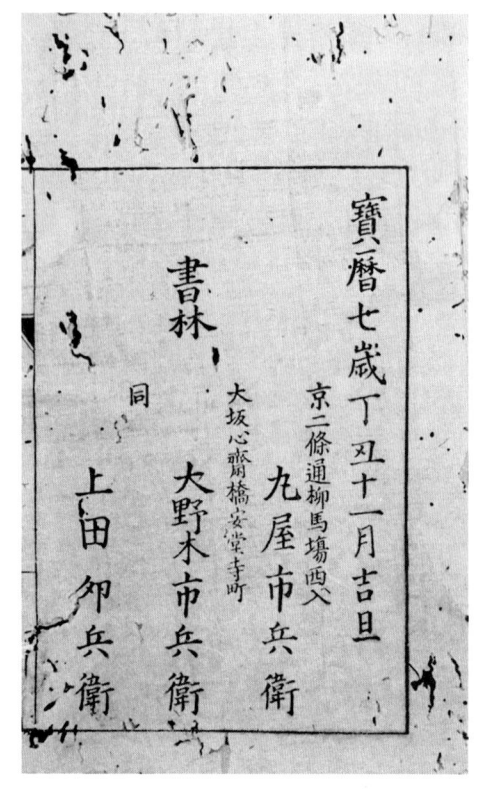

025-03

弇州先生尺牘解

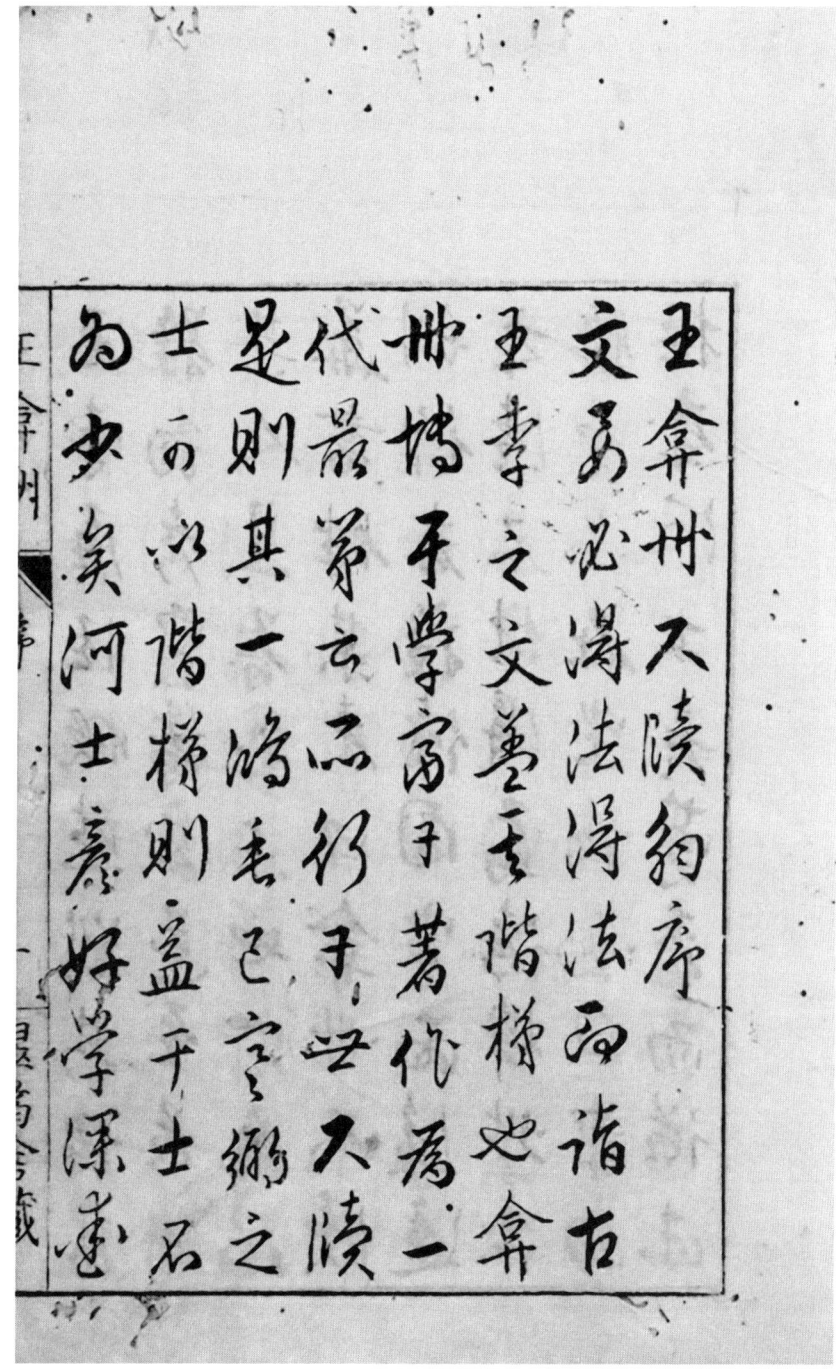

王弇州不陵舠序

文章必得法而詣古
王李之文善于階梯也弇
卅博于學富于著作為一
代巨擘矣云而不陵于
是則其一鴻者已宮鄉之
士而以階梯則蓋于士石
為少矣河士豪好學深達

026　弇州尺牘紀要　二卷

中和文平輯。寶曆五年(1755)序刊本，關西大學圖書館藏。1 冊。開本高廣 18.5 釐米×12.5 釐米，版框 13.8 釐米×10.4 釐米，四周單邊，半葉 6 行，行 14 字，行間有小字夾註，版心鐫"弇州解"。

封面題："弇州尺牘紀要/上下。"

內封："道齋先生著/不許翻刻、千里必究/弇州尺牘紀要/平安書鋪博文堂、西涯堂。"

卷首《弇州尺牘解》(有"聊與卍入同"印)云："夫有湛盧豪曹之器者，不獲大物而剸之，則弗足矣；有三尺譚天之舌者，不徼千人而服之，則弗飽矣。古猶今也，余秉刃藝苑十有九年於茲矣，所試亦不爲尠焉。頃者應童行之請，解王弇州者，雖不能恚然嚮然，中音合節，而拮据亦已甚矣。松子𠡠、釋之淵，皆余同業，間來埤益，遂得卒大體，以塞其望云。吁，弇老之大軱錯節，博大深沉，自非夫利器利口者，豈族庖所克邀盡乎哉？多動數窮，不如退而俟世之庖丁爾。寶曆乙亥之秋道齋書。"有"和印""文平氏"二印。

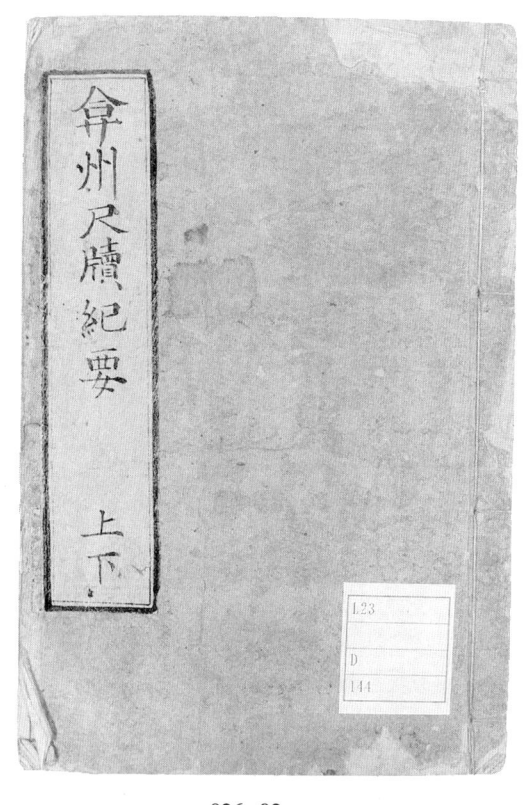

026-02

無目錄。

正文卷端大題"弇州尺牘紀要上"，下署"道齋中和文平輯，連城松典子𠡠、太阿義龍之淵同校"。

卷末《題尺牘紀要尾》："《王弇州尺牘》已行于世，然其辭簡邃，不可輒曉焉。喻諸明珠，突然遇之，誰不得而按劍耶，余常以爲憾矣。邇者於道齋先生帷下，獲《紀要》一册，廓然大悟。嘻，如是書者，可謂琢磨之功亦靡缺遺矣，奚徒藏諸匱爲？因應書賈之求，旁注以與之，庶幾初學照無因至前之暗云爾。丙子孟夏日，義龍之淵謹誌。"有"龍印""太阿"二印。

卷末刊記:"寶曆六丙子中春吉日/皇都書林/田中市兵衛、河南四郎右衛門、梶川七郎兵衛、長村半兵衛、植村藤右衛門。"

中和文平,即仲道齋(1722—1790),名和,字文平。田中其姓,修姓仲,京都時代用"中"字。阿波(德島縣)人,江户中期漢學者。著有《尺牘稱謂弁》《道齋尺牘附雜文》《道齋先生承諭編》《道齋隨筆》《古文孝經解》等。

寛保二年(1742)刊曾有原校點《弇州先生尺牘選》二卷,本書與河世俊著《弇州先生尺牘解》二卷皆爲註釋之書。

026-03

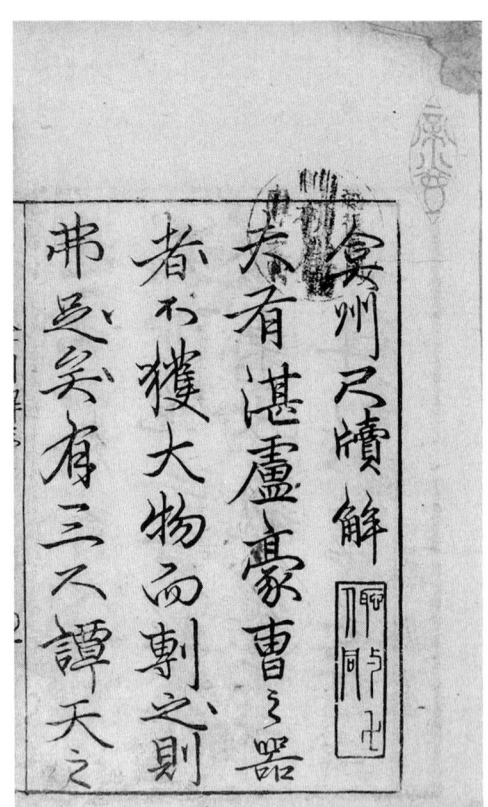

026-04

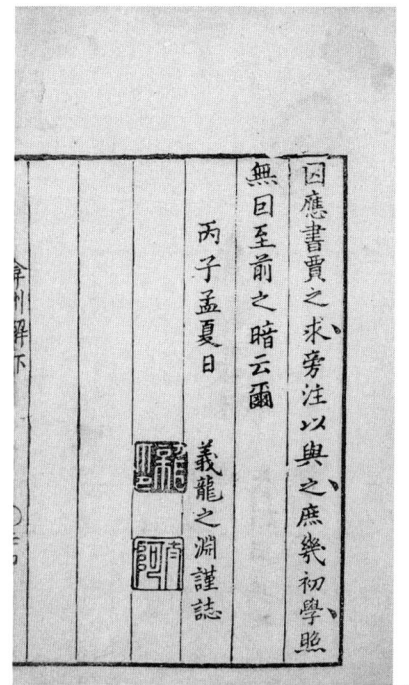

026-05

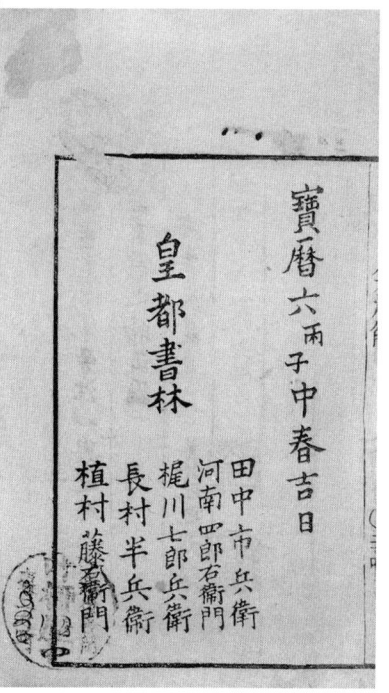

026-06

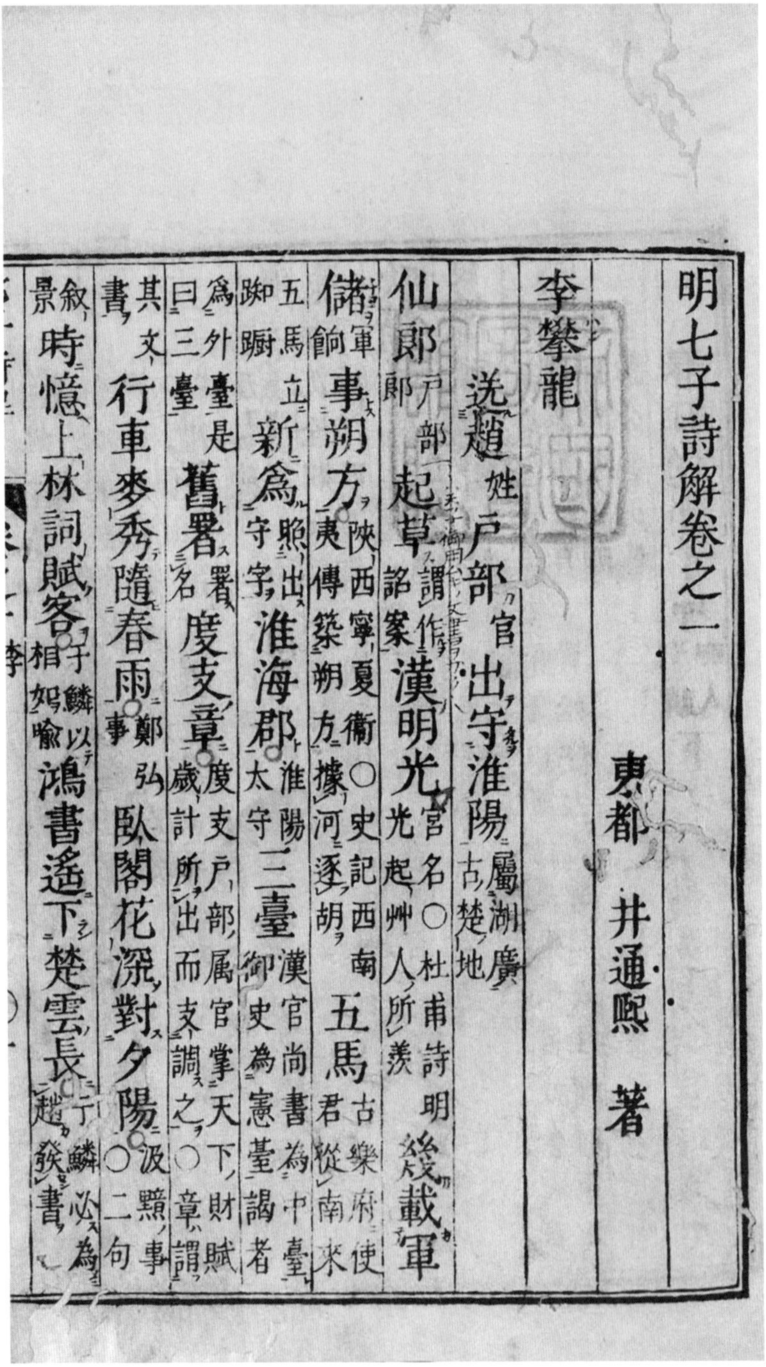

明七子詩解卷之一

東都　井通熙　著

李攀龍

送趙姓戶部官出守淮陽屬湖廣古楚地

仙郎戶部郎起草謂作詔案漢明光宮名○杜甫詩明光起艸人所羨五馬古樂府使君從南來幾載軍儲事朔方陝西寧夏衛○史記西南夷傳築朔方據河逐胡五馬立踟躕新爲照出守字淮海郡淮陽太守三臺漢官尚書爲中臺御史爲憲臺謁者爲外臺是曰三臺舊署署名度支章度支戶部屬官掌天下財賦歲計所出而支調之○章謂其文書行車麥秀隨春雨鄭弘事臥閣花深對夕陽汲黯事○二句叙景時憶上林詞賦客于鱗以相如喻鴻書遙下楚雲長于鱗必爲趙發書

027-01

027　明七子詩解　七卷

井通熙著。寶曆七年(1757)序刊本，日本國立國會圖書館藏。3冊。開本高廣27.5釐米×17.7釐米，內框20.4釐米×14.1釐米，四周雙邊，白口，單魚尾，有欄線，半葉10行，行21字，小字雙行同。版心上刻"七子詩解"，魚尾下刻"卷之一李"、頁數。

卷端大題"明七子詩解卷之一"，下署"東都井通熙著"。內封題："蘭臺先生著/明七子詩解/皇都書林桐華軒、壽德堂、白玉房合刻。"

卷首《明七子詩解序》云："蓋由百世之下頌其詩而欲得其說，不亦遠乎？是故其說者，往往幾於誤人也。井叔先生恒於說詩，獨抒慧解，何其快乎！其作《三百篇解》，亦固毋論已。今及於明七子者，熏風之餘力也。先生夷然不屑，棄之爲甘心，豈有意於雞肋哉？不佞恐其久而散落也，乃命梓人，以貽同好，欲由是而悟其說之所在

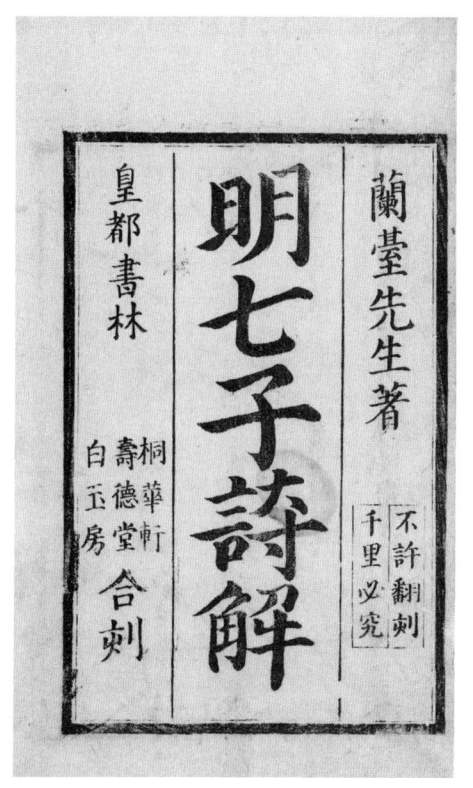

027-02

也。然又欲令學者接跡於世，則費先生之慧解，而可屈指於七子之後，亦非過也。是爲序。寶曆丁丑春三月，醫官山直辰撰。"有"山直辰印""宗允"二印（鳳鳴山人書，有"鳳鳴""東西南北之人"二印）。

又《題言七則》"一，胡元瑞曰：'嘉隆並稱七子，要以一時製作，聲氣傅合耳。'近世坊刻有《七才子詩集》，特采七言律詩三百八十八首，其卷端開列'陳繼儒句解、李士安補註'者，行世久矣，序則贗作，注亦淺陋不足道也。別本有開列'茅坤、陳子龍選定，汪淇、汪洵訂正'者，又有開列'李廷機評註、黃士俊考正'者，編次皆與原本同，注或有增二三者，鹵莽尤甚。附會謬張，並署名家，令覽者眩於浮文，盡出於賈人射利已。乃今洒削舊解，嵌注句中，一句懸斷，不可疾讀，則坊間諸刊已行于世，何必此限。""一，舊注非一人手裁，援引無稽，不足論也。有精有粗，以非出一手故耳。讀

者辨其涇渭,則不妨依舊注;若其不能解了者,參以是編,更覺會心否?""一、舊注中人人習之,目漸而耳飫者,繁冗可厭,稍有奇僻,則缺之不注,亦何貴於句解乎?今特注某事,某事並出者,概不重錄。乃至舊注缺者,稍爲拈出,豈必强爲附會乎?其不及采入者標於上方。見聞阻狹,掛一漏萬,復恐類舊弊,博洽君子有正焉。""一、詩中郡縣邑里山川古跡,悉依《一統志》;如其時事,亦必有所據。又作地圖列於卷首,遠近之別,一覽在目。""一、原本收七子詩,有遺珠之憾,唯是賈豎非具眼者,固勿論已。然以其行世之久,不欲廢其舊,是編不復外索而參入者,爲此也。""一、諸本字有異同,其應改而無可疑者,則直書所改。涉於兩可者,不敢妄裁。余每思誤書,更是一適然,可謂不甚參訂者乎?""一、詩貴興象,在知其趣,安用此意解之爲?然昧事與辭,則茫乎不相屬,猶河漢而無極

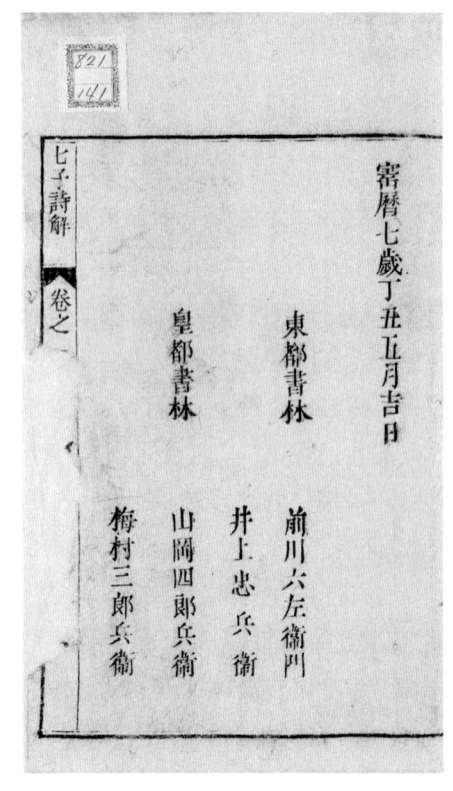

027-03

也。余與友人聚首藝苑,乃讀是編,以資談笑。若夫妙悟,在其人而不能隱者。"末署"東都井通熙識"。

又《明七子詩解目錄》:卷之一,李攀龍,56 首;卷之二,王世貞,70 首;卷之三,梁有譽,45 首;卷之四,謝榛,43 首;卷之五,徐中行,64 首;卷之六,吴國倫,67 首;卷之七,宗臣,47 首。

長澤規矩也《和刻本漢籍文集》總集篇第七輯收録是書,《解題》稱陳繼儒之序斷然爲贗作。

井通熙,即井上通熙、井上蘭臺(1705—1761),名通熙,字子叔,一字鍋助、縫殿、嘉膳,號璠菴、玩菴、蘭臺,通稱嘉膳。生於江户本鄉(現東京都文京區),爲幕府侍医井上玄存第三子。蘭臺爲林鳳岡弟子,岡山藩儒學者。著述甚富,有《馴象俗談》《左傳異名考》《老子經音義》《詩經古註》《山陽行録》《明七子詩解》《周易古註》《唐詩笑》《蘭臺先生遺稿》等。

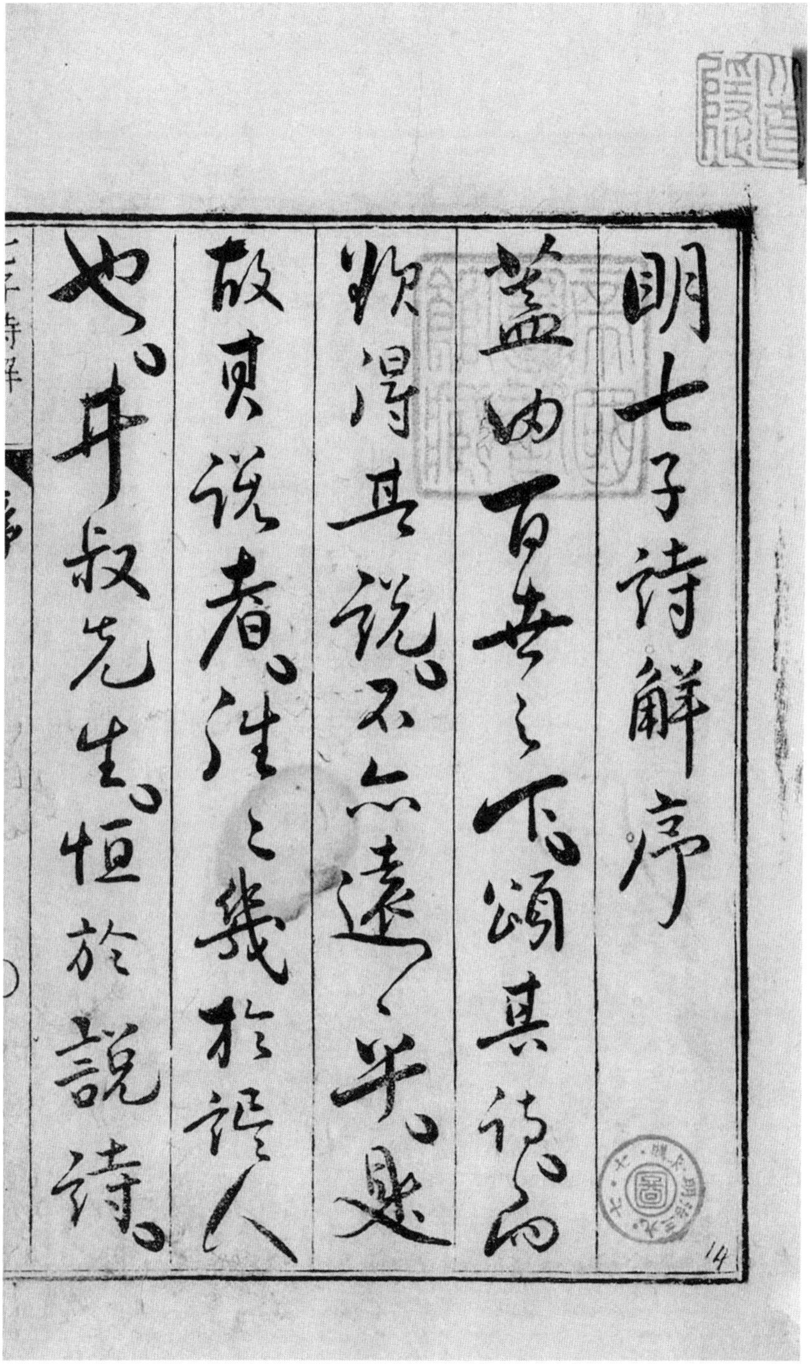

明七子詩解序

蓋詩百世之下頌其德而
頒得其說不亦遠乎矣
故頁說者性之幾於誣人
也丹叔先生恒於說詩

四家雋卷之一

信陽太宰純德夫　徂徠先生評選　門人平安服元喬子遷　同校

南總宇佐惠子迪　再校

序

送鄭尚書序　　韓退之

嶺之南其州七十其二隸嶺南節度府其四十餘分四府府各置帥然獨嶺南節度為大府大府始至四府必使其佐啟居問起謝守地不得即賀以為禮歲時必遣賀問致水土物大府帥或道過其府府

028　四家雋　六卷

荻生徂徠評選,太宰純、服元喬同校,南總宇惠再校。寶曆十一年(1761)餐霞館刊本,自藏。6冊。重裝,開本高廣 25.6 釐米×17.9 釐米,框連眉欄 21.6 釐米×14.4 釐米,眉欄小字錄評解,白口,四周單邊,半葉10行,行20字,版心鎸"四家雋卷之一",下鎸文體、頁數、"餐霞館"。

內封題:徂徠先生評選/四家雋/餐霞館。

卷首序一《四家雋序》云:"夫文章,六經以還,左氏、司馬、揚雄、班固則尚矣乎。後之學者莫得而閒然也已。抑獨及唐有韓柳,明有李王。蓋有爲韓柳左袒者,有爲李王扼腕者,而各以其黨傾奪,甚則至引繩排根,不附己者以不相容云。爲韓柳左袒也,曰嫌今唯古是尚,聯屬掌故,剽襲

028-02

陳語,取彼與此,斷長續短,絡繹往來,擬議以成,而一無出乎己者乎!刀割雜帛,緝綴以爲衣,縱五色斑斕,固非完幅如此,是猶或可以充兒輩舞戲之具已,豈如素錦之製,雖無甚文彩,純潔精好,乃可以備君子服御之用哉!其爲李王扼腕也,曰舍舊唯新是謀,任意立法,矢口造語,恣乎結撰,乏於續飾,直情徑行,意達輒已,而一無本於古者乎!斧斷樗櫟,剝樲以爲臺,縱有洒可賞,本是散材。無已,是其若可以使篷篠坐以要姜已,乃孰與柏梁之構?雖曰過高峻,端嚴壯麗,乃可以供王公燕群臣哉。吁,此豈必有所試焉?而後毀譽人者,蓋偏見之徒,辟於其所好惡,而不能深思之,漫生優劣於其間,而爲之軒輊者耳。蓋韓柳懲六朝靡麗之弊,欲以矯之也,則其勢不得不趨於達意矣;李王厭宋元鄙俚之失,欲以正之也,其風不得不反於修辭矣。故余恒言:韓柳、李王易地,則皆然者也。況李王之於韓柳,雖不用規矩而自其所創。如送

序等無不效焉,以優爲之也。猶韓柳之於古,雖盡易面目,而至諸體之區則率由以無所遺焉,則前修之所立,豈又有不可變者存歟?故余又恒言:韓柳效古爲韓柳者也,李王效韓柳爲李王者也,乃今要之鈞是冰青,其跡異耳,未見其有大徑庭,況優劣乎!且夫韓柳之專法時或修辭,與李王之主辭曾不舍法,蓋法非辭不達,辭非法不立,孰先孰後?又夫無論韓柳唯新是謀,而至有引以斷若證,則不能盡廢古,與李王唯古是尚,而至列時事、稱物名,則不免有犯。今即韓柳當經營時,苟有不便於自運,未嘗不踐前人之跡;李王於拮据際,苟有不利於祖述,未嘗不取自己之裁。則曰陳言務去,曰視古修辭,使大勢在已耳,何得盡如其所言乎?則亦唯何甚?徂徠先生有此選也,固謂文章左氏、司馬、揚雄、班固而後,與左氏、司馬、揚雄、班固千

028-03

歲而接踵以起,可以爲準則者,唯有韓柳、李王耳,而其意豈亦於斯乎?即先生故嘗爲韓柳而刻意之久,及得李王,爲拊髀,至曰:吾藉天之寵靈得讀之,不啻因是以知古文辭,又因是以得窺六經之旨。則其推之也,若於斯爲盛者。然而今此配列,以俱諸一籍也。如此其豈徒曰吾於韓柳勿失其爲故哉。然則其豈不曰效古未有似於韓柳者也,效韓柳未有似於李王者也?今之學者欲效韓柳乎?如韓柳之效古,欲效李王乎?如李王之效韓柳,夫然後爲善效矣,庶幾將有非韓柳而韓柳、非李王而李王者,出與韓柳若李王千歲而接踵以起也,亦猶韓柳、李王之於左氏、司馬、揚雄、班固乎?唯才所近,韓柳、李王奚擇焉。若或有曰:法於韓柳,辭於李王,修而兼用之,尚亦可以成一家者,則亦唯無偏無黨,不僭不濫,善渾化於形跡之外者,抑亦可以爲次矣。若夫徒事步趨,逐章隨句,拘焉以求其似者,即以爲韓柳、李王復生,韓柳、李王則可,已則不可,是蓋先生之所以有此選之意也,豈不循循然善誘哉?其亦可以覺偏見之徒矣。韓柳一埒,李王一埒,二埒各又自有封畛而不能無小異,則在讀者辨而明之、擇而取之矣,此不具論云。此書之出也,門人奉遺命者,其人不及卒業而逝矣,乃宇

君子迪氏傷先生之所選而將至湮没，重校加精，殺青初成，可謂能服勤先師、輔仁亡友者矣。後進承裕既喜此書之猶有其人、終以得出，又嘉宇君之於此書有興廢之勳，於是乎叨述先生所以有此選之意，以題其首如此，豈敢哉！謂先生復起，不易吾言也。唯其果能有非韓柳而韓柳、非李王而李王，若兼用以成一家者，出與韓柳、李王千歲而接踵以起也，亦猶韓柳、李王之於左氏、司馬、揚雄、班固，則此書在焉，揭日月而行於天下矣。余承裕謹撰。"有"余承裕印""子綽"二印。

序二《刻四家雋序》云："徂徠先生選韓退之、柳子厚、李于鱗、王元美四大家文評之，且句之乙之圈借讀附國字，詳備精密，以範蒙學也，豈翅範蒙學而已哉。先生嘗與人論文曰：六經辭也，法具在焉，西漢以上，以此其選也。降至六朝，辭弊而

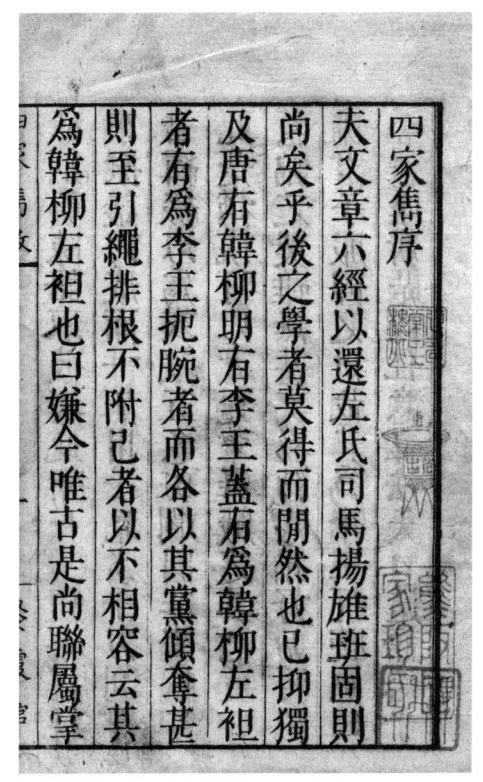

028-04

法病，唐韓柳二公倡古文，一取法於古，其紃辭者，矯六朝之習也。然非文章之道本然，故二公有時乎修辭，雖宋有歐蘇，其文以理勝，不必法，又不事修辭，故不取也。明李王二公倡古文辭，亦取法於古，其謂之古文辭者，尚辭也。主敘事，不喜議論，亦矯宋弊也。此其大較也。吾東方之文章，中古以來藤明衡《文粹》等所載，都紀、菅、江、橘、慶、藤野諸家，馳翰振藻，連世有人；表、奏、書、論、序、記、讚、銘衆體，程才效伎，各法起趣，荆玉隨珠，家家握之，誠可謂盛矣。雖然，當此之時，吾通使李唐，博士從行，咸學於彼土而歸，文辭亦承其風，專事排偶，特工於四六體已，不能超乘而上焉。保平之際，京師大亂，皇綱解紐。自時厥後，强霸迭興，武斷以治，文雅道息，凡數百年矣。迨於國家始興，學術大行，豪傑並出，累朝不乏人，著作日多，亦非不盛也。然文章之道未融，宋元之弊，塗人耳目，曾不能特起拔出者，亦且百年矣。至徂徠先生興倡古文辭，舊染盡去，古業日新，才子雲從，海内風靡。其所施教，六經十三家之外，唯四家而已。故於四家選其雋者，以示法則，操觚之士由是以進，不迷岐路，不蹈荆棘，各極其才之所至，而與古人爲徒，豈不媮快乎？然則斯編之出也，足以一

洗東方舊來之陋習也，豈翅爲文章而已哉？先生之言曰：讀李王二家書，始識有古文辭，於是取六經而讀之，稍稍得物與名合矣。物與名合，而後訓詁始明，六經可得而言焉。又曰：李王用力於文章，予藉其學以得窺經術，故俾從游之士學二公之業者，亦以其所驗教之也。學者體先生之意，復古之業，其何事不濟？李王之文，不可不讀焉。故予於斯編，不欲獨與吾黨之士私秘諸帳中，而欲公諸世久矣。或謂予曰：雋得評語，更增光輝，唯憾李王至半而止，子盍繼而就之？予對曰：先生抱命世之資，學無所不窺，窺則必窮其奧。積年之所勤蓄，疑殆多矣。中歲大有所得，忽袪舊習，新發見識，歷代諸儒不及知者，先生獨有之，因有所著述。天不假之年，屬稿未脫者頗多矣，斯編亦不卒業。至如評語，雖一時取諸臆發之，而人未易遽見者亦不少矣。且筆隨

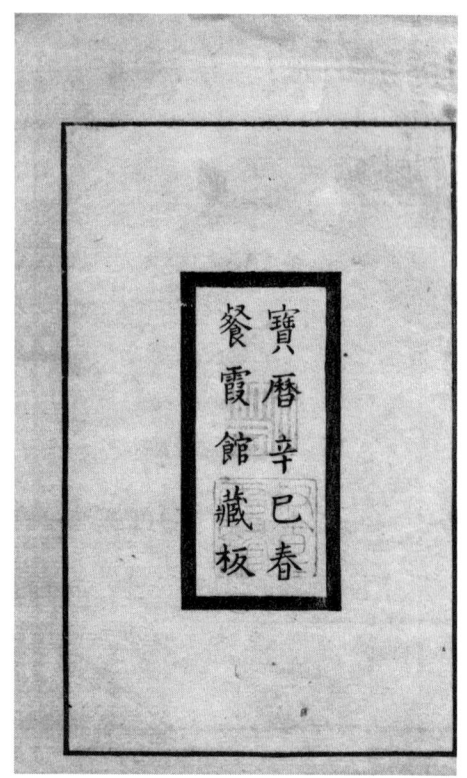

028-05

意縱橫，勃勃有生氣，可謂妙矣。南郭服子遷雖親受遺囑，不敢繼之，以不可輕爲也。若今以狗尾續貂，寧不慚形穢乎？且予有說焉：學問之道，自得爲上，先生既成半，詳備明鬯，無復餘蘊矣。學者以此爲舉一隅而示之，得趣而推之，觸類而長之，思過半矣。是反三隅以得之也，其益弘多矣。雖無評，猶如有也，何患乎其未備成也。然後益知先生之讀書，眼光透紙背矣。末卷未下手者三十餘篇，今句之乙之悉遵先生之例，且斯編先輩雖校一過而已矣，不盡講究也。今與所善井考甫咸就本集讎校，及句讀發音，遺者補之，誤者改之，凡數回矣。雖然，校書譬之拂几上塵，何謂斯編得我而後成也。若尚有遺漏，後之君子補正之可也。寶曆辛巳季夏之日雲藩文學宇惠謹撰。"有"宇惠之印""子迪"二印。

次《雋例六則》云："一、斯集爲蒙學設也。斯方數百年來，敎童子句讀，六經竣，輒授以《眞寶》，迺賈人所輯錄，豈足以備藝文、施諸皷篋哉？蓋室町氏之世，闇名不文，儒者失其官，而浮屠膺《皇華》之選，一時獲諸吳門之市，乃眩其名，而實以爲藝苑琳琅，攜歸享之千金者，遂被於流俗，爲學者矜式。近世儒宗巨擘，亦皆緣其徒來歸，

童習白紛，漫不之省，猶曰《真寶》真寶，或爲之疏鈔，熒惑學者，何其陋也。雖有俊民習其燥髮所受，終身奉之，如天球拱璧，悲哉！今閱其書，玉石並收，魚目之淆珠，是則亡論已。大氐學文章，識體爲先。迺如《漁父》，騷也，而謂之辭；《北山移文》，移也；《吊古戰場文》，吊文也，而概謂之文。《讀孟嘗君傳》，讀也，而列之傳；《原人》《原道》，論也，而別立原。夫體且不識，尚何問選？賈人作之，浮屠倡之，儼然列諸庠序，課程童蒙，以塗其耳目；甚者摘其註中謬誤者，巧爲之故，隱之帳中，以求重其糈。昇平百年，駸駸鄉化，而世尚乏能文之士者，是其故未必不職由焉。近年一二大師，頗覺其非是，則有代以謝氏《軌範》者。是固名儒所纂錄，然其書本以便舉業。舉業主論策，故其選主議論，而不及敘事也。夫文章之

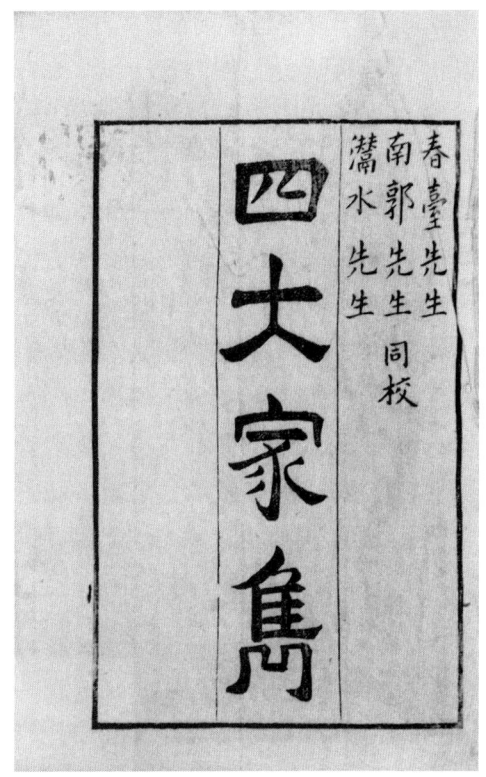

028-06　內閣文庫藏本

道，闕一不可矣。且舉子單身，經涉數百千里，勢不得多齎書，而取足一二部。故其載《史》《漢》諸雋篇者，亦便旅途耳。它如《正宗》必讀諸集，或旁節及《左》《國》《莊》《列》者，皆爲是故也。今在此方，舉業非所須，遊學非所尚，而《左》《國》《史》《漢》，豈可諉此而不寓目全書乎？故凡此諸集，皆屬無用矣。按六經十三家，萬世不朽之言，文章本業，外此而無有焉。文章之體，具于《文選》。然六朝之靡，韓柳以理勝之，別開門戶；宋元之弊，李王以辭勝之，復古之業始備。雖復歷千載，唯此四家，爲作文之規矩準繩也，故特拔雋。其集中以授句讀、範蒙學，塗轍一定，聰明以生，繇是而往，六經十三家，庶可得而學焉，是余選錄之意也。

"一，唐稱韓柳，宋稱歐蘇，而今所以不取歐蘇者，以宋調也。宋之失，易而冗，其究必至於註疏而謂之文矣，是李王之所以痛心也。且歐非韓柳伍也。秖緣識韓者，歐實先鳴，且其文優游不迫，類有道者態，故人多賞諸，亦宋襄之霸耳，何足貴哉？子瞻誠仙才，筆隨意到，縱橫唯嚮，所以妙也，是特其才爾。蓋二氏之法，韓柳具是，學者苟得其法，雖無二氏可也。夫大匠授人以規矩，不能使人巧。今置其法弗問而欲

學其巧,其不以傷指者幾希。是予之雋所以止于韓柳也。世又有加以二蘇、安石、南豐,稱之'八大家'者,是茅坤之私言也。世稱'三蘇'者,以其父子聯芳,一時歆羨者辭爾,豈匹儔哉?半山雖鏘鏗,要爲小家。至於曾,則本不敢望王與洵、轍,何況永叔、子瞻乎?及於朱考亭一稱之,王遵巖再稱之,而後人或采焉。是其意豈以諸家之文,筋露骨高,而王迺多肉,故欲劑二者適之中邪?是俗見耳。其少肉者,以不修辭也。計不出于此,而徒事調劑,宜乎世俗之賞韓幹也。且茅坤之抄,所主在舉業與奏議,皆所以趨時好也。時之與道相汙隆,有時乎帝,有時乎輿儓,豈不朽之謂乎?鄉者予社中多尚李王,有一先生難之,曰:'學七才子,不如學八大家。大家之稱,豈才子比哉?'予聞之,笑曰:'曾謂茅坤之言爲律令乎?世之眩《真寶》之名者,滔滔哉!'

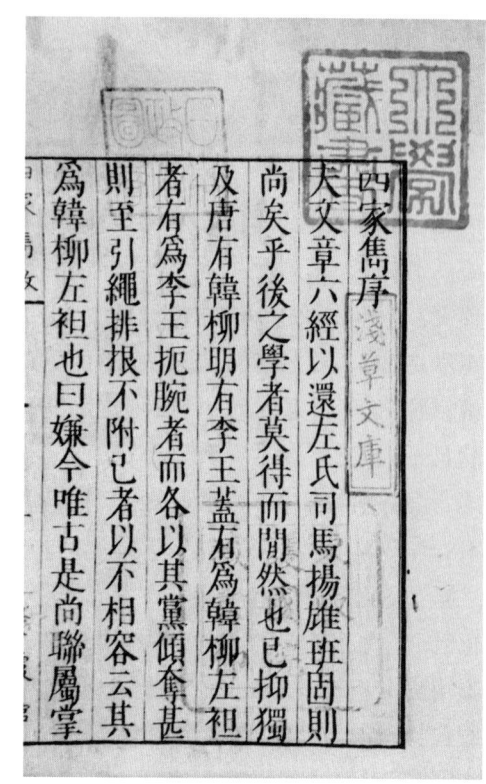

028-07　內閣文庫藏本

"一、滄溟、弇州,屢稱北地,亦以其首倡也。其實能勝流俗,爲嘉、萬嚆矢是耳。必求其爲規矩準繩,後學者迺在嘉、萬二子,故弗取也。汪伯玉能得二子之心,而不沿其門牆,可謂豪傑士矣。然文少變化,千篇如一,故亦不取也。蓋滄溟全不用韓柳法,弇州非不用之,迺修辭以勝之,唯修辭復古,是二子之所以異於韓柳也。

"一、漢以後無騷,魏以後無賦,之二者皆具《文選》;詔、册、表、啓、檄、箴、銘、頌之類,亦皆具《文選》。後世雖有作者,莫能創異,故此集不列。韓《佛骨表》《祭十二郎文》《鱷魚文》最著,然非以文,故不取。柳《梓人傳》失體,《河間傳》雖佳,非所以敦蒙士,故皆不取。弇州《短長説》《錦衣》《中官》《北虜》《哈密》諸志,皆得西京髓,然篇甚長者,率皆不錄。大抵韓柳雋,不盈百而盡,李王則否,以其富也。

"一、學文章要識法,故今勾畫其傍,而書概略于上,亦唯爲蒙士啓發一二爾。如其紗處,豈可傳乎哉?且一時取諸臆,而不必深考諸家,必當有相出入齟齬者,得魚忘筌,其勿拘拘哉!

"一、發四聲爲讀書先務,而此方忽諸,可謂鹵莽之甚。故今特點其異讀者,以便蒙士。物茂卿識。"

次爲《四家雋目錄》。卷之一(韓柳):序20篇,記15篇,傳2篇,碑8篇,墓志8篇;卷之二(韓柳):論4篇,辨2篇,解3篇,説3篇,祭文3篇,啓1篇,狀2篇,書26篇;卷之三(李王):序34篇;卷之四(李王):序26篇,記16篇;卷之五(李王):傳7篇,墓志銘表9篇,碑3篇,頌1篇,行狀2篇,贊4篇,祭文5篇;卷之六(李王):策2篇,論5篇,辨4篇,解1篇,雜文8篇,書牘16篇。

第一册卷端大題"四家雋卷之一",後署"徂徠先生評選、門人信陽太宰純德夫、平安服元喬子遷同校,南總宇惠子迪再校"。

卷末《刊四家雋跋》云:"物夫子之

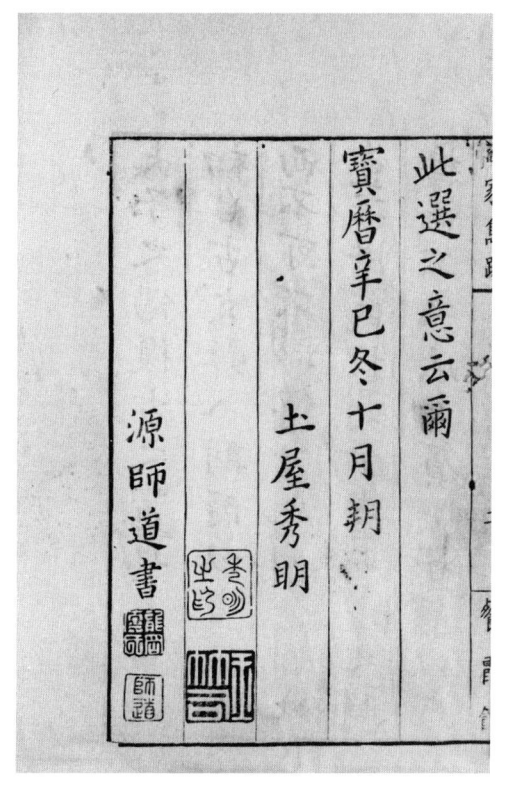

028-08　内閣文庫藏本

選四家雋也,蓋亦復古之一舉已。而知之者秘諸帳中而不出,不知者致之覆瓿而不顧。夫勿論不知者之致之覆瓿而不顧,即知之者秘諸帳中而不出,則其不傳也一矣,豈不所謂賢者過之、愚者不及者乎?二者皆失矣。是其所以夫子没三十年於今,而猶未公於世也。夫子之倡復古之業也,蓋曰其初自古文辭入,則所以有此選而不可不以傳者也。而今如此,豈不惜哉!於是余處二者之間,梓而公之,庶不負夫子所以有此選之意云爾。寶曆辛巳冬十月朔土屋秀明,源師道書。"有"秀明之印""玉笥""龍岡源氏""師道"四印。

卷末牌記:"寶曆辛巳春/餐霞館藏板"。

余承裕,即大内熊耳(1697—1776),字子綽,熊耳其號,陸奥國人。江户中期儒學者、詩文家。仕岡崎藩、唐津藩。徂徠門下七才子之一,尤工修古文辭,時人以爲當時之于鱗。推尊南郭,以先生稱之,南郭亦屢稱其文章。著有《明四先生文範》《作文一班》《熊耳先生文集》等。

太宰純,即太宰春臺(1680—1747),名純,字德夫,號春臺、紫芝園等,信濃國(長野縣)人。江戶中期儒學者，荻生徂徠門人。著有《經濟錄》《聖學問答》《弁道書》《三王外紀》等。

南總宇惠，即宇佐美灊水（1710—1776），名惠，字子迪，灊水其號，上總國夷隅郡（千葉縣）人。江戶中期儒學者，荻生徂徠門人。著有《輔儲論》《聖教類語和解》等。

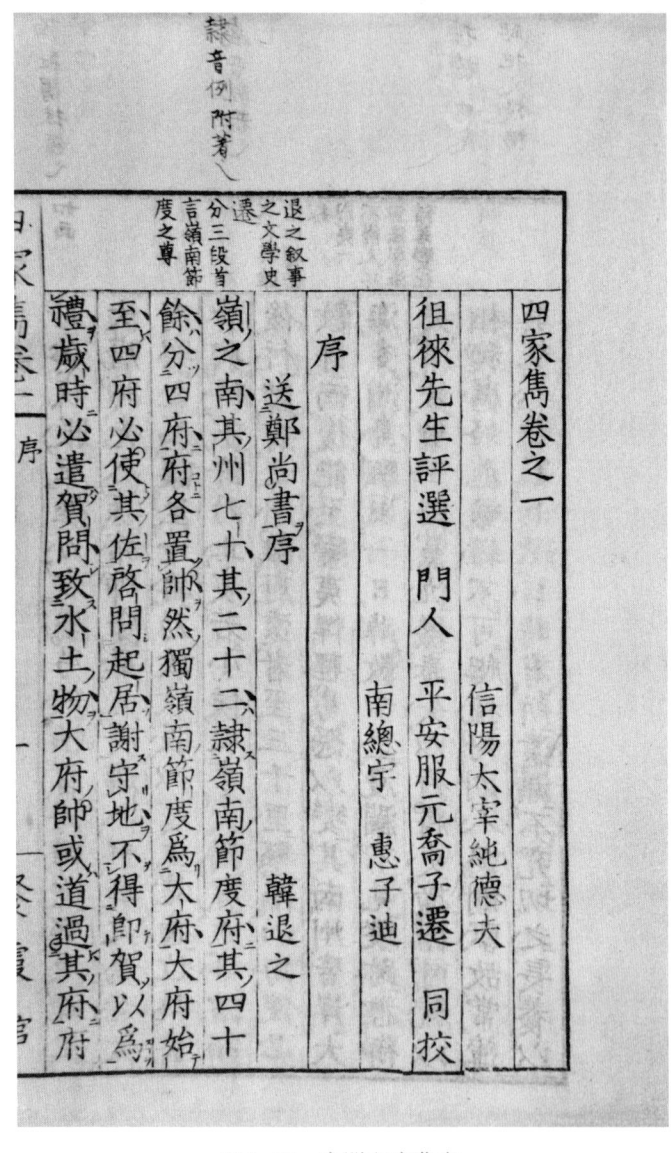

028-09　內閣文庫藏本

刊四家雋跋

物夫子之選四家雋也蓋六復
古之一舉已而知之者秘諸帳
中而不出不知者致之覆瓿而
不顧夫勿論不知者之致之覆

028-10　内閣文庫藏本

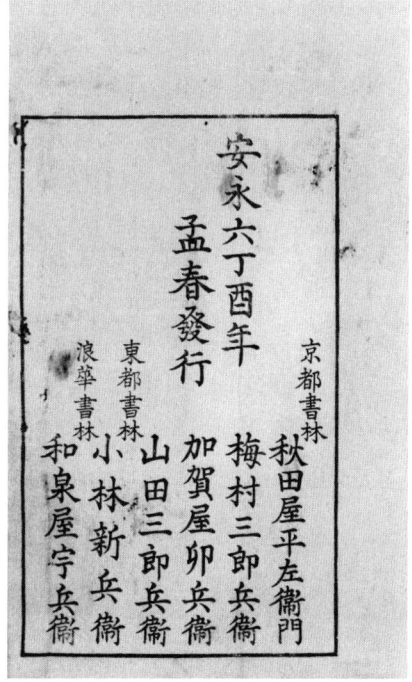

安永六丁酉年
孟春發行

京都書林　秋田屋平左衛門
　　　　　梅村三郎兵衛
　　　　　加賀屋卯兵衛
東都書林　山田三郎兵衛
浪華書林　小林新兵衛
　　　　　和泉屋宇兵衛

028-11　内閣文庫藏本

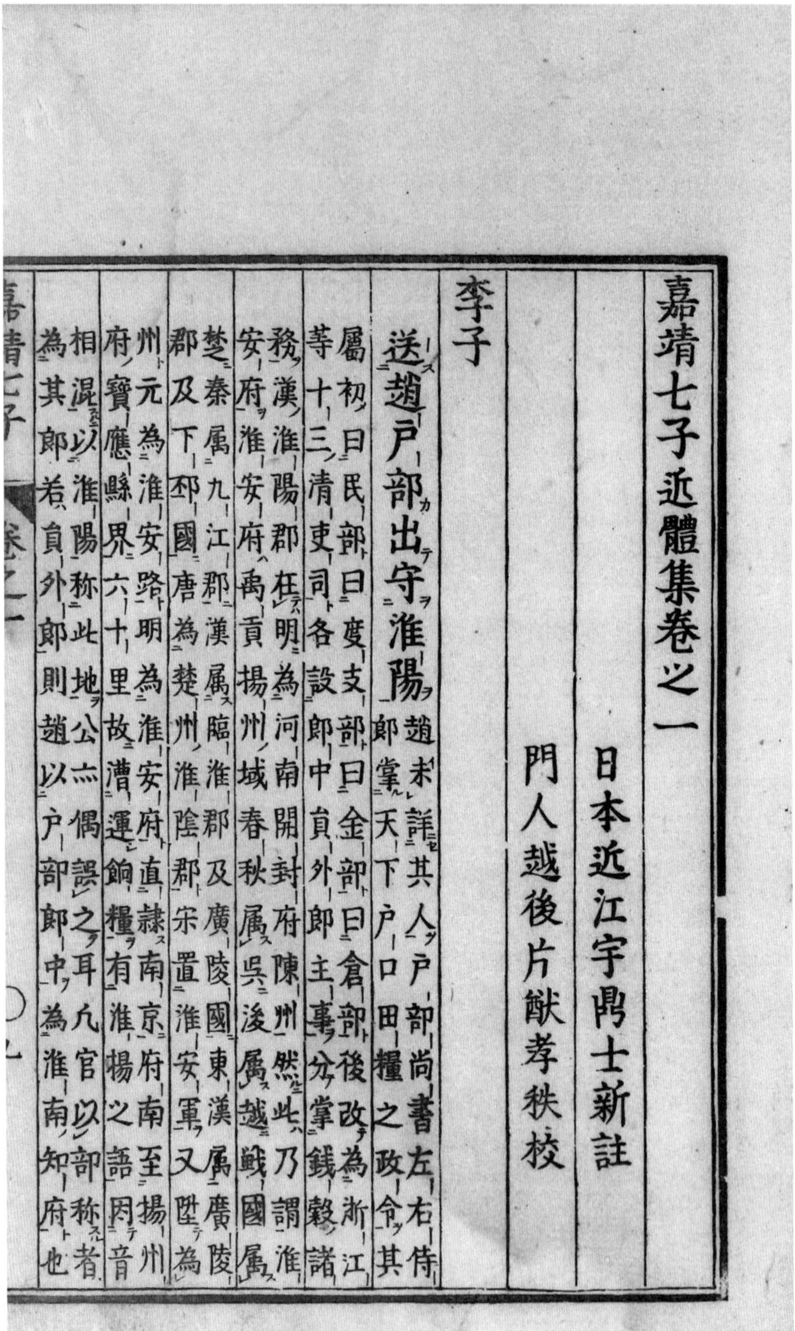

嘉靖七子近體集卷之一

日本近江宇喦士新註

門人越後片猷孝秩校

李子

送趙戸部出守淮陽

趙求詳其人戸部尚書左右侍
郎掌天下戸口田糧之政令其
屬初曰民部曰度支部曰金部曰倉部後改爲浙江
等十三清吏司各設郎中員外郎主事分掌錢穀諸
務漢淮陽郡在明爲河南開封府陳州然此乃謂淮
安府淮安府禹貢揚州域春秋屬吳後屬越戰國屬
楚秦屬九江郡漢屬臨淮郡及廣陵國東漢屬廣陵
郡及下邳國唐爲楚州宋置淮安軍又陞爲
府州元爲淮安路明爲淮安府直隸南京府南至揚州
府寶應縣界六十里故漕運有淮揚之語因音
相混以淮陽稱此地公以偶誤之耳九官以部稱者
爲其郎若員外郎則趙以戸部郎中爲淮南知府也

029　嘉靖七子近體集　二卷

宇野明霞註。寶曆十一年（1761）序刊本，京都大學文學部圖書館藏。2冊。開本高廣 27.2 釐米×18.0 釐米，內框 20.2 釐米×14.7 釐米，四周雙邊，白口，單魚尾，有欄線，半葉 10 行，行 21 字，小字雙行同，版心上刻"嘉靖七子"，魚尾下刻卷次、頁數。

卷端大題"嘉靖七子近體集卷之一"，下署"日本近江宇鼎士新註，門人越後片猷孝秩校"。內封題："宇士新先生著／明七子近體詩／皇都書林桐華軒、壽德堂、白玉房合刻。"卷末題"寶曆壬午春三月刻，平安書肆，二条通寺町西ヘ入ル町、山岡四郎兵衛、寺町通松原下ル町、梅村三郎兵衛、寺町通五条上ル町、井上忠兵衛。"

029-02

卷首序云："世有《明七子詩集》而不一選者，以余所睹，茅鹿門者頗可信也。其言曰'巡閩使馬君羅彙諸製而翰史李君校編'云，因想當時書賈竊見七子近體聲價藉甚，曰奇貨可居，乃私就馬氏選中抄出茲編，刊以募時好也。其不解茅氏序意，載以爲衒觀，自是市人故態可見已。然以其物果然世珍爲有識，且賤且玩，竟使蚩蚩者爭效龍斷，是其偽刊歲增，卑陋倍他日之以也。夫惟明之代元，變夷復夏，濟濟多士以興，郁乎文哉！嘉隆之際，於斯爲盛，際之盛唐，又何難焉？今其嘉靖也，方是時，李、王二子方軌乎中原，臭味偶合，神交冥契，功則桓文而盟。同壇梁、徐、吳、宗之輩，足以上人而從之，其意以爲與其秦、楚於彼，寧魯、衛於此？獨茂秦以布衣周遭其間，亦一敵國哉！則嘉靖之盛，七子於茲焉。今其七子也，詩之有古今也，人耶天耶？抑其勢則然矣。《詩》云：'天生蒸民，有物有則。'蓋醇者全乎天，自有其則；巧者詳乎人，求全於法。天也者，古法也者，近於斯乎？四聲八病之說興，終肇基於唐，而近體則極矣,七言八句是已。既曰極矣,故齊整嚴密,不全於法,則不取作者爲難。今其近體也,蓋法之全者。七子之所幾乎盛唐而精之精者,選者之所知七子也。乃媲其美者,抑茲集非耶?假令謂馬氏曰:自就己選中拔其萃云爾,則舍此其孰取?如夫多經僞手,不逢其原,不定選者,又曷害焉?今宇士新先生取之,改題曰'嘉靖七子近體集',蓋以其美之媲云。原本有註,疏謬無取。且夫李子於詩,擬議變化,日新富有,即其所自道也,是以說者若稽古而昧於今,知易之易而不知易之,於焉足以窺李子之富乎?先生有見於此,一事一言,必徵諸古、比諸今,博以覈之,約以說之。說之不約,則露而易索;覈之不博,則固而難達。不露不固,吾於宇先生乎得之。惜乎,餘六子未及成而歿也!雖然,由此編以討,則思過半矣。先

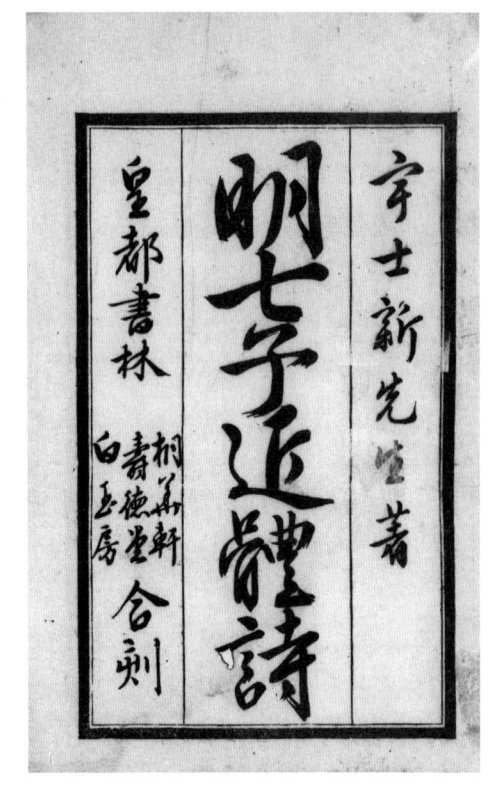

029-03

梓而行之,不亦可乎?寶曆辛巳正月,越後片猷謹撰。"後有"片猷之印""孝秩"二印。

宇野明霞(1698—1745),名鼎,字士新,通稱三平。江户中期儒學者(折衷學派)。著有《論語考》《左傳考》《詩語解》《文語解》《詩家推敲》《名公四序評》等。

片猷孝秩,即片山北海(1723—1790),名猷,字孝秩,通稱忠藏,號北海。越後國(今新潟縣)人。江户中期儒者,漢詩人,宇野明霞門人,著有《北海文集》《北海詩集》等。

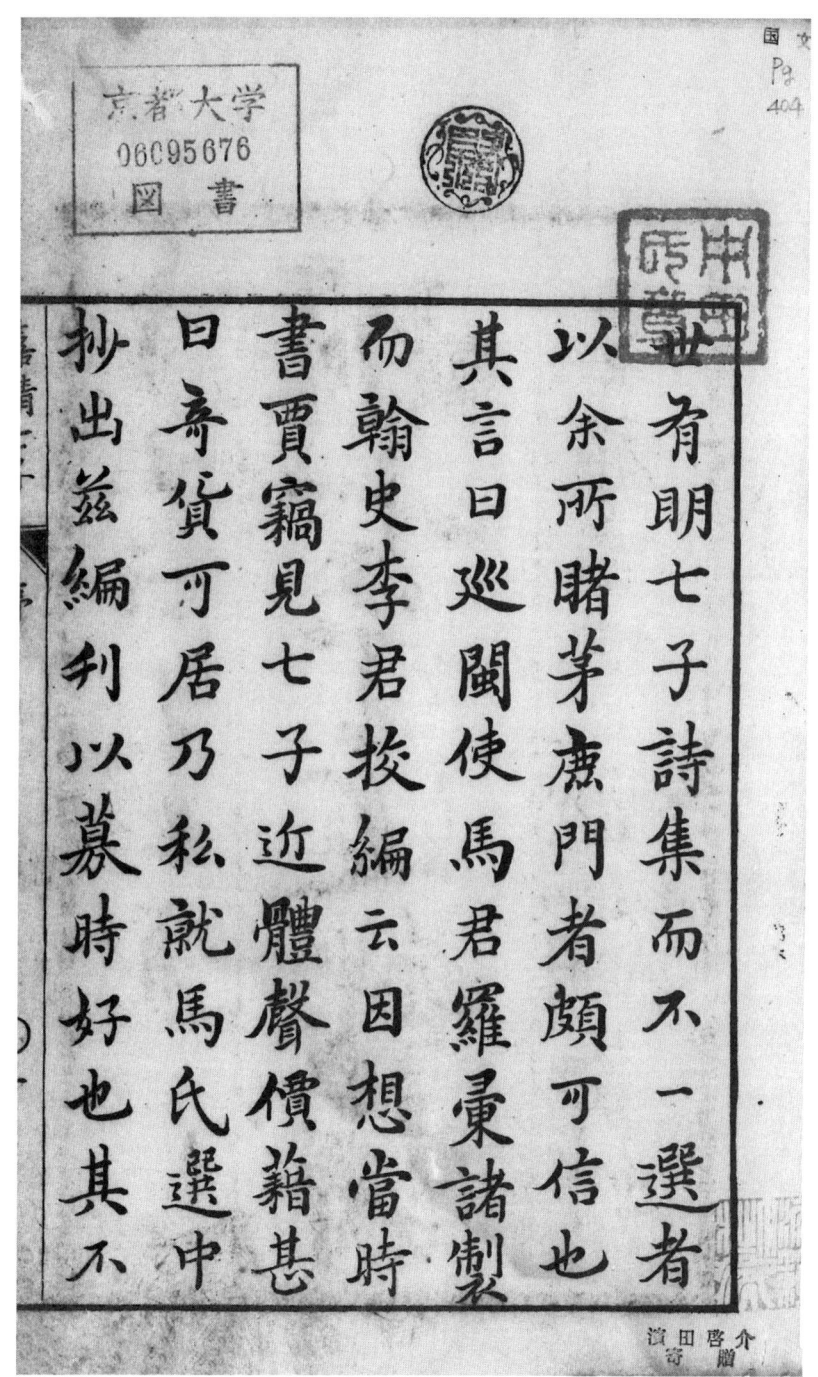

有明七子詩集而不一選者以余所睹芧廡門者頗可信也其言曰巡閩使馬君羅彙諸製而翰史李君挍編云因想當時書賈竊見七子近體聲價藉甚曰奇貨可居乃私就馬氏選中抄出茲編刊以慕時好也其不

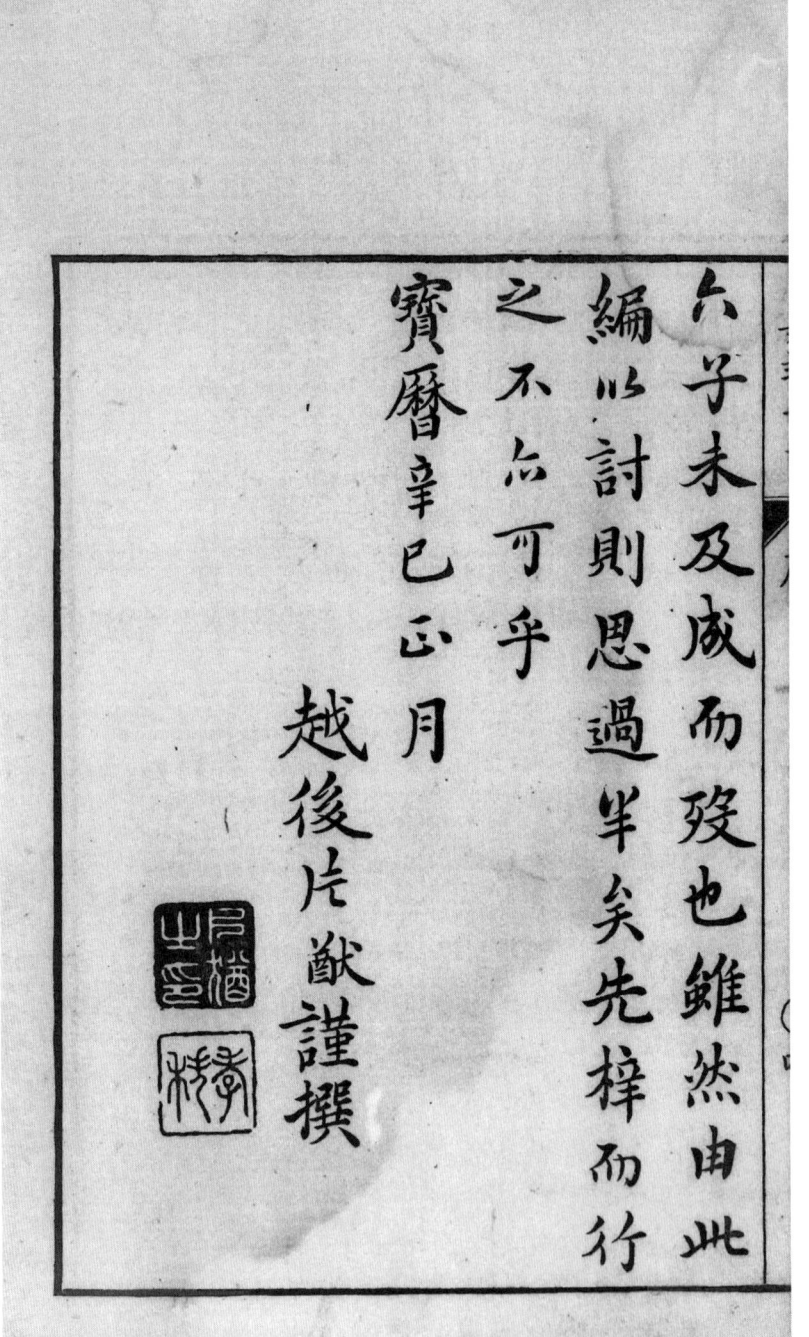

六子未及成而歿也雖然由此
編以討則思過半矣先梓而行
之不亦可乎
寶曆辛巳正月
　　　越後片猷謹撰

嘉靖七子近體集卷之二 終

寶曆壬午春三月刻　平安書肆

二条通寺町西ヘ入町
山岡四郎兵衛
寺町通松原下町
梅村三郎兵衛
寺町通五条上ル町
井上忠兵衛

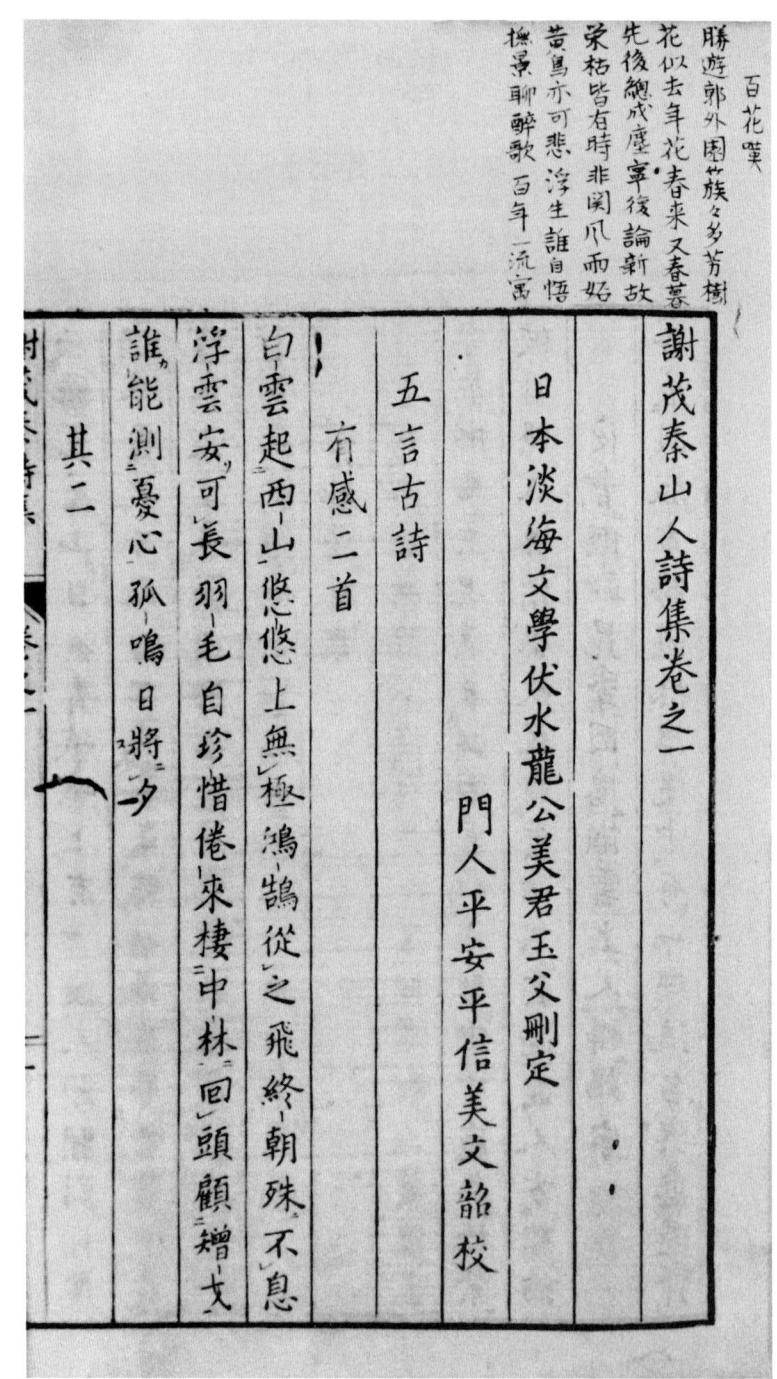

謝茂秦山人詩集卷之一

日本淡海文學伏水龍公美君玉父刪定

門人平安平信美文韶校

五言古詩

有感二首

白雲起西山悠悠上無極鴻鵠從之飛終朝殊不息
浮雲安可長羽毛自珍惜倦來棲中林回頭顧矰弋
誰能測憂心孤鳴日將夕

其二

百花嘆

勝遊郭外園花簇簇多芳樹花似去年花春來又春暮
先後總成塵寧論新故榮枯皆有時非關風雨妒
黃鳥亦可悲浮生誰自悟撫景聊醉歌百年一流寓

030　謝茂秦山人詩集　五卷首一卷

龍公美編，平信美校。寶曆十年（1760）序刊本，內閣文庫藏。3 冊。開本高廣26.4釐米×18 釐米，內框 20 釐米×14釐米，四周單邊，白口，單魚尾，半葉 10 行，行 20 字，版心上刻"謝茂秦詩集"，魚尾下刻卷數、頁數。

封面有"昌平坂學問所""番外書冊"方章，內封題："草廬先生選定/謝茂秦詩集/皇都書林竹苞樓、興文閣全繡。"卷末刊記："四溟山人全集副出/寶曆十二壬午年二月/平安書肆　佐佐木總四郎、小川源兵衛。"

卷首序一《謝山人詩集序》云："蓋詩之與世污隆也，辟諸草木，交有榮枯矣。夫周《詩》以興，楚《騷》以續，即如松之茂，如竹之苞矣。漢創體五言，而魏而晉，其間葉落花開，不亡幾代謝也。至六朝，萎靡極矣，亦唯氣運之所使乎？乃千載而有

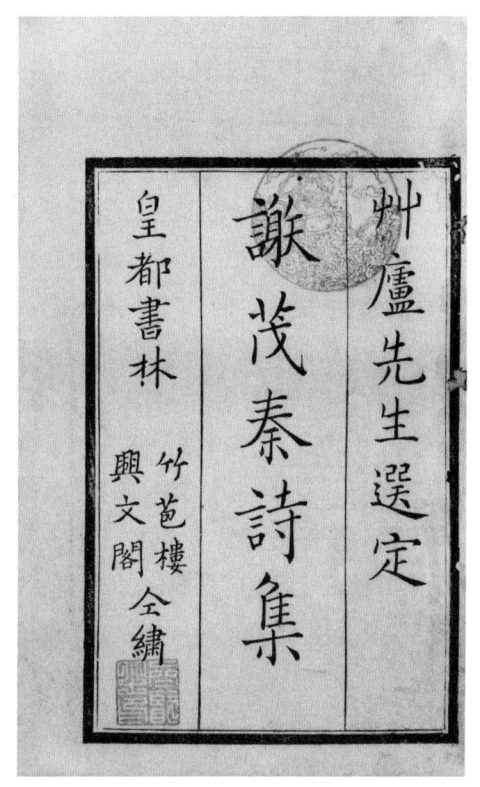

030-02

唐。唐之為詩也，超於漢魏，溯於《三百》，聲律體裁大全大備矣。乃王、楊、盧、駱、李、杜、高、岑，若江寧、襄陽，若摩詰、光羲，左提右攜，超乘而出。嗚呼！斯道之有人也，於斯為盛，宛是韶光二三月，融合之氣，浹洽於覆載，李惟白，桃惟紅，百花千芳，爛漫馥郁，而爭色鬥妍之時也哉！然二十四番陣陣之風，花信弗久，芳香次第銷歇，中晚漸下，不復振焉。至於五季之亂，夷狄猾夏，胡風澶於世。而後宋則失，元則微，即搖落變衰之秋，歲寒霜雪之候也。朱明之起也，文運大闡，奎壁揚芒。當斯時，劉伯溫、林子羽輩發其端，亡何，李夢陽龍驤北地，何景明虎視信陽，遞含芳咀華，大雅之音其庶幾乎！逮於嘉、隆七子，則其盡美極巧也，蔚然森然，不可尚已。即殆乎頡頏開、天初盛之後，獨斯時為最矣，可謂陽春再回上林之枝，宜春之華燁燁並開，錦繡不如也。若夫公安之體起也，其西風新動，梧墜荷敗之日哉！亦唯氣運之所使乎？

末如之何而已矣。蓋詩之與世污隆也,似萬木或有榮枯,不其然乎?謝山人茂秦在彼七子之社,獨執牛耳於騷壇。李于鱗、王元美次之。後有于鱗恥己以軒冕在彼布衣之下,貽書絕交。王元美輩黨于鱗,力相排擠,削其名於七子之列。《明史》所載,彰彰可以徵焉。顧是王、李等妒其詩之不及於山人,而有所棄耶。鄙矣哉!十目所視,不可揜焉。向吾邦一二詩豪蓋知七子作之,而以爲于鱗其魁也,乃盛稱之,於是乎世之耳食之徒,雷同人之言,動輒以爲王、李之外,更無其人,悲夫!予也雖不敏,而癖於詩者三十年一日矣,頗似有所得也。嘗獲山人之集誦之,重其复出王、李二子之上,以尸祝焉。胡爲阿所好?予唯擇其善者而從之耳。屬日,有圖梓其集者,予乃刪定以授之。又序夫詩之與世污隆,猶萬木榮枯者,且述山人所以冠于

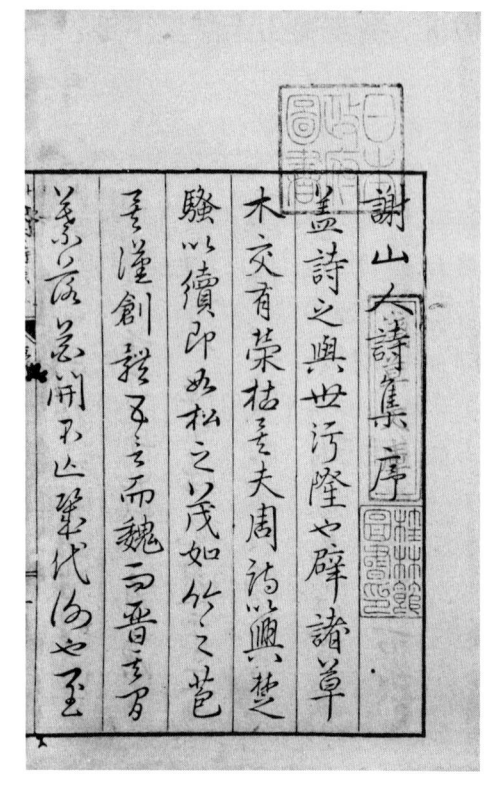

030-03

七子,以爲吾邦耳食雷同者告焉。皇和寶曆庚辰花朝,彥根儒官伏水龍公美撰並書。"其後有"龍公美印""君玉一字子明"二印。

序二《四溟旅人詩敘》,題"大明太祖八世孫趙王枕易道人撰",末署"嘉靖丁未冬十一月日南至"。序三《續刻謝茂秦全集序》,題"趙王恒易道人撰",末署"時在萬曆丙申夏五月之吉"。序四《謝四溟詩序》,末署"嘉靖庚戌春,東郡蘇祐"。序五《刻謝茂秦詩序》,末署"賜進士第河南按察司僉事安肅邢雲路士登甫撰"。卷尾有《續刻謝茂秦全集跋》,末署"萬曆式十三年孟冬朔旦朝議大夫河南布政司分守河北道左參議前進士禮部郎中蒲坡張泰征謹跋";《謝山人全集跋》,末署"長史司右長史東郡蘇濬"。又平信美跋云:"吾伏水先生於詩也,才識淵淵不可測焉。私思其志,在於淵明、太白之神境邪?明詩素所不屑也,然姑從時好,有取李、何七子,而特愛大復、四溟二公焉。信美薄劣,胡知先生所以特愛之故乎?《四溟集》刻成,以先生命校之,記以歲月。日本寶曆辛巳冬至,平安平信美跋。"有"平信美印""文韶"二印。

是書第一册,序、卷一;第二册,卷二、卷三;第三册,卷四、卷五。卷一,五言古

詩、七言古體；卷二，五言律詩；卷三，七言律詩；卷四，五言排律、七言排律；卷五，五言絕句、七言絕句。

謝榛（1495—1575），字茂秦，號四溟山人，東昌府臨清人。通行別集有《四溟山人全集》24卷，明萬曆二十四年（1600）序刻本。其中前20卷詩集，計2300餘首。《謝茂秦山人詩集》即據《四溟山人全集》編刻，另有寶曆十二年京都鷦鷯惣四郎後印本。

龍公美，即龍草廬（1714—1792），字君玉、號草廬、竹隱、松菊主人、吳竹翁等。京都人，江戶後期儒學者，漢詩人。慕荻生徂徠、太宰春臺之學，師從宇野明霞。曾爲彥根藩儒官，後歸東京，專心著述。龍氏能詩，善書畫，創立幽蘭詩社。著有《草廬集》七編三十六卷。

平信美，字文韶，龍公美門人。

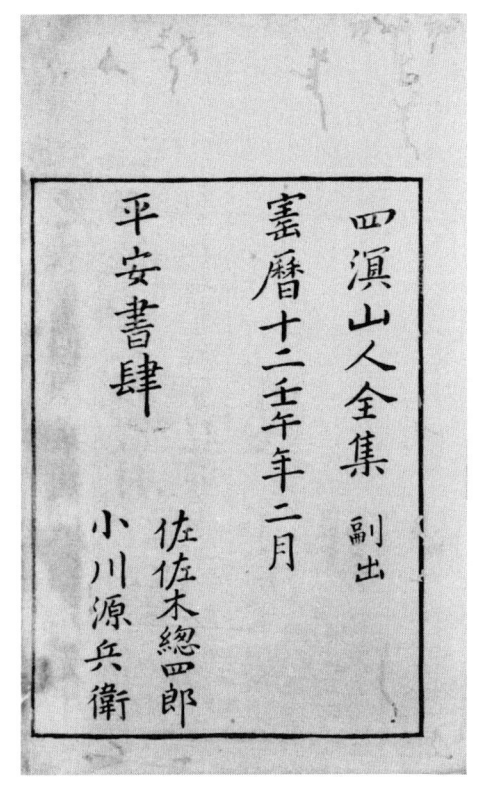

030-04

此本卷首《四溟旅人詩序》《續刻謝茂秦全集序》《謝四溟詩序》《刻謝茂秦詩序》，卷尾《續刻謝茂秦全集跋》《謝山人全集跋》，與萬曆二十年（1596）趙府冰玉堂刊刻《四溟山人全集》本相同，表明此本乃是據《四溟山人全集》本擇選。《四溟山人全集》卷二十一至二十四即《詩家直説》，龍公美、平信美等對謝榛詩學亦當熟知。

030-05　日本奈良博物館藏板

謝茂秦山人詩集

030-06　日本奈良博物館藏板

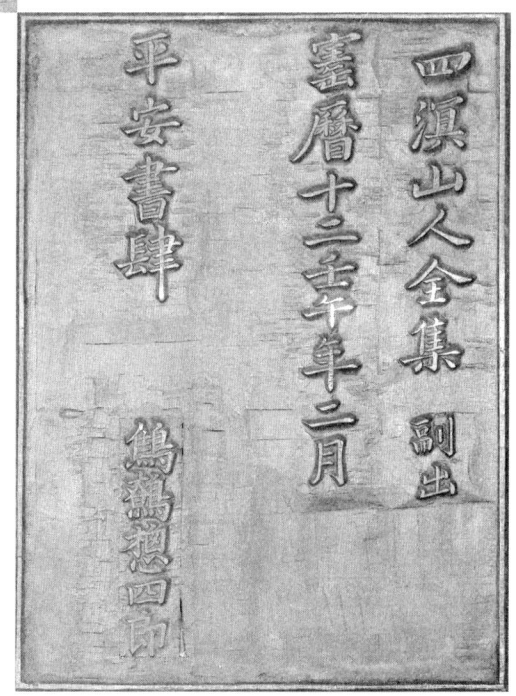

030-07　日本奈良博物館藏板

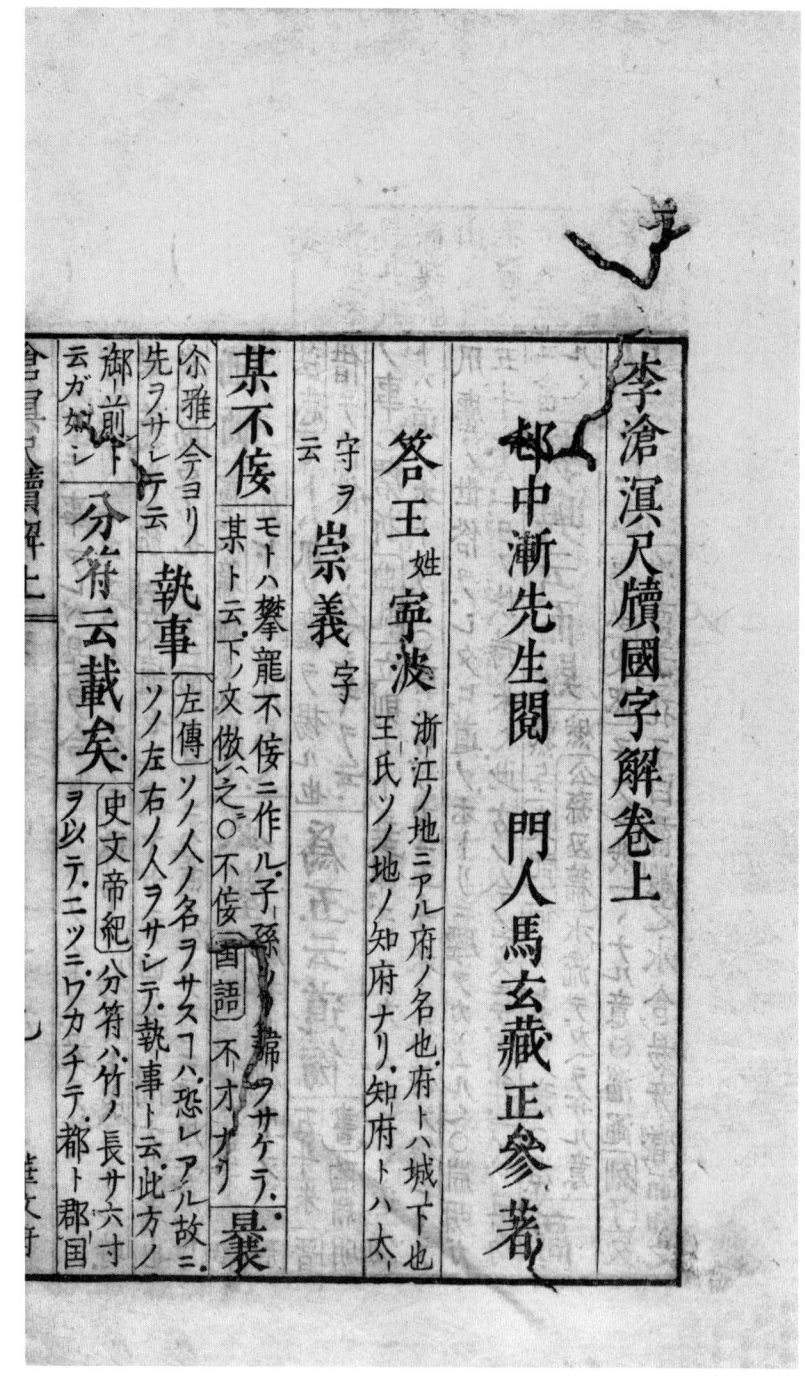

031　李滄溟尺牘國字解　三卷

篠蘭籬著。明和二年(1765)序刊本。自藏。3 册。開本高廣 26 釐米×18 釐米，內框 18.5 釐米×13.6釐米，四周單邊，白口，無魚尾，有欄線，半葉 8 行，行 16 字，小字雙行字數不等。

內封題："邨中漸先生閱，門人馬玄藏正參著/滄溟尺牘國字解　全部三册/皇都書坊　華文軒、向榮堂、榮華堂、靈菁軒/仝刻。"卷端大題"李滄溟尺牘國字解卷上"，下署"邨中漸先生閱，門人馬玄藏正參著"，版心上刻"滄溟尺牘解上"，下刻頁數、"華文軒"。正文上有眉批。卷末題識云："向ニ《滄溟尺牘便覽》ノ小册アリ，故事出所ヲテ考誌セリ，然レモノ氏猶遺漏多シ，故今此册ニ補之，《便覽》ニ所載ハ省略云。"卷尾刊記："明和二年乙酉五月，帝都書林新刊/山田三郎兵衛/中西卯兵衛/河南四郎右衛門/上坂勘兵衛。"又有書籍廣告："唐詩合解/板行出來/周禮古註/儀禮古註/同/滄溟尺牘解/明詩材/同/熟字彙選/唐詩材/同/詩文重寶記。"

031-02

卷首序一《刻滄溟尺牘國字解序》云："李公之文，無單辭隻行不踏襲也。非罔羅往牒者，其孰能達其旨？如其尺牘，使事餖飣，初學輩往往苦難解。近有摘録來歷而行者，名曰《便覽》。予謂衆其枝不若大其幹，識其來歷，不若解其全篇。嘗從事邨中漸先生，竊請挾中秘者謄寫，以補《便覽》所闕，猶且不諱家人鄙俚語，國字裂原文嵌注于句中，庶使目不識丁者披卷而瞭然易通曉。抑亦癡人說夢，適足以解頤矣。若夫修辭之抑揚也，照應也，虛實也，主客也，所謂書不盡言、言不盡意，豈國字所盡耶？歲在甲申，書賈來，請梓行之，乃造先生就是正。先生更爲閱質其一二，授之。乙酉秋，煞青已就云，時明和二年也。平安馬正參。"有"馬正參印""文壁氏"二印。

又《題滄溟尺牘國字解卷尾》云："李公創起齊魯間,以古文辭得擅場。所謂古文辭者,六經而下,左丘明、莊周、司馬遷、班固置諸肺腸間,吐其華,擢其髓,黼黻之,藻繢之,凌軼于古作者,故聱牙戟口,不易讀,爲之解,亦難矣。社友馬子玄藏,得而讀之,易其所難,一章一句,盡屬之國字。國字之力,足以碎聱折戟,千鈞之鐵錘,人懷之,可奪作者寶符。乙酉之秋,崎陽同學平千里。"有"平騰之印""瓊江"二印。

是書爲《滄溟尺牘便覽》之假名註解,所註較《便覽》更爲詳盡。又有同志社大學圖書館、九州大學圖書館、國立民族學博物館情報管理施設等藏本,與慶應義塾大學藏本爲同版。

篠蘭籬,前已見。

馬正參,即馬杉玄同,字玄洞,號西野。

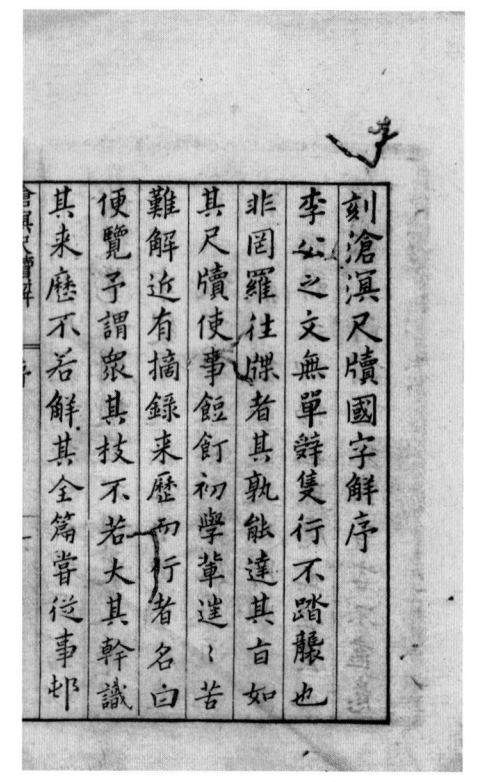

031-03

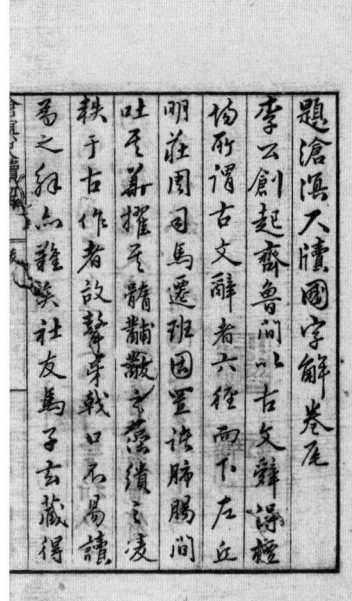

031-04

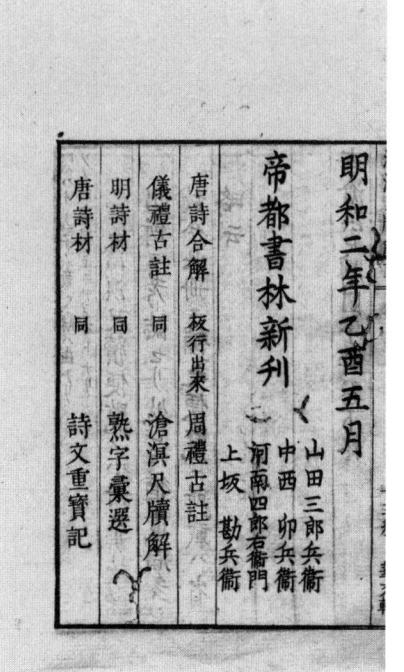

031-05

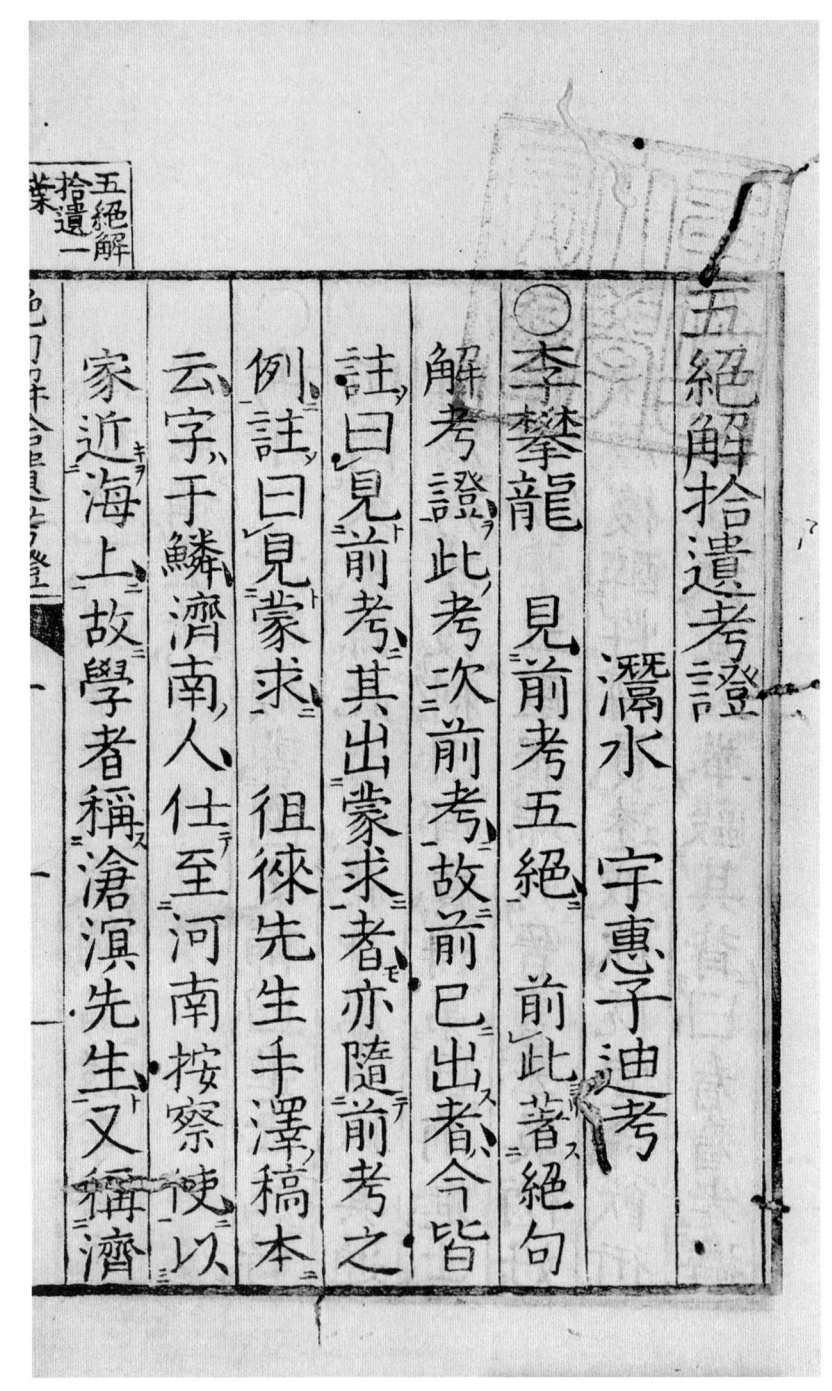

五絕解拾遺考證

○李攀龍　見前考　濼水　守惠子迪考

解考證　此考次前考故前已出者今皆

註曰見前考其出蒙求者亦隨前考之

例註曰見蒙求　徂徠先生手澤稿本

云字于鱗濟南人仕至河南按察使以

家近海上故學者稱滄溟先生又稱濟

032　絕句解拾遺考證　四卷

宇佐美惠撰。明和五年(1768)序刊本。日本早稻田大學圖書館藏。3冊。開本高廣 16 釐米×11.5 釐米,版框 13.5 釐米×10.1 釐米,左右雙邊,白口,單魚尾,半葉 8 行,行 16 字,小字單行同,版心上刻"絕句解拾遺考證",下刻卷數、頁數。卷端大題"五絕解拾遺考證",下署"灊水宇惠子迪考"。

卷首《絕句解拾遺考證序》云:"曩徂徠先生欲選明詩諸體,遍爲之解。五七言絕句律詩選漸成,著述多端,未及終而殂,初命曰《唐詩典刑》,首載例言數條,後改曰《唐後詩》,而不載例言。其五言絕句、滄溟七言絕句解先成,後有删去,命曰《絕句解》。其删去者,門人以其解之可惜也,輯之,且附弇州七言絕句

032-02

解,總題曰《絕句解拾遺》云。先生手澤例言,余藏之。其末條曰:'古來箋詩,其據引則學步李善,解釋則借吻考亭。一詩所詮,延蔓數紙。武庫森蠹,反礙電目;理窟勃窣,廼翳金心。雖誇富贍,安資諷詠?今湔舊套,特創新規,事唯標用某事而使之自考,意不必説何意而導其獨思。時添一字,躍如言下,此是程明道説詩方,忽發數語,冷然意外,亦爲劉辰翁評詩法。'先生解詩之意,見於斯矣。然則具列故事,諄諄詳説,非先生之意也。雖然,解之行於世也,日既久矣。達者固宗之,但寒鄉之士,既無師友,又乏書册,雖粗識所由,考索是艱,茫乎不能的知其爲何事,非志不至也,無所攀援耳。余竊惜焉。每二三子問據,蒐輯録之,漸積成卷,命曰《絕句解考證》。既刊,《拾遺考證》亦尋成。講習多事,不復爲意,藏巾笥十餘年矣。《絕句解》及《拾遺》,舊刻不附國字,間師教授,誤國讀、失詩意頗多矣。余故附國讀於二書,校而刊

之。二三子曰:'《拾遺考證》亦可以行。'因取諸巾笥,刪補刊之。前考刊後復有所得焉,錄而補之,雖緒餘不足行,附以助博矣。夫吾黨之教小子也,務慣讀無國字書,自勤考據,而得意義矣。然此師資薰陶漸靡之所致,在都下學士會集之地,則非甚難事也。若夫寒鄉,豈得能如是乎?自先生倡明詩,海內響應,苟挾書者,雖幽僻之地,知有明詩之解,家家藏之。然見以爲河漢,遂終不曉耳。後進之無階,何由升堂乎?余欲先生之業,覃及四國,無遐邇被其化,是考之不可以已也。且學詩者多不諳故事,其材不弘矣。周覽二《考》,則未必無微益也。夫讀詩者,要能領解其意,獲魚舍筌,何必區區逐末之爲?如其未全落意解,數諷誦之,則自得矣,何須諄諄詳説之?亦唯在鑽味先生之解而推之而已。余有一二擬解,不拘例而載之

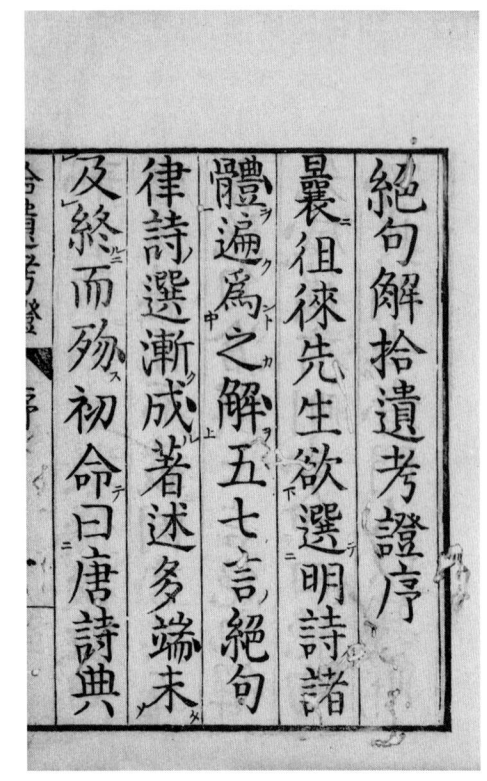

032-03

考中。明和戊子之冬,南總宇惠撰。"後有"宇惠之印""子迪"二印。又題"東都平明謹書",後有"平明之印""公熙"二印。

第一册,卷一《五絕解拾遺考證》、卷二《滄溟七絕解拾遺考證》;第二册,卷三《弇州七絕解考證上》;第三册,卷四《弇州七絕解考證下》。末題"明和七庚寅年,東都書林赤坂傳馬町村田小兵衛,日本橋通南三町目松本善兵衛"。

是書以註釋人物典故爲主,其意在便於寒鄉學詩者閱讀。宇惠自序云其有荻生徂徠手稿,是書中多有引及者,如卷一《五絕解拾遺考證》"李攀龍"下云:"徂徠先生手澤稿本云:字于鱗,濟南人,仕至河南按察使。以家近海上,故學者稱滄溟先生。又稱濟南、稱歷下,與李空同並稱,後李與元美並稱王李。"此段李攀龍生平文字,今《絕句解》《絕句解拾遺》均未見。

是書日本臼杵市圖書館藏明和刊本4册,未見。

又《近世漢學者著述目錄大成》著錄《絕句解拾遺考證》三卷,作者福島松江,未知館藏。

宇佐美惠,即宇佐美灊水(1710—1776),上總国夷隅郡(現千葉縣)人,宇佐美習翁之子,名惠,字子迪,通稱惠助,號灊水。江户中期儒學者。學問受其父影響,17歲入荻生徂徠門下受學。3年後,徂徠没,受到同門前輩學者太宰春臺、大内熊耳、板倉帆邱等指導。荻生徂徠遺著及徂徠門人著作,美惠均盡力幫助刊行,爲人所重。寬延元年(1748)以後,掌管松江藩江户藩邸世子的教育。明和三年(1766),著《輔儲論》,論世子教育的方法。另著有《聖教類語和解》《社倉考》《事務談》等。

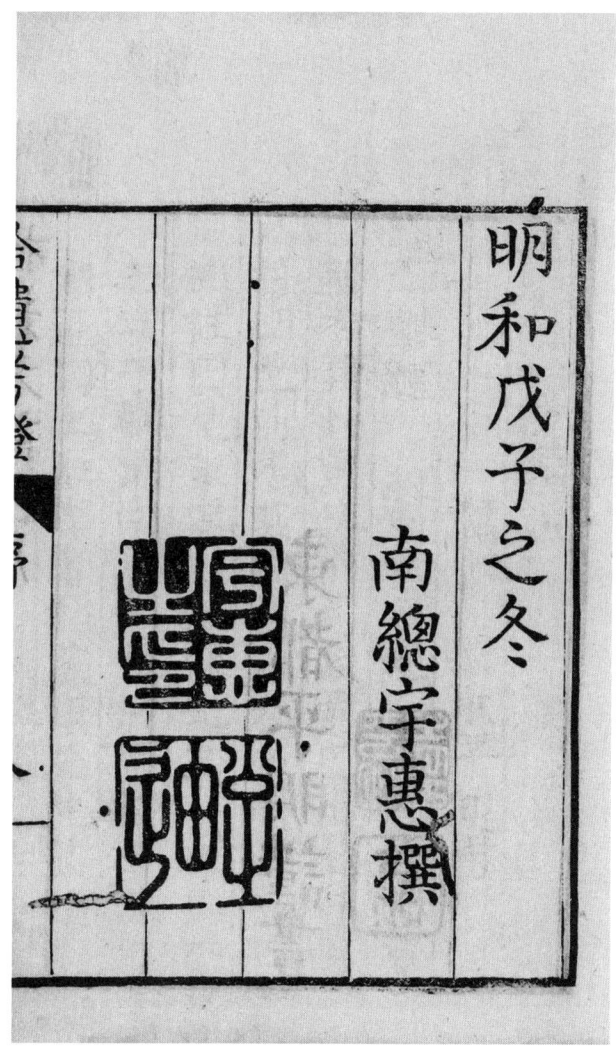

五言絕句百首解辨書

東都　南峯　中川景福　著
常陽　鹿門　白　隆熙　校

李攀龍 字ハ于鱗滄溟ト云フ／號ス山東歷陽人

姓ハ許、名ハ邦木、予鱗ク學問々手習ノ傍輩ヲシマ中

寄殿卿
タリ友ニシマ。此時山中ニ居タニヨッテ寄タシマ。

一作山中容蓬蒿自〇瀟廬
舊遊友誰獨往

蒿カ自然ニ房ノアタリニ滿タ
ニナリ此レハ則知レタコシラマ

蒿カ自然ニ房ノアタリニ滿テ
一タビ山中ニ引コモリ隱者ニナリテレタナレバ、昔ノ張仲蔚カ隱者ニナリテ、徑ニ蓬蒿カ滿タトユフガ其樣ニ盖

別意
ニハ別ヲ送リテ其心
フノ内チ

新著復向書
此ニツノ事ハイブカレキ故ニ問フノテマ

朝來送歸客復此長河湄立馬折楊柳巳無前日枝

來ノ字ハ物字
テマ朝早ハ國
ヘ歸ル人ヲ送ル。處テ此長河ノ湄ヘキタ。度々友ニ別ルヽ、コトナリ思ヒキ
ヤ乃チ此レハ則知レタコシマ
ヲ立テ柳ヲ折テクルニ付テ見レバ前日見テヲレヒタ枝モイツヽヽカマ無ナッタ、スレバ我ラ

033　絶句解辨書　三卷

中川景福撰。明和五年(1768)序刊本,日本國立國會圖書館藏。3册合訂1帙。開本高廣22.8釐米×16釐米,内框18釐米×13.5釐米,左右雙邊,白口,單魚尾,有欄線,半葉11行,行23字,小字雙行,行35字不等。版心上分刻"五言""七言",魚尾下刻"絶句解辨書上(中下)"、頁數。

033-02

封面題"絶句解辨書上中下",内封題:"諸子五絶一百首、滄溟七絶三百首,不許翻刻、千里必究/絶句解辨書/東都書林群玉堂、大保堂、柳枝軒、青山堂合刻。"卷端大題"五言絶句百首解辨書",卷中、下分題"滄溟七絶三百首解上辨書中""滄溟七絶三百首解辨書下",下署"東都南峯中川景福著,常陽鹿門白隆熙校"。卷末題"淡園先生鑒定,明和六年己丑秋九月,東都書林日本橋二丁目小川彦九郎、芝神明前奥村喜兵衛、日本橋三丁目松本善兵衛、小石川傳通院前雁屋儀助合梓"。

卷首《題絶句解辨書首》云:"詩之道也,多微言妙用,固泛兮其可左右,雖思無邪,咨嗟詠歎於一世,則不得不然,於是乎溫柔敦厚之教可以見也。故爲詩也,爲難矣。既見既觀,猶且衷曲,奚能識别?矧視其影而概其形,聽其應而察其聲乎?難矣,傳古人之詩也!徂徠先生知己李、王於百載之下,而傳其詩,服子遷深知之,序以悉焉。於是李、王之詩行于世,陋僻之子弟,苦其自知所窮,則宇子迪、福子幹著《考證》,而事證語由,歷歷可考也。至解之言簡旨頤,不能反三隅,則何物狡兒,國字爲疏?呼之牛呼之馬,傳者亦謂之牛謂之馬,人與之名,其實乃亡。若亡子倚於擊鼓焉,不察其所以然也。余所視者若干部,各失其真者不尠。一犬吠影,以到萬犬,非

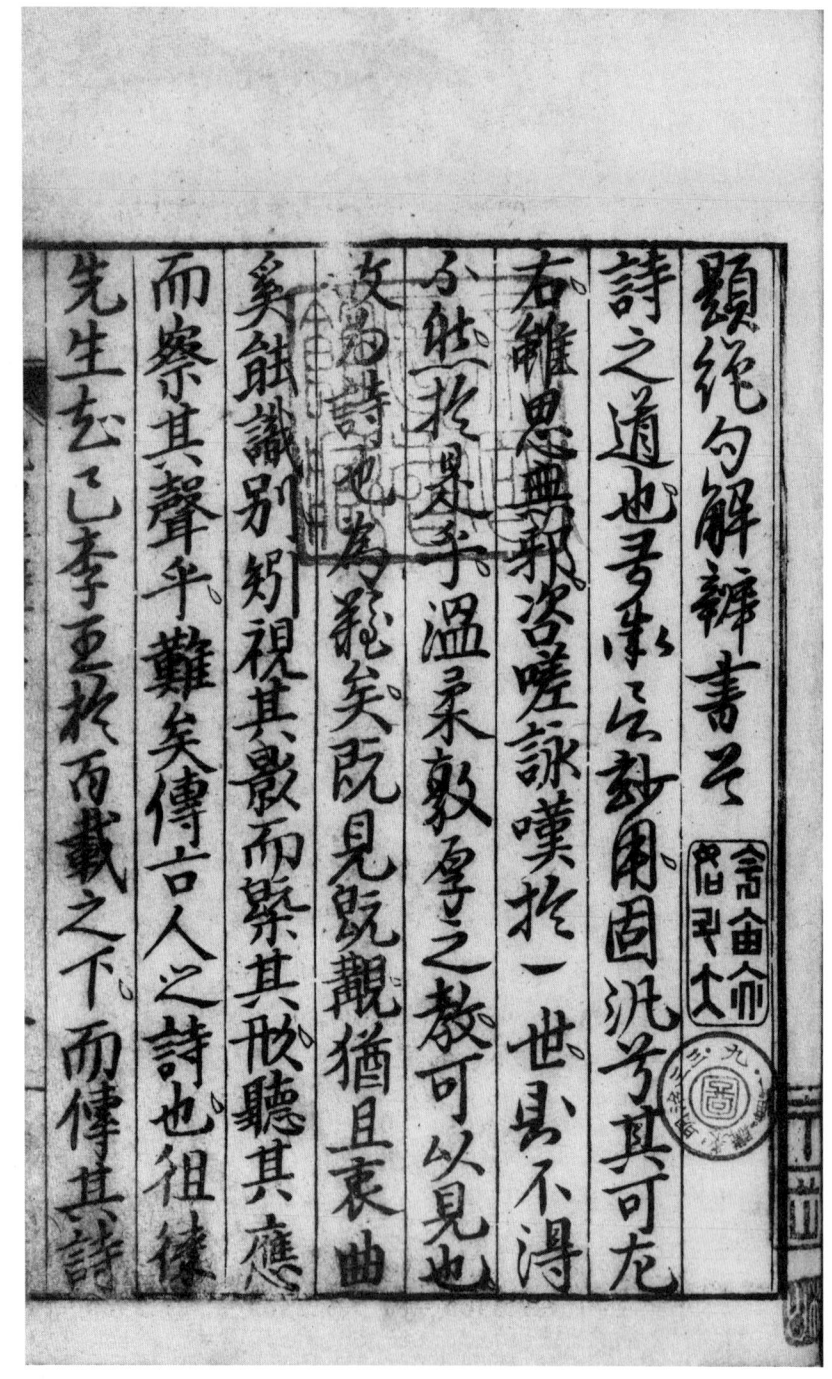

題絕句解辯書㠯

詩之道也亐樂云勃用固沉亐其可乎
右雖思血報咨嗟詠嘆於一世尚不得
不忧於是乎溫柔敦厚之教可以見也
文易詩也為難矣既見既觀猶且裹曲
美觖識別初視其最而繋其敗聽其應
而察其聲乎難矣傳古人之詩也祖傳
先生玄之己李亘於百載之下而傳其詩

所以求其形也。但斯一書,專從宇子校書,頗得先生之臭味,其言曰:恐鄉涵真者行於世也。其志也篤,其事也勤,故一閲授某,蓋聲之應,形之影,庶略足以識別之哉。竟爲序。明和戊子夏五月,常陽淡園磧哲。"後有"磧哲印""東練之人"二印。

又《絕句解辨書凡例》4則。

又《五七言絕句解目録》:五言絕句,李攀龍21首,王世貞39首,李夢陽17首,徐禎卿14首,何景明4首,高啓1首,薛蕙1首,宗臣1首,謝榛1首;七言絕句上,李攀龍152首;七言絕句下,李攀龍148首。

又《絕句解敍》,末署"物道濟識",即前《絕句解敍》。

又《五七絕句解序》,末署"平安服元喬序(姓ハ服部,名ハ元喬,字ハ子遷,南郭其號ス)"。

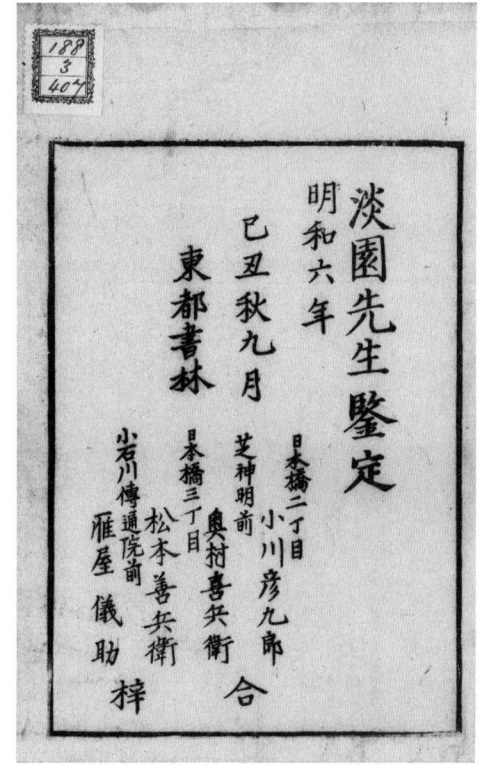

中川景福,號南峰,東都人,生平不詳。

淡園磧哲,即户崎淡園(1724—1806),名哲、允明,字子明、哲夫,別號净巖,通稱五郎太夫,常陸(茨城縣)人。江户中後期儒學者。入平野金華之門受荻生徂徠古文辭學,任守山藩(福島縣)藩校養老館教授。著有《周易約説》。

此書又有長崎縣肥前松平文庫藏本,封面題"絕句解弁書",與日本國立國會圖書館本爲同版。

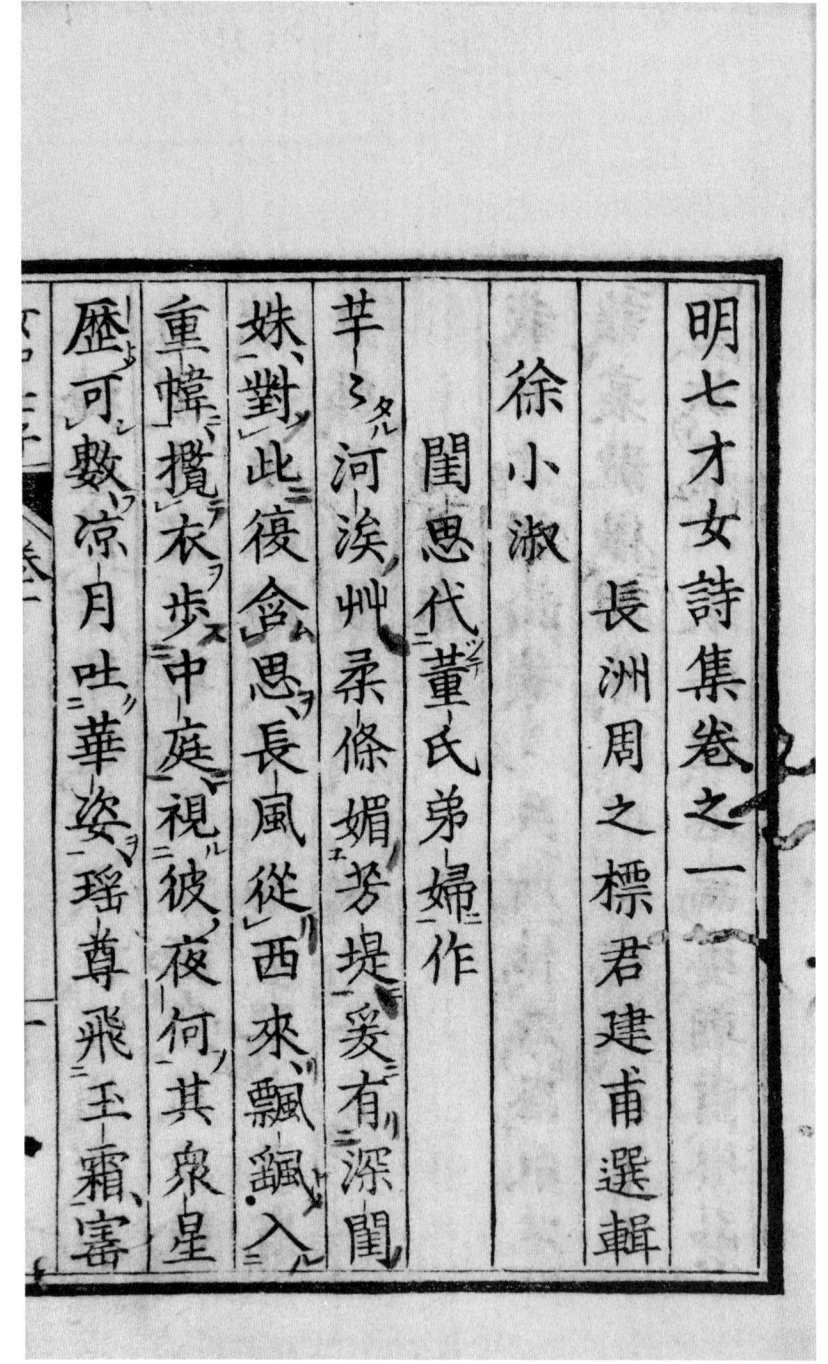

明七才女詩集卷之一

長洲周之標君建甫選輯

徐小淑

閨思代董氏弟婦作

芊芊河涘卅柔條媚芳堤奚有深閨
妹對此復含思長風從西來飄飂入
重幃攬衣步中庭視彼夜何其衆星
歷可數涼月吐華姿瑤尊飛玉霜霏

034　明七才女詩集　七卷

周之標原選,岡鳳鳴再選。明和七年(1770)序刊本,内閣文庫藏。1册。開本高廣 16 釐米×13.5 釐米,内框 11 釐米×7.5 釐米,四周雙邊,白口,單魚尾,有欄綫,半葉 8 行,行 14 字,版心上刻"女中七子",魚尾下刻卷數、頁數。

卷端大題"明七才女詩集卷之一",下署"長洲周之標君建甫選輯"。卷末刊記:"明和七庚寅年九月吉旦／京師書林井上忠兵衛、木村庄兵衛、梅村三郎兵衛、梅村源二郎。"

卷首序一《女七才詩序》云:"孔夫子曰:'不學《詩》,無以言也。'人以書諸紳首欲學之,文不在兹乎?蓋至脣腐齒落,而鳥之關關,鹿之呦呦,亦從公冶長葛廬而始可以言焉。夫於是乎,自西自東,自北自南,讀《三百篇》而亡思不

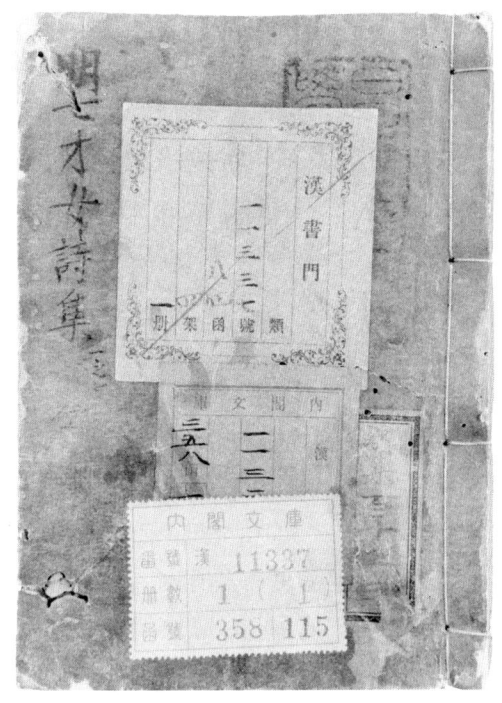

034-02

以則焉,故正。其詩猶古之詩也隆然,時俗易好,山川異言,楚《騷》及漢魏之變,衰於齊梁而唐振之,衰於宋元而明名家繼起,莫不以息一自任。嘉隆之際,於斯尚哉!有七子雄視一世,廻狂瀾於既倒。復有才女焉七人也,讀其詩,實林下風、閨房秀也。剞劂氏請之序,而已經其目者,於余曾有半面識,東武南滬江君也,先卒。明和庚寅秋,岡鳳鳴撰。"後有"岡""一字肅夫"二印。"

序二《明七才女詩集之敘》云:"予諷《蘭咳》而不禁鼓掌也,近古率以昇平公主慕李端詩、上官婉兒評沈宋詩優劣爲騷壇氣色,予心殊不甘,即奈何以文人慧業,俯首受女子稱量哉?居嘗設一癡想,倘□業文人,果生天上,愿悉召夷光、南威、尹姬、邢夫人、太真、宵娘、趙家姊妹之屬,縱其美姿流態,嗔喜雜出,因召夫賦離思、續班史、頌椒花、詠柳絮、織回文、隔絳紗、授生徒諸才女,俾發妙騁妍於濤箋紈扇間,畢竟林下風、閨中秀,誰當第一?予亦藉以一灑李唐女子稱量文人之恥。吾友君建氏,具有

慧業,足稱量千古,乃女中才子,適湊於數十年間,得恣其稱量。初已拔七子爲一編矣。頃又得七子再編,並名《蘭咳》。其人皆大家、道韡流亞,在文人中,即何減李端、沈、宋,咄咄周郎,遠以索李唐千百年女子未償之逋,近亦慰余不佞半生癡想。此予之不禁鼓掌於《蘭咳》也。或又曰:'女子福薄,故才見。'果耳,則文章亦才女子之一端,似非所急。將香閣中必有粉黛而無丹黄,有金針而無玉管,惟是酒食蠶織,僅僅如雅人所云,一切縹囊緗帙,悉叱爲閒家具也耶?嘻!此又淺視女子之甚者也。善乎陳徵君之言曰:'男子如日,女子如月。'予謂女子之文章則月之皎極生華矣。月有晦有朔有朒,甚則變而有朓有朒,有薄蝕,有雲霧之翳,有妖星衆曜之飛流伏匿,此誠月之不幸,亡論已。若夫三五二八,横秋而華,

034-03

其諸女子福德而才,翠翹粲粲,環珮珊珊,而乃錦心吐艷,繡口含香,萬斛珠璣落玉腕下也,安見望舒晶徹,不堪與曜靈號代興?他如促語訴哀,凝睇抒恨,鸞分鶴別,鵠怨鴻傷,吟清絡緯,血灑杜鵑,斯月之仄而虧也,亦有時乎莘,捴皆蟾光一片,可以繼烏翼之餘輝。君建斧修七寶,直捧白玉盤托而出之,使騷壇上別有清涼國、影娥池。以視玉川子美影,祇可自怡悦,即韓生匏杓挹光,亦未能持贈人也。古周先生者,取筋數百條,繩以駕之,曰:'我梯此取月。'俄而月出於懷,光照如晝,神通遊戲,庶幾似之矣。今試諷《蘭咳》,而猶疑文章非女子所急,不煩稱量,將並瑤彩金波、重輪三珥,舉投諸黑沫鄉中而已乎?方見嗤于千古之周先生,而又烏可使今之周先生聞也?請以質當世之諷《蘭咳》者。武水盟弟支如增書于清且閣。"

是書爲周之標《女中七才子蘭咳二集》之選集。《蘭咳二集》7卷,明崇禎順治間刻本,日本公文書館藏。此本卷首《蘭咳二集敘》首葉末行"業文人"上一字殘損,明和刊本《明七才女詩集》此處作"囗",所據當是此本。《明七才女詩集》較《蘭咳二集》,各卷有較大不同。《蘭咳二集》七卷依次爲吴片霞、浦湘青、沈宛君、王文如、徐

小淑、余其人、陸卿子;《明七才女詩集》依次爲徐小淑(媛)、沈宛君(宜修)、陸卿子、浦湘青(映淥)、王文如(鳳嫺)、余其人(尊玉)、吳片霞(綃)。所錄各家詩歌,《明七才女詩集》亦僅《蘭咳二集》所選之部分,如《明七才女詩集》卷一爲徐小淑,選其五言古詩9首,見《蘭咳二集》卷六,其後有四言詩1首、七言古詩17首、五言律18首、七言律10首、五言排律2首、五言絕句6首、七言絕句20首、賦1首、楚辭3首,並錢希言《絡緯吟敘》、徐渱《絡緯吟題辭》是書均未選。

是書又有靜嘉堂文庫藏本,與公文書館本爲同版。

周之標,字君建,號宛瑜子、梯月主人、來虹閣主人,長洲(今蘇州)人,明末清初戲曲家、刻書家。編刊有《吳歈萃雅》《新刻出像點板增訂樂府珊瑚集》《女中七才子蘭咳集》《女中七才子蘭咳二集》《周君建鑒定古牌譜》《香螺巵》及駢文選集《四六琯朗集》等。

034-04

岡鳳鳴,長澤規矩也《和刻本漢詩集成》總集篇第七輯收錄是書,《題解》稱"編者的傳未考"。是書卷首《女七才詩序》末署岡鳳鳴,據《平安人物志》(明和五年版),岡戀德,號鳳鳴、肅夫。1781年卒,生平不詳,著有《古語字樣》,編著有《女忠教操文庫》《唐明詩學解環》。

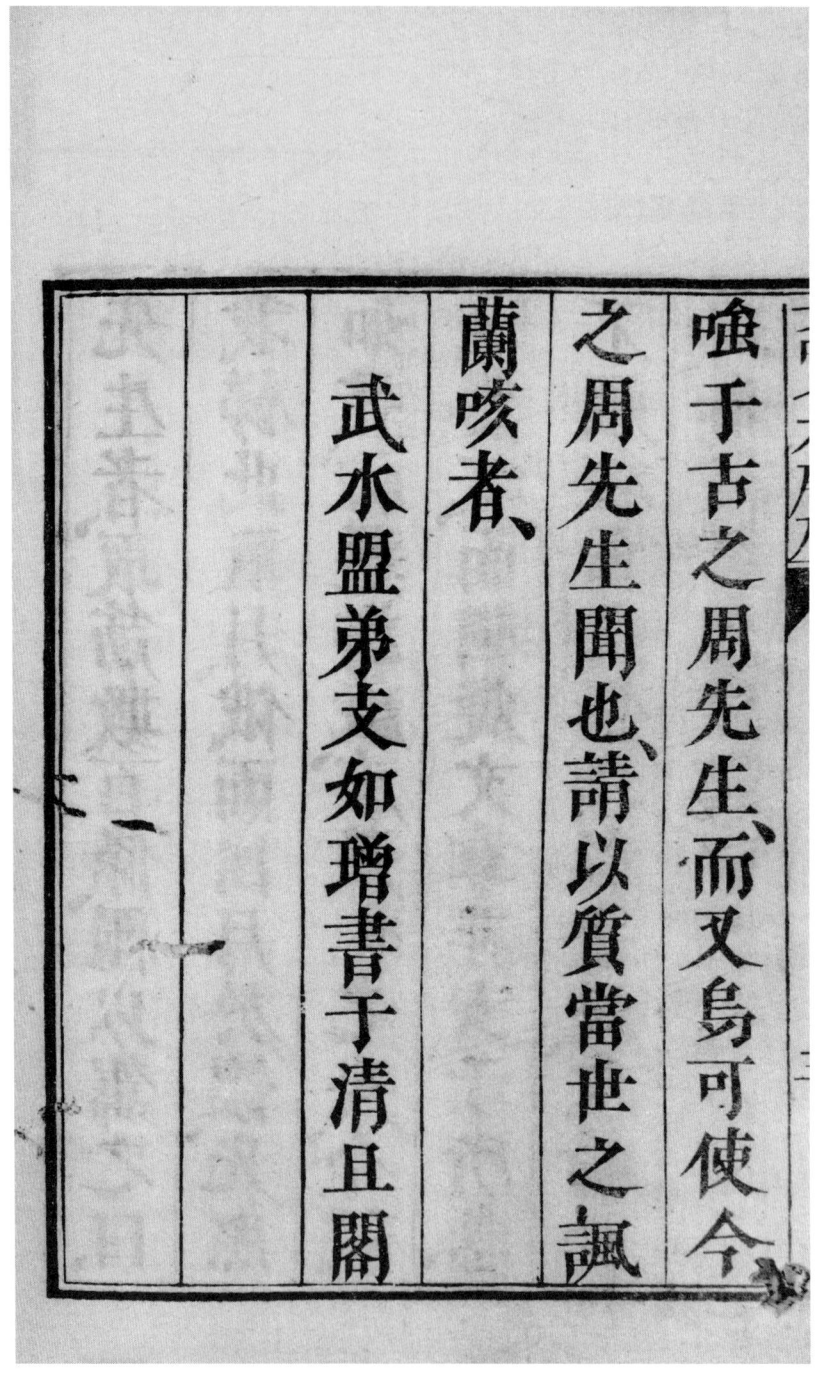

034-05

明七才女詩集姓氏

徐小淑
　名媛吳縣人同邑范提學長
　倩正夫人有絡緯吟共十二
　卷行世

沈宛君
　名宜修吳江人同邑葉仲韶

七才子詩掌故卷之一

勢州　中條允集註

李于鱗

送趙戶部出守淮陽

仙郎起草漢明光,幾載軍儲事朔方。
五馬新爲淮海郡,三臺舊署度支章。
行車麥秀隨春雨,卧閣花深對夕陽。
時憶上林詞賦客,鴻書遍下楚雲長。

崔駙馬山池燕集得無字

主家池館帝城隅,上客相如漢大夫。
十里芙蓉迎劍舄,一樽風雨對江湖。
橋邊取石鯨飛動,臺上吹簫鳳有無。
向夕不堪車馬散,朱門空鎖月明孤。

春日送郭子坤下第還濟南

趙戶部　部官

守謂爲郡守也,他皆倣

陽　此淮陽屬湖廣苦楚地也
漢官儀尚書郎主掌文章起草
起草　漢尚書郎奏事明光殿
軍儲朔方　飽甸　夏衞
光　漢官儀朝臣出使駟馬爲郡守增一馬稱五馬
五馬　史記西南夷傳築朔方據河逐胡○此句尚書所奏杜甫詩明光起草人所義
三臺　漢官儀尚書爲中臺御史爲憲臺謁者爲外臺是名三臺
度支章　度支官也名掌天下財賦歲計所出而支調之趙曹爲度支章謂其文書○又晋日三臺

本集無春日送郭子坤下第還濟南

035　七才子詩掌故　七卷

中條允撰。明和壬辰(1772)序刊本。3冊。寬政七年(1795)塩屋忠兵衛等再刻本,慶應義塾大學圖書館藏。開本高廣27釐米×17.2釐米,内框19.0釐米×13.6釐米,四周單邊,白口,無魚尾。卷端大題"七才子詩掌故卷之一",下署"勢州中條允集注"。版心鎸"明七才詩掌故"、卷數、頁數。

是書包括正文(即《七才子詩集》)與人名地名典故,即所謂"掌故",此二部分或上下分作二欄,或正文居一角。正文有欄線,半葉7行,行14字;掌故部分無欄線,行款不等。卷末刊記:"友人巖恭敬甫、山達子聞、小川丙曹季丁、山鳳鳴之仝校/寬政七稔乙卯再刻書林大阪心齊橋筋北久太郎町鹽屋忠兵衛/京都寺町松原一上町勝村治右衛門/紀州若山新通二町目朝井屋源吉/同細工町帶屋伊兵衛。"

035-02

卷首序一《明七子詩掌故序》云:"唐人之詩出於情性而用典故少,及用之,不見附痕焉,故讀者藉令未曉其事,大抵無不通焉。明人多因故事而發情,自然之語少,故讀者非詳其事,能通少矣。《七才子詩集》之所載最多云。世有陳氏解,後人之偽作,鹵莽居半,初學難通曉。友人中郎憂之,故詳其出處,作《掌故》,附以七子傳,以有益於解也。將上木,其《七子傳》,予之先人之所輯,故爲贅數言云。明和壬辰之冬,東都藍山川有斐。"後有"川有斐印""世美氏"二印。

序二《七才子掌故序》云:"《七子詩集掌故》成矣,是中郎之所著也。攜來請序,余時幻緣鞅掌,乃不暇承業,放諸案上。有客來見,曰:'何物狡兒,巧效顰乎《唐詩掌故》而僞撰,欲列之藝文,鉤名弋利乎?'余曰:子眩周璞鄭璞,名同而無察其實,談奚容易哉?夫唐人之詩,五言排律專驅使故事,其餘諸體,唯尚興象,用事至罕,搜索不難也。明人不爾。諸體皆博採典據,裁而伸之,辭古趣新,雕字琢句,句斷意連,前後呼應,變化無常,泯斧鑿跡,極化工妙,渾然成章,風韻流動,意味優邃者,是特七子之所長,故搜索戞戞乎不易哉!況復唐詩註解數十家,故事森如,故就而考之,則詩意可解矣,何復別須《掌故》之撰焉?明詩乃註家已少,故事且多,倘無斯舉,詩不可解也。然則中郎之是役,不啻有功於七子,大有益乎初學,比諸前人之撰,則功相倍蓰矣。而子眩其名同,談奚容易哉?昔有鬻白璧者,大小色澤相如,乃問其價,則一曰千金,一曰五百金,以其側視厚倍也。余於此書亦云。中郎姓仲條,名允,洞津人,春秋尚富,風流蘊藉,篤學之人。今在於京師,時極方外,與余相善,遂書此言爲序,以應其需云。明和壬辰冬十月,金龍道人雄杜多撰。"後有"釋敬雄章""韶鳳"二印。

又《明七才子詩掌故凡例》云:

"一、《七才子詩》者,諸家往往註之,然率屬孟浪。余不忍旁觀,講習之暇,乃就原本抄出故事,證之上方,以便初學。自天象人事以至於禽獸草木,諸註不足者,今悉補之,遂成一帙。秖恐淺漏狹志,掛一漏萬,庶幾四方君子訂其鹵莽,幸甚。

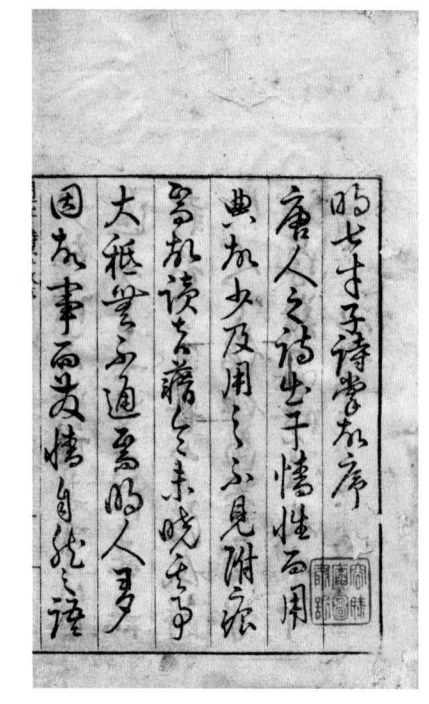

035-03

"一、諸家解詩意,一非一是不暇取捨,初學惟熟玩事實而後逆詩意,則自可解之矣,故不加強解。間有加一二臆見,觀者莫深泥焉。

"一、所引故事以方圍者分別一首,俾易尋索也,其已見者不復録。

"一、如官爵歷代沿革,不遑枚舉焉。有益解詩者悉取不漏,無其益者闕如。且題中之姓氏亦准之,請幸勿爲疏漏。

"一、是編考訂,悉就本集而正其同異。如其異者,皆識格上。

"一、所録《七才子傳》者,友人西條川世美之嚴君熊峰先生所輯也,頗有益解詩矣,因乞以併録焉。先生諱濟之,字魯叔,世爲西條文學。"

末署"明和八年辛卯秋九月,五瀨中條允中郎父識"。後有"中條允印""字中郎"二印。

又《明七才子詩目録》:卷一李攀龍56首,卷二王世貞70首,卷三梁有譽45首,卷四謝榛43首,卷五徐中行64首,卷六吳國倫67首,卷七宗臣47首。

是書又有早稻田大學圖書館藏本,與慶應義塾大學圖書館藏本爲同版。

中條允,金龍道人雄杜多《七才子掌故序》云其洞津人。據《平安人物志》(安永四年〔1775〕版),中條允,號藍谷,字中郎,俗稱中條中郎。

七才子詩掌故

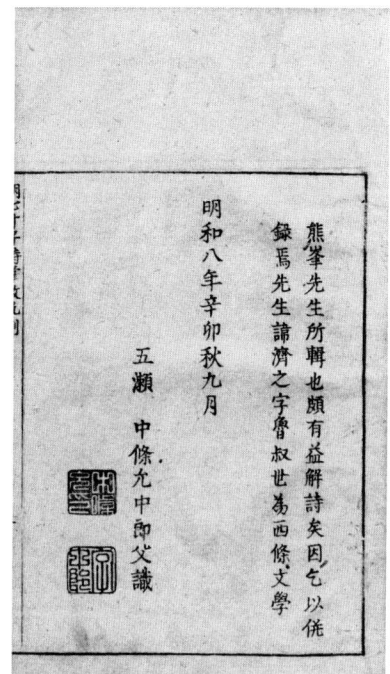

熊峯先生所輯也頗有益解詩矣因乞以儞
錄焉先生諱濟之字魯叔世爲西條文學

明和八年辛卯秋九月

五瀨　中條允中卽父識

035-04

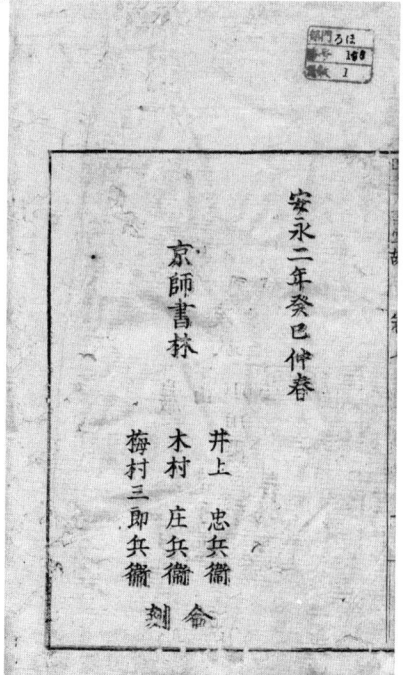

安永二年癸巳仲春

京師書林

井上　忠兵衞
木村　庄兵衞
梅村三郞兵衞　刻

035-05

201

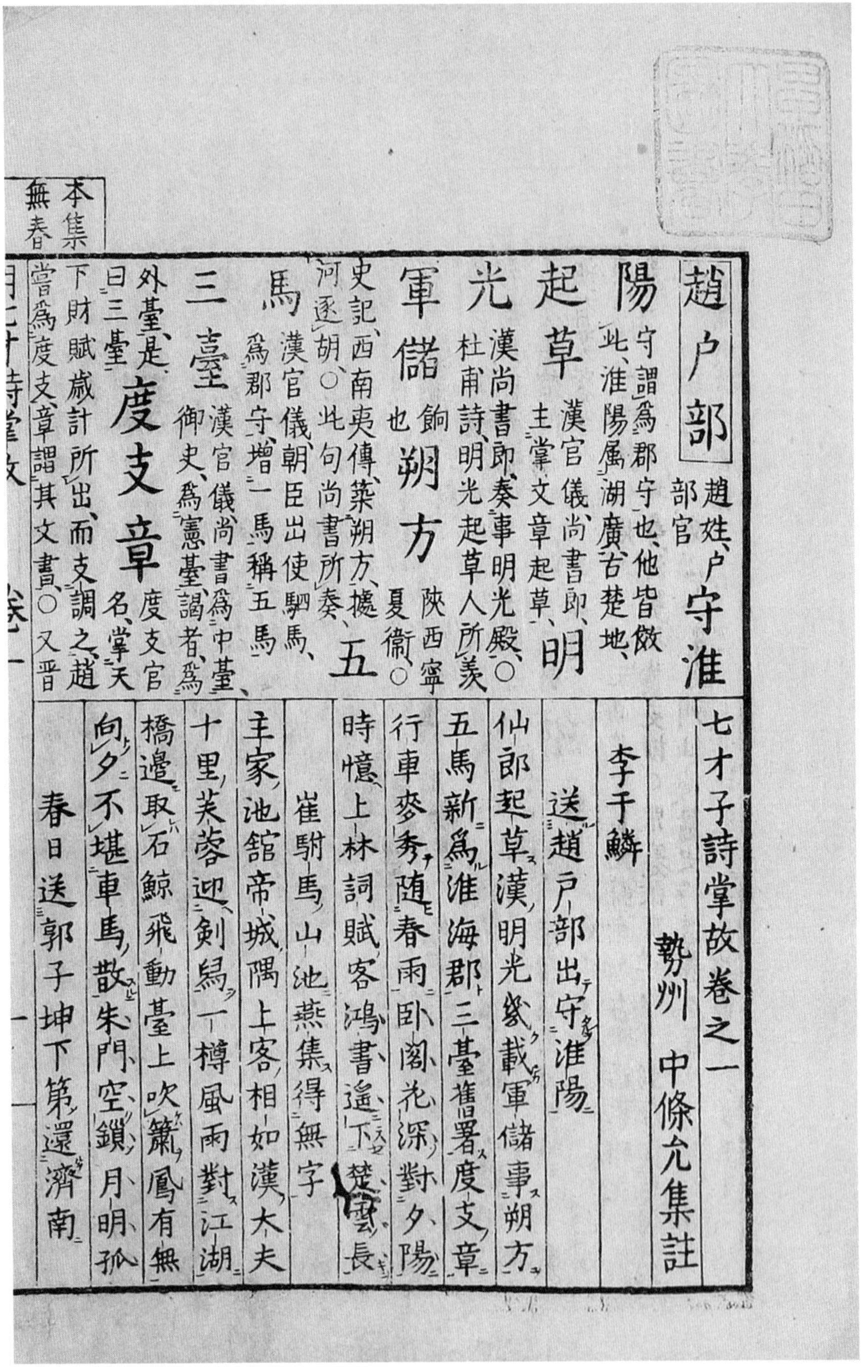

七才子詩掌故卷之一

勢州　中條允集註

李于鱗

送趙戶部出守淮陽

趙姓戶守淮
部官　陽此淮陽屬湖廣苔楚地
守謂為郡守也他皆倣

起草
漢官儀尚書郎、主掌文章起草、

光
漢尚書郎奏事明光殿。○
杜甫詩明光起草人所羡

軍儲餉朔方
漢官儀朝臣出使駙馬
為郡守增一馬稱五馬
史記西南夷傳築朔方據者為
河逐胡。○此句尚書所奏
也　夏衛。○陝西寧
行車麥秀隨春雨卧閣花深對夕陽

三臺是度支章
漢官儀尚書為中臺
御史為憲臺謁者為
外臺三臺　名掌天
下財賦歲計所出而支調之趙
曰三臺度支官也
當為度支章謂其文書○又晋
時憶上林詞賦客鴻書遙下楚雲長

五馬新為淮海郡三臺舊署度支章

仙郎起草漢明光幾載軍儲事朔方

本集
無春
日送郭子坤下第還濟南

春日送郭子坤下第還濟南

向夕不堪車馬散朱門空鎖月明孤

橋邊取石鯨飛動臺上吹籬鳳有無

十里芙蓉迎劍舄一樽風雨對江湖

主家池館帝城隅上客相如漢大夫

崔駙馬山池燕集得無字

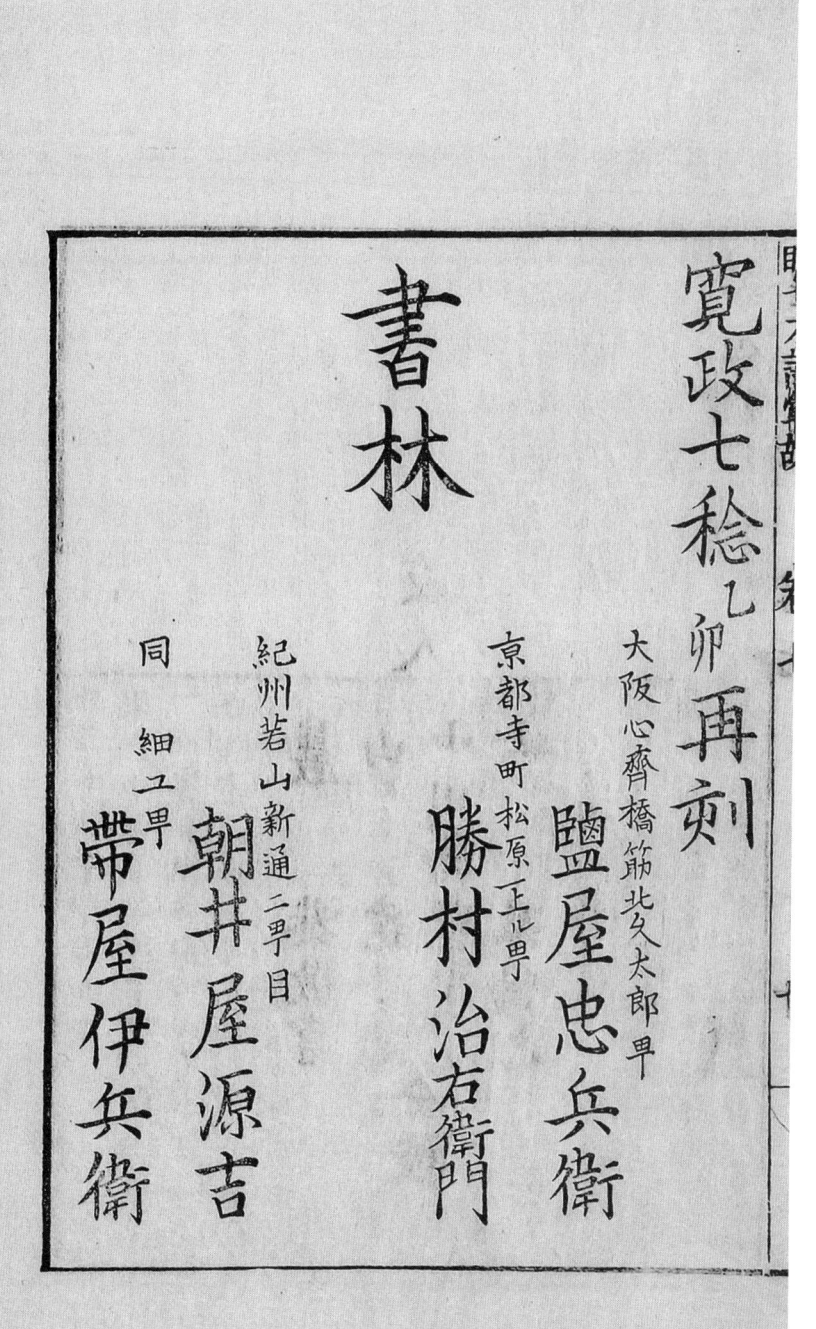

寛政七稔乙卯再刻

書林

大阪心齊橋筋北久太郎町　鹽屋忠兵衛
京都寺町松原上ル町　勝村治右衛門
紀州若山新通二丁目　朝井屋源吉
同細工町　帶屋伊兵衛

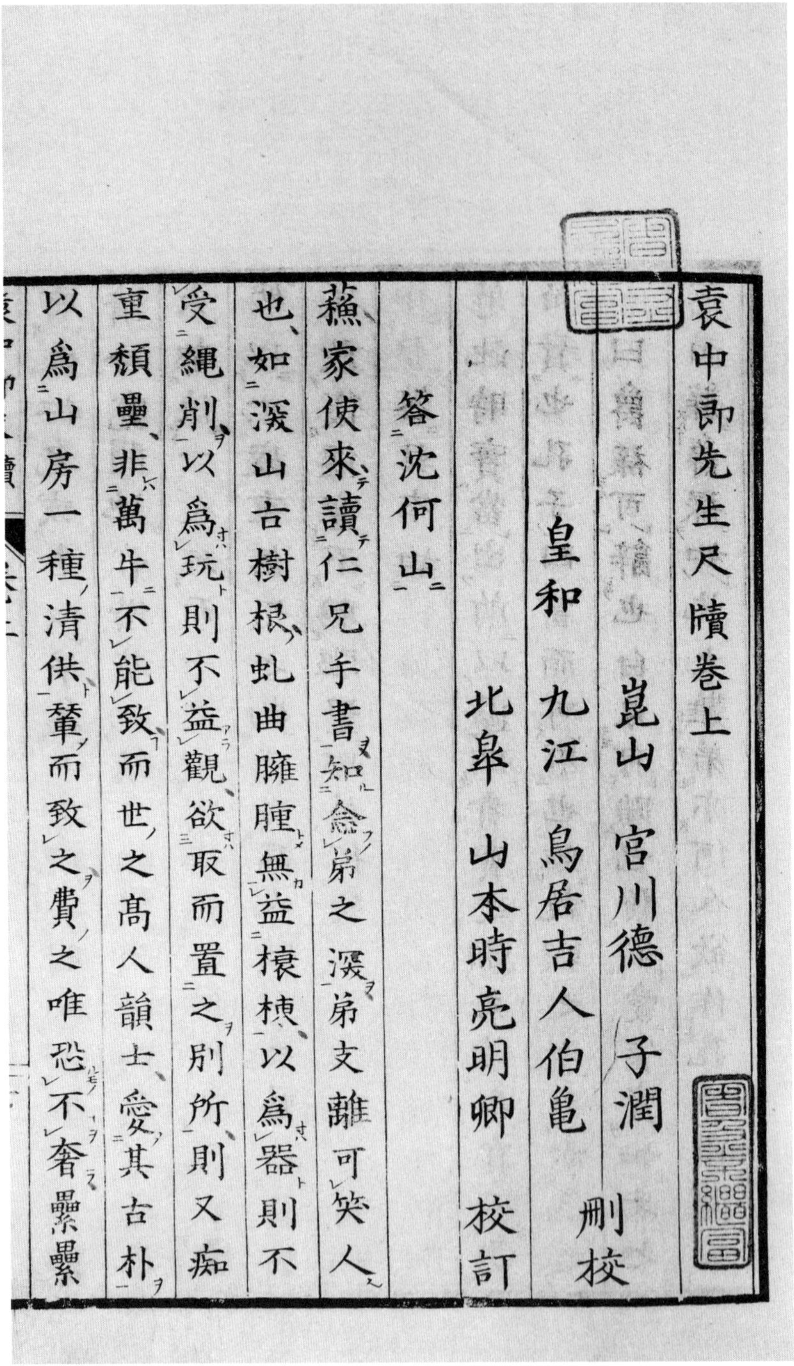

袁中郎先生尺牘卷上

崑山　宮川德　子潤　刪校
皇和九江　鳥居吉人伯龜
北皋　山本時亮明卿　校訂

答沈何山

蘓家使來、讀仁兄手書、知念弟之溪弟支離可笑人
也、如溪山古樹根虬曲臃腫無益榱桷以爲器則不
受繩削、以爲玩則不益觀、欲取而置之別所則又癡
重頗壘、非萬牛不能致而世之高人韻士愛其古朴
以爲山房一種、清供篝而致之費之唯恐不奢纍纍

036　袁中郎先生尺牘　二卷

明袁宏道撰,宮川德、鳥居吉人編,山本時亮校。安永十年(1781)山本北山奚疑塾刊本,關西大學圖書館藏。1册。開本高廣26.8釐米×11.8釐米,版框19釐米×14.1釐米,白口,左右雙邊,上黑魚尾,半葉10行,行20字,版心鎸"袁中郎尺牘",魚尾下署卷數、頁數。

內封題:"崑山先生、九江先生删較安永辛丑新鎸/袁中郎尺牘/北山先生閱奚疑塾藏。"

卷首《袁中郎尺牘序》云:"互鄉有善偷者,能計藏之有亡,弗穴究人樞户也。富有倉庫,財器狼戾,自非鈰鏌結綠之物,未嘗顧焉。以故車服器玩,無不完整鮮妍,敖然攘臂於素封之間,令人不覺其盜器矣。其徒效而爲之,不若善擇而入,是以衵衽而尚繡,履夜光而御篳路,雖癡者見而足以致異焉。唯鄉人莫敢非焉,說空手遽致財,奉摯

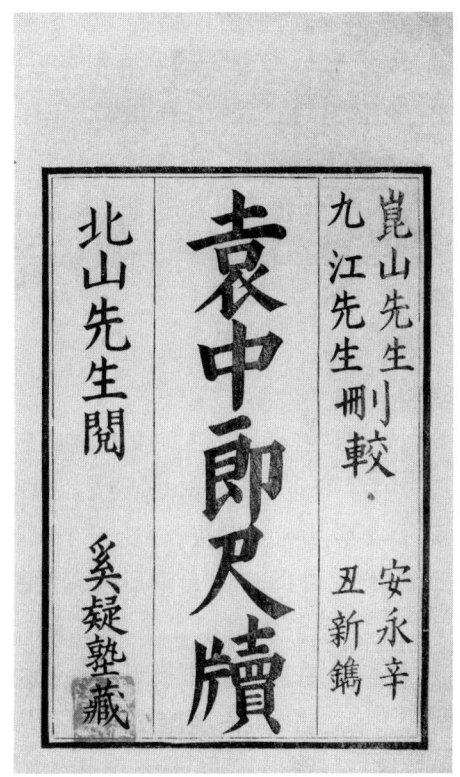

036-02

受役者,日進乎日,無幾何一鄉盡化爲偷矣。或有規之以君子之道,且曰:'貨殖豈無道乎,奚不如些研所爲然也?些研居粤也,適山伐木,隨其材而剡削大小之,舟之吳楚,車之齊魯晉秦。於玉帛亦然,觀質理籠密之宜,而彫琢裁縫稱之,因爲琚珩圭璋、裳衣冕黻,能攻陳造新,飾粗作精,此其所以售倍人,贏亦倍蓰也。陶之朱公得此術,三致千金矣。'鄉人不說,曰:'夫些研、陶朱,窮智殫慮而屢中,累歲之後,僅數千矣,豈若吾夫子宵宵致千佰,穀帛水湧,器玩堆積乎?'語曰:互鄉難與言,此之謂也。明季李、汪,竊竊乎剽襲陳語,斷前歇後,謂之古文辭。耳食之徒,眩其聲牙戟口,弗可讀,弗可解,而以爲真古文辭也,得無近似互鄉人耶?袁石公有見於斯,矯以性靈,海内靡然草偃。如王元美爲古文辭文宗,且猶爲所化,晚年文漸造平淡,悔被于鱗謫也。吾北山先生每談及文章,未嘗不及石公,抑有故哉。余爲吾黨與鳥居伯龜謀,删

定石公尺牘,刻於先生之塾,請山本明卿校諸本異同。明卿卒業,謂余曰:'此豈啻爲吾黨爾也哉,斯道不爲古文辭墜地者,在斯舉矣。'皇和安永辛丑春正月崑山宮川德撰。"有"宮川德""子潤氏"二印。

正文卷端大題"袁中郎先生尺牘卷上",下署"皇和崑山宮川德子潤、九江鳥居吉人伯龜刪校,北臬山本時亮明卿校訂"。

無目錄。卷上48篇,卷下36篇,共84篇。

卷末跋云:"亘千古而文章之厄二矣,曰六朝浮靡也,曰明末佶屈也。幸有昌黎、公安撥其亂於既極,而反正于頹陁之日,俾天下後世知古文章所以爾之弗爾矣。奚疑夫子居常稱二子爲斯文之湯、武,孰謂非知言矣?然猶顓學寡識之徒哉。夫厄之者,往往施諸交接,令辭與意

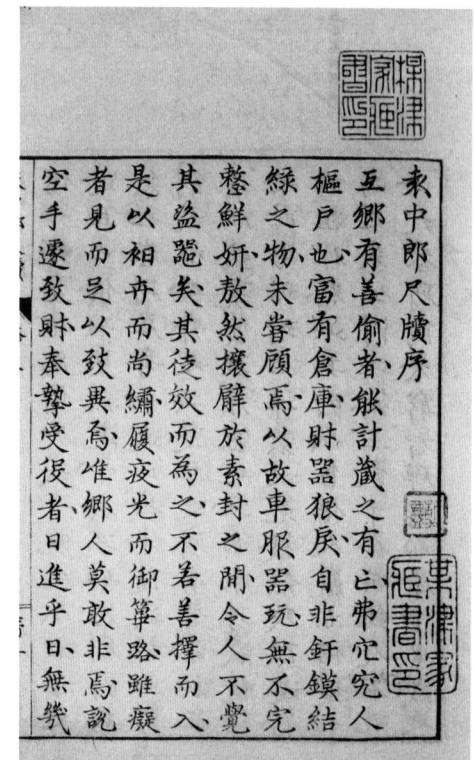

036-03

不敢達,以爲古文辭也,豈不傷乎?宮川子潤深憂厥若斯,刪較二子書牘,更刻之,欲以與好文君子共頌論尚友遊虞此藝也,余亦與焉。今茲辛丑春,《中郎尺牘》先報成。古有言:夏蟲疑冰,諍人不信骨滿乘。顓學之徒,於此書不翅夏蟲、諍人。嗟呼,縱令其不讀焉,莫敢復怨云。九江鳥居吉人撰。"有"鳥居吉人之印""伯龜"二印。又題"平煥明書",有"平煥明印""煥明"二印。

袁宏道(1568—1610),字中郎,號石公,荊州府公安人。萬曆二十年(1592)進士,知吳縣,官終稽勳郎中。爲詩文主性靈,著有《廣莊》《瓶史》《觴政》《西方合論》及《敝篋》《錦帆》《解脱》《瓶花齋》《瀟碧堂》《破研齋》等集。其通行合刻別集有何偉然編《梨雲館類定袁中郎全集》24卷、袁中道編《袁中郎先生全集》23卷、陸之選編《新刻鍾伯敬增訂袁中郎全集》40卷等。日本元禄九年(1696)翻刻《梨雲館類定袁中郎全集》24卷,其後四卷爲尺牘共230餘篇。《袁中郎先生尺牘》或據元禄本刪定。是書另有天明四年(1784)後印本。

宮川德,字子潤,號崑山,山本北山門人。

鳥居吉人,字伯龜,號九江,山本北山門人。

山本時亮,號北皋,或亦山本北山門人。另與三浦義見同校山本北山編輯《文藻行潦》。

山本北山(1752—1812),名信有,字天禧,號北山、孝經樓主人、奚疑翁等,江户人。江户中期儒學者。井上金峨門人,詩文斥古文辭格調派,以公安派爲理想,詩論主性靈説。著有《孝經集覽》《孝經樓漫筆》《經義撅説》《作詩志彀》等。

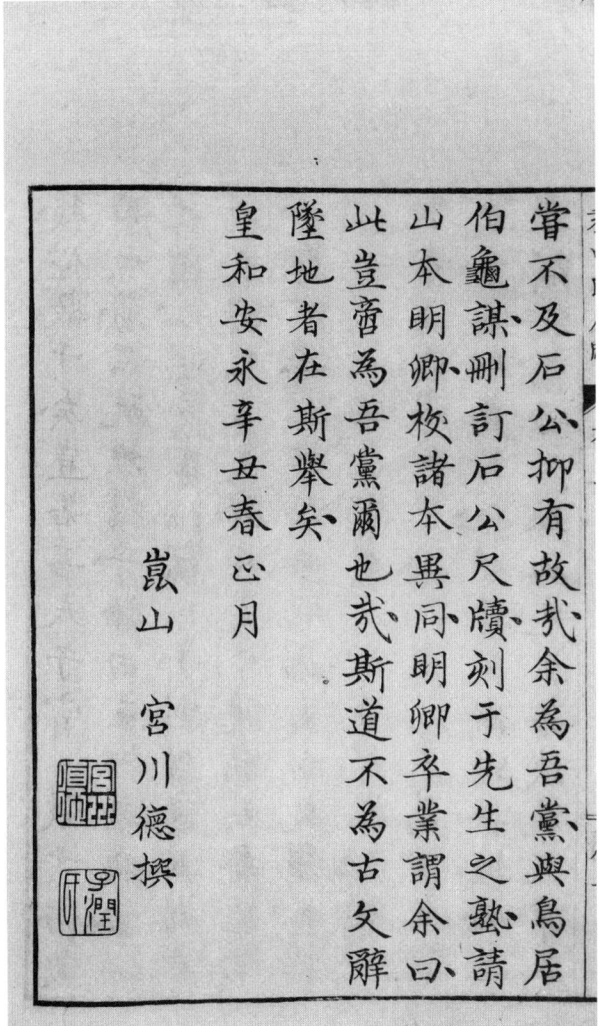

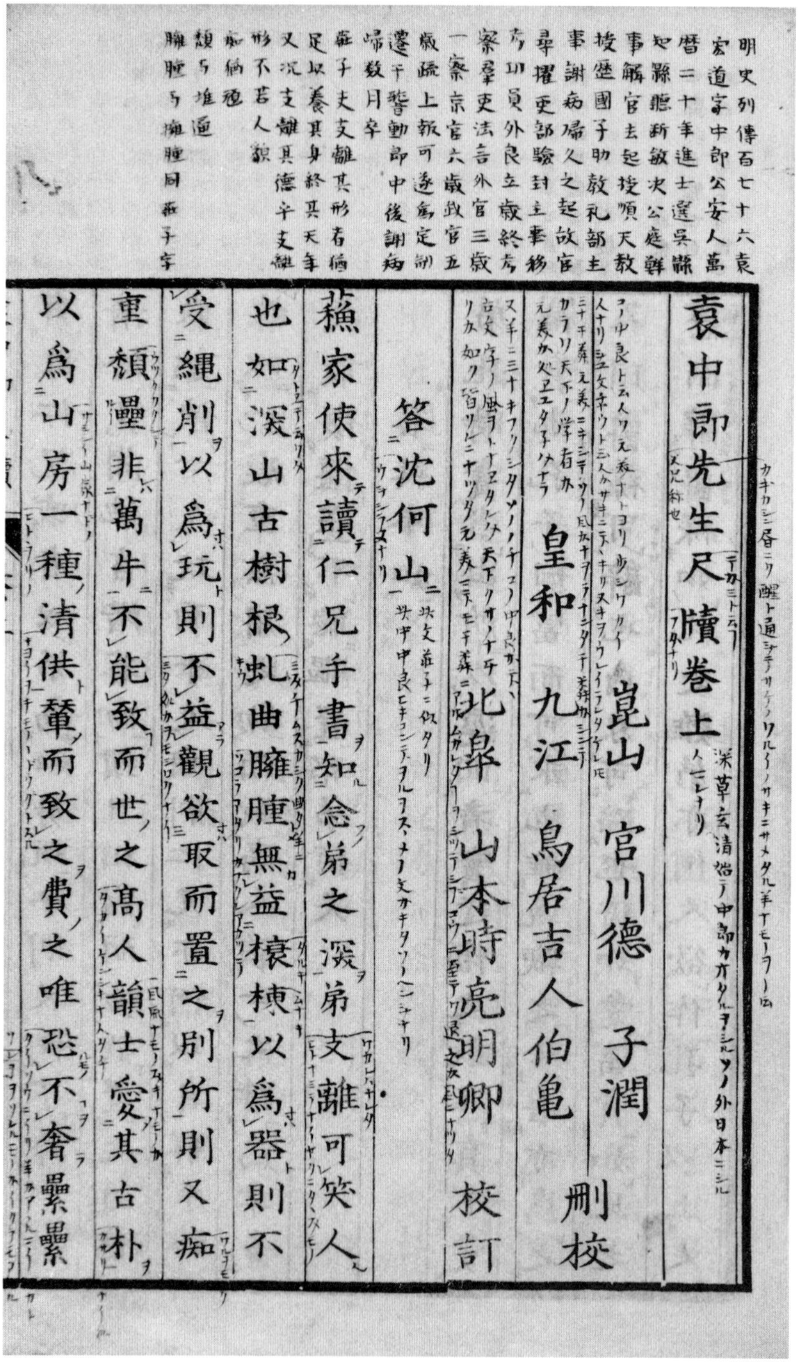

明史列傳百七十六袁宏道字中郎公安人萬暦二十年進士選呉縣知縣聽斷敏決公庭鮮事解官去起授順天教授歴國子助教礼部主事謝病帰久之起故官尋擢吏部驗封主事移考功員外良五歳終考察羣吏法言外官三歳一察京官六歳故官五歳疏上報可遂爲定制遷稽勳郎中後謝病帰数月卒

莊子支離其形者猶足以養其身終其天年又况支離其德乎支離形不吉人貌

痴猶痴

類弖堆遁

臃腫弖擁腫同莊子字

袁中郎先生尺牘巻上

崑山 宮川德 子潤 刪校

皇和 九江 鳥居吉人伯亀

北皐 山本時亮明卿 校訂

答沈何山

蘊家使來讀仁兄手書知念弟之深弟支離可笑人也如深山古樹根蚪曲臃腫無益榱桷以為器則不受繩削以為玩則不益觀欲取而置之別所則又痴重顛壘非萬牛不能致而世之高人韻士愛其古朴以為山房一種清供輦而致之費之唯恐不奢纍纍

036-05　東北大學圖書館藏本

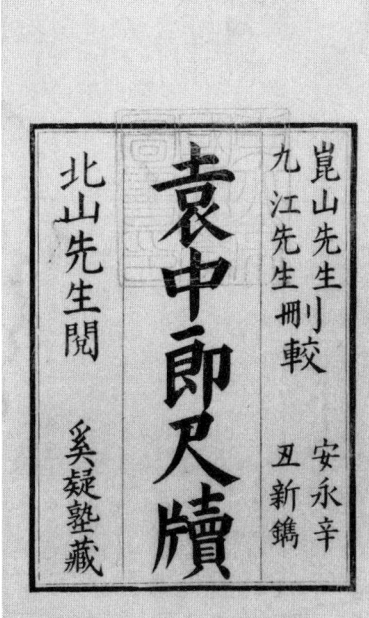

036-06　東北大學圖書館藏本

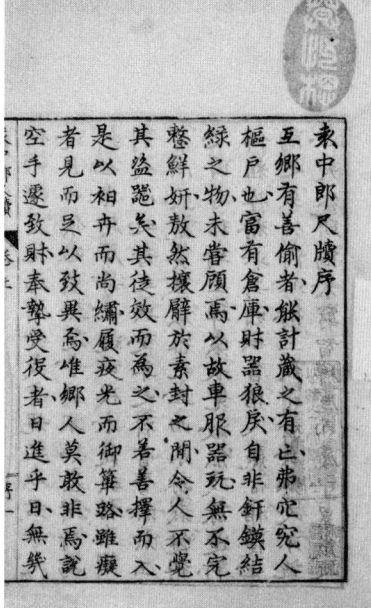

036-07　東北大學圖書館藏本

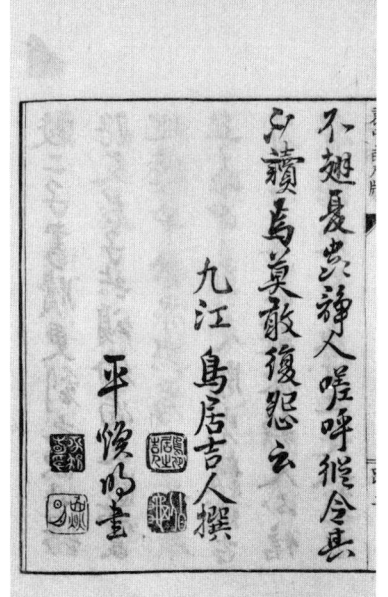

036-08　東北大學圖書館藏本

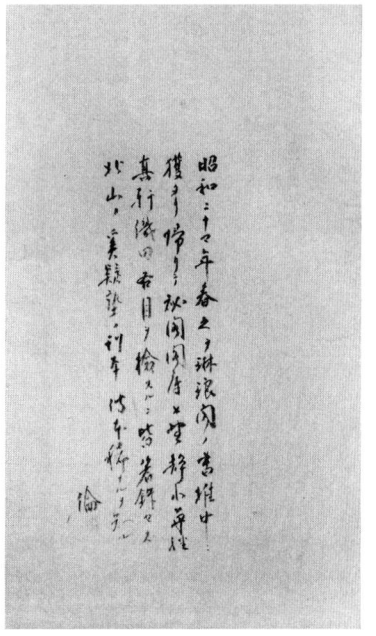

036-09　東北大學圖書館藏本

三家五言絶句

備中　浦池　潛鱗長
甲斐　小野田克子復
備後　今川　毅剛茂　刪校

徐會秋音

扇中雙蝶

一雙痕

春至百花繁名園蛺蝶翻美人將扇撲搨得

白牡丹桃花

桃艷比夭姬花王富貴姿梦裏春日下間坐

037　三家絶句　二卷

浦池潛等編。天明四年(1784)梅村三郎兵衛等刊本，關西大學圖書館藏。1册。開本高廣 23 釐米×16.2 釐米，内框 17.8 釐米×13.6 釐米，左右雙邊，白口，單魚尾，有欄線，半葉 10 行，行 17 字，版心上刻"三家絶句"，魚尾下刻卷數、"徐會稽"（袁公安、鍾竟陵）、頁數，下刻"奚疑塾藏"。卷端大題"三家五言絶句"，下署"備中浦池潛鱗長、甲斐小野田克子復、備後今川毅剛侯删校"。

内封題："天目先生、九淵先生、玉局先生同校，天明甲辰新鐫/徐文長、袁中郎、鍾伯敬三家絶句/北山先生閲，白玉房、柳枝軒、文刻堂。"卷末題："天明四年辰四月/書肆京都寺町通松原下ル町梅村三郎兵衛、同六角通御幸町西へ入町小川多左衛門、江戸本町三町目西村源六。"

卷首《三家絶句序》云："自余游奚疑

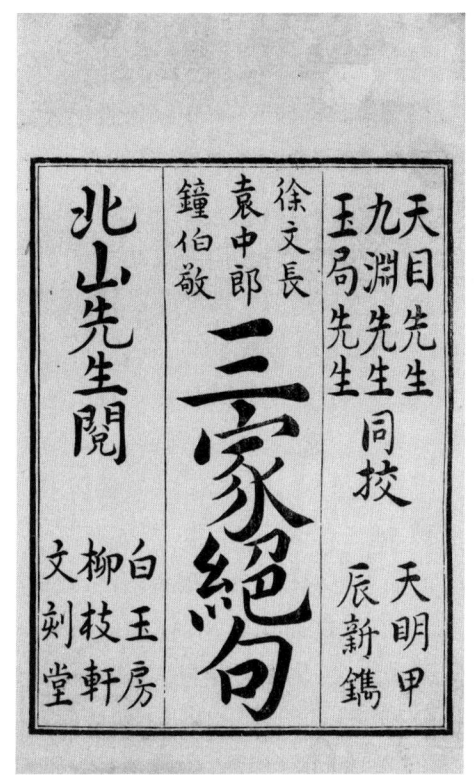

037-02

塾，從事反正之業，石交十有餘人，小野田子復、浦池鱗長、今川剛侯其數也。三子近校刻徐、袁、鍾三家絶句，蓋欲使世之如盲如聾者見七寶莊嚴之淨土，聞六天之樂、迦陵之聲，亦折伏撥亂之一事也。余語三子曰：'去歲牙卿歸省大野郡，郡之舊友善詩者數人，日日來往，操觚探句，然我奉性靈清新而去陳腐，彼事模擬幫湊而雕琢之務，以故議論扞格不相容。吾欲爲説華嚴圓滿解脱，使之至佛向上地，留期有限，必不能畢其説而令悦服點頭焉，學毘耶氏默耳。今也幸有此擧，吾致數本於彼土，濟度輪廻中人，何如？'三子有甚不足色，余遽謝曰：'牙卿知之矣。公等以吾言爲隘歟？雖然，大雄世尊亦未能度無因緣之人也。我致之彼土者，致吾所知也，公等則致之公等所知。而吾與公等所知者，亦致之其所知，所知亦轉傳所知矣。必也，其中有機緣熟盲開聾通者焉。'於是，三子皆開口大笑，遂使余題此語卷端。麟齋雨森牙卿。"後有"牙卿""麟齋"二印。

又《三家絶句校説》：

"一、奚疑夫子著《作詩志彀》，使吾黨學詩者知詩道所以然。子介、子復相議，謂斯道既已有正論啓後學矣，豈可無正詩表後學哉？遂草創袁、徐、鍾絶句刪校之擧。子介疾而不能卒業，令余代幹之。更稿凡三，今兹甲辰春，梓已成矣。子介疾亦尋已，因欲再復屬子介，子介曰："丈夫爲名，豈必是耳哉？無功代有功，於余心不自安焉。請子終之。"於是余卒斯擧云。

"一、是編以中郎爲主，故獨居多，若徐、鍾二君，雁行而卻。然天將降大任於斯人也，有先之而唱者，有後之而和者，有挽之而進者，有推之而遣者。蓋天醜李、王剽竊之黷久矣，故生中郎一洗清之，其所以大振一代，草偃後學，非無因也。則文長啓其先，伯敬殿其後，豈偶然哉？中郎嘗稱文長曰明

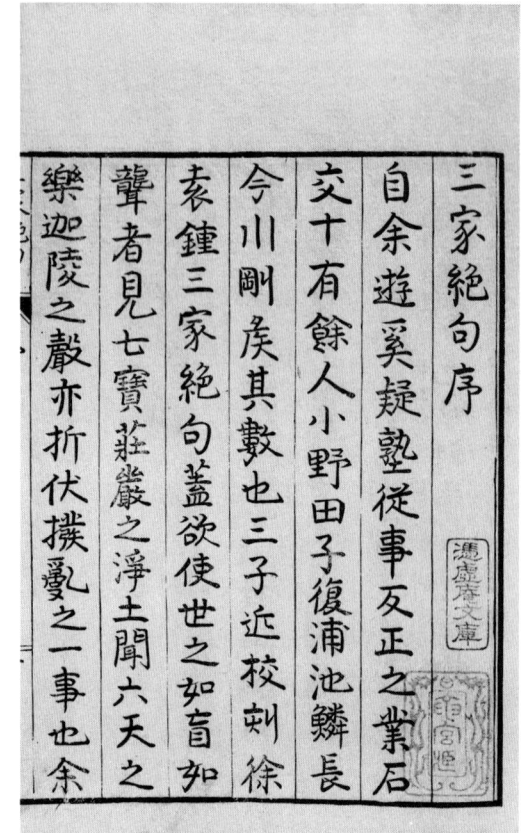

037-03

朝第一詩人矣，亡論其詩可取也，至所謂體格位置，小似羊欣書者，務加剗艾焉。伯敬詩似小異乎中郎，故程、錢諸人命以牛鬼蛇神也。蓋是時伯敬名赫然動海内，猶如太倉、公安於昔日也，於是爭名之徒囂囂吹毛，欲排而擠之，何世不有焉？由余觀之，其異處乃清新獨造之妙處也，皮相之論豈足定伯敬哉？伯敬受業於中郎門人雷夷陵，師傳有源，其不背而趨也必矣。讀者就其異而沉潛優柔，久而後自見其同焉。如序次，一從世前後，以文長居前，勿錯認，謂優乎中郎。

"一、三家絶妙處，固非是編所盡也，姑舉其清新本色所近，使寒鄉末學知下手投足處耳。有志之士，宜就各本集講究爲是。本邦曩者刻中郎集，謬錯難通者往往有之，今以剛侯雖年少，巧思可與言詩，延同校四集十集，盡歸之正，雖徐、鍾亦不敢忽一字，要在不謬吾黨小子矣。九淵浦池潛識。"後有"源潛印信""競長氏"二印。

卷尾跋云："《三家絶句》成，鱗長、子復謂余爲論跋其後。余曰：兩兄不聞敦煌人

學書乎？敦煌有昆弟二人，長曰陳，弟曰新，俱好字，同學右軍法，三年之後，並以善書聞。陳字摺轉布置，唯求似右軍，體體畫畫，千百一樣，幾將與右軍以毫間矣。新字清勁華肥，風廻電馳，雨行雲施，變幻不一，如不學右軍者焉。未有定其優劣者也。時有善品書者自會稽來，人或使之品二子之書。品者熟視曰：'是未易時品也。不假予三日之期，不能品之。'經三日，問之，曰：'未也。再假五日，乃能品之。'五日之後，初右新字左陳字，曰：'新也賢矣。陳也，學皮膚者也，雖觀之美，終不真也。新也，學骨髓者也，胡屑皮膚類否與世俗毀譽？故爲斯礧礧落落奇奇怪怪也。其不似右軍也，真學右軍者也。'於是鄉人灑然初以爲異品，論竟定焉。事不同，理則同乎吾黨與世人之言詩矣。余不敢別作詩論而懸疣矣，記此以應兩兄之命云。玉局今川毅撰。"後有"今川毅""剛侯氏"等三印。

是書分五言絕句、七言絕句兩部分。五言絕句收徐會稽(渭)《扇中雙蝶》等16首，袁公安(宏道)《途中口占》等20首，鍾竟陵(惺)《孋石爲胡彭舉賦》等11首；七言絕句收徐會稽《贈呂山人》等60首，袁公安《小婦別詩》等110首，鍾竟陵《予初適金陵游止》等19首。

徐渭(1521—1593)，字文長，一字文清，又字天池，晚號青藤，浙江山陰人。諸生，天才超逸，詩文書畫皆工，知兵好奇計，客總督胡宗憲幕。擒徐海，誘王直，皆預其謀。宗憲下獄，渭懼禍發狂，自戕不死，遂殺其妻。繫獄，久之得免。常自言書第一、詩二、文三、畫四，識者韙之。著有《路史分釋》《筆玄要旨》《徐文長集》，於三教及方技書，多有箋註。

袁宏道，前已見。

鍾惺(1574—1624)，字伯敬，號退谷，竟陵人。萬曆三十八年(1610)進士，授行人，官至福建提學僉事。爲人嚴冷，不接俗客。嘗官南都，僦秦淮水閣，讀史恒至丙夜，有所見即筆之，名曰《史懷》。愛名山水，所至必遊，不極幽邃不止。晚逃於禪，丁父憂去職，被劾，坐黜家居以卒。惺詩以幽深孤峭爲鵠，與同里譚元春評選《古詩歸》《唐詩歸》，當時謂之"竟陵體"。又有《詩經圖史合考》《毛詩解》《鍾評公羊傳》《隱秀軒集》等。

浦池潛，名左五郎，字鱗長，號九淵，通稱潛，西岡田藩士。天明五年爲藩主伊東長寬任用來進行財政改革。

今川毅，字子介、剛侯，號玉局。

小野田克，字子復，號天目。

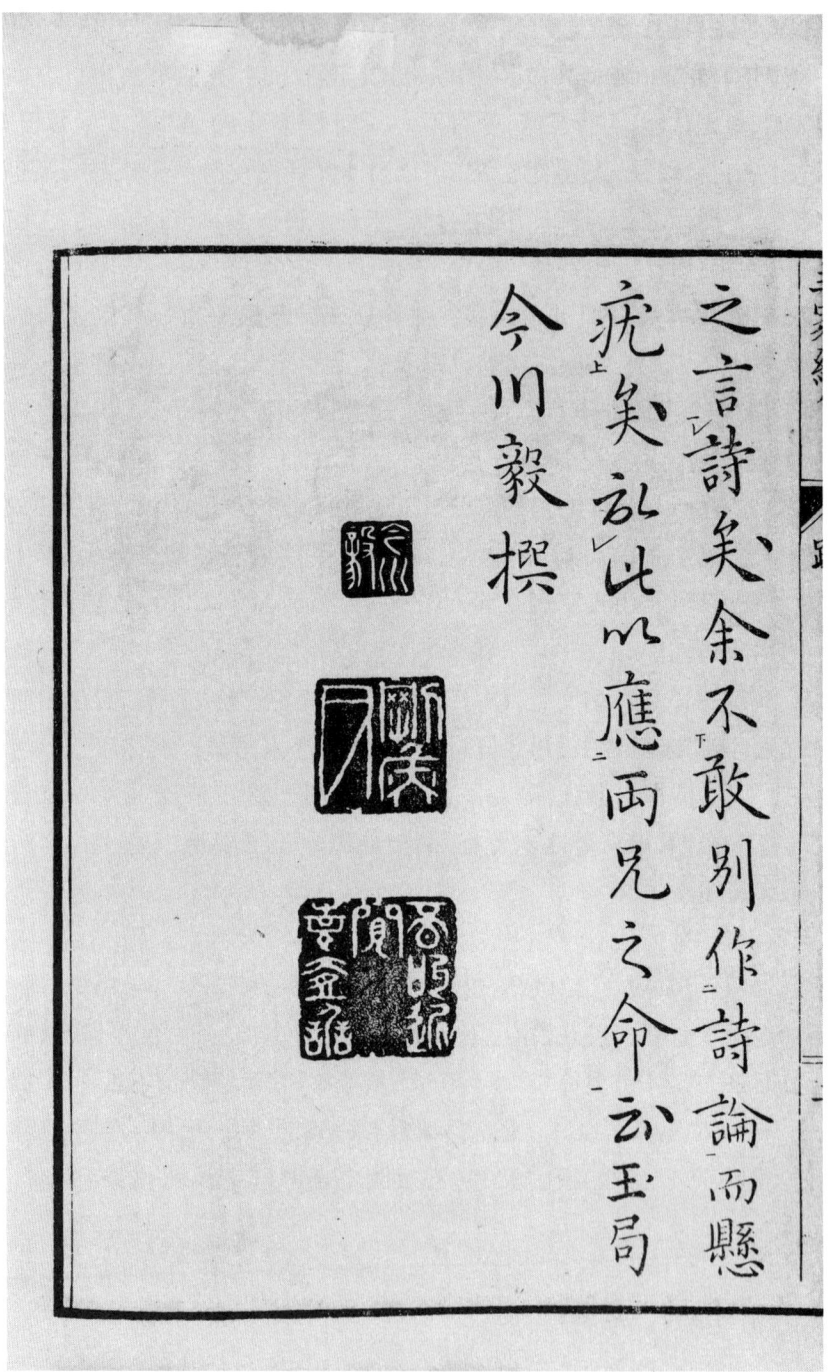

之言詩矣余不敢別作詩論而懸疣矣耿此以應兩兄之命云玉局今川毅撰

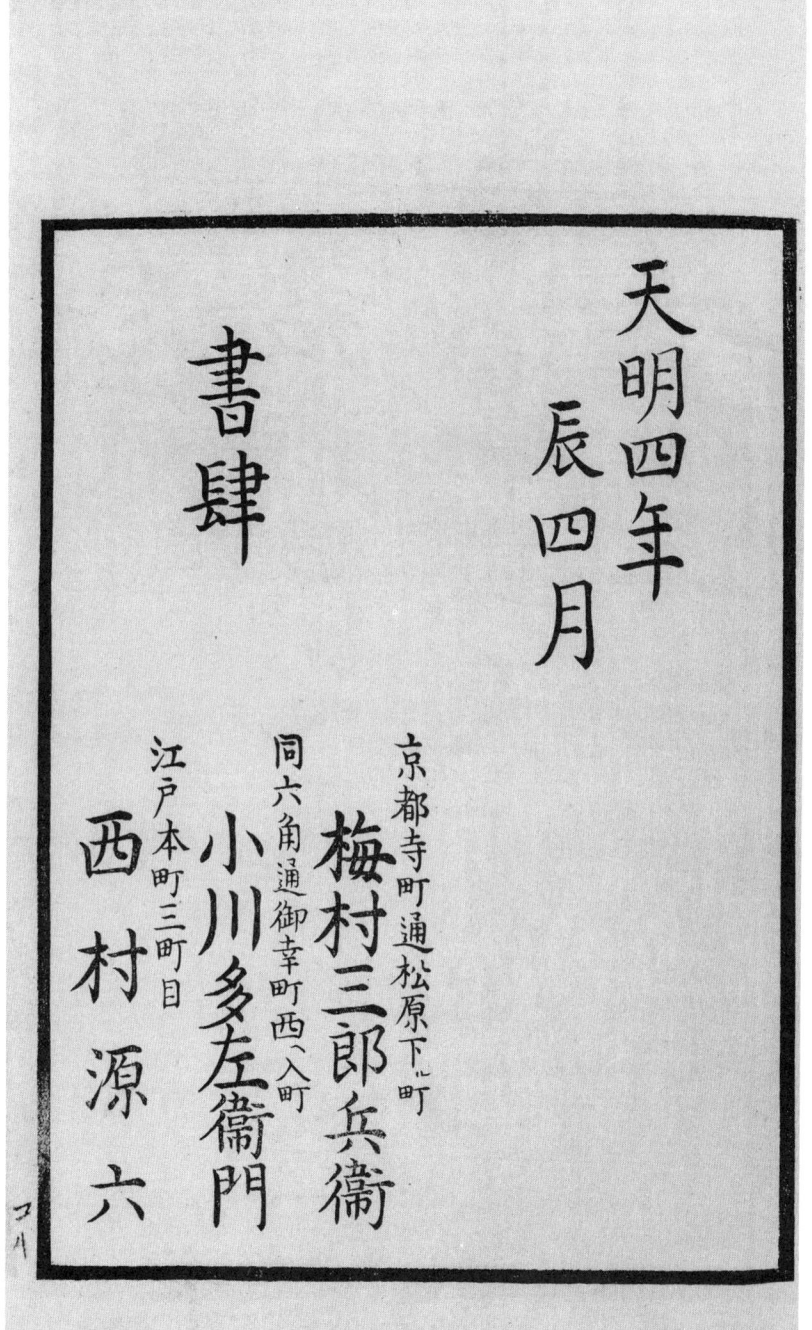

天明四年辰四月

書肆

京都寺町通松原下ル町
梅村三郎兵衞
同六角通御幸町西ヘ入町
小川多左衞門
江戸本町三町目
西村源六

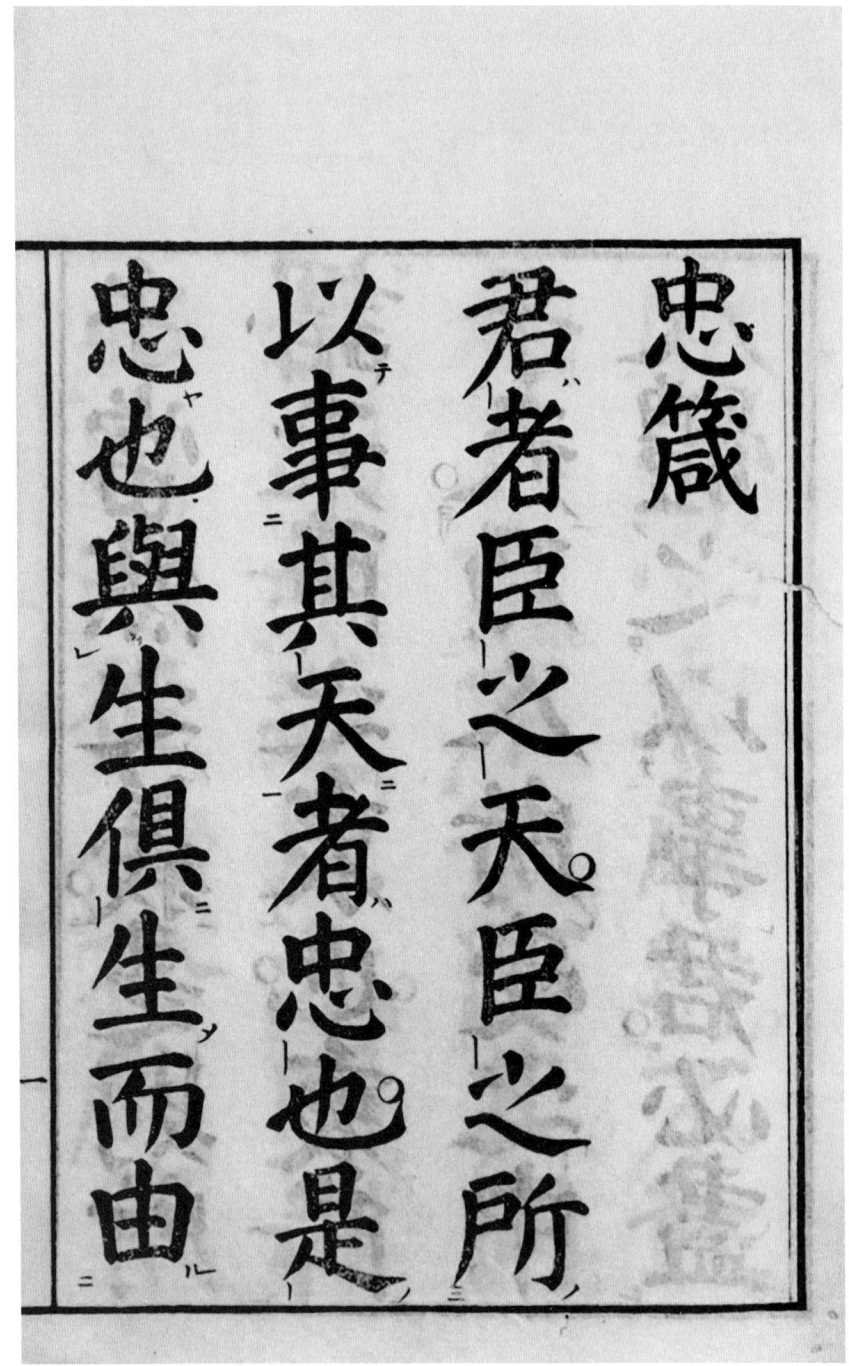

忠箴

君者臣之天。臣之所以事其天者忠也。是忠也與生俱生而由

038　丘瓊山忠孝箴勉學詩　一卷

山口景德編。天明六年(1786)序刊本,日本藩校養老館圖書館藏。1 册。開本高廣 25.8 釐米×17.6 釐米,內框 18.2 釐米×13.7 釐米,左右雙邊,白口,無魚尾,無欄線,半葉 4 行,行 8 字(後半葉 10 行,行 21 字),版心僅刻頁數。

卷首無序,卷末題"天明丁未春正月"。

是書包括四部分。一爲《忠箴》《孝箴》《青宮勉學詩》十首,末題"丘文莊公二箴十詩,揭諸寢以自警云,天明六年丙午夏六月己亥""臣景德敬書"。二爲《養老館記》,末署"天明丙午夏四月,臣山口景德謹撰"。三爲《釋菜文》,首云:"惟天明六年丙午夏四月甲午,養老館教授山口景德、助教吉松正修等拜手稽首敢昭告于先聖文宣王。"末題"臣正修謹錄"。四爲《養老館初學則》,末題"天明丁未春正月"。

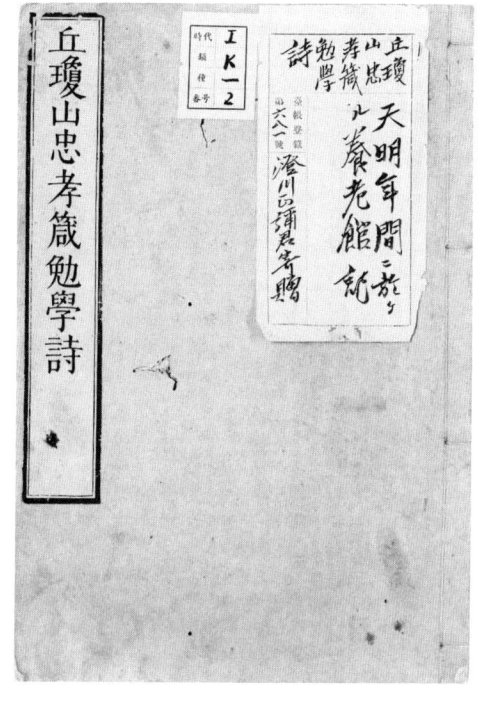

038-02

是書又有橫浜國立大學圖書館、東京大學圖書館、東京學藝大學圖書館、學習院圖書館等藏本,與九州大學圖書館藏本爲同版。

丘濬(1418—1495),字仲深,廣東瓊山人。正統九年(1444)鄉試第一,登景泰五年(1454)進士,選庶吉士,授編修,進翰林學士,孝宗時累官文淵閣大學士,參預機務。嘗以寬大啓上心,忠厚變士習,顧性褊隘,議論好矯激,廉介持正。性嗜學,熟於國家典故。晚年右目失明,猶披覽不輟,卒諡文莊。著有《大學衍義補》《世史正綱》《瓊台詩文會稿》等。

山口景德,即山口剛齋(1734—1801),大阪人,名景德,字正懋,號剛翁。爲儒學者淺見絅齋門人。天明五年(1785),爲石見津和野藩儒臣,創立藩校養老館並任教授,所著有《周易鼓缶》。

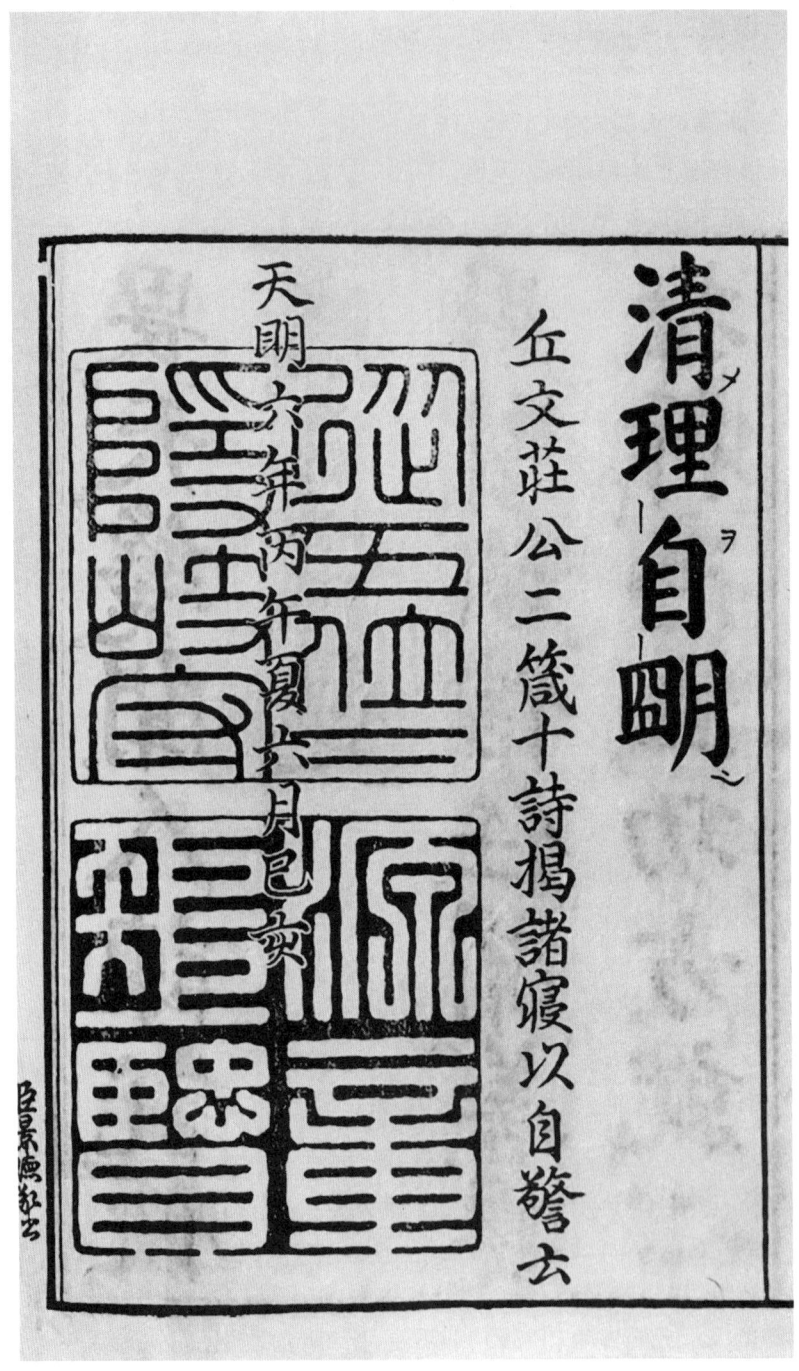

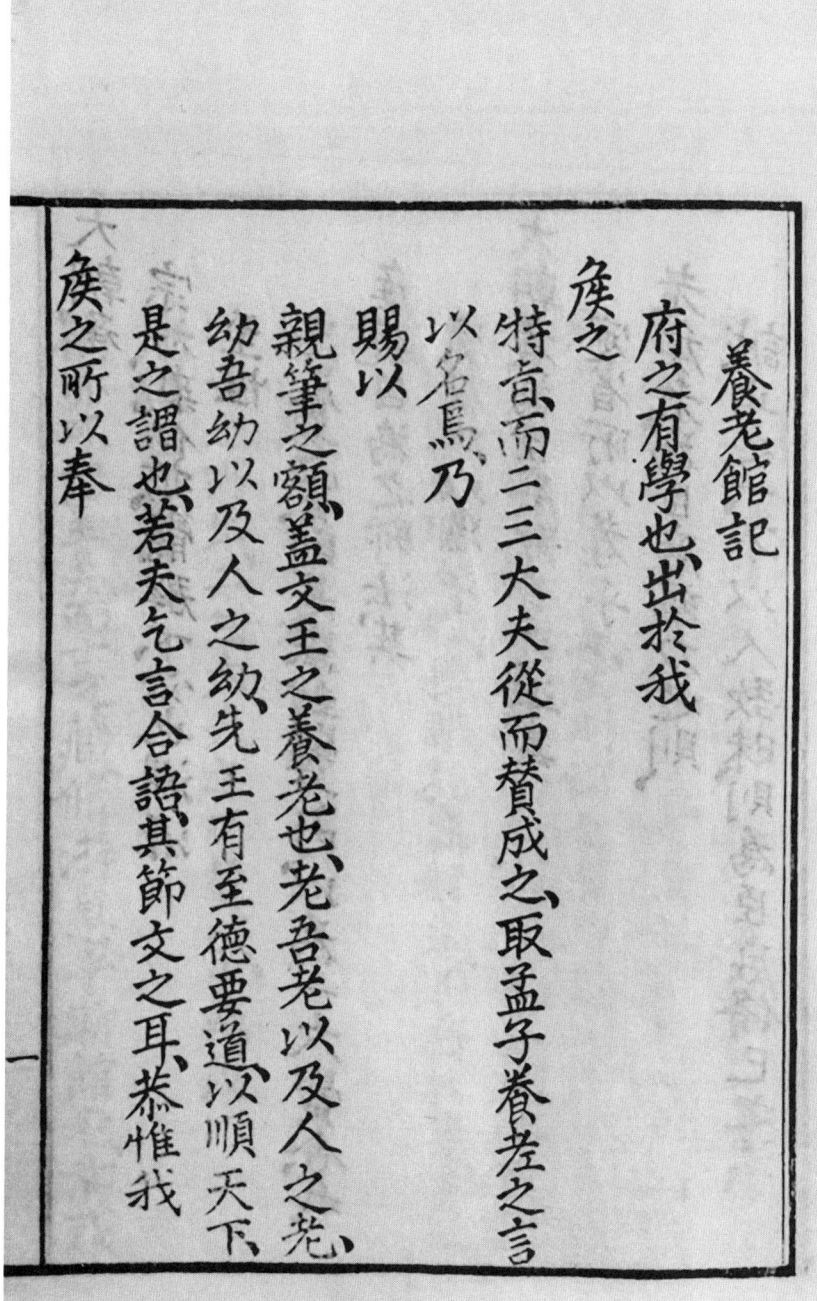

養老館記

府之有學也出於我

庾之

特宣而二三大夫從而賛成之取孟子養老之言

以名焉乃

賜以

親筆之額蓋文王之養老也老吾老以及人之老

幼吾幼以及人之幼先王有至德要道以順天下

是之謂也若夫乞言合語其節文之耳恭惟我

庾之所以奉

○天目先生 姓徐名中行字子與號天目山人浙江長興人舉嘉靖庚戌進士授刑部廣東司主事遷員外郎轉貴州同郎中出為汀州知府丁外艱服闋之轉運判官之三日遷端州府同知內艱家居服除補湖按察僉事雲南布政司左參議福建按察副使遷江西右布政尋轉左辛于官年六十二所著○尺牘史倉公傳綬寧○王元美王姓元美其字名世貞有天目山人集傳于世 尺牘父得以後寧號鳳州晚號弇州山人○蔡石傳載孫之恩我蔡石也言○至言貌君傳筆
○酬酢 嘉賓欽都 說其趣好漢鄧食其傳握食其與鄭敘所以禮荷食其世俗鄭師古注荷禮將○損飾 之禮所以效其飾也○淮南主術篇酬酢千鎔修書果飾道安答直云損飾有待之為煩也○綢繆 淮南道應篇西詩日綢繆牖戶○鴻蒙 莊子在宥篇雲將東遊過扶搖之枝而適遭鴻蒙鴻蒙方將拊髀雀躍而遊雲將見之倘然止贄然立曰叟何人邪叟何為此鴻蒙拊髀雀躍不輟對雲將曰遊

明 徐天目先生尺牘

日本 東都 檪岡瀨觀子瀾校

奉王元美

愁苦數年忽晤昔顏已若隔世況承篋笥珍選藥石至言五日踰千秋矣卽酬酢苟禮足為重哉茲承手書損飾備極綢繆之旨則知別後苦懷翻增于昔至誦瑤華累紙許惠贈高篇詭瑰奇絕竝鴻蒙以來未有之語卽何異入貝闕游神山耳目改易心神飛揚開鴻蒙之先

039　明徐天目先生尺牘　不分卷

明徐中行撰，瀨觀（櫟岡）校。天明七年（1787）時習館跋刊本，關西大學圖書館藏。1 冊。開本高廣 26.5 釐米×18.5 釐米，版框 23.5 釐米×15.5 釐米，白口，左右雙邊，框連眉欄及左右，下框半葉 8 行，行 20 字，版心鎸"徐天目尺牘"，魚尾下鎸"○"、頁數、"時習館藏"。

内封題："櫟岡先生校　不許翻刻/徐天目尺牘/時習館藏。"

卷首序一《徐天目尺牘敘》云："榮不佞辱從侍醫之末，今且一紀矣。雖官守鞅掌，然苟得休暇，則請吾櫟岡先生而聽其所講也。經史子集賴涉獵焉，以輔吾仁術，而奉國家萬一之用，則其免素餐，不亦多乎？先生嘗謂不佞榮曰：人不學則已，學而不能之，則與虧一簣者又奚異焉？然則

039-02

能之如何？必也修辭乎！如其不學修辭，徒涉獵是務，萬卷雖夥乎，不識其養如何也，終於書簏而已矣，何能之爲？徂徠物夫子之尸祝李、王也，良有以也夫。昧者不知矣，蓋先生有見于此乎，嘗師事藍田先生而學修辭，有年于此矣。雖因不投時好，居之不疑，其立志誠是，則學亦高拔群，傲睨一世俗儒云。今兹初春，櫟岡先生校《徐天目尺牘》以授剞劂也，屬序于榮。榮也不佞，何足與言文章乎哉？雖然，榮之於先生也，誼不可辭也，故言先生之所嘗言，以爲之敘。若夫天目氏之於修辭也，卓然頡頏於李、王之間，而又先生之有所取也，藍田先生之序既悉之矣，余復何贅，余復何贅？先生姓瀨名觀，字子瀾，櫟岡其號，鼓篋於東都駒郊云。天明丙午春二月，儲廷侍醫法眼佐藤祐榮撰。"有"祐榮之印""牛門"二印。又題"竹岡井庸書"，有"臣庸""君中氏"二印。

序二《天目尺牘序》云："蓋明興，作者多用力於尺牘。于鱗氏高矣至矣，弇州、百穀即別出杼柚，亦盡美與善也，又無間然耳。古人有言曰：'畫犬馬最難，鬼魅易。'是豈非乃在觀者鑒，而難易爲之生乎哉？又曰：'刻鵠不成尚類鶩，畫虎不成反似狗。'是豈非亦在擬者拙，而類似爲之分乎哉？凡人之患在好騖高遠，逝而不反。斯學之躐等過分，盈科而行，成章而達，刻畫鵠若犬馬能成鵠若犬馬，畫虎能成虎，鬼魅能得其精神，擬之與巧相得而不拙者歟！文章之道，豈其如畫之人人而鑒之且易見？難矣哉！爲鑒由己，而巧亦必待鑒，漸進不苟。之二者得乎心，唯其所欲，技之臻其化者邪！徐天目之於尺牘也，其變幻奇態之無盡，若彩霞之上赤城，而千巖秀、萬壑流，摸寫之妙奪造化之工也，而王良廢磬控而自失，般倕投刵

039-03

劂而懷手也。雖固不及弇州、百穀，其雄偉卓立，若泰山之高蟠，確乎不可拔，而滄海之浩瀚汪洋，罔極其涯涘也，蓋有似乎于鱗氏矣。第體而微也歟，最爲近之，將於此乎在。夫五子者，雖以詩頡頏，於文章皆瞠若乎後，矧復明末歸震川、袁中郎輩，膩粉纖豔，競新趨時好，遂讓天目雅古，弗啻避三舍矣。學尺牘者，不敢迷多岐，得其中道，自天目入，則百穀、弇州、于鱗氏之精神，又可得而言也邪。今瀨子瀾校《天目尺牘》，又考其證，梓以公於世，此其志在于斯邪！然尺牘一支也，儻欲見大體，有全集在焉。子瀾尋且校《天目集》，余姑序其尺牘，以竢後舉云。天明丁未仲春，藍田東颿年譔。"有"藍田""清時一逸民"二印。後題"越中椊正則謹書"，有"正則""士準"二印。

正文卷端大題"明徐天目先生尺牘"，下署"日本東都櫟岡瀨觀子瀾校"。

無目錄。全卷共23篇。

卷末跋云："蓋自物夫子祖尚李、王，而李、王之文昭昭乎揭日月而行也。尺牘亦各孤行，而獨至於天目氏之話言希見也。觀也私竊傾想久之，會有藏公集者，余得而

讀之,未嘗不三復而絕倒也,而後余喜可知也。王敬美曰:于鱗而下,子與稱最長云。弇州亦稱:文非西東京而上勿述矣。二王豈欺我哉?然則操觚之士除李、王外,舍公而誰也?余因寫其集,秘之帳中,屬者醫官秦士謹聞之,而將費其邑金以鎸其尺牘,公之海内也。於是乎講業之暇,稍加是正,略舉典故,聊備遺忘。且旁下國讀,以便兒曹。唯是魚魯,誠多可疑,然無別本之以取正焉。余既病諸,後獲京刊中行尺牘者,輒迺閱之。脫落紕繆,訓點亦訛,固其爲鹵莽也,不足以徵也。以故遂乃據本集,痛繩以授剞劂云。顧公之尺牘僅不過二十許蹏,則雖不足以觀其雕龍繡虎之巧麗,然亦足以窺其一斑。便即與李、王並行之也,非亦修辭家之一文範乎哉?丁未之春,東都櫟岡瀨觀子瀾。"有"瀨""觀"二印。後題"鱸坊巖巒伯鋭書",有"嵒""巒"二印。

徐中行(1517—1578),字子與,號龍灣,自稱天目山人,長興(今屬浙江)人。嘉靖二十九年(1550)進士,授刑部主事。入李攀龍、王世貞等詩社,爲"後七子"之一。累官江西左布政使。著有《青蘿館詩》《天目先生集》等。

瀨觀,即村瀨櫟園(1753—1797),名觀,字子瀾,號櫟園(一作櫟岡),江户(東京都)人。江户中期儒者,屬復古學派。著有《孝經外傳》《孝經疑問》《孝經鄭註或問》等。

醫官法眼佐藤祐榮,即秦士謹,餘待考。

竹岡井庸,即細井竹岡(1715—1795),江户中期書家。

東龜年,即伊東藍田(1734—1809),字龜年,藍田其號,江户人。善文章。荻生徂徠再傳弟子,後又從大内熊耳等切磋。著有《大戴禮記補註》《論語韓文公筆解考》等。

壑正則,即高野松蔭,名正則,松蔭其號。長岡藩士,江户中期漢學者。

《天目先生集》有明萬曆刊 20 卷附 1 卷,又有 21 卷本。延享元年(1744),京都林權兵衛嘗刊《天目先生集》書 1 卷,村瀨櫟園跋稱"脱落紕繆,訓點亦訛","遂乃據本集,痛繩以授剞劂云"。

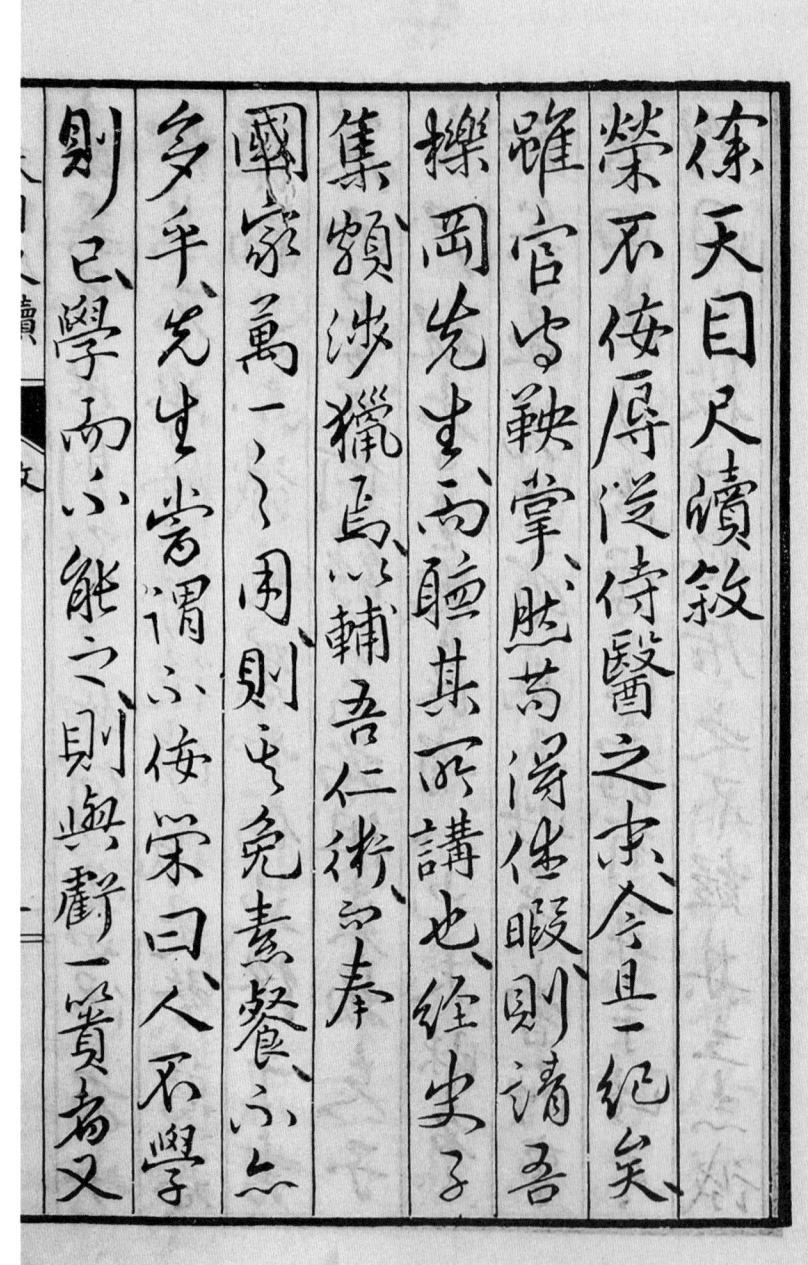

徐天目尺牘敘

榮不佞忝侍醫之末今且一紀矣
雖官守鞅掌脫苟得佗暇則請吾
擽岡先生而聆其所講也經史子
集頗涉獵焉以輔吾仁術且奉
國家萬一之用則吾免素餐不允
多乎先生嘗謂不佞榮曰人不學
則已學而不能之則與蠹一簀者又

徐天目先生尺牘

蓋自物夫子祖尚李王而李王之文昭昭乎揭日月而行也。尺牘亦各孤行而獨至於天目氏之諸言希見也。觀也私竊傾想久之會有藏公集者余得而讀之未嘗不三復而絕倒也。而後余喜可知也。王敬美曰于鱗而下子與稱最長云弇州亦稱文非西東京而上勾述矣。二王豈欺我哉。然則操觚之士。除李王外舍公而誰也。余因寫其集秘之帳中屬者監官奉士謹聞之而將費其邑金以鑴其尺牘公之海內也。扵曼子講業之暇稍加是故聊備遺忘且旁下國讀以便兒曹。唯是魚魯。誠多可疑然無別本之以取正焉。余既病諸後獲京刊中行尺牘者輒廸閱之脫落紕繆訓點亦詑其為匈萃也不足以徵也故遂乃據本集痛繩以投剞劂云。顧公之尺牘固僅不過二十許號則雖不足以觀其彫龍繡虎之巧麗然亦足以窺其一班。便即與李王並行也非亦儕雘家之一文範乎哉

丁未之春
　　東都
　　　　　鑪坊　　瀨觀子瀾跋
　　　　　　　　　　　岩巒伯銳書

唐伯虎集

吳趨唐寅著　茸城沈思及之輯

雲間曹元亮寅伯校

五言近體

聽彈琴瑟

高廈列明燈展瑟復張琴柔絲亂弱指遞
節赴繁音宝雁齊布金星合漫尋相逢
且相樂不惜解羅襟

040　唐伯虎集　不分卷

唐寅撰,明沈思輯,馬嚴敬夫編。享和元年(1801)大阪山口又一郎、京屋吉右衛門序刊本,關西大學圖書館藏。1冊。開本22釐米×16釐米,内框11.4釐米×7.8釐米,左右雙邊,白口,單魚尾,有欄線,半葉8行,行16字,版心上刻"唐伯虎集",魚尾下刻頁數。

卷末刊記:"賦、樂府、五七言古詩、序記、書牘、雜文近刻/享和改元辛酉八月,大阪書林心齋橋通安堂寺町/京屋吉右衛門/同通北久太郎町/山口又一郎發兑。"卷端大題"唐伯虎集",下署"吳趨唐寅著,茸城沈思及之輯,雲間曹元亮寅伯校"。

卷首《唐伯虎彙集序》云:"以余觀於唐伯虎先生,其可謂摘藻家昆岡矣。茸城沈子及之採其賦、樂府、古

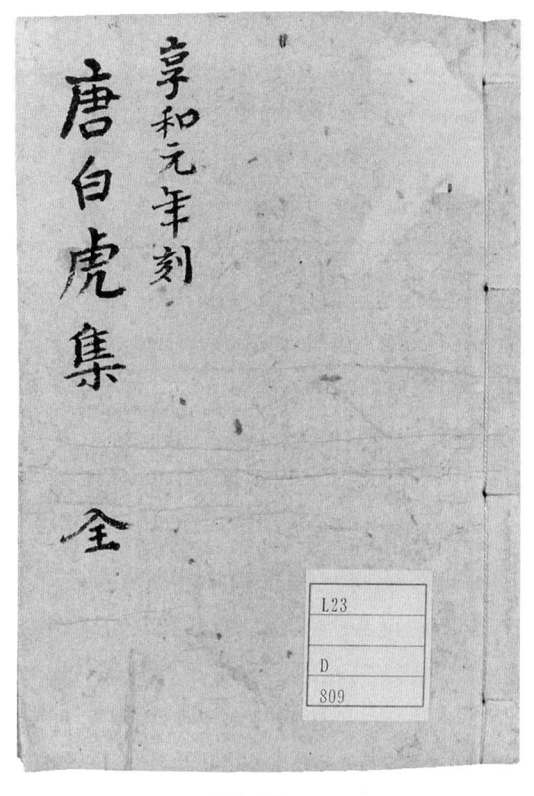

040-02

詩、近體、序記、書牘、雜文若干篇,名《伯虎彙集》,亦唯唐氏片玉耳。余頃購得,齋沐捧之,爛爛光彩,奪人眼目,不知荆璧隋珠爲何物也。於是欲刻而公之,則力有所不足也;欲韞而藏之,則亦愧古人天下之寶,當與天下共之言。因就其集中撮五七言律絕句,以授剞劂。嗟乎!此舉也,固雖片玉中片玉,庶亦可以見其溫潤美質、天然之德云爾,不識世之君子領之否?享和元年辛酉秋八月,浪華後學馬嚴敬夫題于三餘室中。"有"馬嚴之印""敬夫"二印。

《唐伯虎集》四卷附一卷補一卷,沈思編,萬曆四十年(1612)序翠竺山房刊本,卷一賦3首、樂府12首、五言古詩6首、七言雜詩30首;卷二五言近體12首、五言排律1首、七言近體94首、五言絕句6首、七言絕句94首、詞3首;卷三書5首、序6首、記8首;卷四碑銘1首、墓志銘7首、墓碣1首、墓表1首、祭文1首、疏文1首、啓1首、

表1首、贊3首、聯句;附刻外集,唐子畏墓志銘、傳贊四條、紀事30條。享和本《唐伯虎集》不分卷,包括五言近體、七言近體與五言絕句、七言絕句兩部分:五言近體,計11首,七言近體,計67首;五言絕句5首,七言絕句89首,共計182首。當是據萬曆四十年刻本卷二編選,删去10餘首,並於七言近體補《彦九郎還日本作詩餞之坐間走筆甚不工也》1首。此詩中國各唐寅本集或總集均未見,今東京國立博物館藏《贈彦九郎還日本詩》條幅,或即據此增入。

040-03

唐寅(1470—1523),字伯虎,一字子畏,號六如居士,吴縣人。舉弘治十一年(1498)鄉試第一,寧王宸濠以厚幣聘之,寅察其有異志,佯狂使酒,宸濠不能堪,放還。築室桃花塢,日與客般飲其中。畫入神品,詩文初尚才情,晚年頹然自放,謂後人知我不在此,論者傷之。有畫譜及集行世。

馬嚴敬夫,生平不詳,長澤規矩也《和刻本漢詩集成》該著"解題"稱馬爲馬場之修姓,名嚴,字敬夫。

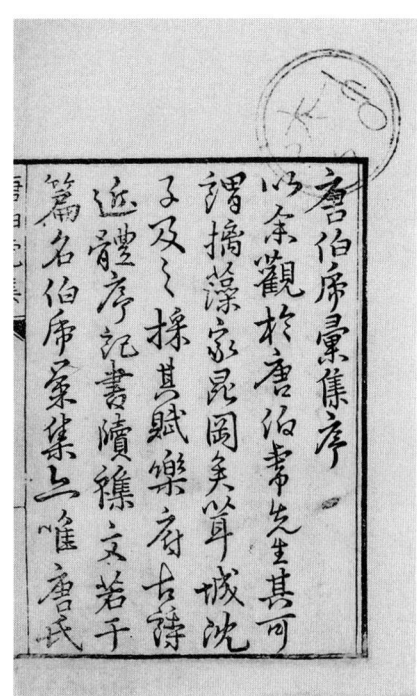

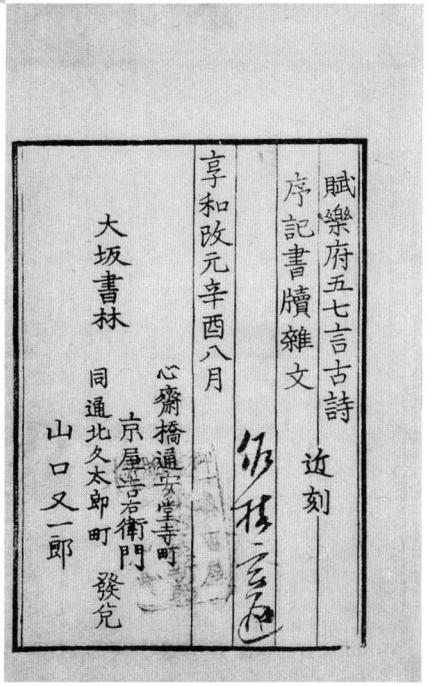

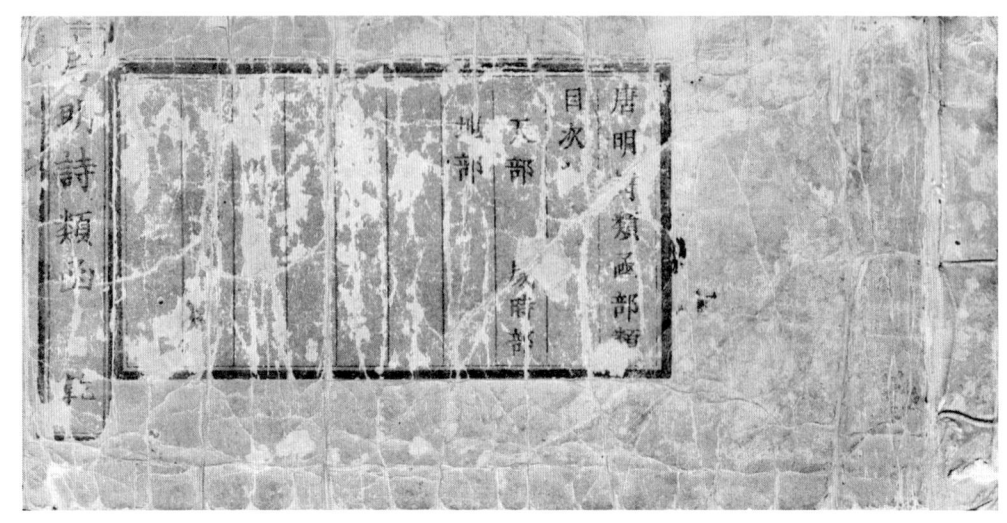

041-01

041-02

041　唐明詩類函　三集十卷

　　橫塘角有則編。寬政十二年(1800)、文化二年(1805)序刊本,自藏。初集袖珍本2冊。以乾坤分次。開本高廣 11 釐米×20 釐米,四周單邊,白口,無魚尾,無欄線,半葉 22 行,行 14 字,版心上刻"詩類函卷某",下刻頁數。

　　卷端大題"袖珍唐明詩類函卷之一",下署"橫塘角有則編輯"。卷尾有"橫塘藏梓"方章一枚,旁題"每部無此章者屬贗本",又題:享和壬戌年季冬刊成/紀州書林田中平右衛門/東都書林前川六左衛門/京都書林藤井孫兵衛、林伊兵衛、林宗兵衛、石田治兵衛、中川藤四郎、能勢儀兵衛、風月庄左衛門、林權兵衛、勝村治右衛門、出雲寺文次郎、朝倉儀助、齋藤庄兵衛/浪華書林大野木市兵衛、柳原喜兵衛、森本多助、淺井吉兵衛。

　　卷首序一云:"唐人之詩非皆盡唐矣,明人之詩非皆盡明矣。有浮泳六朝者,有承流宋元者,魚目明月頒斌乎雜焉,末學膚受者非能所辨矣。及廷禮、于鱗之出也,品之正之,以選盡之,而後可以知唐人之所以爲唐也。於明則本邦之物徂徠編選之,以爲唐後之唐詩矣,而亦知明人之詩爲明,以其能爲唐也。而三家之所編選,其吟示唐、明之所以爲唐、明,而未及類聚。余嘗每讀唐、明諸家集,分類拔萃,以便考索。且玉石合存,以示不善所以陟善也。後之學詩者能熟讀夫三家之選,而後左右斯集,則二代中之薰猶隰露,庶幾以知有唐之非唐、明之非明乎?寬政丁未(按,寬政無"丁未",或爲"己未"之誤)春王正月,泉南橫塘角有則。"後有"有則""有物"二印。

　　序二《題唐明詩類函首》云:"詩之爲集,有擇其善者,有備其博者。備其博者不能無憾於其不善,擇其善者不能無憾於其不博,二者不可得兼也。今斯集,其於博既無憾,其於善雖未能全無憾,唯取諸唐明而不及宋元,則亦無懼於陷邪路也。且夫卷之則可以藏於懷袖,舒之則亦猶求百物於肆,何求而不得焉?先達者擇而取其善者焉,後進求而得其所欲焉,二者既兼,則其復何憾,其復何憾?寬政十二年夏六月,攝州墨浦靈松龍鱗翁義端撰。"後有"空門子""義端"二印。

　　又《袖珍唐明詩類函目錄》:卷之一,天部、歲時部;卷之二上,地部;卷之二下,花木部、禽獸部;卷之三上,人事部、文學部、武事部、樂部;卷之三下,釋教部、仙道部、夢部、巧藝部、珍寶部、食物部、器用部。

　　又《附言》云:

　　"一、胡元瑞曰:"自《三百篇》以迄於今,詩歌之道無慮三變。一盛於漢,再盛於唐,又再盛於明。典午創變,至於梁、陳極矣,唐人出而聲律大宏;大曆積衰,至於宋元極矣,明風啓而製作大備。"是則予於近體所以屬唐明之意也。

"一、斯篇則集也,非選也,以故雖唐有初、盛、中、晚四體,明有吳郡、青田、長沙、京口、北地、信陽、婁江、歷下四變,不問之調之高下,不論之格之優劣,總群泛稱也者,覰者因其性所近而得一體乎則可矣,不必言使人面如我,是則所以集而不選也。

"一、詩之有類集也,舊矣,舉欲便覽者也。而張玄超之《類苑》,至矣盡矣。雖則至矣盡矣,卷帙最多,購者頗少,則雖便覽者亦不便得覽者也。是則斯集所以辦,便也。

"一、胡爕亭之《貫珠》,佳則佳矣,而唯七律而不迨其他。《群芳譜》《淵鑑類函》等書編歷代詩,多則多矣,而大抵專事實典故,而往往有官而不牆屋、木而無枝葉者,非出全首則無當,玉厄雖美亦奚以?凡斯三者,亦欲便而不便者也,予故不自也。

"一、俞長仁之《詠物詩選》,蓋先分類而後索詩乎?以每題索諸唐而不得則索諸梁,索諸梁而不得則索諸陳,索諸陳而不得則索宋索金索元索明也。而此其索,多得則止取三首,不得則闕選。云選云集,覽云乎哉?我不祖焉,豈無以乎哉?

"一、斯篇原欲備就予學者之談柄,是以具體不必問,誤寫不必校,唯尚蠅頭細書而懷之。屬者書賈某請諸上木,予告之故而辭。復請,卻還來,不得已許之。且命河氏子廣、坂氏子明二童子加訓點,遂至售醜於大方之家,若夫寒鄉學者,藉是有知唐明之爲唐明乎,亦我郢書哉?"末署"庚申夏五,角有則再識"。

二集4卷,2册,以天地分次。版式同初集。卷端大題"袖珍詩類函二集卷之一",下署"橫塘角有則編輯,鳴門荒井公廉校訂"。封面題"詩類函二集",卷末題"文化辛未年季冬刊成",餘同初集。

二集卷首《詩類函二集三集序》云:"東都有唱宋詩者,西都有唱清詩者,中原有解唐詩不得者,均不知詩者也。其言曰:'于鱗《選》,非選善矣,《選》自爲善者也。'又曰:'詩非待辭餙而傳者也。'吁,是何謂也?夫近體權輿於唐,而盛而衰,故唐而漢魏者鮮矣,唐而六朝者有之。至其衰也,巧以換韻,叢以勝詞,宋元濫觴於焉。衰之又衰,順流忘歸,其間或二三傑出者,雖唐之學三李杜、三蘇李,涇渭同濁,薰蕕存臭,概肋骨之得、皮肉之失,非服淺近,過於軒舉。於是濟南奇絕,操觚以進,目不見全牛,所謂三十二相、八十種好,具而後神遇之,則取焉,不則不取。其他流於六朝者,源於宋元者,雖盛亦不取。而後世洪壁武夫,西施里顰者,非翅不知耋然嚮然,舞合桑林,會中首經,所見皆牛,未秋毫之察,遂至唱己所見曰唐無詩,陋亦甚矣。夫詩之尚辭也久矣。《三百篇》辭也,夫子之刪諸,亦唯是矣。自爾之後,調云格云,萬象風致,亦皆非之,是琢磨何居乎？不勉焉修飭,則詖淫繼之,遁邪候之,漸靡然乎蔽陷,非翅勃窣利屈,奈温柔敦厚何？而不知者,亦唱己見曰:詩者,偶爾興至意至,筆隨成之。於乎！不知辭之言,甚於糞土,之二者又何知？後覺不必及先知,先知不必勝後覺,奚以知其然？古來解詩也,多不得於辭,求之心,銖錙而數,粒粒而精,惟邪路之馳。今之解者,欲勝上之,其志可善而效尤之,不省摸索,無本一說。或曰:以蓄疑者意見之間,奇僻之尚,傲然自謂逢河源,解人頤者有之。不知而爾乎,可憫也;知而爾乎,可惡也。三子者曷如是誤也。彼唐如是其創盛,明風如是其再盛,而舉唐人非唐詩者以自喜,不解李、王諸子有所尚,目之以剽襲,遂破之嫉之,以及廢唐詩自爲說,則唐云唱宋唱清,輓近之世斯爲美,均之不知詩焉。賴予嘗曰:'知唐人之詩非皆盡唐詩,明人之詩非皆盡明,而後始可與言詩矣。'爲之也,通之以往,不可謂宋必無唐詩也,不可謂元必無唐詩也,假使其謂有之,亦異夫三子者選。言未畢,屬書賈某請梓《詩類函》二集三集,併此語授之。文化乙丑秋九月,泉州横塘有則撰於浪華京居一貫齋中。"後有"有則""有物"二印。

又《例言》云:

"一、《詩類函》題二集三集者,以嗣《唐明詩類函》也。如是分判者,以蠅頭細字袖珍小刻是尚,每集楮數有限也,非敢謂以作者先後作意甲乙。編輯之因、梓行之由,前集序及附言審之,不復贅。

"一、前集唯唐明焉,是兩集旁及宋金元、國朝等,間亦取之,非唐、明貂不足,宋、元狗尾續焉,前集及是編並序論之詳矣。

"一、每集分類先後,目次具錄之。前集先分三大部,曰天曰地曰人,而歲時屬之天,花木、禽獸屬之地,文武仙釋衣食器用等皆屬之人。是兩集異於是,總分十二門,首天部,次歲時,次山水,次花木,次禽獸,次居處,次道路,次寺觀,次古跡,次僧道,次人事,次器財。而首五門爲二集,次七門爲三集。編輯異,宜序次隨異也。每部類一物而律絕數首者,毋論而已矣;或亡于律有于絕者,或有于七言亡于五言者等,皆以詩體編輯,不拘物名。要各就其門部認之,可矣。

"一、前集、是集,皆唯近體耳,每類各先五律,次七律,次五絕及七絕,非必以優劣軒輊。次第大抵先初盛中晚唐,次及宋元明清等。每體每代首詳記,後略,隨考索自知。

"一、排律,予嘗按:自有排律體,不可謂疊律詩以爲長篇者也。以佈置有序、首尾貫通爲尚之,故長篇大段多不以鍛煉爲工,若使初學取規矩於此,懼失步於邯鄲,於是集闕焉爲之也。

"一、近體與古詩異,歌行雖近體亦異,格調異,用字是異焉。依予教初學,近體則以《唐明詩類函》及是兩集及《類韻句鑑》,古詩則以《古詩苑》及《古詩筌》,而於評論則有以讀《唐詩選》《杜律評註》等。之數者,皆予嘗所編輯論著也,雖不足公於大方,以若所爲導若所爲則,庶幾小補于初學。是之集所以應書賈請,不辭梓行也。戊辰之春,橫塘子錄。"

又《袖珍詩類函二集目次》:卷之一,天部、歲時部;卷之二,山部、水部;卷之三,花木部;卷之四,禽獸部。

三集4卷,2册。封面題"三集上(下)",内封題"詩類函三集"。卷端大題"袖珍詩類函三集卷之一",下署"橫塘角有則編輯,鳴門荒井公廉校訂"。卷末題"文政六癸未年刊成",餘同初集、二集。版式同初集、二集。卷首無序,《袖珍詩類函三集目次》:卷之一,居處部、道路部;卷之二,寺觀部、古蹟部;卷之三,僧道部、人事部;卷之四,器財部。

是書初集藏本較多,如日本國立國會圖書館、東京大學圖書館、早稻田大學圖書館等均有藏,然均非三集全本。二集,關西大學圖書館、九州大學圖書館、住吉大社御文庫、傳習館高等學校對山館文庫等有藏本。三集,今僅知宫内廳書陵部、哈佛燕京和書有藏,傳習館高等學校對山館文庫藏本存卷三、卷四1册。

橫塘角有則,即春田橫塘(1768—1828),本姓土生,名有則,字有物,通稱仁左衛門、尚平,別號海老。江户後期儒學者,著有《古詩筌》等。

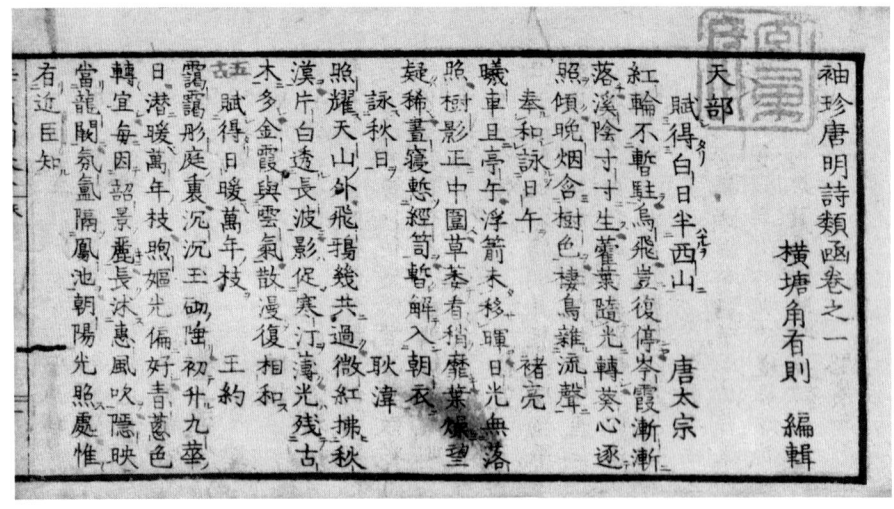

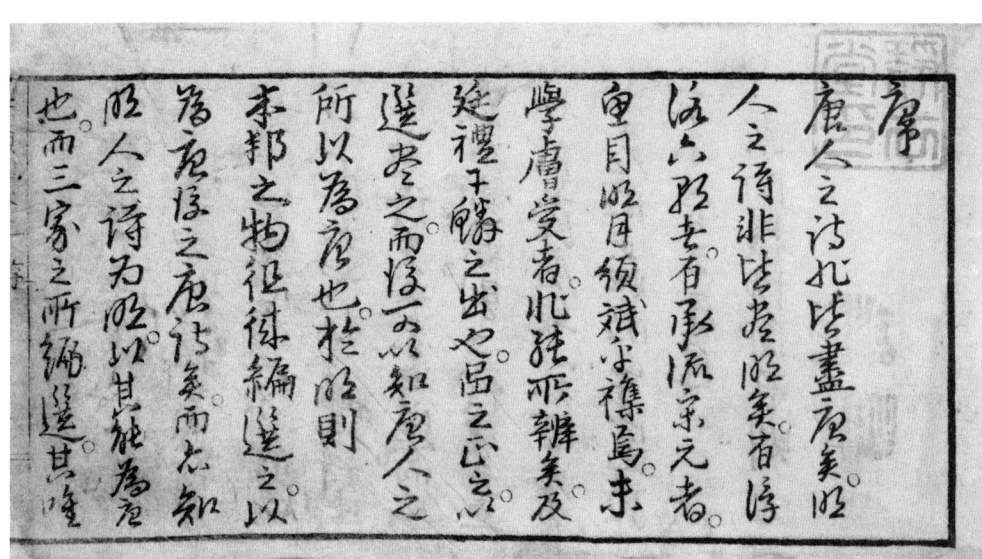

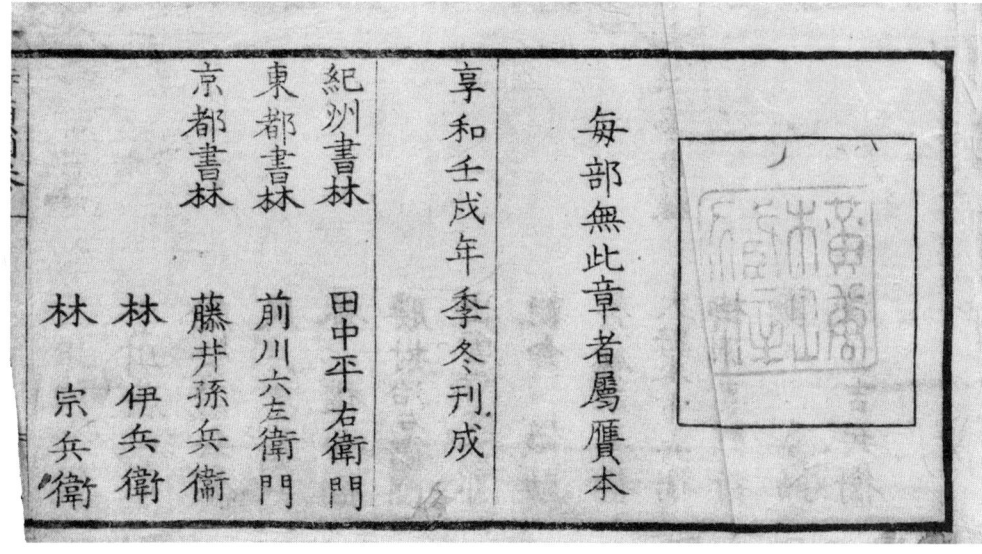

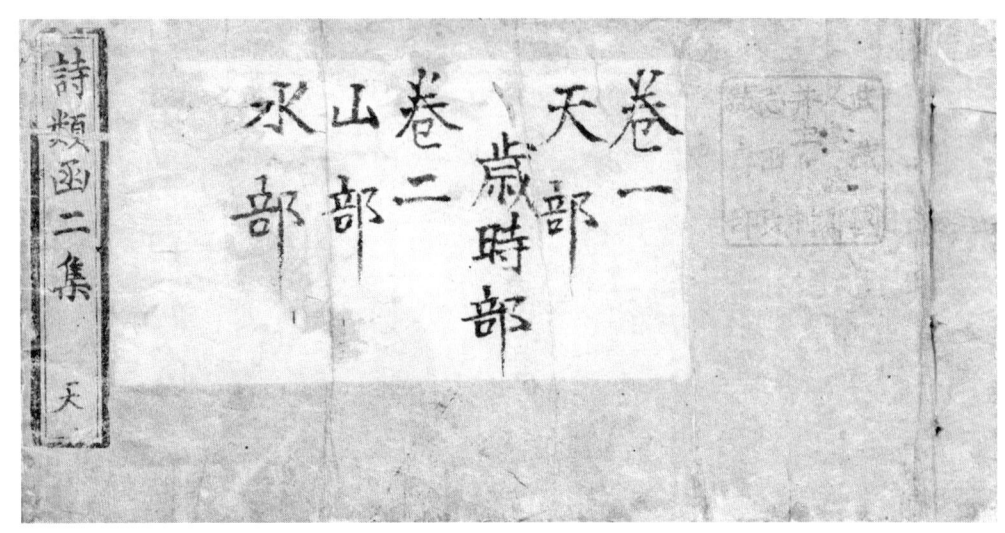

041-06

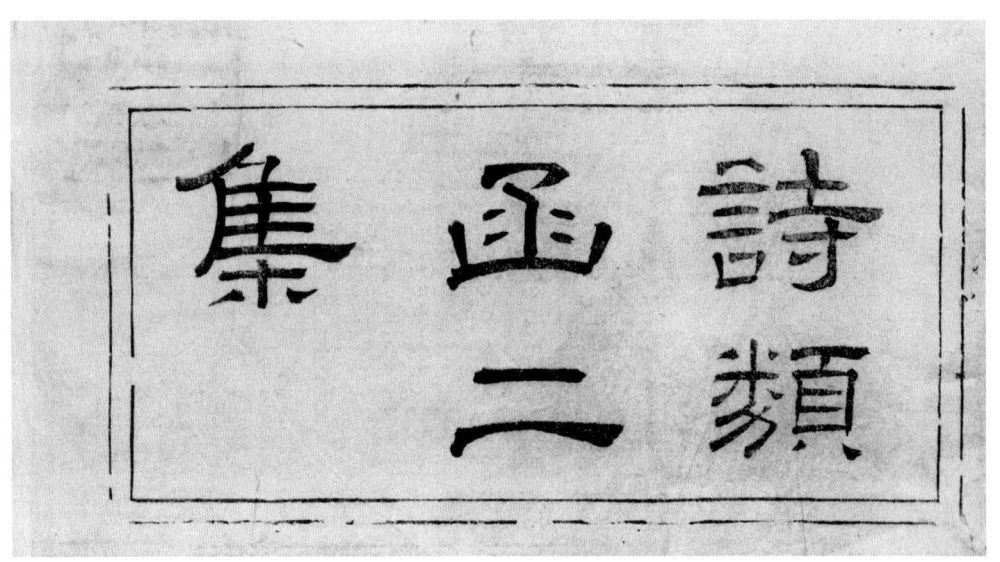

041-07

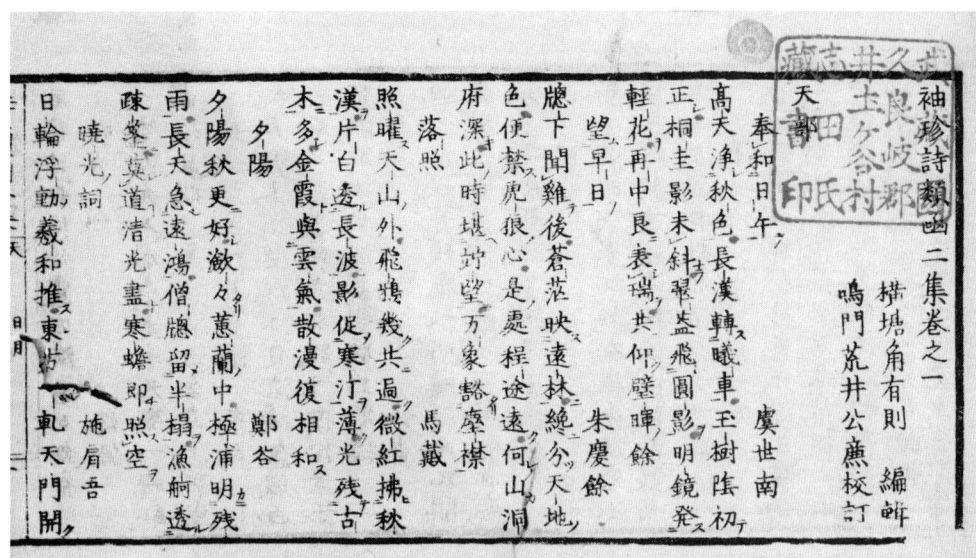

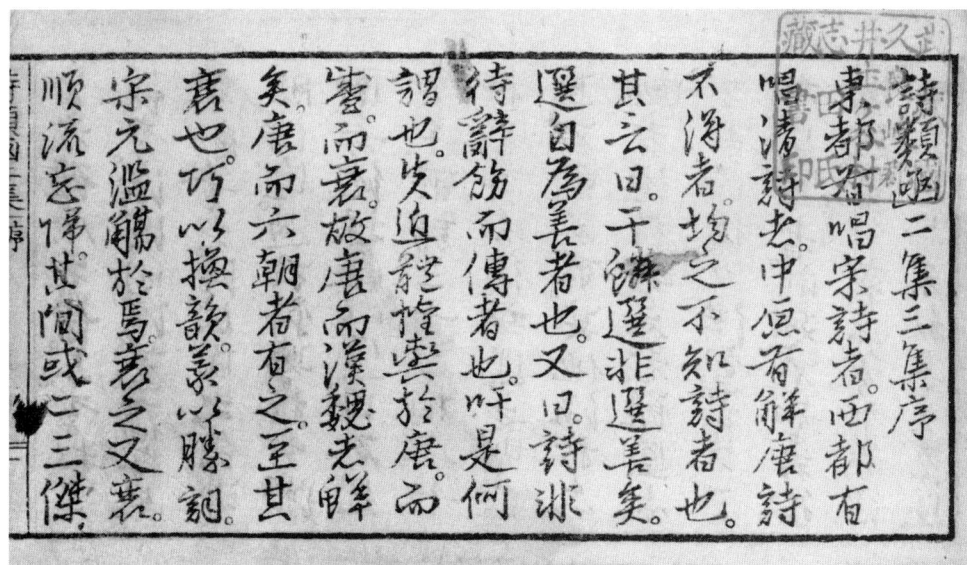

每部無此章者屬贋本

文化辛未年季冬刊成

紀州書林　田中平右衛門
東都書林　前川六左衛門
京都書林　藤井孫兵衛
　　　　　楠見甚左衛門
　　　　　林　宗兵衛

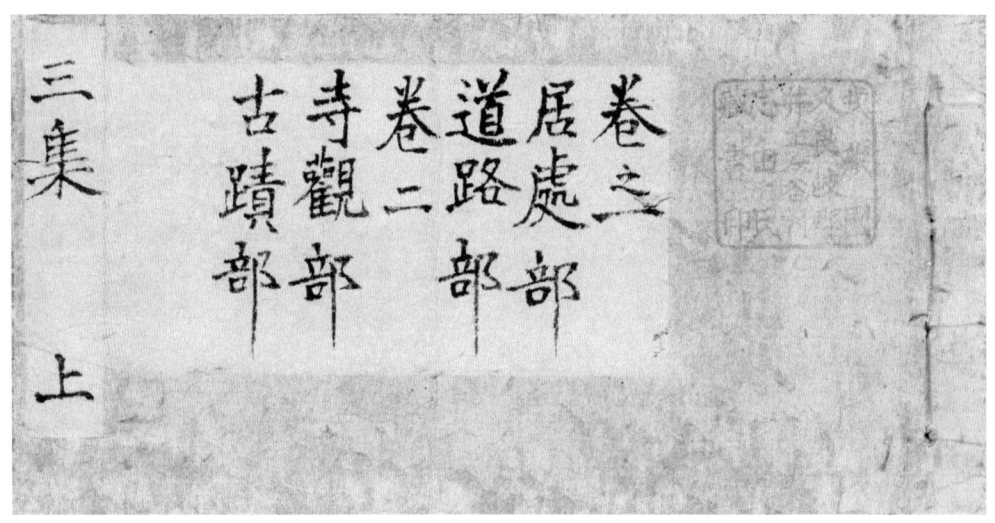

三集　上

卷之
居處部
道路部
卷二
寺觀部
古蹟部

唐明詩類函

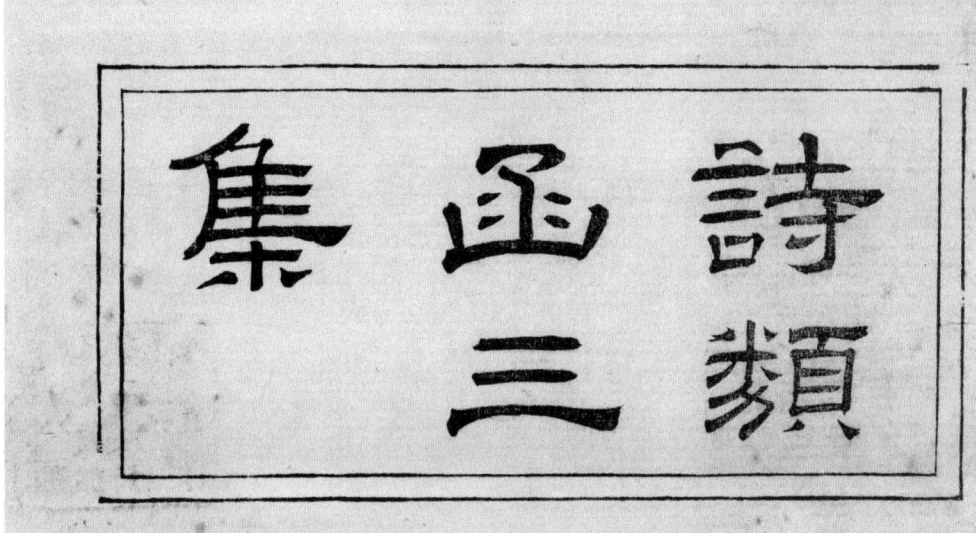

集函詩
三類

袖珍詩類函三集卷之一
　　　　　　　橫塘角有則　編輯
　　　　　　　鳴門荒井公蔗　校訂

登望洋臺城樓　　　　　　　　　楊巨源
宋玉本悲秋　今朝更上樓　清波城下
去　此意重悠悠　晚菊臨杯思寒山滿
郡愁　故關非內地　為漢家羞

秋晚登城　　　　　　　　　　　許渾
城高不可下　永日一登臨　曲檻涼颸
急　空樓返照深　葦花迷夕棹　梧葉散
秋砧　謾作歸田賦　蹉跎歲欲陰

登潤州城　　　　　　　　　　　丘為
天末江城晚　登臨客望迷　春潮平島
嶼　殘雨隔虹霓　鳥與孤帆遠　烟和獨
樹低　鄉山何處是　目斷廣陵西

登杭州城　　　　　　　　　　　鄭谷
漠漠江天外　登臨返照間　潮來無別
浦　木落見他山　沙鳥晴飛遠　漁人夜
唱閑　歲窮歸未得　心逐片帆還

早春桂林殿應制　　　　　　　　陳叔達
金鋪照春色　玉律動年華　朱樓雲似

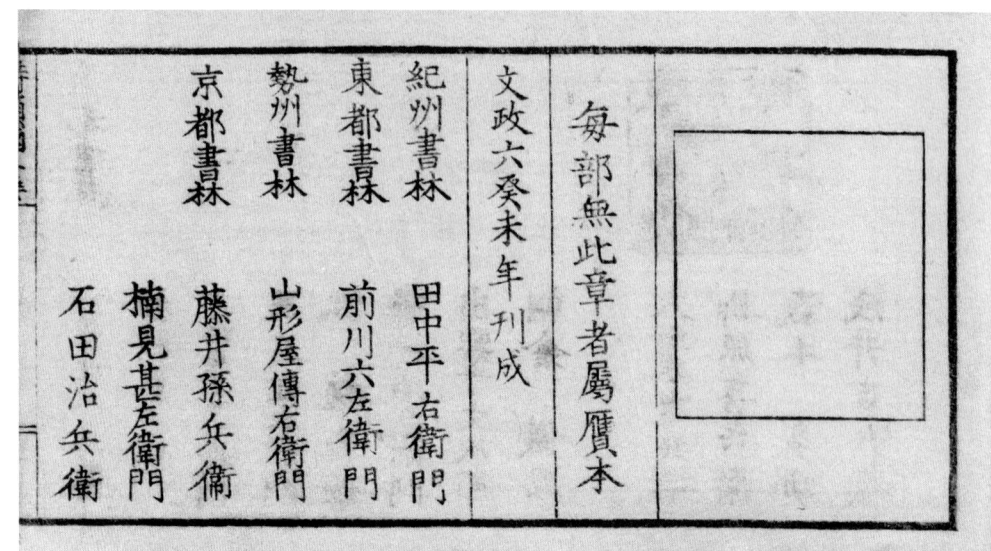

041-14

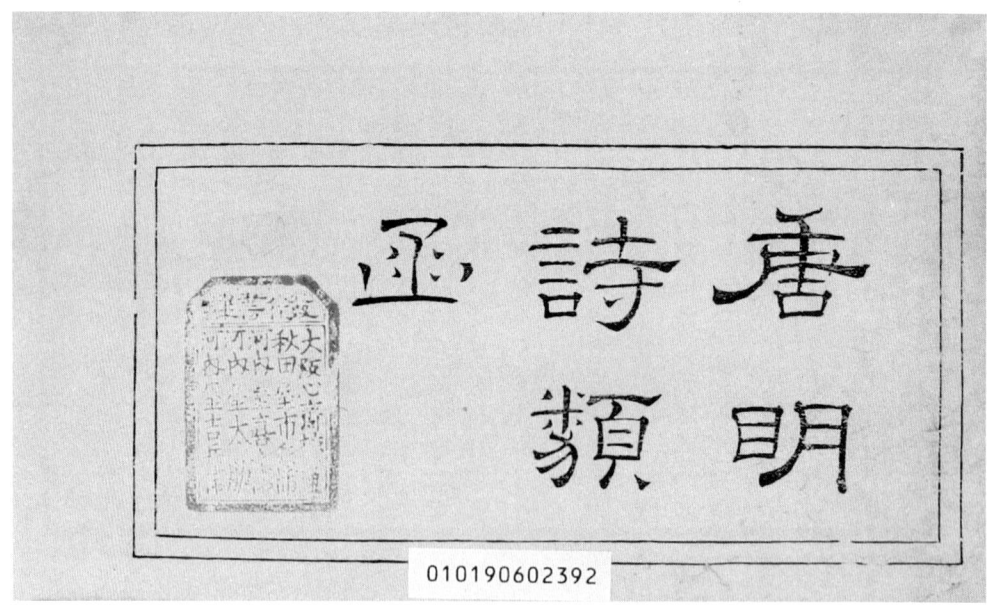

041-15　早稻田大學圖書館藏本

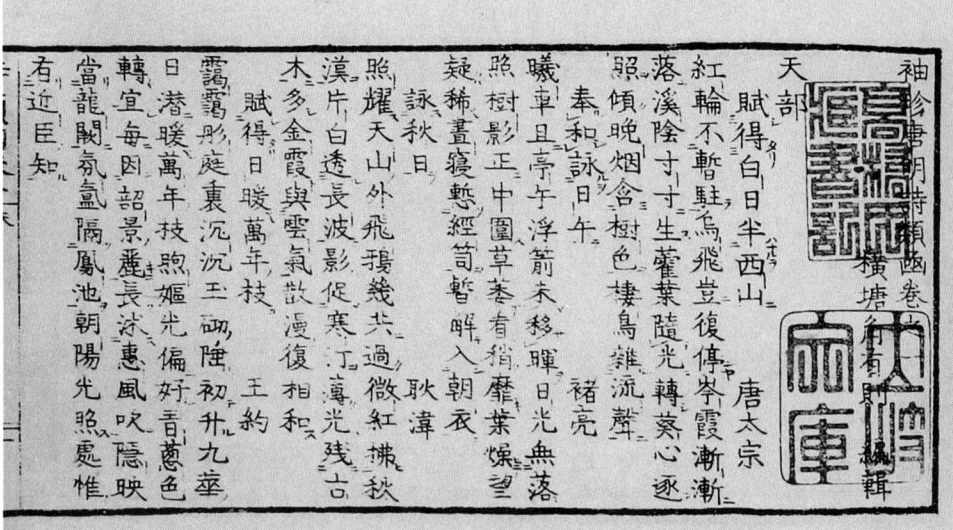

041-16　早稻田大學圖書館藏本

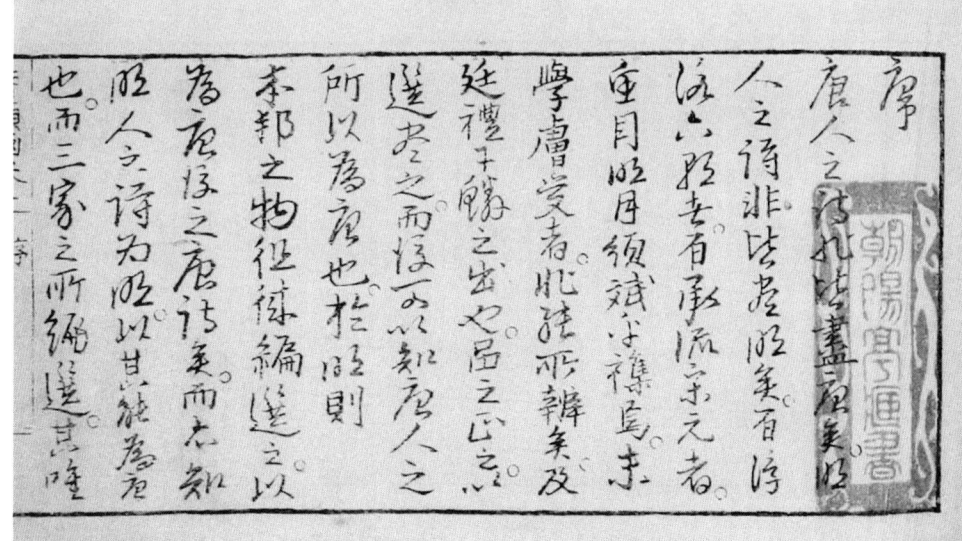

041-17　早稻田大學圖書館藏本

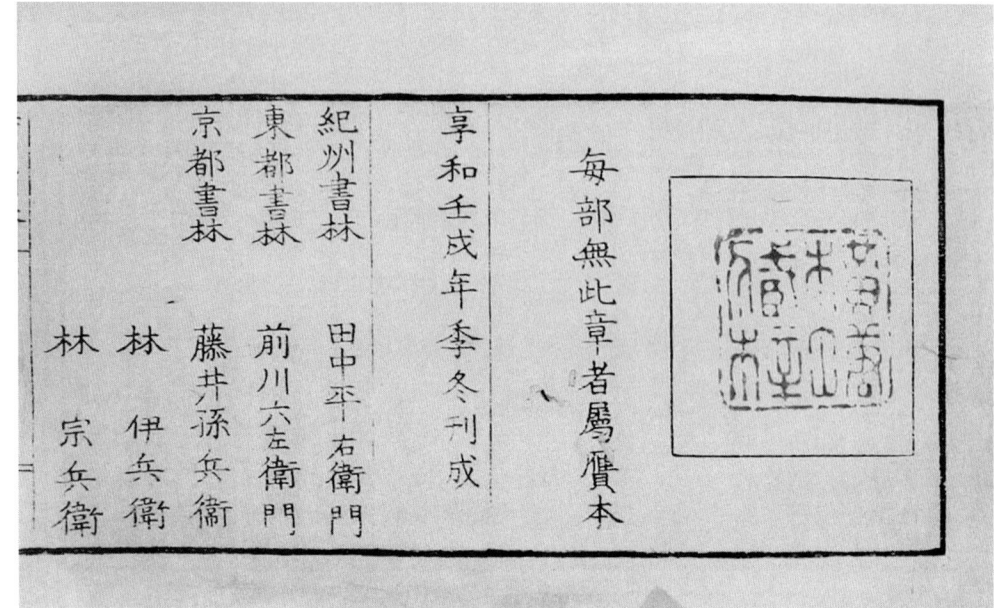

041-18　早稻田大學圖書館藏本

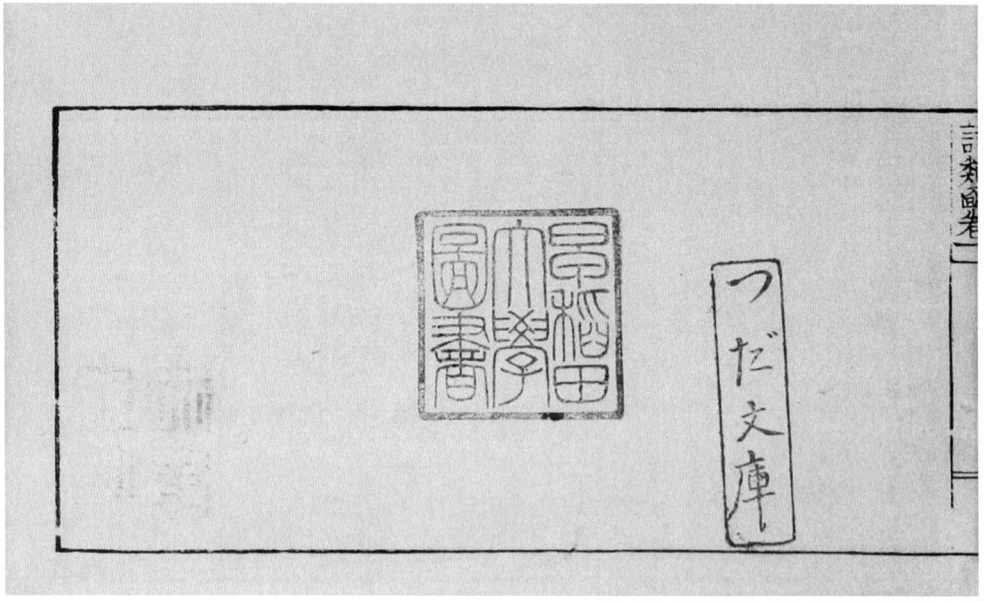

041-19　早稻田大學圖書館藏本

附言

一 胡元瑞曰、自三百篇以迄於今、詩歌之道無慮三變、一盛於漢再盛於唐又再盛於明、典午創變至於梁陳極矣、唐人出而聲律大宏、太曆積衰至於宋元極矣、明風啓而制作大備、是則爭於近體所以屬唐明之意也

一 斯篇集也非選也、以故雖唐有初盛中晚、四體明有異郡青田長洲京口北地信陽婁江歴下、四變不問之調之高下不論之格之優劣、總群...於...

041-20　新潟大學佐野文庫藏本

永嘉所之所以為唐明而求及乎聚宋堂而讀唐明諸家集、分類採葺以備参索、且玉石舍存以示不善所以防若也、後之學詩者、獨能後先之象之選而后藉陋丟魚塵袋以知百家左右斯集、則二代中之菁此庖昲之肌明乎寛政丁未春王正月
泉南横槙南百則

〔印〕〔印〕

041-21　新潟大學佐野文庫藏本

文衡山先生詩鈔卷上

仙臺 原簡南史 手錄

五言古

有懷劉協中

東風度幽館 羣鳥相和鳴 念子會無期 茫然過清明 春
江芳草遠 懷懷心目驚 如何多用友 我獨倚山城 豈無
樽酒歡 點有花木榮 所憐異鄉物 徒念心怔營 白雲度
水去 日暮山縱橫 倚闌詠脩竹 千里何當幷

不寐

孤坐忽不樂 挑燈當我前 素書橫几案 欲讀已茫然 當

042　文衡山先生詩鈔　二卷

原簡編。文化四年（1807）序刊本，關西大學圖書館藏。1 冊。開本高廣 22.7 釐米×15.6 釐米，內框 15.9 釐米×10.4 釐米，左右雙邊，白口，雙魚尾，有欄線，半葉 10 行，行 21 字，版心僅刻頁數。

內封題："文化丁丑新鐫/優所原先生校/文衡山詩鈔/十六堂藏梓。"卷端大題"文衡山先生詩鈔卷上"，下署"仙臺原簡南史手錄"。

卷首序一云："古今來許多腳色，據是語，則何事不梨園矣。詩人各各立別世界，鮑、謝其外乎？少陵其生乎？樂天、東坡其旦乎？石湖、放翁其丑、淨乎？松雪其貼旦乎？不是一大梨園耶？《甫田集》詩，諸體可觀，七古勝於五古，五律勝於七絶，七律更勝於諸體。五古似鮑、謝，七古似少陵，五律似樂天、東坡，七絶似松雪，七律似石湖、放翁，而不施粉墨，豈其末乎？顧亦善立世界

042-02

者也。原子優所選刻，以貽四方可悅。丁丑上巳如亭山人柏飛題。"後有"柏飛""如亭之印""一枝"三印。末題"徐春暉鐫"。

序二云："文衡山先生《甫田集》，其詩十五卷。行游、閒適過半，而無一及聲色，淡雅清雋，足以想風采。內一卷，先生在翰林日，朝儀慶賀，或遊禁苑，或送僚友之作，然要皆決意於退休而心不忘江湖者也。先生強仕年當正德之際，內臣用事，兇賊煽亂，先生於是乎棲遲衡門，若將終身。至嘉靖之初，宿弊漸除，百廢將興，先生於是乎幡然有意於仕，起赴吏部之試。居二年許，槐棘乏人，王政未純，先生於是乎邑邑不樂，屢疏而歸里。蓋先生所願在江湖，不在魏闕；所樂在閒居之日，不在仕宦之日也。今茲余鈔先生詩，校爲上下二卷，皆取之於閒居之日，不取於仕宦之日。或曰：《三百篇》中半是愁，豈有謂非所樂之詩而不取之理乎？余曰：先生在朝也，非有言

責,非有吏務,待詔翰林,預修國史,歲時餼幣,褒賜優渥。但是年過知命,意切歸休,故其所言,雖非發窮愁咨嗟不得已之餘,亦非發其意氣悠揚不知舞蹈之後。比之於閒居自得之詩,其妙亦多讓矣。且朝會典禮,非得其書則不得詳其義,今讀此者,豈有每人得其書而詳其蒙哉?故余取其易詳而舍其難詳,即求在近之一端也;取其所樂而舍其所不樂,亦私適余輩閒人之願也。文化丁丑二月初吉,優所居士原簡序於越後柏碕僑居。"末題"徐春暉刻"。

又《文先生傳》,題"瑯琊王世貞撰",末題"曾孫震孟謹錄"。

是書卷上五言古詩、七言古詩、五言律詩、五言排律,卷下七言律詩、五言絕句、七言絕句,共 281 首。《甫田集》35 卷,有明嘉靖刻本等多種,是文徵明流傳最廣之別集,其中前十五卷爲詩集,分體編年,總計收詩 756 首。是書即據《甫田集》詩集部分編刻而成。

是書又有慶應義塾大學圖書館、日本國文學研究資料館、新潟大學佐野文庫等藏本,與關西大學藏本爲同版。又有文政元年(1878)後印本,臼杵圖書館等藏。

文徵明(1470—1559),初名璧,以字行,更字徵仲,別號衡山。幼不慧,稍長穎異挺發,學文於吳寬,學書於李應禎,學畫於沈周,爲人和而介。寧王宸濠慕其名,貽書幣聘之,辭病不赴。正德末以歲貢生詣都,授翰林院待詔。世宗立,預修《武宗實錄》,侍經筵,致仕歸,年九十卒,私謚貞獻先生。徵明詩文書畫皆工,而畫尤勝,世稱其畫兼有趙孟頫、倪瓚、黃公望之長,著有《甫田集》等。

原簡,即原松洲(1776—1829),名簡,字南史,通稱清介,號松洲,別號別所。仙臺人,其父大泉源藏爲仙臺藩士、槍術達人。原簡師從龜田鵬齋,折衷儒學,詩學宋明,書法學文徵明,著有《十六堂詩集》《十六堂筆記》等。

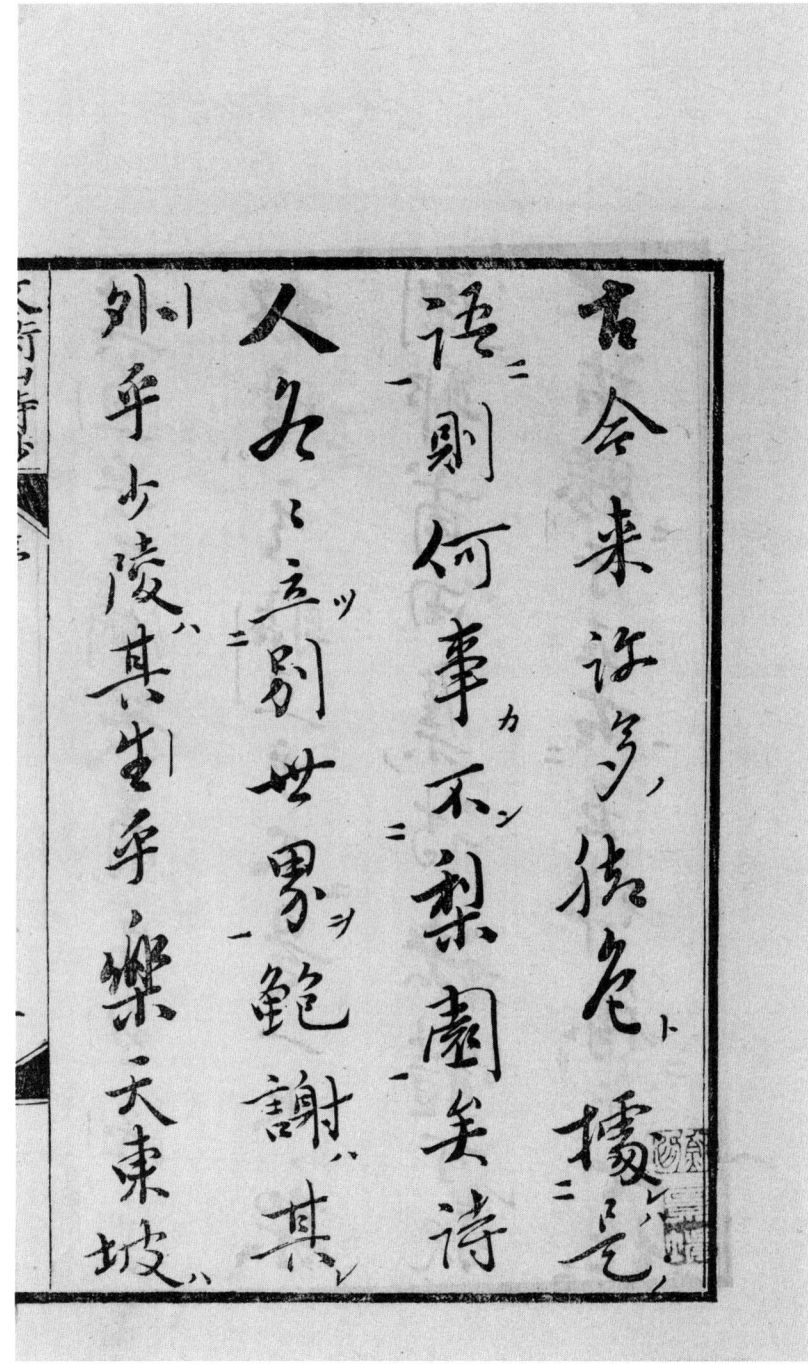

明賢詠落花詩

平安後進好事儒者陽樛軒編

沈石田詠落花詩三十首

富逞穠花滿樹春。飛飄瓣落却是貧。紅芳旣蛻仙成道。綠葉初陰子養仁。偶補燕巢泥借寵。別修蜂蜜水資神。年年爲爾添惆悵。獨是蛾眉未嫁人。

飄蕩復悠悠。樹底追尋到樹頭。趙武泥塗知厚雨。秦宮粉惜隨流嫉情戀酒黏紅袖。急意穿簾泊玉鈎。欲拾殘芳擣爲

明賢詠落花詩

043　明賢詠落花詩　一卷

中島規編。文化十五年(1818)序刊本，靜嘉堂文庫藏。1冊。開本高廣23釐米×14.2釐米，內框18.7釐米×11.9釐米，四周單邊，白口，無魚尾，有欄線，半葉9行，行24字，版心上刻"明賢詠落花詩"，下刻頁數。

卷端大題"明賢詠落花詩"，下署"平安後進好事儒者隝櫻軒編"。封面題"明賢詠落花詩完"，內封題："獀祭橐壽梓／明賢詠落花詩／平安櫻軒島規編　附錄續和三十律。"卷首無序。

首《沈石田詠落花詩三十首》，末題："右三十首，出於陳仁錫所撰《沈石田先生集》，而《列朝詩集》又鈔此詩二十首，其中別有不載本集者3首，今併錄之于左。"又《唐六如和沈石田落花詩三十首》《文衡山和答沈石田落花詩十首》《徐禎卿和答沈石田落花詩四首》。

附錄部分版心刻"附錄追和卅律"，首引云："沈啓南《詠落花詩》三十首，當時靡然稱

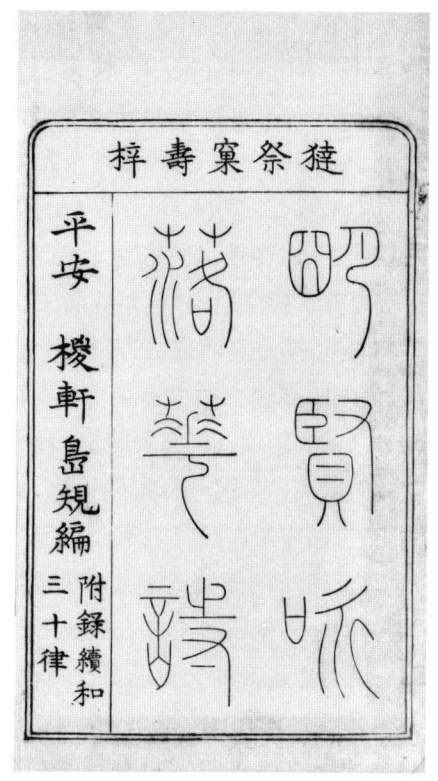

043-02

之。文徵明、唐伯虎、徐昌國輩又皆有次韻詩，各見其集。就中伯虎詩自在警拔，最爲奇作。袁中郎評之云：'不作落花而言落花之人，亦超，蓋不襲詠物之常格者也。'如余後生數百年，異地異材，譾劣坎壈，萬萬非可企。然欽四家之爲人，且多其撰異而同交誼有所厚也，尚矣。效顰之作，豈無緣故耶？因新輯四家詩，續之以蕉韻三十首，意偏在爲沈、唐之口氣。嗚呼！澆季之弊，文字賤如土芥，交友之道阻塞日甚。苦苦之計，僅以鳴不平於筆下，不過獨自聽耳。噫！歲戊寅春盡日，櫻隱軒主人隝規自引。"所和三十首，末有《總評》云："諸公之辱評，先後不一，隨得隨錄，無論次序。"然僅存一則："菅茶山云：'自失六如上人，洛社光焰殆乎熄矣。今見斯燦然，差強人意，謂死灰復燃亦可。'"

又《注證》，首引云："櫻軒隝先生，邃學洽識之餘，詩賦動輒用隱僻之典，病其不

可解。今有此作也，縱橫奇警，最脱常套。余竊恐使讀之者如韓馬之於罏爰癡龍，因別揭典故若干條，爲之注證也。而如青冢、黄陵、勾芒、姑洗之類，故是詩家常語，雖不足舉其證而併解不遺者，意亦在便門下學語之稚蒙，大方之士，不罪其煩云。受業澀谷貞光惊吉識。"

卷末跋云"虛谷子云：詩人多有消愁遣興之作，必深達物理世故人情天道者，乃能爲真消遣之言。樱隱居士《咏落花詩三十首》，非咏落花之詩，即是真消遣之言。居士少年倜儻穎悟，世人所知也。而今有斯咏者，蓋鑒破四大幻身之瞻潤窮燥，緩夷窘險，本皆因夙業而托意於華語而已。嗚呼！世間後來，倘有英才如居士者，而亦屢涉塵海之風波，勞碌慷慨，竟諸此境之詩味，則僅僅此三十律得賞音於其人，其人乃自任，稱奉居士之衣鉢，亦未可知也，豈此一時傳之也哉！文化戊寅三月晦，誰所即一外史書於如意阿彌陀樓。于時老雨放晴，綠陰初匀，眉頭二山如滴。"後有"勿知""如意阿彌陀樓"二印。

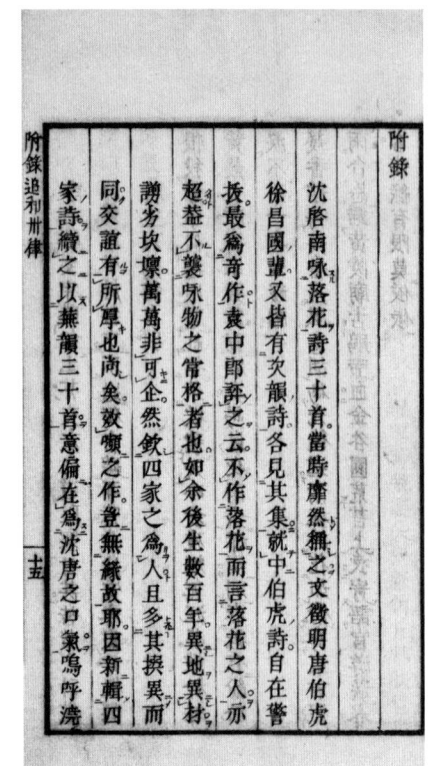

043-03

是書又有關西大學圖書館藏本，封面題"明賢詠落花詩完"，卷末刊記："文政三庚辰五月刻成/京都三條通柳馬場西江入林喜兵衛、同堀川通高辻上町植村藤右衛門、同町植村作兵衛、江戶淺草新寺町和泉屋庄治郎。"是本内封、版式等悉同靜嘉堂文庫藏本。日本國立國會圖書館等亦有藏本，與靜嘉堂文庫藏本爲同版。

中島規，即中島棕隠(1779—1855)，名規、德規，字景寬，號棕隱軒、棕隱、棕軒，別號畫餅居士、因果居士、水流雲在樓主人，通稱文吉，謚號文憲先生。京都人，江户後期儒學者、漢詩人、狂詩作家。著有狂詩《太平新曲》《天保佳話》，戲作《都繁盛記》《箱枕》等。

跋

虛谷子云、詩人多有消愁遣興之作。必澳達物理世故人情天道者、乃能爲眞消遣之言。樛隱居士詠落花詩三十首、非詠落花之詩、卽是眞消遣之言居士少年倜儻穎悟、綏夷嶮本皆而今有斯詠者、蓋鑒破四大幻身之贍潤窮燥、世人之所知也。因夙業而托意于華語而已。嗚呼世間後來倘有英才如居士者、而亦屢涉塵海之風波勞碌慷慨竟誦此境之詩味則僅僅此三十律傳賞音于其人、其人乃自任稱奉居士之衣鉢亦未可知也。豈止一時傳之也哉。

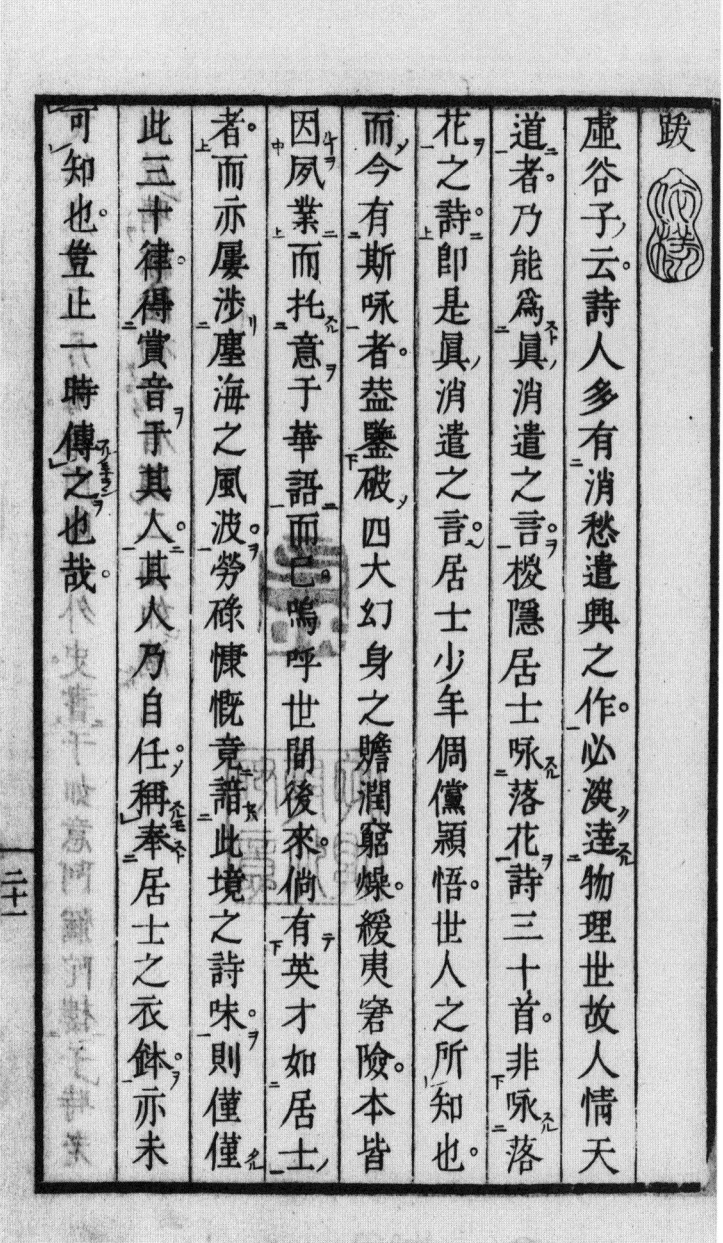

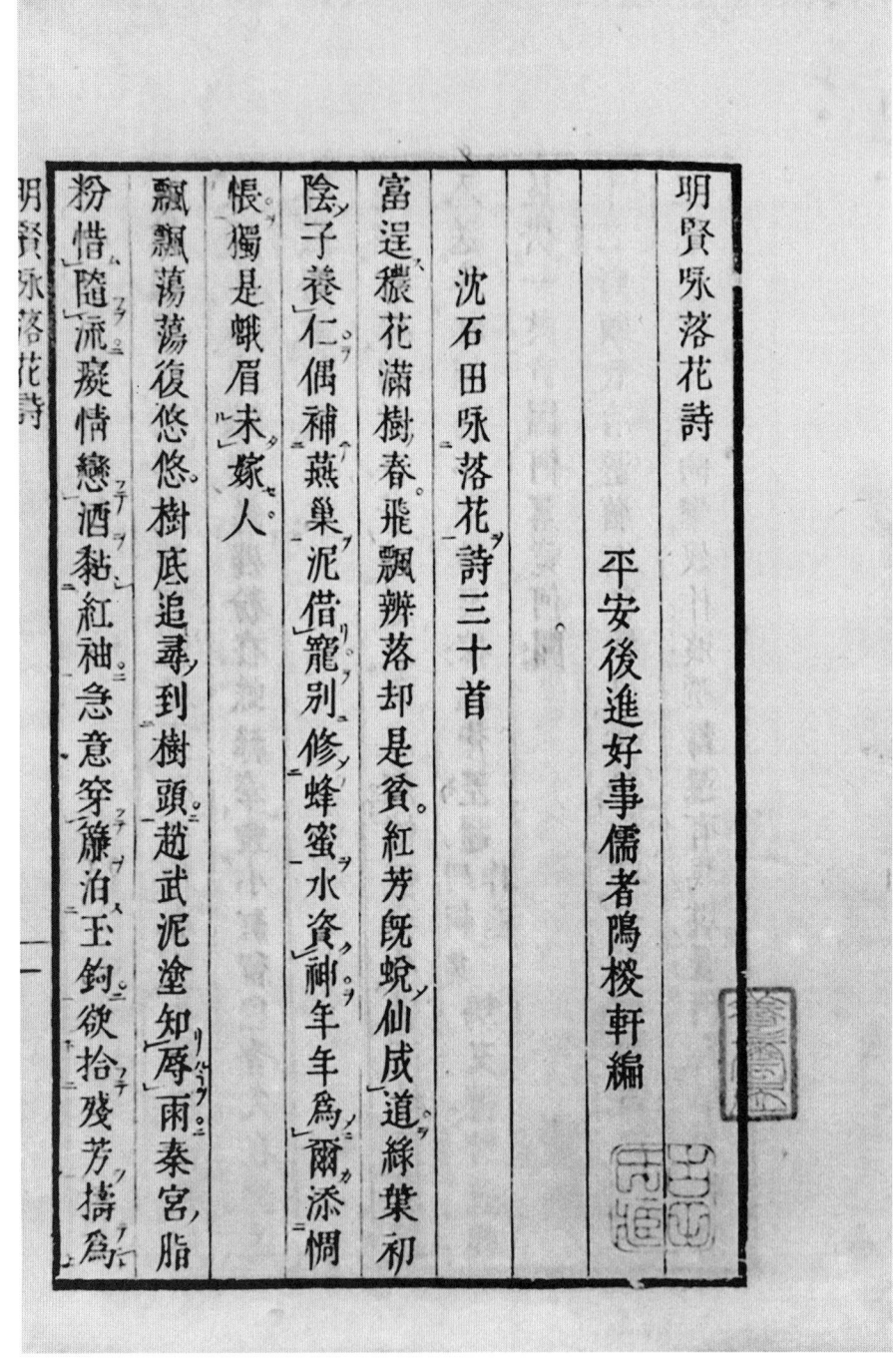

明賢詠落花詩

平安後進好事儒者鳰梭軒編

沈石田詠落花詩三十首

富逞穠花滿樹春飛飄辦落却是貧。紅芳既蛻仙成道綠葉初陰子養仁偶補燕巢泥借寵別修蜂蜜水資神年年為爾添惆悵獨是蛾眉未嫁人

飄飄蕩蕩復悠悠樹底追尋到樹頭趙武泥塗知辱雨秦宮粉惜隨流瘞情戀酒黏紅袖急意穿簾泊玉鉤欲拾殘芳搗為

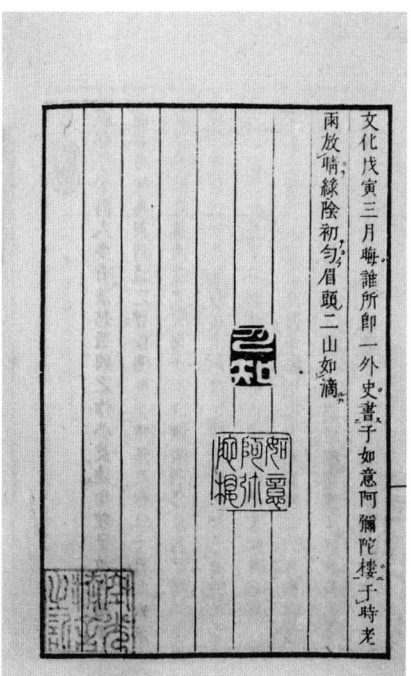

043-06　九州大學圖書館藏本

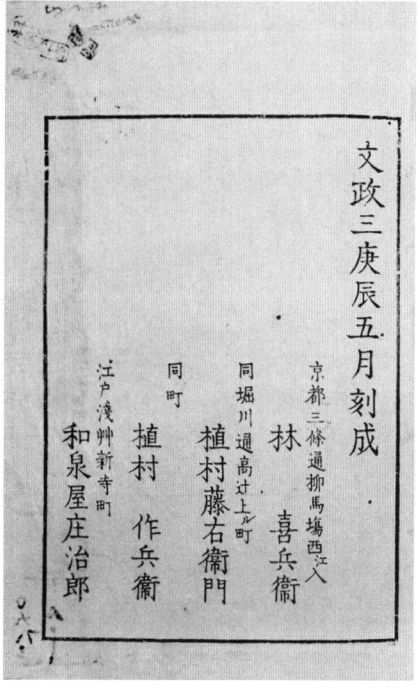

043-07　九州大學圖書館藏本

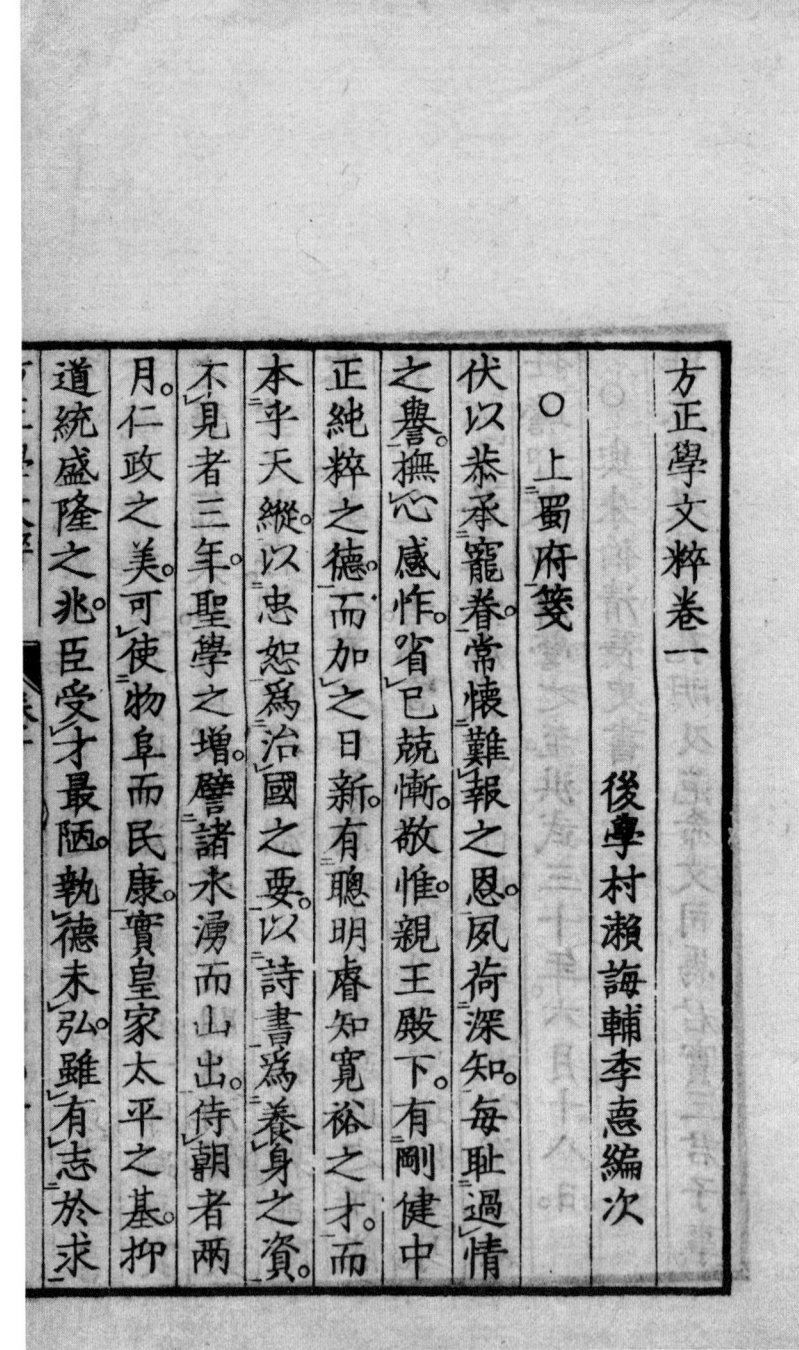

方正學文粹卷一

後學村瀨誨輔李憲編次

○上蜀府箋

伏以恭承寵眷常懷難報之恩。夙荷深知。每恥過情之譽。撫心感怍。省已兢慚。敬惟親王殿下。有剛健中正純粹之德。而加之日新有聰明庸知寬裕之才。而本乎天縱以忠恕為治國之要。以詩書為養身之資。不見者三年聖學之增譽諸永湯而山出侍朝者兩月。仁政之美。可使物阜而民康實皇家太平之基抑道統盛隆之兆臣受才最陋。執德未弘。雖有志於求

044　方正學文粹　六卷

明方孝孺撰,村瀨誨輔編。文政元年(1818)浪華群玉堂序刊本,自藏。4冊。開本高廣22.3 釐米×15.5 釐米,版框15.5 釐米×11.9 釐米。白口,上黑魚尾,四周單邊,半葉10 行,行20字,版心鎸"方正學文粹",魚尾下刻卷數、頁數。

内封題:"文政己丑新刊/方正學文粹/浪華群玉堂。"

卷首《方正學文粹序》云:"余嘗讀《遜志齋集》,有斷簡零墨而不可讀者多矣。因擇其可讀者,與之諸家登選者參讀焉,得凡一百二十餘首。夫當文皇靖難之師入,希直激烈不屈,遂遇害,坐誅者八百餘人。自昔忠臣被戮之慘莫甚焉。而禁其文字,苟藏之,罪至于死,是以湮没者一百八十餘年。及神宗即位,其禁漸弛,乃有三本出

044-02

焉,曰邑本,曰郡本,曰蜀本。丁賓等哀爲一書,即《遜志齋集》是也。宜其湮没之久,所以有斷簡零墨,而今未由是正也已。蓋其文猶其爲人,至剛至大,博莫不該,高莫不明,駸駸乎如驥之行野,洋洋乎如河之注海。至其講理之文,灝灝爾,噩噩爾,閎奥醇正,據聖典,排異教,雖閩洛諸賢,亦不是過已。傳曰:希直以闡王道、變風俗爲己任,而末視文藝。夫以末視之文藝,猶且如此,蜀獻王賜號曰正學,不亦宜乎?李卓吾譏其不死于宮城自焚之際,然而當時倉卒火起,未知建文所在,希直何敢遽死?及其被執,假令文皇不殺焉,亦自死耳。此其處之,皆歸於成仁取義,豈非所謂死或重乎泰山、或輕乎鴻毛者耶?自數百歲之後,令人慨然興感不止也。朱竹垞有言:文行如方公者,宜從祀孔子之庭。惜其在廷之臣,莫有以是請者,可不歎哉!亦知其匪私論也。斯編厪不過其集中三分之一,而後世學文之士,執法於此,則庶幾其不陷于邪

蹊曲路,以能達乎大道矣。文政紀元戊寅冬十一月,後學村瀨誨輔序。"

次爲《方正學小傳》,末署"歲次著雍攝提格桐花節尾張村瀨誨輔就本傳及《三異人錄》節錄于江戶不二石庵中"。

次《采用原書目》:《明文衡》(程敏政)、《我朝文選》(唐順之)、《明文選》(汪宗元)、《三異人錄》(李贄)、《明文雋》(袁宏道)、《明文奇賞》(陳仁錫)、《明文翼統》(楊瞿崍)、《今文選》(孫鑛)、《皇明文徵》(何喬遠)、《皇明文範》(張時徹)、《明文則》(徐廣)、《明文致》(蔣如奇)、《大觀堂選文》(薛應旂)、《皇明十大家文選》(陸弘祚)、《皇明文選》(卜世昌)、《明百大家文選》(楊起元)、《明經世文編》(陳子龍)、《明文霱》(劉士鏻)(右明人編),《明八大家集》(張如瑚)、《古文析義》(林雲銘)、《明人尺牘》

044-03

(王元勳)、《古文觀止》(吳乘權)、《明文英華》(顧有孝)、《明文在》(薛熙)、《明文授讀》(黃宗羲)(右清人編),凡二十五家。

次《方正學文粹目錄》:卷一牋、書,凡 8 篇;卷二論,凡 25 篇;卷三論、序,凡 19 篇;卷四序、記,凡 26 篇;卷五說、辯、銘、贊、箴、傳、讀、題、雜,凡 29 篇;卷六文、碑、墓銘、壙志、祭文、哀詞,凡 14 篇。通計 121 篇。

全書有眉標 45 條,過錄前人評語及校勘記。

第一冊卷端大題"方正學文粹卷一",下署"後學村瀨誨輔季德編次"。

方孝孺(1357—1402),字希直,一字希古,號遜志,台州寧海人。從宋濂學,恒以明王道、致太平爲己任。洪武間除漢中府教授,蜀獻王聘爲世子師,名其廬曰正學。建文中爲侍講學士。燕師入,召使草詔,擲筆於地曰:"死即死耳,詔不可草。"遂磔於市,宗族親友坐誅者數百人。福王時追諡文正。希直遇難後,著作被禁毀,宣德以後漸傳,定名《遜志齋集》,先後有蜀本、邑本等;正德十五年(1520),台州知府顧璘合併諸本刊爲二十四卷,其中前二十二卷文集,後二卷詩集,是爲郡本。其後嘉靖、萬曆、崇禎及清康熙中多次增補翻刻。

村瀨誨輔,即田邊石庵(1781—1857),本姓村瀨,名誨輔,字季德,號石庵、旭齋等,尾張(愛知縣)人。江户時代後期儒者,昌平黌教授,後爲甲府徽典館學頭。編著《清名家小傳》等。

據長澤規矩也《和刻本漢籍文集》第十一輯該著"解題",《方正學文粹》之底本爲萬曆中丁賓等刊本。該著又有天保二年(1831)、文久四年(1854)後印本,亦有明治十四年(1881)東京松田幸助銅版本。

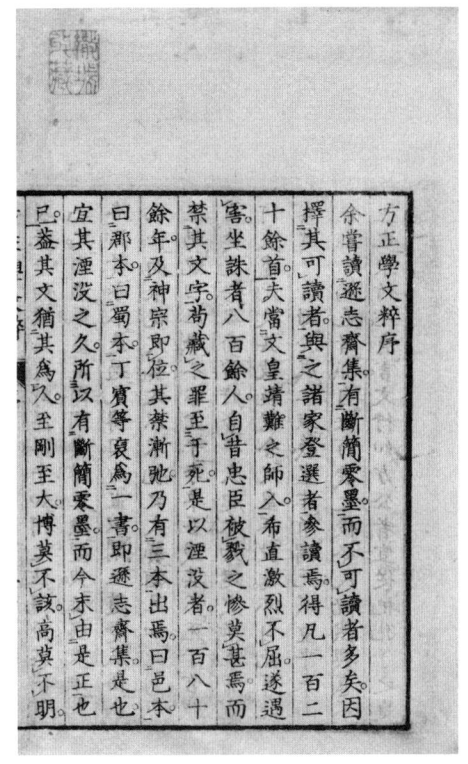

044-04

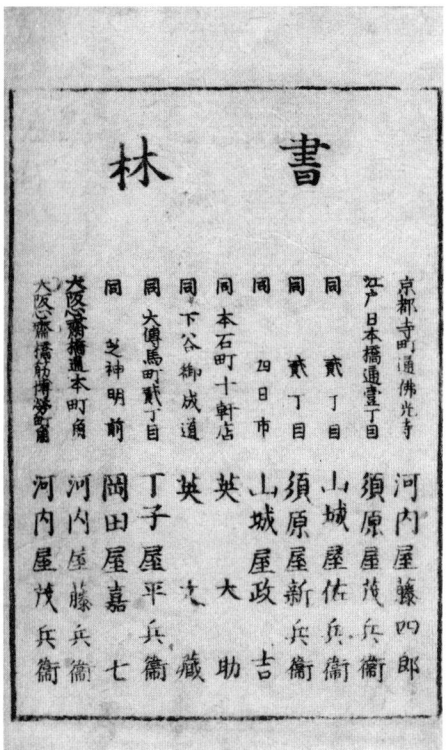

044-05

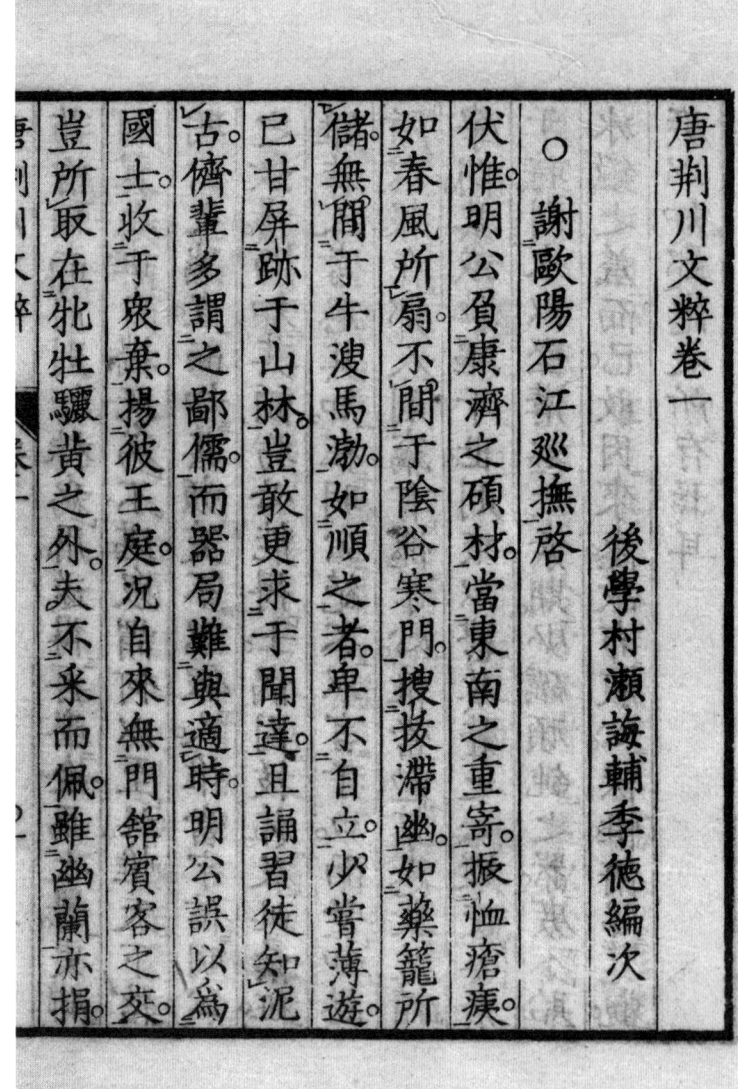

唐荊川文粹卷一　　　後學村瀨誨輔季德編次

○謝歐陽石江廵撫啓

伏惟明公負康濟之碩材。當東南之重寄。振恤瘡痍。如春風所扇不間于陰谷寒門。搜技滯幽如藥籠所儲無間于牛溲馬渤。如順之者卑不自立少嘗薄遊已甘屛跡于山林豈敢更求于聞達。且誦習徒知泥古儕輩多謂之鄙儒而器局難與適時。明公誤以爲國士牧于衆棄。揚彼王庭況自來無門舘賓客之交。豈所取在牝牡驪黃之外夫不来而佩。雖幽蘭亦捐。

045　唐荊川文粹　四卷　補刻一卷

明唐順之撰,村瀨誨輔編。文政元年(1818)大阪岡田群玉堂序刊本。自藏。4 册。開本高廣 22.3 釐米×15.5 釐米,版框 15.5 釐米×11.8 釐米。白口,上黑魚尾,四周單邊,半葉 10 行,行 20 字,版心鎸"唐荊川文粹",魚尾下刻卷數、頁數。

内封題:"天保丁酉八月新刊/唐荊川文粹補刻/浪華書林岡田群玉堂。"

卷首序一(有"樂在硯田"印)云:"余嘗謂文章如唐之韓、宋之歐、明之唐,蓋古今大家,故諸體無所不具。如此篇經緯緜密,鋪敘有法,筆力極精巧,沈唐佐贍略機警,宛在眼前。前吾友季德不以篇之長,全録補刻之,取其可以爲記事楷則也。半陶主人牧原直亮識。"題"松嵐道人札暢書",後有"韓札暢印""君舒"二印。

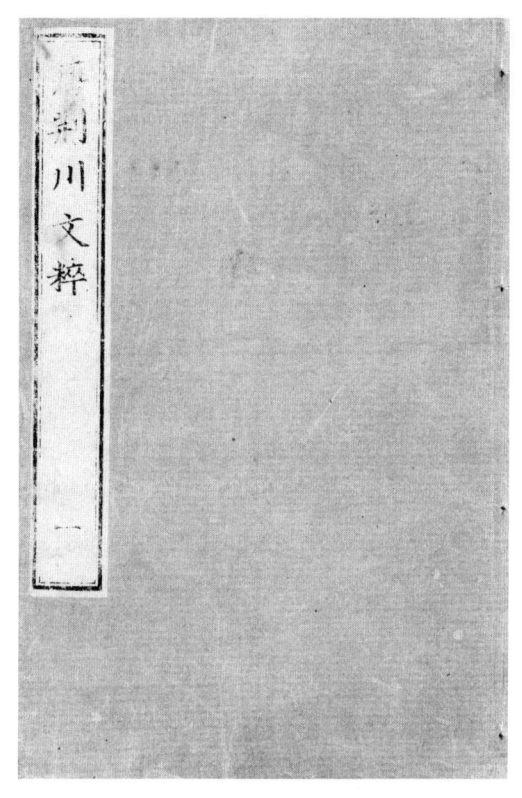

045-02

序二《唐荊川文粹序》云:"《易》曰'言有物',又曰'言有敘'。言乃文也,作文之法莫善乎斯二言,兼之爲難。有物失於無敘,有敘失於無物,此其弊也。竟至于胥失之,無物無敘,謂之無用之文,可慎已! 余讀荊川之文,覈實明證,不涉浮議,開闔起伏,秩然有條。蓋本諸斯法,而得其難兼者歟。自空同、滄溟唱復古説,乃謂作文當步趨乎先秦西漢,何必問于季世。於是一時附和之士,嘵嘵然莫不麕集。當是之時,卓爾確守而不少顧者,唯荊川與震川而已。若遵巖,初好其體,提督山東,拔滄溟文。已而有所悟,幡然易轍,盡焚舊稿。自得荊川爲之揣摩,而文益進。若弇州,亦初入其社,攬之魁柄,後悔其所爲,謂多誤後人,竟善荊川、震川之文矣。夫文莫尚乎秦漢也,然各家自有其格,又不能具諸體。而二李之徒,乃剽剥之、湊合之,句必秦漢,字必秦漢,模擬之務,牽率拘縶,不得自運掉,則意亦不能達焉。譬之補綴寸錦,爛然奪目,不如一匹帛之爲有用也。文之爲用,在於達其意而已。雖然,非所謂言有物有叙,則其弊流於骩骳媆嬰不能自立。於是二李慨然將欲挽而復諸其古,其弊更甚焉。公安、竟陵又將欲矯之,徒爾標新領異,或失之鄙俚,或失之傀僻,作文之法,其可不深思哉!至於荊川之文,則其學淵博,留心經濟,自天文、地理、樂律、兵法以及句股、壬奇之術,無不精究,而發之文辭,其要約六經之旨,參之秦漢,不襲其面,而得其神矣。宜乎以遵巖、弇州之績學,而挹獎不置也。余故曰荊川能得有叙有物之難兼者。但及其老也,間亦雜餘姚之學者有之,是則不可無異議也。或曰荊川德望損於晚年再出,余亦疑之,然而觀夫捍禦宜,殉其所職,以果其所志,苟非

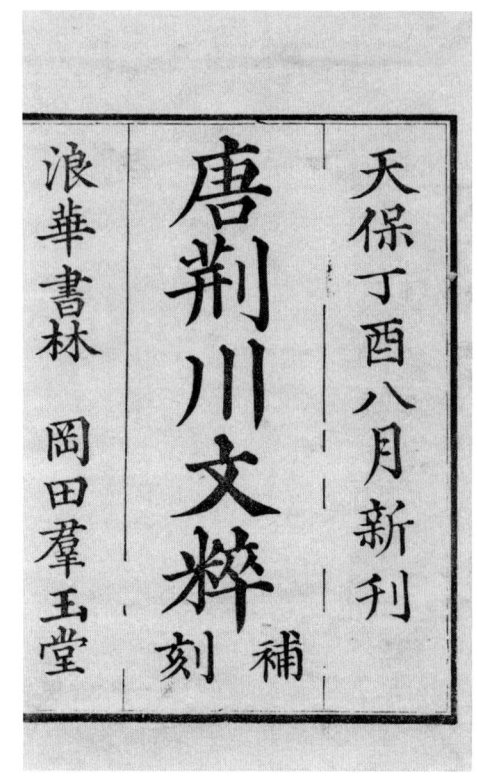

出乎忠誠之深者不能焉。是以清人(纂)[纂]《明史》,特顯其忠節,不列《文苑》,乃知纂史之有所見,而或者之言失實也。《易》又有言曰:'修辭立其誠。'嗚呼,若荊川者,非其人也歟,非其人也歟!文政紀元戊寅冬十一月,後學村瀨誨輔序。"

次爲《唐荊川小傳》,末署"歲次著雍攝提格菊花節,尾張村瀨誨輔就本傳及張夏鍾所撰《明八大家集》小傳節錄於江都不二石葊中"。

次《唐荊川文粹目錄》。卷一啓、書、論、議16篇,卷二序17篇,卷三序、記21篇,卷四説、銘、贊、傳、書後、訓、志、墓表、墓誌銘、祭文、誄33篇,補刻一卷選《敍廣右戰功》文1篇。共計88篇。

全書有眉標62條,取張夏鍾《明八家文集》、劉士鏻《明文霱》等校勘,並錄其評語。

第一册卷端大題"唐荊川文粹卷一",下署"後學村瀨誨輔季德編次"。

卷五《唐荊川文粹補刻》云:"余選文,例就諸家選本而取捨焉,未入選者不敢臆取。嘗讀荊川《敍廣右戰功》,載右江參將都督同知沈希儀討平廣西諸蠻事,鋪敍明

暢,使人如親立戰場觀其周旋,可謂傑作矣。惟《明史》希儀本傳全採用之,而未見古人一言及之者。頃者閲《四庫全書提要》,特揭録之,謂袁袠選入其《金聲玉振集》中,且稱荆川工於古文,故敘事具有法度。乃喜有其選入之、又推奬之者,遂補刻之卷末。石庵主人村瀨誨輔識。"

唐順之(1507—1560),字應德,一字義修,號荆川,常州府武進人。嘉靖八年(1529)會試第一。歷任兵部主事、郎中,擢右僉都御史,巡撫鳳陽,卒於官。晚年講學,學者稱荆川先生。崇禎時追謚襄文。其別集通行有《重刊校正唐先生文集》十二卷,明嘉靖間刻本;《重刊荆川先生文集》十七卷新刊《外集》三卷,明萬曆間刻本;《唐荆川文集》十八卷,清康熙間刻本等數種。

牧原直亮,即牧原半陶(1786—1842),名直亮,字景武,號半陶。陸奥會津藩(福島縣)藩士。江户後期儒者。入昌平黌,從古賀精里、林述齋學。著有《性情心意說》。

《唐荆川文粹》另有文政十三年(1830)、天保八年(1837)後印本。静嘉堂文庫藏文政元年浪速書林岡田群玉堂刊《明六大家文粹》28卷,8册,依次爲宋學士、方正學、王陽明、王遵巖、唐荆川、歸震川,共六家合刊。

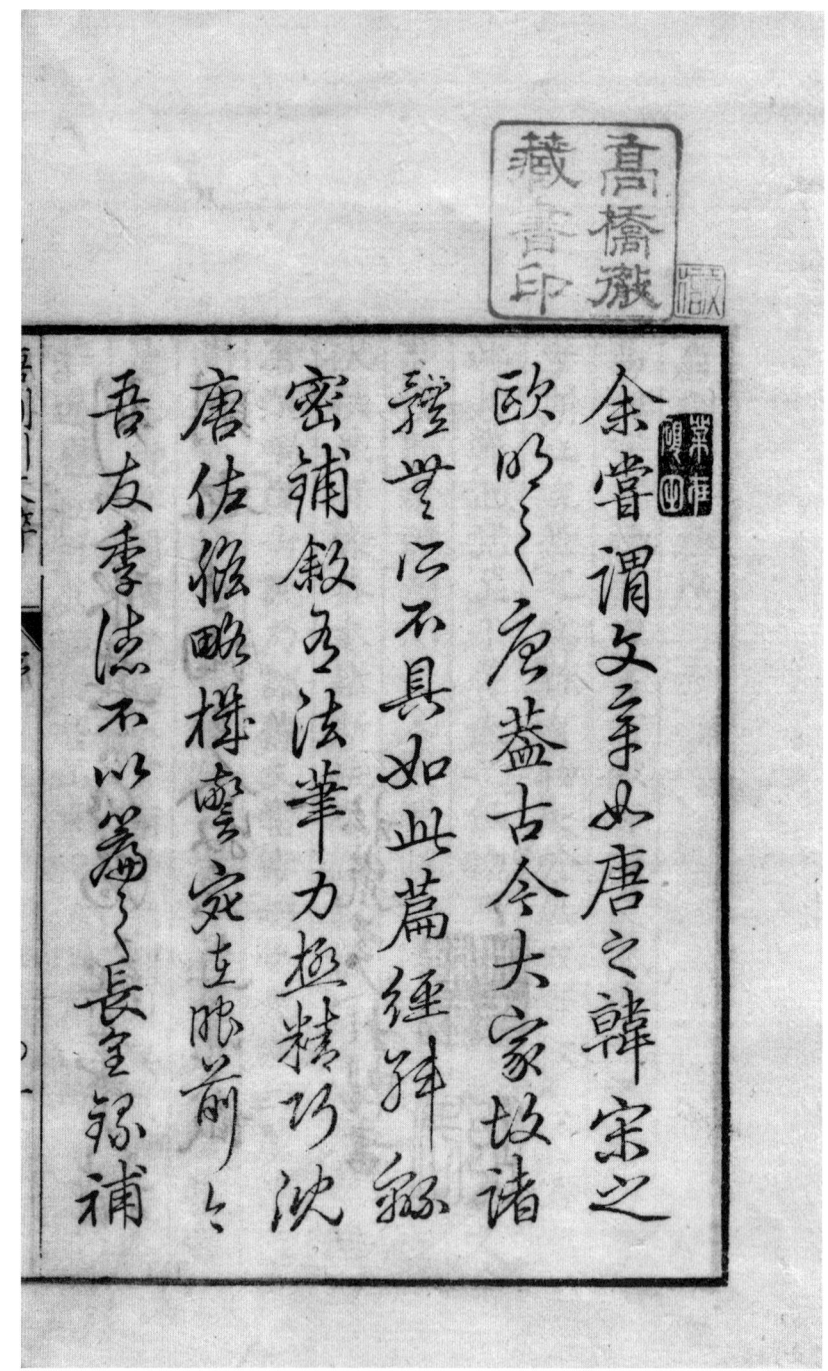

余嘗謂文辭如唐之韓宋之歐明之唐蓋古今大家故諸體譽仁不具如此篇經辨紆密鋪敘各法筆力極精巧沈唐佐猛畧𣗳雲窓立眺前之吾友李法不以篇之長主錄補

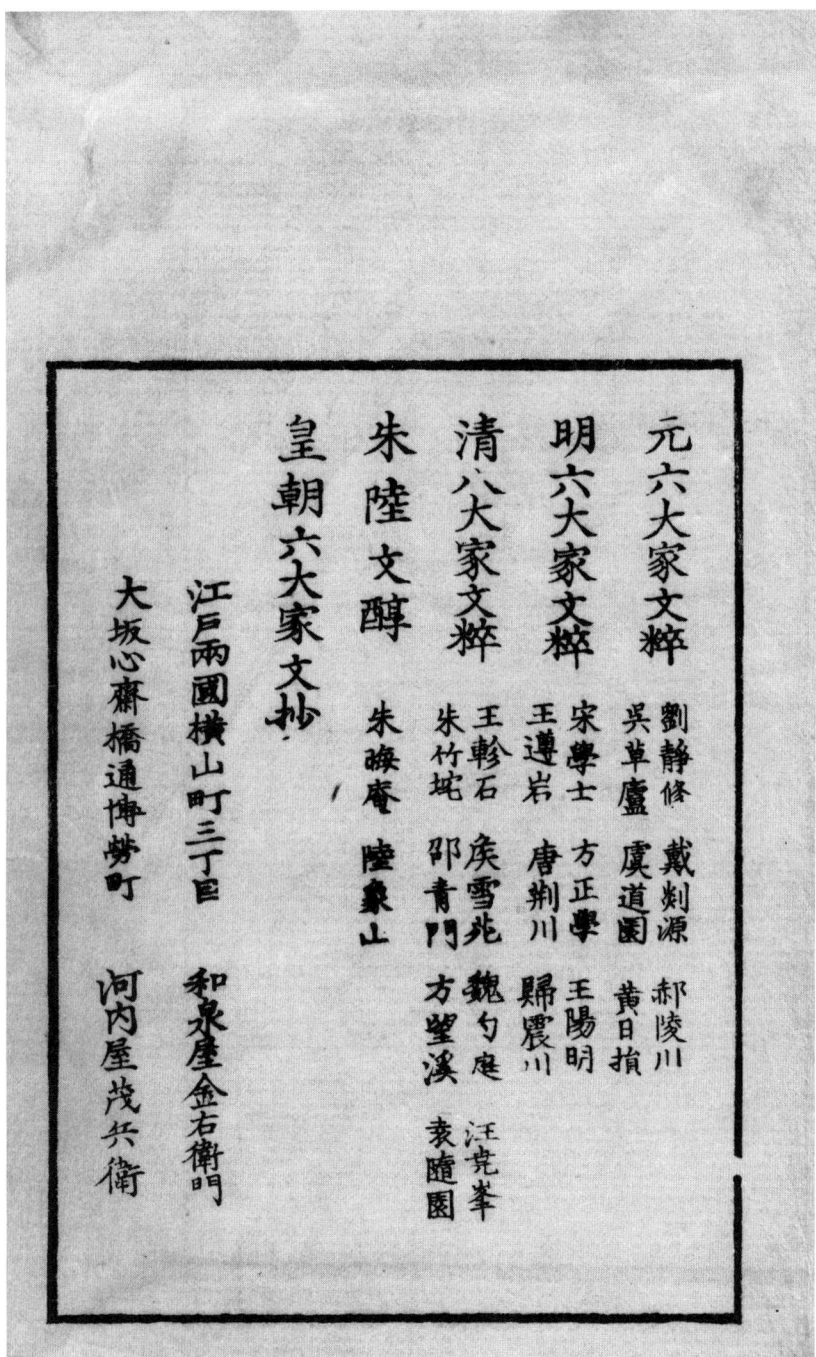

元六大家文粹　劉靜修　戴剡源
　　　　　　吳草廬　郝陵川
　　　　　　　　　　虞道園

明六大家文粹　宋學士　方正學　黃日損
　　　　　　王遵巖　唐荊川　王陽明
　　　　　　　　　　　　　　歸震川

清八大家文粹　王轂石　侯雪苑　魏勺庭　汪堯峯
　　　　　　朱竹垞　邵青門　方望溪　袁隨園

朱陸文醇　　朱晦菴　陸象山

皇朝六大家文鈔

江戸兩國橫山町三丁目　和泉屋金右衛門
大坂心齋橋通博勞町　　河內屋茂兵衛

王陽明文粹卷一　　　　　後學村瀨誨輔季德選次

○諫迎佛疏 稿具未上

臣自七月以來、切見道路流傳之言、以為陛下遣使外夷、遠迎佛教、群臣紛紛進諫、皆斥而不納。臣始聞不信、既知其實然、獨竊喜幸、以為此乃陛下聖智之開明、善端之萌蘖、群臣之諫、雖亦出於忠愛至情、然而未能推原陛下此念之所從起、是為善之端作聖之本、正當將順擴充遡流求原、而乃獨於世儒崇正之說、徒爾紛爭力沮、宜乎陛下之有所拂而不受。

046　王陽明文粹　四卷

明王守仁撰，村瀨誨輔（石庵）編。文政元年序刊本。自藏。4冊。開本高廣22.5釐米×15.5釐米，版框15釐米×11.2釐米。白口，上黑魚尾，四周單邊，半葉10行，行20字，版心鐫"王陽明文粹"、卷數、頁數。

內封題："文政戊子新刊/王陽明文粹/浪華群玉堂。"

卷首《王陽明文粹序》云："明宋儀望輯《陽明文粹》，在乎專張其學，而不關其文，曰：'文是緒餘耳。'余於斯編，在乎專擇其文，而不關其學。其學有所不醇也，是之謂同其名，而選之旨則異矣。夫陽明嘗抗議取嫉權奸，謫于炎荒，瘴氛侵其外，鬱憂攻其內，與虺蛇群，與鴃舌交，衡困已極，始悟良知之學。自謂得洙泗正旨，猶有未醇，然其學要務實踐，是以其門多卓行之士矣。且其發文辭者，不必辭之工，

046-02

不必意之奇，而至其理之所當然，亹亹懇懇，自發其所蘊蓄，藹然為一家之文。而其溫如玉，其鍊如金，其精密如析蠶絲，則亦有諸家之所不可及者存焉。余因采各種選本，除其主學者，得八十餘首，分為四卷。方望溪《與李剛主書》曰：'自陽明以來，極詆朱子者，多絕世不祀，具可指數。如習齋、西河，亦余所目擊也。'望溪之發此言，抑有所激歟，將阿所好歟？及明季潰亂，其孫先通為李賊所害，固非其學之罪也。而李賊之強鷙，為之所屠戮者，奚啻幾百萬，可謂盡為其學之罪也哉？又證之皇國，抵排程朱者，往往有之，未必盡絕其嗣。天豈殊域而異其命耶？亦見望溪之論不通矣。惟夫陽明困躓其始，後屢立戡賊功，竟秉衡南京，參贊密勿。年五十有七，終其天命，贈爵新建侯。而仰慕其學者，至于天真、安福等地，凡三十餘所，皆建祠以祀諸，豈其徒爾乎哉！嗚呼，使陽明其學盡出乎醇，則其文之為文，蓋未止於此也。歲次著雍攝

提格菊花節,後學村瀨誨輔序。"

次爲《王陽明小傳》,末署"文政紀元戊寅冬十一月,尾張村瀨誨輔就本傳及《全書》節錄于江都不二石莘中"。

次《王陽明文粹目録》:卷一疏、書22篇,卷二序16篇,卷三序、記18篇,卷四説、策問、題、書後、墓誌銘、墓碑、墓表、祭文等25篇,共81篇。

全書有眉標16條,以校勘記爲主,亦過録諸家評論。

第一册卷端大題"王陽明文粹卷一",下署"後學村瀨誨輔季德選次"。

卷末刊記:"文政十一年戊子正月新刊/宋潛溪、方正學、唐荆川、王遵巖、錢牧齋、方望溪、朱竹垞、歸震川、黄瘖堂　右嗣出/書肆京都香藥辻子四條下町、楠見甚左衛門、江户淺草新寺町、和泉屋莊次郎,同日本橋砥石店、大坂屋茂吉、大坂心齋橋通案土町、河内屋儀助,同心齋橋通博勞町、河内屋茂兵衛。"

王守仁所著有嘉靖十四年聞人邦正刊《文録》五卷、《外集》九卷、《别録》十卷,以隆慶六年(1572)謝廷傑編刻《王文成公全書》38卷最爲通行,其中語録3卷,文録5卷,别録10卷,外集7卷,續編6卷,附録7卷。以"文粹"命名之選集有嘉靖刊查鐸輯《新刊精選陽明先生文粹》6卷、隆慶六年刊宋儀望輯《陽明先生文粹》11卷等。據田邊石庵序,和刻《王陽明文粹》與宋儀望所輯意旨正相反,專取其文,不選其學。該著另有明治十三年(1880)京都山川九一郎銅版本、松田幸助銅版本。

王陽明文粹序

明宋儀望輯陽明文粹，在乎專張其學，而不關其文。曰文是緒餘耳。余於斯編，在乎專擇其文，而不關其學。其學有所不醇也，是之謂同其名而選之，旨則異矣。夫陽明嘗抗議取嫉權奸，謫于炎荒瘴氣侵其外，釁蘗攻其內，與虺蛇群與鯢苦交衡，困已極始悟良知之學。自謂得洙泗正旨，猶有未醇然，其學要務實踐。是以其門多卓行之士矣。且其發文辭者不必辭之工，不必意之奇，而至其理之所當然，亹亹懇懇，自發其所蘊蓄，藹然為一家之文，而其溫如玉，其鍊

歸震川文粹卷一

後學村瀨誨輔李德編次

○上徐閣老書

四月十四日進士歸有光謹再拜獻書少師相公閣下。有光幸生明公之鄉。相望不過百里。自少已知嚮仰。而無由得一接其聲光。庚子之歲舉於南都。而所試之文。乃得達於左右。顧稱賞之不置。時有獲待而見先生志以一語接別。擕南豐自之鳴而未之金是影掠紆餘委折張夏鍾云。

可氣見想骨於此。

與聞之者。輒相告以為幸矣。予之見知於當世之鉅公長者如此。自後數試於禮部。遇明公之親知未嘗不傳道其語以為寵有光之試又輒不利退而歸耕

047　歸震川文粹　五卷

明歸有光撰,村瀨誨輔編。文政元年題刊本,自藏。5册。開本高廣22.3釐米×15.6釐米,版框15.4釐米×11.8釐米。白口,上黑魚尾,左右雙邊,半葉10行,行20字,版心鐫"歸震川文粹"、卷數、頁數。

內封題:"天保丁酉八月新刊/歸震川文粹/浪華書林群玉堂。"

卷首爲《歸震川小傳》,末署"歲次著雍攝提格(文政元年)蓼花節尾張村瀨誨輔就本傳及王錫爵所撰《墓誌》《四庫全书提要》節錄於江都不二石庵中"。

次《歸震川文粹目錄》。卷一書12篇,卷二論3篇、解1篇、序33篇,卷三壽序9篇、記14篇、說5篇、銘2篇、贊2篇、傳4篇、雜文8篇、誥文3篇、公移1篇,卷四墓表5篇、墓誌銘12篇、祝祭文6篇,卷五制科文8篇,共128篇。

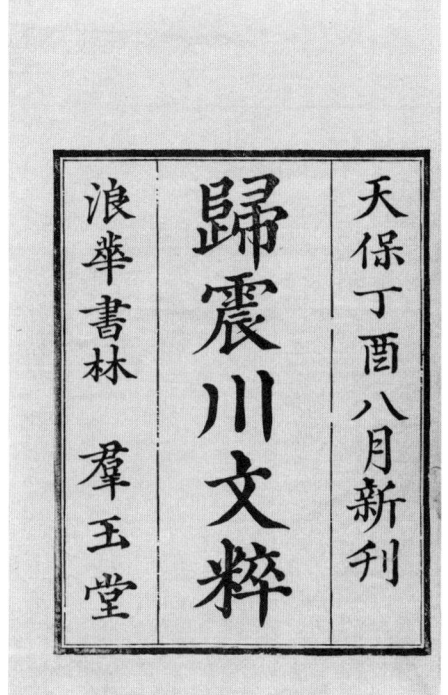

047-02

全書有眉標36條,錄諸家評論及校勘記。

第一册卷端大題"歸震川文粹卷一",下署"後學村瀨誨輔季德編次"。

歸有光(1507—1571),字熙甫,號震川、項脊生,蘇州府昆山人。嘉靖間舉鄉試,上春官不第,徙居嘉定安亭江上,聚徒讀書談道。嘉靖四十四年(1565)進士,授長興令,調順德通判。隆慶中,高拱等薦爲南京太僕寺丞。卒於官。所行別集有萬曆二年(1574)歸道傳刻《新刊震川先生文集》20卷、萬曆四年(1576)歸子祜、歸子寧刻《歸先生文集》32卷,去取各有不同;康熙十四年(1675)曾孫歸莊、玄孫歸玠編刻《震川先生集》30卷、《別集》10卷,是爲全集。除《別集》中有詩1卷外,餘皆爲文。

村瀨誨輔,見前。

《歸震川文粹》即據全集本編刻,另有天保八年(1837)大坂河內屋茂兵衛等後印本。

歸震川小傳

歸有光。字熙甫。崑山人。祖曰紳。父曰正。皆縣學生。正贈文林郎長興知縣。母曰周氏。有光在孕時家數見徵瑞。有虹起於庭。其光屬天。故名有光。九歲能成文章。無童子戲。弱冠盡通五經三史大家之文。及濂洛關閩之說。師事同邑魏校。時有宿儒吳純甫見有光所為文大驚。以為當世士無及此者。繇是名動四方。嘉靖十九年舉鄉試。八上春官不第。於是讀書談道於嘉定之安亭江上。四方來學者常數十百人。有光不時出。或從其子質問所疑。稱震川先生。四十四年。

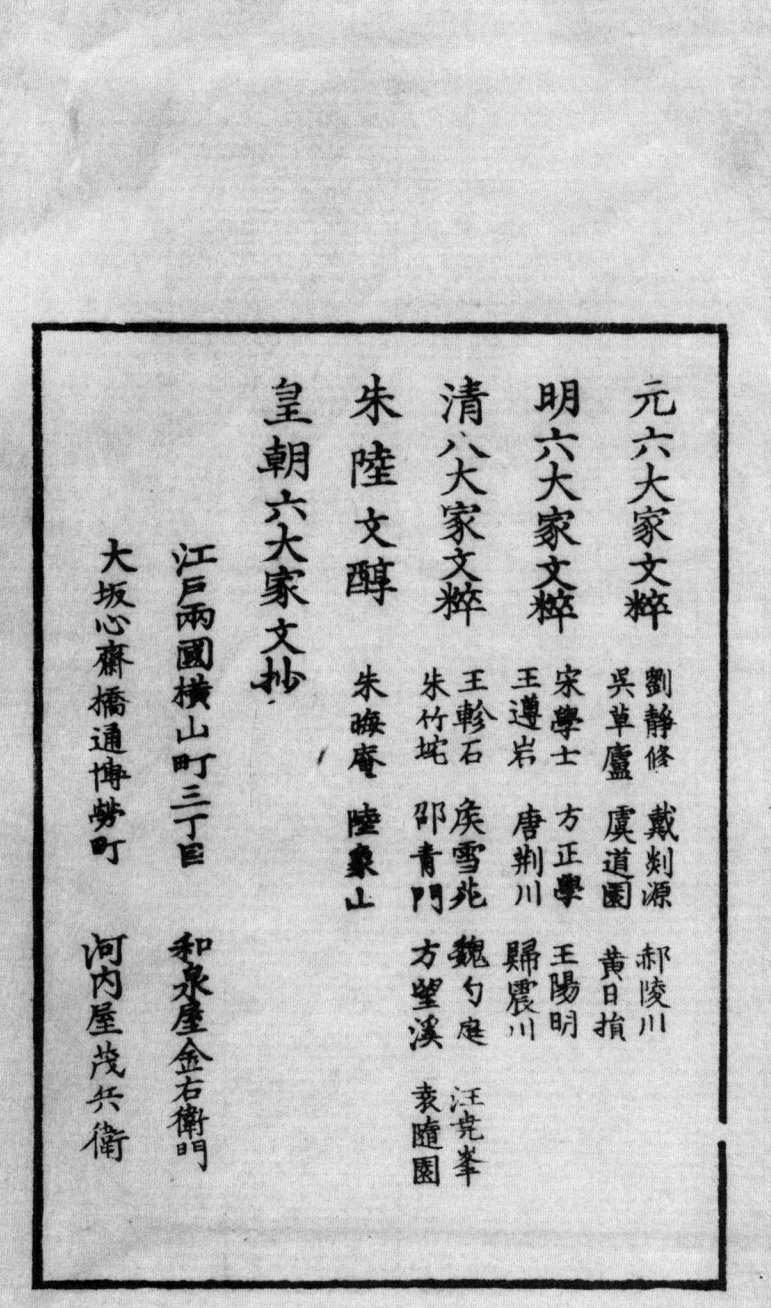

元六大家文粹　劉靜修　戴剡源　郝陵川
明六大家文粹　吳草廬　虞道園　黃日揹
　　　　　　　宋學士　方正學　王陽明
清八大家文粹　王遵岩　唐荊川　歸震川
　　　　　　　王彰石　俟雪兆　魏勺庭
　　　　　　　朱竹坨　邵青門　方望溪
朱陸文醇　朱晦庵　陸象山
皇朝六大家文抄　　　　　汪堯峯　袁隨園

江戸兩國橫山町三丁目　和泉屋金右衛門
大坂心齋橋通博勞町　　河内屋茂兵衛

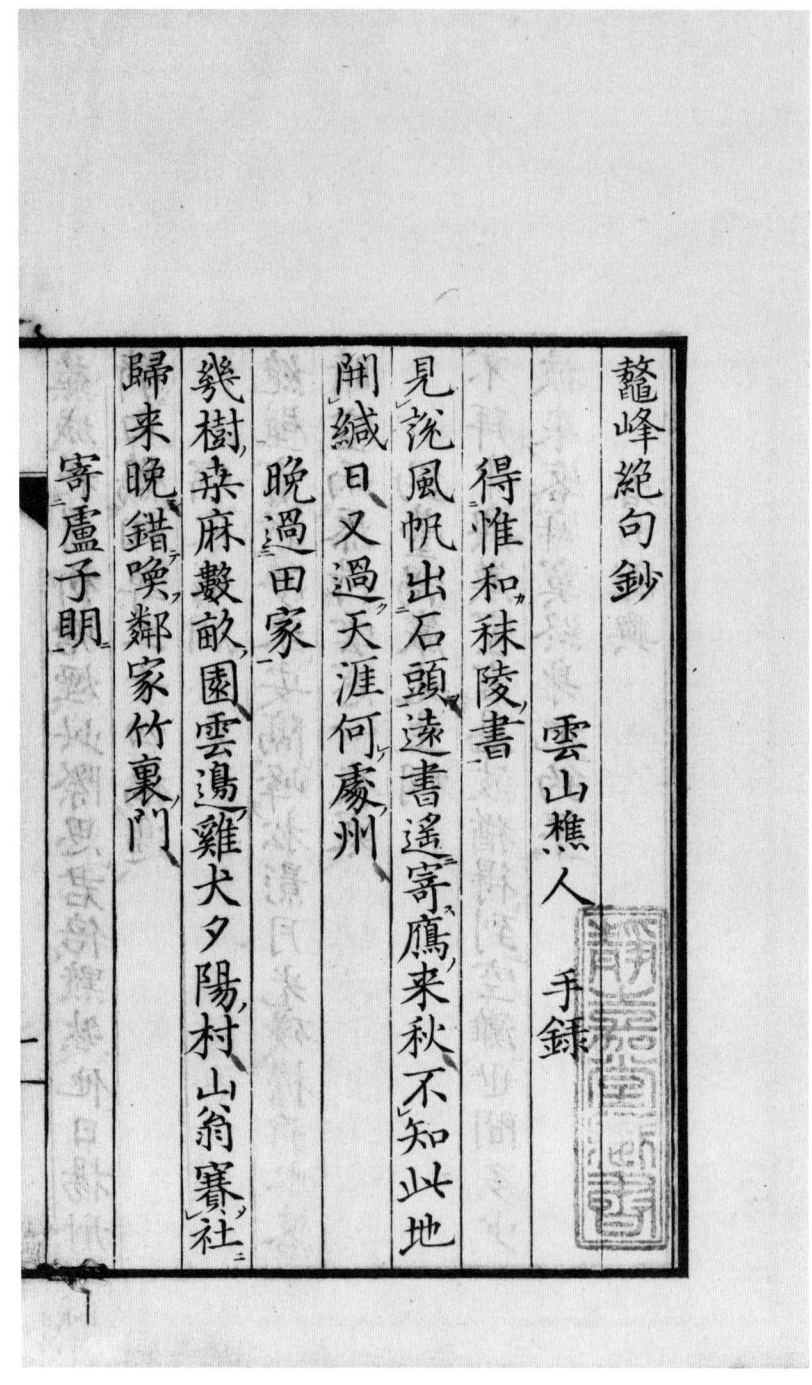

鼇峰絕句鈔

雲山樵人 手錄

得惟和秣陵書
見說風帆出石頭遠書遙寄鴈來秋不知此地
開緘日又過天涯何慶州

晚過田家
幾樹桑麻數畝園雲邊雞犬夕陽村山翁賽社
歸來晚錯喚鄰家竹裏門

寄盧子明

048　鼇峰絶句鈔　一卷

宮澤正甫編。文政四年(1821)序刊本,靜嘉堂圖書館藏。1冊。開本高廣22釐米×14.7釐米,內框15釐米×11釐米,左右雙邊,白口,單魚尾,有欄線,半葉9行,行18字。版心僅刻頁數。

卷端大題"鼇峰絶句鈔",下署"雲山樵人手録"。內封題:"明徐興公著/鼇峰絶句鈔/宮澤正甫校梓。"

卷首《徐鼇峯絶句鈔序》云:"昔衛鞅見秦孝公,説之以帝王之道,孝公時時睡而弗聽。他日,説之以彊國之術,孝公與語,不自知膝之前於席也。余閒居蕭然,新創社,以詩課後生,與之細論三唐之詩,則人人坐睡,困睫薈騰,莫不入華胥國者,茫乎不辨作者何如用意,何如用筆,況於抑揚頓挫、逐句轉遞、順逆互用諸法乎？已而與之

048-02

妄説宋明之詩,則人人解頤,開眉朗目,咸似滿意,自以爲歷歷落落有金石節,蓋走活法而避死法,欲速成者乎？余今就明徐興公《鼇峰集》鈔出絶句二百首,下旁譯梓之,是授速成者捷徑也。徐詩高淡平易,雖不足以爲學詩軌範,要是爲蘭苕翡翠,一種小品。春晝之遲,秋夜之長,窗前燈下,讀之歷歷落落,自有眉開目朗者,則此編未必不如驅眠一盌清茶也。若夫欲立志求益,就大路而進步者,余將別爲其人更開唐詩正門。今刻此編,且擬衛鞅説霸術云。文政辛巳九月十五日,識於江户神田僦居雲山樵人宮又奇。"有"宮又奇""正甫"二方章。末署"茲堂桑瑞書",下"瑞""玉書"二印。框外題"村嘉平刻"。

又録錢謙益《列朝詩集》之徐𤊹《小傳》。

是書所收爲徐𤊹七言絶句,計166首。無目録。

是書又有關西大學圖書館、堺市立中央圖書館藏本,與靜嘉堂文庫藏本爲同版。

徐㷆(1570—1642),字惟起,更字興公,晋安人。博聞多識,工文,善草隸詩歌。萬曆年間與曹學佺狎主閩中詩壇,積書數萬卷,以布衣終。所著有《紅雨樓集》《榕陰新檢》《筆精》《閩南唐雅》《鼇峰集》等。

宮澤正甫,即宮澤雲山(1781—1852),武藏秩父(現埼玉縣)人,名雉,字神遊,通稱新吾,別號細庵、酒肉頭陀。江户後期漢詩人,爲市河寬齋江湖詩社成員,有漢詩集《細庵先生百絶》。

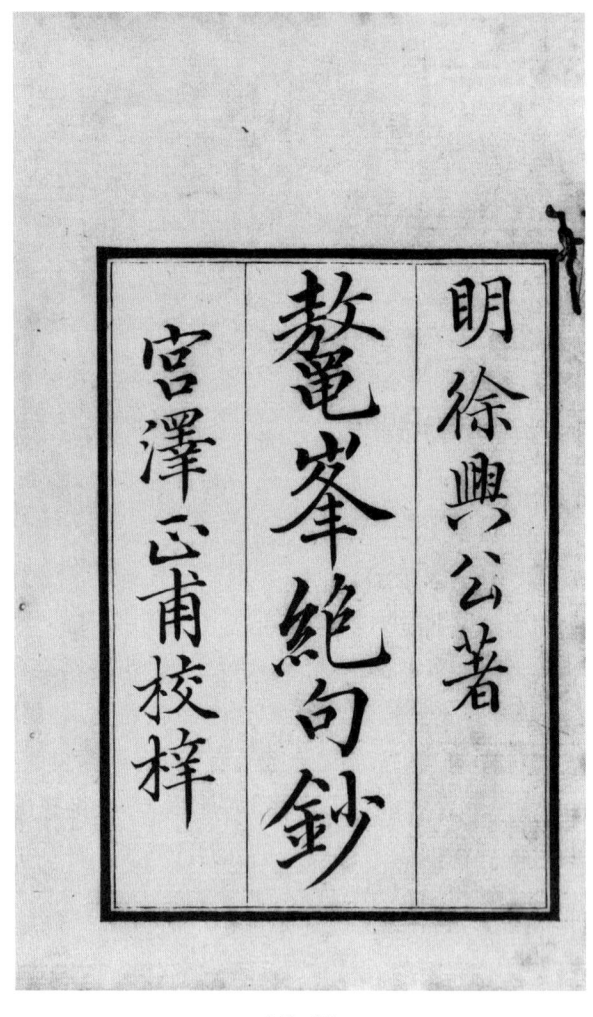

鼇峯絶句鈔序

昔衞鞅見秦孝公說之以帝王之道者以時之睡而弗聽他日說之以彊國之術孝公與語不自知膝之前於席也余閒居蕭然新創社以詩課後生與之細論三唐之詩則人之坐睡困

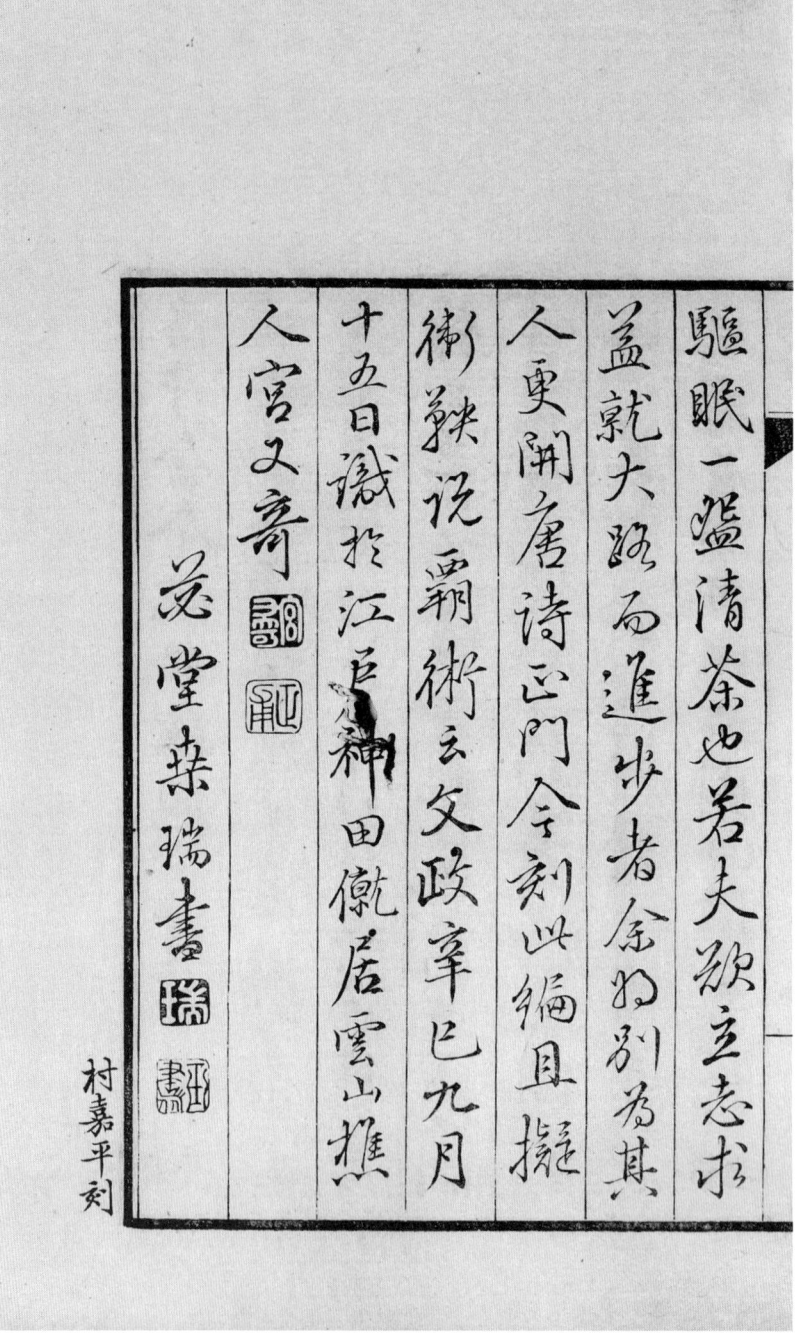

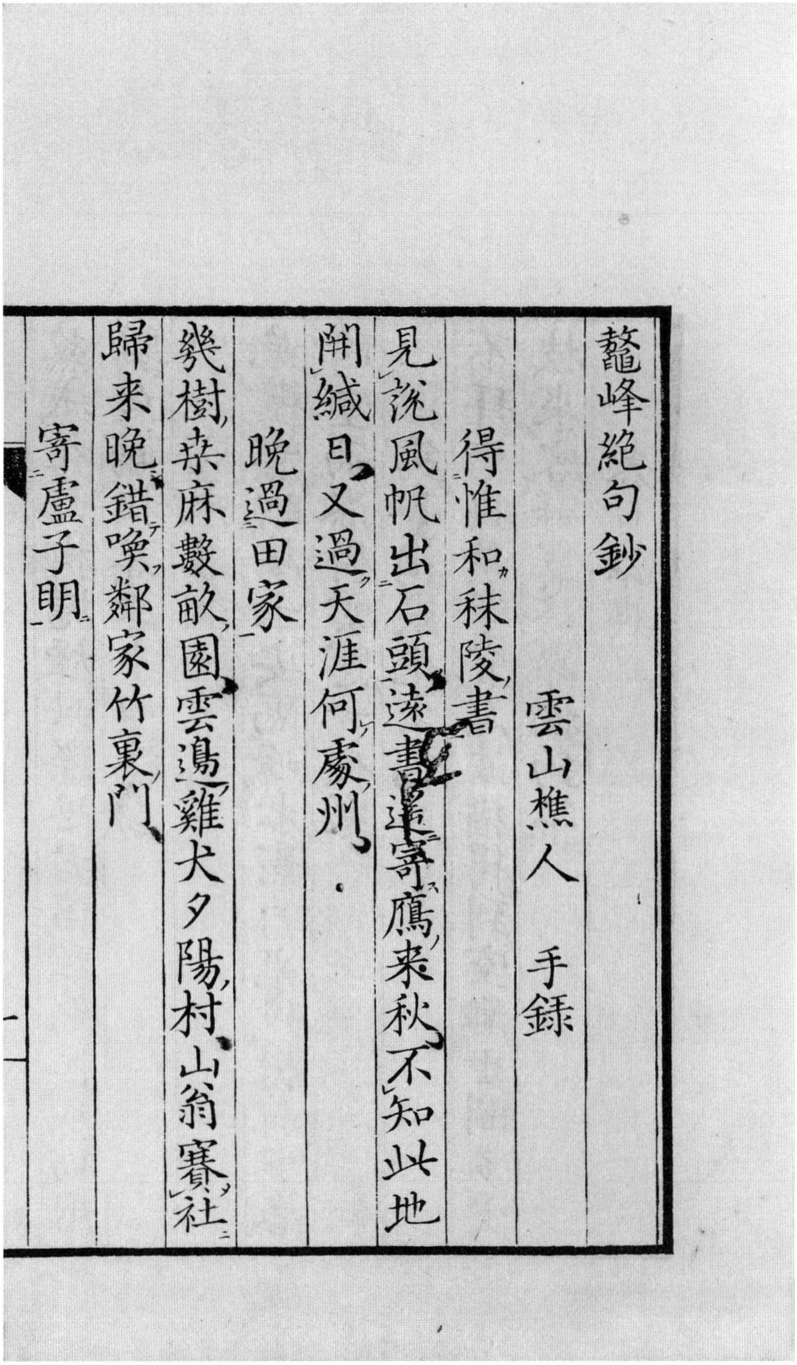

鼇峰絕句鈔　　　　雲山樵人　手錄

得惟和秣陵書
泬㴑風帆出石頭遠書遙寄鴈來秋不知此地
見緘日又過天涯何處州

晚過田家
幾樹桑麻數畝園雲邊雞犬夕陽村山翁賽社
歸來晚錯喚鄰家竹裏門

寄盧子明

王遵巖文粹卷一

後學　劉誨輔　李德編次

○上顧未齋九老書

慎中少無師承師心自用妄意於文藝之事自十八歲謬通仕籍即摯摯於翰翰方冊之間蓋勤思竭精者十有餘年徒知掇撫割裂以為多聞摹効倣以為近古如飲酒方醉叫呼喧呶自以為樂而不知醒者之笑於其側而哀之也溺而不止已成棄物天誘其衷不即淪陷二十八歲以來始盡取古聖賢經傳及有宋諸大儒之書閉門掃几伏而讀之論文繹義

張夏鍾云
先生自述
其生平為
文虛心能
改如此則
夫世之自
考為多聞
為近古者
亦可廢然
而反矣

049　王遵巖文粹　五卷

明王慎中撰，村瀨誨輔編。文政五年(1822)題刊本，自藏。5 册。開本高廣 22.3 釐米×15.5 釐米，版框 15.3 釐米×11.8 釐米。白口，上黑魚尾，四周單邊，半葉 10 行，行 20 字，版心鐫"王遵巖文粹"、卷數、頁數。

內封題："天保甲辰季冬新刊/王遵巖文粹/浪華書林羣玉堂。"

卷首爲《王遵巖小傳》，末署"文政五年壬午冬十一月五日，劉誨輔就本傳及張夏鍾所纂小傳、《四庫全書提要》合纂于江都不二石莽中"。

次《王遵巖文粹目錄》。卷一書 11 篇、序 13 篇，卷二序 36 篇，卷三序 23 篇、記 9 篇，卷四記 17 篇、傳 3 篇、表 1 篇、碑 2 篇、謚議 1 篇、墓表 7 篇，卷五墓誌銘 14 篇、行狀 1 篇、祭文 8 篇，共 146 篇。

049-02

全書有眉標 270 條，以過錄諸家選本評點爲主，亦有異文校語。

第一册卷端大題"王遵巖文粹卷一"，下署"後學劉誨輔季德編次"。

王慎中(1509—1559)，字道思，號南江、遵巖，泉州府晉江人。嘉靖五年(1526)進士，授禮部主事，與諸名士講習，學大進。官至河南布政司參政，以忤夏言落職歸。壯年廢棄，益肆力古文，與唐順之齊名。其通行別集有《遵巖先生文集》41 卷，明嘉靖四十五年(1566)劉濼刻本；《遵巖先生文集》25 卷，明隆慶五年(1571)嚴鏓刻本等。其選本以"文粹"命名者亦有多種，如明施觀民所輯《遵巖王先生文粹》16 卷，明隆慶六年刻本；清徐德立選《遵巖文粹》一卷，清光緒三十二年(1906)長沙徐氏石耕山房刻五大家文粹本。長澤規矩也《和刻本漢籍文集》第十五輯該集"解題"，據田邊石庵纂《王遵巖小傳》末敘其集"今所行止 25 卷"，判斷《王遵巖文粹》當據《遵巖先生文集》25卷編刻，又有天保十五年（1844）田邊新次郎後印本。

　　村瀨誨輔，前已見。

049-03

049-04

王遵巖文粹

王慎中小傳

王慎中字道思晉江人。四歲能誦詩受業易魁虛之門。魁虛者蔡虛齋之高弟也一見輒遜席曰不當在吾弟子之列也嘉靖五年舉進士年纔十八授戶部主事尋改禮部祠祭司時四方名士唐順之陳束李開先趙時春任瀚熊過屠應竣葉察陸詮江以達曾扑輩咸在部曹慎中與之講習學大進十一年詔簡部郎為翰林衆首擬慎中大學士張孚敬欲一見。辭不赴曰吾寧失翰職不敢失身乃稍移更部名益著以為山巨源復山辛每事必謙詢焉已進驗封司

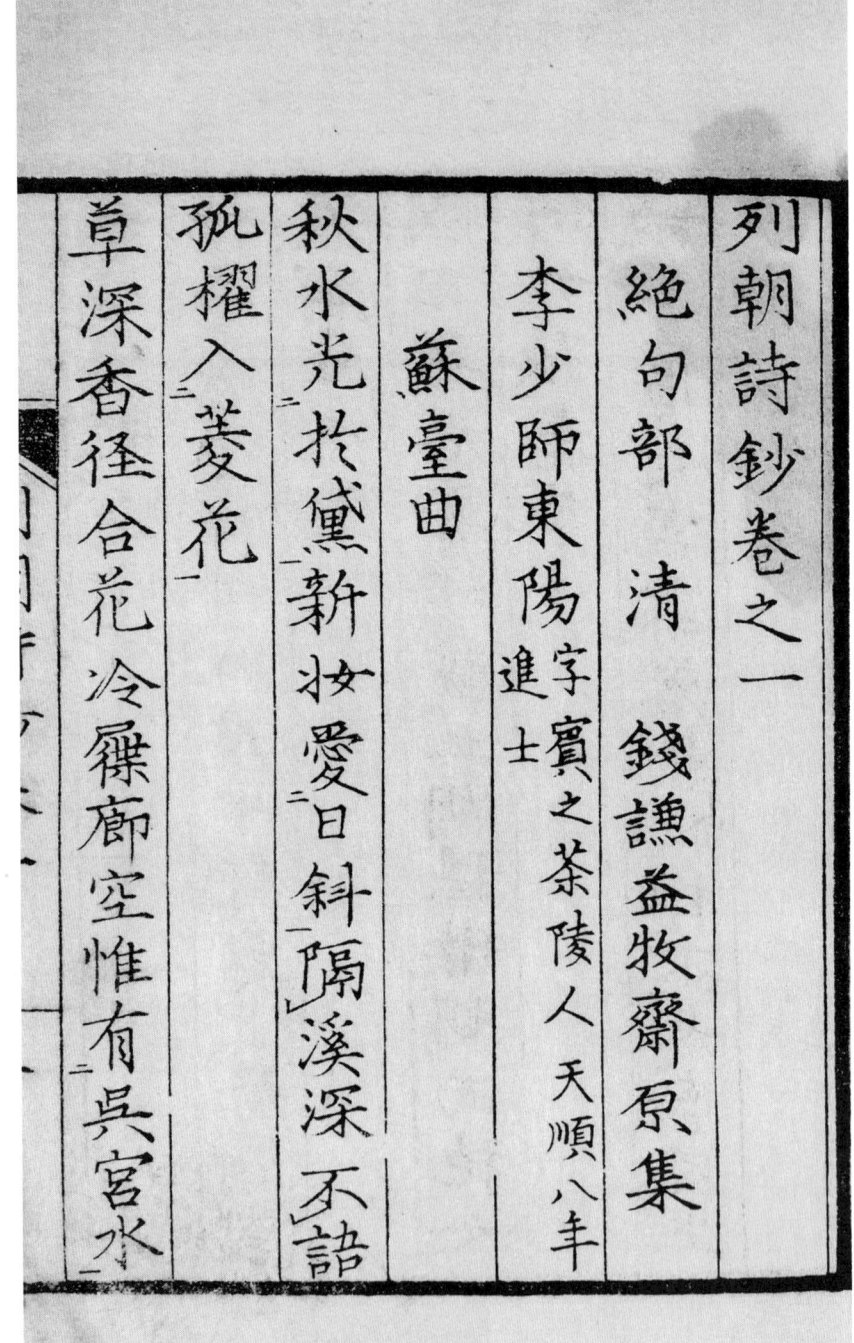

列朝詩鈔卷之一

絕句部　清　錢謙益牧齋原集

李少師東陽字賓之茶陵人天順八年進士

蘇臺曲

秋水光於黛新妝愛日斜隔溪深不語

孤櫂入菱花

草深香徑合花冷櫺廊空惟有吳宮水

050　列朝詩鈔　二卷

川上顗校。文政十二年（1829）序刊本，關西大學圖書館藏。1冊。袖珍本，開本高廣12釐米×8.5釐米，内框9.3釐米×7釐米，左右雙邊，白口，單魚尾，版心魚尾下刻"列朝詩鈔卷某"、頁數。卷尾題"清風館藏"。

卷端大題"列朝詩鈔卷之一"，次署"絶句部　清錢謙益牧齋原集"。後有《全唐詩》等出版廣告，末題"天保庚寅春日，京師書鋪吉田治兵衛"。

無目録。

卷首序云："積書堂主人寄《列朝詩集》一部，曰：'請鈔出可意者，可以梓行矣。'檢之，則卷上印朱章，故香山氏遺藏也。而集中加朱星於數十家，其詩傍悉下批點，蓋選焉而不及上梓乎？乃反之曰：'先輩苦心，可思也，刻之則足矣。'且教曰：詩禪子深詩者，往問焉。而詩禪亦與

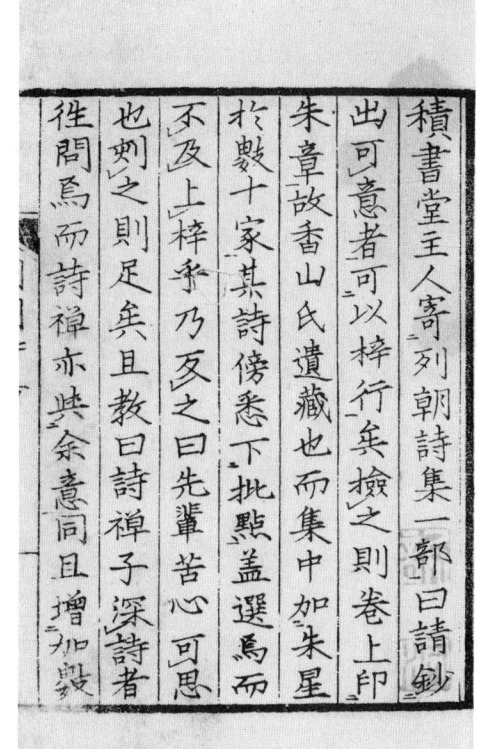

050-02

余意同，且增加數家。主人鈔出二家點朱者，又寄予曰：'先刻於絶句，稍稍及律、古體，請校之。'因一閱正魚魯，併識其由與焉。文政己丑十月，川上顗題。"

卷一，選李東陽《蘇臺曲》等11首、李兆先1首、張泰5首、桑悦1首、沈周20首、史鑑9首、雷鯉2首、唐寅7首、祝允明10首、徐禎卿10首、文徵明4首、李夢陽10首、高叔嗣1首、王慎中2首、唐順之4首、羅洪先1首、李開先1首、馮惟訥2首、陸粲2首、許相卿1首、張時徹1首、豐坊2首、皇甫汸23首、黄魯直1首、蔡汝楠1首、謝榛4首、仲春龍1首、盧楠1首、李先芳3首、李同芳2首、李攀龍2首、宗臣1首、梁有譽1首、吳國倫1首、許邦才3首、王世貞24首、王世懋1首、屠隆3首、朱曰藩15首、金鑾3首。

卷二，選何良俊《白下春遊曲》等10首、黄姬水29首、張獻翼5首、吳擴1首、謝

少南 6 首、陳鳳 1 首、黄甲 1 首、胡汝嘉 1 首、金大輿 7 首、盛時泰 1 首、陳荐 2 首、柳應芳 1 首、方登 1 首、胡宗仁 3 首、陳玄胤 1 首、王嗣經 5 首、陳淳 2 首、彭年 7 首、岳岱 8 首、王濟 2 首、顧聞 1 首、沈仕 1 首、王稚登 44 首、曹子念 2 首、居節 3 首、章士雅 3 首、顧大典 4 首、周天球 4 首、錢穀 1 首、陸治 3 首、梁辰魚 3 首、范言 1 首、徐後 1 首、吳世忠 1 首、唐汝龍 1 首、孫良器 1 首、范如珪 1 首、吳錦 1 首、鄭玄撫 1 首、詹文斗 1 首、王叔承 31 首、沈明臣 24 首、呂時臣 1 首、鄭若庸 1 首、陸弼 2 首、黄克晦 1 首。

　　錢謙益(1582—1664),字受之,號牧齋,晚號蒙叟、東湖老人。蘇州府常熟縣人。萬曆三十八年(1610)進士,授編修。官禮部左侍郎,革職後南歸。福王時,官禮部尚書。入清官禮部右侍郎掌秘書院事,充修《明史》副總裁。任職僅六月,即告病歸。文才俊逸,富於著述,有《初學集》《有學集》《投筆集》《列朝詩集》等。

　　川上顗,即川上東山(？—1840),名顗,字君璋,別號史話樓。江户人。江户後期儒者。從古賀精里學,後入賴山陽之門,協助山陽執筆《日本外史》。著有《東山文稿》等。

050-03

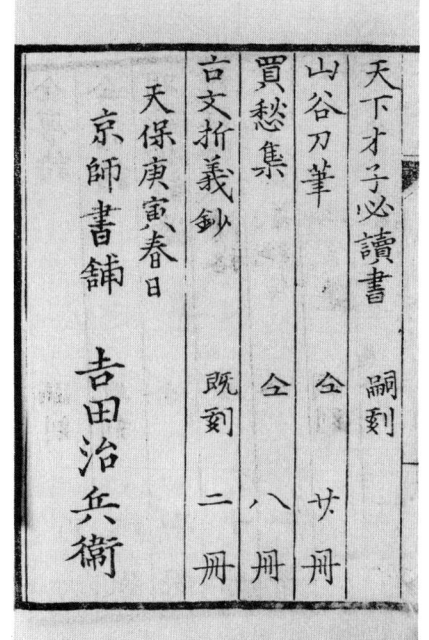

050-04

唐荊川先生文集序記部卷之一

阿波後學　齋藤五郎象校讀

序

○○中庸輯畧序

中庸輯畧凡二卷、初宋儒新昌石𡼖子重采兩程先生語、與其高第弟子游揚謝侯諸家之說中庸者為集解。凡幾卷朱子因而芟之。為輯畧其後朱子既自采兩程先生語入集註中。其于諸家。則又著為或問。以辨之、自集註或問行而輯畧集解兩書因以不著于世友人御史新昌呂信卿宿有志于古人之學。且

051　唐荊川先生文集序記部　四卷

唐順之撰,齋藤五郎象點。文政十三年(1830)七月大坂河內屋吉兵衛等刊本,關西大學圖書館藏。4冊。開本高廣24.7釐米×17釐米,版框16.7釐米×12.6釐米,四周單邊,上黑魚尾,半葉10行,行20字,版心上鐫"唐荊川文集",魚尾下鐫卷次、文體、頁數。

卷端大題"唐荊川先生文集序記部卷之一",下署"阿波後學齋藤五郎象校讀"。內封題:"文政庚寅鐫、序記之部四冊先成餘部嗣出/唐荊川集/扶桑三書鋪全梓。"卷末刊記:"文政十三年庚寅七月新發/書肆江戶須原茂兵衛,京都吉野屋仁兵衛/大阪京屋淺二郎、河內屋吉兵衛。"

卷首《唐荊川先生文集序》,末署"嘉靖己酉冬十月望晉江遵巖居士王愼中思甫序"。

又目錄:卷一序21篇,卷二序28篇,卷三記14篇,卷四記8篇。

齋藤五郎象,即齋藤鑾江(1785—1848),名象,字世教,稱五郎,號鑾江。阿波(德島縣)人。初學業於那波網川,後入昌平黌,從古賀精里、侗菴父子學。業成,講説於大阪。著有《五經志疑》等。

唐順之文集,有嘉靖二十八年(1549)安如石刻《唐荊川先生文集》12卷,嘉靖三十二年(1553)書林葉氏寶山堂刻《重刊校正唐荊川文集》12卷,嘉靖三十四年(1555)金陵書林薛氏刻《重刊校正唐荊川先生文集》12卷,秣陵唐國達刻《唐荊川先生文集》12卷,萬曆元年(1573)純白齋刻《重刊荊川先生文集》17卷、《外集》3卷附錄一卷,康熙五十一年(1712)唐執玉刻《荊川集》12卷等。此本《唐荊川先生文集序

051-02

記部》系據萬曆元年純白齋刻《重刊荊川先生文集》卷十序、卷十一序、卷十二記抽刻,篇目次第全同,惟將《重刊荊川先生文集》卷十二《西峪草堂記》以下八篇析出爲卷四。

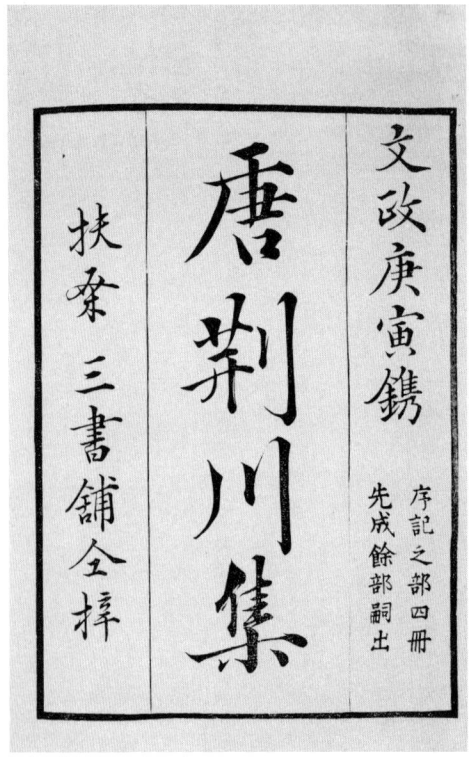

051-03

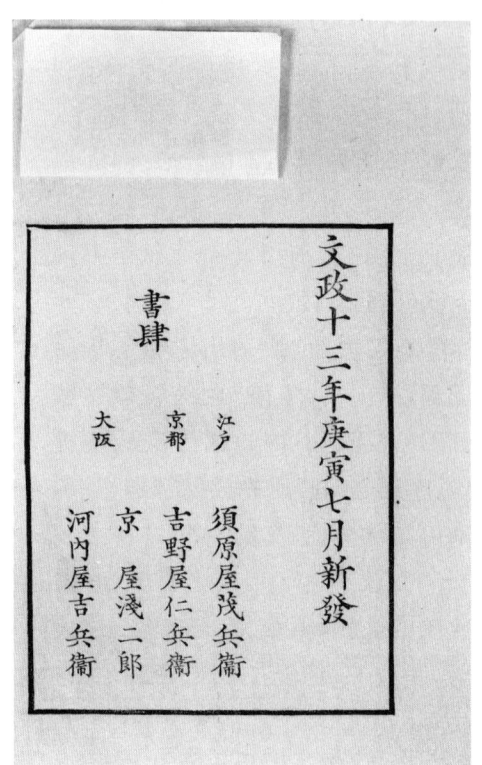

051-04

唐荊川先生文集序

吳之有文學舊矣諸樊為國斷髮之治未變蓋方甚陋而公子札已能盡通易詩書禮樂六藝之文以觀於中國則名卿碩士有愧於其所知悅說之博雅而慕之如不及孔子教於洙泗來四方之學者則言偃踰江踏淮而往游焉卒以文學列於大賢之科南方之精華為之盡發而孔氏之道資其言之有文以行於遠至于今為烈。蓋其盛如畫長江大湖以為國方地千餘里林麓川澤之美殆不可數而光英沖粹之所漸涵磅礴於其間二人而已雖其甚盛而未嘗

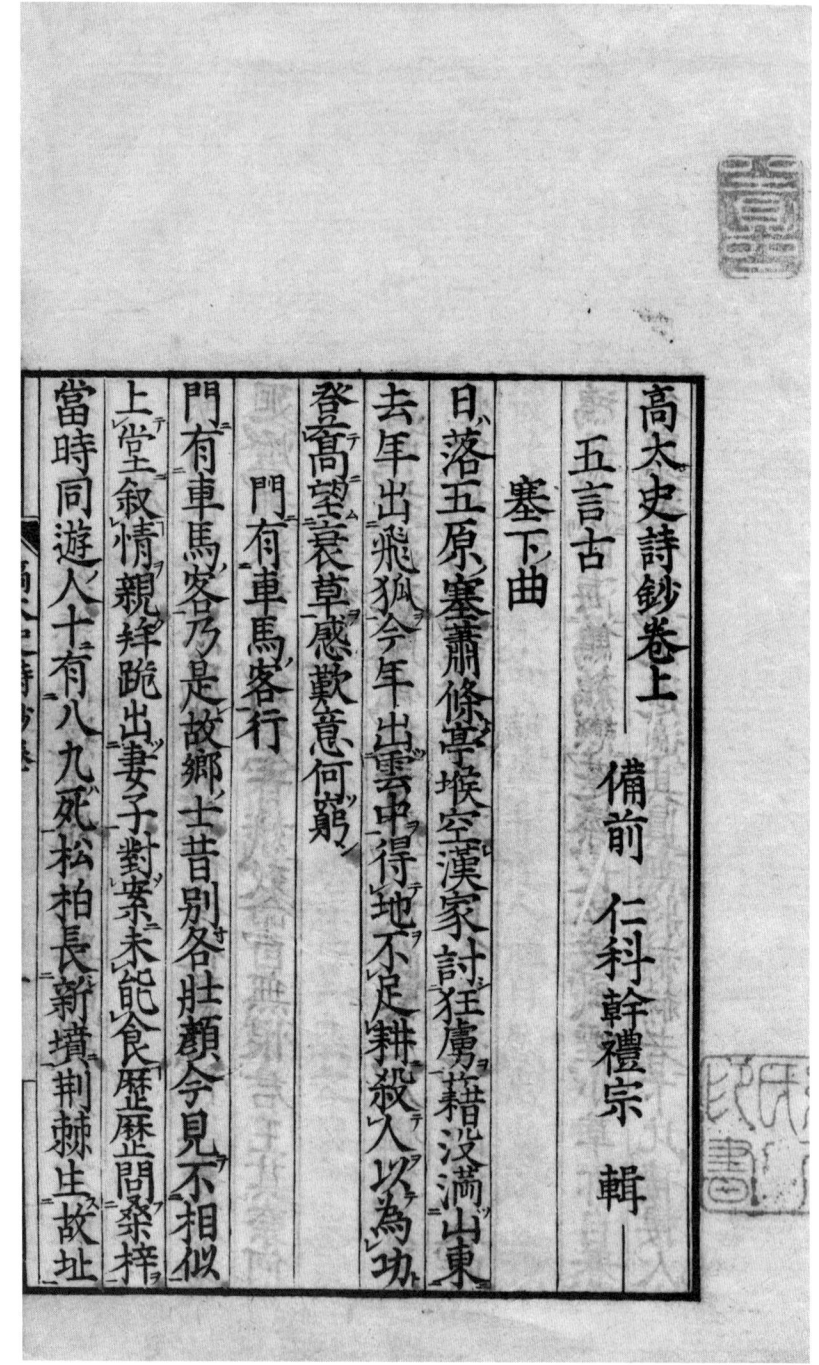

高太史詩鈔卷上　　備前　仁科幹禮宗　輯

五言古

塞下曲

日落五原塞蕭條亭堠空漢家討狂虜藉沒滿山東去年出飛狐今年出雲中得地不足耕殺人以為功

登高望衰草感歎意何窮

門有車馬行

門有車馬客行門有車馬客乃是故鄉士昔別各壯顏今見不相似上堂敘情親拜跪出妻子對案未能食歷歷問桑梓當時同遊人十有八九死松柏長新墳荊棘生故址

052　高太史詩鈔　二卷

高啓撰,仁科幹編。天保六年(1835)醉古堂刊本。自藏。2 冊。開本高廣 26.2 釐米×18 釐米,内框 17.5 釐米×13.3 釐米,左右雙邊,黑口,單魚尾,有欄線,半葉 10 行,行 20 字。

内封題:"天保乙未新鐫/白谷先生輯/高太史詩鈔/醉古堂藏。"卷首無序,卷尾無題跋。卷端大題"高太史詩鈔卷上",下署"備前仁科幹禮宗輯",版心刻"高太史詩鈔卷"、頁數。卷末有"萬延元庚申年正月晦日""六堂"手書題記。

是書卷上五言古、七言古、五言律,卷下七言律、五言絶、七言絶,共 306 首。

高啓(1336—1374),字季迪,號槎軒,長洲人。博學工詩,家北郭,與王行輩十人,號"北郭十友",又以能詩,號"十才子"。張士誠據吳,名士響集,啓獨依外家,居吳松江之青丘,自號青丘子。洪武初爲編修,與修《元史》,累官户部侍郎,自陳年少不敢當重任,歸授書自給。知府魏觀爲移其家入郡,觀以改修府治獲譴,帝見啓所作《上梁文》,因發怒,腰斬於市,年三十九。啓警敏有文武才,書無不讀,尤邃於羣史,詩雄健渾涵,自成一家。有《大全集》《鳧藻集》《缶鳴集》等。

052-02

仁科幹,即仁科白毅(1791—1845),名幹,字禮宗,通稱源藏,別號熊峰。仁科琴浦次子,備前(現岡山縣)人,江户後期儒學者、漢詩人。著有《凌雲集》《白毅詩文鈔》等。

高啓詩集有《吹臺集》《江館集》《婁江吟稿》《姑蘇雜詠》等,後自定爲《缶鳴集》12 卷。景泰中徐庸編刻《高太史大全集》18 卷,至清雍正間金檀增補並作註,成爲通行本。《高太史大全集》在日本多次翻刻,天保八年(1837)江户萬笈堂英氏覆刻絶句 3 卷、安政三年(1856)京都林芳兵衛等刊《青丘高季迪先生律詩集》5 卷、明治間青木嵩山堂鉛字活印本《青丘高季迪先生詩集》18卷等,均晚於《高太史詩鈔》。

052-03

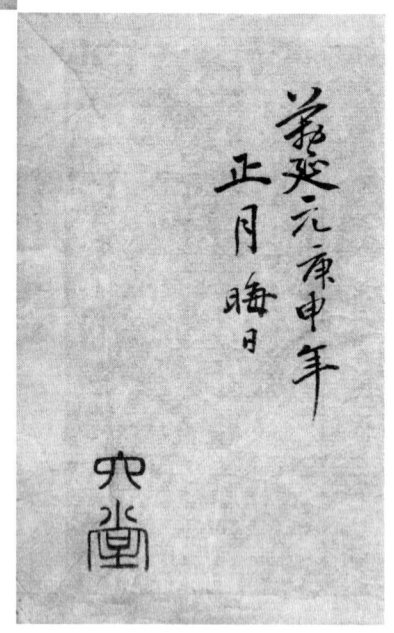

052-04

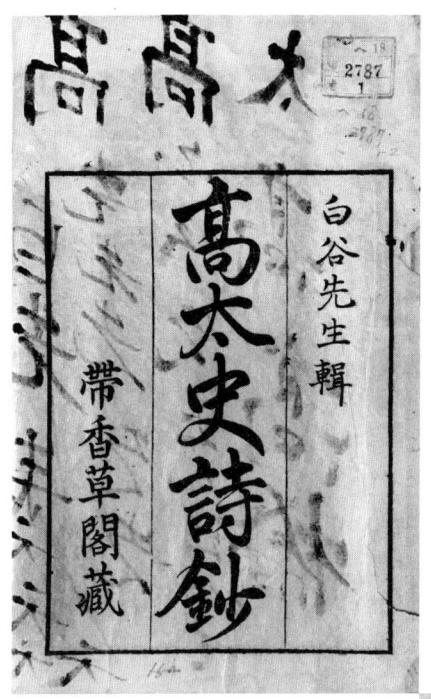

052-05　早稲田大學圖書館藏本

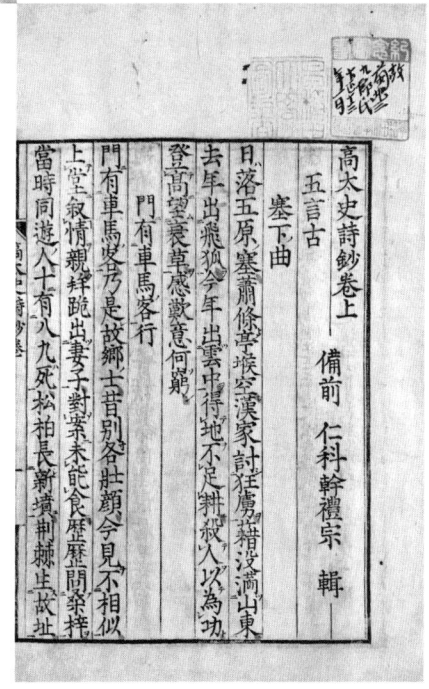

052-06　早稲田大學圖書館藏本

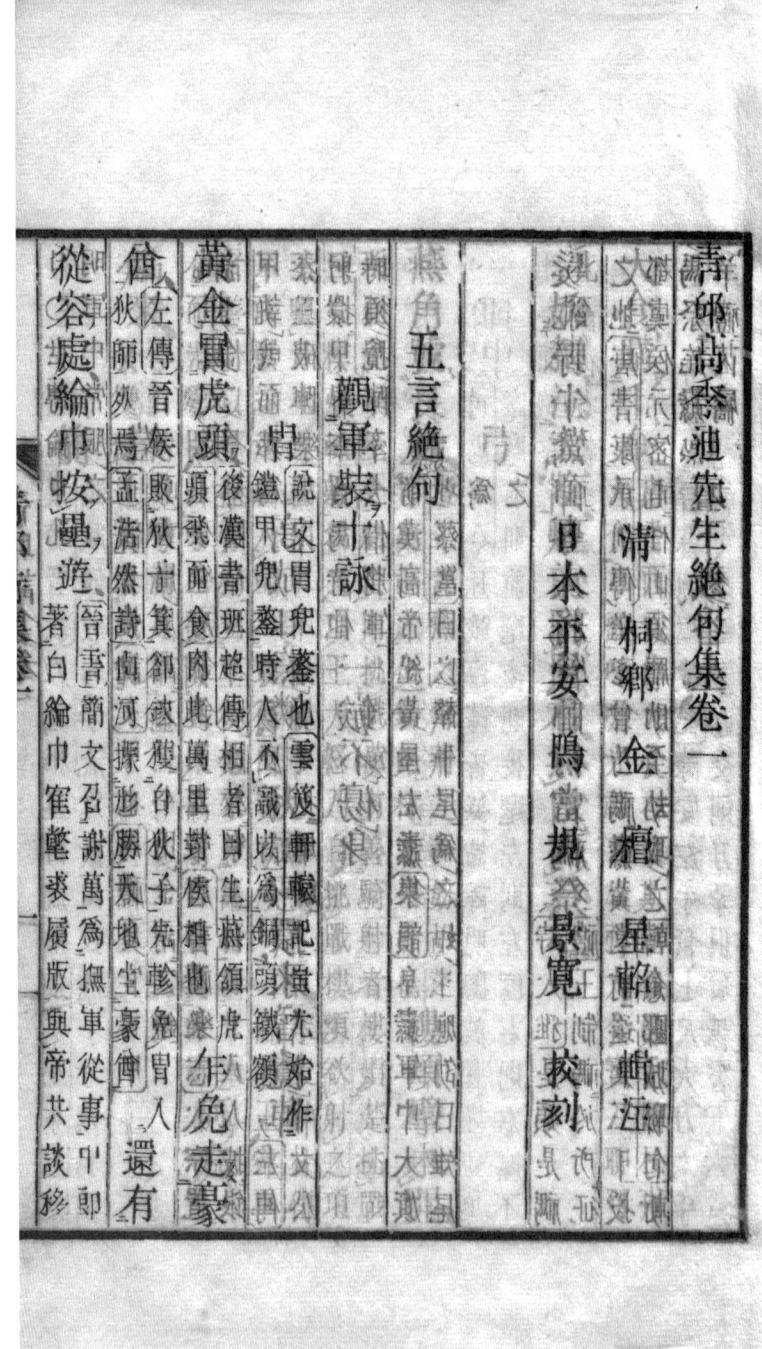

053　青邱高季迪先生絶句集　三卷　律詩集　五卷

高啓撰，金檀輯註，隝規景寬、梁孟緯星巖校刻。安政三年(1837)刊本，自藏。絶句集 3 册、律詩集 5 册。開本高廣 24.9 釐米×17.8 釐米，内框 18.8 釐米×13.4 釐米，四周單邊，白口，單魚尾，有欄綫，半葉 10 行，行 22 字，小字雙行同。

絶句部封面題"高青邱詩集　初編絶句之部"。内封題："安政三年丙辰初春發行/清金檀星軺輯注，日本梁孟緯星巖氏校閱/律詩部全五册/高青邱詩集/皇都書林文政堂、文泉堂，浪華書林嵩山堂合梓。"卷端大題"青邱高季迪先生絶句集卷一"，下署"清桐鄉金檀星軺輯注，日本平安隝規景寬校刻"。律詩部封面題"高青邱詩集　貳編　律詩之部"，卷端大題"青丘高季迪先生律詩集卷一"，下署"清桐鄉金檀星軺輯注，日本三野梁孟緯星巖校閱"。卷末刊記："和漢洋書籍出版所/發現者/大阪市南區安堂寺橋通四丁目青木恒三郎/製本發賣所/大阪市心齋橋筋安堂寺町嵩山堂本店/仝東京市京橋區南傳馬町一丁目嵩山堂支店、仝伊勢國三重郡四日市港暨町嵩山堂分店。"

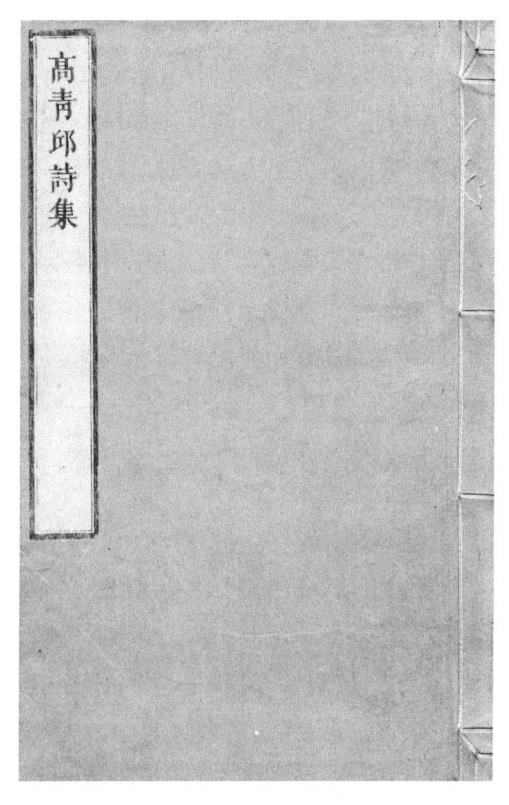

053-02

卷首序一《刻高青邱詩集題辭》云："名士遭禍古不希，莫甚朱明全盛時。宋王劉張既爲首，更奈太史奈可師。天錫慘毒類不匱，末尾亦有文長飢。伯虎次楩或民懌，雖未傷命悉毀贏。造物多忌何套語，名望最高禍最深。今誦其詩讀其傳，風格各異才各奇。奇極作怪桑徐輩，言行忤世固已危。不善其終理或爾，縱有知己難扶持。水涌火燃原正氣，畏之尤之因有私。如養其勢致潤燠，世奚不喜奚不隨？獨怪青邱高季迪，穎敏温雅所爭推。以文立世當安穩，天譴底事逞虐威？竊忖翰林修史後，保全上計非敢遺。不然壯強豈致仕，早仰烈主似見幾。歸田再卧舊風月，姑蘇勝概入妙詞。英邁華贍可以想,累篇積卷悉珠璣。莫道擇交闕明鑒,魏觀也是文藝司。不測罪辜不測孽,連坐殲良寔堪悲。讒臣兇惡不俟辯,信讒之人果是誰? 如倣可師猶到老,嚐糞執與空暴骴。雖然暴骴別有美,美貫千載文在茲。畢竟禍福利害外,不朽盛業自巍巍。試比羣彥如林筆,清優自然出天機。我爲欽慕不揆分,一瓣香下每沾衣。今刻此集無別旨,左袒金檀欲普施。原序略傳業已備,不消贅言學濫吹。只緣暮年猶慷慨,吊冤怨古肝膽披。賦此一慟又一笑,恢恢天地是耶非。天保八年丁酉二月十九日,椶軒居士隄規景寬題于浪華寓所。爾時忽聞街北有火,京師剞劂某適在座,懷稿先去,余亦挈家遠遁,躁擾連句,不及思之。歸京後,使人問彼,已告竣,不能復推敲,示粗率於大方,慚甚悔甚。五月既望,椶軒又識。"

又《青邱高季迪先生詩集序》,末署"雍正六年歲在戊申孟秋月七夕前一日,桐鄉金檀序"。

又《鳬藻集本傳》,末署"洪武乙卯二月隴西李志光書";《槎軒集本傳》,末署"門人呂勉撰"。

又《詩評》25 條,與金檀輯註本同。

是書每冊一卷,每卷首各有目錄。絶句部:卷一,五言絶句 188 首、六言絶句 8 首,與金檀本卷十六同;卷二、卷三,七言絶句。律詩部:卷一,五言律詩;卷二,五言律詩、五言排律;卷三,聯句、六言律詩、七言律詩;卷四,七言律詩;卷五,七言律詩。

高啓,前已見。

隄規景寬,即中島規,見前《明賢詠落花詩》。

梁孟緯星巖,即梁川星巖(1789—1858),名卯,字伯兔,後改名孟緯,字公圖,號星巖,通稱新十郎。美濃國安八郡曾根村(今岐阜縣大垣市曾根町)人,文化五年(1808)從山本北山學,其夫人爲女漢詩人紅蘭。有《梁川星巖全集》行世。

是書又有羣玉堂刊本,慶應義塾大學圖書館藏,内封題:浪華書林羣玉堂;卷末刊記:和漢西洋書籍賣捌處/大阪心齋橋博勞町角羣玉堂河内屋岡田茂兵衛。其他版式内容等悉同,當爲同版。長澤規矩也《和刻本漢籍文集》補編第十七輯收錄,卷末題:"高青邱詩集 絶句律部 出來 古詩律體 近刻""安政三年丙辰初春發行""書林 山城屋佐兵衛、河内屋喜兵衛、河内屋新治郎、河内屋茂兵衛、永樂屋東四郎、山城屋佐兵衛、林芳兵衛"。

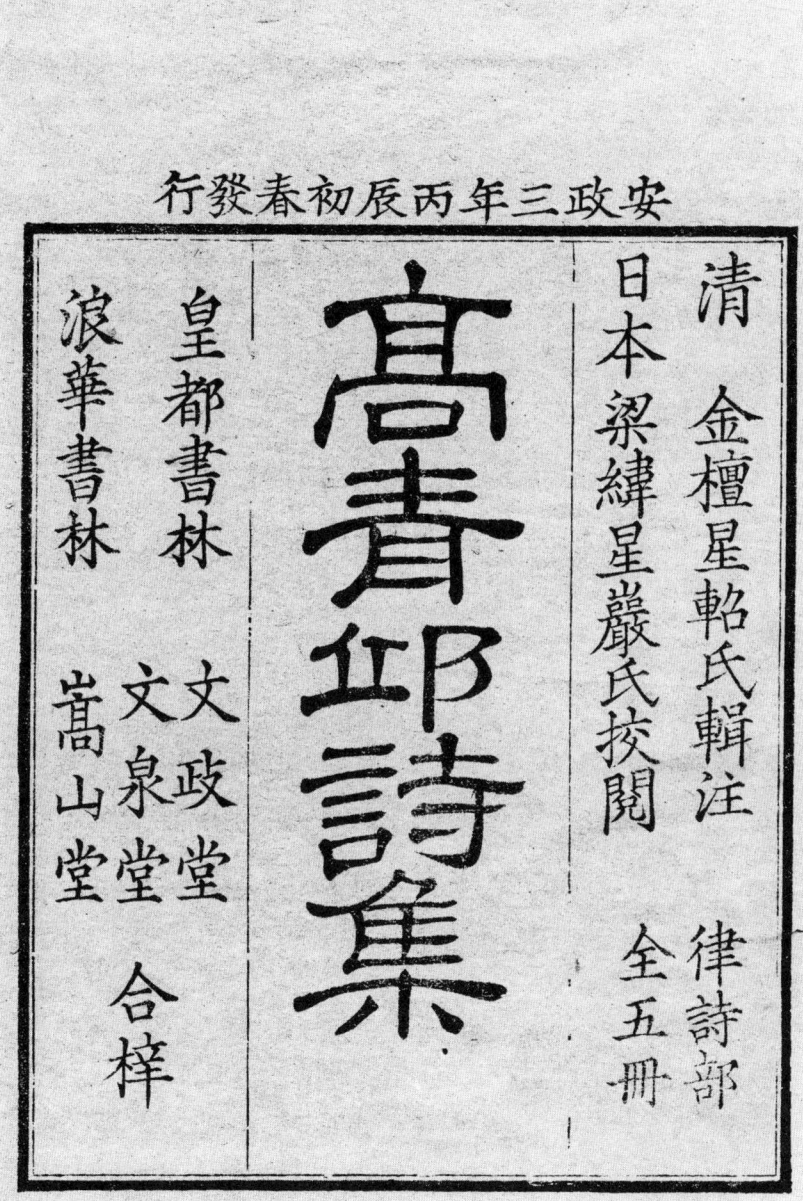

安政三年丙辰初春發行

清　金檀星軺氏輯注　律詩部
日本　梁緯星巖氏挍閱　全五册

高青邱詩集

皇都書林　文政堂　文泉堂　合梓
浪華書林　嵩山堂

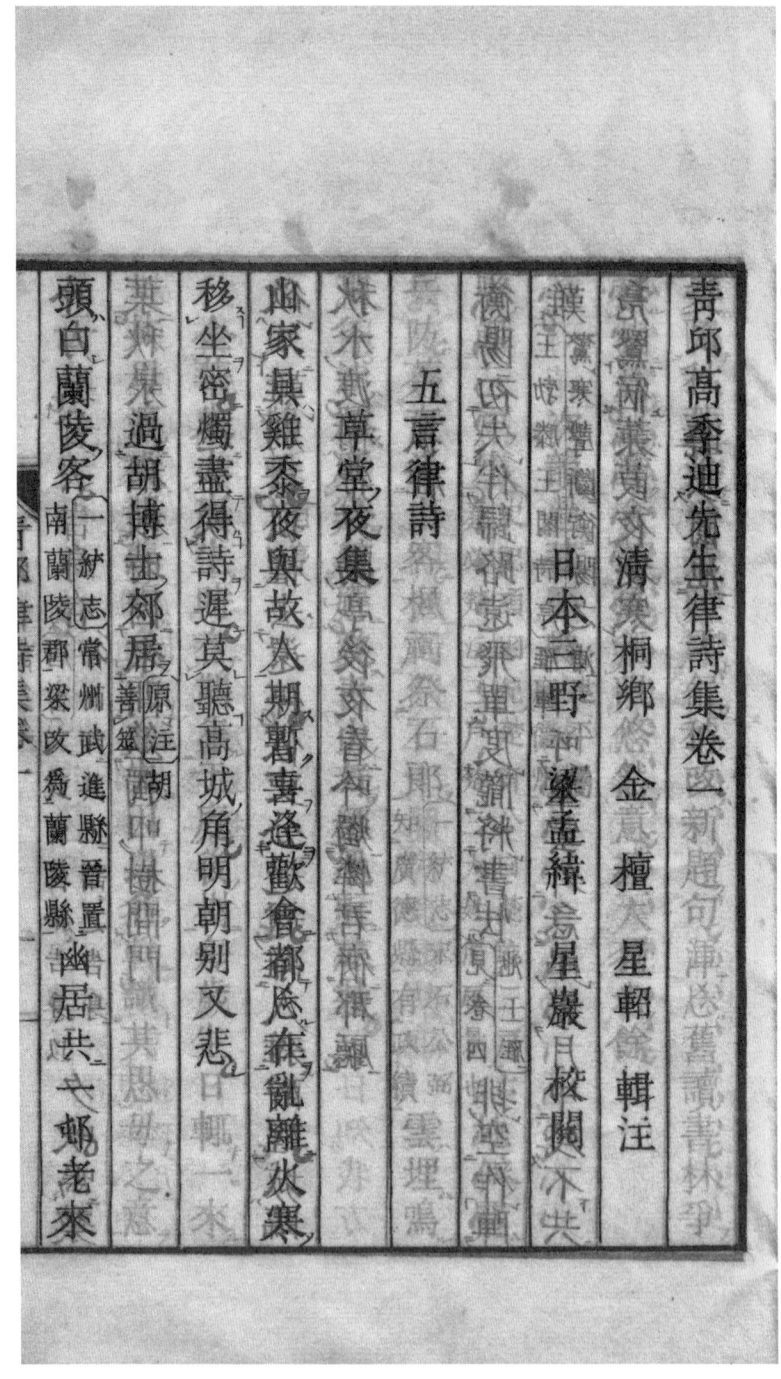

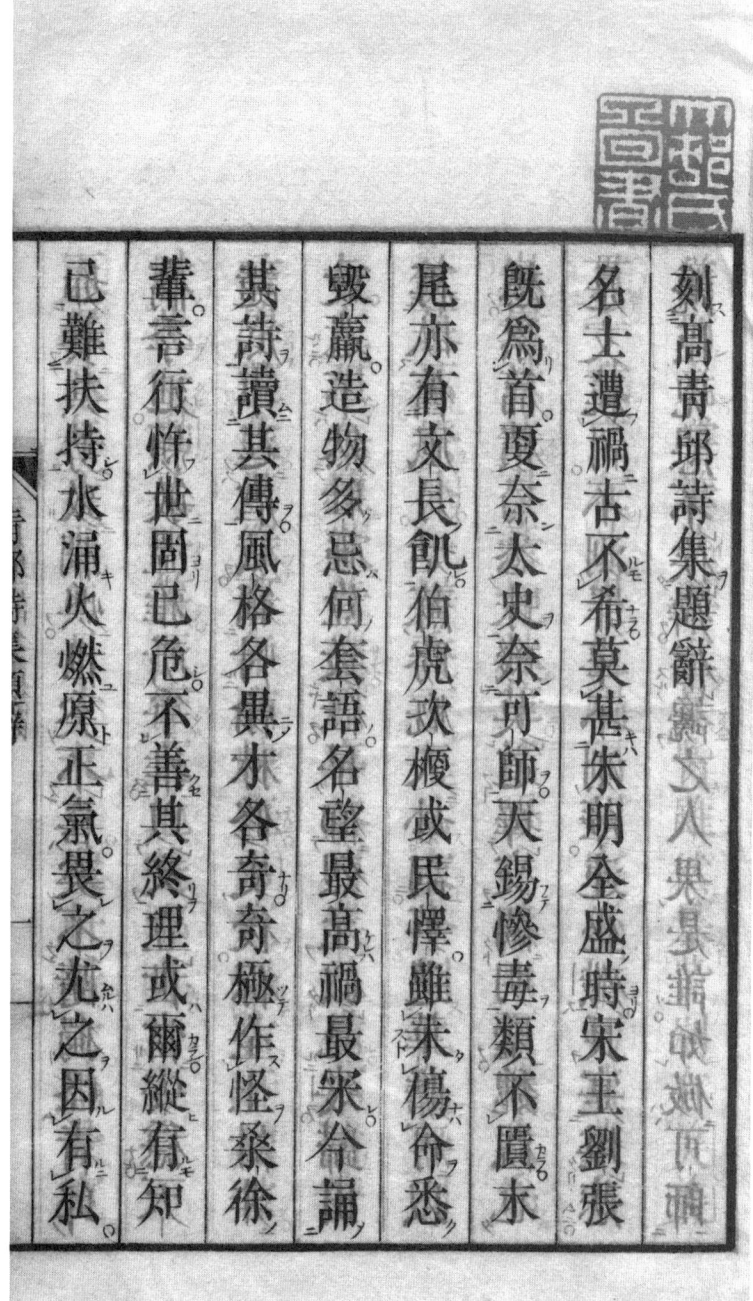

刻高青邱詩集題辭

名士遭禍古不希莫甚朱明全盛時宋王劉張既爲首夏奈太史奈刑師天錫慘毒類不匱末尾亦有文長飢伯虎欷歔或民懌雖未傷命悉毀贏造物多忌伺套語名塋最高禍最衆爺論其詩讀其傳風格各異才各奇奇極作怪粲徐輩言行忤世固已危不善其終理或爾縱有知己難扶持水漏火燃原正氣畏之尤之因有私

劉基

玉階怨
長門燈下淚滴作玉階苔年年傍春雨一上苑牆來

秋思
梧桐生碧砌密葉暗金井驚心昨夜月照見樓禽影

閨詞
剔却燈花蕊從教汙翠鈿幾回虛報喜誤妾不成眠

感興
清時不樂道干戈貙鼠其如虎豹何淮海風雲連鼓角湖山花木怨笙歌紫微畫省青烟入細柳空營白雪多惆悵無人奏丹宸側身長望淚滂沱

054　明詩手抄　不分卷

佐藤仲南編。天保八年(1837)跋,稿本,日本國立國會圖書館藏。3 冊。開本高廣 24 釐米×16.2 釐米,無版框,無欄線,白口,無魚尾,半葉 11 行,行 20 字。

封面題"明詩手抄",卷首無序,卷端無題署。

卷尾跋云:"余學問不能博,於明詩嘗讀沈氏所選《別裁》耳。客歲始繙《列朝詩集》,未盡一二卷心已厭,而不能記其所目,乃一誦以爲佳者鈔之,積爲卷若干。然余於此技,手眼俱低,且非熟讀之所成,他日必有悔焉。但錢謙益文則名家,人本無行,故其護黨伐異,取捨失平者居多。其所稱不容口者松園詩老,以予觀之,一腐爛漢倉之粟耳。大抵南風軟弱不振,粉胭斑落如退院妓者多矣。謙益極力排李、王,是也;而以其南人,間有鄉曲之言,君子不取也。嗟乎!余學幾年,今既廿四始讀此,一讀鈔其百一,而踰年始了,陋手懶乎而長舌論人者,何也?天保八年丁酉夏四月念六日,質堂主人題于蕉雨窗中以填紙餘。時天氣陰陰,晝倦最甚,寮友四五會于中塾戲談,乃投筆而注。"末有題云:"右幕末奧醫師(表)外科/佐藤仲南/手筆也。葉馨誌。"

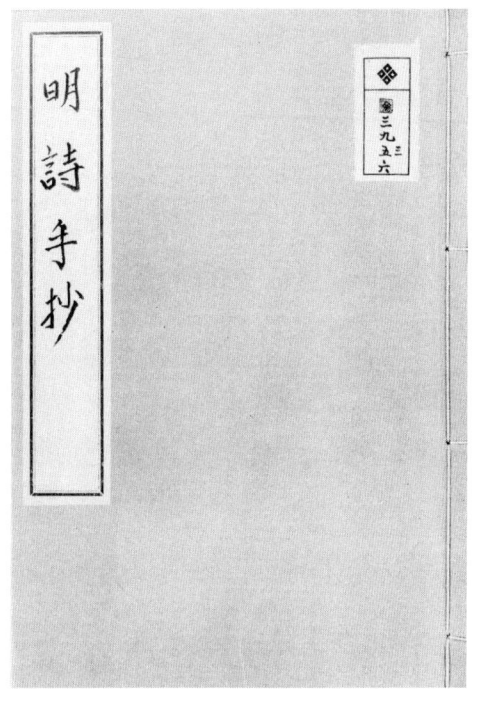

054-02

佐藤仲南,江户後期蘭學醫師,餘不詳。

余學問不能博於明詩嘗讀沈氏所選別裁目客
歲始繙列朝詩集未盡一二卷已厭而不能記
其所目乃一誦以為佳者鈔之積為卷若干然余
於此技手眼俱低且非熟讀之所成他日必有悔
焉但錢謙益文則名家人本無行故其護黨伐異
取譽失平者居多其所稱不容口者松圓詩老以
予觀之一腐爛漢倉之粟耳大抵南風軟弱不振
粉胭斑落如退院妓者多矣謙益極力排李王是
也而以其南人間有鄉曲之言君子不取也嗟乎
余學幾年今既廿四始讀此一讀鈔其百一而踰
于始了徹手懶乎而長古論人者何也

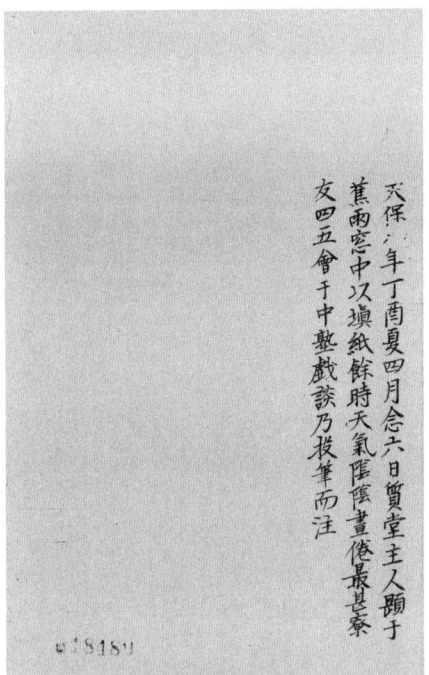

054-04

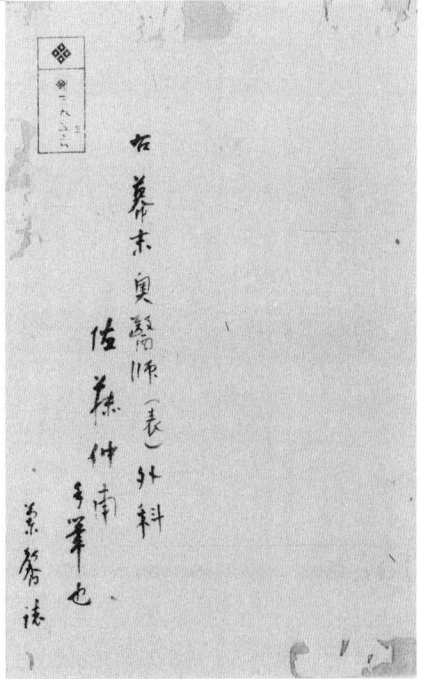

054-05

誠意伯詩鈔卷之一

日本 紀伊 垣內保定子固氏纂

古樂府

巫山高

巫山高哉鬱崔嵬下有江漢浮天回深林日月照不
到洞谷闔闢生風雷危峰半出赤道上落日猿狖鳴
聲哀虎牙赤甲鬪雄壯風氣以之而隔閡楚王遺跡
安在哉但見麋鹿跳蒿萊當時忠臣放澤畔乃與靳
尚相徘徊山中妖狐老不死化作婦女蓮花腮潛形
譎跡託夢寐變幻涕淚成瓊瑰神靈震怒不可禱雲

錢牧齋云剌奇
后也庚申君寵
高麗奇妃立以
為后專權植黨
濁亂宮闈故作
以諷諫矣

055　誠意伯詩鈔　四卷

劉基撰，垣內保定編。天保十年（1839）帶香草閣刻本，早稻田大學圖書館藏。4冊。開本高廣22釐米×14釐米，內框16.7釐米×11.3釐米，左右雙邊，白口，上黑魚尾，有欄線，半葉10行，行20字。版心上刻"誠意伯詩鈔"，魚尾下刻卷數、頁數、"帶香草閣藏"。

卷端大題"誠意伯詩鈔卷之一"，下署"日本紀伊垣內保定子固氏纂"。封面題"誠意伯先生詩鈔"，內封題："溪琴恒內先生纂／誠意伯詩鈔全四冊／書肆世壽堂。"卷末題："皇漢洋書籍發賣所／三重縣下伊賀國上野本町通中町廿八番地桂雲堂豐住伊兵衛／大阪府下東區備後町四丁目四十番地同支店同豐住幾之助／藏版製本之記。"正文有眉批，每卷卷末署"野呂公鱗校字"。

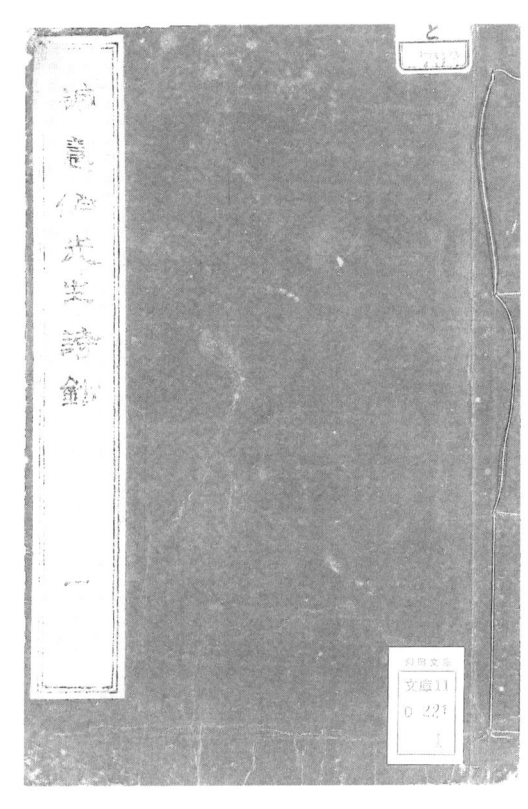

055-02

卷首序一《劉文成公詩鈔序》云："靈氣稟天，靈心成我。我之靈心，縱之於時，而不朽之業成焉，古之作者是已。韜略具古，妙用存我，我之妙用施之於世，而撥亂之功成焉，古之豪傑是已。太師誠意伯劉文成公，豈其人乎？先生以命世之才，當風雲之會、明良之時，弼真主於元季，救生靈於塗炭，以成文明之化，永闡朱明一代之鴻基，亦能令朱明一代文章煥乎明者，先生之功居多，豈非妙用存我而施之於世、靈心成我而縱之於時者邪？孔子曰：'有文事者，必有武備。'信矣。予詳閱其集，風雲之氣萃，雷霆之音轟，鬱律晦冥，幻化曷極！訇殷砰鏗，神變叵測，泰山喬嶽列焉，長江巨渤運焉，渾渾噩噩，周《雅》乎？漢章乎？其胸次固有如斯者存焉。蓋明氏二百年間，洪才輩出，各以其所能相夸張，旗鼓交振。其筆陣縱橫，非無與先生相抗者也；詞源雄渾，非無與先生同歸者也；杜行而李趨，亦非無與先生頡頏者也。至於深衷寓微，奧旨不露，遠大自期，徒文不苟，獨以名教爲己任，傷時之心，隱然以古風爲其宗，排邪之意廓如，則其誰能與先生連鑣并軫者也？允爲朱明一代雄文矣。予嘗謂豪傑之人未必能造豪傑之語，能造豪傑之語者未必是真豪傑；豪傑之才未必能成豪傑之事，能謀豪傑事未必是真豪傑。豪傑之人而能造豪傑之語，豪傑之才而能成豪傑之事者，我見之文成。南紀詩人垣子固，先抄遺山詩，紹有斯舉，亦將抄空同、大復二家集合刻行世，可謂慧眼存古功斯道者也。備前仁科幹撰。"

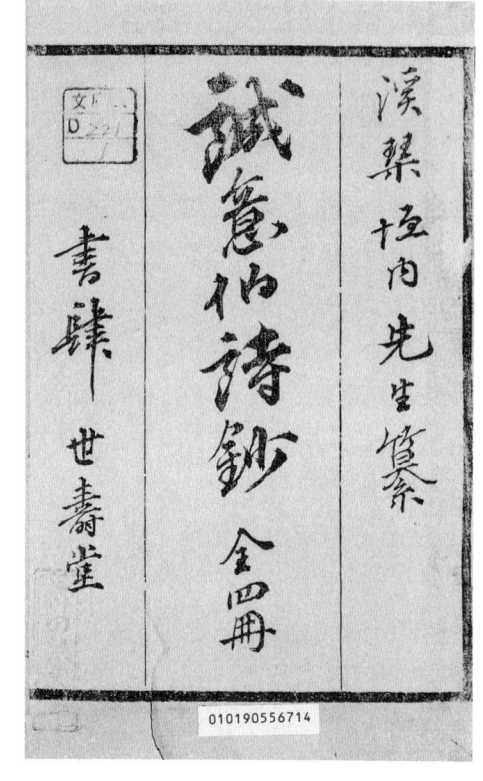

055-03

序二《誠意伯詩抄序》云："士固已刊《遺山詩抄》，續纂劉文成青田詩，欲行諸世，亦詢序于余。余笑而曰：'子憂斯文之衰，不自省其身猥，欲揮隻手而挽回之乎？其志何過汰且侈也。夫詩之興衰，繫世運昇降，可以觀風俗弛張。然而風之所自上而下，風之尚，草靡然偃之，固非眇乎布衣所得預焉。然徒抱杞憂，努目張膽，汲汲乎此，或近于僭，恐受不知量之誚矣。'士固怫然色惡，余復斂容進之曰：'吁！士固勇於見義而有爲，誠如斯乎？前言戲焉耳。夫昔在天朝之盛，濟濟多士，摘掞天之藻以鳴其美者，《懷風》尚矣。平安定鼎，鉛槧之臣森然挺立，人各握靈珠，其可觀于今者，《文粹》之撰最著矣。然時所趨向，在彼中唐以下，限以元、白，爭巧於一聯片句，其盛竟不及倭歌遠矣。蓋時雖文物備具，赫灼可觀，風習苟且，下無專力自奮者之過也。自是斯道日陵遲，保平亂後，篇什傳者，無題之集寥寥貽遺韻，縉紳之作，絕響于此矣。自武門代秉天下之柄，滋益汙下。加之以戰擾相繼，干戈不休，鎌倉室町之世，緇流厘掌文職，其陋頗甚。於戲！物極而變，事往而復，天亦厭禍亂，更闢文明之運，而真人出乎東海。慶、元以還，奎光呈祥，璧圖煥然，自是世罩右文之教，化洽宇內，豪傑接踵而起，俊髦駢肩而出，正德、享保之際，於是爲盛。時卓傑之士，有爲之材，戢鵬翼于雲霄，屈驥足于千里，壹意專力，以著述期不朽，竭精焦思，不走他歧之功，乘匡輔振起之化。身在蓽門圭竇,而筆鋒抗衡于軒冕。陋巷抱經者私執翰墨之權,其所以潤色鴻業,鼓吹盛世,出于《懷風》《文粹》之上,與海西文萃自夸者,駸駸爭馳,幾將駸過之,斯文之盛,開闢以來所未曾有也。抑是雖由上之甄鈞而化成之,然下之自奮激而致精力,其効亦偉矣。其後風習屢變,厭故趨新,互相排擠攻擊以取勝,以譏斥爲務。然審觀其所變,所謂一蠏下於一蠏,竟至于今矣。夫今之與昔,上之治化,不但無損有加,其如文教尤益弸張然,而下之鼓舞如此卑,何耶？蓋治安日久,學者慣無事,氣弛志解,苟且因循,取喜于俗,而欲其伎速售歟？安寢飽食、悠遊卒歲者,盡是太平之賜也已。然何不思所以報其萬一,卻沮撓雄大隆盛之政,涓以卑儒淺薄之辭,若使後世議今,則以爲如何？子有見于此乎？雖周盛德,《江漢》《汝墳》之咏興于下,然後《鹿鳴》《文王》可鳴諸廟堂；"蘋蘩""行潦"之誠孚于俗,然後《清廟》《維清》之頌可贊成功矣。風之所動,必先自下,勢自然已,故《三百篇》大半出于田畯紅女,被諸管絃,則自邦國諸侯延及房中鄉閭,取以助風化,何譖之有？況彼青田劉公者,間氣所鍾,天資英特,身屈下僚,恤民之誠,瘝瘝不忘,然饞慝害之,荐挫其志,知事不可爲,悠然揖去,而觀時變。及遇英主,幄籌所算,不動聲色,而夷强寇滑賊,以拯天下塗炭,識見之高,材略之大,誰得端倪？真所謂命世人豪也！夫其鬱勃所洩,悲(觀)[歡]憂喜,怒罵戲笑,發爲吟詠,皆方寸所蟠精氣英膽,故其詩如霄間鸞鷟,天半虹龍,飛翔夭嬌,光彩絢爛,目炫氣奪,不可嚮邇。使彼囁嚅爲兒女語媚世謟俗者,受而讀之,稍强其氣,以胸間磊瑰鳴泂泂大風于當時,則萬世之下,仰今日之盛,復謂魏乎大哉若夫！然則子眇身爲斯舉,亦關于文運隆替,而有助治化,豈可弗汲汲而强哉！前言戲焉耳,子請勉之。'遂序。丙申九月,松廬居士野吕隆訓撰于湯淺僑居。"

又《誠意伯傳》,錄自《明史》本傳。

是書每册一卷,卷一古樂府,卷二歌行、五言古詩,卷三五言古詩、七言古詩、五言律詩,卷四七言律詩、五言絕句、七言絕句,計400餘首。

無目錄。

長澤規矩也《和刻本漢詩集成》補篇第17輯收錄,卷首二序位置與此本顛倒。

劉基(1311—1375),字伯温,青田人。元元統元年(1333)進士,官高安丞,有廉直聲,後棄官歸。明太祖定括蒼,聘至金陵,陳時務十八策,建禮賢館處之。佐太祖滅陳友諒,執張士誠,降方國珍,北伐中原,遂成帝業。授太史令,累遷御史中丞。諸大典制,皆基與李善長、宋濂定計。封誠意伯,以弘文館學士致仕。性剛嫉惡,與物多忤,爲胡惟庸所構,憂憤卒,年六十五,正德中追諡文成。基博通經史,尤精象緯之學。有《郁離子》《春秋明經》《覆瓿集》《寫情集》《犁眉公集》《劉文成全集》等。

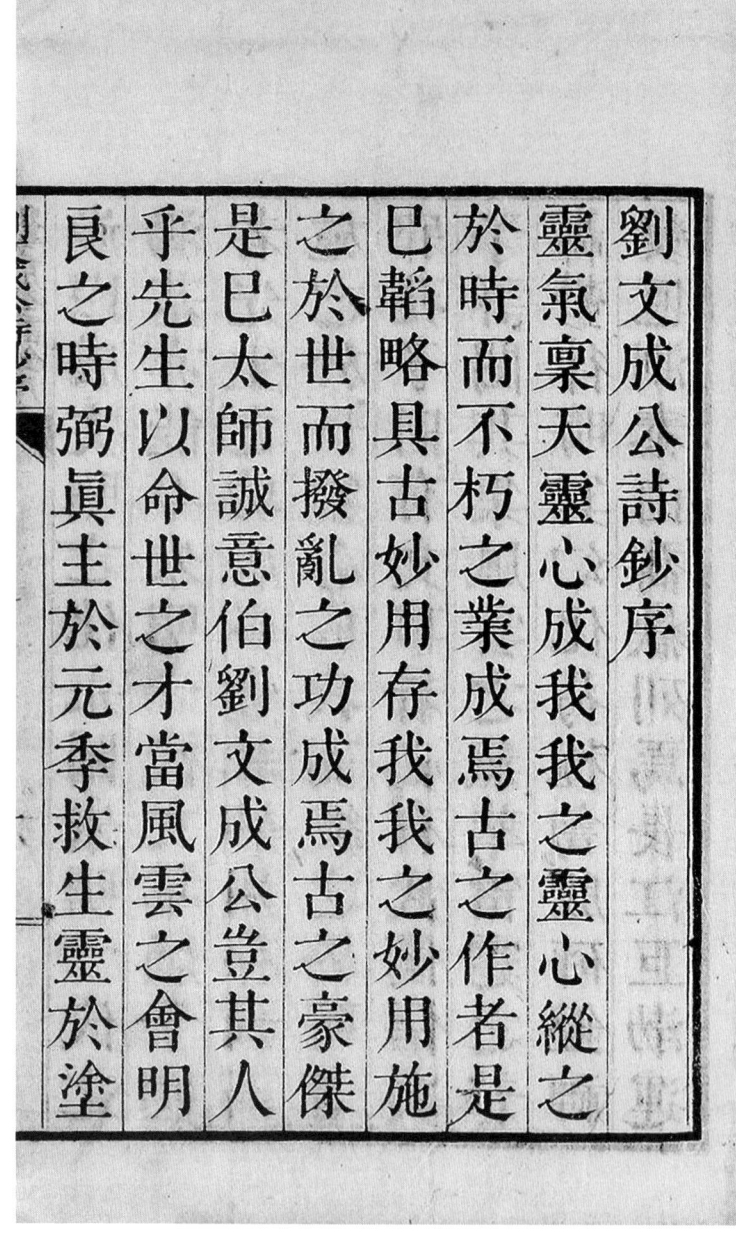

劉文成公詩鈔序

靈氣稟天靈心成我我之靈心縱之於時而不朽之業成焉古之作者是已韜略具古妙用存我之妙用施之於世而撥亂之功成焉古之豪傑是已太師誠意伯劉文成公豈其人乎先生以命世之才當風雲之會明良之時弼真主於元季救生靈於塗

誠意伯詩鈔

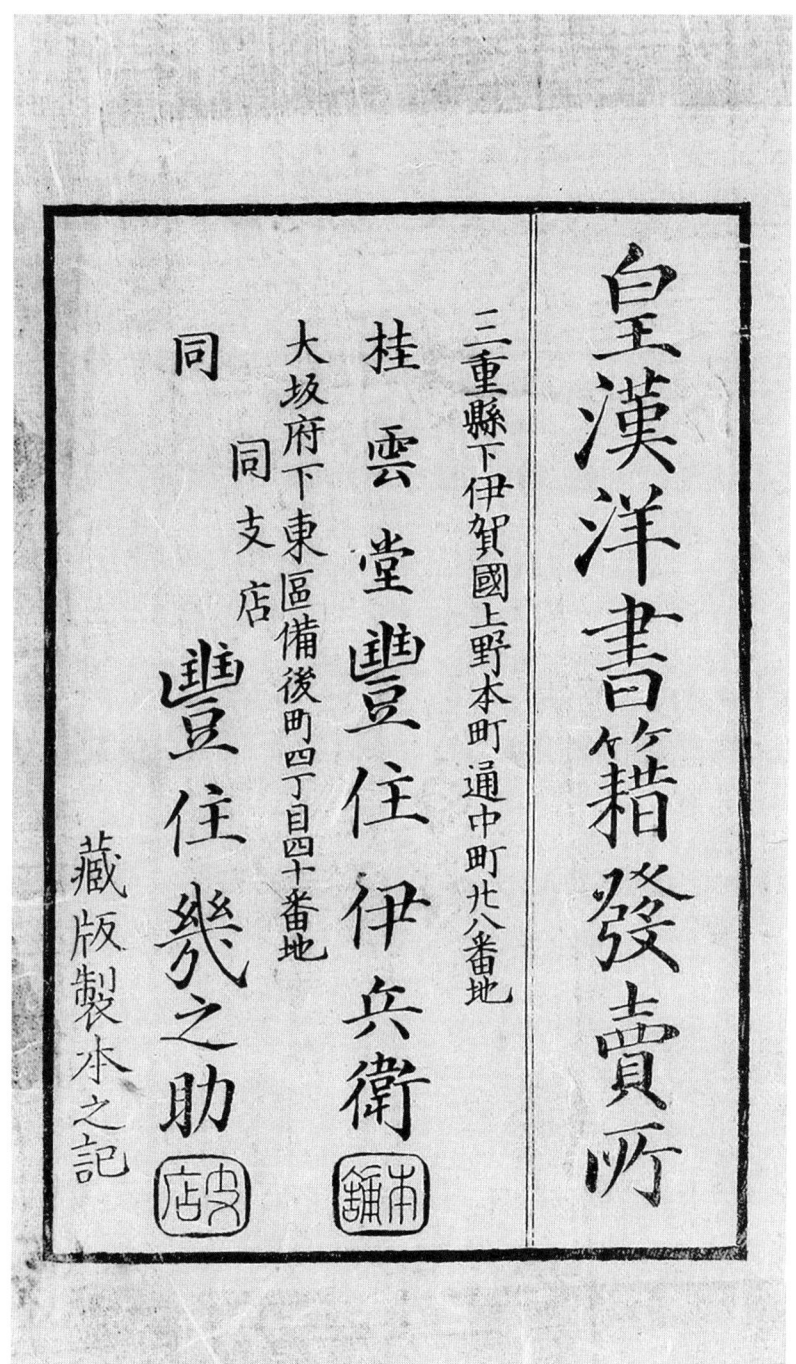

皇漢洋書籍發賣所

三重縣下伊賀國上野本町通中町北八番地

桂雲堂 豐住伊兵衛

大坂府下東區備後町四丁目四十番地

同支店

同 豐住幾之助

藏版製本之記

劉誠意文鈔卷之一

浪華　奧野純溫夫纂次

瑞麥頌 并序

天獻元德、九州麋沸、群猾並作、黎民惶惶奔走無路、皇帝提三尺劍奮起草萊、指顧之間豪傑景附矛鋒所向戰克攻取、皇帝心知天意之有在、爰舉有眾以與萬姓請命、一征而取荊襄、再征而清浙江、三征而聞海率從、四征而席卷全齊、五征而定周及梁、遂取秦、晉、舉燕、趙、南暨北訖、東漸西被化外之邦、莫不望風遣使奉朔稱臣、拜伏闕庭、於是民獲所歸、上下神

056　劉誠意文鈔　三卷

明劉基撰,奧野純編。天保十三年(1842)序刊本,慶應義塾大學圖書館藏。1冊。開本高廣 22 釐米×15.6 釐米,版框 14.8 釐米×11 釐米。白口,上黑魚尾,四周單邊,半葉 10 行,行 20 字,版心鎸"劉誠意文鈔"。

卷首《劉誠意文鈔序》云:"佐創業之英主,闢一代之規模,留侯以後,魏鄭公之相太宗,趙韓王之輔藝祖,唐宋世有其人。然至於文章,則有待乎韓、歐諸公之起矣。至際會風雲,平定海宇,既闢一代之規模,又闡一代之文章,蓋明誠意伯劉公一人而已矣。公生元末,苟全性命。及明祖起,獻時務十八策,爲其所納,遂輔之以平天下。而其緒餘,溢爲文章,雄篇確説,水湧雲出。魏、趙之功業,韓、歐之文章,並擔之一身,豈不曠世之豪傑乎哉?史稱公爲人

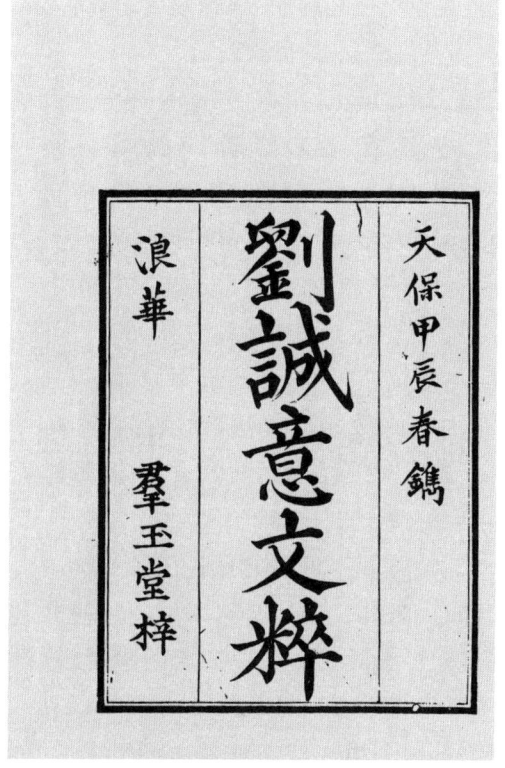

056-02

慷慨有大節,遇事變,勇氣奮發之。觀其文章,如其爲人,筆勢馳突如駿馬注坡,使讀者鼓舞不能自已。或曰:公之文奇則奇矣,而不若宋潛溪之宏麗。曰:公與潛溪,譬猶兵家有李臨淮、郭汾陽,宏大奇拔,並行而不相悖。潛溪固具體之大家,而其長篇巨作,或失於冗漫;公則奇骨蒼勁,語簡而意到,節短而味長,是公之所獨擅,而潛溪之所或乏。我邦學文者,大率失於冗漫,是余所以左祖公之文也。余嘗閱公之稿,鈔其尤者若干篇,誦而學之。頃同社諸子欲鋟之梓,謀諸余。余曰:'善哉!近世文運益旺,正學、陽明、荊川諸《文粹》逐歲刊行,公爲朱明三百年文章之鼻祖,而未及刊焉,不一大闕事乎?'遂校而授之,且敘所嘗論,以詒讀此書者。天保壬寅嘉平月,浪華奧野純撰并書。"後有"奧野純印""奧野溫夫"二印。

次爲《劉誠意略傳》,傳末識曰:"余既選公之文,欲使讀者知公之爲人,無奈本傳

浩瀚，不暇匯錄。偶讀《明名臣言行錄》，載公略傳，就本傳撮其要，明白簡盡，足以見公之履歷，因錄以置之篇首。天保壬寅秋九月，奧野純識。"

次《劉誠意文鈔目錄》。卷一頌、表、序 37 篇，卷二記、傳 29 篇，卷三書後、説、對、解、論、銘、箴、贊、碑、墓誌銘、擬連珠 34 篇，共計 100 篇。

第一册卷端大題"劉誠意文鈔卷之一"，下署"浪華奧野純溫夫纂次"。

卷末刊記："天保十五甲辰歲新刊／書林／江户 須原茂兵衛／京都林喜兵衛、吉田次兵衛／大阪松村九兵衛、野村長兵衛、赤松九兵衛。"

奧野純，即奧野小山（1800—1858），名純，字溫夫，號小山、胖庵、寸碧樓等，大阪人。江户後期儒學者，篠崎小竹門下"四天王"之一。著有《邱首稿》《小山堂詩文集》等。

劉基所行别集有成化六年（1470）戴用、張僖刻《誠意伯劉先生文集》20 卷，首次以合集行世；嘉靖三十五年（1556），樊獻科等按體重編爲《太師誠意伯劉文成公集》18 卷。隆慶六年（1572），何鏜等以樊本爲底本，仍按體裁編次，成《太師誠意伯劉文成公集》20 卷。其卷一《翊運録》，收御書、詔誥、頌表，卷二至卷四爲《郁離子》，卷五序，卷六記，卷七跋、説、問答語、解、文，卷八銘、頌、箴、贊、碑銘、墓誌銘、連珠等，《劉誠意文鈔》即據此編刻，但不收《郁離子》。是書又有多種後印本，一名《劉誠意文粹》。《國立國會圖書館漢籍目錄》著錄"劉誠意文粹 3 卷"，即此書後印本。《日藏漢籍善本書錄》著錄"誠意伯文粹三卷"亦是此書。日本宫城縣圖書館藏有鈔本《劉誠意文鈔》一卷，或即出自奧野純所編三卷本。

056-03

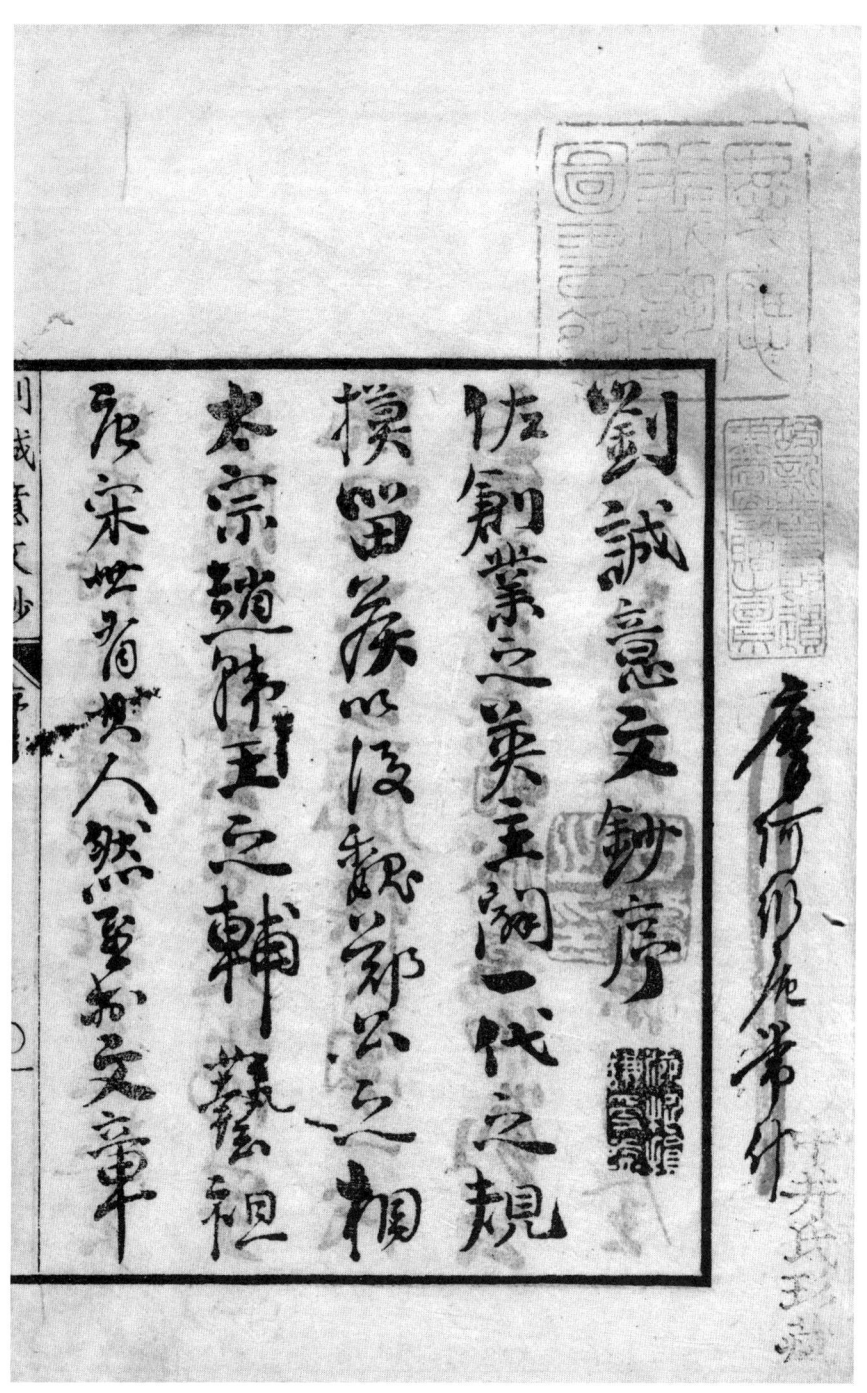

劉誠意文鈔序

佐創業之英主詢一代之規
摹留後以後覲鄴公之相
考宗趙德王之輔翼厥祖
唐宋世有其人然至於文章

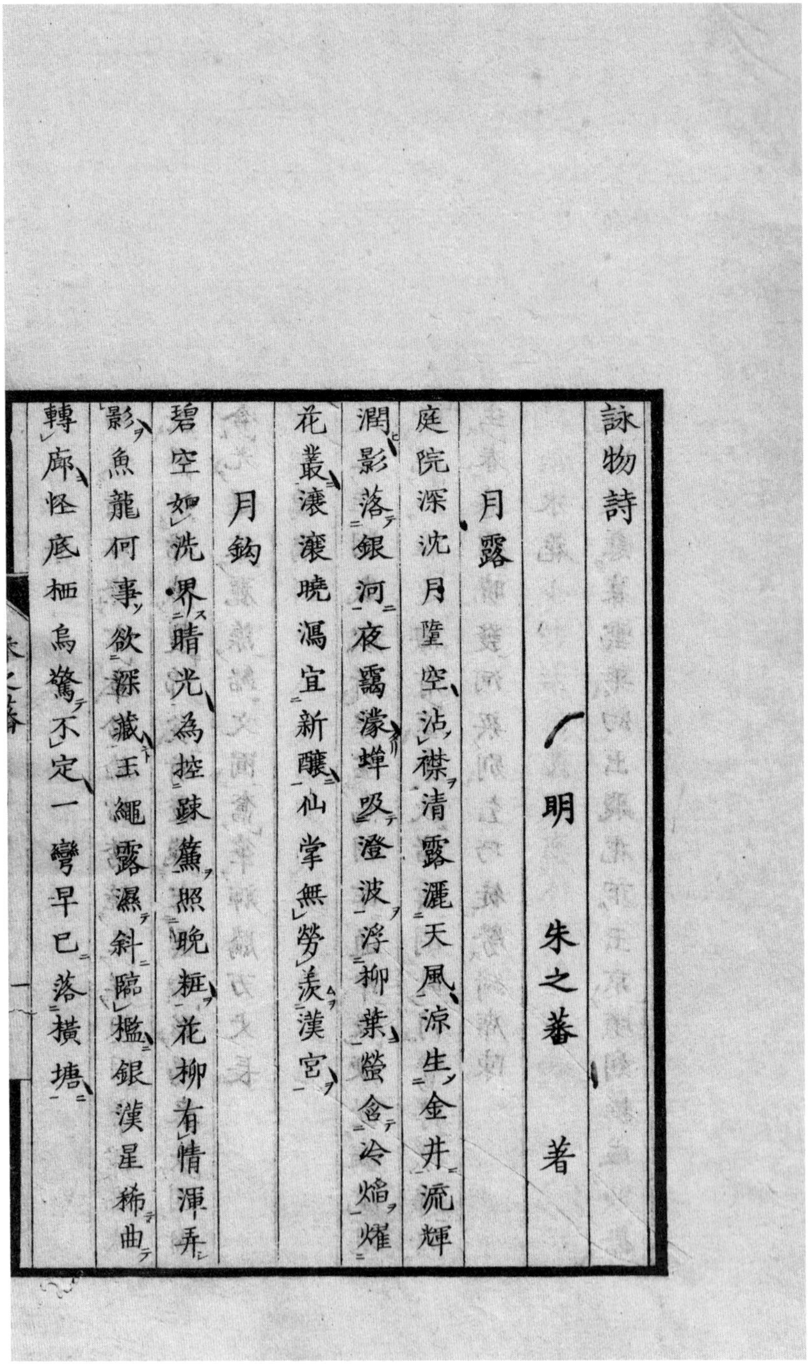

詠物詩　　　　明　朱之蕃　著

月露

庭院深沈月篁空、沾襟清露灑天風、涼生金井流輝
潤、影落銀洞夜寫濛、蟬吸澄波浮柳葉、螢含冷燄燿
花叢、瀼瀼曉瀉宜新釀、仙掌無勞羨漢宮、

月鈎

碧空如洗界晴光、為控簾照晚粧、花柳有情渾弄
影、魚龍何事欲鞣藏、玉繩露濕斜臨檻、銀漢星稀曲
轉廊、怪底栖烏驚不定、一彎早已落橫塘、

057　朱之蕃詠物詩　一卷

朱之蕃撰,井友直編,池桐孫校。弘化元年(1844)序刊本,內閣文庫藏。1冊,開本高廣 26 釐米×17.5 釐米,內框 16.6釐米×12.2 釐米,左右雙邊,黑口,單魚尾,有欄線,半葉 10 行,行 20 字。版心魚尾下刻"朱之蕃"、頁數。

封面題"朱之蕃詠物",內封題:"仁山先生編輯/朱之蕃詠物/五山先生校閱。"卷端大題"詠物詩",下署"明朱之蕃著"。卷末附手書目錄一葉。

卷首序一云:"詩之爲教,自興觀群怨及多識之學,大小精粗,無不該備。多識雖抑末矣,足以資見聞,亦格物之一端,豈其可忽哉!詩家詠物,元明以下益盛,其爲體善肖萬物情態,纖細無遺,生機活動。一旦著題到手,審其物性而覈其典故,藏諸胸中,熔鑄出之,造化落手,樂亦極矣。較之多識物名,則更進幾層矣。譬如解

057-02

經,後代有疏家,殆不可廢也。余家月揭詩題,首以詠物課試後生,爲此之故耳。忍藩井伊友直,字成美,少時學畫於金陵,自號鳳陵,今改號仁山,參余詩社。鳳之爲仁、陵之爲山,名益美大。近日家刻朱之蕃《詠物》,以續前三家。之蕃於三家,雖不無軒輊,亦有一種骨格,具眼人能辨之,不待余喋喋也。甲辰嘉平月,五山池桐孫述。"後有"桐孫"一印,又題"秋巖原肇書"。

序二云:"往歲仙臺詩人松井長民鎸元明清《三家詠物》,以布於世,詩家多取爲著題模範,至今盛行。另有明朱之蕃《詠物》,其原本的不知其所出。世之所傳,悉皆謄本,間有活板,字頗訛誤,亦多錯出,無足取正者。今校讎數本,揀較佳者編次家刻,以頒同志。按《四庫總目》別集載之蕃《奉使稿》,曰之蕃字元介,茌平人,南京錦衣營籍。萬曆乙未進士第一,授翰林院修撰,官至吏部右侍郎。以乙巳冬被命使朝

鮮,所謂《奉使稿》者,即爲使朝鮮時詩稿。《千頃堂書目》所載,猶有著書若干種,其中《落花詩》一卷,此册載十四首,恐屬鈔出。沈、唐諸家各有《落花詩》,皆疊幾首,世多豔稱,想亦一時所依倣。《明詩綜》又載之蕃諸作,余管蠡所及,僅僅止此。至如該博明晰,蓋有其人矣,吾將就而正之。甲辰嘉平月,仁山井友直述。"後有"成美""仁山"二印。又題"松軒田善靖書",後"善""靖"二印。

黄虞稷《千頃堂書目》卷三十一、萬斯同《明史》卷一百三十七均著録"謝宗可、瞿佑、朱之蕃《詠物詩》六卷",今未見。日本内閣文庫藏朱之蕃《詠物詩》一卷,明刻本,收《松濤》《竹粉》等80首。是書共收朱氏詠物詩118首,次序亦與明刻本不同,當爲井友直所輯。

是書又有早稻田大學圖書館藏本,卷末刊記:"井伊源左衛門編輯/發兌書肆 河内屋喜兵衛、山城屋佐兵衛"。

朱之蕃,字元介,號蘭嵎,茌平(今屬山東)人,著籍金陵。工書畫,萬曆二十三年(1595)舉進士第一,仕至吏部侍郎,卒贈禮部尚書。元介

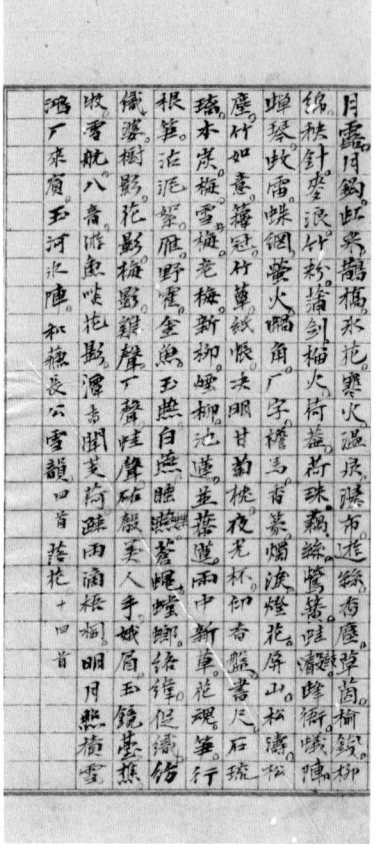

057-03

曾出使朝鮮,盡卻其贈賄。朝鮮人來乞書,以貂參爲贄,橐裝顧反厚,盡以買法書、名畫、古器,收藏甲於白下。所著有《奉使朝鮮稿》1卷、《金陵圖詠》1卷、《雅遊編》1卷、《兩山編》不分卷、《紀勝詩》不分卷,又選《盛明百家詩》30卷首1卷。

井友直,即井伊仁山,名友直,字成美,號鳳陵,改號仁山。武藏國(今埼玉縣)忍藩人。

池桐孫,即菊池五山(1769—1849),名桐孫,字無絃,別號娛庵。讚歧國(今香川縣)高松藩人。江戶後期漢詩人,從昌平黌柴野栗山學,入市河寬齋江湖社。著有《五山堂詩話》等。

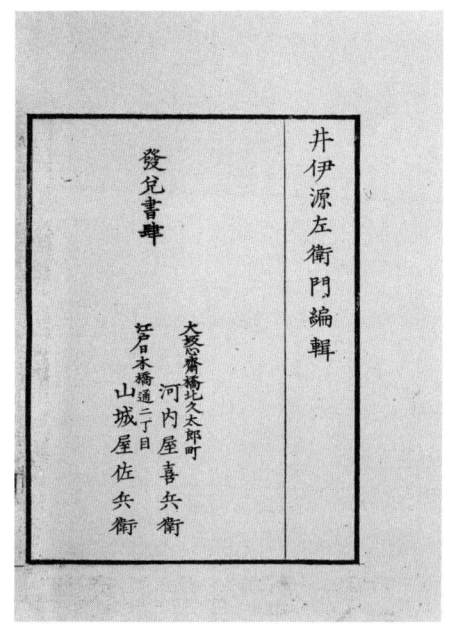

057-04　早稻田大學圖書館藏本

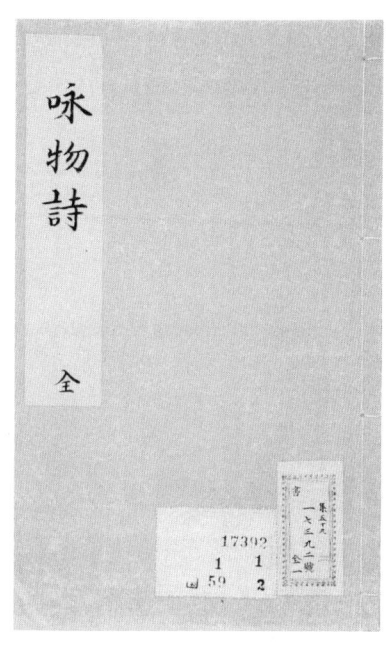

057-05　日本內閣文庫藏明刻本

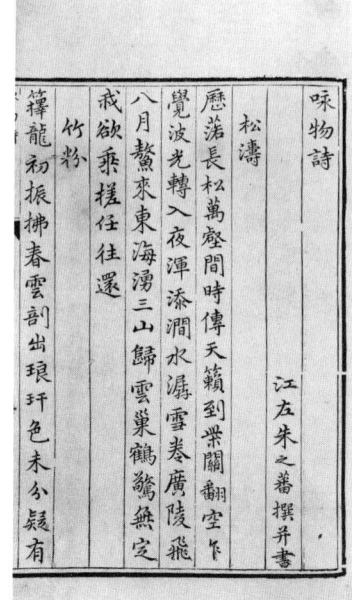

057-06　日本內閣文庫藏明刻本

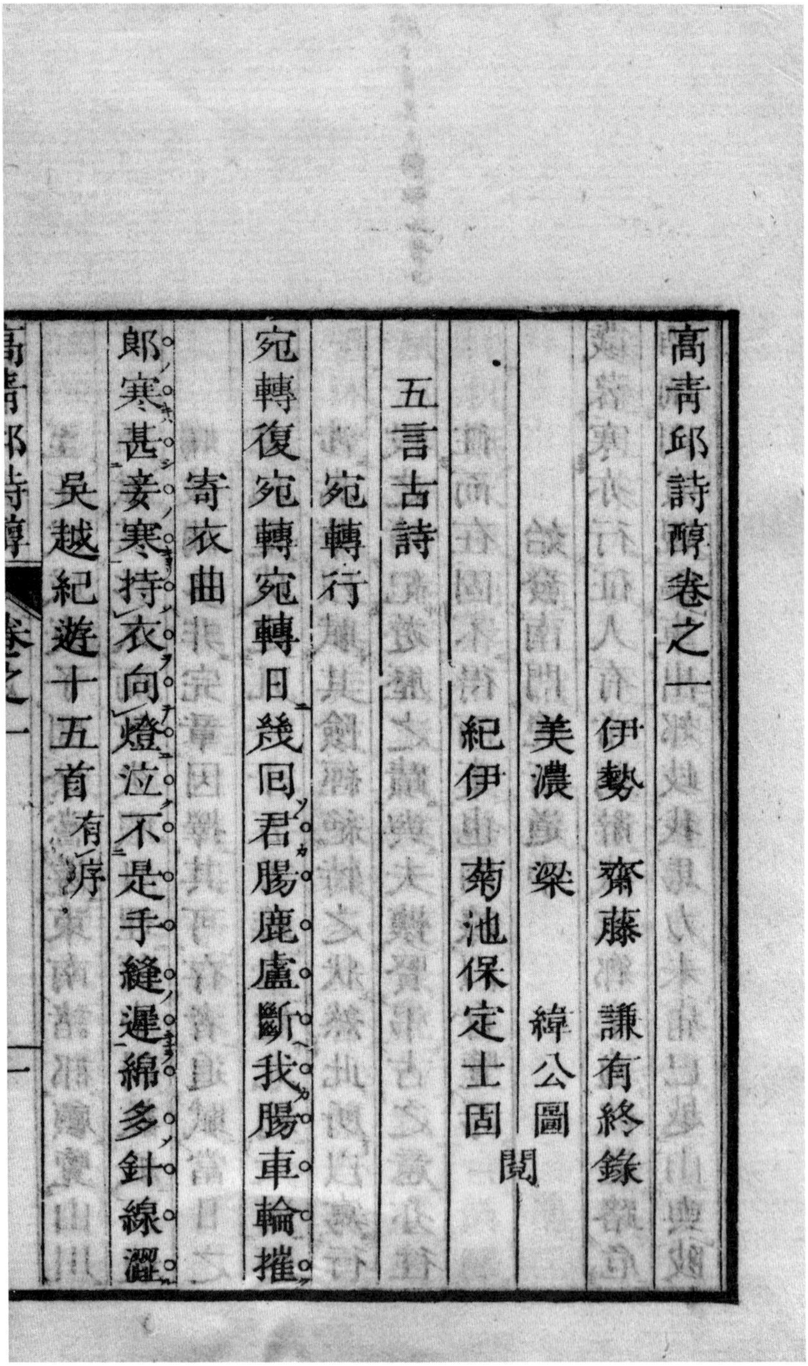

高青邱詩醇卷之一

伊勢 齋藤謙 有終 錄
美濃 簣梁 緯公 圖閱
紀伊 菊池保定 士固 閱

五言古詩

宛轉行
宛轉復宛轉宛轉日幾回君腸鹿盧斷我腸車輪摧

寄衣曲
郎寒甚妾寒持衣向燈泣不是手縫遲綿多針線澀

吳越紀遊十五首有序

058　高青邱詩醇　七卷

高啓撰,齋藤謙編。嘉永三年(1850)刊本,自藏。4冊。開本高廣15.7釐米×11.2釐米,內框11.3釐米×7.2釐米,左右雙邊,白口,單魚尾,有欄綫,半葉10行,行20字,版心上刻"高青邱詩醇",魚尾下刻卷數、頁數。

卷端大題"高青邱詩醇卷之一",下署"伊勢齋藤謙有終錄,美濃梁緯公圖、紀伊菊池保定士固閱"。內封題:"嘉永三年新鎸/拙堂先生選/高青邱詩醇/三重縣藏版。"

卷首《續詩醇序》云:"天下之山,唯嶽爲英靈之氣所特鍾,萃然魁然居其絶頂,以繫四方之望。詩之有大家亦然。故西土之評名山者,必期於五嶽;論名手者,必期於六家。六家者誰?李、杜、韓、白、蘇、陸是也。唐宋作者蓋數千家,而獨取此六家,拔乎其萃,使覽者有蕩胸决

058-02

眥之快,是乾隆《詩醇》之所以卓也。夫唐宋間既有此六人,金元明清何獨不然?余嘗歷覽,求之於四朝七百餘年間,作者之衆,倍蓰唐宋,乃其傑然於一時者亦不尠,欲拔取其尤者以配六家,未有所定焉。吾友美濃梁公圖,深於詩者也,嘗談及於此,共論定之。於金取元好問,於元取虞集,於明取高啓、李夢陽,於清取吴偉業、王士禎,又得六家,遂各分三家鈔之。去其疵而存其醇,凡若干卷,以續乾隆之編。然人或將謂六家之弗可續,猶如五嶽之弗可補,是非知理者矣。峨眉、天台漸顯於中古,長白、點蒼始稱於近代,其名一旦出諸名山之上,故論者或欲改命五嶽,以示至大之域。夫嶽之爲鎮,聖王所定,猶且有此説,何獨疑六家之弗可續哉?蓋後六家之於前六家,固不能無軒輊,而其來龍皆遥發而特起。遺山之豪健,青邱之高逸,北地之雄鷙,或將揖韓、白而進;道園之簡健,梅村之華贍,漁洋之雅醇,雖不及蘇、陸之大,而其高或

過之,配之前六家,無不可也。世之喜小畏大也久矣,遇乎幽谿小壑,輒拊髀趨之,邪路在前而不知避。至於蕩胸決眥之觀,則逡巡趑趄而不前。嗟吁!誰非桑蓬射四方之人乎?今乃沁沁倪倪甘受巾幗之遺,豈不愧其鬖鬖者耶?我邦山嶽神秀,孕靈毓英於其間者,固當勝西土。而作者大不相及,無他,坐其所趨之異耳,此余所以慨然有此舉也。此編之出,觀者果能滌蕩振刷,易其舊轍,卓然由此而進,覆簣之功,積至九仞,不使前後六家專美於西方矣,豈不偉哉?豈不快哉?顧余謂劣非其人,姑書之以竢世之能者。天保丙申(1836)嘉平月,鐵研學人齋藤謙自識。余已制此序,取元、高、王三家鈔之。適菊池士固自南紀來,見喜之,言與其所見符同,如遺山之詩,已鈔而刻之。余乃舉《青邱詩醇》屬以校訂,士固欣然受之。持歸,頗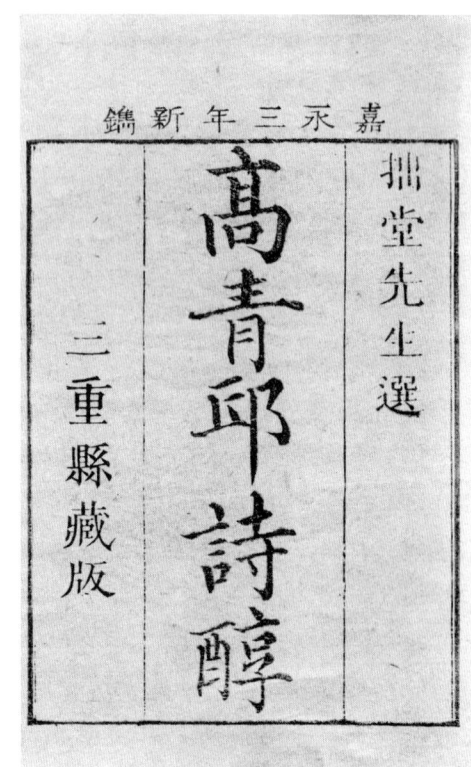

058-03

加刪補,命工淨寫,以繡梓自任。有故未果,忽忽十餘年,余亦職劇身忙,不遑問也。府下書賈文錦生,聞余有青邱選本,來乞梓行。余爲柬士固,請稿本。士固喜甚,即郵寄見還付。乃書其由,附原序之後,併付文錦生以刻之。嘉永己酉孟秋,謙又識。"

又《明史本傳》。

又《高青邱詩醇目次》:卷之一,五言古詩36首;卷之二,七言古詩58首;卷之三,五言律詩114首,五言排律5首;卷之四,七言律詩145首;卷之五,五言絕句60首,六言絕句2首;卷之六,七言絕句138首;卷之七,《姑蘇雜詠》古今體64首。通計622首。

是書藏本甚多,內閣文庫、日本國立國會圖書館、早稻田大學圖書館、慶應義塾大學圖書館等均有藏。又有多種後印本,如明治十六年(1883)大阪桂雲堂銅版本、明治三十一年(1898)青木嵩山堂鉛活字排印本等,內容與嘉永三年刻本一致。

高啓,前已見。

齋藤謙.即齋藤拙堂(1797—1865),名正謙,字有終,通稱德藏,號拙堂、鐵研。

高青邱詩醇

伊勢人。幕末朱子學者。從古賀精里學,倡和漢洋折衷。幕府拔擢爲儒官,安政六年(1859)致仕。與賴山陽、太鹽平八郎、渡邊華山、吉田松陰等交往,弟子有三島中洲、河井繼之助等。著有《月瀨紀勝》《海外異傳》《拙堂文話》《拙堂紀行文詩》《海防策》等。

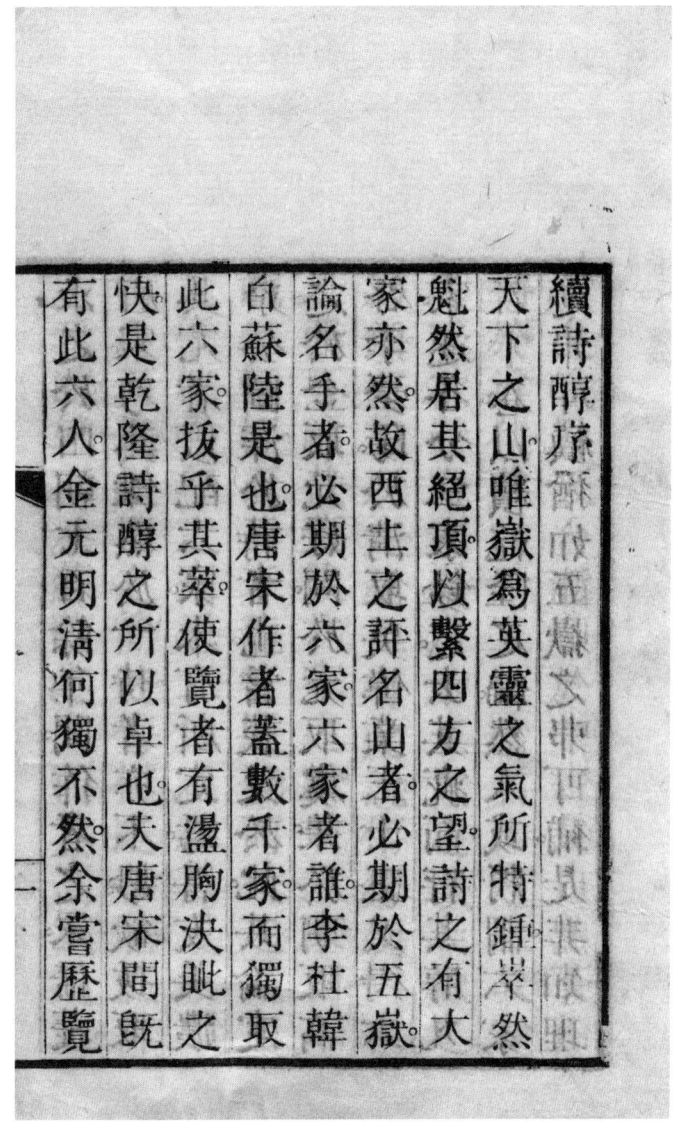

典故卷上

平安　服鳳翔文瑞輯

言

蓬　世說棲逸張仲蔚隱居平陵蓬蒿滿
宅唯開一行徑

獨往　莊子要畧江海之士山谷之人輕天
下、細萬物而獨往、司馬彪曰獨往任自然
不復顧世也

059　絶句解典故　三卷

服鳳翔輯。寬延三年(1850)向榮堂、青雲館刊本,大阪府立中之島圖書館藏。1册。開本高廣15.6釐米×11.1釐米,内框11.6釐米×9.1釐米,左右雙邊,白口,單魚尾,有欄線,半葉8行,行16字。版心上刻"絶句解典故",魚尾下刻卷次、頁數。

内封題:"岐山先生輯/絶句解典故/不許翻刻、千里必究,向榮堂、青雲館。"卷端大題"絶句解典故卷上",下署"平安服鳳翔文瑞輯"。卷末題"寬延三歲秋九月吉日刊行,平安書林西村平八、山田三郎兵衛"。

卷首《絶句解典故序》云:"夫詩之難解,文字典故云乎哉?苟爲作者攄意於宇宙,鋭思於毫芒,而後有得,其稱蓬蘆草木亦運志於斯之久,

059-02

藴積之存,豈一旦之謂乎?解者不亦難乎?徒作取以輔頰舌之明暢詳悉,假使儀之舌猶存,未可也。獨至不欲聞牙之音,傾耳稱善哉,則可乎?徂徠先生解《唐後詩》,津筏於蒙學之謂也,然猶在思而得之,則窮陬寡聞之徒未知解之爲解也。余講學之餘,抄其典故,以傳門下生也。一日,服文瑞過僕居,得之余几間,歸以補其不贍,證擧以請上木,且求序。余曰:子考覈之績,可謂勤也。寒士得而讀之,則知解之爲解;知解之爲解,則知詩之爲詩;知詩之爲詩,則知詩之難解。非文字典故,是其得魚兔之筌蹄哉?既得魚兔,則筌蹄其蒭狗哉?雖然,蒭狗可以得魚兔,蒭狗豈可棄哉?子其無乃徂徠先生忠臣乎?不啻先生忠臣,亦能作者之忠臣耳!上木之舉不亦善乎?終領序其端云。寬延庚子孟冬,三浦衛興撰。"後有"衛興之印""瓶山"二印。

卷尾跋云:"歷下高華,婁江博大,鳳舉於藝林,龍躍於詞海。物夫子之有《解》,

俾髫士知附翼攀鱗之方也。烏乎,夫子育英之意至矣盡矣!如予斯編,其於君子則固屬附贅懸疣矣。若夫後進蒙生,備之掌故,則亦豈多讓帳秘《論衡》也哉？辛未之夏,岐山服鳳翔。"後有"服鳳翔印""字曰文瑞"二印。

是書就《絕句解》所選之詩,解其語詞,疏其典故,然均不錄原詩。

服鳳翔,字文瑞,生平不詳。

三浦衛興,即三浦瓶山(1723—1795),名衛興、衛貞,字淳夫,通稱平三郎、佐兵衛。江戶中後期儒學者,著有《閑窗自適》等。

059-03

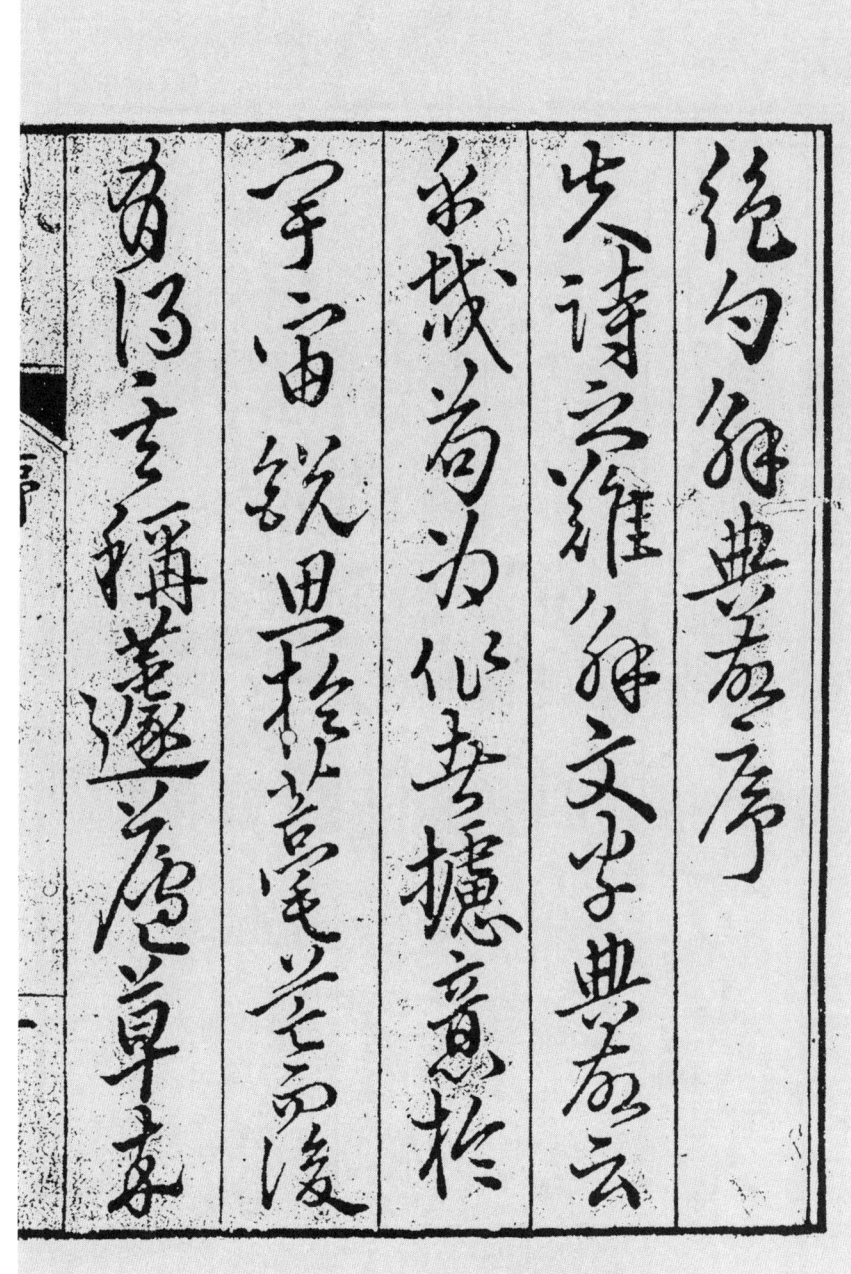

絶句解典故序

夫詩之難，雖解文字典故云
悉哉，為必無據音於
宇宙銳思於毫芒苦而後
曹囧玄踵蓮邉唐草率

跋

歷下高華婁江博大鳳
舉於藝林龍躍於詞海
物夫子之右觧俾髦士
知附翼攀鱗之方也烏

059-05

絶句解典故

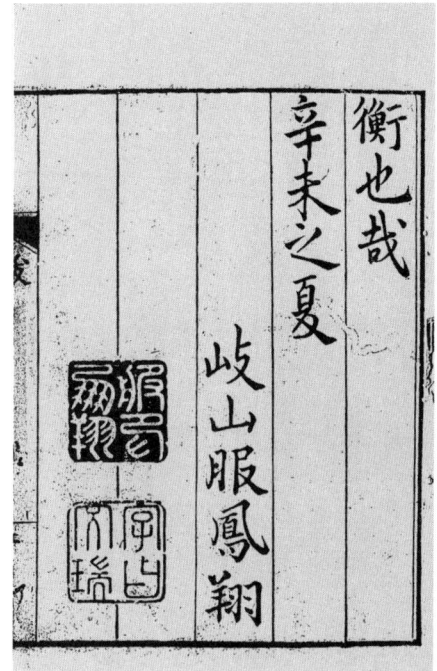

059-06

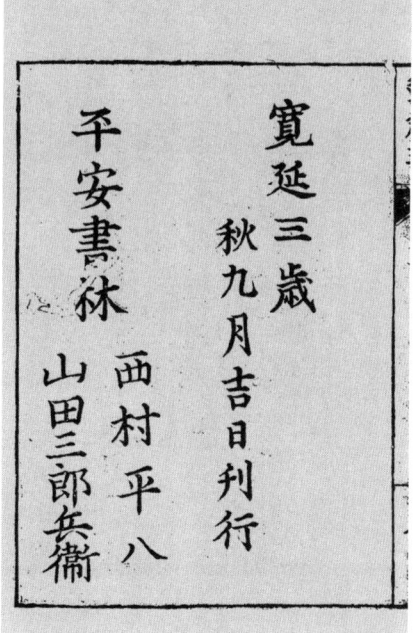

059-07

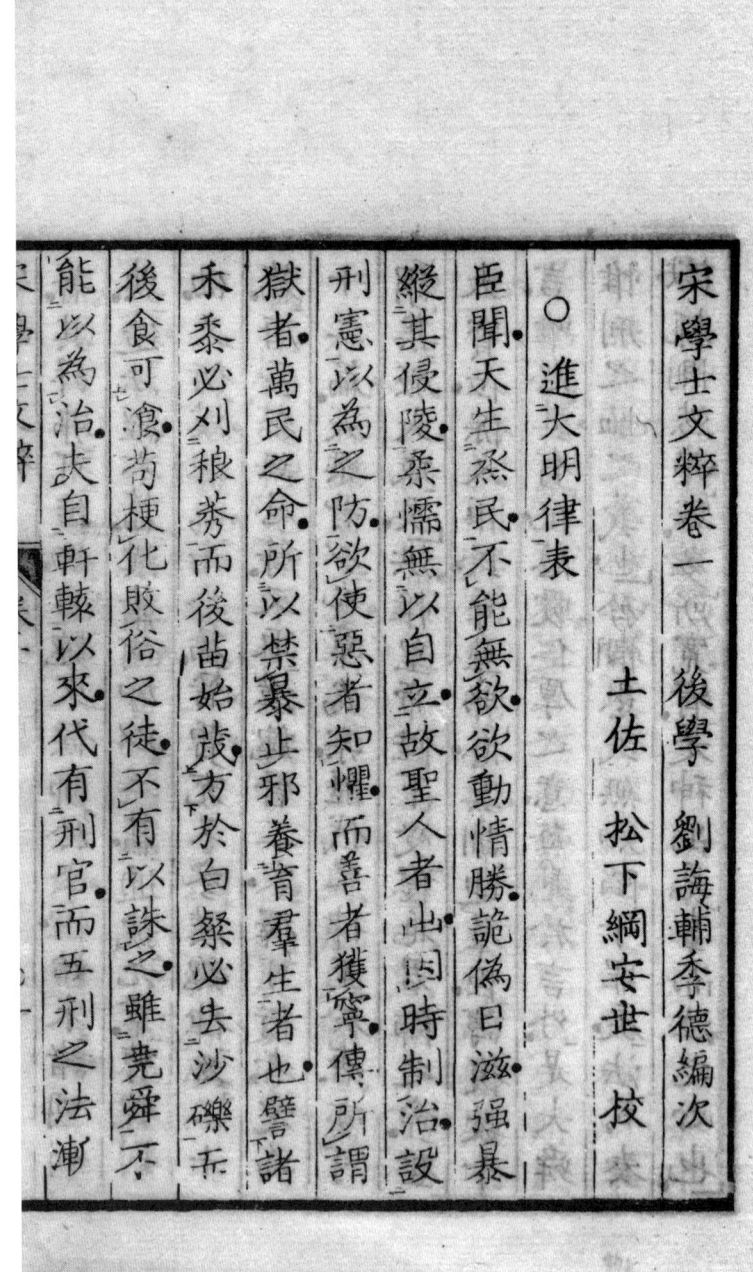

宋學士文粹卷一　　後學　劉誨輔季德編次

　　　　　　　　　土佐　松下綱安世　校委

○進大明律表

臣聞天生烝民不能無欲欲動情勝詭偽日滋強暴縱其侵陵柔懦無以自立故聖人者出因時制治設刑憲以為之防欲使惡者知懼而善者獲寧傳所謂獄者萬民之命所以禁暴止邪養育羣生者也譬諸禾黍必刈稂莠而後苗始茂方於白粲必去沙礫東後食可食苟梗化敗俗之徒不有以誅之雖堯舜不能以為治夫自軒轅化來代有刑官而五刑之法漸

060　宋學士文粹　三卷

明宋濂撰,村瀨誨輔編。文久二年(1862)浪華書林刻本,自藏。3冊。開本高廣22.2釐米×15.2釐米,版框15.5釐米×11.8釐米。白口,上黑魚尾,四周單邊,半葉10行,行20字,版心鐫"宋學士文粹",魚尾下鐫卷次、頁數。

封面題:"宋學士文粹。"內封題:"文久二年壬戌新刻　全三册/宋學士文粹/浪華書林嵩山堂藏。"第一册卷端大題"宋學士文粹卷一",下署"後學劉誨輔季德編次、土佐松下綱安世校"。

卷首《宋學士文粹序》云:"胡元以腥羶入主於赤縣,蔑聖道而尊胡僧,倫常敗斁,風教污壞,人才委靡而不奮,文學廢墜而無收。及朱明之興,革除舊習,崇尚文教,豪傑皆思奮伸於久屈之中,而際勃興之運,淬勵風發,一新時人耳目。首以文學應聘者爲宋景濂。景濂才富學博,老於

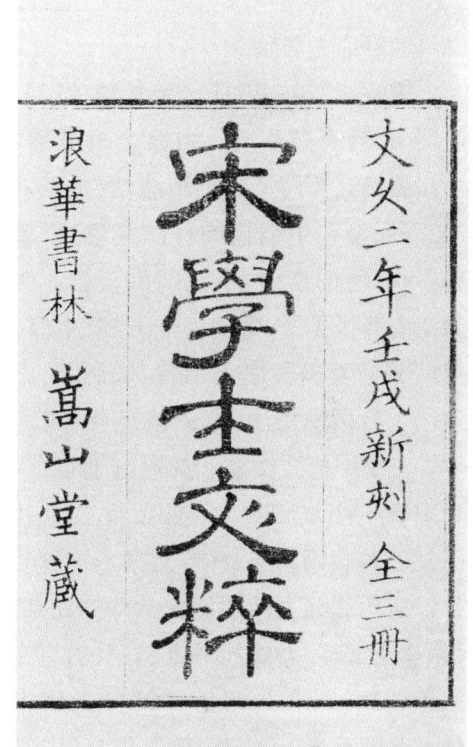

060-02

經義,長於文章,以程、朱之理,行韓、蘇之筆,富贍雄厚,猶韓淮陰之用兵,多多益辨而不少紊,筆鋒所向,無不堅摧固破,以風靡一時。當時才學文章如劉青田,尚推尊以爲第一,非遜辭也。自是明氏之文學大興,作者相踵而出,一掃胡元之污習,遠紹趙宋之遺風。蓋雖氣運使然,亦景濂等唱首之力不爲少也。曩年村瀨季德有《宋學士文粹》之撰,所抄凡七十九篇,頗能取其腴、收其秀,於宋氏之文,可謂得其要者矣。頃者書鋪群玉堂將梓之以公於世,來謁予一言,予因評而序之曰:景濂之學淵源正,故其論義確而理醇;其才大,故其文縱橫變化,能言人所不能言者;其學博,故其辭富贍有餘。值明氏勃興之時,故其志銳氣豪。是其所以助明氏之風教,爲三百年文章之魁也。文久壬戌夏五,鷲峰逸人桑原忱撰并書。"有"桑原忱印""摯有終氏"二印。

次爲《宋學士文粹目錄》:卷一表、箋、書、論、解、序,凡23篇;卷二序、記,凡36

篇；卷三記、傳、說、原，凡 20 篇；通計 79 篇。

全書有眉標 6 條，其中 5 條校勘記，1 條爲過錄前人評論。

宋濂（1310—1381），字景濂，號潛溪、龍門子、玄真遁叟等。祖籍金華潛溪（今浙江義烏），濂時遷居金華浦江（今浙江浦江）。元至正中薦授翰林院編修，以親老辭不赴，隱仙華山、小龍門山著書。明初除江南儒學提舉，命授太子五經，主修《元史》，累官至翰林學士承旨、知制誥，以老致仕。長孫愼坐法，舉家謫茂州，道遇疾卒。正德中追諡文憲。其通行別集有《新刊宋學士全集》33 卷，明嘉靖二十九年（1550）韓叔陽刻本，日本元禄十年（1697）甘節齋梅邨彌右衛門好古堂即據此翻刻。《宋學士文粹》乃據元禄本删定，另有文久三年（1863）、文久四年（1864）後印本多種。明洪武十年（1378）劉基編有《宋學士文粹》10 卷，《補遺》1 卷，前 9 卷文，第十卷詩，補遺文 1 卷，與村瀬誨輔所編爲同名異書。

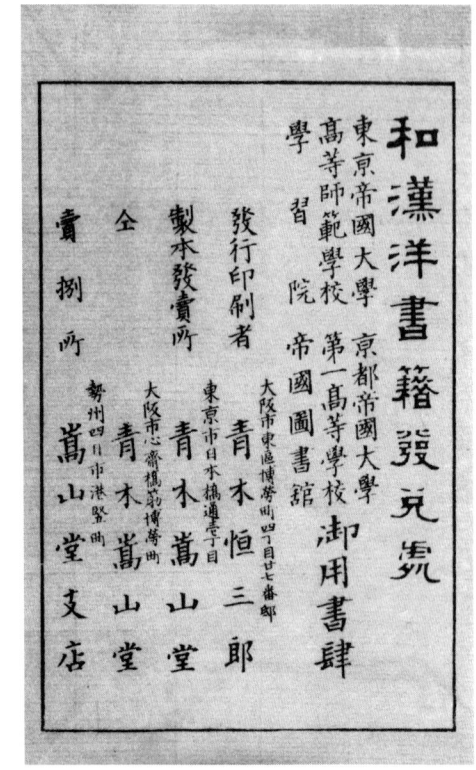

060-03

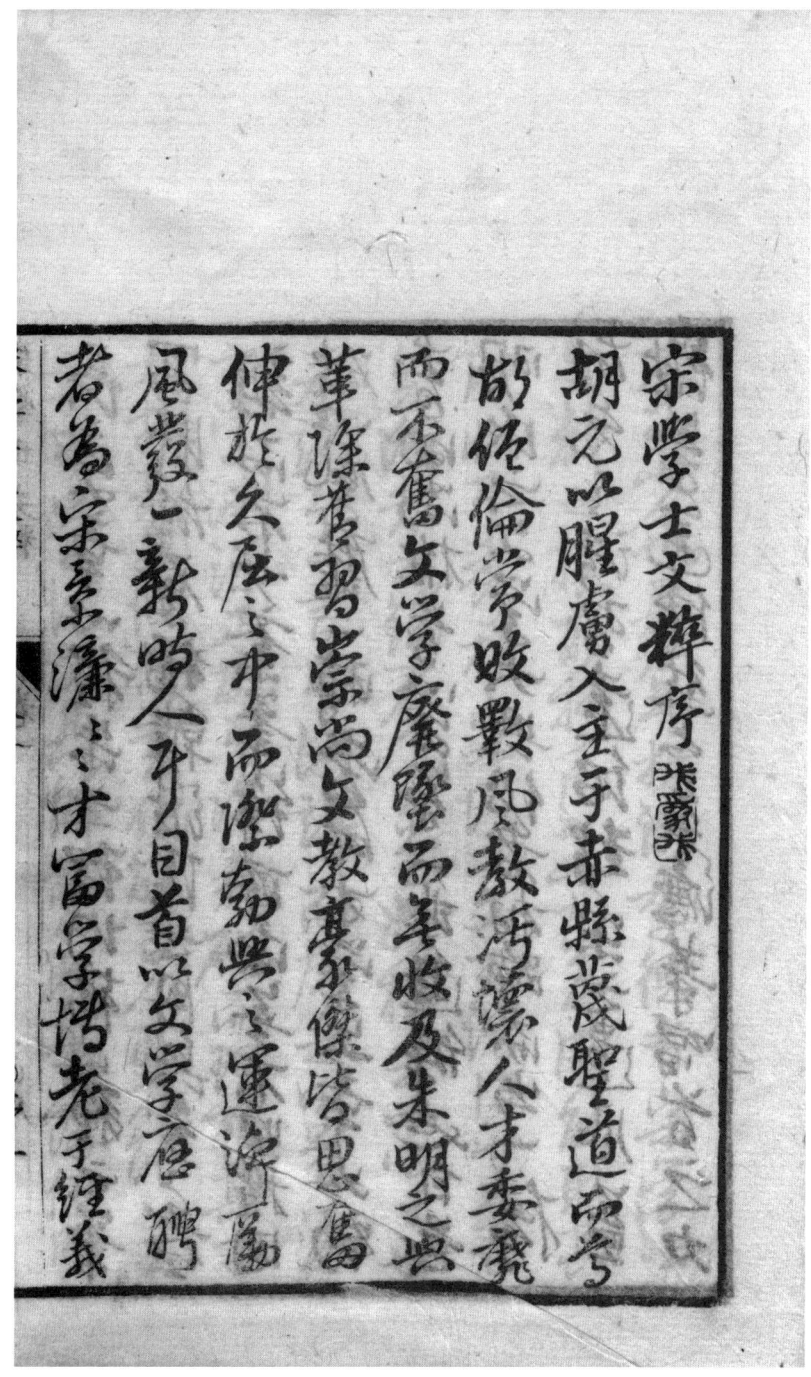

宋學士文粹序

胡元以腥膻入主于赤縣蔑聖道而夸
肸佗倫棄敗斁彝教汙漉八才委羲
而丕舊文學靡墜而羞恢及朱明之興
革除舊習崇尚文教豪彥傑皆思篤
伸於久屈之中而潔勃興之運洋灑
風教一新時人年目首以文學唐聘
者爲宗豈濂上之才富學博老于經義

劉蕺山文抄卷之上

明　浙江　劉宗周起東著

日本　美濃　桑原忱有終撰

奏跡

感激天恩敬修官守懇乞聖天子躬礼教以端法官之則以化天下跡

臣荷皇祖神宗皇帝接擢備員使署。猥以羸疾坐廢有年所矣。一旦遭際我皇上聖作物睹覃恩海宇。以臣微賤濫竽、起廢之典、天高地厚再荷生成其敢惜此頂踵不以致君父。乃者受事禮曹。切夙夜兢兢於

061　劉蕺山文抄　二卷

明劉宗周撰，桑原忱編。文久二年刻本，自藏。2 册。開本高廣 22.4 釐米×15.5 釐米，版框 16.4 釐米×11.8 釐米。白口，單黑魚尾，左右雙邊，半葉 10 行，行 20 字，版心鐫"劉蕺山文抄"，魚尾下標卷數、頁數。

封面題簽"劉蕺山文粹"，以"乾""坤"標示上下冊。

內封題："文久癸亥三月新刻全二册/劉蕺山文粹/浪華書林　岡田群玉堂。"第一册卷端大題"劉蕺山文抄卷之上"，下署"明浙江劉宗周起東著、日本美濃桑原忱有終撰"。

卷首《劉蕺山文抄序》云："蕺山劉子以道學爲明季之大儒，其事君忠敢誠切，知焉無不言，百折不少屈，卒之首陽一餓以爲報國之死，嗚乎烈哉！劉子在神宗、熹宗之兩朝，官行

061-02

人，官禮曹，不數月輒告飯。及崇禎之時，三入三出，居官皆不滿數月。至福王起南都，往留一月計而飯。生平立朝不過三四年，而前後奏疏九十八上，非至忠誠，豈能如此哉？蓋明氏自神宗以來，姦兇握朝權，流賊滿於天下，韃虜乘釁而起，天下之事敗壞已極。至思宗之時，亦無可支拄之勢。然思宗無狂暴之失，頗有恢復之志，寢如可爲者。若夫福王之狂昏，則萬無可爲矣。然劉子鞠（窮）[躬]竭力，尚欲挽回之。其所以匡救人主者，引古論今，指事剴切，論辯精詳，至今讀者無不感奮焉。而不能一得之於其君，視以爲迂闊，爲無禮，爲比黨，遂使社稷覆於流賊，國土陷於夷狄，可哀哉！嗚乎，神、熹而來，忠言讜論之士，殄死者相踵，無能免者。劉子侃侃直言，甚於諸公，而其言雖不聽，終無大禍。不徒無大禍，使君上嘆其清執敢言，朝臣莫及也，豈非有其素行盛德，足以動人者乎？然而其言之不被用，抑可不謂之天矣哉！劉子非以文章屑屑者，然

其文雄厚俊邁，辨而不浮，直不至刻，激不失正，遇事輒發，無有窮極，所謂盈乎內發乎外，無意於文而爲文者也。《蕺山文集》四十卷，涉經義者十之七，今暫取其關忠節者數十篇以抄之，庶幾乎足以觀劉子之忠誠烈節也。文久二年歲次玄黓閹茂冬十有一月，就峰逸人桑原忱撰。"後題"鷗洲卷之紀書"。

次爲《忠端劉念臺先生小傳》，題下註曰："《全集》作'忠介'，《明儒學案》作'忠端'"。

次《劉蕺山文抄目錄》。卷上奏疏13篇，卷下書、檄、序、書後、記、傳、論、祭文、題等32篇，共45篇（《目錄》作"通計四十四篇"）。

全書有眉標3條，均爲編者註釋。

劉宗周（1578—1645），字起東，號念臺，紹興府山陰人，學者稱蕺山先生。

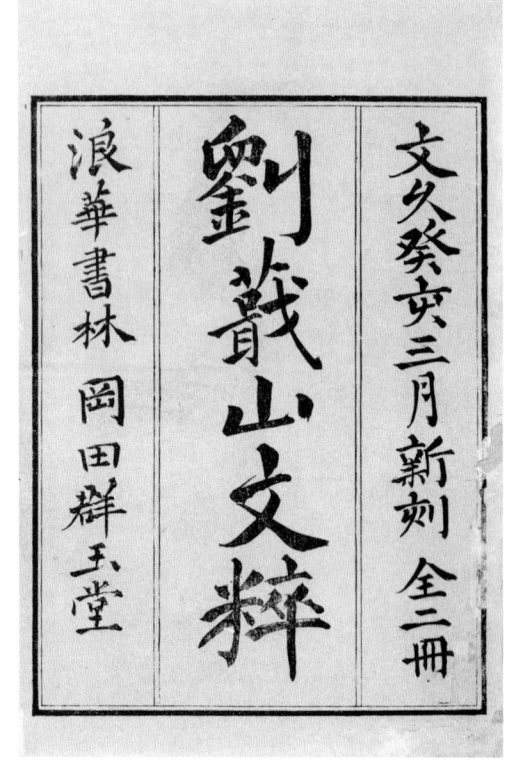

061-03

萬曆二十九年（1601）進士，天啓初爲禮部主事，歷右通政，劾魏忠賢、客氏，削籍歸。崇禎初起順天府尹，請除詔獄、免新餉，不報，謝病歸。再召授工部侍郎，累擢左都御史，復以論救姜寀、熊開元，革職歸。其學以誠意爲主，慎獨爲功，富於著述。通行別集有《劉蕺山先生集》24卷，清乾隆十七年（1752）雷鋐、鄭肇奎刻本；《劉子全書》40卷，清道光十五年（1835）序刻本。

桑原忱，即桑原鷲峰（1819—1866），名啓，後名忱，別號陸仙，美濃（岐阜縣）人。江户後期儒者。從學佐藤一齋。著有《觀星錄》《鷲峰文集》等。

《劉蕺山文抄》據40卷本《劉子全書》編刻，"取其關忠節者數十篇以抄之"。另有文久三年、文久四年、明治中大阪青木嵩山堂後印本等多種，又名《劉蕺山文粹》。劉宗周之子劉汋輯《劉蕺山文粹》2卷，有清光緒二十一年（1895）海天旭日研齋刻本，與此和刻爲同名異書。

是書又有內閣文庫藏本，內封題記同此本，而字體不同；又卷首無目錄；卷尾有刊記"文久四甲子年新刻"等。又有慶應義塾大學藏本，內封題"嵩山堂藏版"。

劉蕺山文抄序

蕺山劉子以道學為明季之大儒其事君忠敢誠切知無不言百折不少屈卒之首陽一餓以為報國之死嗚乎烈哉劉子在神宗熹宗之兩朝宦行人官禮曹不數月輒告皈及崇禎之時三八三出居官皆不滿數月至福王起南都往留一月計而皈生平立朝不過三四年而前後奏疏九十八上非至忠誠豈能如此哉蓋明氏自神宗以來姦宄握朝權流賊滿于天下疆虜秉釁而起天下之事敗壞巳極至思宗之時

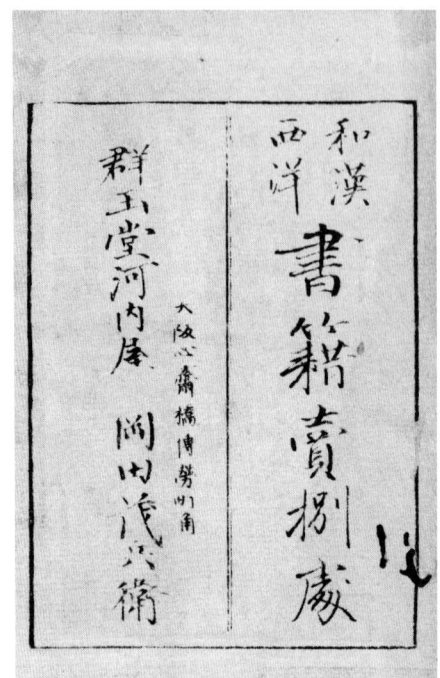

061-05

061-06　日本内閣文庫藏本

061-07　日本内閣文庫藏本

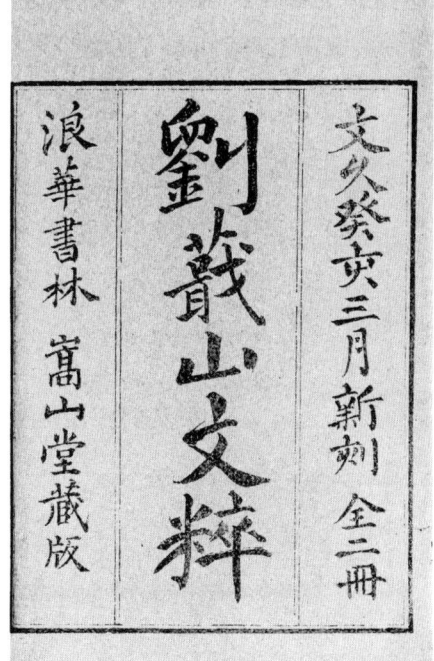

061-08　慶應義塾大學圖書館藏本

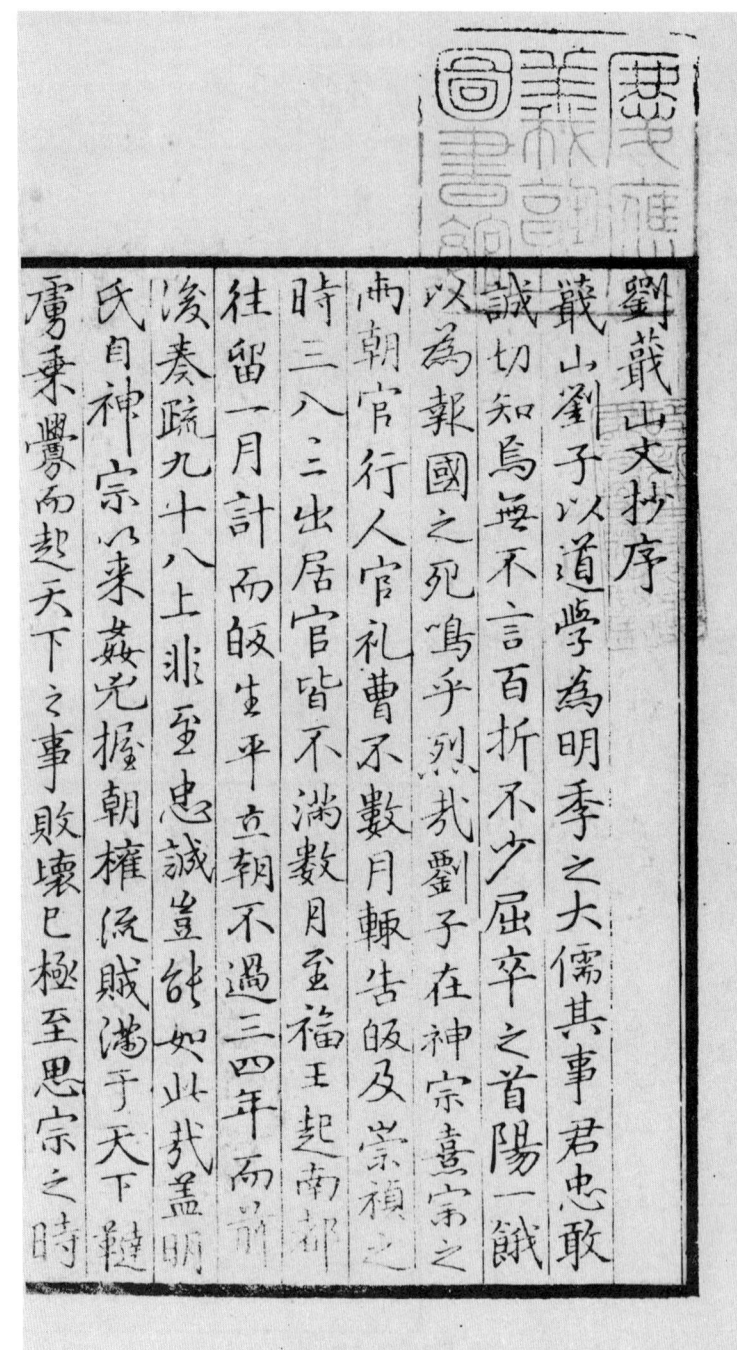

劉蕺山文抄序

蕺山劉子以道學為明季之大儒其事君忠敢誠切知無不言百折不少屈卒之首陽一餓以為報國之死鳴乎烈哉劉子在神宗熹宗之兩朝官行人官礼曹不數月輒告飯及崇禎之時三入三出居官皆不滿數月至福王起南都往留一月計而飯生平立朝不過三四年而前後奏疏九十八上非至忠誠豈能如此哉蓋明氏自神宗以來姦宄擅朝權流賊滿于天下羣兇響而起天下之事敗壞已極至思宗之時

061-09　慶應義塾大學圖書館藏本

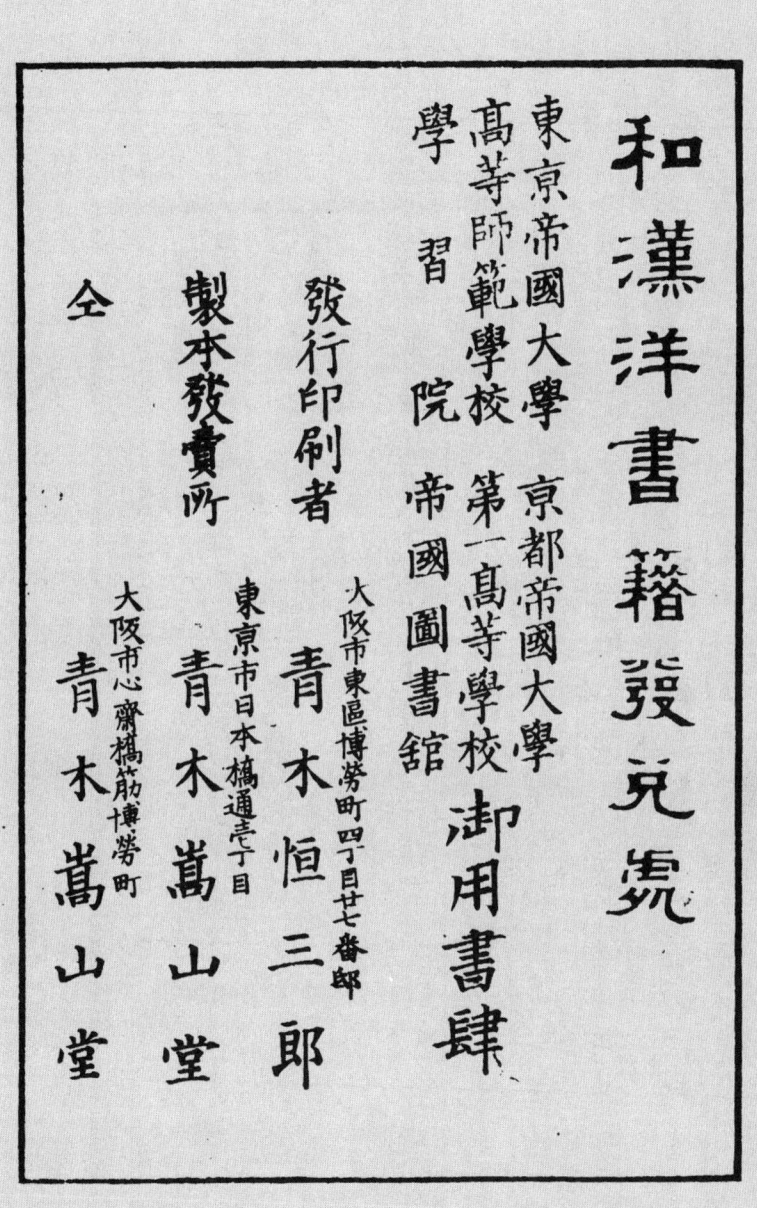

陳白沙文抄卷之上

明　嶺南　陳憲章公甫　著
日本　美濃　桑原恍有終　選

認眞子詩集序

詩之工，詩之衰也。言心之聲也。形交乎物，動乎中，喜怒生焉，於是乎形之聲，或疾或洪，或微，或爲雲飛，或爲川馳，聲之不一，情之變也。率吾情盎然出之，無適不可。有意乎人之贊毀，則子虛長楊，飾巧誇富，媚人耳目，若俳優然，非詩之教也，甚矣詩之難言也。李伯藥見王通而論詩，上陳應劉，下逮沈謝，四聲八

062　陳白沙文抄　三卷

明陳獻章撰,桑原忱編。文久三年(1863)浪華書林群玉堂刻本,自藏。3冊。開本高廣 22.3 釐米×15.5 釐米,版框16.6釐米×11.7 釐米。白口,上黑魚尾,左右雙邊,半葉10行,行20字,版心鎸"陳白沙文抄",魚尾下鎸卷次、頁數。

内封題:"文久三年癸亥新刻全三册/陳白沙文抄/浪華書林群玉堂製本。"第一册卷端大題"陳白沙文抄卷之上",下署"明嶺南陳憲章公甫著、日本美濃桑原忱有終選"。

卷首《序》云:"白沙陳氏之於姚江王氏,蓋同功一體之人,而爲朱明三百年經學之宗師。二氏之才學已同,所宗主略似,同俱配祀於孔子之廟,而王氏之稱尤顯者,何也?蓋王氏生於浙江,馳驅於官路,當重任,立偉功,交遊已廣,從學亦多;陳氏生長於嶺南之僻遠,加之多病爲

062-02

厄,隱退伏息,所交不廣,從學亦少。且王氏多著述,陳氏不以著述爲意,是以世多稱傳王氏而不稱陳氏焉耳,非其學力有差等、人物有軒輊也。假令陳氏生在於嶺北,無病而馳驅於官路,身當大任,則其所爲功業之美,未必有不同於王氏。然而其成功與否,天也,固非所以論二氏也。唯其王氏則有少年豪俠之失,受世議不少;陳氏則素行毫無可訾議,純乎自得,進退大節,孝悌懿行,言焉人無不信,行焉人無不服,最爲可貴也。故予曾謂:王氏則君子而未免有雄傑之氣,陳氏則君子中之君子者也。頃者書林某請抄白沙文集,夫白沙非以文爲意者,其文亦不屑於局法,非如王氏之文有氣焰巧思,而其言短而意長,理正而語醇,足以見有德者之言也,未易以文章論之也。若其學之與朱氏有異同者,姑舍諸。抄已成,爲序其意以及之。就峰逸人桑原忱撰。"後有"桑原忱印""摯有終氏"二印。

次爲《陳白沙文抄目次》。卷上序 16 篇、記 21 篇,卷中疏 2 篇、論 6 篇、墓志銘 3 篇、祭文 5 篇、説 4 篇、傳 1 篇、行狀 2 篇、書後等 25 篇,卷下尺牘 56 篇,通計 141 篇。

卷末附録《陳白沙小傳》,録自《理學名臣傳》。

陳獻章(1428—1500),亦作憲章,字公甫,號石齋,廣州府新會人,世稱白沙先生。正統十二年(1447)舉人,再上禮部不第,從吴與弼講學。再遊太學,以薦授翰林檢討,不赴。其學以虚爲基本,以静爲門户。所行别集有《白沙先生全集》20 卷,明弘治十八年(1505)羅僑刻本,詩文各 10 卷;《白沙子》8 卷,明嘉靖十二年(1522)高簡、卞崍刻本,詩文各 4 卷;《白沙先生文編》6 卷、《白沙先生年譜》1 卷,萬曆十一年(1583)郭惟賢、汪應蛟刻本等。

長澤規矩也《和刻本漢籍文集》第十一輯收是書,解題云《陳白沙文抄》底本爲萬曆四十年(1612)新會何熊祥刻《白沙子全集》九卷本。是書另有文久四年(1864)大阪河内屋茂兵衛後印本、明治中青木嵩山堂後印本等。

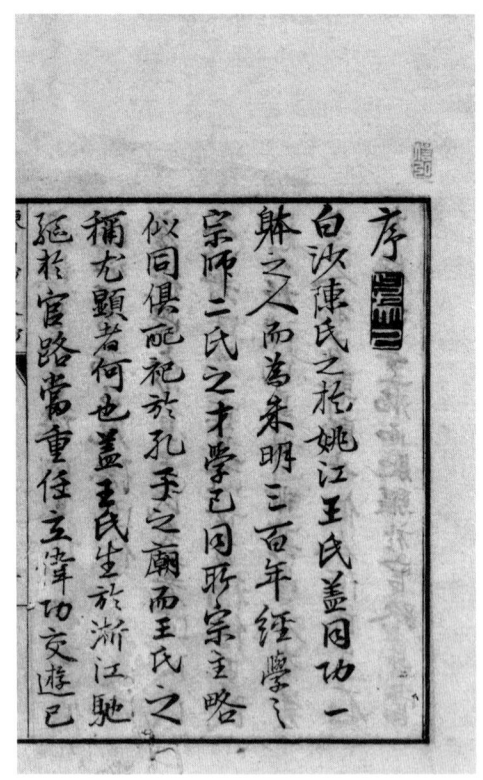

062-03

陳白沙文抄目次

卷之上

認眞子詩集序
東曉序
李文溪文集序
夕暘齋詩集後序
送李世卿還嘉魚序
望雲圖詩序
贈李劉二生使還江右詩序
味月亭序

奉錢方伯張公詩序
壽張撫州六十一詩序
滄齋先生挽詩序
送張廷實還京序
贈容一之飯番禺序

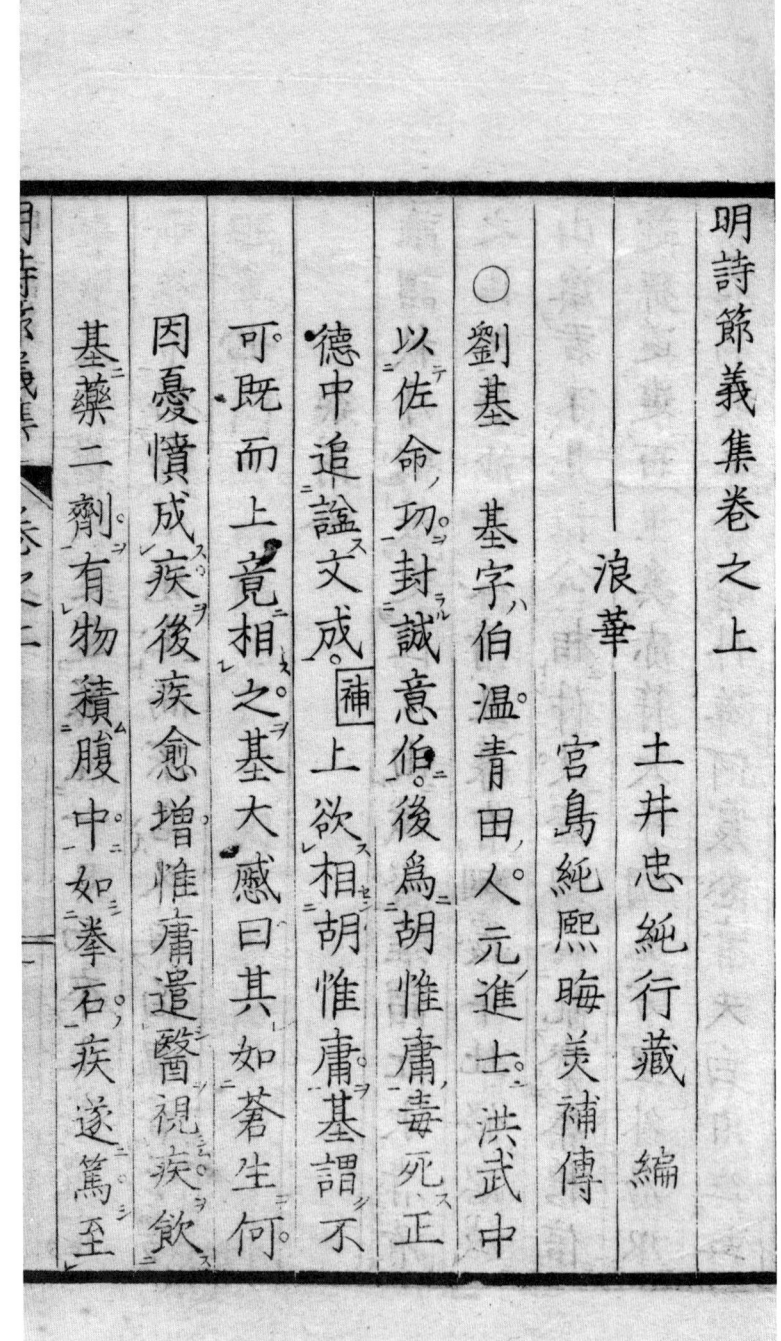

明詩節義集卷之上

浪華　土井忠純行藏　編
　　　宮島純熙晦美　補傳

○劉基　基字伯溫、青田人、元進士、洪武中以佐命功封誠意伯、後爲胡惟庸毒死、正德中追諡文成、[補]上欲相胡惟庸、基謂不可、旣而上竟相之、基大感曰其如蒼生何、因憂憤成疾、後疾愈、增惟庸遣醫視疾、飲基藥二劑、有物積腹中、如拳石、疾遂篤、至

063　明詩節義集　三卷

土井忠純編。明治元年(1868)序刊本，自藏。1册。開本高廣 18.5 釐米×12.4 釐米，內框 14.5 釐米×10.7 釐米，左右雙邊，白口，單魚尾，有欄線，半葉 9 行，行 18 字。版心上刻"明詩節義集"，魚尾下刻卷次、頁數。

卷端大題"明詩節義集卷之上"，下署"浪華土井忠純行藏編、宮島純熙晦美補傳"。內封題："明治庚午歲官許／土井忠純編輯、宮島純熙補傳　全二册／明詩節義集／京坂書林竹苞樓、文敬堂合梓。"卷尾題："明治三年庚午九月吉辰／官許發行書房／京都寺町本能寺前錢屋惣四郎、大阪心齋橋南壹丁目敦賀屋九兵衛、同心齋橋通本町敦賀屋喜藏。"

卷首《明詩節義集序》云："詩者，志也。其人而有其志，其志而有其詩矣。余偶讀清沈德潛所選詩，《明別裁集》中往往載殉國死難之人。余曰：斯人而有斯詩，是莫非忠懇節義之溢以成詩者，可必著其人焉。乃與友人宮島晦美謀採録以作小册，題曰節義集。而此選豈不止著明人之節義耳，亦所以深望於當今之人也。明治戊辰春三月，土井忠純識。"

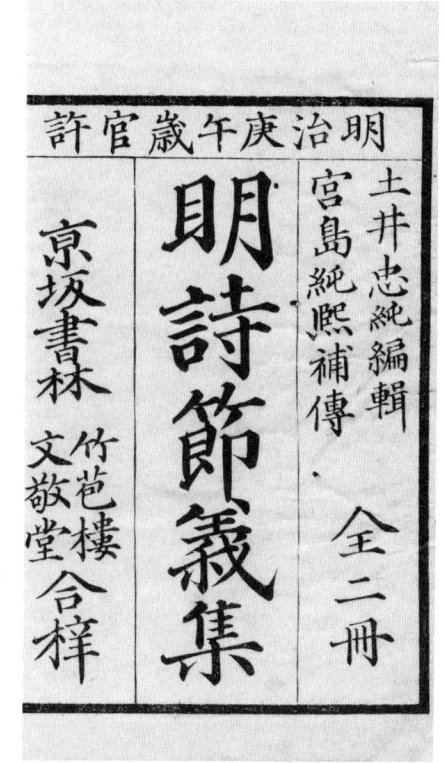

063-02

是書選劉基、練高、方孝孺至瞿式耜、鄭成功等四十六人詩，皆爲有明一代忠懇節義之士。人附小傳。

土井忠純，字行藏，生平不詳。

宮島純熙，字晦美。著有《四書字類大全》《改正照覽日本地志略圖》。

是書於早稻田大學圖書館亦有藏，當爲同版。

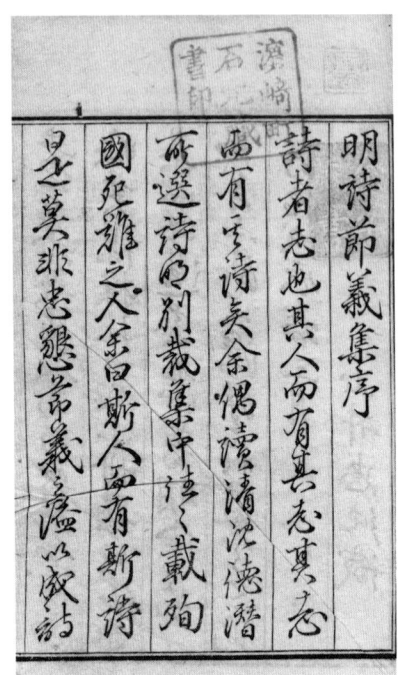

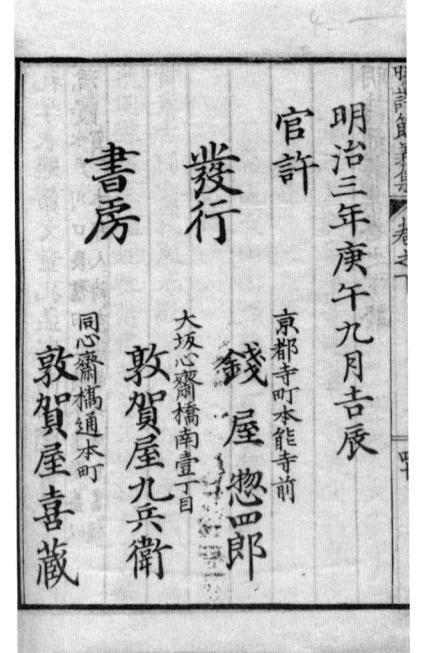

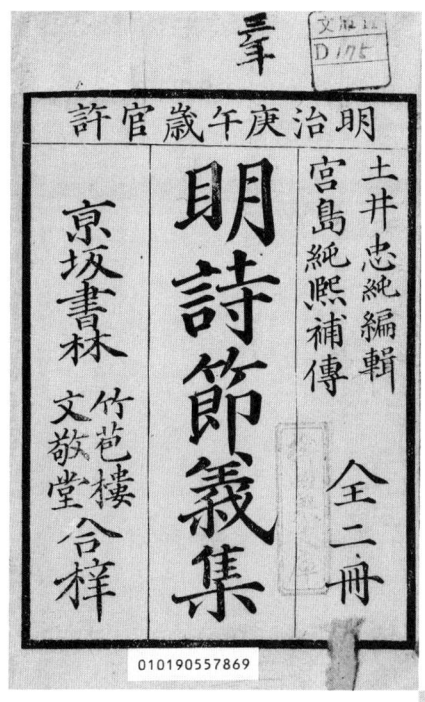

063-05　早稻田大學圖書館藏本

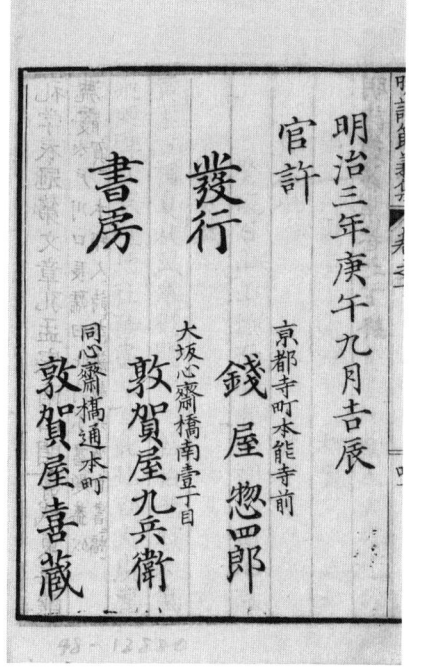

063-06　早稻田大學圖書館藏本

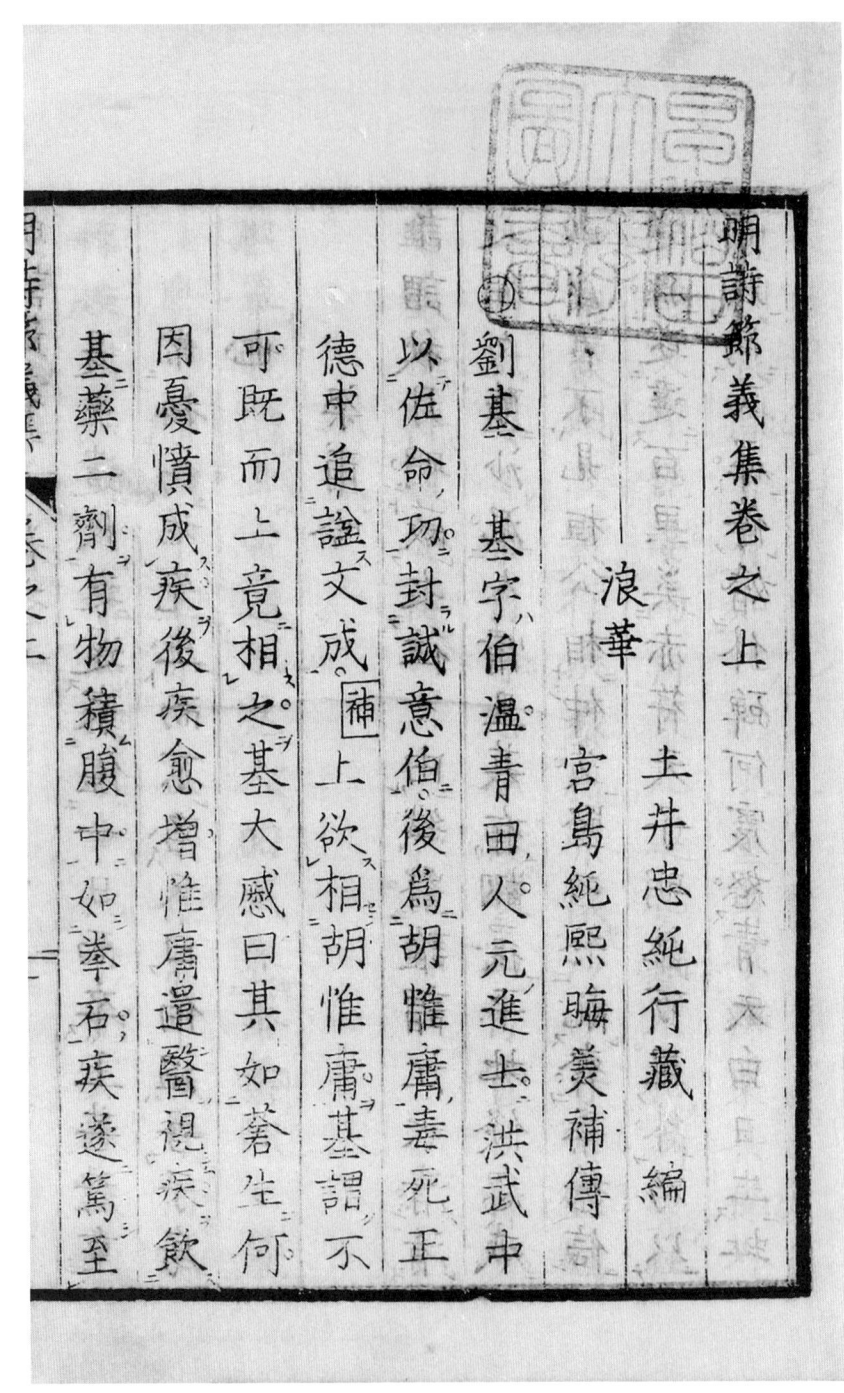

063-07　早稻田大學圖書館藏本

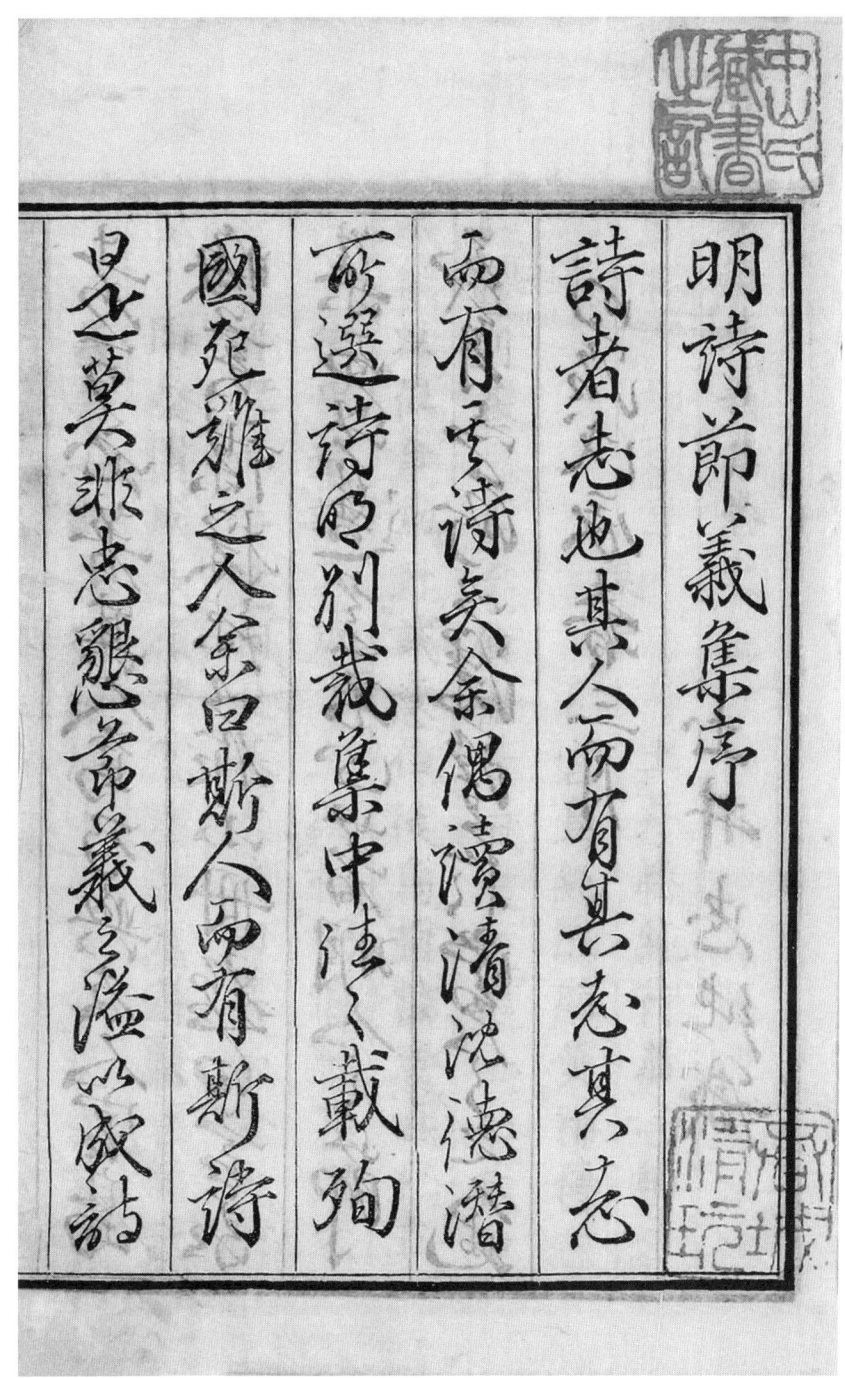

明詩節義集序

詩者志也其人而有其志
而有其詩矣余偶讀漬沈德潛
所選詩的別裁集中往往載殉
國死難之人余曰斯人而有斯詩
是莫非忠懇節義之溢以寫詩

王陽明奏議選卷一　桑原忱有終甫　選抄

奏疏

　　　浰頭捷音疏

據江西按察司分巡嶺北道兵備副使楊璋呈據哨統兵守備南贛二府地方以都指揮體統行事指揮使郟文呈稱統領安遠縣義民孫洪舜等兵於本年正月初七日攻破曲潭等巢十一日攻破半逕等巢共五處二月二十六日與賊戰於水源等處擒斬大賊首吳積祥陳秀謙張秀嵬等七名顆賊從陳希

064　王陽明奏議選　四卷

明王守仁撰,桑原忱編,高木穀校。明治四年(1871)大阪河内屋茂兵衛等刊本,自藏。4冊。開本高廣22.5釐米×15.6釐米,版框16.5釐米×11.7釐米,白口,上黑魚尾,左右雙邊,半葉10行,行20字,版心鎸"王陽明奏議選",魚尾下鎸卷次、頁數。

內封題:"明治辛未歲新刻/鷲峯桑原先生撰　全四册/王陽明奏議選/京攝書林　三書房梓。"第一册卷端大題"王陽明奏議選卷一",下署"桑原忱有終甫選抄"。

卷首《王陽明奏議選序》云:"吾曾謂王文成公之立功固不易矣,而其所以能處於君臣之際者,有非公不能者也。夫公以理學之名儒,一旦當軍旅之任,平數十年難平之諸賊,擒逆藩之宸濠,其功烈之隆,求之於古名將,不多讓也。雖然,公臨陣

064-02

出奇,應敵制勝,則天資之英特,加之以道學之精理,以不忍於人之心,爲不得已之舉,盡人情,愜時變,經權得宜,以故義理所諭,恩威所加,使敵勢不得伸,而我軍益奮揚,則其成功也,在公固非所難也。獨顧自古姦臣專權于内,而大將能立功于外者,未之有也。當時武宗之昏頑難悟,宦官之兇威日熾,滿朝亦有門户之黨與,有能者擯,有功者妬,而公在其際,專一方之兵權而主不疑,立駭世之功而人不妬,是公之功所以能成而所以處之者非公不能也。曾謂宋李文正識見精忠與公同,其才量亦似。使李公得行其志,掃蕩金虜而挽回宋社,固有餘矣。惜乎爲昏主姦臣所阻,不得成其功也。若使王文成當李公之時,亦能處之有道也。清人魏冰叔有云:王文成之奏疏與李文正相匹,而精詳則過之。嗚呼,是其所以有勝於李文正者歟!公奏議數卷,指事剴切,論理精確,讓而不隱功,矯而不失正,可以見公所以能處於時者也。頃者摘

351

其數十篇附梓,將與同志俱之,冀使讀者知公立功之所由云。元治改元歲次甲子孟夏於紀南田邊撰,就峰學人桑原忱。"後題"越橋逸人書",有"穀""越橋"二印。

次《王陽明奏議選目錄》。卷一疏 3 篇,卷二疏 6 篇,卷三疏 11 篇,卷四公移 23 篇,通計 43 篇。

有眉標 11 條,均爲校記。

卷末跋云:"夫豪傑之士,必經歷艱難而後志節確、議論卓,或不能闊步當路,而獨垂勳績於竹帛,後世以爲模範。伯安蕩平劇賊巢穴,剔抉寧府異謀而横被詆毁,以爲離重任,唱邪説,無人臣禮,誰不爲陽明慨之? 穀每讀陽明奏議,輒歎曰:陽明唯膽略蓋世,故其識見磊落;膺功持危,故其妒忌愈多。而伯安豪膽傑眼,天猶凜然存文章傳播如此,豈非後人慕藺之深? 然慨其遭罹多難,而不能大展驥足也。就峰

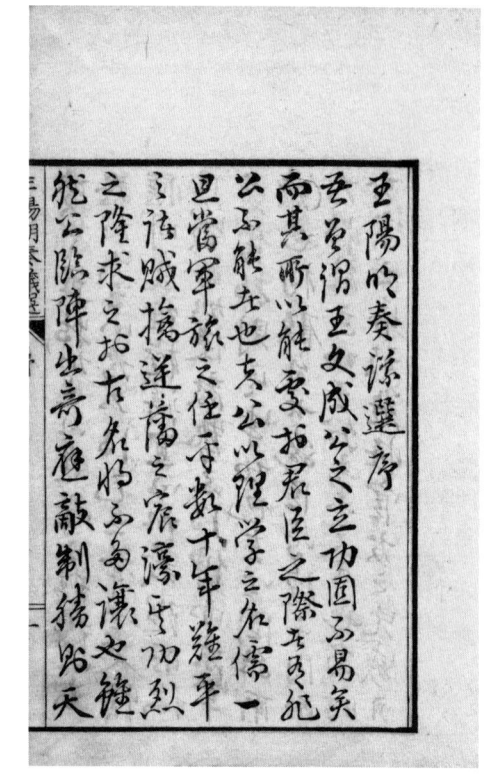

064-03

先生就其本集,特拔其奏議,將上梓,齎志溘逝。書肆相議,以繼其志,請穀校閲。顧念穀學識淺短,亦非左袒陽明以張門户者。至其功業偉烈,欽仰尤深。於戲! 此書之行,海内豪傑之士相共攘臂興起,闇闇侃侃,爲國家奮筆輸寫肝膽,則陽明山人藴奥或復綻矣。方今海宇膺一新之運,内無寧府之巨猾,外無劇賊之深患,穀不敢祈其復樹伯安勳績,而不能不望其操尚攀附古人,不徒爲道學者流矣已。明治己未孟秋,越橋逸人高木穀謹跋。"有"高木穀印""越橋"二印。

卷末刊記:"鷲峯桑原先生撰/明治四辛未年冬新刻/發行　西京越後屋治兵衛、大坂河内屋喜兵衛、河内屋茂兵衛。"

通行 38 卷本《王文成公全書》中《别録》10 卷,前 7 卷奏疏,後 3 卷公移,《王陽明奏議選》即據《别録》輯録編刻。

王陽明,前已見。

桑原忱,前已見。

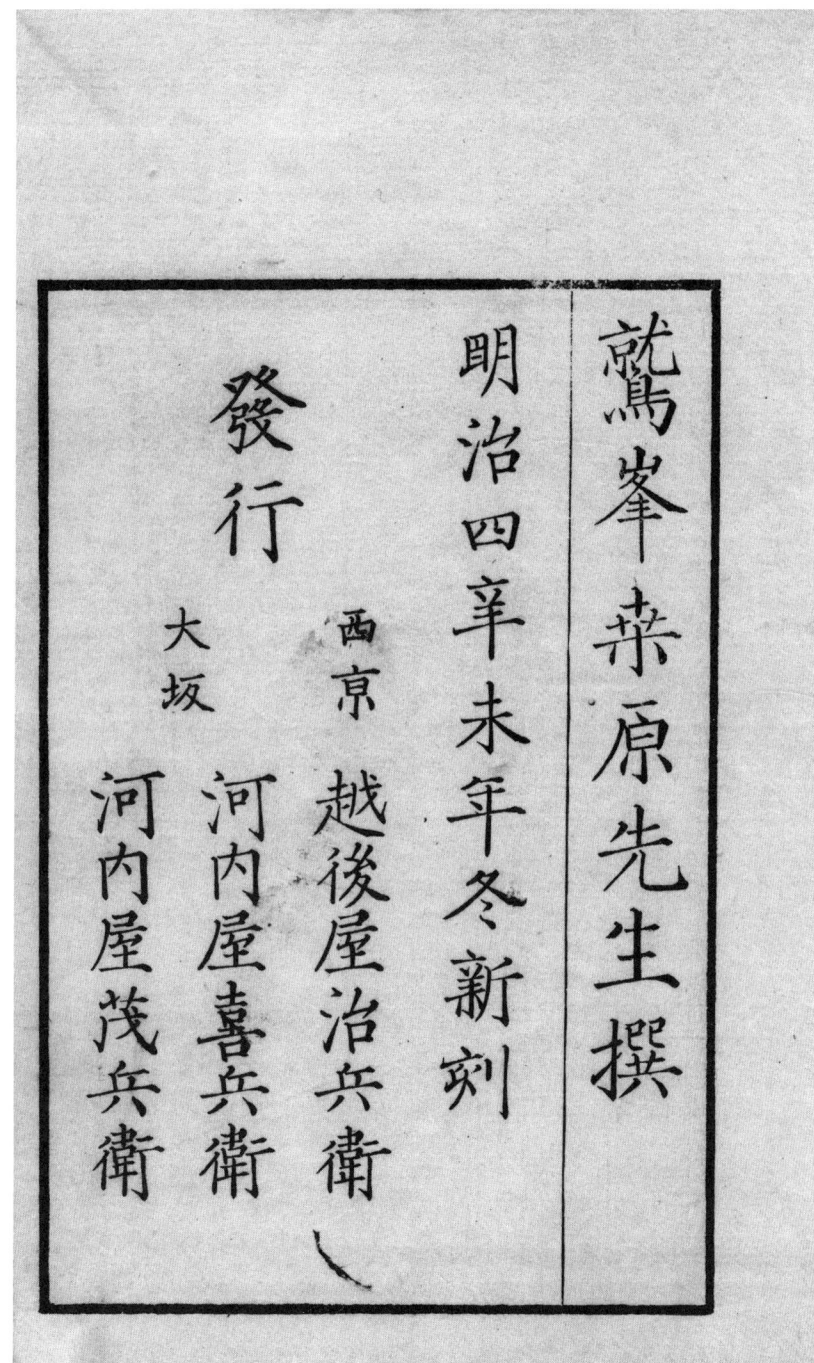

鷲峯桒原先生撰

明治四辛未年冬新刻

發行

西京　越後屋治兵衛

大坂　河内屋喜兵衛

　　　河内屋茂兵衛

元本有作有十似佳

孫忠靖公文抄卷上

明　山西　孫傳庭伯雅　著

日本　美濃　桑原忱有終　選

奏疏

疆事十可商疏

題為廟算當一無不然疆事尚十有可商敬抒愚見恭請聖裁事自流氛煽亂殆閲十年發難之初賊勢甚小我兵日勦而賊勢益大今用樞臣楊嗣昌之議復措餉二百八十萬集兵十二萬付之督理及臣等各撫臣以圖大創謂滅賊在此一舉矣儻任事諸臣

孫忠靖公文抄　卷上　一

065-01

065　孫忠靖公文抄　三卷

明孫傳庭撰，桑原忱編。明治四年（1871）浪華岡田群玉堂河內屋茂兵衛刻本，復旦大學圖書館藏。3冊。開本高廣22釐米×15.1釐米，版框15.9釐米×10.9釐米。白口，上黑魚尾，左右雙邊，半葉10行，行20字，版心上鐫"孫忠靖公文抄"，魚尾下鐫卷次、頁數。

封面題簽"孫忠靖公文粹"。內封題："明治辛未六月新刻　全三冊/孫忠靖公文粹/浪華書林嵩山堂梓。"第一冊卷端大題"孫忠靖公文抄卷上"，下署"明山西孫傳庭伯雅著、日本美濃桑原忱有終選"。

卷首《孫忠靖公文抄序》云："嗚呼！明季之事，可勝嘆乎？當愍皇之時，雖天下已壞頹，文才武略，往往不乏其人，而無一所用，用而不盡其用。

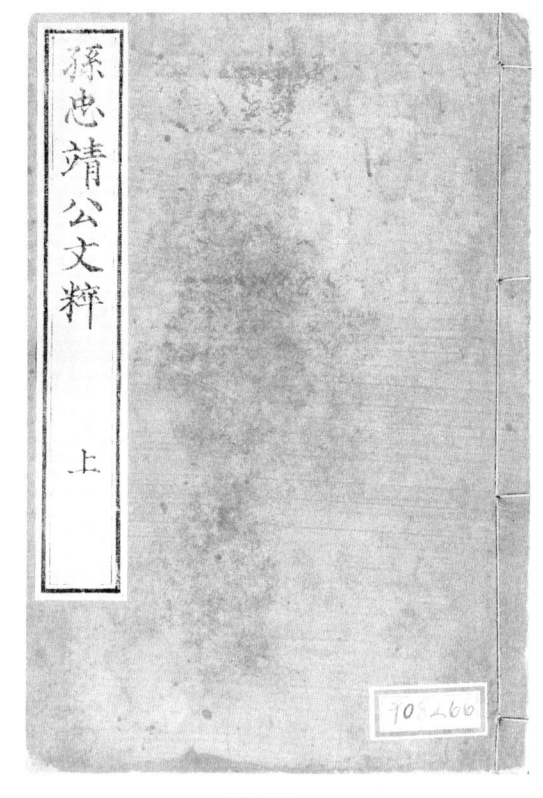

065-02

愍皇常人之質，輔之以庸碌忌賢之徒，弄權於其間，事事錯謬，棄成赴敗，轉福速禍，而歸之於天命，終不免覆亡之慘，悲哉！吾嘗《孫忠靖公傳》①，益悲明氏之天下猶可爲而不能爲也。蓋明氏所以忽諸者，因流賊長驅而無能拒焉；流賊所以長驅者，因潼關不守；潼關所以不守者，因俾孫忠靖驅不訓練之兵而速戰也。孫忠靖才兼文武，智明事變，知人能任，臨事能斷。其所爲清屯、措餉、訓練、簡募諸法，皆可以救時弊、起衰頹矣。以故能屢擒斬劇賊之渠魁，而蕩平秦中數十年之強寇。其功昭然，愍皇已降詔褒賞，奈何亦惑人言，輒轉移之，又幽繫之。遂使前功畢廢，而國勢彌迫。而後出之以爲督帥，附以尚方劍，亦何及焉！且其始也，訓練之兵足用，公力主戰，而督帥以招撫誤之；其終也，兵未訓練，公欲固守待機，而廟謨促速戰，公不得已，率無律之

---

① 其上有眉批："嘗"下疑脫"讀"字。

兵而轉戰,猶能致數捷,李自成殆擒。而遂值霪霖匝月,糧餉不接,使公奮死於亂槍之下,而士卒亡者四萬餘人,失亡兵器輜重數十萬。潼關已陷而天下震駭,流賊乘勢而鼓行,長安瓦解,社稷覆滅矣。曩使公得行其志數年,則豈啻關以内掃清一洗而已乎?天下之勢,漸以挽回振起,何流賊之足憂哉!公所著諸奏疏,剴切忠藎,足以諦觀當時之事情,而知其機變也。余讀之不能釋手,慨然爲抄其數十篇以附梓,與同志共之,冀使讀者明氏之猶可爲而不能爲也①。嗚乎,季世之憂,豈獨明氏也哉!元治改元歲次甲子冬十一月九日,鷲峰桑原忱於紀南田邊之修道館撰。"

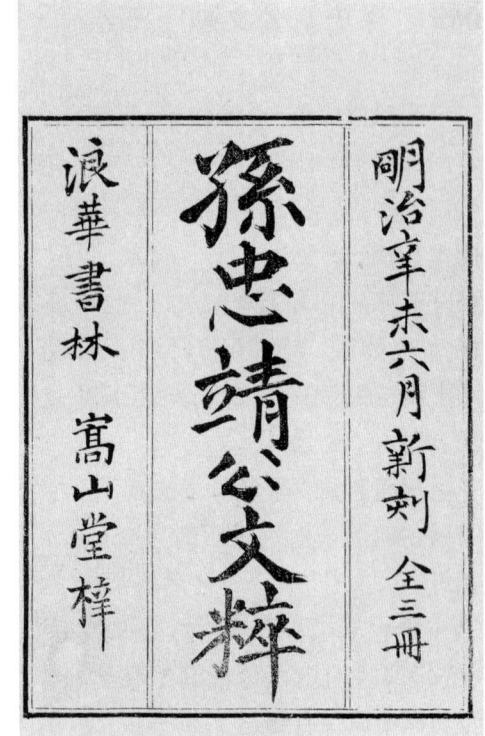

065-03

次爲《孫忠靖公略傳》,署"華山王弘撰"。

次《孫忠靖公文抄目錄》。卷上疏10篇,卷中疏19篇,卷下序、述、紀、示、札、啓、諮、揭、檄、引等27篇,通計56篇。

全書有眉標10條,均爲校勘記。

卷末跋云:"白谷之文之言俊朗者,非特文之俊朗,其人以邊才超擢,屢蹶屢振。潼關之敗,終奮死力以撐賊鋒,亦一時之傑矣。夫毅宗非淫昏之主也,然群吠齧賢,劇寇蠭起,明室已有傾敗之漸。毅宗如器使白谷氏,用其所言,則禍亂漸嘶,明室或中興矣。惜哉,掣肘鉗制,徒使良將猛士餒寇賊之饞涎乎!吾讀白谷氏諸奏疏,百感填胸。夫文辭俊朗如此,而毅宗終不能器使之,潼關一蹶,萬事瓦裂,無乃衰運使然乎?噫!明治辛未秋八月,越橋逸人毅。"有"高木毅印""越橋"二印。

孫傳庭(1593—1643),字伯雅,號白谷,代州振武衛人。萬曆四十七年(1619)進士,天啓中由商丘知縣入爲吏部主事,魏忠賢亂政,乞歸。崇禎九年(1636),擢右僉都御史,巡撫陝西,擒斬流賊,累建大功,忤楊嗣昌下獄。崇禎十五年(1642)起兵部

---

① 其上有眉批:"讀者"下疑脱"知"字。

侍郎，總督陝西，次年加尚書，督師出關，勦賊，師潰，轉入潼關，賊破關城，陷陣死。謚忠靖。其通行別集有《白谷山人詩鈔》2卷、《忠節錄》1卷，明崇禎十六年（1643）刻本；《孫忠靖公全集》10卷，清咸豐六年（1856）孫豐重刻本。是書據《孫忠靖公全集》編刻。有青木嵩山堂後印本。

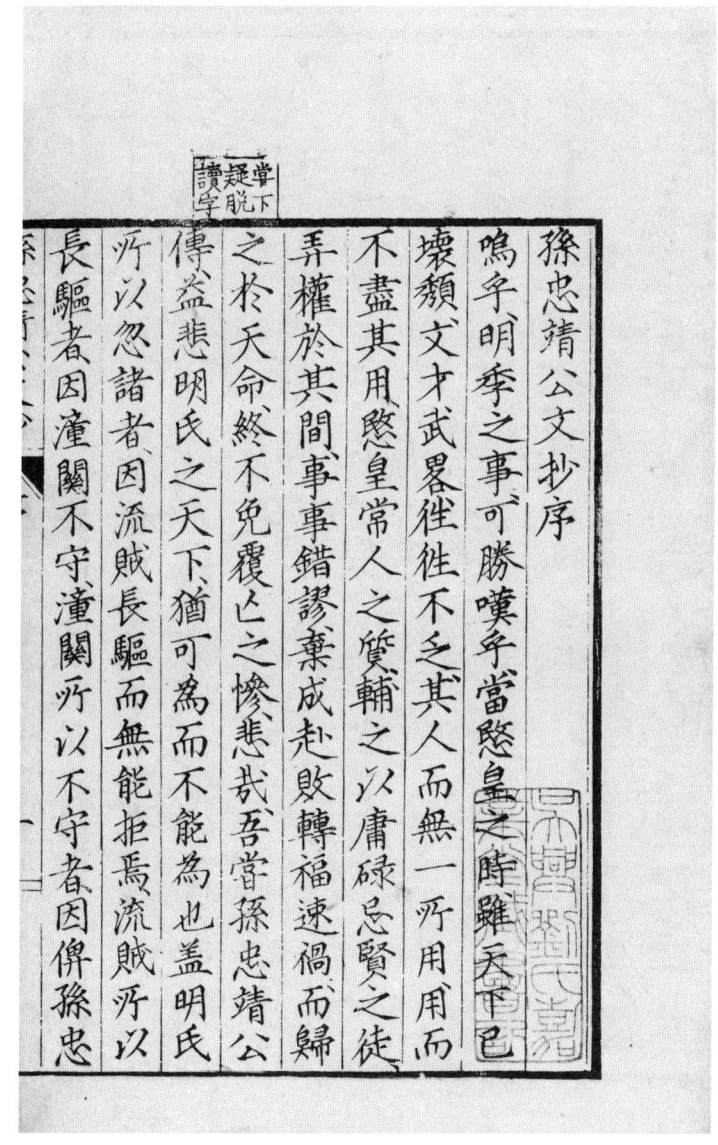

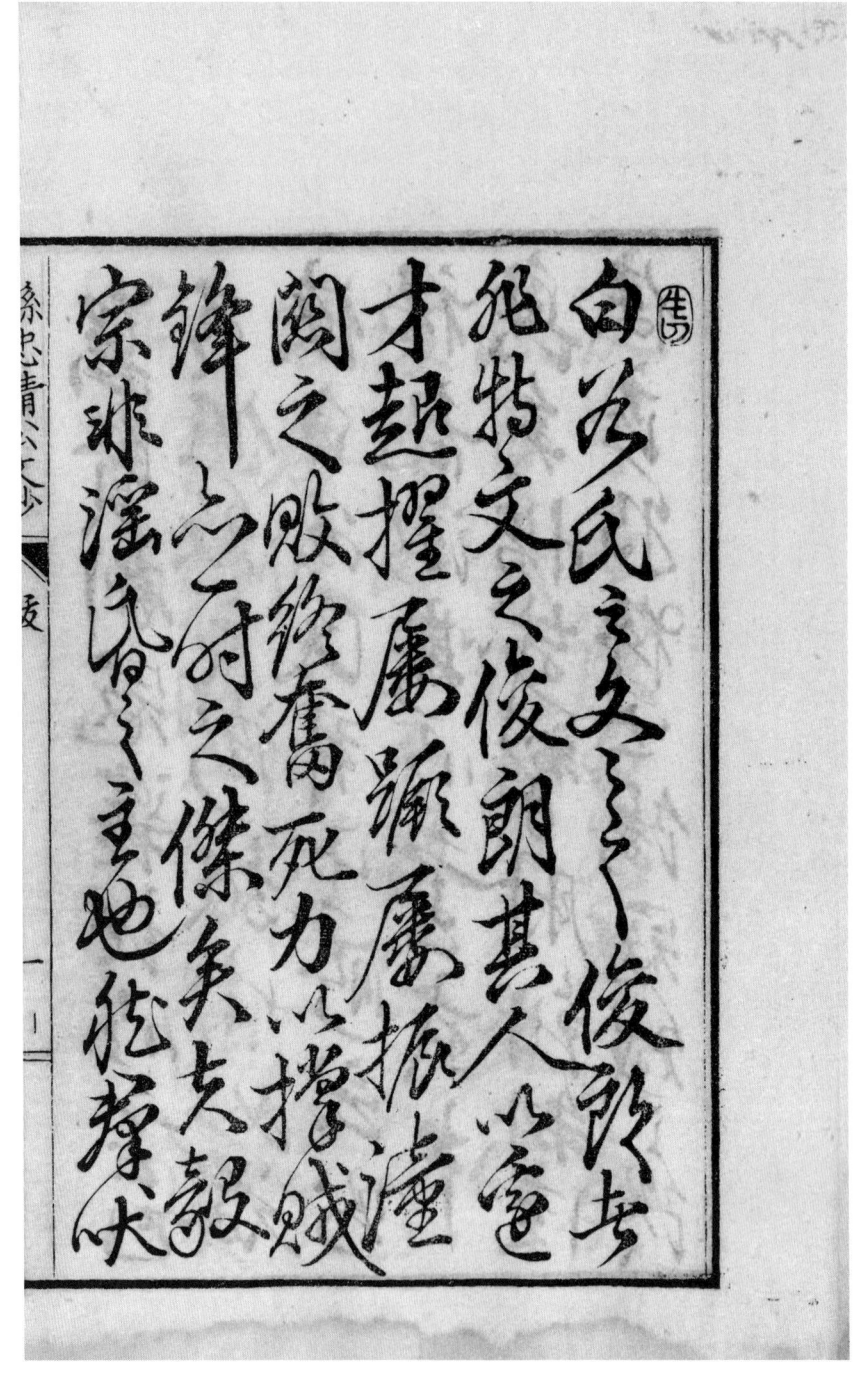

白苧民之文士之俊朗者也
死節文之俊朗其人以重
才趨握屢踬屢振謹
闕之敗終奮死力以撐賊
鋒之刴之傑矣夫毅
宗非溢谥之主也能舉伏

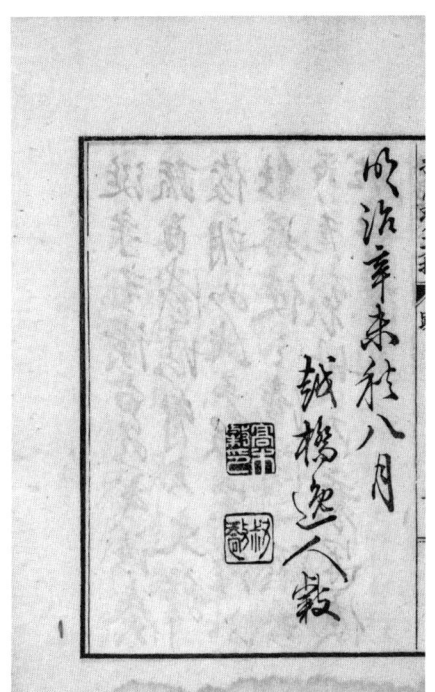

065-06

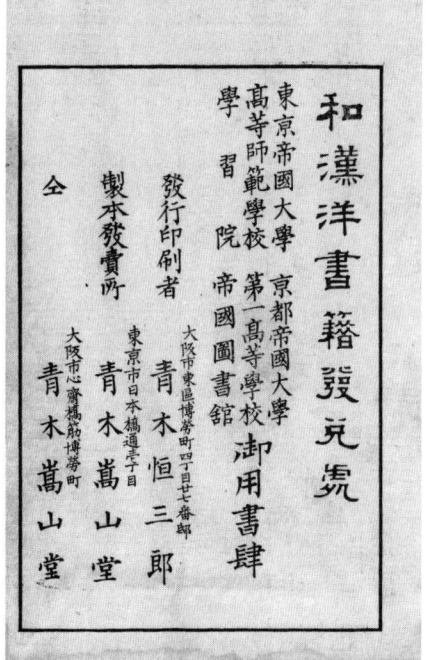

065-07

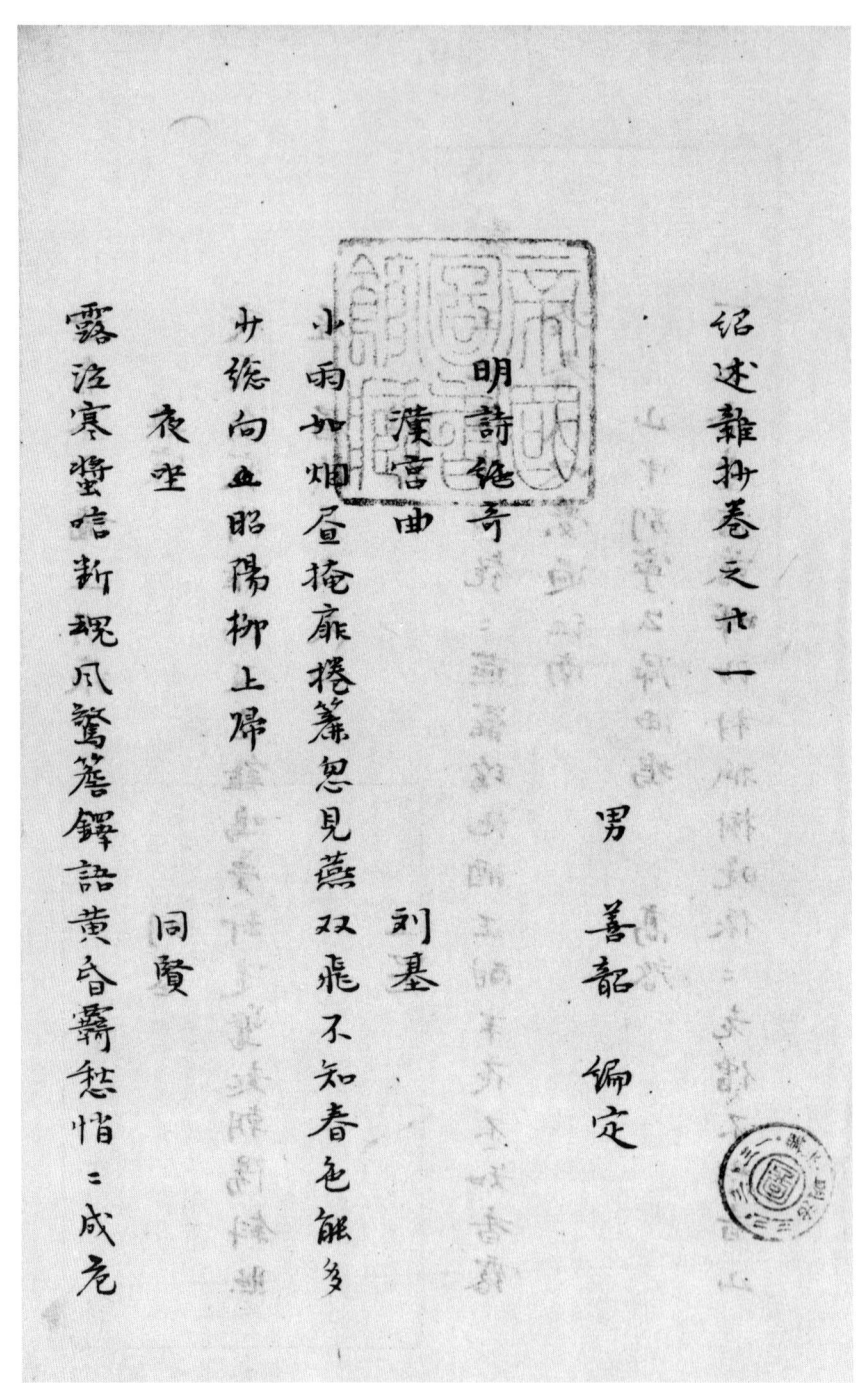

紹述離抄卷之六十一　　　　男　善韶編定

明詩絕奇

漢宮曲　　　　　　　　劉基

小雨如煙晝掩扉　捲簾忽見燕雙飛　不知春色能多少

㲯縀向日昭陽柳上歸

夜坐　　　　　　　　　同賢

露泣寒螢咽新硯　几鷟簷鐸語黃昏　霽愁怊二成壱

066　明詩絶奇　一卷

伊藤長胤編。享和三年（1803）序寫本，日本國立國會圖書館藏。1冊。開本高廣 24 釐米×17.5 釐米，无版框白口，無魚尾，無欄線，半葉 8 行，行 20 字。

卷端大題"紹述雜抄卷之廿一"，下署"男善韶編定"。

伊藤長胤，即伊藤東涯（1670—1736），名長胤，字原藏、源藏、元藏，號東涯、又慥，私謚紹述先生。伊藤仁齋長子，伊藤長堅之兄，江户中期儒學者。所著有《用字格》《名物六帖》《古今學變》《制度通》《辨疑録》《紹述先生文集》《秉燭譚》等。

伊藤善韶（1730—1804），號東所，通稱忠藏，伊藤長胤第三子，京都堀川學派學者，三河國挙母藩藩校崇化館初代學頭。

066-02

《紹述雜抄》56 册，爲伊藤善韶所編定伊藤長胤著述。卷首《紹述遺稿序》云伊藤長胤"所雜抄亦數十册，著述之書，乃自通解詩文集至終辭國家之書，凡五十有六"，"韶不肖自寶曆戊寅始校遺筆，或淨寫訂正，今既卒其業，得而改定遺筆目録，整正遺稿雜抄，新寫校讎，通爲名之以'紹述先生遺稿'，凡三十部四十五卷云。自始校之季至今兹癸亥，蓋五十有六年也。謹題遺稿首卷，以藏於家云。時享和三年癸亥四月十九日，伊藤善韶識"。又《紹述雜抄二十七種目録》：《先游傳》《詩經要領》《佔畢漫鈔》《集語鈔》《古官》《宮殿門考》《宮室名號》《閲文隨鈔》《國事雜誌》《考古雜編》《倭漢通信雜誌》《朝鮮雜誌》《雞林軍記五卷》《朝鮮諺文字母》《文章辨略》《雜雋手録》《肆言類雋》《柬牘套語》《左氏熟語》《須記詩選》《明詩絶奇》《東涯詩話》《東涯談叢》《姓林全書》《五音五位口訣十例》《避諱書》《異名考》，又附《朝野通載》

上中下、《朝野通載續集》上中下、《朝野通載新集》全、《當世詩林》、《當世詩林續編》、《當世詩林新編》全、《時英文雋》上中下、《時英文雋續編》上下，通 30 種 45 卷。

《明詩絕奇》，依次選劉基《漢宮曲》等 3 首、王冕 1 首、高啓 6 首、袁凱 2 首、貝瓊 1 首、丁鶴年 3 首、秦簡王 2 首、劉基 1 首、袁凱 1 首、高啓 24 首、楊基 2 首、張羽 1 首、丁鶴年 1 首、楊廉夫 1 首、倪瓚 1 首、張簡 1 首、馬治 1 首、王蒙 2 首、方行 1 首、王澤 1 首、唐瑛 1 首、李延興 1 首、葉雲頤 2 首（按，當爲宋人葉顒詩）、汪廣洋 3 首、張以寧 3 首、劉崧 4 首、高啓 4 首、鎦績 1 首、鎦師邵 1 首、王誼 1 首、丁岳 1 首、施敬 1 首、楊彝 1 首、錢宰 2 首、鎦涣 1 首、鮑恂 2 首、葉子奇 2 首、趙迪 1 首、王偁 1 首、申屠衡 1 首、沈

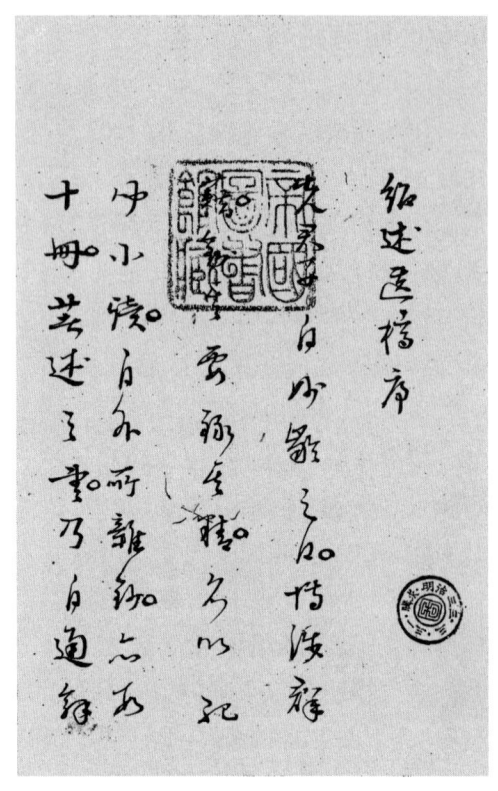

066-03

愚 1 首、沈周 1 首、李東陽 2 首、張泰 2 首、李禎 1 首、史謹 2 首、潘一桂 1 首、僧來復 1 首、姚廣孝 1 首、僧清濋 2 首、僧德祥 1 首、僧博洽 1 首、徐渭 1 首、豐坊 2 首、劉溥 1 首、偶桓 1 首（後題"右自首至此自《列朝詩集》抄出"）、張邦奇 6 首（後題"右明張文定公《四友亭集》，有五册，張邦奇也。"）、王陽明 1 首、高啓 1 首、袁凱 1 首、王偁 1 首、王翰 1 首（後題"右四首亦自《列朝詩集》抄出"），《題二喬觀兵書圖》（按，高啓詩）。又錄趙秉文《春遊》1 首、楊雲翼、張廷玉、宋無、倪瓚、馬翼、王冕、柯九思各 1 首，後題云："右八首，金元人詩，自清人吳綺《宋金元詩永》摘出。"又翁長祚 1 首。

銘述雜抄二十七種
　目錄
先游傳
詩經要領
俗諱漫鈔
集語鈔
古官
宮殿門考
宮室名號

高青邱詩鈔

　　　　　清　李笠翁　評
　　　　　日本　廣瀬淡窗　批點
　　　　　　　　廣瀬旭莊　撰

五言古詩

早過蕭山歷白鶴柯亭諸郵

客起何太早、村荒絕雞鳴、己時江雨晦、不得見啓明、凌兢度高關、山空縣無城、隔林聞人呼、已有先我行、側身避逕滑、聚足防厓傾、衣寒復多風、聆々遠水聲、千峯霧中過、不識狀與名、嵐開見前郵、始覺歷數程、越禽啼楓篁、冷日傍午晴、烟生沙塢寂、葉落澗寺清、

067　高青邱詩鈔　不分卷

明高啓撰,廣瀨謙編。明治十二年(1879)松山書友閣刊本,内閣文庫藏。2册。開本高廣 21.8 釐米×15.2 釐米,内框 18 釐米×13 釐米,四周單邊(卷首序四周雙邊),白口,單魚尾,有欄線,半葉 10 行,行 20 字,版心上鎸"高青邱詩鈔",魚尾下鎸頁數。

卷端大題"高青邱詩鈔",下署"清李笠翁評,日本廣瀨淡窗批點、廣瀨旭莊撰"。内封題:"明治十二年十二月刻成/清李笠翁評,日本廣瀨淡窗點、廣瀨旭莊撰/高青邱詩鈔/松山書友閣藏。"

卷首序云:"詩情語也,思實無邪,是以觀風於兹,察俗於兹,知世污隆亦必於兹。晚唐而後,宋則輕,元則脱,至明初諸家,奮而興之。青邱高氏才既俊異卓絶,語亦奇警清秀,傑然於四傑中。余平素愛而誦之。此抄有李笠翁評,清潔簡勁,頓

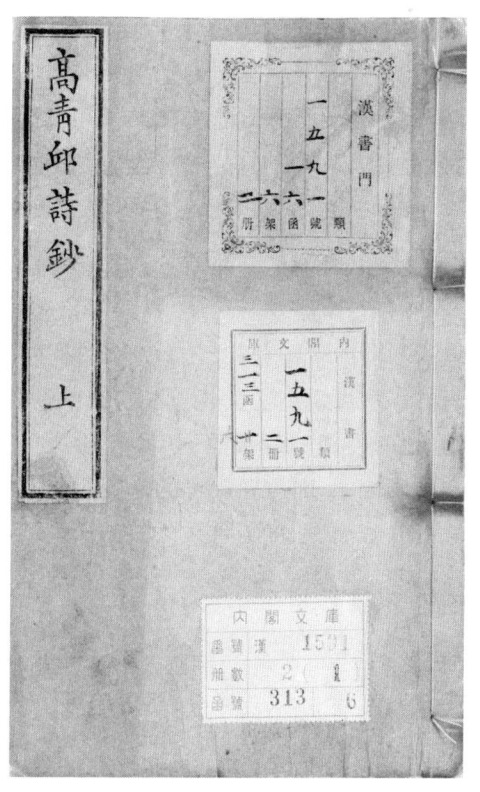

067-02

悟之妙具焉。余友竹涯中尾君所珍襲,將出而梓之,謀之于予。予曰:'曷不可？今之嗜詩者,猶未免輕脱,有識之徒,孰不擬振救乎？揭此編以諷,固可矣。'無心而誦,則全唐四萬八千九百章亦無益而已;苟得運用之妙,則一百抄而足矣。猶用兵之變多端,而歸虚實奇正四訣。則世之學青邱者,何獨《大全集》之云？遂爲題卷首。南岳藤澤恒撰。"後"藤澤""君成"二方章,末題"名和對月書"。

卷尾跋云:"《青邱詩鈔》刻成矣,此本先輩廣瀨淡叟、梅墩二翁之所批選,上載李笠翁之評語,雖僅僅小册子,又世之所稀,余畏友擴堂巽氏之珍襲。余曩請而(騰)[謄]寫,愛玩久矣。項日書肆來,請梓以傳於世。蓋青邱明初之大家,其彙刻於彼者如《大全集》,舶來稀少,適藏之者亦秘愛不欲視諸人,翻刻於家邦者亦多,然不若此鈔之簡而精也。固謂獨樂之不如同世之騷兄韻弟樂之也。遂跋而弁焉。明治己卯

孟冬日,竹涯中尾端明識。"後有"中義明印""竹涯一號克己齋"二印。卷末刊"發兌書肆",有"西京北村四郎兵衛"等。

是書第 1 册,五言古詩,録《早過蕭山歷白鶴柯亭諸郵》等 26 首;七言古詩,録《劉松年畫》等 17 首;長短句題,録《吳中逢王才隨朝京使赴燕南歸》等 5 首;五言律詩,録《過胡博士郊居》等 2 首。第 2 册,録《雨蓬》等 2 首(五言律詩);五言排律,録《韓蘄王墓》等 2 首;六言律詩,録《夫差女瓊姬墓》等 3 首;又七言律詩 57 首、五言絶句 10 首、七言絶句 26 首、五言律詩 34 首。計各體詩 186 首。其上有眉批 33 條,除校記 4 條,餘均爲評點。

高啓,前已見。

廣瀨淡窗(1782—1856),名建,字子基,通稱寅之助,號淡窗。豐後(大分縣北)人。江户後期儒學者,漢詩人,折衷學派代表學者。於鄉設塾授徒,一時人材稱盛。著有《讀左傳》《讀論語》《讀孟子》《約言》《遷言》《淡窗詩話》《遠思樓詩鈔》等。

廣瀨謙,即廣瀨旭莊(1807—1863),名謙,廣瀨淡窗之弟。

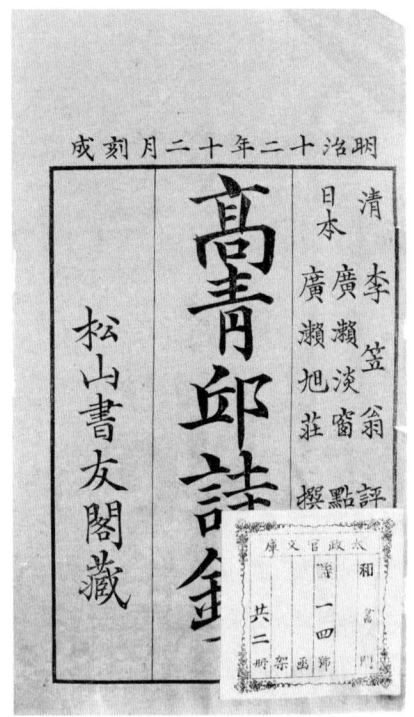

序

詩情語也。思實無邪。是以觀風於茲察俗於茲。知世汙隆亦必於茲。晚唐而後宋則輕元則脫。至明初諸家奮而興之。青邱高氏才既俊异卓絕語亦奇警清秀傑然于四杰中。余平素愛而

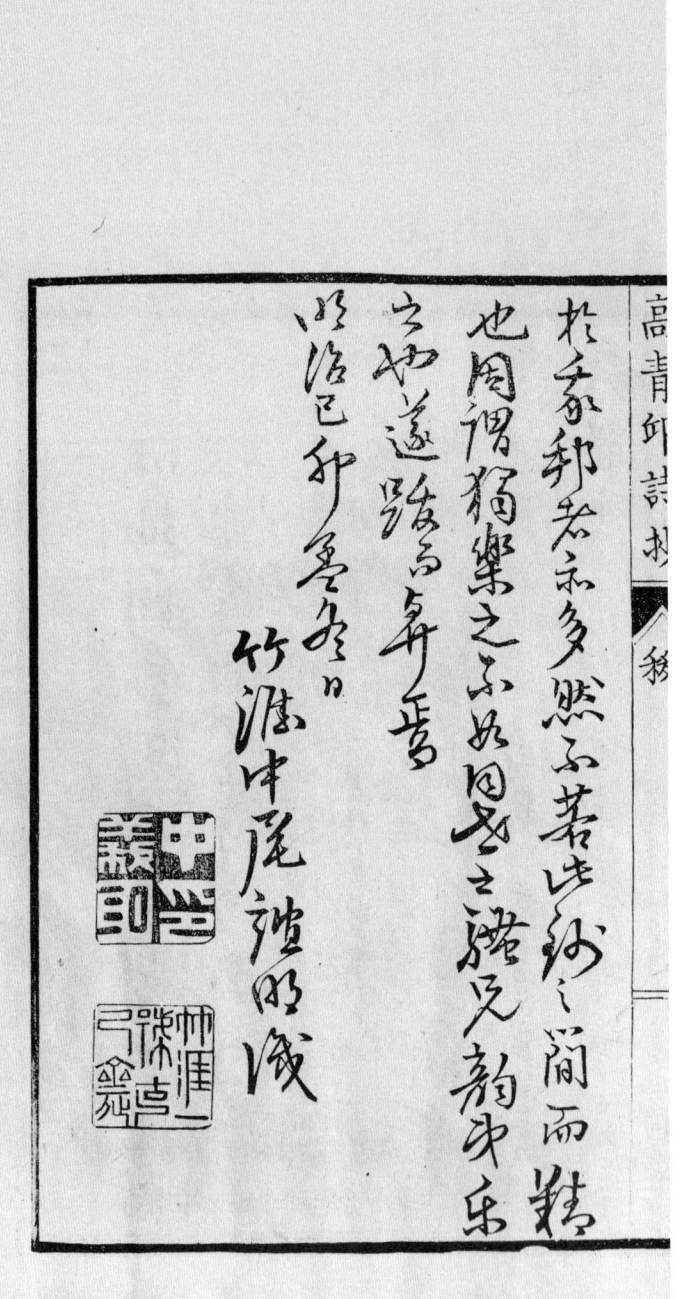

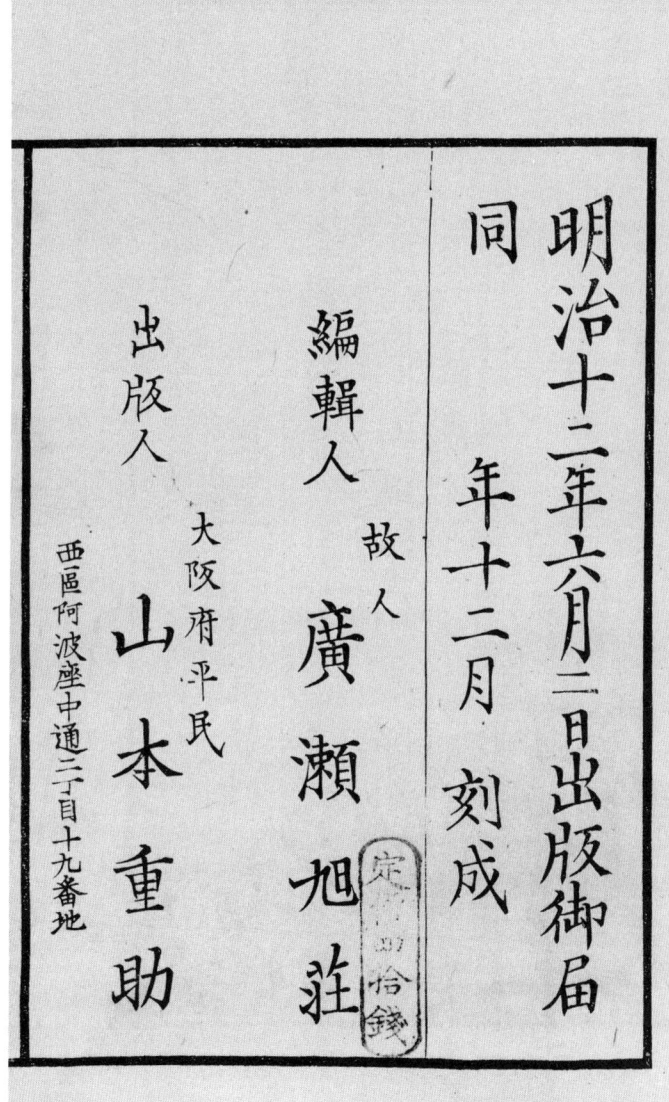

明治十二年六月二日出版御届
同年十二月刻成

編輯人　故人　廣瀬旭荘

出版人　大阪府平民
西區阿波座中通二丁目十九番地
山本重助

定價金拾錢

王陽明先生詩鈔卷上

東京　塚原苔園　評點

題四老圍棋圖

世外煙霞亦許時、至今風致後人思、却懷劉項當年事、不及山中一著棋。隆準重瞳當憮然于泉下、

化城寺

雲端鼓角落星斗。松頂袈裟散雨花。一百六峰開碧

068　王陽明先生詩鈔　二卷

　　王守仁撰,塚原苔園評點。明治十三年(1880)序刊本,自藏。2册。開本高廣16.7釐米×9.5釐米,內框13.2釐米×7.5釐米,四周雙邊,白口,上黑魚尾,有欄線,半葉7行,行20字。版心上鎸"王陽明詩鈔",魚尾下鎸卷次、頁數。

　　內封題:"塚原苔園評點/王陽明先生詩鈔/板權免許,東京長坂氏藏板。"卷端大題"王陽明先生詩鈔卷上",下署"東京塚原苔園評點"。卷末刊記:"明治十三年二月二十日板權免許,同年五月出版/評點者靜岡縣士族塚原苔園/下各區下各徒士町一丁目六十番地寄留/出版人埼玉縣士族長坂熊一郎/京橋區木挽町壹丁目十一番地寄留。"

　　卷首《緒言》云:"得於心而發於言,焕然可觀者,謂之文。文也者,公器。父不可以與其子,而師不可以授其弟子也,則非彼剽襲盜竊、摘華拾英而自喜者可能到焉。況夫詩之陶寫性情,能言之爲猶鳥聲蟲音、雲色霞光之隨化而移,成自然音響狀態也,

068-02

豈可矯飾雕繪以爲之哉? 此集者,一言爲法,大賢所爲,與造化同工,自然成章者,似學而不可造焉。然學者讀此等之詩,玩味稍久,則庶幾乎得於心而忘言也,故此集之所以抄刻也。明治庚辰□四月,六十六翁松本萬年書於番町止敬塾松風清處。"後有"萬""年"二印。

　　塚原苔園,靜岡士族,幕臣世家,舊稱市之丞昌之,著述頗富。

　　是書長澤規矩也《和刻本漢詩集成》補編第十八輯收錄,"解題"稱此書爲王陽明詩摘錄,句末往往有評語,又稱王陽明全集《王文成公全書》38卷首1卷,《四庫》收入。是書卷上首《題四老圍棋圖》《化成寺》二首,今見於《王文成公全書》卷十九外集一,爲歸越詩。其後分題山東詩、廬陵詩、京師詩、居越詩、南都詩、憂患詩(即《王文成公全書》卷十九"獄中詩")、赴謫詩、居夷詩、戰伐詩(即《王文成公全書》卷二十"贛州詩")、江西詩、道學詩(《王文成公全書》卷二十"京師詩"),共149首,當是由

《王文成公全書》中摘出。部分詩後有小字評語。

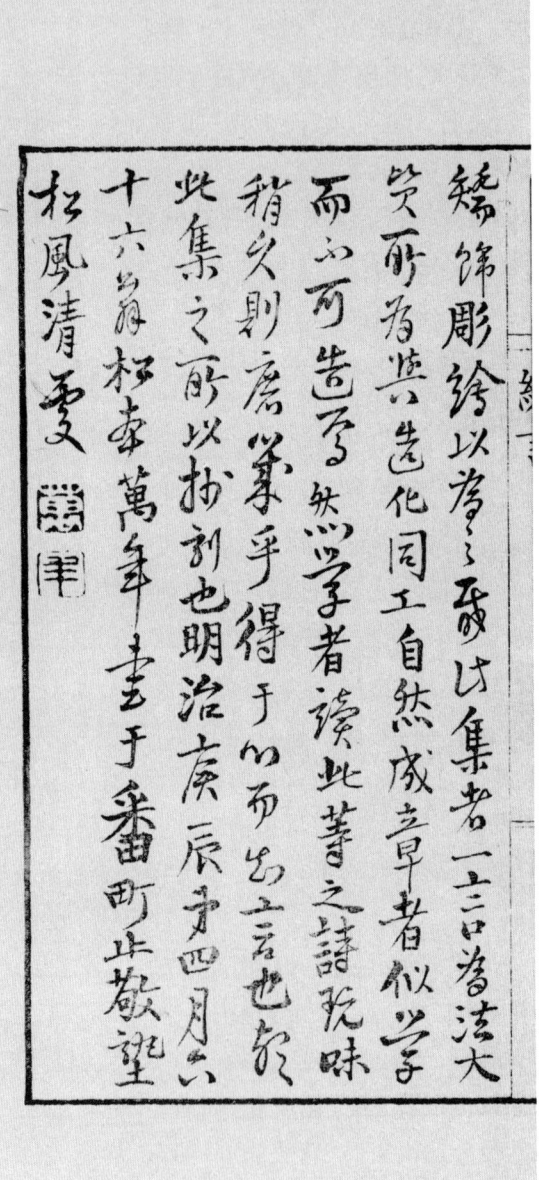

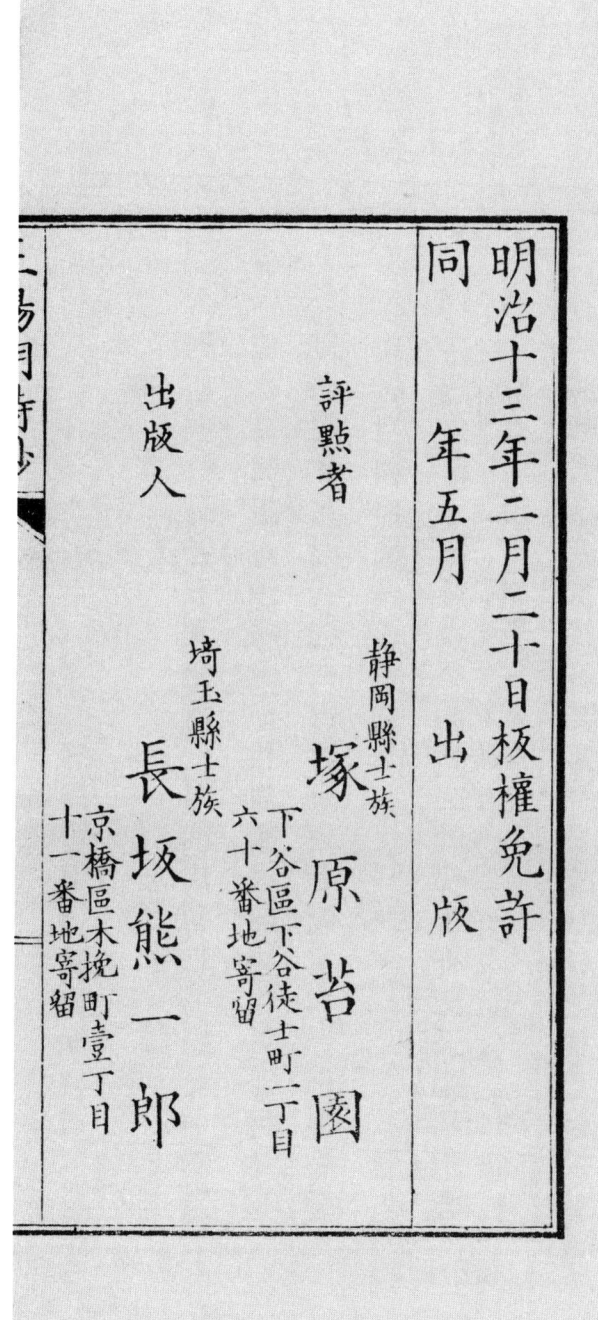

明治十三年二月二十日板權免許
同年五月出版

評點者　靜岡縣士族　塚原苔園
　　　　下谷區下谷徒士町一丁目
　　　　六十番地寄留

出版人　埼玉縣士族　長坂熊一郎
　　　　京橋區木挽町壹丁目
　　　　十一番地寄留

鐵板雄評

明十家詩選卷之一

唐津　田邊新之助　編選

劉基

劉基字伯溫、青田人、元進士、明洪武初、官至御史中丞、論佐命功、封誠意伯、後爲胡惟庸毒死、年六十五、正德中、追諡文成、曾自編其詩文、曰覆瓿集者、元季作也、曰犂眉公集者、明初作也、

楊維新云、子房不見詞章、玄齡僅辨符檄、公勳業造邦、文章名世、可謂千古人豪、

陳舜仲云、洪武間、高侍郎先鳴、文成次之、固已咀其精華、覷其堂奧、

069　明十家詩選　六卷

田邊新之助編。明治庚子(1899)序刊本。鉛印本 3 冊。開本高廣 20 釐米×13 釐米,內框 15.3 釐米×11.1 釐米,四周單邊,黑口,無魚尾,無欄線,半葉 11 行,行 24 字,小字雙行不等。版心鎸"明十家詩選卷之一""劉基"及頁數。

卷端大題"明十家詩選卷之一",下署"唐津田邊新之助編選"。內封題:"明十家詩選／菱華山館。"正文有圈點,有朱筆行批、眉批,卷末朱筆題識:"戊午八月五日節在大暑,於翠松山下舒英齋中擬評畢。"卷尾刊記:"明治三十四年六月八印刷,明治三十四年六月十二日印刷(明十家詩選第一冊)／明治三十四年九月二十日印刷,明治三十四年九月廿三日印刷(明十家詩選第二冊)／明治三十五年十二月十二日印刷,明治三十五年十二月十六日發行(明十家詩選第三冊)。"

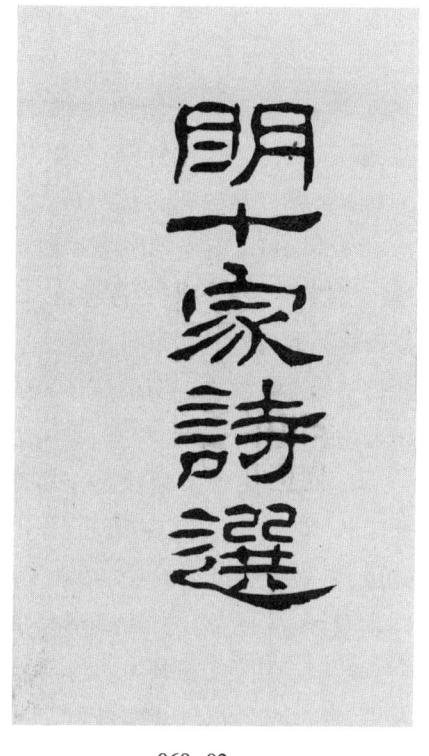

069-02

卷首《序》云"魏叔子云:'古之文章,足以觀人;今之文章,不足以觀人。蓋古人意所欲言者發抒而出,故其文純雜瑕瑜,犂然並見;至於後世,有格可肖,有法可學,是以大奸能爲大忠之文,至拙能襲至巧之論,雖孟子之知言,亦孰從而辨之哉?'余初以此言爲千古格言,今及讀田邊君松坡所撰《明十家詩選》,亦知其未必然也。夫青田之宏謀大略,著事業者,今不具論;其詩雄渾沈著,嗣響杜陵。青邱謙抑遜順,擢爲戶部侍郎,固辭不敢當,而賦詩諷刺,得風人之旨,顧爲太祖所殺,豈非罪耶?茶陵當劉瑾專權逐賢輔,獨留不去,世譏其委蛇避害,然諸賢蒙禍,茶陵彌縫救護,立朝五十年,清節不渝,爲文典雅流麗,與其人相稱。空同剛直,與權奸忤,屢下訟獄,氣不少屈,而才思雄驚,卓然以復古自命。大復志操耿介,尚節義,鄙榮利,與空同並有國士風。昌穀天資穎特,家不蓄一書,而無所不通。若夫濟南之殉於母,弇州之孝於父,與四溟之篤於友,臥子之死於難,炳然天壤。要之,十家之詩,或溫柔敦厚,或踔厲駿發,而格法謹嚴,不失古人規矩,宜其雄視百代也。《書》云詩言志,《詩》云思無邪,聖人豈欺我哉? 叔子,明末高士,有氣節,善文章,其言蓋有激於當時言行背馳之士而發,非通論也。松坡學兼漢洋,識貫東西,喜作詩,最好明人。嘗曰:'詩學三唐,遠溯漢魏,是其矩鑊也。'然以明人爲門户,然後可以陞堂奥矣。因就十家全集,選其精華,釐爲十卷,又採諸家評論,載之各卷首,商榷揚扢,無復餘蘊。余乃論文章可以觀人,使讀者知此書不特選其詩也。明治庚子三月,東京依田百川撰。"

序二云"沈確士謂:'詩至有唐爲極盛,如明詩,陵宋躒元而復古者也。'田邊子慎論詩也,亦欲由明以進於唐,乃就三百年間選擇十家,來徵弁言。夫明詩稱昌明高亮,然亦有純駁。如徐、袁纖詭,鍾、譚幽冷,么弦側調,衰世之音也。其能鼓吹風雅者,青邱高逸,青田雄健,即開國宗工;西涯嚴整,振興臺閣敨敝之弊;北地雄渾,信陽秀朗,與昌穀清俊,鼎峙於一時;滄溟高華,弇州廣博,旗鼓相當;茂秦沈錬,冠於七子;卧子雄麗,爲明詩後勁。此十子,皆超群絶倫,欲嗣響於有唐焉。其爲詩,高山大壑,長流深林,並自異趣,而其爲黄鐘大吕者,未嘗不同也。子慎之選,可謂先獲我心矣。然明詩大率尚格調,其弊動墮膚廓,是學者之所當戒也。昔者,物徂徠唱七子詩,舉世靡然,皆事模擬,萬喙一音,使人厭倦,遂至以宋詩代之。故學其氣格神韻則可也,徒剽襲字句以爲工者,非子慎選詩之旨也。方今治化休明,光被海外,非振黄鐘大吕之音,安能鳴中興之盛哉? 明治三十三年四月,省軒龜谷行撰。"

是書選劉基等10家詩,人各1卷。卷一,劉基,106首;卷二,高啓,160首;卷三,李東陽,128首;卷四,李夢陽,166首;卷五,何景明,215首;卷六,徐禎卿,98首。

是書又有慶應義塾大學圖書館藏本,與此本爲同版。

田邊新之助(1862—1944),字子慎,號松坡,東京府士族,日本教育家,漢學者。創設逗子開成中學校、鐮倉女學校,又任東京開成中學校校長。

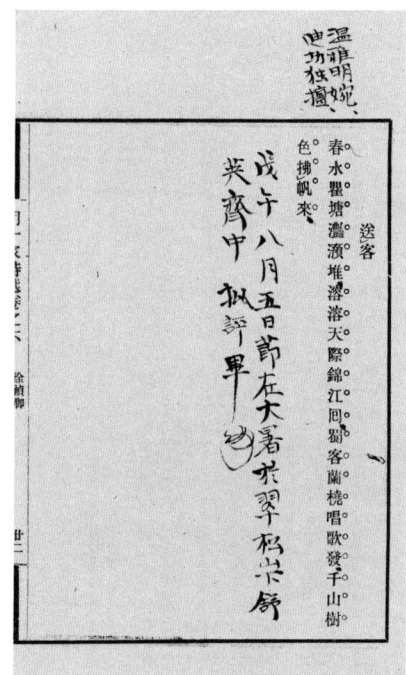

069-04

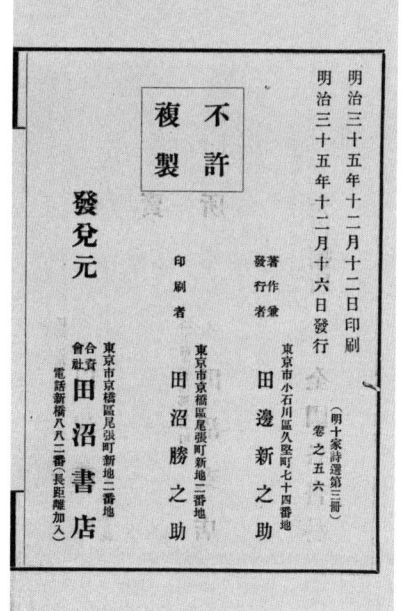

069-05

五友詩

竹

此君風致自踈踈　相近相親慰索居
覷目每看高節長　留情深託寸心虛
清修飽歷風霜久　濃渥深承雨露餘
好在百年無翦伐　賸看新筍上霄衢

梅

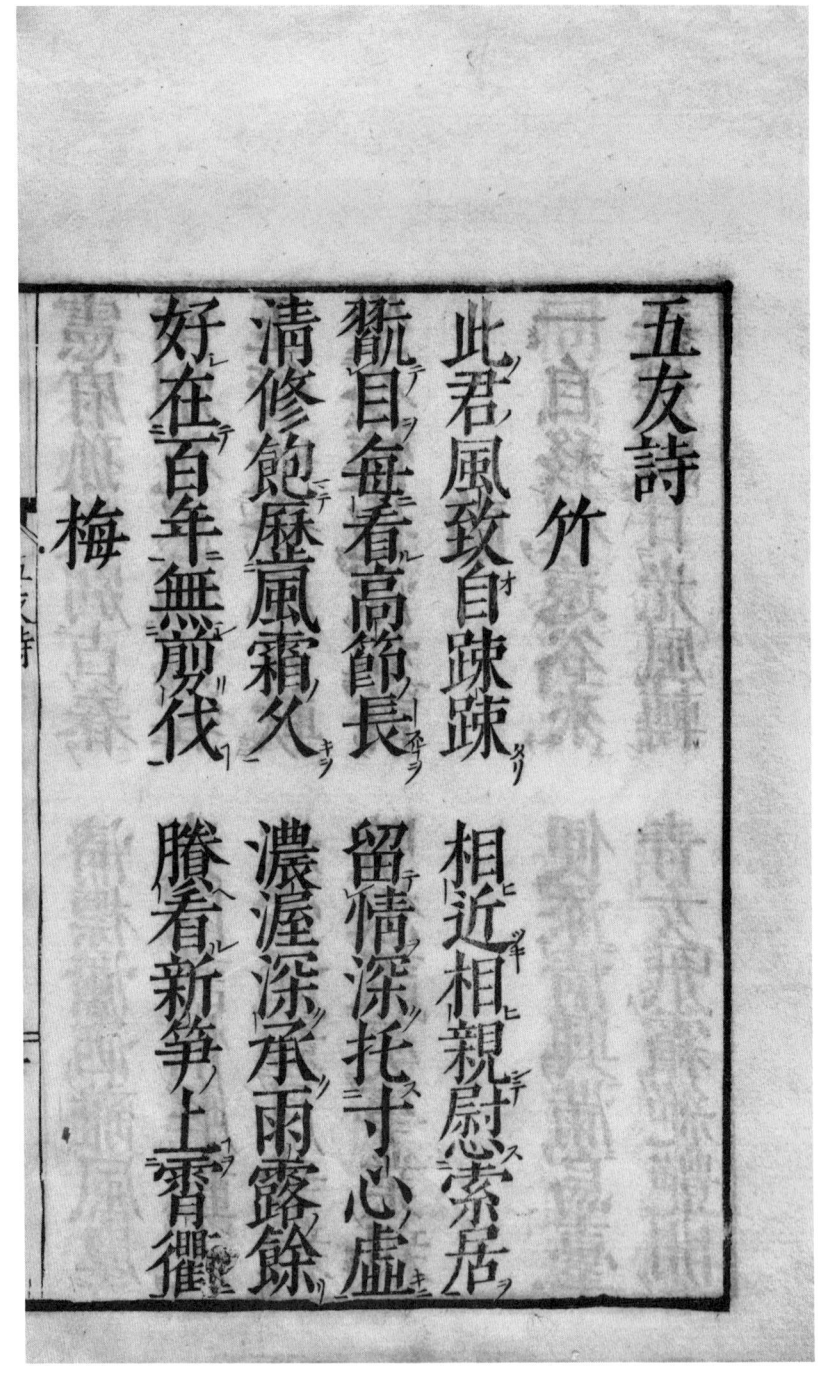

070　五友詩　一卷

薛瑄撰,不知編者。刊年不詳。慶應義塾大學圖書館藏。1册,開本高廣26釐米×17.5釐米,内框19.4釐米×13.6釐米,四周單邊,白口,單魚尾,無欄綫,半葉7行,行15字。版心魚尾下刻"五友詩"、頁數。

封面題"五友詩",卷端大題"五友詩",下無題署。卷末刊記:"二條通松屋町武村市兵衛刊行。"

卷首《五友詩序》,末署"薛瑄序",此序見薛瑄《敬軒文集》卷十三(明重刻本)。《五友詩》爲薛瑄所作詠竹、梅、蘭、菊、蓮組詩。據《薛文清公年譜》:"(宣德)四年己酉,先生四十一歲,在沅州。……是春作《御史箴集解》成,并序以自警。又作《五友詩序》。"是書包括《五友詩》(《敬軒文集》卷八)、《重題五友》(卷四)、《又題五友》(卷四)、《懷沅州五友》(卷四)、《又懷五友》(卷四)、《再懷沅州五友》(卷五)、《戲詠五友》(卷八)等組詩,當爲人所輯出。長澤規矩也《和刻本漢詩集成》解題據是書體式推測爲闇齋派學者出版。

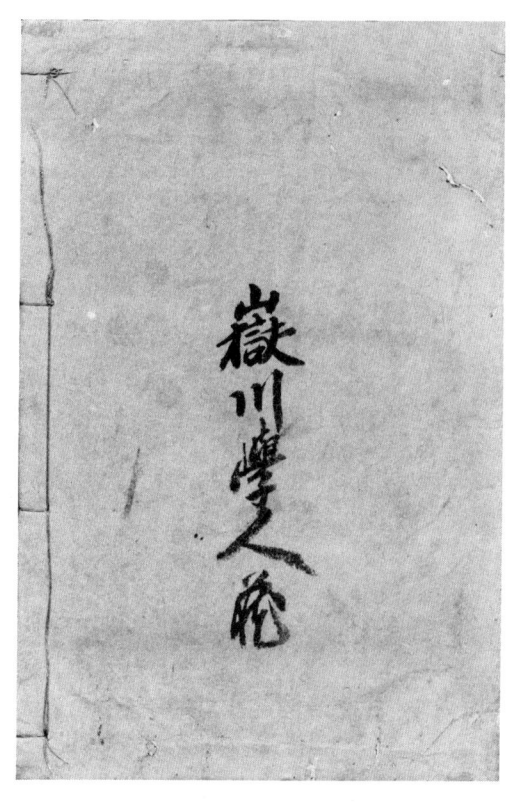
070-02

薛瑄(1389—1464),字德温,號敬軒,河津人。永樂十九年(1421)進士,宣德中授御史,忤中官王振,下獄論死,尋得釋。景帝嗣位,召起大理寺丞,遷南京大理卿。英宗復辟,拜禮部右侍郎,兼翰林院學士,入閣參預機務,致仕卒,年七十六,謚文清。瑄學一本程朱,以復性爲主,嘗謂自朱子後斯道大明,無煩著作,直須躬行。有《讀書録》《從政名言》《薛文清集》《河汾詩集》傳世。

是書又有日本國立國會圖書館、大阪大學圖書館、京都大學圖書館、關西大學圖書館等藏本,與慶應義塾大學藏本爲同版。

五友詩序

余居沅州之憲署以地極僻遠罕得與名卿碩士相接恒懼有過不自知知而不能改或流於小人之歸也因取凡古聖賢書列之後堂公退則俯而觀仰而

後　記

　　搜集並彙編包括日本、朝鮮、越南等在內，十五世紀以來所形成的東亞漢詩文選集，是基於這樣的一種考慮：近世文學，作爲早期全球化的一個方面，除進一步作長時段古今貫通研究外，越來越需要將視野擴展至東亞，在中國文學向東亞輻射及域外漢詩文本土化的立體圖景上思考文學發生發展的多元因素及各種可能。"日本所編明人詩文選集綜録"及隨後推出的"日本所編中國詩文選集・明代卷"作爲整個課題規劃的先期部分，我們自 2015 年始投入了比較多的時間和精力，即將刊出之際，其中有很多值得總結的經驗和教訓。

　　完成這樣一個課題，首先要解決的問題是目録的搜集，而要在日本各藏書機構中窮盡性地搜檢出所需文獻目録，是較爲困難的事情。日本學者所編撰、註釋、考證、評論的中國詩文選集，著眼於漢詩文在日本的本土化，處於日本漢籍與準漢籍的中間地帶，這些文獻或收録於漢籍目録，或收藏於國書目録。日本漢籍目録，固然多數有分類目録；而國書目録多按五十音序編排，於專題搜檢較爲不便。另一方面，對於具體著作的性質認定，也多有出入。如《明賢詠落花詩》一卷，長澤規矩也《和刻本漢詩集成》收入總集篇第 7 輯；而此書又爲長澤氏收入其所編《大阪天滿宮國書分類目録》中。

　　其次是文獻的獲取。本編所收 70 種詩文選集，除 19 種爲我們自己購買的藏本、1 種來自復旦大學圖書館外，其餘 50 種來自於日本 12 個圖書館及藏書機構。在圖書閲覽、複製等服務的提供上，這些藏書機構都非常地開放和專業。盡管如此，由於我們僅能在繁忙的教學科研間隙,利用少量赴日機會查訪文獻,要在相當有限的時間內穿梭於東京、仙台、福岡、大阪、京都等地,完成預約、閲覽及複製等工作,行程往往極爲促迫。如果臨時發現某一文獻,就無法即時補交閲覽、複製的申請,祇能等下一次機會。

還有文獻版本的考訂與選擇。在底本使用上,我們儘可能選取初印本或有所增補、修訂的後印本。如篠元亮《明文選》,我們從東北大學圖書館拍攝了全部書影,然與日本國立國會圖書館藏本比對後發現,後者序跋完整,爲初印本,故選作底本;東北大學本雖然卷首尾序跋殘缺,但卷首多杉原曙《序》,我們亦附錄全文。但一些版本在確認是否初印本時並不容易。如《王陽明文録鈔》,長澤規矩也《和刻本漢籍文集》解題云:"初印本卷末有'承應貳(癸巳)曆仲夏日謹梓行五倫書屋'之刊記。後印本(神宮文庫)中,此刊記左一行改作'伊吹權兵衛開板'。再後印者無刊記。"據我們查考,目前僅知名古屋大學圖書館藏本有"五倫書屋"刊記,日本國立國會圖書館藏本無刊記,京都大學文學研究科圖書館藏本刊記爲"伊吹權兵衛開板"。將京都大學圖書館藏本與《和刻本漢籍文集》影印本對照,有較多的版面細節反映出京都大學本有可能是初印本,故我們選作底本。本編所收各書,除日本國立國會圖書館所藏《明詩絶奇》《明詩手抄》爲稿本外,大部分均爲卷次完備或品相較好的藏本,如《四家雋》,我們使用了個人收藏之本,此本爲枕霞閣藏板,較内閣文庫、靜嘉堂文庫等藏本爲優。又如《唐明詩類函》三集,目前所知日本藏書機構均無三集完備者,本編收録之自藏本則爲完整之本。

此外,"日本所編明人詩文選集綜録"收録了各書序跋,其内容的識讀是一個頗爲棘手的問題。書籍序跋是考查包括刊刻時間、意旨、過程及編撰者觀念的重要部分,如果能在綜録中全部收録,對研究者來說是極爲便利的。這70種詩文選集中有相當多的序跋是草書上板的,識讀不易,其中更有日本學者特有的書寫習慣,更增加了識讀的困難。而且這些序跋也缺乏已有的整理文本作爲參照,偶爾找到一兩種,也很難提供多少幫助。如今中寬司、奈良本辰也編《荻生徂徠全集》(東京:河出書房新社,1973)中所録《絶句解拾遺序》,識讀錯誤較多,幾乎無法卒讀。爲便於學者使用,我們還是盡力收録了全部序跋并予以識讀。

本書的工作能够順利完成,得到諸多同仁友朋的熱心幫助,謹此以申謝忱!

首先要感謝爲本書提供書影及出版許可的各圖書館及藏書機構。日本各圖書館及藏書機構在閲覽、複製、出版許可等方面的規定各不相同,給整個工作帶來較多的困擾。幸運的是,最終都按預期實現目標。在接觸中,我們深深感到,如果不是館方工作人員在相關業務方面的專業和耐心,這一課題的階段性完成幾乎是不可能的。本編所收 70 種詩文選集,其中有 19 種來自關西大學圖書館,館方同意由我們自己拍攝這些資料並完全免費使用,令我們極爲感佩。還有日本東北大學圖書館,雖然最終因爲《明文選》等文本並非全備之本,最終没有作爲底本使用,但對於我們完成版本比對、補充序跋都有著重要的意義。

其次要感謝日本同仁及朋友的鼎力相助。日本慶應義塾大學種村和史先生、早稻田大學内山精也先生及夫人益西拉姆女士,不僅在訪學等方面提供了諸多幫助,在生活上也是關心有加;還有埼玉大學成田健太郎先生及夫人孫文秀女史,也給予了很多的照顧與幫助,深情厚誼,令人感動。此外,在東京學藝大學查訪《丘瓊山忠孝箴勉詩》時,館方在貴重書的閲覽及複製方面頗爲謹慎,未能同意我們的申請。東海大學佐藤浩一先生獲知後,就熱心地詢問了所需資料及期望,多方聯繫館方,雖然最終未能如願,但佐藤先生並未放棄,最終查詢到藩校養老館有一藏本,於是聯繫複製和出版許可,館方非常慷慨地提供了全書照片並同意無償使用。又,關西大學井上泰山先生專門爲我們向圖書館申請閲覽,其高足西川芳樹先生多次幫我們與館方聯繫,並代爲拍攝了部分書影,助益良多;还有多田光子女史也提供了很多幫助。慶應義塾大學高橋智先生、劉斯倫博士,東京大學陳捷女史,東北大學佐竹賀子女史,大阪大學淺見洋二先生、趙蕊蕊博士,立命館大學芳村弘道先生、楊月英博士,九州大學靜永健先生、岩崎華奈子博士、潘超博士、蒙顯鵬博士,以及復旦大學碩士生陶熠(日本國學院大學交換生)等,在我們查找資料及複製等方面給予了多方面的支持和幫助。

　　還要感謝廣西師範大學出版社集團有限公司喬祥飛先生、肖愛景女士等，他們爲完成這一龐大繁雜的文獻整理工作，付出了長期專業而忘我的工作。復旦大學圖書館古籍部眭駿先生，爲我們提供了《孫忠靖公文鈔》的照片；華東師範大學湯志波先生提供了《朱之蕃詠物詩》書影；復旦大學盧康華博士在識讀編撰者印章方面提供了很多幫助。此外，中華書局編輯郭時羽女史、南京師範大學鄧曉東先生、浙江大學葉曄先生、李碧女史、香港浸會大學研究員龔宗傑先生、同濟大學在站博士後胡媚媚女史、復旦大學鄭妙苗博士、復旦大學在讀博士生鄭雄、徐隆垚、張曦文等，在序跋識讀及其他各方面都爲本課題的完成提供了諸多幫助，在此一併表示衷心感謝！

　　在東北大學訪書時，多得佐竹賀子女史相助，並熱情招待。座間佐竹女史談及日本漢籍在中國的影印出版，説這些工作對中國學者、日本學者皆有很大助益。比如日本足利學校藏宋刊本明州本六臣註《文選》，如果不是中國出版社的影印（人民文學出版社，2008），她也很難利用。這對我們努力去完成此課題，也是一種鼓舞。

　　歷來作者，窮盡心血，著成一書，多憂其不行於世。許學夷《詩源辯體》自序曾云："兹者館甥陳君俞爲予謀梓全集，而未有以繼之者。昔虞仲翔言：'使天下有一人知己，足以無恨。'今諸君知我，所得多於仲翔，予復何恨焉？倘予不即就木，庶幾復有所遇，使兹集全行，則風雅永存，千古是賴，豈直予一人之私德哉！"吁嘻！勉旃！